Die dreizehnjährige Kriegerin Arka ist auf dem gefährlichen Weg in das sagenumwobene Hyperborea. Die Stadt ist ein geheimnisvoller Ort, sie liegt im rauen Gebirge und wird von einer magischen Kuppel geschützt, die nicht nur Feinde abwehrt, sondern auch die kalten Winde der schneebedeckten Gipfel. Und nur in dieser Stadt ist Magie noch erlaubt. Einer der mächtigen Magier soll Arkas Vater sein. Doch wie soll sie diesen Mann finden, den sie nie zuvor gesehen hat? Zum überraschenden Verbündeten Arkas wird der Magier Lastyanax. Der talentierte und ehrgeizige junge Mann hat es aus der Armut zum Minister geschafft. Und auch er verfolgt eine Mission: Er sucht den Mörder, der seinen Mentor getötet hat und immer noch die Stadt in Schrecken versetzt. Arka will ihm helfen, doch wie sollen sie einen Täter finden, der keine Spuren hinterlässt außer einem kalten Windhauch? Und welches Rätsel steckt hinter Arkas Herkunft?
Bei der Suche nach der Wahrheit bekommen es Arka und Lastyanax mit finsterer Magie und einem tödlichen Fluch zu tun und müssen sich den Geistern ihrer Vergangenheit stellen. Gemeinsam kommen sie einer Intrige auf die Spur, die nicht nur ihre Freundschaft auf die Probe stellt, sondern Hyperborea in den Grundfesten erschüttert.

Eléonore Devillepoix, geboren 1991, verbrachte ihre Kindheit in der Normandie. Sie studierte Politik und Philosophie in München, Paris und London. Tagsüber arbeitet sie beim Europäischen Parlament in Brüssel, am Wochenende spielt sie Quidditch (und ist sogar Kapitänin der belgischen Nationalmannschaft) und schreibt nachts an ihren Romanen. *Die Stadt ohne Wind* ist ihr Debüt.

Eléonore Devillepoix

DIE STADT OHNE WIND

Arkas Reise

Aus dem Französischen von
Amelie Thoma und Anne Gabler

Insel Verlag

Die Figuren in *Die Stadt ohne Wind* existierten bereits vor meiner Ankunft am Europäischen Parlament. Jegliche Ähnlichkeit mit realen Beamten ist daher rein zufällig. Das Glossar, das sich auf den letzten Seiten des Buches befindet, ist dagegen wohlüberlegt und soll jenen eine Hilfe sein, deren Fantasie vor den hyperboreischen Ausdrücken in die Knie geht.

»Nach all den Anstrengungen, die ich für dein Buch unternommen habe, solltest du es mir besser widmen.«

Victoire Devillepoix, 2018

1

SCHLANGE UND TOD

Lastyanax

Das Leben ist so unvorhersehbar, dass man manchmal erstaunt ist, wenn es sich trotz Zufällen und Ungewissheiten nach einem Plan formt, der Jahre zuvor gefasst wurde. An diesem Tag, während Lastyanax zum Abschluss seines Vortrags ansetzte, schweifte ein Teil seiner Gedanken ab und beschritt noch einmal den Weg, der ihn hierhin geführt hatte, in diesen stillen Saal, in dem nur seine Stimme widerhallte. Und überrascht stellte er fest, dass sich endlich verwirklichen würde, wonach er so lange gestrebt hatte.

»So also ist es dank des Detektors möglich, die Wirkungskraft, die Gestalt und die Bewegung der Animas zu beobachten«, endete er und stellte den Prototyp seiner Erfindung, an dem er während der Präsentation nervös hantiert hatte, auf den Tisch.

»Ich danke Ihnen für Ihre Aufmerksamkeit.«

Die Juroren auf dem Podium nickten anerkennend. Lastyanax wusste, dass er von ihnen nicht mehr zu erwarten hatte, und trotzdem konnte er, nach einem Jahr harter Arbeit, eine gewisse Enttäuschung über ihre Reaktion nicht unterdrücken. Während er seine Papiere zusammensuchte, bat ihn der Mystograf, den Saal zu verlassen und draußen auf das Ergebnis der Beratung zu warten. Lastyanax übergab den Juroren den Animadetektor, damit sie seine Erfindung in aller Ruhe prüfen konnten, dann verließ er unter den Blicken der vier Professoren den Raum und schloss die Tür hinter sich.

Mit einem Seufzer lehnte Lastyanax sich an die Mauer. Endlich hatte er es geschafft. Langsam wich die Anspannung aus seinen Schultern und hinterließ ein seltsames Gefühl der Leere. Als er an sich hinabschaute, wurde ihm bewusst, dass er seine Schülertunika nicht länger tragen würde. Er würde bald ein hyperboreischer Magier sein, ein Amt bekleiden und Geld verdienen, vor allem aber würde er keinen Mentor mehr haben.

Apropos, wo war er überhaupt, dieser Mentor? Der Arkadengang war menschenleer. Lastyanax steckte seinen Kopf zwischen den von blauem Efeu umrankten Säulen hindurch und blickte zur angrenzenden Terrasse hinüber. Auch dort war niemand zu sehen. Vielleicht war Palates beschäftigt oder er hatte die Abschluss-Disputation seines Schülers schlicht vergessen. Unwillig fuhr Lastyanax sich durch die braunen Haare. In den letzten fünf Jahren hatte er gelernt, dass man nicht allzu viel von Palates erwarten konnte. Als zwanghafter Sammler verbrachte sein Mentor die meiste Zeit damit, auf der Suche nach außergewöhnlichen Fundstücken durch die Stadt zu streifen, statt seinen Pflichten eines Ebnungsministers nachzukommen. Seine jüngste Obsession waren Hühner: Im Laufe eines Monats hatte Palates eine bemerkenswerte Anzahl bemalter Hühnereier, Hühnerfiguren und Hühnerfedern gehortet, zum Glück allerdings keine lebenden Vögel. Bestimmt war er gerade dabei, mit irgendeinem Antiquar der dritten Ebene über das x-te Geflügel-Bildnis zu verhandeln.

Lastyanax war der Einzige, der unter der Sammelwut seines Lehrers litt. Die anderen Minister rieben sich die Hände, denn Palates' mangelndes Pflichtbewusstsein sorgte dafür, dass sie freie Bahn hatten. Lastyanax vermutete sogar, dass sie die Wahl seines Mentors aus diesem Grund unterstützt hatten. Jedenfalls durfte er sich neben der Vorbereitung seiner Disputation auch noch um Palates' Akten kümmern, während dieser mit der Unbekümmertheit eines Studenten durch Hyperborea bummelte.

Lastyanax beschloss, sich auf die Terrasse zu setzen und dort zu warten. Es konnte eine Weile dauern, bis die Jury ihre Entscheidung getroffen hatte. Er klemmte seine Aufzeichnungen unter den Arm und trat durch den Torbogen am Ende der mit Mosaiken verzierten Galerie ins Freie. Sofort blendete ihn das grelle Sonnenlicht. Schwarze Flecken tanzten vor seinen Augen, als er zwischen Blumenkästen und Springbrunnen in Richtung der Balustrade ging, hinter der die Türme von Hyperborea aufragten. Sein Blick blieb an einer länglichen, dunklen Gestalt hängen, die zu Füßen einer Bank lag. Versunken in seine Grübeleien, fiel ihm nicht gleich auf, was mit dieser Gestalt nicht stimmte.

Dann realisierte er mit einem Schlag: Es war Palates und er war tot.

Arka

Mit der Spitze ihres Fausthandschuhs schob Arka ihre Kapuze zurück und enthüllte das schmale Gesicht eines Mädchens, das zwar kein Kind mehr, aber auch noch nicht wirklich eine Jugendliche war. Die Kälte hatte ihre Wangen mit roten Flecken marmoriert, ihre laufende Nase hinterließ einen glitzernden Streifen über der Lippe, der bereits gefroren war. Vor ihren schneeverkrusteten Lederstiefeln klaffte eine zehn Schritt breite Gletscherspalte.

»Okay, ich glaube, wir haben uns verirrt.«

Eine Feststellung, die Arka bereits vor drei Tagen hätte treffen sollen. Sie hatte mit Zwerg gesprochen, obwohl sie natürlich wusste, dass von ihm kaum eine Antwort zu erwarten war. Ihr Reisegefährte war ein – wie der Name schon sagte – kleines weißes Pferd. Es war zottelig und bis auf die Knochen abgemagert und seine schlechte Laune wurde nur durch seine Faulheit überboten. Wenn es nicht gerade aß, verbrachte es seine Zeit damit, die Ohren anzulegen und die Zähne zu zeigen. Im Moment hatte das fehlende Futter ihm jedoch jeglichen Widerspruchsgeist genommen. Mit gesenktem Kopf und hervorstehenden Rippen beobachtete es Arka dabei, wie sie ihre steifgefrorenen blonden Haare zwirbelte.

»Drecksnebel!«

Seitdem sie auf dem Gletscher des Riphäengebirges angekommen waren, drehten sie sich im Kreis, es war einfach nicht möglich, sich in diesem seltsamen Dunst, der sie umgab, zurechtzufinden. Ein gleichförmiger, undurchdringlicher Nebel, den selbst die Sonne während des Tages nicht vertreiben konnte und der in der Nacht seine eigene Leuchtkraft zu besitzen schien. Und schon zum dritten Mal hatten sich unter ihren Füßen Spalten im Eis aufgetan.

Die Karawanenführer hatten mehrmals versucht, Arka davon abzubringen, den Gletscher zu überqueren, obwohl das der schnellste Weg nach Hyperborea war. Sie hatte jedoch nicht auf sie gehört, weil sie sich für viel klüger hielt, als ihre dreizehn Jahre vermuten ließen. Jetzt bereute sie es bitterlich. Ihre letzte Mahlzeit hatten sie vor zwei Tagen zu sich genommen und sie ertappte sich dabei, dass sie an gebratenes Pferdefleisch dachte, wenn ihr Blick auf Zwergs Kruppe fiel.

Sie zog sich mit den Zähnen die Fäustlinge von den Händen und trat zu ihm. An dem einfachen Packsattel auf seinem Rücken war ein Paar zerbrochener Schneeschuhe befestigt, und an seinen Flanken baumelten leere Satteltaschen. Es dauerte eine ganze Weile, bis sie mit ihren steifen Fingern die gefrorenen Riemen, mit denen das Gepäck befestigt war, aufgeknüpft hatte. Doch schließlich rutschte es knarzend zu Boden. Von seiner Last befreit, schüttelte sich Zwerg und schnaubte.

Nachdem Arka die Satteltaschen aus dickem Leder im Schnee ausgebreitet hatte, band sie die hölzernen Schneeschuhe los, zerbrach sie und schichtete sie auf dem Leder zu einem Haufen. Mit einem Fingerschnipsen entzündete sie das Reisigbündel. Anschließend schnallte sie die Ständer vom Packsattel, warf diese auch noch in die Flammen, gab Eisstücke in einen Napf und stellte ihn obendrauf. Zwerg näherte sich den Flammen und der Rauch zeichnete Kringel um seine Nüstern. Arka ging in die Hocke und wartete, die Hände dicht am Feuer. Als aus dem Napf Dampf aufstieg, zog sie ein Tütchen aus ihrem Umhängebeutel und warf die letzten Krümel der getrockneten Blätter, die sich darin befanden, in das siedende Wasser. Sie ließ das Gebräu eine Weile ziehen, dann goss sie es in eine Schale.

Arka hielt ihr Gesicht dicht über das Getränk, damit sie möglichst viel von der Wärme, die ihm entstieg, aufnehmen konnte, und blickte sich um. Normalerweise war ein Gletscher *abschüssig*. Um an sein Ende zu gelangen, musste sie also nur der Neigung des Hangs folgen. Aber der Nebel verschlang alle Orientierungspunkte, selbst Zwerg verschmolz mit dem Weiß der Umgebung.

Nach ein paar Schlucken spürte Arka, wie langsam Leben in ihre Glieder zurückkehrte. Sie musste Ruhe bewahren, es gab sicherlich eine Möglichkeit, hier herauszukommen. Mithilfe ihres Flügelarmbands hätte sie den Gletscher schnell überfliegen können, aber die Kälte hatte auch ihm zugesetzt, und außerdem konnte sie Zwerg doch nicht einfach zurücklassen.

Ihr improvisiertes Feuer erlosch allmählich, die Flammen knabberten bereits an den ledernen Satteltaschen. Bald wäre nichts als geschmolzener Schnee und schwarze Asche übrig. Arka verstaute Napf und Schale in ihrer Tasche und versuchte dabei, das entrüstete Knurren ihres Magens zu überhören. Um sie herum zog sich der Nebel so dicht zusammen, dass er beinahe greifbar schien.

Einer plötzlichen Eingebung folgend, hob sie ihren Blick. Irgendwo dort oben gab es bestimmt einen klaren Himmel und einen Horizont, der ihr den Weg weisen würde. Sie musste nur die Nebelschicht überwinden.

Nicht weit von ihr entfernt zeichneten sich die Konturen einer Anhöhe ab. Arka stapfte los, immer in sicherem Abstand zu der Gletscherspalte, deren Ende sie nicht ausmachen konnte. Eine gewundene Furche durchzog den Boden neben ihren Füßen, als hätte ein aus dem Nichts entsprungener heißer Bach den Schnee zum Schmelzen gebracht. Sie erreichte den Hügel und nach einem kurzen Anstieg kletterte sie auf einen großen Eisblock. Jetzt musste sie nur noch schweben.

Arka konzentrierte sich und sandte ihre Anima empor. Es war schon eine ganze Weile her, seit sie das letzte Mal levitiert war, und das Gefühl der durch ihren Körper strömenden Energie war ihr fremd geworden. Schließlich lösten sich ihre Füße vom Eis, ihr Körper überwand die Schwerkraft. Langsam entfernte sich der Boden und versank im Dunst. Unter ihr schienen Zwergs dunkle, zu ihr emporgereckte Nüstern im Nebel zu treiben. Sie spürte, wie ihr die Kälte in die Brust kroch. Ihre Gliedmaßen begannen zu zittern, und ihr Schädel dröhnte. Dann plötzlich verlor sie die Kontrolle über ihre Anima.

Sofort fiel ihr Körper wieder hinab. Arka versuchte, den Sturz abzufangen, doch sie prallte auf den Eisblock und schlitterte rücklings den Abhang hinunter.

Am Fuß des Hügels blieb sie einen Moment reglos liegen, die Kapuze voller Eis. Schnaubend kam Zwerg zu ihr getrippelt.

»Aua«, brummte sie und schob den Kopf des Pferdes weg, das an ihren Ohren schnupperte.

Entmutigt stand sie auf. Wenn selbst die Magie versagte, wie sollte sie hier jemals wieder herauskommen? Irgendwann bei Tauwetter würden sie die Karwan-Baschis zerschmettert in einem Gebirgsbach finden, genau wie all die anderen, die der Gletscher über die Jahre verschlungen und von denen man ihr immer wieder erzählt hatte. Warum war sie ihrem Rat nicht gefolgt? Dann stände sie jetzt nicht verlassen und mit leerem Magen im Nebel.

Mit einem leisen Wiehern riss Zwerg sie aus ihren Selbstvorwürfen, seine Ohren waren aufgestellt. Arka folgte seinem Blick. Mit einem Mal waren all ihre Sinne geschärft. Einen Moment später vernahm sie ein seltsames, gleichmäßiges Geräusch: wwwrrrusch … wwwrrrusch … wwwrrrusch … Es klang wie ein Schlitten, der durch den Schnee pflügte.

Verblüfft schaute Arka sich um. Seitdem sie die Bergführer verlassen hatte, war ihr keine Spur menschlichen Lebens mehr begegnet. Und jetzt traf sie durch einen absurden Zufall einen anderen Menschen, der ebenfalls verrückt genug war, eine Überquerung des Gletschers zu wagen.

»Hallo! Ist da jemand?«, rief sie. »Hierher!«

Der Schlitten schien sich zu nähern. Die Kufen knirschten immer schneller über den Schnee, als hätte der Fahrer sie gehört. Auf die Zehnspitzen gereckt, wiederholte Arka ihren Ruf. Sie war so erleichtert, endlich nicht mehr allein zu sein, dass sie sich keine Gedanken darüber machte, auf wen sie treffen würde. Nichts und niemand konnte schlimmer sein, als tiefgefroren auf einem Gletscher zu enden.

Ich sehe deine Vergangenheit ...

Arka erstarrte. Die Stimme, die sich auf einmal erhob, hatte einen eigenartigen Klang. Sie durchdrang den Nebel, ohne an Klarheit zu verlieren, war weder tief noch hoch, noch ... menschlich.

Wwwrrrusch, wwwrrrusch, wwwrrrusch ... Dieses sonderbare Etwas näherte sich immer schneller. Mittlerweile erinnerte sie das Geräusch nicht mehr an einen Schlitten. Arkas Haut überzog sich mit kaltem Schweiß. Um sich Mut zu machen, griff sie in Zwergs struppige Mähne.

»Wer sind Sie?«, stieß sie hervor.

Vor ihr zeichnete sich eine geschwungene Form im Nebel ab, die auf sie zustrebte.

Ich sehe deine Vergangenheit ... Frucht einer unwahrscheinlichen Verbindung ... Einziges Kind, aufgenommen von einer alten Frau ... Unzählige Bäume, der blaue Glanz der Gürtel ... Und plötzlich ... Das FEUER!

Eine riesenhafte Schlange löste sich aus den Dunstschwaden. Sie maß sicherlich zwanzig Schritt und schleuderte Arka ihre schwarze, gespaltene Zunge entgegen. In ihren lidlosen Augen klafften senkrechte Pupillen. Ihr Körper war von unzähligen durchscheinenden, spitzen Schuppen gespickt, die an Eissplitter erinnerten. Darin spiegelten sich Arkas vor Verblüffung geweitete Augen. Hastig wich sie zurück und Zwerg mit ihr. In ihrem Rücken versperrte ihnen die Gletscherspalte den Weg, vor ihnen richtete sich die Schlange zu ihrer vollen Größe auf, so hoch, dass ihr Kopf im Nebel verschwand.

Eine Hand auf Zwergs Schulter, baute Arka sich vor dem seltsamen Wesen auf. Doch plötzlich stieß das Pferd ein panisches Wiehern aus und floh im gestreckten Galopp. Völlig überrumpelt, vergaß Arka für einen Moment das Ungeheuer.

»Feigling!«, fluchte sie.

Aus dem Augenwinkel nahm sie wahr, wie das Untier nach vorne schnellte, und warf sich im letzten Moment zur Seite. Sie spürte, wie die Giftzähne ihr Bein streiften. Mit pochendem Herzen robbte Arka auf allen vieren rückwärts. Als ihre Hand ins Leere griff, schrie sie angsterfüllt auf. Der Angreifer hatte sie an den Rand der Gletscherspalte gedrängt. Vor ihr tänzelte das Ungeheuer aus Eis mit wiegenden Bewegungen auf und ab und sprach weiter, obwohl kein Ton aus seinem geschlossenen Maul drang:

Die alte Frau ist mit Asche bedeckt … Die Flucht des Brandstifters, und die deine, durch drei Länder … Noch einmal das Leben in Napoca, noch einmal der Tod in Napoca … Und jetzt, Hyperborea!

Das Tier straffte sich, Arka sah sein mit Giftzähnen gespicktes Maul auf sich zuschnellen und rollte zur Seite. Im nächsten Moment schlug der Kopf des Monsters genau dort auf, wo sie noch einen Augenblick zuvor gesessen hatte. Man hörte Schuppen splittern. In einer einzigen, fließenden Bewegung richtete sich die Schlange wieder auf.

Ich sehe deine Gegenwart ... Verfluchte, winde dich, krieche, rutsche übers Eis, um meinen Angriffen zu entgehen!

Und mit diesen Worten stieß sie erneut auf sie herab. Arka wich ihr aus und schleuderte ihr eine Feuergarbe entgegen. Das Reptil bäumte sich zischend auf und ließ seinen riesigen Kopf hin- und herschwingen. Wasser tropfte aus den Schuppen, die von den Flammen getroffen worden waren. Diese vorübergehende Schwäche gab Arka einen Moment Zeit, sich zu überlegen, wie sie das Vieh loswerden könnte. Ihr Blick blieb an dem Eisblock hängen, der auf dem Hügel balancierte. Da hoch. So schnell sie konnte, kletterte sie den Abhang hinauf, wobei sie immer wieder ausrutschte. Unten hatte die Schlange die Jagd wieder aufgenommen und folgte ihrem Geruch. Das *Wwwrrrusch* begleitete ihr schlängelndes Kriechen.

Ich sehe deine Zukunft ... Das Lachen, für das man dich lieben wird ... Ein um deinen Finger gewundener Greif ... Der dreizehnte Erbe erwartet dich im Mausoleum ...

Auf der Spitze des Hügels angekommen, stemmte sich Arka mit aller Kraft gegen den Eisblock, doch es gelang ihr nicht, ihn zu bewegen. Keuchend holte sie aus und versetzte ihm einen Tritt. Mit einem Knirschen verschob sich der Block einen Daumen breit.

Die Schlange sauste auf sie zu.

Arka konzentrierte ihre Anima in den Beinen und versetzte dem Block einen weiteren Tritt, dessen Wucht sie umriss. Der Eisblock hatte sich gelöst und stürzte, gefolgt von einer kleinen Schneelawine, den Abhang hinunter. Arka hörte ein durchdringendes KRACK!, dann ein wütendes Zischen.

Sie rappelte sich auf und blickte den Hügel hinunter, an dessen Fuß das Ungeheuer, halb unter Eisgeröll begraben, hilflos zappelte. Sein langer Schwanz wand sich in der Luft, schlug auf den Boden, doch es gelang ihm nicht, die Last von seinem Rücken abzuschütteln.

»BÄM, ich habe dich erwischt!«

Schnell ließ sich Arka den Hügel hinuntergleiten und sprang auf den Geröllhaufen, um das Tier noch zusätzlich herunterzudrücken. Die Schlange hob ihren Kopf und zischte erneut vor Zorn. Arka spürte, wie sich die Eisplatten unter ihren Füßen bewegten. Ihr Gegner würde nicht mehr lange festsitzen. Unter anderen Umständen wäre sie so schnell wie möglich abgehauen, aber die Schlange war das erste lebende Wesen, das sie nach drei Tagen des Herumirrens traf. Und noch dazu eins, das sprechen konnte.

»Jetzt können wir reden«, sagte Arka, in einem Ton, der viel selbstsicherer klang, als sie sich fühlte. »Was genau bist du eigentlich?«

Jene, die Vergangenheit, Gegenwart und Zukunft kennt … Deinesgleichen nennt mich Python.

»Sagt mir nichts«, entgegnete Arka und setzte sich im Schneidersitz auf den Eishaufen.

Der Schwanz der Schlange peitschte so heftig durch die Luft, dass die Geröllschichten unter ihr erzitterten.

Ich bin eine Legende … Ihre unwirkliche Stimme klang mit einem Mal gekränkt. *Ich bin die Schlange, die die Menschen tötet und die denen, die sie besiegen, ihre Zukunft vorhersagt … Möchtest du die deine erfahren?*

Mit der Spitze ihres Handschuhs klopfte Arka auf das Eis.

»Ich bin mir nicht sicher, ob ich Lust darauf hab«, antwortete sie und verzog die Lippen zu einem Schmollmund. »Wie wäre es, wenn du mir stattdessen den Weg nach Hyperborea zeigst? Und wie man aus diesem verdammten Nebel rauskommt?«

Verärgert schleuderte das Reptil ihr die Zunge entgegen, sein Schwanz zuckte erneut durch die Luft, und Arka fragte sich besorgt, ob es ihm nicht doch gelingen würde, sich zu befreien. Bei jeder seiner Bewegungen bröckelten kleine Stücke von dem Eishaufen ab.

Ich bin Python, die Schlange, die Vergangenheit, Gegenwart und Zukunft kennt … keine Landkarte.

Was für eine herbe Enttäuschung. Nervös kaute Arka auf einer Haarsträhne und sah sich suchend um. Ihre Lage war alles andere als rosig. Sie hatte sich verlaufen, ihr Pferd war abgehauen, sie hatte nichts mehr zu essen, eine Schlange, so groß wie ein Haus, wartete nur darauf, ihr den Garaus zu machen, und der Nebel um sie herum war immer noch genauso dicht.

Plötzlich hörte sie Hufgetrappel. Im nächsten Moment tauchte Zwerg auf und blieb in sicherer Entfernung des Ungeheuers stehen. Dass er zurückgekommen war, machte Arka neuen Mut.

»Angenommen, es würde mir gelingen, hier rauszukommen«, sagte sie, einer plötzlichen Eingebung folgend, »dann wäre der Weg doch in meiner Zukunft eingeschrieben, stimmt's? Und du könntest ihn mir vorhersagen.«

Zweifellos …

»Sehr gut, dann sage mir den Weg voraus, auf dem ich den Gletscher verlassen werde.«

Wieder zischte das Reptil zornig.

So sagt man nicht die Zukunft vorher …

»Aber so möchte ich sie hören. Also antworte mir.«

Der Schwanz der Schlange sauste durch die Luft.

Zwei Tage lang wirst du dieser Spalte hier folgen … So wird es dir gelingen, den Gletscher zu verlassen, und Hyperborea wird dir seine Tore öffnen … Dort triffst du einen …

»Das reicht, das reicht!«, schrie Arka, um die Prophezeiungen zu übertönen. »Mehr brauchst du mir nicht zu sagen. Ich muss also einfach nur an dieser Gletscherspalte entlanggehen?«

Erneut schnellte ihr die schwarze Zunge entgegen, was Arka als Zustimmung wertete. Sie sprang von dem Eishaufen hinunter, wich vorsichtig ein paar Schritte zurück, um sicherzugehen, dass die Schlange sich nicht doch im nächsten Moment befreien würde. Aber die hatte aufgehört, sich zu winden, stattdessen beobachtete sie sie hinterlistig aus ihren geschlitzten Pupillen. Arka fragte sich, was sie wohl im Schilde führte. Die Partie war an sie gegangen, und doch sagte ihr etwas, dass die Schlange immer noch das Spiel bestimmte.

Sie spürte einen zärtlichen Stüber warm in ihrem Nacken. Zwerg war zu ihr gekommen und rieb seinen Kopf an ihr.

»Esel!«, brummte sie, kraulte ihm aber trotzdem den Hals.

Wieder erhob sich die unwirkliche Stimme: *Ich habe dir deine Zukunft offenbart ... Jetzt musst du mich befreien ...*

Arka erwiderte spöttisch:

»Damit du mich erneut angreifen kannst? Ja klar, gute Idee. Bald taut es, dann wirst du den Eishaufen schon los ... Es sei denn, du schmilzt mit ihm.«

Die Pupillen des Tieres schienen sich noch weiter zu verengen. Arka brach auf, gefolgt von Zwerg. Vor ihnen verlor sich die Spalte, die wie ein aufgerissener Schlund zu ihrer Rechten klaffte, im Nebel. Kurz bevor der Dunst auch das Ungeheuer verschluckte, blieb Arka, von einem Zweifel beschlichen, stehen und blickte noch einmal zurück.

»Wenn du meine Vergangenheit, meine Gegenwart und meine Zukunft kennst, warum hast du mich dann angegriffen? Du wusstest doch, dass ich dich schlagen und dich dazu zwingen würde, mir zu helfen.«

Die Schlange wackelte geheimnisvoll mit dem Kopf. Arka hätte schwören können, dass sie lächelte.

Wer sagt dir, dass ich dir helfe, indem ich dir den Weg nach Hyperborea weise?

Lastyanax

Letztendlich war Palates also doch gekommen, um ihn nach seiner Disputation in Empfang zu nehmen. Mit ausgebreiteten Armen lag er in einem Beet napocanischer Orchideen und starrte ihn aus leeren Augen an. Die grauen Haare, die sonst immer sehr sorgfältig frisiert waren, standen in Büscheln von seinen Schläfen ab. Sein dicker roter Kopf lehnte an einem Fuß der Steinbank, als wäre er im Sterben von der Sitzfläche gerutscht. In der rechten Hand befand sich noch seine letzte Errungenschaft, eine kleine Keramikfigur in Form eines Huhns.

Benommen sah Lastyanax den Dienern dabei zu, wie sie den Verstorbenen auf eine Trage hoben, ihn mit einem Tuch bedeckten und seine sterblichen Überreste in eine Aufbahrungshalle brachten. Auch eine Stunde nachdem er die Leiche entdeckt hatte, konnte Lastyanax noch immer nicht fassen, dass sein Mentor gestorben war. Als er ihn am Abend zuvor gesehen hatte, war Palates doch noch kerngesund gewesen, lebenslustig und gutmütig, wie gewohnt.

Um die Terrasse hatte sich ein kleiner Auflauf aus Beamten gebildet, die, an die Balustrade der Galerie gedrängt, die Szene beobachteten. Ein Tod im Magisterium, noch dazu der eines Ministers, war ein echtes Ereignis. Lastyanax hörte, wie sich die Menge in Spekulationen erging.

»Es war bestimmt das Herz, das ist doch bei Magiern immer das Erste, was versagt.«

»Ich habe einen Diener sagen hören, er hätte was Falsches getrunken.«

»Ich wette, es war ein Schlaganfall, mein Vetter ist im letzten Jahr daran gestorben, so was erwischt dich ohne Vorwarnung.«

»Vielleicht wurde er ermordet ...«

»Wie sollte man ihn denn ermordet haben? Es gibt keine Anzeichen von Verletzungen, und niemand hat ihn schreien hören.«

Lastyanax blickte auf den Ring an seinem Zeigefinger, in den sein Name graviert worden war und den ein Greif zierte. Kurz zuvor war der Professor für Mechamagie zu ihm gekommen, um ihm das Schmuckstück zu überreichen, und hatte ihn dabei an einen Händler auf dem Schwarzmarkt erinnert, so eilig hatte er es gehabt, die Terrasse wieder zu verlassen, auf der sich noch immer die Leiche seines Kollegen befand.

Eigentlich wollte es der Brauch, dass der Mentor seinem Eleven im Rahmen einer Zeremonie den Siegelring übergab, der ihn als Magier auswies und ihm so erlaubte, sich frei zwischen den Ebenen von Hyperborea zu bewegen. Außerdem konnte er mit ihm sein Siegel unter offizielle Dokumente setzen. Nach einer kurzen Beileidsbekundung hatte ihm der Professor das Ergebnis seiner Disputation mitgeteilt: Er hatte 11 von 12 Punkten erreicht, eine Note, die in den letzten zehn Jahren nie vergeben worden war.

Wie in Trance hatte Lastyanax die guten Nachrichten aufgenommen, ohne sich über die Anerkennung freuen noch das Los seines Mentors betrauern zu können. Nachdem er fünf Jahre lang auf Palates geschimpft hatte, war er ganz einfach noch nicht in der Lage, ihm gegenüber etwas anderes zu empfinden als Ungeduld und Gereiztheit.

Und trotzdem überkam ihn mit einem Mal ein heftiger Schmerz. Rastlos begann Lastyanax auf der Terrasse hin und her zu gehen. Er verübelte Palates sein plötzliches Verschwinden und schämte sich zugleich für diesen egoistischen Gedanken. Bisher hatte er seinen Mentor immer nur als Last empfunden, doch jetzt merkte er, welch wichtigen Platz der exzentrische Alte in seinem Leben eingenommen hatte.

Mitten auf der Terrasse blieb er stehen, schloss die Augen, öffnete sie wieder und betrachtete den blauen Himmel jenseits der Kuppel. Sein Geist musste sich an irgendetwas Konkretem festhalten. Er brauchte eine Erklärung.

Lastyanax ließ den Blick über die Blumenbeete schweifen, auf der Suche nach einem Hinweis, der ihm zu verstehen half, was in den letzten Augenblicken seines Mentors geschehen war. Palates hatte nie Anzeichen körperlicher Gebrechen gezeigt. Hatte sein Tod eine natürliche Ursache, oder war er, wie einer der Beamten angedeutet hatte, ermordet worden? Verglichen mit der Sinnlosigkeit eines plötzlichen Todes, wirkte diese Vermutung beinahe tröstlich, auch wenn Lastyanax sich nicht vorstellen konnte, wer ein Interesse daran gehabt haben sollte, ihn aus dem Weg zu räumen. Palates war nicht nur inkompetent, sondern immer auch kompromissbereit gewesen und besaß damit eigentlich die beiden Eigenschaften, die man brauchte, um sich als Politiker in Hyperborea eines langen Lebens zu erfreuen.

Am äußeren Ende der Terrasse, zu Füßen einer gewaltigen

Statue, die den Titel *Das Magisterium klärt das Volk auf* trug und einen Magier zeigte, der feierlich eine leuchtende Kugel über eine verklärt zu ihm aufblickende Menschenmenge reckte, zog eine Spiegelung seine Aufmerksamkeit auf sich. Lastyanax näherte sich und entdeckte das Keramikhuhn. Es musste aus Palates' Hand geglitten sein, als die Diener seine Leiche mitgenommen hatten. Er betrachtete die Figur eingehend, und ihm wollte einfach nicht gelingen, ihre Lächerlichkeit mit der Tragik des Todes ihres Käufers in Einklang zu bringen.

»Lastyanax!«

Als er den Kopf hob, sah er Silenos, den lebhaften Mystografieprofessor, mit flatternder Toga auf sich zu trippeln. Sein hervorspringender Bauch brachte ihn bei jedem Schritt aus dem Gleichgewicht, und bis er bei Lastyanax ankam, war er völlig außer Atem.

»Lieber Lastyanax, mein herzliches ...«, begann er.

Dann unterbrach er sich keuchend und stützte sich mit einer entschuldigenden Geste auf das Geländer der Terrasse, die den Abgrund überragte. Das Magisterium belegte die oberste Etage des höchsten Gebäudes von Hyperborea. Unter ihnen erstreckte sich ein Wald riesiger runder Türme, umgeben von einer lichtdurchlässigen Kuppel, so weit wie das Himmelsgewölbe. Lastyanax ließ die kleine Statue in eine Falte seiner Tunika gleiten.

»Mein herzliches Beileid«, beendete Silenos seinen Satz. »Der Rat hat einen ... pfff ... einen großen Mann verloren ... Warten Sie, ich muss mich setzen, ich kann nicht mehr.«

Der Mystograf ließ sich auf eine kleine Steinbank sinken, ähnlich der, auf der Palates gestorben war. Seine Speckrollen drohten die Nähte der Toga zu sprengen.

»Was für eine Tragödie, und dann noch am Tag Ihrer Disputation! Man hat Ihnen offenbar Ihren Ring übergeben, ja, gut so ... aber sicherlich steht Ihnen heute nicht der Sinn danach, sich darüber zu freuen. Sobald alle Eleven ihre Erfindungen präsentiert haben, gebe ich wie jedes Jahr einen kleinen Empfang zu Ehren der Ernennung der neuen Magier, das wäre doch eine Gelegenheit, Ihren Erfolg zu feiern«, sagte der Mystograf und tätschelte dabei wie zum Trost Lastyanax' Ellenbogen. »Ich erinnere mich noch daran, als Ihr Mentor seine Disputation hatte«, fuhr er in heiterem Ton fort. »Ich war damals noch ein ganz junger Professor. Palates war so nervös, dass er zunächst kein Wort herausbrachte. Doch dann hat er seinen Vortrag wunderbar gemeistert. Übrigens hatte ich es in jenem Jahr ebenfalls zu tun mit ...«

Er unterbrach seine Anekdote, als er die gequälte Miene des jungen Magiers sah, der viel darum gegeben hätte, der ausschweifenden Beileidsbekundung seines ehemaligen Professors zu entgehen. In letzter Zeit hatte Silenos den Hang, ins Schwadronieren zu verfallen. Meistens tat er so, als würde er das Räuspern und die ungeduldigen Seufzer seiner Schüler nicht bemerken. Doch heute beherrschte er sich glücklicherweise.

»Ah, entschuldigen Sie, sogar in den schwierigsten Momenten schaffe ich es nicht, mich mit meinen Erinnerungen zurückzuhalten. Es war ein Infarkt, nicht wahr?«

»Sieht so aus«, antwortete Lastyanax düster. »Palates hat üppige Mahlzeiten ja geliebt.«

»Na, dann wird mir das wohl auch blühen«, sagte der Mystograf und deutete auf seinen Bauch. »Entschuldigung, ich sollte darüber nicht scherzen ... Schließlich bin ich nicht zu Ihnen gekommen, um Ihr Leid noch zu vergrößern. Lassen

Sie uns stattdessen ein wenig über Politik reden, lieber Lastyanax«, schlug er vor, wobei er auf den Platz neben sich klopfte.

Lastyanax zögerte einen Moment verunsichert, doch dann setzte er sich, ein Bein halb in der Luft, auf die kleine Ecke, die nicht vom breiten Hintern seines Professors in Beschlag genommen wurde. Silenos unterrichtete Mystografie oder Magisches Schreiben. Bis jetzt war ihre Beziehung auf ein reines Lehrer-Schüler-Verhältnis beschränkt gewesen. Aber Silenos' Nähe zum Basileus machte ihn zu einer einflussreichen Person. Der Herrscher von Hyperborea hatte ihn sogar zum Stellvertretenden Obersten Richter ernannt, auch wenn dieser Ehrentitel keinerlei Verantwortung mit sich brachte. Indem er die Unterhaltung jetzt auf die Politik lenkte, verließ er den gewohnten Rahmen ihrer Gespräche.

»Nachdem Sie fünf Jahre lang der Eleve eines Ministers waren«, begann er, »wissen Sie, wie schnell sich die Dinge manchmal entwickeln. Die Mitglieder des Rates sind bereits über Palates' Tod unterrichtet, und jeder versucht, seinen Stein auf die vakante Stelle im Ebnungsministerium zu setzen. Ich beabsichtige zum ersten Mal, dieses Spiel mitzuspielen, entschuldigen Sie meine Ausdrucksweise. Wissen Sie, ich habe noch nie einen jungen Mann getroffen, der so intelligent ist wie Sie, und ich sage das, ohne Ihre bescheidene Herkunft zu berücksichtigen. Darüber hinaus wurden Sie von Palates selbst ausgebildet, was Ihnen einen beachtlichen Vorteil gegenüber potenziellen Konkurrenten verschafft. Deswegen möchte ich Sie dabei unterstützen ...«, Silenos machte eine Pause, kniff ein Auge zusammen und fuhr triumphierend fort: »Ebnungsminister zu werden!«

Lastyanax hatte natürlich geahnt, worauf sein Gesprächspartner hinauswollte, trotzdem starrte er ihn ungläubig an.

Palates war doch gerade erst gestorben. Und er selbst trug noch seine Eleventunika. Eines Tages sah er sich durchaus im Ministerium, aber nicht so jung, und vor allem nicht unter diesen Umständen.

»Ich habe nicht gedacht, dass ich mich derart früh für Sie einsetzen würde«, fuhr Silenos fort, ohne ihm Zeit für eine Erwiderung zu lassen. »Es wäre sicher wünschenswert, wenn Sie noch etwas mehr Erfahrung hätten ... trotzdem wüsste ich niemanden, der besser geeignet wäre als Sie, diesen Posten zu bekleiden. Das Amt des Ebnungsministers setzt Kenntnisse über das Leben in den niedrigen Ebenen voraus. Bedauerlicherweise verfügt beinah keiner unserer Magier über dieses Wissen. Sie dagegen könnten dem Amt neuen Schwung verleihen, Lastyanax.«

Mit einem wohlwollenden Nicken beendete der Mystograf seinen Satz. Lastyanax schwieg einen Moment und dachte über eine Antwort nach, während Silenos' forschender Blick zwischen seinem rechten Auge und seinem linken hin- und herwanderte.

Kaum zwei Stunden nachdem die Leiche seines Mentors gefunden worden war, hatte Lastyanax eigentlich keine Lust, über dessen Nachfolge zu reden. Andererseits war ihm auch bewusst, dass sich einem wie ihm, der aus der ersten Ebene stammte, eine solche Karrierechance nicht noch einmal bieten würde. Minister zu werden, im Herzen der städtischen Verwaltung zu arbeiten, war etwas, wovon er seit Jahren träumte. Unwillkürlich wanderte sein Blick zu der Statue des Magiers mit seiner leuchtenden Kugel.

»Ich fühle mich sehr geschmeichelt«, erwiderte er schließlich. »Es wäre mir eine Ehre, den Fackelstab von meinem Mentor zu übernehmen. Aber gehen Sie nicht ein beträchtliches Risiko ein, indem Sie meine Kandidatur unterstützen, Professor?«

Auf höfliche Art versuchte er so nach den Gegenleistungen zu fragen, die der andere für seine Unterstützung erwartete. Auch wenn der Vorschlag des Mystografen uneigennützig erschien, ließ Lastyanax sich nicht täuschen. Und Silenos verstand seine Anspielung.

»Mir macht es Freude, vielversprechende junge Leute zu fördern, die nicht das Glück hatten, in einer Familie von Magiern aufzuwachsen. Aber ich würde lügen, wenn ich behauptete, dass dies mein einziger Beweggrund ist«, fügte er ruhig hinzu. »Um ehrlich zu sein, machen mir das mangelnde Urteilsvermögen des Eparchen und sein Einfluss auf den Basileus Sorgen. Mir wäre sehr viel wohler, wenn jemand Zuverlässiges und Vernünftiges, mit einem frischen Blick auf die Dinge, an den Besprechungen des Rates teilnehmen würde. Außerdem würde mich natürlich auch deren genauer Inhalt interessieren ... Aber es geht selbstverständlich nicht um eine Einflussnahme meinerseits: Der Rat soll seine volle Unabhängigkeit bewahren.«

Lastyanax nickte erleichtert. Das angespannte Verhältnis zwischen Silenos und dem Eparchen war für niemanden ein Geheimnis. Silenos suchte nach Pfeilen, die er gegen seinen alten Kontrahenten richten konnte. Nun gut, Lastyanax hatte nichts dagegen, ihn mit solchen zu versorgen, zumal er den Stadtpräfekten ebenfalls nicht besonders schätzte. Das war ein annehmbarer Preis für einen Sitz im Rat der Minister.

»Meine Chancen, in den Rat zu kommen, sind allerdings sehr gering«, gab er zu bedenken. »Ich bin gerade erst diplomiert worden und kenne nur wenige einflussreiche Magier, brauche jedoch die Mehrheit der Stimmen des Mentorenkollegiums sowie die Einwilligung des Basileus.«

»Man findet immer Unterstützung, wenn man weiß, wo man sie suchen muss«, antwortete der Mystograf gelassen. »Sie können jetzt schon auf den Kuppelbaumeister und den Chefarchitekten zählen, das sind gute Freunde von mir, ich werde ihnen gleich ein Hydrotelegramm senden …«

Während er weiter seine Beziehungen aufzählte, ging ein Mann mit eiligen Schritten in der Galerie, die an die Terrasse grenzte, vorbei. Lastyanax erkannte in ihm den Eparchen, der seine geringe Körpergröße durch einen ständig missmutigen Gesichtsausdruck wettmachte. Er hatte noch nie die Gelegenheit gehabt, mit ihm zu sprechen, denn der Vorsitzende des Rates und Stadtpräfekt war stets zu sehr von seinen Pflichten in Anspruch genommen, als dass er einem unbedeutenden Schüler seine Aufmerksamkeit geschenkt hätte. Während Silenos weiterredete, hörte Lastyanax ihn brummen: »Dieser Dummkopf von Palates … einfach so zu sterben, ohne Vorwarnung … als hätte ich nicht so schon genug zu tun …«

Als Silenos merkte, dass Lastyanax abgelenkt war, drehte er sich überrascht um.

»Guten Tag, Mezentius«, grüßte er den Eparchen. »Wie geht es deiner Familie? Ist dein Sohn bereit für die Attribution?«

»Hab keine Zeit für dein Getue, Silenos. Zwischen den Klans gärt es, in der fünften Ebene ist ein Kanal eingestürzt, die Karawanenführer-Gilde bedrängt mich … und jetzt muss ich auch noch einen Minister ersetzen!«

Lastyanax sah aus dem Augenwinkel, wie Silenos an seiner Seite vor Freude zappelte.

»Eben, Mezentius«, entgegnete der Professor munter, »ich möchte dir einen möglichen Nachfolger vorstellen.«

Für seinen Körperumfang stand er erstaunlich flink auf und trat zum Stadtpräfekten, der ungeduldig mit den Füßen scharrte. Lastyanax folgte ihm.

»Und wer soll dieser Kandidat sein, für den du meine Zeit verschwendest?«

»Er hier.« Silenos schob Lastyanax nach vorn.

Der Eparch lachte verächtlich auf.

»Ein Eleve! Du hast wirklich Humor, Silenos!«

»Ich meine es ernst. Lastyanax kennt sich mit der Angleichung der Ebenen bestens aus, schließlich hat er die Vorhaben und Projekte seines Mentors im Laufe der letzten fünf Jahre verfolgt. Außerdem ist er seit heute nicht mehr Schüler, seitdem die Professoren und auch ich seiner Disputation die Note 11 von 12 gegeben haben.«

»Ha!«, rief Mezentius, »11 von 12. Das Beurteilungsniveau ist auch nicht mehr das, was es mal war. Zu meiner Zeit wurde so gut wie nie eine 9 vergeben. Je länger du redest, desto mehr verlierst du in meinen Augen an Glaubwürdigkeit, lieber Silenos.«

Der Mystograf zuckte lachend mit den Schultern. »Dann finde doch einen Nachfolger, der die Unterlagen und Vorhaben besser kennt. Nur zu, befrag ihn.«

Der Eparch schnaubte und drehte sich zu Lastyanax um. Wie zuvor schon Silenos wusste er nicht, in welches Auge er blicken sollte. Lastyanax war diese Reaktion gewohnt: Seine beiden Iris hatten unterschiedliche Brauntöne.

»Wie viele Karawanen befinden sich derzeit in der Karawanserei?«, fragte er schließlich, nachdem er sich für das rechte Auge entschieden hatte.

»Das ist unfair, Mezentius, diese Frage hat nichts mit dem Ebnungsposten zu tun.«

»Vierhundertsechzig«, antwortete Lastyanax.

Der Eparch grinste herablassend und wandte sich mit überlegener Miene zum Gehen.

»Falsch, vierhundertzweiundsechzig. Sie sollten Ihre Lektionen besser noch einmal wiederholen, junger Mann.«

»Vierhundertzweiundsechzig waren es noch vor zehn Tagen«, gab Lastyanax unerschütterlich zurück, »aber zwei Karwan-Baschis sind in der Nähe von Themiskyra angegriffen worden. Die Nachricht kam heute rein. Sind Sie nicht auf dem Laufenden?«, fragte er mit unschuldigem Augenaufschlag.

Der Eparch kniff die Lippen zusammen, während Silenos ihm einen süffisanten Blick zuwarf. Um sie herum hatte sich mittlerweile die Schar der Neugierigen zerstreut. Nichts erinnerte mehr an Palates' Tod, abgesehen von den Blumen, die die Diener zertreten hatten, als sie seinen Leichnam abholten. Lastyanax schämte sich, dass er den Affen machte, um im Rat den Platz seines Mentors zu übernehmen.

»Also gut, es sieht so aus, als hättest du einen möglichen Kandidaten für den Sitz des Ebnungsministers aufgetrieben«, wandte der Eparch sich an Silenos. »Aber übrigens«, fügte er hinzu und tat, als sei ihm die Eingebung gerade erst gekommen, »wirklich schade, dass seine Kandidatur nicht angenommen werden kann, auch wenn er das Kollegium vielleicht davon überzeugen sollte, für ihn zu stimmen.«

Silenos runzelte die Stirn.

»Und warum nicht?«

»Weil er keinen Eleven hat«, antworte der Eparch mit einem triumphierenden Grinsen. »Und du weißt genauso gut wie ich, dass nur Mentoren für den Ministerposten kandidieren können.«

Der Mystograf prustete los, und sein Bauch begann zu zittern.

»Mezentius, du hast vor lauter Klan-Geschichten und Kanälen wohl vergessen, dass die Attribution der Eleven genau in neun Tagen stattfindet. Auch dein Sohn nimmt übrigens daran teil.«

Mit einem Schulterzucken wischte der Eparch das Argument beiseite.

»Ich werde nicht neun Tage warten, um dem Basileus einen brauchbaren Kandidaten zu präsentieren. Ich habe schließlich einen Rat zu leiten.«

»Genau, und die nächste Ratssitzung ist in zehn Tagen, am Tag nach der Attribution«, konterte Silenos lächelnd.

»Lastyanax hat also genug Zeit, um einen Schüler zu finden. Und der Basileus wird sicher einverstanden sein, ein paar Tage zu warten, um *meinen* Vorschlag in Betracht ziehen zu können.«

Verärgert machte der Eparch Anstalten zu gehen, drehte sich dann jedoch noch einmal zu Lastyanax um und bohrte ihm einen Finger in die Brust.

»Sie sollten sich besser nicht in die politischen Mauscheleien Ihres ehemaligen Professors hineinziehen lassen, junger Mann! Sie werden sich die Finger verbrennen. Man wird Ihnen beim geringsten Zwischenfall die Schuld geben. Im Rat wird kein Minister Ihre Beiträge gutheißen. Damit das ganz klar ist: Ich werde der Erste sein, der Ihnen Steine in den Weg legt. Dieser absurde Ehrgeiz wird Sie *sehr* teuer zu stehen kommen.«

Und mit diesen Worten rauschte er ab. Verunsichert blickte Lastyanax ihm nach und fragte sich, ober er nicht einen großen Fehler beging. Er nahm sich vor, mit Palates darüber zu sprechen, doch dann wurde ihm bewusst, dass dies nicht mehr möglich war. Neben ihm tätschelte sich Silenos mit zufriedenem Seufzen den enormen Bauch.

»Ah, es gibt doch nichts Amüsanteres, als ihm auf die Nerven zu gehen. Messen Sie seinen Worten nicht allzu viel Bedeutung bei, er ist bloß neidisch. Er musste warten, bis er vierzig war, um in den Rat gewählt zu werden, und Sie sind erst neunzehn! Allerdings hat er in einem Punkt recht: Sie brauchen starke Schultern, um die Verantwortung, die Ihre neue Position mit sich bringt, tragen zu können. Der Rat ist ein unerschöpflicher Quell der Unannehmlichkeiten. Deswegen habe ich mich auch immer gehütet, selbst Minister zu werden ... Übrigens werden Sie ja bald Mentor sein, lieber Lastyanax. Wie stellen Sie sich denn Ihren idealen Schüler vor?«

Nachdenklich legte Lastyanax einen Finger auf seinen höckrigen Nasenrücken, ein Souvenir seiner eigenen Attribution, des Tages, an dem er Palates zum ersten Mal begegnet war. Jedes Mal, wenn er von seiner Zukunft als Magier träumte, hatte er sich immer nur ausgemalt, wie er die Stufen der politischen Leiter erklomm. Daran, dass er auch einen Schüler würde unterstützen müssen, hatte er nie gedacht.

»Er muss brillant sein«, antwortete er.

Arka

»Wenn wir nicht bald durch dieses verdammte Tor kommen, geht mein Magen schon mal ganz allein nach Hyperborea vor.«

Zwerg antwortete Arka mit einem unzufriedenen Schnauben. Vor ihnen schlängelte sich eine schier endlose Reihe Ankommender durch die verschneite und vom Wind gepeitschte Steppe. In der Ferne zeichnete sich Hyperborea ab, dessen Kuppel wie eine gigantische schillernde Blase aus dem Schnee aufragte. Wenn Arka nicht derart ausgehungert gewesen wäre, hätte sie Stunden damit verbringen können, die Stadt zu bewundern. Hinter der transparenten Oberfläche, in der sich die Wolken spiegelten, erkannte sie einen Wald aus Türmen in allen Größen, manche so riesig, dass sie die Innenwand der Kuppel streiften. Grün, blau, ocker und rosa, erstrahlten sie in einer verschwenderischen Fülle an Farben, die inmitten der Grauabstufungen der Steppe, des Himmels und der Berge völlig unwirklich erschien. Nachdem sie den Gletscher, wie von der Schlange beschrieben, verlassen hatte, war Arka einen ganzen Tag lang durch die Ebene gelaufen, ohne ihre Augen von der Stadt abwenden zu können, wie eine Motte, die vom Licht angezogen wurde. Hyperborea. Die Stadt der Magier, warm wie ein ewiger Sommer und so reich, dass man sagte, ihre Straßen seien mit Gold gepflastert. Arka wusste nicht, was es mit den Pflastersteinen auf sich hatte, aber sie konnte von Weitem bereits die Hyperboreer sehen, die gelassen ihren Beschäftigungen nachgingen, während sie selbst sich beim Warten in der Kälte die Ohren abfror. Sie bewegten sich über eine Art Brücken aus weißem Stein, die die Türme miteinander verbanden. Von hier aus wirkten sie wie winzige Ameisen auf einem Zweig. Ihre Silhouetten waren durch die Krümmung der Kuppel verzerrt.

In der Mitte der Wehrmauer befand sich ein gewaltiges Bronzetor, an dem die Ankommenden kontrolliert wurden. Von Bollwerken aus blau emaillierten Ziegeln flankiert, stellte es einen der vier Zugänge zur Stadt dar. Über dem Türsturz umrankte ein Flechtwerk aus Kreisen und Quadraten ein Schild, auf dem ein Greif thronte.

›Ein magisches Siegel‹, dachte Arka.

Die Kuppel, die sich wie eine zarte Kristallkugel über den Stadtmauern wölbte, stellte eine trügerische Zerbrechlichkeit zur Schau. Mittlerweile konnte Arka erkennen, dass der Adamant, der transparente Stein, aus dem sie gefertigt worden war, gut zehn Fuß maß. Der Robustheit dieser Konstruktion war es zu verdanken, dass Hyperborea seit seiner Gründung keine Invasion erlitten hatte. Zu gut geschützt, zu weit im Norden gelegen und voller Magier, kannte die Stadt einfach keine Feinde, die mächtig genug waren, um es mit ihr aufzunehmen.

Arka kam das nur zupass. Seit über einem Jahr hatten Konflikte sie nicht nur von einem Land zum anderen irren lassen, sondern ihr auch das Zuhause und zwei geliebte Menschen genommen. Bei einem Brand in Arkadien hatte sie ihre Tutorin verloren und kurz darauf eine Freundin während eines Volksaufstandes in Napoca. Endlich an einen Ort zu kommen, der von Kriegen verschont blieb, war alles, wovon sie träumte.

Arka stellte sich auf die Zehenspitzen, um zu erkennen, warum die Wächter so lange für die Kontrolle der Neuankömmlinge brauchten. Aber die Menschen, die vor ihr warteten – größtenteils Bergbewohner –, versperrten ihr die Sicht. In einiger Entfernung harrten Karawanen vor einem der Zollposten aus. Die Ochsen lagen wiederkäuend im Schnee, ihre Rücken mit Waren bepackt. Ohne Zugang zum Meer, versorgte sich Hyperborea allein dank der Händler, die aus ihren unzähligen Kolonien kamen. Zusätzlich zu den Lebensmitteln verleibte sich die Stadt jeden Tag unglaubliche Mengen an Holz, Stein und Metall ein, die sie als Waffen, Gerätschaften oder Kunsthandwerk, welche in aller Herren Länder verkauft wurden, wieder verließen. Sie war ein kommerzielles und kulturelles Imperium, das seit Jahrhunderten über den benachbarten Städten erstrahlte.

Nach einer Stunde, die ihr wie eine Ewigkeit vorkam, stand Arka endlich vor dem Grenzposten, einem kleinen Steingebäude, das sich an das Bollwerk schmiegte. Darin befragte eine Zollbeamtin gerade eine Bergbewohnerin, die von zwei schmächtigen Kindern begleitet wurde. Einen Moment später kam die Mutter in Tränen aufgelöst und mit den Knirpsen am Rockzipfel heraus, und Arka hörte, wie die Zöllnerin zu einer der Wachen sagte:

»Die Frauen glauben immer, sie könnten mich erweichen, wenn sie ihre Blagen mitbringen. Dabei weiß ich doch genau, dass sie, kaum sind sie drin, als Erstes ein neues ausbrüten, das sie dann auch nicht ernähren können. Keine Hyper, kein Einlass, so einfach ist das. Der Nächste!«

Arka zuckte zusammen und betrat nun selbst das Gebäude, während Zwerg vor der Tür stehen blieb. Was war das, ein »Hyper«? Hyperboreisches Geld? Sie hatte nichts, womit sie hätte zahlen können.

Die Zöllnerin saß hinter einem Schreibtisch und füllte ein Formular aus. Ihre rosafarbene Kopfhaut schimmerte unter dünnen grauen Haarsträhnen hervor, und ein Doppelkinn quoll über den Kragen ihres Pelzmantels. Mit ihren kleinen Wurstfingern brachte sie sorgfältig einen Stempel auf, der die Form eines Greifs – das Wahrzeichen der Stadt – hatte. Dann faltete sie das Blatt, fuhr mit ihrem Fingernagel an der Falz entlang und legte es auf einen hohen Papierstapel zu ihrer Rechten. Im Hintergrund stützten sich zwei Wachen auf große, bedrohlich wirkende Metallstöcke, die ihnen als Waffen dienten. Mit einem Ausdruck tiefster Langeweile beobachteten sie ihre Kollegin dabei, wie sie den Formularstapel zurechtrückte und ein Kästchen voller Münzgeld als Briefbeschwerer daraufstellte, ehe sie endlich zu Arka aufsah. Ihr Blick wanderte über deren abgewetzten Pelzmantel und blieb schließlich an den verfilzten blonden Haaren hängen. Stirnrunzelnd stellte sie fest, dass diese sicher seit Monaten nicht mehr gewaschen worden waren.

»Was führt Sie nach Hyperborea?«, blaffte sie ohne weitere Vorrede und zog ein neues Formular auf den Schreibtisch.

Arka hatte genug Zeit gehabt, um sich auf diese Frage vorzubereiten. Von der Brauchbarkeit ihrer Antwort überzeugt, betete sie stockend herunter:

»Ich bin nach Hyperborea gekommen, weil es die einzige Stadt ist, in der Magie noch erlaubt ist, und ich möchte die Freiheit haben, meine Fähigkeiten zu nutzen, nicht wie in Napoca, wo …«

»Also stammen Sie aus Napoca?«, unterbrach sie die Zöllnerin.

»Ja«, log Arka.

»Sie haben aber nicht die Spur eines napocanischen Akzents.«

Völlig überrumpelt, wusste Arka nicht, was sie darauf antworten sollte. Sie sprach Hyperboreisch, weil die Amazonen eben Hyperboreisch sprachen. Dabei lebte das Volk, aus dem sie stammte, Tausende Meilen von hier entfernt und unterhielt, zumindest soweit sie wusste, keinerlei Beziehungen zu der magischen Stadt. Da die Kriegerinnen keinen guten Ruf hatten, vermied Arka es jedoch zu erwähnen, dass sie bei ihnen aufgewachsen war. Von ihrer eigenen Notlüge in Bedrängnis gebracht, suchte sie fieberhaft nach einer Erklärung.

»Mein Vater ist Hyperboreer, er hat mir beigebracht, seine Sprache zu sprechen. Ich möchte ihn wiederfinden, deswegen bin ich auch hergekommen.«

Das war immerhin nur eine halbe Lüge. Ihr Vater war tatsächlich Hyperboreer, auch wenn sie ihn nie kennengelernt hatte, weil er ihre Mutter vor ihrer Geburt verlassen hatte. Und sie wollte ihn wiederfinden.

Die Zöllnerin nickte bedächtig und trug dann etwas in das Formular ein.

»Sie sprachen von Magie«, nahm sie den Faden wieder auf. »Wie würden Sie Ihre Fähigkeiten beschreiben?«

»Oh, ich kann ein paar einfache Sachen«, antwortete Arka ausweichend. »Feuer machen, Gegenstände zum Schweben bringen, so etwas …«

Die Zöllnerin machte sich erneut eine Notiz.

»Wie wollen Sie Ihren Lebensunterhalt in Hyperborea verdienen?«

Auch darauf wusste Arka eine Antwort:

»In Napoca habe ich auf der Straße Pasteten verkauft, dasselbe will ich hier auch tun.«

In Wahrheit hatte sie noch nie in ihrem Leben eine Pastete zubereitet, noch wusste sie, wie sie überhaupt Geld verdienen sollte, aber sie fand die Lüge überzeugend. Die Zöllnerin nickte wieder und fügte eine Zeile auf ihrem Papier hinzu.

»Ich werde Ihnen jetzt Fragen stellen, auf die Sie mit Ja oder Nein antworten. Haben Sie vor, einer verbrecherischen Organisation beizutreten, sobald Sie in Hyperborea sind?«

Arka war ratlos. Was bezweckte sie mit dieser Frage?

»Nein«, antwortete sie.

»Gedenken Sie sich fremden Eigentums zu bemächtigen oder unrechtmäßig bei Privatpersonen einzudringen?«, fuhr die Zöllnerin fort, nachdem sie ein Kästchen auf dem Blatt angekreuzt hatte.

»Nein.«

»Haben Sie die Absicht, das Wasser der Stadt zu vergiften oder einen der Türme zu zerstören?«

»Nein.«

»Planen Sie einen Anschlag auf Leib und Leben hoher Würdenträger der Stadt, beginnend beim Basileus?«

»Nein.«

»Sind Sie eine Amazone?«

Arka konnte nicht sofort antworten, so verwirrt war sie. Beunruhigt stellte sie fest, dass diese Frage auf dieselbe Stufe gestellt wurde wie die anderen. So, als wäre allein die Tatsache, eine Amazone zu sein, ein ausreichender Grund, zurückgewiesen zu werden. Die Zöllnerin blickte von ihrem Formular auf.

»Eine reine Routinefrage. Antworten Sie.«

»Nein, ich bin keine Amazone«, entgegnete Arka wahrheitsgemäß.

»Name und Alter?«, fragte die Zöllnerin, nachdem sie den letzten Punkt auf der Liste abgehakt hatte.

»Arka, dreizehn Jahre«, antwortete sie schnell.

»Arka, dreizehn Jahre, blond, grau-braune Augen«, murmelte die Beamtin, während sie schrieb. »Ganz schön jung, um allein zu reisen«, sagte sie, ohne die Nase von ihrem Dokument zu heben.

Arka wusste nicht, was sie antworten sollte. Sie hätte auch gerne Gesellschaft gehabt, aber die Umstände hatten ihr keine andere Wahl gelassen. Der argwöhnische Blick der Zöllnerin richtete sich abschätzend auf sie.

»Also gut, lassen wir Sie rein«, sagte sie nach kurzem Schweigen. »Ihr Formular ist ausgefüllt. Der Eintritt in die Stadt kostet Sie einen Hyper, wie Sie sicher auf dem Schild über der Tür gelesen haben. Sie haben doch die Mittel, dies zu bezahlen, oder?«

Arka verzog enttäuscht das Gesicht. Die Zöllnerin musste von Anfang an bezweifelt haben, dass sie so viel Geld besaß. Bestimmt hatte sie sich köstlich dabei amüsiert, ihr die ganzen Fragen zu stellen und ihr damit Hoffnung auf den Einlass in die Stadt zu machen. Verlegen kratzte sie sich am Kopf und stammelte:

»Öh, genau, ich wüsste gerne … sagen wir, es gibt da ein kleines Problem …«

Plötzlich ertönte hinter ihr ein Krachen. Es war Zwerg, der mit den Hufen ausschlug, um sich von der großen Eisscholle zu befreien, die vom Dach des Zollamts heruntergerutscht war. Lachend beobachteten die Umstehenden das Spektakel. Die Zöllnerin schnalzte mit der Zunge.

»Also, wo liegt das Problem?«, fragte sie ungeduldig.

Arka zog drei dreieckige Münzen aus ihrer Tasche, eine aus Gold, eine aus Silber, eine aus Kupfer.

»Ich kenne mich noch nicht so gut mit der hiesigen Währung aus und weiß daher nicht genau, was ein Hyper ist. Ist es das hier vielleicht?«, fragte sie mit Unschuldsmiene, während sie der Beamtin ein großes Goldstück hinhielt, das das Bildnis eines Mannes zierte.

Die nahm es mit misstrauischem Blick und legte es auf eine kleine Waage, um seine Echtheit zu überprüfen.

»Ja«, bestätigte sie widerwillig, ehe sie den Hyper in das Kästchen tat. »Die Silbermünze ist ein Borion und die aus Kupfer ein Chalkos. Ein Hyper ist sechsunddreißig Borion wert und ein Borion zwölf Chalkos.«

Sie setzte den Stempel der Stadt unter das Formular, falzte es mithilfe ihres Fingernagels und legte es oben auf den Stapel unter das Kästchen.

»Sie dürfen sich jetzt offiziell in der Stadt aufhalten. Dies gilt ab heute für die Dauer eines Jahres, wenn Sie allerdings gegen das Gesetz verstoßen, können Sie ohne weiteres Verfahren ausgewiesen werden. Einen Prozess bekommen Sie nur für Verbrechen, auf die die Todesstrafe steht. Haben Sie verstanden?«

»Ja«, antwortete Arka.

Sie wollte nur noch eins: So schnell wie möglich in die Stadt kommen und sich endlich ihren Traum von einer warmen Mahlzeit erfüllen. Hastig steckte sie die übrigen beiden Münzen wieder ein und verließ das Zollamt. Draußen lachten die Leute immer noch. Arka rief nach Zwerg, der sofort mit würdevoller Miene und schwingendem Schweif zu ihr getrabt kam.

»Tut mir leid, Kumpel«, murmelte Arka und tätschelte ihm die Flanken.

Sie hatte dafür gesorgt, dass die Eisscholle auf seine Kruppe fiel. Und während die Zöllnerin und die Wachen abgelenkt waren, hatte sie die drei Münzen unbemerkt aus dem

Kästchen und in ihre Tasche schweben lassen. Es war schon ein berauschendes Gefühl, dass sie sich den Zutritt zur Stadt auf deren Kosten verschafft hatte, dachte sie, während sie mit siegessicherem Schritt unter den Augen der Wachposten das riesige Bronzetor passierte.

Und zur Krönung des Ganzen hatte sie jetzt auch noch genug Geld, um sich etwas zu essen zu kaufen.

2

WILLKOMMEN IN HYPERBOREA

Arka

Während sie die weite, grasbewachsene Fläche überquerte, die die Stadtmauer von den ersten Türmen trennte, lastete eine feuchte Hitze drückend auf ihr. Die hyperboreische Atmosphäre, in der es keinen Wind gab, wirkte wie erstarrt. In ihrem Pelz fühlte Arka sich genauso fehl am Platz wie die Moschusochsen, die die Karwan-Baschis auf den Wiesen rundum grasen ließen. Sie zog ihre Fausthandschuhe und ihren Kapuzenmantel aus und trug jetzt nur noch ein Unterhemd, eine Hose aus Rentierfell und gefütterte Stiefel.

Den Mantel unter den Arm geklemmt, erreichte sie den Stadtrand und schlenderte staunend durch die Straßen. Die hyperboreischen Türme, die von Weitem so schlank und zierlich wie Rosenstangel erschienen, wirkten ganz anders, sobald man zu ihren Füßen stand. Hier und da von trapezförmigen Fenstern durchbrochen, ragten sie wie wuchtige, aus Stein gehauene Riesen in den Himmel empor. Untereinander waren sie durch hängende Wasserstraßen verbunden und durch die Wäscheleinen der Hausfrauen. An den Mauern sprossen vertikale Kräutergärten. Arka hörte eine Frau, die sich zwei Etagen über ihr aus dem Fenster lehnte, murren:

»Diese verdammten Vögel, sie haben schon wieder das Silphium ausgerissen, jetzt muss ich neues pflanzen.«

Im selben Moment flog ein Schwarm Tauben zwischen den Türmen unter einem Vorhang aus Lianen hindurch, die von einem der Luftkanäle hinunterrankten. Die Frau blickte ihnen düster hinterher und kippte dann den Inhalt eines Nachttopfs aus dem Fenster, der mit einem lauten Platsch in der tiefer liegenden Wasserstraße landete. Diese Szene holte Arka wieder in die Wirklichkeit zurück. Mit gerümpfter Nase nahm sie den Geruch der Straßen um sie herum wahr, die eng, düster und voller Fliegen waren. Der Mythos von Hyperborea und seinen goldenen Pflastersteinen fiel wie ein Kartenhaus in sich zusammen. Der Grund der Stadt, der im Schatten der Türme lag, war vor allem eins: schmutzig. Müllhaufen stapelten sich in jeder Ecke, und bräunliche Rinnsale ergossen sich in die Kanäle. Nicht weit von ihr sammelten Kinder große rosafarbene Pilze, die auf Exkrementen wuchsen. An manchen Stellen mussten die Bewohner den Müll beiseiteschieben, um ihre Türen öffnen zu können.

Beim ersten Straßenhändler, an dem sie vorbeikam, kaufte Arka Gerste und ein Gemüsebrot. Danach hatte sie nur noch zehn Chalkos übrig. Sie setzte sich ans Ufer eines Kanals und verschlang ihr Mahl, dicht an ihrer Seite Zwerg, der die Gerste fraß. Nachdem sie den letzten Bissen heruntergeschluckt hatte, leckte sie sich die Finger ab und streckte sich mit einem wohligen Seufzer auf dem Boden aus.

Noch nie hatte sie das Gefühl eines vollen Magens so zu schätzen gewusst wie nach diesen vier Tagen des Fastens.

Moskitos umschwärmten sie, während sie auf dem Rücken lag und die Spitzen der Türme betrachtete, die im Sonnenlicht badeten, und, hinter ihnen, die glitzernden Reflexionen der Kuppel.

Lianen, so dick wie Baumstümpfe, wuchsen aus der Straße

und kletterten bis zu den Turmspitzen hinauf. Wie viele Etagen sie wohl haben mochten? Dreißig oder vielleicht vierzig? Dort oben verschwand das Mauerwerk hinter farbigen Malereien. Jedes Sims, jedes Basrelief, jede Einfassung war mit bunten geometrischen Formen geschmückt. Auf den unteren Etagen dagegen hatte sich der nackte Stein vom Rauch der Verkaufsbuden schwarz gefärbt, wenn er nicht mit Schimmel bedeckt war. Es war offensichtlich, dass die höhergelegenen Ebenen die wohlhabenden Einwohner beherbergten. Das Wasser der Stadt, das durch ein ausgetüfteltes Verfahren hinaufgepumpt wurde, erreichte klar und sauber die Turmspitzen und floss dann durch hängende Aquädukte bis in den unteren Teil Hyperboreas, wo es übelriechend, grünlich und voller Moskitolarven ankam.

Arka stützte sich auf die Ellbogen, ein aufgedunsener Hühnerkadaver dümpelte vor ihr im Wasser. Die Kloake einer ganzen Stadt floss an ihr vorbei.

Plötzlich kreuzte eine riesige, bestimmt drei Schritt lange Schildkröte, die mit Fässern beladen war, ihr Blickfeld.

Auf ihrem alten verbeulten Panzer aus grünem und braunem Schildpatt wuchs bereits Moos. Vorne saß ein Mann, der sie mithilfe eines an ihrem Kopf befestigten Zaumzeugs lenkte. Verblüfft sah Arka diesem seltsamen Gefährt dabei zu, wie es an ihr vorüberglitt und sich dann langsam entfernte.

Es folgten immer mehr Schildkröten in verschiedenen Größen, mit mehr oder weniger schönen Panzern, aber stets gleichmütig, die mit Lebensmitteln oder Personen beladen den Kanal heraufkamen.

»Wir werden hier wohl noch einige Überraschungen erleben«, sagte Arka zu Zwerg, der mit großem Interesse die Flussreittiere von Hyperborea betrachtete.

Sobald sie genug Geld dafür zusammen hätte, würde sie selbst einmal ausprobieren, eine Schildkröte zu reiten. Doch zuerst musste sie dringend welches verdienen. Und ihren Vater finden, sofern dieser noch lebte. Und zusehen, dass sie endlich Fortschritte in Magie machte.

Arka erhob sich und gähnte. Die Hitze und die Mahlzeit hatten sie schläfrig gemacht. Als sie, gefolgt von Zwerg, weiterging, wurde ihr klar, dass sie alle drei Ziele miteinander verbinden konnte. Sie wusste nicht viel über ihren Vater, außer, dass er in Napoca gelebt hatte und ein hyperboreischer Magier war. Sobald sie ihn gefunden hätte, könnte er sie in Magie unterrichten und ihr eine Schildkröte zahlen. Alles fügte sich perfekt zusammen.

Arka war zu stolz auf ihren Plan, um sich einzugestehen, dass er gewisse Schwachstellen hatte. Angefangen mit der Frage, wie ihr Vater sie empfangen würde, falls es ihr überhaupt gelänge, ihn zu finden.

Sie kam an eine Kreuzung zweier Kanäle, auf der sich die Schildkröten stauten und in deren Mitte sich ein gelblicher Wasserfall ergoss. Er entsprang einem etwa zwanzig Schritt höher gelegenen Aquädukt, das zwischen zwei Türmen plötzlich endete, als wäre es nicht fertiggestellt worden. Eine Art Seilzug war dort angebracht, und ein durch ölige Taue an den Zugrollen befestigtes Netz trieb im Wasser des Kanals.

Im nächsten Moment paddelte eine Schildkröte, gelenkt durch ihren Fahrer, in das Netz, Maschinisten setzten die Zugrollen in Bewegung, die Taue strafften sich, und das Tier wurde unter großem Wasseraufwirbeln angehoben. Die Winde rollte die Seile ohne menschliches Zutun auf, als wäre Magie am Werk, was sicherlich auch der Fall war. Fasziniert beobachtete Arka, wie sich die riesige Schildkröte in die Luft erhob und entlang des Wasserfalls nach oben schwebte, während ihre Flossen im Freien baumelten. Als das Tier den oberen Kanal erreicht hatte, schwenkte der Flaschenzug um und verschwand aus ihrem Sichtfeld. Kurz darauf tauchte das Netz, beladen mit einer anderen Schildkröte, wieder aus dem Kanal auf.

Arka saß am Ufer und sah dabei zu, wie die Maschine die Reptilien hinauf und hinab beförderte, während Zwerg Gräser äste, die zu Füßen der Türme zwischen den Steinen wuchsen. Sie zuckte zusammen, als einer der Reiter seine Schildkröte neben ihr zum Stehen brachte. Der Panzer des Tiers war blau angemalt.

»Wollen Sie zur zweiten Ebene?«

Offensichtlich hatte sie es mit einem Kutscher zu tun.

»Was ist die zweite Ebene?«

Der Kutscher deutete zu dem Aquädukt.

»Das ist da oben. Und dann kommt die dritte Ebene und dann die vierte …«

»Ich suche einen Magier«, entgegnete Arka. »Wo wohnen denn die Magier?«

»Die Magier? Die sind alle droben in der siebten.«

Arka blickte zu den Spitzen der Türme hinauf, die bestimmt zweihundert Schritt über ihr in den Himmel ragten. Da oben war also ihr Vater. Schwebend konnte sie höchstens drei oder vier Schritt überwinden, und um mit ihrem Flügelarmband einen derartigen Steigflug zustande zu bringen, war sie nicht geübt genug, selbst wenn sie Zwischenhalte einlegen würde. Ihre Finger spielten mit dem Münzgeld in den Tiefen ihrer Tasche. Vielleicht könnte sie den Schildkrötentransfer bezahlen, nachdem sie ihren Pelz verkauft hätte.

»Wie viel kostet eine Fahrt zur siebten Ebene?«

»Die Gebühr für den Aufzug sind immer so viele Hyper wie die Zahl der Ebenen, zu denen er führt, also muss man zwei plus drei plus vier plus fünf plus sechs plus sieben rechnen ... macht siebenundzwanzig Hyper eben.«

Arka schluckte.

»Was? Was ist das denn für eine Stadt? Eine Räuberhöhle?«

»Plus zwei Borion für den Transport.«

»Das ist ja Abzocke!«

Der Kutscher lachte.

»Das hier ist Hyperborea, nicht irgendein Bergdorf. Bei jedem Ebenenwechsel zahlt man Wegegeld, so ist das halt.«

Arka verzog das Gesicht. Die Hände tief in den Taschen vergraben, blickte sie auf die stinkenden Abfälle, die im Kanal vorbeitrieben. Der erbärmliche Zustand des Viertels überraschte sie nicht mehr. Nur die wirklich Reichen konnten es sich leisten, ganz oben in den Türmen zu leben.

»Und was muss man machen, um Hyper zu verdienen?«

Lastyanax

Lastyanax ließ sich in einen selbsttragenden Sessel fallen.

Er hatte nun schon zum zweiten Mal das Arbeitszimmer seines früheren Mentors durchsucht. Ein ziemliches Chaos. Palates war nicht gerade ein Ordnungsfanatiker gewesen und hatte seinen Hausangestellten stets den Zugang zum Arbeitszimmer verwehrt. In Wahrheit hatte außer Lastyanax nie jemand die Erlaubnis gehabt, es zu betreten.

Geistesabwesend ließ er seinen Blick durch das lichtdurchflutete Zimmer schweifen, das mit Wandmalereien geschmückt und mit alten Truhen voller Dokumente möbliert war. Am Tag zuvor, im Kolumbarium, war er über die bescheidene Versammlung anlässlich von Palates' Beerdigung erstaunt gewesen: Einige entfernte Verwandte, seine Hausangestellten und die Minister, die nicht umhinkamen, ihrem Kollegen die letzte Ehre zu erweisen. Lastyanax hatte sich, nachdem er sich die üblichen hohlen Phrasen über die Wichtigkeit des Verstorbenen angehört hatte, so schnell wie möglich aus der Totenstadt verdrückt. Einige Minister, allen voran der Eparch, hatten ihn während der gesamten Zeremonie mit feindseligen Blicken bedacht, als würde sie seine Kandidatur für das Ebnungsministerium persönlich beleidigen.

Lastyanax betrachtete eingehend die Dokumentenstapel, die er noch sortieren musste. Irgendwo dort zwischen den Papieren würde sich vielleicht die Erklärung für Palates' Ableben finden. Gegenüber dem Mystografen hatte er so getan, als glaube er an einen Herzinfarkt, und vielleicht war das ja auch die wahre Todesursache, trotzdem ließ ihn der Gedanke an einen Mord nicht los. Wieder rief er sich die Bemerkung eines der Schaulustigen, die Palates' Tod im Magisterium kommentiert hatten, ins Gedächtnis: »Ich habe einen der Hausangestellten sagen hören, er hätte etwas Falsches getrunken …«

Gift?

Das Keramikhuhn, das vor ihm auf einem Stapel Pergamente lag, schien ihn zu verspotten. Normalerweise hätte Lastyanax etwas derart Hässliches sofort weggeworfen, aber ein Anflug von Wehmut hielt ihn zurück – es war das letzte Stück von Palates' letzter Sammlung. Er griff nach der Figur und drehte sie gedankenverloren zwischen den Fingern.

Plötzlich ließ ihn ein Klirren zusammenzucken. Das Huhn

glitt ihm aus den Händen, fiel zu Boden und zerbrach. Wütend sprang Lastyanax aus seinem Sessel auf und öffnete die Tür des Arbeitszimmers. Die beiden alten Hausangestellten, Aous und Metanira, versuchten gerade den Korridor von einer besonders sperrigen Kollektion zu befreien: Ein Dutzend riesiger Steingutöfen, die Palates aus Napoca importiert hatte, obwohl sie in Hyperborea völlig unnötig waren, da die Kuppel das Heizen überflüssig machte. Einer der Öfen war auf dem Boden zerborsten. Die beiden Angestellten waren so sehr damit beschäftigt, sich gegenseitig zu beschimpfen, dass sie Lastyanax gar nicht bemerkten. Seufzend schloss er die Tür wieder.

Einige Tage zuvor hatte ihn ein Notar aufgesucht, um ihn über Palates' letzten Willen zu informieren. Völlig überraschend hatte sein Mentor ihm sein gesamtes Hab und Gut vermacht. Unter der Bedingung, dass er das Paar weiter in seinem Dienst behalten würde, worauf er nur zu gern verzichtet hätte. Der Gedanke, dass Palates ihn anscheinend genug geschätzt hatte, um ihn zu seinem Erben zu machen, hatte ihn stärker bewegt, als er zugeben mochte. Im Nachhinein fühlte er sich wegen all der Male schuldig, da er die kleinen Ticks des alten Mannes verflucht hatte.

Ein Detail des Testaments hatte ihn jedoch besonders beschäftigt: das Datum der Unterschrift. Das Dokument war zwei Tage vor Palates' Tod aufgesetzt worden, als habe dieser gewusst, dass seine Tage gezählt waren.

Lastyanax hockte sich auf den Boden, um die Teile des zerbrochenen Huhns aufzusammeln. Zwischen den Tonscherben blitzte eine kleine Papierrolle auf. Palates musste sie in die hohle Figur geschoben haben. Erstaunt hob Lastyanax sie auf und entrollte sie auf dem mit Intarsienarbeiten verzierten Tisch. Zum Vorschein kam ein Zettel, der den stolzen Preis, den Palates für die Figur gezahlt hatte, sowie seine Herkunft auswies: *50 Hyper aus der ersten Ebene*. Auf die Rückseite hatte der Magier einige Worte gekritzelt:

Schmuggel … Themiskyra … Nutzen, den Wald der Amazonen anzuzünden? … Verfolgungswahn, absichtlich geschürt, aber durch wen?

Mit klopfendem Herzen las Lastyanax wieder und wieder die Notiz. Schmuggel von was? Er wusste es nicht. Allerdings hatte er von dem Brand, zwei Jahre zuvor, gehört. Eine Militäraktion von Themiskyra, genau wie Palates schrieb, völlig nutzlos, da die Amazonen sofort wieder die Kontrolle über die Region übernommen hatten. Und spielte der Verfolgungswahn auf die ständige Angst des Basileus an, dass die Kriegerinnen vor den Toren der Stadt auftauchen könnten?

Lastyanax griff nach einer Rohrfeder, die auf dem Tisch lag, und tauchte sie in ein Tintenfass. Nach kurzer Überlegung zeichnete er neben die Notizen seines Mentors ein Dreieck und schrieb an dessen Spitzen: *Amazonen*, *Hyperborea, Themiskyra*.

In diesem Moment klopfte jemand an die Tür des Arbeitszimmers. Schnell versteckte Lastyanax das Blatt unter einem Buch und öffnete. Vor ihm stand Aous, der alte Majordomus, der halb taub war, ihm immer seine Honigwein-Vorräte stibitzte und für den Körperpflege eine Nebensache war, mit der er seine Zeit lieber nicht vergeudete.

»Meister Lastyanax, entschuldigen Sie die Störung«, sagte Aous mit seiner feuchten Aussprache, die er noch dazu hatte. »Möchten Sie etwas zu essen?«

Er reckte den Kopf vor, um die Antwort besser hören zu können.

»Danke, ich habe keinen Hunger«, schrie Lastyanax.

Er schloss die Tür jedoch nicht, sondern wartete, was noch kommen würde. In fünf Jahren hatte Aous nicht ein Mal die Anstrengung unternommen, ihm einen Imbiss anzubieten. Es war offensichtlich, dass seine Frage nur ein Vorwand war, um mit ihm sprechen zu können. Der Majordomus kaute einen Moment auf seinem Gebiss herum, bevor er hinzufügte:

»Es ist so traurig, was Meister Palates passiert ist. Stimmt es, dass Sie ihn gefunden haben?«

»Ja«, brüllte Lastyanax.

»Ich hätte niemals gedacht, dass er uns so bald verlassen würde«, sagte Aous und senkte den Kopf. »Diese Sache mit dem Einbruch hat ihm sicher sehr zugesetzt.«

»Ein Einbruch?«, wiederholte Lastyanax.

»Ja, das war vor etwa zehn Tagen ... neun Tagen, um genau zu sein. Metanira hat gehört, wie jemand nachts in das Arbeitszimmer des Meisters eingedrungen ist, aber bis wir die Tür geöffnet hatten, war dieser Jemand schon verschwunden. Ihr Mentor sagte, dass bis auf ein paar Dokumente nichts gestohlen wurde, aber es war natürlich trotzdem ein Schock.«

»Dokumente? Was für Dokumente?«

»Mh, weiß ich nicht, Ihr Mentor hat's nicht gesagt. Metanira weiß es auch nicht.«

Lastyanax drehte sich um und blickte auf die Truhen, die mit Papierkram überladen waren. Ohne weitere Informationen würde er wohl kaum herausfinden können, welche Unterlagen entwendet worden waren.

»Und die Überwachungssiegel?«, fragte er.

»Welche Tiegel? Ich wusste gar nicht, dass der Meister

auch eine Tiegel-Sammlung hatte, aber es überrascht mich nicht, bei allem, was er so gehortet hat …«

»Die Überwachungssiegel!«, wiederholte Lastyanax. »Ist der Alarm nicht ausgelöst worden?«

»Ah, die Überwachungssiegel … nein, sie haben nicht reagiert.«

Lastyanax runzelte die Stirn. Das wurde ja immer seltsamer. Niemand kam an einem Überwachungssiegel vorbei, ohne Alarm auszulösen. Deswegen platzierten die Magier sie an jeder Tür und jedem Fenster ihrer Wohnungen. Kein Dieb hätte in das Arbeitszimmer gelangen können, ohne sich bemerkbar zu machen.

»Warum hat Palates nicht mit mir darüber gesprochen?«

»Was sagen Sie?«, krächzte Aous und hielt sich die zur Muschel geformte Hand ans Ohr.

»Warum hat Palates nicht mit mir darüber gesprochen?«, brüllte Lastyanax.

»Ah, warum Palates nicht mit Ihnen darüber gesprochen hat … vielleicht wollte er Sie vor Ihrer Disputation nicht damit behelligen.«

»Danke«, antwortete Lastyanax, nachdem er einen Moment überlegt hatte. »Sie können jetzt gehen.«

Er meinte beinah, die alten Knochen des Hausangestellten krachen zu hören, als Aous mit einer Verbeugung die Tür hinter sich schloss. Lastyanax trat ans Fenster und untersuchte das in den Rahmen eingravierte Überwachungssiegel. Die Prägung war intakt. Nachdenklich hob er den Kopf, um den Himmel zu betrachten, der von Schleiervögeln durchzogen war. Wie alle hohen Würdenträger Hyperboreas besaß Palates eine gesamte Etage eines Turmes in der siebten Ebene. Lastyanax konnte von hier aus die vergoldeten Kuppeln des Magisteriums sehen. Verschwommen spiegelte sich der Sonnenuntergang darin. In weniger als zehn Tagen würde er vielleicht dort, an der Seite der anderen Minister, einen Sitz haben.

Wie viele Magier im Alter von 19 Jahren bekamen eine derartige Chance? Seine Karriere entwickelte sich pfeilschnell.

Aber wenn Palates wirklich ermordet worden war, ginge er auch ein beachtliches Risiko ein, indem er ihm nachfolgte. Lastyanax beschlich das Gefühl, dass das Interesse seines Mentors für die Amazonen und für Themiskyra jemanden gestört hatte. Jemanden, der nicht davor zurückgeschreckt war, Palates aus dem Weg zu räumen, und der auch nicht davor zurückschrecken würde, ihm zu schaden, wenn er dasselbe Interesse an den Tag legte.

Es war Zeit, sich Klarheit zu verschaffen. Lastyanax schob das Stück Papier in seine Tasche und verließ entschlossen das Arbeitszimmer.

Embron und Tetos

Embron und Tetos langweilten sich, wie jeden Tag. Sie standen hinter Hermies Schreibtisch und beobachteten schon seit einigen Stunden, wie die Zöllnerin die Neuankömmlinge in Hyperborea terrorisierte. Manchmal gab es ein bisschen Abwechslung, wenn einer der Einwanderer Hermie anflehte oder, im Gegenteil, versuchte, sie zu erwürgen. Sie mussten dann dazwischengehen, auch wenn sie oft genug davon geträumt hatten, dasselbe zu tun.

Hermie hatte sich nie die Mühe gemacht, sie nach ihren Namen zu fragen, sondern nannte sie einfach nur »die Bäume« oder, wenn sie gut gelaunt war, »die Tannen«, weil sie ihrer Meinung nach so aussahen, als würden sie Wurzeln schlagen.

Embron, der Größere der beiden, hieß der »große Baum« und Tetos, der Kräftigere, der »dicke Baum«.

Im Moment war Hermie sehr guter Laune. Nicht nur, weil sie in fünf Stunden fünfzehn Immigranten die Einreise verweigert hatte, sondern vor allem, weil heute der erste Tag der Dekade war, an dem Alkander sie immer besuchte. Sie hatte ihre Formulare mit noch beängstigenderer Sorgfalt aufgestapelt als gewöhnlich und die Eitelkeit so weit getrieben, ihre Augen mit schreiend grünem Lidschatten zu schminken. Eine Reihe großer Ringe an ihren Wurstfingern vervollständigten das Verführungsarsenal.

Alkander war jedoch noch nicht aufgetaucht. Embron und Tetos erkannten an ihrem hektischen Gestempel, dass dieser Umstand Hermie beunruhigte. Sie hatte sogar einen Einwanderer seinen Hyper in sechsunddreißig Borion-Münzen zahlen lassen, etwas, was sie normalerweise niemals dulden würde. Als sie sich plötzlich, mit vor Aufregung bebendem Doppelkinn, umdrehte, schreckten beide auf.

»Dicke Tanne, sag mir, wie viel Uhr es ist.«

Während Tetos versuchte, einen Blick auf die Wasseruhr zu werfen, fügte sie scharf hinzu: »Nehmt Haltung an, ihr Trampeltiere, es sieht ja so aus, als würdet ihr auf euren Waffen einschlafen.«

Embron und Tetos standen sofort stramm und präsentierten ihre Blitzspeere. Im selben Moment zeichnete sich die Silhouette einer athletischen Gestalt im Türrahmen ab.

»Entschuldige, dass ich so spät komme, Hermie, ich wurde aufgehalten.«

Die Zöllnerin zuckte zusammen und fuhr herum.

»Alkander!«

Der Angesprochene trat mit einem Lächeln auf den Lippen ein und strich sich über seine kurzen schwarzen Haare, um sie von den Schneeflocken zu befreien, die sich in ihnen verfangen hatten.

Alkander war um die dreißig und erinnerte mit seiner von Wind und Sonne gegerbten Haut und dem Bartschatten auf seinem Kinn an einen Kapitän, der von hoher See heimkehrte. Embron und Tetos wussten nicht, ob er tatsächlich Seemann war, und sie begriffen auch nicht, warum Hermie sich ein Bein für ihn ausriss, wenn auch sein gutes Aussehen ganz offensichtlich dazu beitrug.

Die Zöllnerin tat so, als schaue sie auf die Wasseruhr, nachdem sie sich die fettigen Haare zurechtgezupft hatte.

»Oh, aber es überrascht mich, dass du schon da bist, ich habe gar nicht gemerkt, wie die Zeit verging.«

Dann zwinkerte sie Alkander neckisch zu.

»Ich habe gute Neuigkeiten für dich.«

Noch immer lächelnd, entledigte sich Alkander seines Pelzmantels, indem er ihn über Tetos' Blitzspeer hängte. Dann setzte er sich auf die Kante von Hermies Schreibtisch, pickte eine Süßigkeit aus einer Dose, die die Zöllnerin immer griffbereit hatte und die weder Embron noch Tetos jemals zu berühren gewagt hatten. Und während er die Süßigkeit zwischen seinen markanten Kieferknochen hin und her rollte, verkündete er:

»Ich bin ganz Ohr, Hermie. Erzähl!«

Er saß so nah bei der Zöllnerin, dass diese ihre gute Neuigkeit für einen Moment vergessen zu haben schien. Mit halbgeöffnetem Mund starrte sie schmachtend in die himmelblauen Augen ihres Gegenübers. Embron und Tetos veränderten räuspernd ihre Position. Langsam wurde es peinlich.

Endlich tauchte die Zöllnerin wieder aus ihren Tagträumen auf. Ihre geschminkten Lider bebten. Mit triumphierender Miene zog sie ein Blatt aus der Schublade und las laut vor:

»Arka, dreizehn Jahre, blond, aus Napoca stammend.«

Ein kalter Ausdruck huschte über Alkanders Züge.

Seit zwei Monaten sahen Embron und Tetos ihn alle zehn Tage in das Zollamt kommen und fragen, ob Hermie einem blonden Mädchen aus Napoca Zugang zur Stadt gewährt hatte. Angeblich handelte es sich um seine Nichte, die aus ihrer Heimatstadt ausgerissen und seitdem unauffindbar war.

»Sie hat es also geschafft, das Riphäengebirge zu überwinden«, sagte Alkander. »Wirkte sie gesund?«

»Etwas abgemagert und erschöpft, aber alles in allem in gutem Zustand. Ich war mir nicht sicher, ob sie deine Nichte ist, also habe ich ihr nicht von dir erzählt. Ich hoffe, du bist mir deswegen nicht böse.«

»Aber nein, aber nein, wie könnte ich dir böse sein?«, erwiderte Alkander und tätschelte ihr die Hand. »Wie auch immer, da sie nun in Hyperborea ist, will ich sie gleich suchen gehen.«

»Ihr seid so interessant, in eurer Familie«, säuselte Hermie.

Alkander lächelte.

»Du weißt gar nicht, wie interessant!«

In diesem Moment erklangen von draußen laute Stimmen. Hermie seufzte und drehte sich schwerfällig zu den beiden Wachmännern um.

»Schaut aus dem Fenster und sagt mir, was da los ist, Tannen!«

Embron und Tetos gehorchten.

»Es ist die Mutter, die mit den beiden abgemagerten Gören«, antwortete Tetos. »Sie hat versucht reinzukommen, ohne zu bezahlen.«

»Die schon wieder!«

»Ich kann mich darum kümmern, Hermie«, mischte Alkander sich ein.

Er stand auf, griff nach seinem Mantel, der immer noch auf Tetos' Blitzspeer hing, und klopfte dem Wachmann auf die Schulter. Dann zog er drei dreieckige Goldstücke aus einer seiner Taschen und warf sie in das Kästchen, wo sie mit einem angenehmen Klimpern landeten.

»Drei Hyper für die Mutter und ihre zwei Kinder«, sagte er, während seine Großzügigkeit in den verliebten Augen der Zöllnerin einen gierigen Glanz entfachte.

»Sie werden dich nicht mehr stören, Hermie. Nimm das als Geschenk, zum Dank für den Dienst, den du mir erwiesen hast«, fügte er hinzu, während er in seinen Mantel schlüpfte.

»Du gehst schon?«, fragte Hermie, die ihre Enttäuschung nicht verbergen konnte. »Jetzt, wo du weißt, dass deine Nichte hier ist, wirst du mich doch aber trotzdem noch besuchen, oder?«

Alkander lachte und drückte ihr einen Kuss auf die Stirn.

»Aber ja, was denkst du denn? Das nächste Mal komme ich nur für dich.«

Embron und Tetos sahen, wie sich ein seliges Lächeln auf dem Gesicht der Zöllnerin ausbreitete, während Alkander den Raum pfeifend verließ.

Es war klar, dass er nicht wiederkommen würde.

Lastyanax

Lastyanax zeigte dem Mautbeamten seinen Siegelring und verspürte, genau wie die fünf Male zuvor, eine große Befriedigung, als dieser ohne weitere Nachfrage nickte und den Aufzug in Gang setzte.

Während er sich bis zum Kanal der ersten Ebene hinabbringen ließ, fragte er sich, ob dies nicht der Moment war, sich mit seinem Vater zu versöhnen. Immerhin hatte er jetzt endlich die Elevenzeit beendet und damit gezeigt, dass sein Ehrgeiz, der zu ihrem Bruch geführt hatte, gerechtfertigt gewesen war. Dann erinnerte er sich an den Gesichtsausdruck seines Vaters, als er ihn das letzte Mal gesehen hatte, und der Gedanke, ihn zu besuchen, verflüchtigte sich ebenso schnell wieder, wie er gekommen war.

Wie jedes Mal, wenn er zur ersten Ebene hinabfuhr, war er über den ranzigen Geruch der dreckigen Straßen bestürzt. Wie hatte er auch nur einen Tag hier leben können? Die Umgebung unterschied sich so sehr von der, die er mittlerweile gewohnt war, dass er den Eindruck hatte, eine andere Stadt zu betreten. Mit seiner violetten Toga und dem Siegelring ging er nicht mehr wie früher in der Masse unter. Ein Umstand, der ihm durchaus gefiel.

»Der Einbalsamierer des westlichen Viertels, richtig?«, fragte sein Kutscher und drehte sich um.

Lastyanax nickte. Am Ufer des Kanals blickten ihnen die Leute hinterher. Als die Schildkröte eine Brücke passierte, hörte er einen Obdachlosen murren: »Noch so 'n verdammter Magier. Schmeiß'n uns ihr'n Müll runter, und dann dürf'n wir auch noch ihre Maut bezahl'n.«

Lastyanax spürte, wie er rot wurde, und versuchte eine undurchdringliche Miene aufzusetzen. Die Privilegien, zu denen er sich einen Moment zuvor noch beglückwünscht hatte, erschienen ihm auf einmal weniger berechtigt. Er erinnerte sich an den Groll, den er als kleiner Junge empfunden hatte, wenn er eine edle Schildkröte an sich vorbeiziehen sah, so eine wie die, auf der er heute saß. Aber auch an den großen Wunsch, später einmal in derselben Position zu sein. Im Grunde unterschied er sich kaum von den Bewohnern der ersten Ebene. Das Einzige, was sie trennte, war der Ehrgeiz. Die Leute hier begnügten sich damit, die Faust gen Himmel zu recken und das Schicksal dafür zu verfluchen, dass sie in ein derart heruntergekommenes Umfeld geboren worden waren. Lastyanax dagegen hatte sein Schicksal in die Hand genommen.

Dennoch beschloss er, diese ungerechtfertigte Bevorzugung im Rat zu diskutieren, falls er zum Ebnungsminister berufen würde. Genau darum ging es schließlich in dem Amt, das allein dazu geschaffen worden war, auf die Forderungen nach Gleichberechtigung der unteren Ebenen zu reagieren.

Eine protzige goldene Schildkröte kam mit hoher Geschwindigkeit aus der Gegenrichtung auf sie zu und riss ihn aus seinen Gedanken. Der Kutscher wich ihr im letzten Moment aus, um einen Zusammenstoß zu verhindern. Das Tier raste vorbei, und Lastyanax hatte gerade noch Zeit, einen blonden Schopf zu erkennen. Einen Moment später folgte eine weitere Schildkröte, die jedoch deutlich weniger glänzte und auf der sich eine Frau und drei Männer um die Zügel stritten.

»Da, Mama! Sie dreht ab«, schrie einer der Männer, dann bogen sie in einen Kanal ein.

Lastyanax warf seinem Kutscher einen fragenden Blick zu.

»Bestimmt eine Klan-Angelegenheit«, entgegnete der schulterzuckend. »So, da wären wir.«

Sie hatten vor einem Eingang, der in das Gemäuer eines düsteren Turmes geschlagen worden war und sich zum Kanal hin öffnete, Halt gemacht. Ein Schädel an einer Kette diente als Ladenschild. Mit dem irren Lächeln, das allen Totenschädeln eigen ist, schaute er auf sie herunter. Vom Kanal aus führten ein paar Stufen zu der schwarz gestrichenen Tür des Einbalsamierers. Lastyanax richtete sich auf, raffte die Zipfel seiner Toga und sprang auf die glitschigen Stufen.

»Drehen Sie einfach eine Runde, bis ich hier fertig bin«, wies er den Kutscher an, »es wird nicht lange dauern.«

Mit einem mulmigen Gefühl stieß er die Tür auf, an der ein menschlicher Oberschenkelknochen als Klopfer diente. Aus dem düsteren Gang dahinter schlug ihm ein noch viel entsetzlicherer Gestank entgegen als der, der ihn in der ersten Ebene empfangen hatte: eine Mischung aus verwesendem Fleisch, parfümierten Salben und Salzlake. Lastyanax folgte dem Gang bis an sein Ende und trat in einen Raum, der nur von einer einzigen Öllampe erhellt wurde. Ein spindeldürrer Mann eilte geschäftig zwischen vier Tischen hin und her, auf denen Leichen aufgebahrt waren. Schimmelpilz wuchs die Mauern hinauf, und die Regale bogen sich unter dem Gewicht von Sturzgläsern, die mit unappetitlichem Zeug gefüllt waren. Der Einbalsamierer drehte sich um. Er war noch ausgemergelter als die Toten, die er präparierte, und seine Augen schienen gleich aus den Höhlen zu springen.

»Ah, ein lebender Kunde!«, rief er mit einem Lächeln, das dem seines Ladenschildes in nichts nachstand. »Dazu noch ein Magier«, ergänzte er, als sein Blick auf die violette Toga fiel. »Wollen Sie für Ihren Sarg Maß nehmen lassen? Welches Holz würde Ihnen denn gefallen?«

Er kniff die Augen zusammen, streckte seine abgezehrten Arme vor sich aus und betrachtete Lastyanax zwischen seinen Daumen, wie um seine Größe abzuschätzen.

»Pinie, Eiche, Ulme oder Buche? Das Holz der Maulbeer-Feige ist gerade sehr gefragt, aber ich würde es Ihnen nicht empfehlen, es neigt dazu, die Körperflüssigkeiten durchzu...«

»Ich bin nicht wegen der Abmessungen meines Sarges gekommen«, schnitt Lastyanax ihm das Wort ab, bemüht, sich angesichts der Kadaver nicht zu übergeben. »Ich heiße Lastyanax und möchte Ihnen einige Fragen stellen, über einen Ihrer letzten ... äh ... Klienten.«

Enttäuscht wandte sich der Bestatter wieder seinen Leichen zu.

»Schade, mit Ihrer schmächtigen Gestalt hätte ich Ihnen einen schlanken Sarg fertigen können, das hätte bei Ihrer Beerdigung Eindruck gemacht«, sagte er, während er in den Eingeweiden eines seiner Kunden wühlte.

›Schmächtige Gestalt? Ich?‹, dachte Lastyanax besorgt. Sicher, er war in den letzten Monaten ziemlich gewachsen und er war auch nicht so muskulös wie Rhodopis, aber man musste nicht gleich übertreiben. Trotzdem sollte er vielleicht doch mal ein bisschen trainieren, jetzt, da seine Disputation ...

Lastyanax riss sich zusammen, er war schließlich nicht wegen *seiner* körperlichen Verfassung hier.

»Der Kunde, um den es sich handelt, war ein Magier, ungefähr fünfzig Jahre alt und recht korpulent.«

»Ah«, sagte der Einbalsamierer und richtete sich, ein Stück Darm in der Hand, wieder auf. »Ja, ich weiß genau, wen Sie meinen. Ein herrlicher Sarg, drei Ellen breit, aus schwarzem Ahorn, richtig?«

»Richtig«, bestätigte Lastyanax. »Eine sehr schöne Arbeit. Konnten Sie, während Sie sich mit diesem ... Klienten beschäftigt haben, die Ursache für sein Ableben feststellen?«

»Hm ...« Nachdenklich kratzte sich der Bestatter am Kinn, das Stück Darm noch immer in der Hand. »Ich erinnere mich, dass mir etwas aufgefallen ist ... warten Sie, ich prüfe das eben nach.«

Er durchquerte den Raum, wobei er einen langen Strang bläulich schimmernder Eingeweide hinter sich herzog. Lastyanax spürte, wie ihm schummrig wurde. Er stemmte seine Fersen fest in den Boden und versuchte, an etwas Schönes zu denken. Den Duft von Pyrrha, zum Beispiel. Am anderen Ende der Leichenhalle angekommen, ließ der Balsamierer endlich das Stück Darm los, um in einer großen Truhe zu kramen.

»Sie haben Glück, ich bewahre die Innereien immer noch ein paar Tage länger auf«, erklärte er, den Kopf tief in dem Möbel. »Manchmal fragen die Verwandten des Verstorbenen danach, um ein schönes Erinnerungsstück zu haben. Erst gestern ist eine Familie gekommen und hat die Urne des Großvaters geholt, sie wollten ihr Wohnzimmer damit schmücken.«

Endlich zog er aus der Truhe ein großes schwarzes Gefäß heraus, an dem ein Schild hing.

»Bitte schön!«, rief er triumphierend. »Hirn, Leber, Niere und Herz von Palates, Ebnungsminister«.

Er drehte den Deckel auf und tauchte seine Hand tief in das Gefäß. Lastyanax wandte sofort den Blick ab und bedauerte, nicht dasselbe mit seinen Ohren tun zu können, als ein lautes Schmatzen zu ihm drang. Noch dazu stand er jetzt dicht vor einem Regalbrett, auf dem sich durchsichtige Gläser aneinanderreihten. *Missgebildeter Fötus, Wucherungen der Milz, Lemurenversuch Nr. 3* las er auf den Etiketten.

Lastyanax schloss die Augen und rief sich mit noch mehr Nachdruck Pyrrhas Parfüm ins Gedächtnis. Hauptbestandteil war ganz offensichtlich die Moly-Blüte. Ein scharfer Duft, hartnäckig und entschieden. Aber es hatte noch eine zweite Note, die weicher war. Jasmin vielleicht …

Die geschäftige Stimme des Bestatters unterbrach seine Gedanken: »Ich bin kein Heiler, aber durch meinen Beruf bin ich recht geschickt darin, zu erkennen, weswegen meine Kunden meine Dienste in Anspruch nehmen. In diesem Fall denke ich, dass das Ableben auf … hm ja, ist tatsächlich ein wenig blässlich, das Ganze … ich würde sagen, es ist auf ein plötzliches Nierenversagen zurückzuführen. Und sicher noch ein paar andere kleine Komplikationen.«

Lastyanax öffnete vorsichtig ein Auge. Der Bestatter hatte die Organe seines Ex-Mentors wieder in der Urne verstaut.

»Möchten Sie sie vielleicht als Erinnerung an Ihren Magierkollegen behalten?«, fragte er und schwenkte das Gefäß mit anpreisendem Lächeln.

Für einen kurzen Moment stellte sich Lastyanax vor, wie er Besuchern erklärte, um was es sich bei der Vase, die in seinem Wohnzimmer thronte, tatsächlich handelte.

»Danke, nicht nötig«, lehnte er ab. »Ein Nierenversagen also? Wie könnte es Ihrer Ansicht nach dazu gekommen sein?«

»Da gibt es viele mögliche Ursachen«, antwortete sein Gegenüber und verstaute die Urne wieder in der Truhe. Während er seine Aufzählung begann, nahm er den Darm vom Boden hoch und legte ihn auf den Bauch seines Eigentümers.

»Ein heftiger Schlag, eine Infektion, ein Herzproblem, eine Vergiftung …«

»Eine Vergiftung?«, hakte Lastyanax nach. »Er könnte vergiftet worden sein?«

Der Bestatter griff nach Messer und Wanne. Er wirkte plötzlich sehr interessiert.

»Ho, ho«, sagte er freudig. »Gibt es da etwa eine gute Seele, die versucht, meinen Kundenstamm aus der siebten Ebene zu vergrößern? Schön, wirklich sehr schön, die Magier sind immer bereit, für eine ordentliche Einbalsamierung zu bezahlen.«

Voller Enthusiasmus schnitt er den Darm seiner Leiche auf, und augenblicklich breitete sich in dem ohnehin schon stickigen Raum ein fürchterlicher Gestank aus. Lastyanax presste die Hand vor die Nase und kämpfte gegen eine Ohnmacht an.

»Ja, das kann durchaus eine Vergiftung gewesen sein«, nahm der Bestatter den Faden nachdenklich wieder auf, während er eine klumpige Flüssigkeit in die Wanne rinnen ließ. »Sicherlich mithilfe einer Mischung aus Schierling, Tollkirsche und dem Saft von Blauem Lotus, das ist im Moment sehr in Mode. Das Opfer schläft ein und stirbt kurz darauf, ein absolut friedliches Ende.«

Er beschrieb die Wirkungen des Gifts, wie andere die Qualitäten eines Kräutertees angepriesen hätten.

»Vielen Dank für diese Informationen«, presste Lastyanax mit Tränen in den Augen hervor. »Ihre Hilfe war sehr … wertvoll. Ich wünsche Ihnen noch einen schönen Tag.«

Er wankte zur Tür und riss sie auf. Ein frischer Luftzug schlug ihm entgegen. Niemals zuvor hatte Lastyanax den Geruch der ersten Ebene so sehr zu schätzen gewusst.

»Ich hoffe, Sie bald wiederzusehen!«, schrie ihm der Bestatter aus der Tiefe seiner Gruft nach.

›Ja, so spät wie möglich‹, dachte Lastyanax und ließ die Tür hinter sich ins Schloss fallen. Während er die drei Stufen zum Wasser hinunterstieg, atmete er mit tiefen Zügen ein und aus. Er wollte einfach nur vergessen, was er gesehen und gerochen hatte. Im Vergleich dazu wirkte der Totenschädel mit einem Mal geradezu anheimelnd.

Immerhin hatte der Besuch beim Einbalsamierer ihm etwas gebracht: Mittlerweile war er sich beinah sicher, dass Palates vergiftet worden war und dass man die Angelegenheit vertuschen wollte. Irgendjemand hatte ihm außerdem belastende Dokumente gestohlen. Wer aber steckte dahinter?

Kurze Zeit später kam seine Schildkröte zurück, um ihn wieder zur siebten Ebene zu bringen. Während die Kanäle an ihm vorbeizogen, grübelte Lastyanax darüber nach, warum man seinen Mentor ermordet haben könnte. Die Vorstellung, dass jemand in Hyperborea derart mächtig war, dass er es wagte, einen Magier des Rates anzugreifen, beunruhigte ihn zutiefst. Wie schlimm musste das, was Palates entdeckt hatte, sein?

Vielleicht war sein Mentor doch nicht so verschlafen gewesen, wie er immer gedacht hatte. Vielleicht hatte er ihn einfach nur in Unkenntnis gelassen, um ihn zu schützen?

Arka

Manchmal fragte Arka sich, an welchen geheimnisvollen Ort sich ihr gesunder Menschenverstand verzog, nachdem ihr eine dumme Idee in den Kopf gekommen war und bevor sie sie umsetzte.

Ziemlich schnell wurde ihr klar, dass es gar nicht so einfach war, ihren Vater zu finden, wie sie es sich erhofft hatte. Ihre Armut hielt sie in der ersten Ebene fest, dort, wohin die Magier nie kamen. Sie konnte dies nur ändern, indem sie Hyper verdiente, also musste sie Arbeit finden.

Aber hier unten, am Grund der Stadt, waren die Stellen knapp und zudem noch schlecht bezahlt. Arka verbrachte ihren ersten Tag in Hyperborea ausschließlich damit, von einem Turm zum nächsten zu irren, um die Werkstätten, Geschäfte und Läden abzuklappern. Sie war noch völlig benommen von ihrer anstrengenden Reise und dem lärmenden Treiben der Stadt, die sie nicht verstand. Dass sie so verwirrt wirkte, half ihr auch nicht gerade dabei, die Händler davon zu überzeugen, sie einzustellen. Entweder ignorierten sie Arka oder sie schickten sie zum Teufel. Als der Tag sich dem Ende zuneigte, hatte Arka noch immer keine Arbeit, keinen Platz zum Schlafen und nicht mehr genug Energie, um sich das eine oder das andere zu suchen.

Die letzte Person, an die sie sich gewandt hatte, ein Fuhrmann, hatte Zwerg angeschaut und ihr geraten, bei den Pferderennställen vorzusprechen. Der Große Preis des Basileus rückte näher, und um dieses Ereignis vorzubereiten, würden immer Arbeitskräfte gebraucht. Da sie sich mit Pferden auszukennen schien, hätte sie dort vielleicht eine Chance.

»Was ist der Große Preis des Basileus?«

»Das große Pferderennen, das einmal im Jahr stattfindet. Jede Ebene nimmt mit ihrem Pferd daran teil, ein Riesenspektakel! Ich geb dir einen Rat, wette auf die erste, zweite oder siebte Ebene, nicht auf die anderen.«

»Warum?«

»Weil in den unteren Ebenen die Klans für die Tiere blechen und in der siebten die Magier, die dazwischen haben keine guten Pferde.«

Arka dankte dem Fuhrmann. Sie folgte seiner Wegbeschreibung und kam zu den Ställen, langgestreckten Gebäuden aus Stein, die sich am äußersten Rand der Türme aufreihten, vor den Wiesen, die diese von der Stadtmauer trennten. Auf den Koppeln sprangen Fohlen um ihre Mütter herum, die sich gegenseitig die Fliegen mit dem Schweif vertrieben. Eine lange Sandbahn führte unter dem aufstrebenden Kuppelgewölbe an den Befestigungsmauern entlang. Einige Reiter nutzten die vergleichsweise frische Abendstunde, um ihre Pferde zu trainieren.

Arka ließ Zwerg am Rand einer Weide grasen und betrat eines der Gebäude. Der Geruch von Mist und gestressten Stalljungen schlug ihr entgegen. Die Burschen, die endlich Feierabend machen wollten, liefen hektisch zwischen den Boxen herum, teilten Wintergerste aus, warfen Heubündel in die Futterraufen und wedelten noch einmal schnell mit dem Besen über den Fußboden. Niemand beachtete Arka. Untätig stand sie inmitten dieser Umtriebigkeit, zu müde, um sich bemerkbar zu machen. Es wurde bereits dunkel, um diese Uhrzeit würde man sie ohnehin nicht mehr einstellen. Während die letzten Arbeiter die Ställe verließen, kletterte sie auf einen Futterspeicher und ließ sich erschöpft ins Heu plumpsen.

Als sie am nächsten Morgen erwachte, war ihr Körper zwar von Flöhen zerstochen, aber sie konnte wieder klar denken. Bei den lächerlichen Gehältern der ersten Ebene würde es Monate dauern, 27 Hyper anzusparen. Sie brauchte also einen Plan, wie sie ohne zu bezahlen an die Spitze der Stadt käme. Unbemerkt schlich sie sich aus den Ställen, schaute kurz zu Zwerg hinüber, der mit glasigen Augen verdaute, und kehrte mit dem Kopf voller Ideen in den Schatten der Türme zurück.

Die erste war nicht gerade brillant. Sie nutzte einen Moment der Unachtsamkeit, um sich in einer der mit Kabeljau gefüllten Tonnen eines Fischhändlers zu verstecken, die dieser in die zweite Ebene zu liefern schien. Zwischen die glitschigen Fische gekauert, spürte Arka, wie sie hochgehoben und auf eine Schildkröte verfrachtet wurde. Kurz darauf vernahm sie das Plätschern ihrer Flossenbewegungen im Wasser. Dann hielten sie an – vermutlich am Aufzug –, und sie hörte jemanden sagen, dass er nun die Ware überprüfen würde. Ihr Herz setzte einen Schlag aus. Sie schlüpfte aus der Tonne, sprang auf die Kaimauer und rannte in Windeseile davon, wobei sie einen intensiven Geruch nach Meer hinter sich herzog.

Ihr zweiter Versuch war auch nicht viel genialer. Sie begann an einem der Türme hochzuklettern, bis eine Hausfrau, alarmiert durch den Geruch nach nicht mehr ganz so frischem Fisch, ihren Kopf aus dem Fenster streckte und sie dabei ertappte, wie sie ihre Mauer erklomm, als wäre sie ein Einbrecher. Überstürzt machte Arka sich an den Abstieg, um den Pantoffelhieben, Beschimpfungen und dem Inhalt des Nachttopfs zu entgehen, die auf sie hagelten.

Jetzt war sie dabei, ihre dritte Idee umzusetzen. Ein Tag in Hyperborea hatte ihr genügt, um zu begreifen, wie mächtig die Klans hier waren. Am helllichten Tag wurden Händler von Gaunern erpresst, die allen Arten von illegalen Geschäften nachgingen und großspurig auf Riesenschildkröten mit glänzenden Panzern herumkutschierten. Da die Aufzugführer es niemals wagten, von den Lenkern dieser Tiere Maut zu verlangen, meinte Arka, es müsse wohl ausreichen, eine dieser Luxusschildkröten zu entwenden, um gratis in die siebte Ebene zu gelangen. Ihre Wahl fiel auf das goldene Exemplar dreier grobschlächtiger Ganoven, die einander verblüffend ähnlich sahen. Sie folgte ihnen mit etwas Abstand am Ufer und sprang, nachdem die drei angelegt hatten, um sich in einer Taverne ein Gläschen zu genehmigen, auf den Panzer des Tieres.

Erst als sie rittlings auf der vergoldeten Schildkröte saß, nur wenige Schritte von ihren Besitzern entfernt, die scherzend an einem Tisch Platz genommen hatten, wurde ihr plötzlich bewusst, wie heikel ihre Lage war.

»Okay, das kann ja nicht viel schwerer sein, als einen Gaul zu reiten«, murmelte sie und griff nach den Zügeln. Sofort heulte die Schildkröte auf und krachte scheppernd gegen den Rand des Kanals. Aus der Taverne hörte man Stühlerücken, während Arka sich verzweifelt bemühte, ihr neues Fortbewegungsmittel unter Kontrolle zu bekommen. Gerade als die Tür der Taverne aufflog und die drei rechtmäßigen Besitzer ins Freie stürmten, gelang es Arka, das Tier von der Kaimauer wegzubewegen.

»Aber …«, stammelte der eine.

»Was zum …«, begann der zweite.

»Ma! Da klaut eine Göre unsere Schildkröte!«, schrie der dritte und drehte sich zum Gastraum um.

Endlich hatte Arka den Vorwärtsgang gefunden. Sie nahm schnalzend die Zügel auf, und ihre Diebesbeute steuerte folgsam in die Mitte des Kanals, nur um im nächsten Moment eine Brücke zu rammen. Ein Mörtelregen ergoss sich über ihren Panzer. Hinter ihr schwadronierten die drei weiter.

»Wir müssen sie aufhalten, sie macht sie sonst noch kaputt …«

»Nehmt doch eine andere Schildkröte, ihr Idioten!«

Ihre Rufe wurden leiser, je weiter Arka sich in Zickzacklinien von der Taverne entfernte. Eine Schildkröte zu steuern war eine viel größere Kunst, als sie angenommen hatte. Das Tier schien nur willkürlich auf die Anweisungen der Zügel zu reagieren. Nachdem sie noch gegen mehrere andere Gefährte geprallt waren, die seinen Panzer verbeulten, hatte Arka das Gefühl, langsam den Dreh rauszuhaben. Die Gaffer am Kai zeigten mit dem Finger auf sie, überrascht, dass ein so junges Mädchen eine Luxusschildkröte lenkte. Sie schnalzte mit der Zunge, beschleunigte und überholte drei Kähne, die in ihrem Kielwasser auf und ab wippten.

Als sie schon glaubte, aus dem Schneider zu sein, gellte hinter ihr ein Schrei:

»DA DRÜBEN! Beeilung, Ma, sonst entwischt sie uns!«

Arka wagte einen Blick zurück. Fünfzig Schritt hinter ihr zappelten die Gauner vor Ungeduld auf einer ramponierten alten Schildkröte, die von einer rundlichen Matrone gelenkt wurde. Tief über den Kopf des Tieres gebeugt, sah sie aus wie eine alte Eule kurz vor dem Abheben. Arka beschleunigte noch etwas mehr und erreichte die behäbige Geschwindigkeit eines trabenden Pferdes. Auf ihrem Weg hätte sie beinah die blaue Schildkröte eines Kutschers gerammt, der einen ganz in Violett gekleideten Passagier beförderte. Eine Reihe von BOING!, BÄNG!, »Hee, mein Kahn, ihr Verkehrsrowdys!« in ihrem Rücken deutete darauf hin, dass sich ihre Verfolger näherten. Als sie nur noch wenige Ellen von ihr entfernt waren, bog Arka scharf in einen Seitenkanal ab und wäre fast gekentert. Die Gauner waren ihr dicht auf den Fersen.

»MA! Sie dreht ab!«

Arka hörte, wie sie ihr folgten. Vor ihr kam eine sehr niedrige Brücke rasch näher. Hastig beugte sie sich über den Panzer ihrer Schildkröte und spürte, wie ihr Rücken den Brückenbogen streifte. Einen Moment später passierten ihre Verfolger das Hindernis. Ein lautes BÄNG! erklang, gefolgt von einem PLATSCH!.

»Ma, Ari ist ins Wasser gefallen, er kann doch nicht schwimmen ...«

»Egal, ich habe drei Söhne, aber nur eine Schildkröte mit einem Panzer aus massivem Gold.«

›Aus massivem Gold?‹, wiederholte Arka in Gedanken. Deswegen kam das Tier also nicht voran. Nur knapp umschiffte sie einen Pfosten, der aus dem Wasser ragte. Hinter ihr palaverten die Gauner weiter.

»Alci, mach dich nützlich und übernimm die Zügel.«

»Was soll ich denn tun, Ma?«

»Haha, ich habe eine Idee! Halte Kurs, Alci.«

Das bedeutete nichts Gutes. Arka verrenkte sich den Hals, um hinter sich sehen zu können. Die Mutter stand breitbeinig auf der Schildkröte und ließ eine Hand in ihre Bluse gleiten. Mit teuflischem Lächeln zog sie eine Kugel in der Größe einer Honigmelone heraus. Arka schluckte, als sie sah, wie sie ihren Arm herumwirbelte, die glitzernde Kugel fest in der Hand. Dann ließ sie sie los, die Kugel flog durch die Luft und explodierte in ihrem Rücken. Aus ihr stieg ein violetter Dunst auf, der Arka seltsam schläfrig machte. Sie ließ die Zügel fallen und spürte, wie sie wegglitt ...

Einen Moment später riss ein lautes KRACK! sie aus ihrer

Umnebelung. Arka richtete sich wieder auf. Die goldene Schildkröte bewegte sich immer noch vorwärts. Sie nahm die Zügel wieder in die Hand und sah sich um. Der violette Dampf zerstreute sich allmählich und gab den Blick auf ihre Verfolger frei. Deren Schildkröte schien die Orientierung verloren zu haben und entfernte sich in Schlangenlinien von dem Pfosten, der zur Hälfte umgerissen war.

»ALCI! Wieso-hast-du-gegen-den-Pfahl-gesteuert?«, brüllte die Matriarchin und versetzte ihrem Sohn einige Ohrfeigen.

»Du hast gesagt, ich soll Kurs halten …«, heulte Alci, die Arme schützend über dem Kopf verschränkt.

Arka brach in Lachen aus. Mit Tränen in den Augen drehte sie sich nach vorne und starrte auf eine Wand.

Der Kanal war eine Sackgasse.

Arka begriff, dass ihr Plan ins Wasser gefallen war. Sie nahm Schwung, sprang zum Kanalufer und gab die Schildkröte und damit auch ihr Vorhaben, mit ihr bis in die siebte Ebene zu gelangen, auf. Während sie sich aus dem Staub machte, hörte sie noch die Mutter der drei brüllen: »MEINE SCHILDKRÖTE, VERDAMMTES LUDER! Du solltest besser bei den Pferdewetten gewinnen, denn ich verspreche dir, dass du mir das hier teuer bezahlen wirst!«

Während sie rannte, sann Arka über diese Worte nach. Bis jetzt hatte sie versucht, ohne Hyper in die siebte Ebene zu gelangen. Vielleicht sollte sie doch lieber genug Hyper auftreiben, um sich die Fahrt nach oben leisten zu können.

Als sie wieder zu den Stallungen kam, blieb sie neben der Rennstrecke stehen und schaute zu, wie die Pferde an ihr vorbeigaloppierten. Wieso war sie nicht früher darauf gekommen! Sie hatte von Anfang an die Lösung vor der Nase gehabt und hatte sie einfach nicht gesehen.

Kaul

Die Sonne ging strahlend hinter der Kuppel unter, die Schleiervögel sangen, und der süßliche Geruch von Pferdeäpfeln wehte durch die Luft: Alles war dazu angetan, Kaul gute Laune zu bereiten, doch vergeblich. Im Gegenteil, er war weit davon entfernt. Er stand im Schatten der Stadtmauer an der Rennbahn und versuchte seinem Jockey zum zehnten Mal zu erklären, warum er während des Rennens vor allem nicht *zu* schnell sein sollte.

Seit er vor zwanzig Jahren der Trainer der vierten Ebene geworden war, hatte Kaul nur Misserfolge zu verzeichnen. Seine Pferde kamen entweder als Letzte oder Vorletzte ins Ziel – wenn sie es überhaupt schafften, das Rennen zu beenden. Einzig sein Talent als Züchter hatte dafür gesorgt, dass er seine Position über zwei Jahrzehnte hinweg behalten hatte. Kaul brachte ausgezeichnete Fohlen hervor, die er schließlich immer verkaufte, um seine Finanzen wieder flottzukriegen. Wenn er sich jedoch dafür entschied, eines der Pferde zu behalten, um es zu trainieren, wartete dieses immer bis zum Vortag des Rennens, um plötzlich zu hinken oder den Drückeberger zu spielen. Im Laufe der Jahre waren Kauls schlechte Rennergebnisse zu einem Dauerwitz in der Pferdewelt geworden. Manche dieser Sprüche waren inzwischen sogar stehende Redewendungen: »Er ist schnell wie ein Kaul«, »Wenn das so weitergeht, wird Kaul noch vor dir ankommen«.

Und als würde er wegen seiner schlechten Platzierungen nicht schon genug verspottet, musste Kaul sich auch noch Scherze über seine Kahlköpfigkeit, seinen Hinkefuß und – am schlimmsten von allem – seinen Sprachfehler gefallen lassen.

Dank dieses Handikaps fehlte es ihm selbst in seinem eigenen Stall an Autorität. Auf der Rennstrecke schüttelten sich die Reiter vor Lachen, wenn er brüllte: »Treib mal deinen Kaul ein bisschen an, du lahme Kurke!«

Dass er nicht in der Lage war, das Wort Gaul richtig auszusprechen, hatte ihm schließlich auch seinen Spitznamen eingetragen. Seitdem versuchte er es so gut es ging zu vermeiden und bediente sich stattdessen anderer Ausdrücke aus dem Reiterjargon – Ross, Klepper, Mähre –, wenn die Tiere, denen er sein Leben gewidmet hatte, ihn mal wieder an den Rand der Verzweiflung brachten.

Nachdem er also den wenig erstrebenswerten Status erreicht hatte, das Gespött der Reitwelt zu sein, hatte der Trainer jetzt, mit fünfzig Jahren, beschlossen, sich zur Ruhe zu setzen. Der Große Preis des Basileus, der in drei Tagen stattfand, läutete das Ende seiner Karriere ein. Und um mit vollen Taschen aufzuhören, was in diesen Kreisen selten war, hatte Kaul vor, seine gesamten Ersparnisse darauf zu verwetten, dass sein Pferd den letzten Platz machen würde.

Zweifellos riskierte er einiges, indem er das Rennen manipulierte, und auch das Wettverhältnis war, wegen seines Rufs als Verlierer, nicht besonders vorteilhaft. Aber das kleine Sümmchen, das er einzubringen erhoffte, war das einzig Gute, was er aus seiner Zeit als Pferdetrainer der vierten Ebene ziehen konnte. Natürlich nur, falls sein Jockey noch vor dem Start kapieren würde, warum er vor allem nicht *zu* schnell sein sollte.

Er wischte sich mit dem Ärmel über die schweißnasse Stirn und warf einen Blick in die Runde, um sicherzugehen, dass niemand ihnen zuhörte. Auf der Rennbahn ließen einige Stallburschen die Pferde gerade austraben, doch sie waren zu weit weg, um ihre Unterhaltung hören zu können. Kaul erkannte zwischen den Pferden Adamant, die große graue Stute der ersten Ebene, die von Kalios geritten wurde, dem heimtückischsten Jockey der Stadt, der die Siege nur so einheimste. Die beiden gingen als Favoriten an den Start.

»Nun, Philipides, hör mir kut zu. Ich hab's dir ja schon kesakt, nicht wahr? Du musst alles dafür keben, dieses Rennen zu verlieren, ohne dass man merkt, dass du es absichtlich tust. Bekreifst du, was ich meine? Wenn es dir kelingt, kebe ich dir ein Zehntel meines Kewinns ab, versprochen.«

Philipides war ein Hitzkopf. Wie alle jungen Reiter träumte er davon, den Großen Preis des Basileus zu gewinnen. Kaul hatte diese Hoffnung selbst durchaus auch einmal gehegt – die Beifallsbekundungen einer ganzen Stadt, der unvergängliche Ruhm, als einer der Besten Hyperboreas zu gelten ... Aber seitdem er infolge eines Sturzes hinkte, hatte er den Gedanken, selbst noch einmal in den Sattel zu steigen, aufgegeben.

Mit trotziger Miene griff Philipides nach den Zügeln von Erlösung, der jungen, kurzatmigen Stute, die Kaul dummerweise aus seinem Stall ausgewählt hatte, anstatt Adamant zu behalten. Und mittlerweile begann er auch zu glauben, dass es ein Fehler gewesen war, sich für einen derart ungeübten Reiter zu entscheiden. Ein älterer wäre viel kompromissbereiter gewesen.

»Ich werd's aber gewinnen, das Rennen!«, schrie Philipides jetzt und fuchtelte mit den Zügeln. »Ich hab monatelang trainiert, und sogar Kalios hat gesagt, dass er beeindruckt ist, wie gut ich reite ... Das zeigt doch, dass ich Chancen hab, oder?«

Kaul seufzte angesichts der Dummheit seines Jockeys. Kalios machte sich einen Jux daraus, ihm Flausen in den Kopf zu setzen. Vielleicht war es klüger, Philipides zu ermutigen und ihn wie der Blitz starten zu lassen, um dadurch Erlösung möglichst schnell zu erschöpfen. Wenn der Junge allerdings die Führung übernahm, riskierte er, von den anderen aus dem Sattel gerissen zu werden, und beim Großen Preis des Basileus blieben auch reiterlose Pferde im Rennen. Bei seinem sprichwörtlichen Pech würde der Klepper doch noch einen der vorderen Plätze belegen und dafür sorgen, dass er seine gesamten Ersparnisse verlor.

Der Abend verlängerte die Schatten der Stadtmauer auf der ockerfarbenen Rennbahn, die mittlerweile leer war. Für einen Moment wanderten Kauls Gedanken zu der Menschenmenge und dem Geschrei, die die Anlage bald mit Leben erfüllen würden. Doch dann ließ ihn Philipides' anhaltendes Geschwätz aufseufzen.

»Ist kut, Phil, brink Erlösunk in den Stall, wir sprechen morken darüber.«

Während Philipides seiner Bitte widerwillig nachkam, hinkte Kaul zur Rennbahn, um sich an das Gatter zu lehnen. Durch die Kuppel betrachtete er die ersten Sterne, die den Himmel sprenkelten. Wie so viele Leute in Hyperborea glaubte er an den Einfluss der Gestirne. Manchmal fragte er sich, welche Konstellation eine diebische Freude daran hatte, ihm das Leben schwerzumachen. Eine ganze Ebene zählte darauf, dass er in einem nicht zu gewinnenden Rennen gewann, aber er konnte ihnen keinen Champion präsentieren. Er hätte so gern ein bisschen mehr Glück gehabt.

»Sind Sie Kaul, der Trainer der vierten Ebene?«

Er zuckte zusammen und riss sich von der Betrachtung des Firmaments los. Vor ihm in der Dämmerung stand ein dürres Mädchen, das ihn aufmerksam ansah. Er war so sehr in seine

Träumereien versunken gewesen, dass er sie nicht hatte kommen hören, weder sie noch das Pferd, das sie begleitete. Sie trug dicke Fellstiefel und eine ärmellose Tunika zweifelhafter Farbe. Ihre dunkelblonden, völlig verfilzten Haare umrahmten ein schmales Gesicht, das mit Sommersprossen übersät war. Sie roch nicht besonders gut. Kaul fragte sich, warum er schon wieder gestört werden musste.

»Kenau, das bin ich«, gab er grummelnd zur Antwort.

Reflexartig ließ er einen abschätzenden Blick über ihr Pferd wandern. Kurzbeinig, schlecht proportioniert, mit Senkrücken und einem zu großen Kopf, war das Tier ein besseres Pony, das ganz offensichtlich nur dazu diente, einen Karren zu ziehen.

»Was willst du?«

»Ich will den Großen Preis des Basileus gewinnen«, antwortete das Mädchen großspurig.

»Und ich will in der siebten Ebene keboren sein«, scherzte Kaul. »Da musst du jemand anders fraken, Kleine.«

»Man hat mir gesagt, Sie hätten noch nie gewonnen«, beharrte sie. »Haben Sie keine Lust, das zu ändern?«

Kaul spürte, wie ihm der Kamm schwoll. Er stieß sich von dem Gatter ab und durchbohrte die Göre mit seinem Blick, in der Hoffnung, dass sie dies ein wenig einschüchtern würde.

»Willst du einkestellt werden, oder was? Das kannst du verkessen. Niemand enkagiert Mädchen für den Kroßen Preis des Basileus und schon kar nicht drei Take vor dem Rennen.«

Mit verschränkten Armen starrte sie ihn völlig unbeeindruckt an.

»Wenn Sie mich nicht nehmen, gehe ich zum Trainer der dritten Ebene, und Sie werden es bereuen.«

Kaul hatte noch nie ein junges Ding getroffen, das eine solche Chuzpe hatte. Er verschränkte ebenfalls die Arme vor der Brust und lehnte sich wieder an das Gatter.

»Du verkeudest deine Zeit, Kleine, ich vertraue meine Klepper doch nicht irkendwem an.«

Gedankenverloren drehte sie eine Haarsträhne um ihren Zeigefinger, ehe sie antwortete:

»Oh, aber ich will Ihr Pferd gar nicht, ich hab doch selbst eins.«

»Ach ja, welches denn? Doch nicht etwa das da, hoffe ich?«, fragte Kaul spöttisch und zeigte auf das große weiße Pony, das hinter ihr stand.

»Aber klar, natürlich das da«, entgegnete sie gekränkt.

Kaul lief rot an. Er war sich sicher, dass seine Konkurrenten ihm einen Streich spielten: Sie hatten das hässlichste Pferd genommen, das sie finden konnten, und eine Rotzgöre dafür bezahlt, dass sie es ihm vorführte. Er schaute sich um, überzeugt, dass seine Kollegen sich gerade in einem versteckten Winkel der Stallungen vor Lachen krümmten. Aber es war nichts weiter zu sehen als die Boxen, in denen die Pferde standen und ihr Heu kauten. Die letzten Reiter hatten schon vor geraumer Zeit die Rennbahn verlassen, er war ganz allein mit dem Mädchen. Und das ließ sich von seinem Vorhaben nicht abbringen:

»Schauen Sie sich wenigstens an, wie er galoppiert. Und wenn Sie dann finden, dass er nicht schnell genug ist, werd ich Sie nicht weiter belästigen, versprochen.«

Der Trainer beäugte sie erneut skeptisch: Wie konnte ein Mädchen ihres Alters ihm so gut etwas vorspielen? Sie hatte die Hand auf den Nacken ihres Pferdes gelegt, und er bemerkte, dass ihre Finger vor Aufregung auf sein Fell trommelten.

Letztendlich war sie sicher nur eine arme kleine Verrückte, die ihr Pony für einen Vollbluthengst hielt. Seufzend gab sich Kaul geschlagen.

»Ist kut, wenn du mich danach in Frieden lässt, werde ich mir anschauen, wie dein Klepper kaloppiert. Ich kebe dir dreißik Sekunden, um mich zu beeindrucken.«

Ein breites Lächeln erschien auf ihrem Gesicht, was Kaul nur noch in der Annahme bestärkte, dass sie verrückt war. Zumindest machte er sie glücklich. Sie hob den Finger und zeigte auf zwei Pfosten, die in einem Abstand von 400 Schritt am Rand der Piste standen.

»Was ist der Rekord für die Strecke zwischen den beiden Pfosten?«

»Was? Ah, der liekt bei 21 Sekunden und wird von Adamant kehalten.«

»Gut, dann brauche ich nur 21 Sekunden, um Sie zu beeindrucken.«

Sie nahm die Zügel auf und lenkte ihr Pony zum Eingang der Rennbahn. Mit mehr Interesse, als er zugeben mochte, registrierte Kaul, dass sie wirklich eine gute Reiterin war: Sie war mühelos aufgestiegen und hielt sich sehr aufrecht hinter dem Widerrist.

Das Mädchen entfernte sich ein wenig von dem ersten Pfosten, drehte dann um und galoppierte an. Sie beschleunigte und erreichte in Sekundenbruchteilen eine Geschwindigkeit, die Kaul bei einem derart schlecht proportionierten Pferd nicht für möglich gehalten hätte. Bevor er noch anfangen konnte zu zählen, hatten sie schon ein Zehntel der Strecke hinter sich gelegt. Verdutzt richtete Kaul sich auf. Mit Schritten, die viel ausholender waren als die der großen Galopper, flog das Tier über die Bahn. Das Mädchen behielt, dicht über seinen Hals gebeugt, trotz der Höllengeschwindigkeit einen perfekten Sitz bei. In wenigen Augenblicken erreichten sie den zweiten Pfahl und zogen in einer ockerfarbenen Staubwolke an ihm vorbei. Kaul war beim Sekundenzählen durcheinandergekommen. Eines war jedoch klar: Das Pony aus den Bergen hatte den Rekord weit unterschritten.

Dreihundert Schritt von ihm entfernt hatte die junge Reiterin die Geschwindigkeit verlangsamt und ritt nun im versammelten Galopp und strahlend vor Stolz auf ihn zu.

»Und?«, stieß sie etwas außer Atem hervor, als sie wieder vor ihm stand.

»Derkleichen habe ich noch nie kesehen!«, antwortete Kaul immer noch völlig verdattert. Er näherte sich dem Pferd und strich über seine trockenen Flanken, überrascht, dass es tatsächlich echt war. Zwerg knurrte und bleckte drohend die Zähne.

»Wie … wo … Was ist das für ein Tier?«

»Ich habe ihn in der Nähe von Napoca gefunden«, antwortete sie ausweichend und ließ sich zu Boden gleiten.

Kaul mochte vielleicht nur ein mittelmäßiger Trainer sein, aber er kannte sich mit Pferden aus wie kein anderer. Und er hatte niemals eine ähnliche Leistung gesehen, vor allem nicht bei einem Tier, das man von Weitem mit einer großen Ziege verwechseln konnte.

»Das ist kein kewöhnlicher Klepper«, stellte er mit gerunzelten Brauen fest, um seiner Gesprächspartnerin klarzumachen, dass sie ihm besser keinen Blödsinn erzählte.

Arka hatte die Botschaft verstanden.

»In dem Dorf, in dem ich ihn gefunden habe, sagte man mir, er sei ein halbes Einhorn«, raumte sie widerstrebend und mit herausfordernder Miene ein, wie um der Skepsis, die ihre Behauptung fraglos hervorrufen würde, zuvorzukommen.

»Ein halbes Einhorn?«

»Ja, ein halbes Einhorn.«

Bis dahin hatte Kaul bezweifelt, dass Einhörner existierten, und es war überhaupt das erste Mal, dass er von einem Mischling hatte sprechen hören. Aber er fand diese Erklärung beinahe vernünftig angesichts dessen, was er gerade erlebt hatte.

»Und sie haben es dir einfach so kekeben?«, fragte er, wobei er sich dem Tier näherte, um seine Stirn nach Spuren eines verkümmerten Horns abzutasten.

»Es hat nicht nur positive Eigenschaften«, entgegnete Arka, während Kaul einem grimmigen Schnappen auswich.

Der Trainer trat einen Schritt zurück und schaute das Tier prüfend an. Es entsprach ganz sicher nicht seiner Vorstellung von einem Einhorn. Wie um den Gedanken zu bestätigen, legte sich das Pferd plötzlich auf den Boden, wälzte sich im Sand wie ein Ferkel in seiner Suhle und erhob sich dann wieder mit zerzauster Mähne und staubigen Flanken.

Die Frage war, ob irgendjemand Verdacht schöpfen würde. Die Regularien des Großen Preises waren eindeutig: Es durften nur Pferde an dem Rennen teilnehmen. In den zwanzig Jahren seiner Karriere hatte Kaul viel Betrug und Schieberei erlebt, aber ein Halbeinhorn antreten zu lassen, das hatte bisher noch niemand gebracht.

»Und du? Wo hast du kelernt, so zu reiten?«

Trotz der Dämmerung konnte er erkennen, wie sie errötete. Achselzuckend antwortete sie:

»In Napoca. Ist es jetzt abgemacht, dass Sie mich für das Rennen nehmen?«

Kaul runzelte die Stirn und musterte sie eindringlich. Sie verheimlichte ihm doch noch was. Nun, letztendlich ging es ihn nichts an. Also verkündete er, wohl wissend, dass die Verhandlung zäh werden würde:

»Ich nehme das Einhorn, und wenn es kewinnt, bekommst du ein Zehntel des Preiskeldes. Das sind tausend Hyper für dich, ein einträkliches Keschäft. Ich werde einen kuten Reiter für dein Tier finden, keine Sorke.«

»Was? Nie im Leben!«, rief Arka. »Es ist mein Pferd, und ich will die Hälfte der Beloh…«

»Warst du schon mal beim Kroßen Preis des Basileus, Kleine?«, schnitt Kaul ihr das Wort ab. »Kennst du die Rekeln?«

»Öh …, nein.«

»Kein Wunder, denn es kibt keine.«

Kaul ließ seine Antwort kurz auf sie wirken, ehe er fortfuhr:

»Alles ist kestattet. Es ist ein absolut brutaler Wettkampf. Jedes Jahr kibt es mindestens einen Toten. Man stattet die Jockeys mit hölzernen Reitkerten aus, damit sie fester zuschlaken können. Das ist kein Rennen, das ist eine Prükelei. Bist du sicher, dass du da mitmischen möchtest?«

Mit einem Schulterzucken wischte sie seine Argumente beiseite.

»Ich habe Schlimmeres erlebt. Außerdem werden Sie keinen Reiter für ihn finden, er kann Jungs nicht leiden. Und wenn Sie mich nicht einstellen, suche ich mir halt einen anderen Trainer.«

Verärgert überkreuzte Kaul die Arme. Wieder musterte er sie und fragte sich, ob eine derart zarte kleine Person diesen Wettkampf überleben konnte. Andererseits hatten die Sterne endlich seine Wünsche erhört und ihm ein schnelles Tier geschickt, jetzt wollte er wegen der Reiterin nicht wählerisch sein. Im schlimmsten Fall würde das Pferd das Rennen eben alleine beenden.

»Nun kut. Ich nehme dich auch und ich überlasse dir ein Zehntel des Kewinns.«

Als er sah, dass sie erneut protestieren wollte, fügte er hinzu:

»Das ist nicht verhandelbar! Ich kehe nicht drüber und du wirst auch keinen anderen Trainer finden, der bereit wäre, dir so viel zu keben. Ich kehe schon ein enormes Risiko ein.«

Energisch zwirbelte sie eine Haarsträhne um ihren Zeigefinger, während sie Zahlen vor sich hin murmelte.

»In Ordnung, wenn Sie mir bis zum Rennen Essen und eine Unterkunft geben.«

»Meine Frau und ich werden uns darum kümmern. Ist das alles?«

»Nein, ich will auch Schuhe und saubere Kleidung. Und Seife.«

Dann erzählte sie etwas von einer Tonne mit gammeligem Fisch, doch der Trainer hielt ihr die Hand hin, um ihren Geschichten ein Ende zu setzen.

»Abkemacht?«

»Abgemacht«, antwortete sie und schlug ein.

Zufrieden blickte sie zu den Stallungen, die mittlerweile ganz im Dunkeln lagen.

»Gut, haben Sie eine Box für Zwerg?«

»Zwerk? So heißt er also?«, fragte Kaul erstaunt.

»Natürlich«, antwortete sie, als wäre es die selbstverständlichste Sache der Welt.

Mit einem Anflug von Verzweiflung stellte sich Kaul die Reaktion der Zuschauer vor, wenn dieser Name zu Beginn des Rennens verkündet würde. Die Sterne wollten ihn zweifelsohne zum Narren halten.

»Weil er so klein ist«, ergänzte sie.

»Danke, ich hab's bekriffen. Und du? Wie heißt du überhaupt?«

»Arka«, antwortete sie mit einem breiten Lächeln.

3

DER GROSSE PREIS DES BASILEUS

Lastyanax

Lastyanax stieg die Treppe der Stadtmauer hinauf. Der Klang seiner Schritte wurde durch einen Teppich gedämpft, den man auf den steinernen Stufen ausgerollt hatte. Zu seiner Rechten erstreckte sich die Rennbahn. Noch nie hatte er beim Großen Preis des Basileus eine so gute Sicht gehabt wie heute, wo er dem Wettkampf von der Zuschauertribüne aus beiwohnen würde. Hinter dem Brachland, das die Stadt wie ein Gürtel umgab, ragte der Wald aus Türmen empor. Die Höhe der Gebäude folgte der Krümmung der Kuppel, sodass die architektonisch überladenen Turmspitzen der siebten Ebene am Rand der Stadt nur eine Etage umfassten, in der Mitte dagegen fünf. Die Pflanzen in den vertikalen Gärten der außen gelegenen Türme gediehen besonders üppig, weil sie den ganzen Tag von der Sonne beschienen wurden. In jeder Ebene waren die Gebäude von breiten Plattformen umgeben, auf denen sich ein Kanal und ein Bürgersteig befanden, sodass die Bewohner ihr Zuhause sowohl mit Schildkröten als auch zu Fuß erreichen konnten.

Im Moment schien ganz Hyperborea unterwegs zu sein. Auf der gegenüberliegenden Seite der Rennstrecke drängten die Zuschauer scharenweise und oft unter Einsatz ihrer Ellenbogen zum Turnierplatz, und die Kanale waren derart befahren, dass sie beinahe über die Ufer traten. Jede Ebene hatte stolz ihre Farbe gehisst und so die Stadt in eine gigantische, bunte Schichttorte verwandelt. In allen Ecken wurden magische Kracher gezündet, immer wieder stimmte ein Zuschauer die Hymne seiner Ebene an, und umgehend fielen Hunderte in den Gesang mit ein.

Lastyanax erreichte den Wehrgang, wo anlässlich der Veranstaltung eine Tribüne errichtet worden war. Jenseits der Mauer breitete sich die verschneite Ebene aus, die vom gezackten Fries des Gebirges begrenzt wurde. Zwischen ihm und der Kälte ragte schützend die Kuppel empor, eingefasst in die zwanzig Schritt breite Stadtmauer. Er trat an sie heran und legte seine Hand auf die glatte Oberfläche des Adamants. Die vereiste, den Unbilden der Witterung ausgesetzte Welt dort draußen war ihm wie allen Hyperboreern zutiefst zuwider. Von Kindesbeinen an hatte man ihm beigebracht, die Barbaren zu verachten, die nicht das Vorrecht hatten, innerhalb der Kuppel zu leben. Vor allem die Bewohner der ersten Ebene betonten gerne dieses Privileg – die Vorstellung, dass jemand es noch schlechter getroffen haben könnte als sie, war tröstlich.

Trotzdem hatte Lastyanax immer häufiger das Gefühl, in der Stadt zu ersticken. Als er sich im letzten Jahr mit seiner Erfindung abmühte, hatte er oft den Wunsch verspürt, die Welt außerhalb der Festungsanlagen, die er nur aus Forschungsberichten oder von Karten kannte, einmal selbst zu entdecken. Doch jetzt, da er Palates' Nachfolge antreten und vor allem seinen Mörder finden wollte, konnte er die Stadt nicht verlassen. Je mehr Lastyanax darüber nachdachte, desto sicherer war er, dass beide Vorhaben eng miteinander verbunden waren. Palates konnte nur im Inneren des Rates die

Fäden der Spinne entdeckt haben, die ihn ermordet hatte. Wenn Lastyanax sie anlocken wollte, musste er ebenfalls seinen Fuß in ihr Netz setzen.

In gewisser Weise war er jedoch auch erleichtert, dass er in Hyperborea bleiben musste, denn wenn er ehrlich zu sich war, fühlte er sich eher bereit, es mit einem Mörder aufzunehmen als mit der Welt dort draußen.

Die drückende Schwüle riss ihn aus seinen Gedanken. Die aufgeheizte Stimmung Tausender Zuschauer hatte die Temperatur unter der Kuppel unerträglich werden lassen. Lastyanax fächelte sich mit seiner schweren violetten Toga, dem Kleidungsstück der Magier, Luft zu. In diesem Moment hätte er sie liebend gern gegen die deutlich leichtere Tunika getauscht, die er als Schüler getragen hatte.

»Dann bist du also tatsächlich schon Magier«, sagte eine spöttische Stimme hinter ihm. »Sieht so aus, als wolltest du es immer noch allen zeigen.«

Lastyanax drehte sich um und stand einer jungen Frau in einem grünen Kleid gegenüber, das perfekt zu ihrer Augenfarbe passte. Mit diesem Gewand und dem changierenden Turban, der ihre langen schwarzen Haare zurückhielt, war Pyrrha im Begriff, einen neuen Trend zu setzen.

»Da bin ich nicht der Einzige«, antwortete er. »Wo hast du denn deine Eleventunika gelassen?«

»Du weißt genauso gut wie ich, dass ich in fünfzehn Tagen meine Disputation habe, Lastyanax«, entgegnete Pyrrha gelangweilt. »Außerdem nimmt man nicht in der Schülertunika am Großen Preis des Basileus teil, wenn man die Ikone der hyperboreischen Mode ist. Niemand trägt hier übrigens seine Amtskleidung«, fügte sie hinzu, während sie ihn von oben bis unten musterte.

Lastyanax spürte, wie er rot wurde. Unsicher schaute er zu den anderen Magiern hinüber, die gerade auf den Zuschauerrängen Platz nahmen. Tatsächlich hatten alle seine Kollegen ihre violette Toga zu Hause gelassen und stattdessen deutlich festlichere Gewänder angelegt. Mit dem unangenehmen Gefühl, eine Peinlichkeit begangen zu haben, wandte er sich wieder Pyrrha zu. Sie hatte sich schon vor langer Zeit für sein rechtes Auge entschieden.

»Lastyanax«, sagte sie jetzt kopfschüttelnd, »du bist so sehr *erste Ebene*, dass es schon rührend ist. Aber jetzt entschuldige mich, der Eparch hat mir einen Platz in der Ehrenloge freigehalten. Es ist das erste Mal seit einem Jahrhundert, dass eine Frau dort sitzen darf, und es wäre doch schade, eine solche Gelegenheit zu verpassen.«

Damit drehte sie sich um und ging mit schwingendem Schritt zu den Tribünen. ›Sie hat sich ganz schön verändert‹, dachte Lastyanax bitter und folgte ihr. Während Pyrrha sich unter einen Brokatbaldachin in der Mitte des Podestes setzte, blieb er mit hängenden Schultern am Fuß des ersten Ranges stehen. Vor ihm erhob sich ein Meer aus Magiern, wie eine Welle, die bereit war, ihn zu verschlingen. Plötzlich glaubte er, selbst das Spektakel zu sein, zu dem seine Kollegen so zahlreich erschienen waren: ein Ministeranwärter von 19 Jahren, so unerfahren, dass er nicht einmal wusste, wann er seine Toga zu tragen hatte, in der er sich noch dazu bei jedem Schritt verhedderte. Entschlossen verscheuchte Lastyanax seine ängstlichen Gedanken und zwang sich, mit selbstbewusstem Blick die Zuschauerreihen nach einem strategisch günstigen Platz abzusuchen. Der Große Preis des Basileus war eine einmalige Chance, politisch zu punkten.

Die Ehrenloge war den höchsten Würdenträgern vorbehalten. Silenos hatte sich dort niedergelassen und unterhielt sich lebhaft mit dem Wirtschaftsminister. Als er seinen ehemaligen Schüler am Fuß der Ränge stehen sah, zwinkerte er ihm aufmunternd zu. Seitdem er Lastyanax unter seine Fittiche genommen hatte, bemühte er sich, für ihn Unterstützer im Mentorenkollegium zu finden. Der Wirtschaftsminister war sein jüngster Fang. Doch Lastyanax fehlte noch immer eine Stimme, und die nächste Zusammenkunft des Rates näherte sich mit großen Schritten. Lastyanax' Blick streifte den Obersten Schatzmeister, den Strategen und den Amtsschreiber. Alle drei waren mit dem Eparchen verbündet. Keiner von ihnen würde es wagen, für ihn zu stimmen. Da entdeckte er Trierios, den Kolonialminister, einen korpulenten Mann mit Kneifer. Ein pechschwarzes Ziegenbärtchen gab seinem runden Gesicht die Form einer umgedrehten Birne. Anders als die übrigen Mitglieder des Rates saß Trierios nicht in der Ehrenloge. Er war ein unverbesserlicher Schürzenjäger, aber auch ein aufgeklärter Minister und politisch in Ungnade gefallen, seitdem er sich gegen den Verkauf der Kolonien an Themiskyra aussprach. Gleichwohl hatte er einen Sitz im Rat und stellte damit einen perfekten Verbündeten dar … falls es Lastyanax gelingen würde, sich seine Unterstützung zu sichern.

Während dieser noch nach einer Möglichkeit suchte, ihn anzusprechen, wurde die Aufmerksamkeit des Ministers plötzlich von einer schönen blonden Bedienung angezogen, die mit einem Tablett voller alabasterner Trinkschalen an ihm vorbeiging. Er rief sie zu sich, da sie jedoch gerade mit einem anderen Magier sprach, hörte sie ihn nicht. Ein Diener bot dem Minister ein Glas an, welches er mit einer verärgerten Geste ablehnte. Lastyanax ahnte, dass den Minister weniger das Getränk interessierte als diejenige, die es servierte.

Also trat er zu der jungen Frau und wies sie auf den Magier hin, der an seinem Platz Trübsal blies. Eilig ging sie zu ihm, und Lastyanax folgte ihr. Als Trierios die beiden auf sich zukommen sah, hellte sich seine Miene auf.

»Herr Minister, dieser junge Meister hat mir gesagt, dass Sie etwas zu trinken wünschen. Was darf ich Ihnen bringen?«, fragte die Dienerin und beugte sich vor, um ihn besser verstehen zu können.

»Ein Glas neuen Gewürzwein von den Kassiteridischen Inseln und eines mit Ihrem bezaubernden Lächeln, junges Fräulein«, antwortete Trierios augenzwinkernd. »Fragen Sie den Mundschenk nach dem Likör, ich weiß, dass er noch ein paar Amphoren hat – ich selbst habe sie ihm von meiner letzten Reise in die Kolonien mitgebracht«, ergänzte er und schob seinen Zwicker zurecht, um besser in das Dekolleté der jungen Frau schielen zu können. »Es ist ein sinnliches goldenes Getränk, eine echte Wonne, genau wie Sie.«

Beschämt über seine eigene kleine Trickserei, bewunderte Lastyanax die Ruhe der Dienerin, die sich sogar noch ein Lächeln abrang, um Trierios im Glauben zu lassen, dass sie seine Komplimente schätzte, ehe sie verschwand. Er räusperte sich, doch der Minister starrte ihr hinterher und murmelte: »Was für ein entzückendes Geschöpf.«

Erst als Lastyanax fragte: »Ist dieser Platz noch frei?«, und auf den leeren Sitz neben ihm deutete, tauchte Trierios aus seinen Träumereien auf und blickte zu ihm hoch.

»Aber ja, aber ja, ich würde Ihnen sogar meinen geben, wenn Sie mir noch so ein nettes junges Ding brächten!«

Lastyanax raffte umständlich seine Toga, bevor er sich setzte, und lachte gezwungen. Als er merkte, wie falsch es klang, verstummte er.

Trierios strich über sein geöltes und parfümiertes Ziegenbärtchen und musterte ihn einen Moment lang schweigend, während vorn auf der Tribüne ein Herold Aufstellung nahm und sich anschickte, den Beginn des Rennens zu verkünden.

»Ihrer Kleidung nach zu urteilen, sind Sie gerade zum Magier ernannt worden, junger Mann. Und ich schätze, Sie haben diesen Platz nicht zufällig gewählt.«

Lastyanax straffte die Schultern. Trierios kam direkt zum Punkt. Umso besser, dann musste er wenigstens nicht um den heißen Brei herumreden.

»Nein, in der Tat. Wie Sie wissen, ließ das Verschwinden des Ebnungsministers einen Sitz im Rat vakant werden …«

»Ha! Jetzt erkenne ich Sie wieder, ich habe Sie schon in Begleitung meines Eleven gesehen«, unterbrach Trierios ihn. »Der berühmte Lastyanax! Der die Kühnheit besitzt, sich gegen den Widerstand des Eparchen um Palates' Amt zu bemühen. Ja, ich habe von Ihnen gehört, natürlich. Und ich erinnere mich auch an Ihre Leistung bei der Attribution vor fünf Jahren. Damals habe ich sogar darüber nachgedacht, Sie zu meinem Eleven zu machen. Aber Sie haben keinen, wie soll ich das sagen, sicheren Wert dargestellt. Es ist immer riskant, jemanden unter seine Fittiche zu nehmen, der aus den unteren Ebenen stammt, so begabt er auch sein mag. Sie sind jedoch dem Ruf, den Sie sich bei diesem Turnier erworben haben, gerecht geworden.«

Lastyanax strich unwillkürlich über seine Nase, die er sich während der Attribution gebrochen hatte.

»Ebendarum, Meister, wären Sie nun, angesichts meiner bisherigen Laufbahn, bereit, in einen vielversprechenden Wert zu investieren?«

In diesem Moment wurde ihre Unterhaltung durch den Herold unterbrochen, der mit seiner magisch verstärkten Stimme verkündete: »Hyperboreer, Hyperboreerinnen!«

Das Stimmengewirr wurde leiser. Die Menschen drängten sich an den Fenstern der Türme und an den Ufern der Kanäle – die magisch besonders Versierten wagten sogar, über der Menschenmenge zu levitieren. Manche hielten sich dabei an Kletterpflanzen fest, um nicht abzustürzen. Jedes Jahr kamen während des Rennens ein gutes Dutzend Zuschauer ums Leben, weil sie zu übermütig gewesen waren.

»Herzlich willkommen beim hundertersten Großen Preis des Basileus!«

Die Menschenmenge johlte und stampfte auf den Boden, hier und dort wurden Banner in den unterschiedlichen Farben der Ebenen geschwungen. Durch den Lärm aufgeschreckt, stoben ganze Schwärme von Schleiervögeln pfeilschnell in die Luft.

»In diesem 184. gesegneten Jahr der Regentschaft Seiner Majestät des Basileus, des Obersten Hyperboreers, des Großen Erbauers, des Erhabensten Magiers, des Bezwingers der Amazonen …«

»Ja ja, genau, Bezwinger der Amazonen«, murmelte Trierios, während der Herold die Liste der Ehrentitel des Monarchen fortführte. »Also, um es kurz zu machen, Sie bitten mich um meine Stimme, damit Sie Ebnungsminister werden können, obwohl Sie nicht einmal mein Eleve sind.«

Es war eine Feststellung, keine Frage. Trierios drehte sich zur Seite, um besser sehen zu können, wie die Reiter und ihre Pferde unter den Anfeuerungsrufen der Zuschauer auf der Rennbahn einliefen. Lastyanax' Gesuch schien er vergessen zu haben. Der hielt schweigend den Atem an, sicher, dass

Trierios gerade nachdachte. Sein Mund fühlte sich trocken an, und er wünschte, die Bedienung würde wiederkommen, damit auch er ein Glas bestellen konnte.

»Was meinen Sie, wer gewinnt den Großen Preis des Basileus, Pferd oder Reiter?«, fragte Trierios ihn aus heiterem Himmel.

Lastyanax war von der Frage so sehr überrascht, dass er einige Sekunden brauchte, um zu antworten.

»Das Pferd.«

»Genau. Und es wäre sogar noch schneller, wenn es sich nicht mit dem Reiter abmühen müsste. Ist es nicht komisch, dass die, die einen vermeintlich unterstützen, in Wahrheit die Gewinner sind?«

Der Kolonialminister durchbohrte ihn mit seinem Blick hinter dem Kneifer.

»Sind Sie sicher, dass Sie Ihrem Pferd im Rennen um das Ministeramt vertrauen?«

Unbehaglich blickte Lastyanax zu Silenos hinüber, der in der Ehrenloge fröhlich die konkurrierenden Gespanne kommentierte und sich dabei mit Törtchen vollstopfte.

»Ein Pferd ohne Reiter wird nur selten das Rennen machen«, spann er die Metapher weiter. »Es gibt immer etwas zu gewinnen, wenn man jemanden rückhaltlos unterstützt, vor allem, wenn dieser Jemand die Absicht hat, dem Rat beizutreten. Übrigens will der Eparch die Kassiteridischen Inseln an Lykurg verkaufen, um unsere Marinekräfte zu stärken, nicht wahr? Es ist zu befürchten, dass dann der Weinimport abnimmt.«

Trierios lächelte amüsiert und rückte seinen Kneifer zurecht.

»Sie sprechen da einen durchaus sensiblen Punkt an, Lastyanax, aber glauben Sie nicht, dass Ihnen die Sorge um das Schicksal einiger Amphoren meine Stimme einbringt. Ah, na endlich!«

Lastyanax hob den Kopf, er war sicher, dass Trierios den Basileus meinte, dessen riesige, mit goldenen Greifen geschmückte Sänfte gerade auf der Stadtmauer erschien. Sie wurde von acht Männern getragen, die sich so gleichmäßig bewegten, dass man den Eindruck hatte, die Sänfte führe auf Rädern. Wie die übrigen Zuschauer reckte Lastyanax den Hals, um den Monarchen besser sehen zu können, der nun aus der Sänfte stieg. Nur Trierios schien sich nicht um die Ankunft des Souveräns zu scheren, seine Aufmerksamkeit galt allein der Dienerin, die ihm endlich seinen Wein brachte.

»Ihre Vorfahren stammen nicht zufällig aus den südlichen Ländern? Ich hatte das Glück, diese Regionen einmal zu besuchen, und ich muss Ihnen sagen, dass man dort die schönsten Geschöpfe sieht ...«

Lastyanax konnte nicht länger ertragen, wie lächerlich sich Trierios machte, und konzentrierte sich ganz auf den Basileus, der die jubelnde Menge zu seinen Füßen begrüßte. Noch nie hatte er ihn aus so großer Nähe gesehen. Er war in eine lange, blaue bestickte Tunika gekleidet, der königliche Gürtel aus Lapislazuli und Oreichalk lag schwer um seine Taille, und sogar von hinten erkannte man in ihm den königlichen Souverän wieder, von dessen Büsten es in Hyperborea nur so wimmelte. Als die Beifallsbekundungen langsam abebbten, drehte sich der Basileus um und schritt, dicht gefolgt von einer ganzen Schar Wachen, zu dem Thron, den man in der Ehrenloge für ihn aufgestellt hatte. Seine Haut war faltenlos, seine kurzen schwarzen Haare glänzten, doch die Züge seines hageren Gesichts waren die eines Greises, als wären nur seine Nase, Wangenknochen und Ohren im Laufe der Jahrzehnte erschlafft. Der Monarch würde bald seinen zweihundertsten Geburtstag feiern, aber er spielte der Zeit einen Streich und verjüngte seinen Körper ständig mithilfe eines magischen Tricks, den bisher niemand hatte kopieren können. Doch auch die Magie hatte ihre Grenzen, und der Souverän schien zwischen zwei Altersstufen festzustecken, als würde ein Fluch ihn dazu verdammen, seine Jugend zu verlieren, ohne jemals zu altern.

Lastyanax gehörte zu den Hyperboreern, die davon überzeugt waren, dass der Basileus schon längst hätte zurücktreten sollen, um sein Amt einer anderen Dynastie zu überlassen. Als letzter Nachkomme seines Geschlechts klammerte er sich jedoch an den Thron und hielt an völlig überholten politischen Strategien fest, wie der Zusammenarbeit mit den Klans oder der ewigen Feindschaft mit den Amazonen. Glücklicherweise begrenzte das hyperboreische Gesetz seine Machtbefugnisse. So war er verpflichtet, bei jeder seiner Entscheidungen den Ministerrat zu konsultieren, dessen Mitglieder wiederum vom Mentorenkollegium vorgeschlagen wurden. Dies bremste zwar erfolgreich seine despotischen Anwandlungen, beseitigte jedoch nicht das problematische Ungleichgewicht zwischen den einzelnen Ebenen. Aus diesem Grund hatte man das Amt des Ebnungsministers geschaffen. Einen Posten, mit dem zumeist Personen betraut wurden, die nicht viel Einfluss hatten. Denn welcher mächtige Minister wollte sich schon mit dem Schicksal der unteren Ebenen herumschlagen?

Sobald der Basileus sich auf seinem Thron niedergelassen hatte, verstummte der Jubel. Man erwartete mit Spannung den Beginn des Rennens, zu dem der Monarch das Zeichen gab. Der Dienerin war es gelungen, dem Süßholz raspelnden Trierios zu entfliehen, sodass dieser bereit war, sein Gespräch mit Lastyanax fortzuführen.

»Ich könnte Ihnen meine Unterstützung zusichern«, verkündete er, »aber dafür schulden Sie mir auch eine Gefälligkeit.«

Alarmiert richtete Lastyanax sich auf. Was würde Trierios von ihm verlangen? Dossiers zu fälschen? Einen Spirituosenhandel in der vierten Ebene zu genehmigen? Einen Richter zu bestechen?

»Ich höre.«

»Nun, ich habe Sie vorhin mit dieser jungen Frau sprechen sehen«, begann er, »Pyrrha, nicht wahr? Ich würde gerne wissen, ob …«

Er beugte sich zu Lastyanax und schilderte ihm sein Anliegen. Schließlich lehnte er sich zurück und fragte mit glänzenden Augen:

»Und, sind Sie einverstanden? Wenn ich Ihre Zusage habe, bekommen Sie meine Stimme.«

Lastyanax blickte zu Pyrrha hinüber, die nur wenige Schritte vom Basileus entfernt saß und ihre Gleichgültigkeit gegenüber den neidischen Blicken der missgünstigen älteren Magier, denen diese Ehre nicht zuteilwurde, zur Schau stellte. Er hatte mit etwas ganz anderem gerechnet, eine heikle Aufgabe, die seine Intelligenz und sein politisches Geschick erfordert hätte. Und dennoch erfüllte ihn Trierios Auftrag mit Schrecken.

»Ich werde mich darum kümmern.«

Der Sitz des Ebnungsministers war es wert, diese Hürde anzugehen, auch wenn es ihm plötzlich angenehmer erschien, einen Richter zu bestechen.

Während der Herold oben auf der Stadtmauer die Namen der teilnehmenden Pferde verkündete, versuchte Lastyanax das Unbehagen, das der Pakt ihm bereitete, zu verdrängen und sich ganz auf das Rennen zu konzentrieren.

»ADAMANT!«

Die Kuppel schien unter dem tosenden Applaus der ersten Ebene zu erbeben.

»DIAGOS!«

Diagos' Reiter, der eine gelbe Kappe trug, grüßte mit erhobener Gerte die Zuschauer der zweiten Ebene.

»TOXARIS!«

»Ha, das ist mein Pferd!«, rief Tricrios und fiel in die Jubelrufe ein. »Auf wen haben Sie gesetzt?«

»Auf das Pferd der vierten Ebene«, sagte Lastyanax, »ich setze immer auf die vierte.«

»Kommen Sie aus der Ebene?«, wollte Trierios wissen.

»Nein, ich stamme aus der ersten. Aber ich kenne den Trainer …«, begann Lastyanax, unterbrach sich jedoch gleich wieder. Er hatte wirklich gar keine Lust, darüber zu reden. »Ist eine lange Geschichte«, schloss er knapp.

»ZWERG!«

Statt des üblichen Beifalls löste die Ankündigung Gelächter aus, und sogar die Magier um sie herum konnten sich ein Kichern nicht verkneifen. In der Arena erschien ein Reiter – oder war es eine Reiterin? – auf einem kleinen weißen, völlig ausgemergelten Pferd, der die ausgelassen johlende Menge flüchtig grüßte. Nur die Bewohner der vierten Ebene schwiegen beschämt.

»Nun, ich glaube, Ihr Schlachtross hat wenig Chancen, an die Spitze zu kommen, Lastyanax«, kommentierte Trierios und wischte sich eine Träne aus dem Auge.

Voller Wut auf den Trainer kauerte Lastyanax sich in seinem Sitz zusammen und blickte missmutig zur Rennstrecke, wo Rebell von den Vivatrufen der fünften Ebene begrüßt wurde.

»Vielleicht hat es ja einen exzellenten Reiter«, grummelte er.

Arka

Mit erhobenem Schweif stampfte Zwerg auf, schnaubte und straffte den Rücken, entschlossen, auf der Rennbahn sein Bestes zu geben. Angesichts der prachtvollen Tiere, gegen die er antreten würde, wirkte seine Parade beinah lächerlich.

Arka hatte ihn so noch nie erlebt und bedauerte, dass es ihr nicht gelungen war, seine Mähne zu stutzen. Seine flachsblonden Haare hingen glatt herunter, während die anderen Pferde mit ihrem kurzgeschorenen Kamm, der ihre Halsmuskulatur betonte, nur noch eindrucksvoller wirkten.

Die Zügel in der einen Hand, rückte Arka ihre viel zu große rote Startnummer zurecht. Ihre Fingerknöchel waren weiß, so fest umklammerte sie die hölzerne Reitgerte, die man ihr gegeben hatte, die einzige bei dem Rennen erlaubte Waffe. Vor ihr erstreckte sich die Arena, leer und vom Licht der Mittagssonne hell erleuchtet. An der einen Seite drängten sich die Zuschauermassen, an der anderen erhob sich die Tribüne, auf der der Basileus und die Magier thronten. Von den Rängen erscholl Applaus, als der Herold das Pferd der siebten Ebene ankündigte, Oreichalk, einer der Favoriten des Rennens.

Arka versuchte die Lachsalven zu vergessen, die Zwergs Name ausgelöst hatte, und konzentrierte sich stattdessen lieber darauf, was Kaul ihr eingeschärft hatte. Sie sollte Zwerg am Ende des Feldes zurückhalten, bis sie die letzte Gerade erreicht hätte, Schlägen nach Möglichkeit ausweichen und sich auf keinen Fall an Adamant hängen, die sicher rasch die Führung übernehmen würde. Natürlich, Zwerg war schnell, allerdings weniger ausdauernd als seine Konkurrenten und ganz bestimmt nicht so gut vorbereitet.

Kaul hatte während der letzten drei Tage Zwergs Existenz streng geheim gehalten. Tagsüber hatte er so getan, als kümmere er sich um Erlösung, nach Einbruch der Dunkelheit hatte er dann auf der ausgestorbenen Piste mit Arka und Zwerg trainiert. Wieder und wieder hatte er ihr eingebläut, niemandem etwas über Zwergs Abstammung zu verraten, aus Angst, disqualifiziert zu werden. Vor lauter Aberglauben vermied er es sogar, seinen Namen auszusprechen, und nannte ihn nur die »Keheimwaffe«. So hatte bis zu Beginn des Rennens niemand gewusst, dass Arka daran teilnehmen würde, und einer der Organisatoren hätte ihr beinah den Zutritt zur Warmlaufstrecke verwehrt, weil er dachte, sie wolle ihn veräppeln.

Zwei kleine Jungen spannten auf Brusthöhe der Pferde ein Seidenband auf, das sie zu beiden Seiten der Bahn befestigten.

»Dein Pony könnte fast drunter durchlaufen«, spottete der Reiter von Toxaris, ein rothaariger Mann namens Ritas, neben ihr. »Überhaupt, seit wann sind denn Mädchen beim Rennen zugelassen?«

Arka zuckte mit den Schultern.

»Verboten ist es nicht«, antwortete sie, die Zügel gestrafft, um Zwerg, der ungeduldig mit den Vorderhufen scharrte, im Zaum zu halten.

Am Rand der Rennstrecke stand Kaul und beobachtete sie, die Hände zu Fäusten geballt. Sie nickten einander zu. Dann sah Arka, wie sich der Basileus von seinem Thron erhob. Den Zuschauern stockte der Atem. Nur mit Mühe gelang es Arka, Zwerg zu zügeln. Plötzlich musste sie dringend auf die Toilette.

Da streckte der Basileus den Arm aus und ließ ihn mit einer raschen Geste herabsausen.

Im selben Moment attackierten 28 Hufe die Piste und zertrampelten das Seidenband. Zwerg beschleunigte, um an die Spitze zu gelangen, aber Arka hielt ihn mit aller Kraft zurück und zwang ihn, hinter Rebell zu bleiben, wie Kaul es ihr eingeschärft hatte. Vor ihnen formierte sich bereits das Feld. Um nach vorn zu kommen, peitschten die Reiter auf ihre Pferde und Konkurrenten ein. Ein Gegner versuchte Arka im Vorbeigaloppieren ebenfalls einen Hieb zu verpassen, doch sie vergrub ihr Gesicht in Zwergs Hals und konnte ihm gerade noch ausweichen. Zwerg nutzte ihre Unaufmerksamkeit sofort aus und legte sich ins Zeug, um Toxaris zu überholen. Doch Ritas zog seine Stute nach rechts, sodass Zwerg an das Gatter gedrückt wurde, hinter dem sich die Zuschauer drängten. Als Arkas Bein mit voller Wucht gegen einen Pfosten prallte, schrie sie laut auf.

Benommen vor Schmerz, verlor sie das Gleichgewicht und drohte zu stürzen, im letzten Moment bekam sie jedoch Zwergs Mähne zu fassen und krallte sich daran fest. Ein Glück, dass sie sie nicht gestutzt hatte. Mit zusammengebissenen Zähnen saß Arka wieder auf, während Zwerg weiter nach vorn preschte. Vor ihnen galoppierten sechs Pferde, der aufgepeitschte Sand ihres Hufschlags prasselte ihr ins Gesicht. Sie hatten bereits mehrere hundert Schritt zurückgelegt und flogen auf die erste Kurve zu.

Arka rieb sich die Augen und versuchte den stechenden

Schmerz in ihrem Knie so gut es ging zu ignorieren. Die ersten Pferde erreichten die Biegung: Oreichalk führte, dicht gefolgt von Adamant, dahinter kam das Hauptfeld. Noch war der Abstand zwischen den Gegnern gering. Als Zwerg in die Kurve eintrat, gab es vor ihr einen kleinen Tumult. Oreichalks Reiter war von Adamants Jockey bei seinem Überholversuch am Ende der Kurve aus dem Sattel geworfen worden. Schmerzensschreie ertönten, als die nachfolgenden Pferde über ihn hinweggaloppierten. Zwerg sprang über den verrenkten Körper, und Arka fragte sich, ob es wirklich klug gewesen war, am Großen Preis des Basileus teilzunehmen.

Schnell verscheuchte sie den Gedanken wieder, denn vor ihr tat sich die schwierigste Stelle des Rennens auf. Die Strecke führte ins Innere der Stadt, wo sie sich zwischen den Türmen und Kanälen der ersten Ebene hindurchschlängelte. Arka holte tief Luft, das war ihre Chance. So klein und wendig wie Zwerg war, konnte er hier gut aufholen, während seine Konkurrenten Schwierigkeiten haben würden, das Gelände zu bewältigen.

Unter den ganzen Oreichalk- und Adamant-Rufen hörte Arka plötzlich ein vereinzeltes »Zwerg!« Ermutigt nahm sie die Zügel zusammen und trieb ihr Pferd an. Das griff weiter aus und zog an Ritas vorbei, der ihm ungläubig hinterherstarrte, während er vergebens mit seiner Reitgerte fuchtelte. Einen Moment später tauchten sie in die tiefen Schatten der Türme ein. Die Pferde vor ihnen waren aus Scheu vor der veränderten Umgebung langsamer geworden, und es gelang ihnen, Diagos einzuholen. Neben ihnen erstreckte sich ein Kanal voller Boote, in denen ausgelassen jubelnde Zuschauer saßen.

Arka trieb Zwerg dazu an, Diagos zu überholen, doch im selben Moment wurden sie von seinem Reiter zur Seite gedrängt, sodass der völlig überrumpelte Zwerg auf die Kanalmauer ausweichen musste und jeden Moment ins Wasser zu stürzen drohte. Gleichzeitig prasselten Peitschenhiebe auf Arka ein, die versuchte, sich mit emporgerissenem Arm gegen sie zu schützen. Dicht an dicht liefen die beiden Pferde nebeneinander her, Diagos' Flanke drückte an ihr schmerzendes Knie, doch sie konnte sich nicht wehren, da sie bereits zu Beginn des Rennens ihre Gerte verloren hatte. Zwerg legte die Ohren an und versuchte Diagos wegzubeißen, allerdings ohne Erfolg. Erschrocken schrien die Zuschauer in den Barken auf.

»Sie werden stürzen!«

Erneut gingen Peitschenhiebe schmerzhaft auf Arkas Rücken nieder, dann hörte sie, wie Zwergs Hufe auf dem Rand des Kanals ausglitten, und bereitete sich auf den Sturz vor. Doch plötzlich ließ ein Windhauch ihre Startnummer aufflattern, wieder ertönten Schreie und die Stockhiebe setzten mit einem Mal aus.

Während Zwerg sein Gleichgewicht zurückgewann, hob sie den Blick. Die Böe hatte Diagos so sehr in Panik versetzt, dass er scheute und versuchte, sich mit wildem Buckeln seines Reiters zu entledigen.

Ohne sich weiter über den seltsamen Windstoß zu wundern, entriss Arka, einer plötzlichen Eingebung folgend, einem der Zuschauer in einem Kahn sein rotes Banner. Mit dieser improvisierten Lanze unter dem Arm stürzte sie sich wie eine echte Amazone auf den gegnerischen Reiter und hob ihn aus dem Sattel. Sofort verlangsamte sein Pferd und fiel hinter Zwerg zurück.

»Nur noch fünf«, keuchte Arka und nahm in vollem Tempo eine enge Kurve, die Fahne fest an sich gedrückt.

Vor ihr galoppierten drei Pferde nebeneinander her. Zwischen zwei Türmen verengte sich die Strecke so, dass die Tiere dicht zusammenrücken mussten. Die äußeren Reiter peitschten auf das mittlere Pferd ein, es stieg panisch, stürzte laut wiehernd und begrub seinen Reiter unter sich. Gerade als sich Zwerg näherte, rappelte es sich wieder auf. Ohne langsamer zu werden, straffte Zwerg seine Muskeln, stellte die Ohren auf und sprang in hohem Bogen über das Hindernis. An seine Mähne geklammert, flog Arka mit ihm und landete hart auf seinen Schultern. Stechende Schmerzen durchbohrten ihr Knie. Die Fahne immer noch unterm Arm, preschte sie weiter. Zwergs Atem ging stoßweise und seine Flanken waren mit Schweiß bedeckt. Einige hundert Schritt vor ihnen wurde die Stadtmauer zwischen zwei Türmen sichtbar.

Arka konzentrierte ihre Anima auf die Fahne und setzte den roten Stoff in Flammen. Unbeeindruckt galoppierte Zwerg weiter und verschlang die Distanz zwischen ihm und seinen Konkurrenten. Als Rebell die brennende Fahne bemerkte, geriet er in Panik, sprang zur Seite und riss den Hengst, der neben ihm lief, mit sich zu Boden.

Nun war das Feld frei für Zwerg. Arka warf das Banner, das die Flammen mittlerweile ganz verzehrt hatten, hinter sich.

»Nur noch zwei«, presste sie hervor und nahm die Zügel wieder fest in die Hand.

Zwerg ließ die Türme hinter sich und raste in die letzte Kurve vor der Zielgeraden entlang der Stadtmauer. Im grellen Sonnenlicht erschien Arka die Strecke plötzlich endlos.

Das Geschrei Tausender Zuschauer explodierte in ihren Ohren. Vor ihnen liefen nur noch der reiterlose Oreichalk und Adamant, die von Kalios geführt wurde. Arka lehnte sich vor und schlug die Zügel bis zu Zwergs Ohren, um ihm eine letzte Anstrengung zu entlocken. Er beschleunigte und erreichte Adamant, der Kalios wie wild die Sporen gab. Auf Zwergs Widerrist gestützt, versetzte Arka ihrem Konkurrenten einen Fußtritt, der ihn aus dem Sattel hob. Sofort verlangsamte das Pferd.

Jetzt befand sich nur noch Oreichalk vor ihnen, der bereits auf die Ziellinie zujagte. Wie vom Teufel besessen flog Zwerg über die Sandbahn und holte immer weiter auf.

Aus dem Augenwinkel nahm Arka wahr, dass Kaul über das Gatter geklettert war und die Rennstrecke entlanghumpelte, um sie anzufeuern. Hunderte Hyperboreer stimmten in seinen Jubel ein.

Nur dreihundert Schritt trennten sie vom Ziel, und Oreichalk hatte immer noch zwei Längen Vorsprung. Noch schneller konnte Zwerg einfach nicht laufen. Wenn sie nicht augenblicklich eine rettende Idee hätte, würden sie das Rennen verlieren. Und Arka hatte eine Idee.

Alkander

Aufgeregt wie ein kleiner Junge, sprang Alkander über die Absperrung und rannte mit den anderen hintern den Pferden her, die auf die Ziellinie zurasten.

Der Witz bei der Sache war, dass er um ein Haar gar nicht zu dem Rennen gegangen wäre. Ihm war es sinnvoller erschienen, Arka zu suchen, als seine Zeit beim Großen Preis des Basileus zu verschwenden, zumal sich das Attributions-Turnier mit großen Schritten näherte. In den letzten drei Tagen war seine einzige Spur die Aussage eines kleinen Ganoven gewesen, der eine Göre gesehen hatte, die wie eine Irre die Schildkröte eines Klanchefs gelenkt haben sollte.

Aber weil Pferde Alkanders Leidenschaft waren, hatte er sich schließlich doch noch unter die Zuschauer gemischt. Eine absolut richtige Entscheidung. Wer, wenn nicht Arka würde mit einem klapprigen Pony am Rennen des Jahres teilnehmen und auch noch sämtliche Konkurrenten ausschalten?

Jetzt konnte er seine Augen einfach nicht von dem kleinen weißen Pferd lösen, das Oreichalk dicht auf den Fersen war. Noch schien der Hengst, der schon kurz nach Beginn des Rennens reiterlos geworden war, unbesiegbar.

Arka wirkte für einen Moment unschlüssig, doch dann richtete sie sich plötzlich im vollen Galopp auf, schwang ein Bein über den Rücken ihres Pferdes und sprang ab. Ein verblüfftes »Oh!« ging durch die Zuschauermenge.

Von dem Gewicht seiner Reiterin befreit, streckte Zwerg den Hals und raste voran, bis er schließlich Oreichalk eingeholt hatte. Und zum allgemeinen Erstaunen galoppierten die beiden Pferde Schulter an Schulter über die Ziellinie.

Dann ertönte ein lauter Schrei:

»ZWERG!«

Die Kuppel schien von den Jubelrufen beinah zu zerbersten, und der Boden vibrierte unter dem Getrampel Tausender Zuschauer, die über das Gatter stiegen und die Rennstrecke stürmten. Selbst die Magier der siebten Ebene, die soeben verloren hatten, beklatschten den Sieger von den Logen herab.

Arka hatte sich mittlerweile humpelnd wieder aufgerichtet, und Alkander eilte auf sie zu. Sie war bereits von Zuschauern umlagert, die sie abklatschten und beglückwünschten. Bei ihr angekommen, umfasste Alkander ihre Taille und hob sie auf seine Schultern, noch ehe sie sein Gesicht sehen konnte. Arka hätte ihm ohnehin keine Beachtung geschenkt. Umringt von der sie feiernden Menge, riss sie triumphierend die Arme in die Höhe. Er stolzierte mit ihr durchs Getümmel, unter dem Hagel der Blumen, die die Leute Arka zuwarfen. Einen Moment später brachte man ihnen Zwerg, den die Zuschauer am Ende der Strecke zum Stehen gebracht hatten. Alkander half Arka auf den schweißgetränkten Rücken des Pferdes hinauf, dann trat er zur Seite und ließ sie in die Menge eintauchen.

Amüsiert beobachtete er von Weitem, wie Zwerg zornig die Zähne bleckte, als man ihm den Siegerkranz aus Blumen um den Hals legte.

All das passte perfekt zu seinem Plan. Zufrieden kehrte er zur Absperrung zurück, sprang behände über das Gatter und machte sich auf den Weg in die Stadt. Die Ställe, an denen er vorbeikam, wirkten wie ausgestorben.

»Syramos«, rief er im Vorbeigehen.

Ein Windstoß von der Seite ließ seine Tunika flattern. Staub wirbelte auf und nahm nach und nach das Aussehen eines jungen blonden Mannes mit grauen Augen an, der ihm folgte.

»Hast du ihr geholfen?«

»Nur ein bisschen.«

Alkander kam es fast so vor, als habe sein Gesprächspartner das Rennen ebenfalls mit Interesse verfolgt. Dann schüttelte er den Kopf. Was für ein abwegiger Gedanken: Syramos interessierte sich für nichts, er gehorchte.

»Jetzt, da wir wissen, wo sie ist, müssen wir nur noch dafür sorgen, dass sie zur Attribution geht. Bleib ihr also weiter auf den Fersen.«

Die Erscheinung nickte, dann löste sie sich in Luft auf, als hätte sie nie existiert.

4

DIE SIEBTE EBENE

Lastyanax

Am Abend nach dem Rennen machte Lastyanax sich auf den Weg zur Zentralbibliothek. Der Knoten in seinem Magen war noch größer als am Tag seiner Disputation. Er konnte sich nicht daran erinnern, jemals etwas so ungern getan zu haben, und das, obwohl er Silenos einmal als Versuchsobjekt gedient hatte, um die Auswirkungen eines Wahnsiegels zu demonstrieren. Er hatte sich zwanzig Minuten lang für ein euphorisches Karnickel gehalten und war zwischen den Rängen des Vorlesungssaals herumgehüpft, bis es dem Mystografen endlich gelang, das Siegel zu deaktivieren. Als er bei der Bibliothek ankam, versuchte er sich noch einzureden, dass er Trierios' Forderung nur nachgab, weil er im Rat die Spur von Palates' Mörder zu finden hoffte, und nicht aus persönlichem Ehrgeiz.

In der siebten Ebene protzte das Bibliotheksgebäude mit hohen trapezförmigen Fenstern, über denen eine steinerne, in Blau und Gold gehaltene Kuppel erstrahlte. Die Mauern waren mit bunten Ornamenten verziert und eine Tür aus Zedernholz, flankiert von zwei Statuen, den allegorischen Darstellungen der Gelehrsamkeit und der Wissensvermittlung, öffnete sich den Besuchern.

Zu dieser abendlichen Stunde war es hier beinah menschenleer, nur ein paar Eleven, hauptsächlich aus dem fünften Lehrjahr, waren in die holzvertäfelten Etagen zurückgekehrt, um weiter an ihren Erfindungen zu arbeiten. Lastyanax hatte als einer der ersten die Disputation absolviert, weil er es nicht erwarten konnte, seine Eleventunika abzulegen.

Im Lesesaal warfen die Fenster ihre Trapeze aus Licht auf das Mosaik und ließen die kleinen Staubkörnchen sichtbar werden, die durch die Luft tanzten. In ihren Rahmen befanden sich Glasscheiben, eine Seltenheit in Hyperborea, da die Kuppel einen derartigen Witterungsschutz unnötig machte.

Der Oberste Bibliothekar führte jedoch einen erbitterten Kampf gegen alle Arten von Vögeln – Tauben, Spatzen und Schleiervögel –, die früher seine kostbaren Manuskripte mit ihrem Kot verunreinigt hatten. Nur einige Spatzen waren noch zurückgeblieben und nisteten in den abgelegeneren Regalen, von wo aus sie ab und an ein provokantes Piepen vernehmen ließen.

Mit einem Bick erfasste Lastyanax den riesigen Saal, der mehrere Hunderttausend Werke beherbergte. Leuchtsphären von beachtlicher Größe schwebten durch die Luft und ahmten die ellipsenhaften Bewegungen der Planeten nach, sodass ein hypnotisches Spiel von Licht und Schatten die Regale erhellte. Die Zentralbibliothek belegte die letzten vier Ebenen eines Turms, war aber nur über die siebte Ebene zugänglich. Eine weitere Widersinnigkeit Hyperboreas, auf die Lastyanax seinen Mentor so manches Mal hingewiesen hatte, ohne dass dieser je den Mut gefunden hatte, sie im Rat anzusprechen.

»Guten Abend, Lastyanax. Suchen Sie ein bestimmtes Werk?« Als Lastyanax sich umdrehte, sah er, wie sich der

Oberste Bibliothekar, ein Manuskript in der Hand, näherte. Mit seiner weißen Mähne und den langen Koteletten erinnerte der Magier an einen der Weisen, deren Büsten überall im Magisterium herumstanden. Lastyanax hatte immer zu seinen Lieblingsschülern gehört. Am Ende des vierten Lehrjahres hatte der alte Mann ihm sogar aufgeregt anvertraut, dass er den Rekord im Ausleihen von Büchern gebrochen habe. Außerdem hatte er lange Zeit die Hoffnung gehegt, Lastyanax würde später einmal als Archivar für ihn arbeiten. Doch zu seiner großen Enttäuschung hatte dieser die Politik vorgezogen.

»Guten Abend, Meister«, antwortete er und ermahnte sich im selben Moment, endlich diese lästige Angewohnheit, die Magier Meister zu nennen, abzulegen, jetzt, da er selbst einer war.

»Ich suche kein Werk, Zenodot, ich suche Pyrrha. Haben Sie sie vielleicht gesehen?«

Eigentlich hatte er sie am Ende des Rennens abfangen wollen, doch sie war nirgends zu finden gewesen. Da alle seine ehemaligen Mitschüler konzentriert an ihren Erfindungen arbeiteten, von Petroklos einmal abgesehen, hoffte er, sie hier zu treffen.

Der Oberste Bibliothekar schien vom Grund seines Besuches enttäuscht zu sein.

»Sie arbeitet mit Rhodopis in der Abteilung Mystografie B«, antwortete er mürrisch und trottete von dannen.

Während Lastyanax zu einem Levitator ging, hallte der Satz »Sie arbeitet mit Rhodopis« schrill in seinem Kopf wider. Er verabscheute Rhodopis, und das umso mehr, als dieser für seinen Geschmack viel zu viel Zeit mit Pyrrha verbrachte.

Zornig setzte er den Levitator in Bewegung, wobei ihn die geniale Funktionsweise des Apparats, der ihn wie von selbst in den richtigen Gang brachte, völlig kalt ließ. Wäre er nicht so sehr damit beschäftigt gewesen, sich über Pyrrhas neuestes Interesse an Rhodopis zu ärgern, hätte er dessen Logik verstanden: Sein ehemaliger Kommilitone war alles, was Lastyanax nicht war: Reich, verführerisch, mondän, der hyperboreische Sprössling schlechthin, dem bereits mit seiner Geburt die Stadt wortwörtlich zu Füßen lag. Dem Vergleich mit ihm war Lastyanax einfach nicht gewachsen, was ihm Rhodopis auch nicht sympathischer machte.

Als er im Gang Mystografie B ankam, beugte sich Rhodopis gerade zu Pyrrha hinüber, um ihr etwas an dem Mechanismus zu zeigen, den sie zusammenbaute, und streifte dabei wie zufällig ihre Schulter. In Lastyanax' Augen eindeutig ein Annäherungsversuch. Er riss sich mühsam zusammen und ging mit übertrieben lautem Räuspern auf die beiden zu. Rhodopis und Pyrrha drehten sich gleichzeitig zu ihm um. Die junge Frau trug eine Brille mit Vergrößerungsgläsern, um die Feinmechanik ihrer Erfindung besser sehen zu können. Sie hatte ihre extravagante Kleidung, die sie beim Rennen getragen hatte, gegen die deutlich bequemere Eleventunika getauscht.

»Laaast!«, Rhodopis schob den Stuhl zurück, um aufzustehen. »Wie geht's, Großer?«, fragte er und begrüßte ihn mit einem kräftigen Handschlag. »Ach, entschuldige, ich werd dich jetzt wohl ›Meister‹ nennen müssen«, fügte er augenzwinkernd hinzu.

›Das würde ich tatsächlich begrüßen‹, dachte Lastyanax.

»Und, wie ist es, endlich Violett zu tragen? Du fühlst dich doch jetzt bestimmt ein bisschen wichtiger, oder?«

»Ich bin vor allem ziemlich beschäftigt«, entgegnete Lastyanax frostig. »Pyrrha, kann ich dich einen Moment sprechen?«

Er versuchte möglichst locker zu klingen, in der Hoffnung, dass sie ihm den üblichen Sarkasmus ersparte. Den Kopf tief über den Tisch gebeugt, hatte sie sich wieder ihrer Erfindung zugewandt und war völlig darauf konzentriert, ein winziges Zahnrad auf ein Ritzel zu setzen.

»Du kannst auch hier mit mir reden«, sagte sie, ohne aufzublicken, als wäre Lastyanax ihr völlig egal.

»Ich würde das lieber unter vier Augen besprechen«, beharrte er.

Rhodopis lächelte ihn strahlend an und legte einen Arm um seine Schultern, wie um zu unterstreichen, dass er ihn um einen halben Kopf überragte.

»Haha, der kleine Lastyanax hat Geheimnisse vor uns«, sagte er, indem er ihn an sich zog. »Willst du Pyrrha etwa einen Antrag machen?«

Bei diesen Worten sah Pyrrha auf und schob sich die Brille ins Haar. Lastyanax war knallrot geworden und versuchte Rhodopis, der ihm noch immer grinsend fast die Schultern zerquetschte, so gut es ging zu ignorieren. Ein Außenstehender hätte nichts anderes als eine Szene zwischen Freunden gesehen.

»Also, *Last*, willst du mir einen Antrag machen?«, fragte Pyrrha spöttisch.

»Du weißt genau, dass ich das nicht vorhabe«, knurrte Lastyanax. »Es handelt sich um eine politische Angelegenheit. Und es ist vertraulich«, fügte er hinzu, indem er sich aus Rhodopis' Griff befreite.

Endlich schien er Pyrrhas Aufmerksamkeit gewonnen zu

haben. Mit einer katzenhaften Geste setzte sie die Brille ab und drehte sich vollständig zu ihm um.

»Rhodopis, würdest du mir bitte *Das Räderwerk der Mechamagie* raussuchen? Es müsste im Gang Mechamagie R stehen, im letzten Regal.«

Für einen kurzen Moment schien Rhodopis unschlüssig, dann machte er eine tiefe Verbeugung.

»Ihr Wunsch ist mir Befehl, meine Liebe.«

Im Vorbeigehen verpasste er Lastyanax einen freundschaftlichen Klaps, den dieser kommentarlos hinnahm.

Als Pyrrha und Lastyanax allein waren, musterten sie sich einen Moment schweigend.

»Ihr Wunsch ist mir Befehl?«, spottete Lastyanax.

»Such dir endlich eine Freundin, Lastyanax«, entgegnete Pyrrha und strich sich genervt eine schwarze Haarsträhne aus dem Gesicht. »Dann müsstest du dich nicht für die Beziehungen der anderen interessieren. Also was ist das für eine politische Angelegenheit, über die du so dringend mit mir reden willst?«

Lastyanax war plötzlich entfallen, warum er überhaupt zu ihr gekommen war.

»Nun, es handelt sich … es geht darum, dass …« ›Moment, die Beziehungen der anderen?‹, dachte er. »Bist du etwa mit ihm zusammen?«, platzte es aus ihm heraus.

Diesmal hatte er gar nicht erst versucht, lässig zu klingen. Pyrrha verschränkte die Arme.

»Nein. Aber selbst wenn, ginge es dich nichts an. Also, was ist jetzt?«, fragte sie ungeduldig.

Mit einem Mal war es Lastyanax viel leichter ums Herz, und er erklärte schnell, warum er zu ihr gekommen war, nur um es angesichts von Pyrrhas verkniffenem Gesichtsausdruck sofort wieder zu bereuen. Als er geendet hatte, warf sie ihm einen wütenden Blick zu, der selbst die wildeste Amazone das Fürchten gelehrt hätte.

»Ich glaub, ich spinne!«, fauchte sie ihn an. »*Das* ist deine politische Angelegenheit? Ein Rendezvous mit diesem alten Lustmolch, dem Kolonialminister? Warum sollte ich das machen? Was hast du überhaupt davon? Und vor allem: Was habe ich davon?«

Es war das erste Mal seit vielen Monaten, dass Pyrrha so lange mit ihm sprach. Allerdings war das unter den gegebenen Umständen kein Grund zur Freude. Lastyanax senkte den Kopf und suchte in den Steinchen des Mosaiks nach einer Eingebung.

»Wenn du Trierios triffst, wird er mich dabei unterstützen, Ebnungsminister zu werden«, antwortete er schließlich stockend. »Mir fehlt noch eine Stimme. Ich … ich will nicht, dass du dich um ihn bemühst, ich bitte dich lediglich darum, mit ihm in einer Taverne essen zu gehen, nur für ein halbes Stündchen. Glaub mir, ich hätte mir auch gewünscht, dass er etwas anderes von mir verlangt.«

Er verstummte, die Augen noch immer auf die Mosaiksteinchen geheftet, und wartete gebannt auf ihre Reaktion.

Doch da war nur eisiges Schweigen. Mit jeder Sekunde, die verstrich, fühlte sich Lastyanax unwohler.

»Jetzt, wo ich nicht mehr mit Palates' Stimme rechnen kann, ist das meine einzige Chance, nicht als Archivar oder so zu enden. Du weißt doch, wie es läuft. Wenn man nicht aus einer der einflussreichen Familien stammt …«

»Gleichberechtigung.«

Überrascht sah Lastyanax auf. Pyrrha blickte aus dem Fenster, ihre Miene hatte sich verhärtet.

»In Ordnung, ich werde dir helfen, aber wenn du dadurch Ebnungsminister wirst, musst du mir versprechen, im Rat alles für die Gleichberechtigung von Männern und Frauen in dieser Stadt zu tun.«

Abrupt drehte sie sich zu ihm um und starrte ihn ohne mit der Wimper zu zucken an, so als würde er plötzlich das hyperboreische Recht verkörpern und als wolle sie dieses allein durch die Kraft ihres Blickes umschreiben. Einen Moment lang brachte er kein Wort heraus. Pyrrha begehrte schon seit Langem gegen die juristische und soziale Bevormundung der Hyperboreerinnen auf. Er teilte ihre Meinung, hatte sich aber selbst nie davon betroffen gefühlt.

Jetzt zwang sie ihn, Farbe zu bekennen. Wenn er sich nicht darauf einließ, würde er Pyrrhas Achtung für immer verlieren. Wenn er zustimmte, riskierte er, wortbrüchig zu werden. Denn Lastyanax machte sich nichts vor, er würde die Graubärte des Rates niemals davon überzeugen können, ihre Frauen ein selbstbestimmtes Leben führen zu lassen.

»Versprochen.«

Er wollte einfach nicht, dass Pyrrha ihn verachtete.

»Dann kannst du Trierios ausrichten, dass ich mit ihm essen werde«, antwortete sie frostig. »Eine halbe Stunde. In der Taverne meiner Wahl.«

Er wich ihrem Blick aus, um die Zweifel, die man mit Sicherheit in seinen Zügen lesen konnte, vor ihr zu verbergen.

»Danke für deine Hilfe. Ich werde Trierios über deine Antwort informieren«, sagte er und wandte sich zum Gehen.

»Last …«

Überrascht drehte er sich noch einmal zu ihr um. Ihr zögerlicher Tonfall verwunderte ihn mehr als die Verwendung des Spitznamens, über den sich Pyrrha sonst immer lustig machte.

»Es wäre wirklich toll, wenn du dieses Versprechen halten würdest«, sagte sie, wobei sie nervös mit ihren Vergrößerungsgläsern spielte.

Lastyanax nickte beklommen und verließ den Gang.

Arka

Seit dem Großen Preis des Basileus waren drei Tage vergangen, als Chariklo, Kauls Frau, Arka verkündete, dass ihr Anteil des Gewinns in einem Tresor der Hyper-Bank hinterlegt worden sei. Ihr verletztes Knie hatte Arka so sehr zu schaffen gemacht, dass sie die kleine Wohnung ihrer Gastgeber kaum verlassen hatte. Ihr Domizil erinnerte in vielerlei Hinsicht an den Beruf seines Bewohners. Das Bett, auf dem sie geschlafen hatte, war in Wahrheit nur ein Stapel Reitdecken. Ein Dutzend Sättel staubten in einer Ecke des Wohnzimmers langsam ein, an Kleiderhaken hingen morsche Sattelgurte und eine Sammlung von Kandaren. Ein Regal, das ganz der Pferdemedizin gewidmet war, quoll über vor Phiolen voll seltsamer (und, soweit Arka mitbekommen hatte, nicht wirklich von den Wettkampfregularien zugelassener) Substanzen. Zu Chariklos großer Verzweiflung ließ all diese Ausrüstung die Wohnung nicht nur wie einen Pferdestall aussehen, sondern brachte auch unglaublich viel Schmutz mit sich.

Kauls Frau hatte ein rundes Gesicht mit einer langen spitzen Nase, die an den Schnabel eines geschäftig pickenden Huhns erinnerte, und sämtliche Haare, die ihrem Mann fehlten. Vor dem Rennen hatte sie Arka kühl begrüßt und war davon überzeugt gewesen, dass die neuste Marotte ihres Mannes sie in den Ruin treiben würde. Als ihnen diese Marotte dann aber so viel Geld einbrachte, dass sie bis ans Ende ihrer Tage ausgesorgt hatten, hätte sie sie am liebsten adoptiert. Sie hatte Arkas geschwollenes Knie mit den Quarkwickeln behandelt, die Kaul sonst bei seinen Pferden anwendete, ihr beigebracht, welche Kräuter man jeden Morgen kauen musste, um die Moskitos zu vertreiben, von denen es in der ersten Ebene nur so wimmelte, und ihr gezeigt, wie man mithilfe einer Klärschüssel aus dem bräunlichen Wasser der Kanäle Trinkwasser zubereitete. Vor allem aber hatte sie streng darauf geachtet, dass ihr Mann sein Versprechen, Arka ein Zehntel des Gewinns abzugeben, auch hielt, was sich weitaus schwieriger gestaltete als gedacht. Die hyperboreischen Bankiers hatten sich zunächst geweigert, ein Konto in Arkas Namen zu eröffnen. Es war einfach nicht üblich, dass ein Mädchen, noch dazu minderjährig, tausend Hyper zur Verfügung hatte, jedoch keinen Vormund, um sie zu verwalten.

»Du hast das große Glück, unabhängig zu sein, pass gut auf dein Gold auf, auch wenn du deinen Vater gefunden hast, Arka«, warnte Chariklo sie eindringlich. »Lass ihn nicht das Konto auf sich umschreiben, hörst du?«

All das vermochte Arkas Optimismus jedoch nicht zu dämpfen. Im Gegenteil, sie war ganz zappelig vor Ungeduld, in der obersten Ebene der Stadt endlich nach ihrem Vater zu suchen. Hastig schlang sie ihr Frühstück hinunter, warf die alte braune Tunika, die Chariklo für sie geflickt hatte, über und verließ nach einem ebenso schnellen wie herzlichen Abschied die Wohnung.

Vor der Tür hatte ihre Gastgeberin ein Paar alte Leinenschuhe für sie hingestellt. Als Arka sich bückte, um sie anzuziehen, protestierten all ihre Muskeln und ihr Knie im Chor, so lädiert waren sie noch immer von dem Rennen. Mit schmerzverzerrtem Gesicht richtete sie sich wieder auf.

Wie alle Trainer wohnte Kaul in der Nähe der Ställe in einem verrufenen Viertel am Grund der Stadt.

Schimmelgeruch stieg von dem tiefer gelegenen Kanal auf, in dem das stehende Wasser schäumte. Die erste Ebene umfasste acht Etagen des Turms, die durch eine um ihn herumgewundene Außentreppe miteinander verbunden waren. Über den Geländern hingen abgenutzte Wäschestücke, deren Säume im Dreck schleiften. Die umgebenden Türme und ein höhergelegenes Aquädukt tauchten die Fassade in dauerhaftes Dunkel. Das Elend und der schlechte Zustand des Viertels trugen nicht gerade zur guten Stimmung der Nachbarn bei: Innerhalb von sieben Tagen hatte Arka so viel von ihren familiären Streitigkeiten mitbekommen, dass sie ganze Bücher damit hätte füllen können.

Ein paar Verkäufer, die Blaues Lotusharz feilboten und lustlos auf den Stufen lungerten, schauten Arka hinterher, als sie ungelenk die Treppe herunterwatschelte. Arka hatte schnell erkannt, welche Schäden der Handel mit dieser pastösen Substanz verursachte, die ihren Konsumenten ekstatische Träume und gelbe Zähne bescherte. Manch einer starb den Hungertod, weil er nur noch die Gummimasse kaute und keine Nahrung mehr zu sich nahm. Der einzige positive Aspekt des Handels war der Blaue Lotus selbst: An den indigofarbenen Blüten dieses Wassergewächses nämlich, für dessen Anbau die Rauschgifthändler ganze Kanäle beschlagnahmten, tummelten sich scharenweise Libellen, was sehr hübsch aussah.

Arka nahm den Weg, der zu den Ställen führte, um sich

von Kaul zu verabschieden. Neben den Terminen bei der Bank hatte der Trainer seit dem Sieg die ganze Zeit mit Zwerg verbracht. Er genoss sichtlich den Ruhm, den ihm der Große Preis des Basileus endlich beschert hatte. Und Arka ging es nicht anders. Wenn sie doch einmal humpelnd das Haus verlassen hatte, freute sie sich darüber, wie viele Leute sie erkannten. Als sie jetzt den Kanal entlangging, kam eine Metzgerin auf sie zu, um sie zu beglückwünschen. Ein paar Straßen weiter glotzten ihr eine Handvoll Jugendlicher hinterher, nachdem einer von ihnen seine Freunde mit dem Ellbogen angestoßen und dann auf sie gezeigt hatte. Ein alter Mann, der am Fuß eines Turmes auf einer Stufe saß, streckte ihr den erhobenen Daumen entgegen und brummte: »He, he, gut gemacht.«

Mit stolzgeschwellter Brust legte Arka den Rest der Strecke zurück, jederzeit bereit, bescheiden zu nicken, sobald der Nächste ihre Leistung lobte. Doch sie wurde von niemandem mehr angesprochen. Enttäuscht fragte sie sich, ob sie ihre rote Startnummer nicht besser anbehalten hätte.

Kaul saß neben Zwergs Box, die zweimal so groß war wie die der übrigen Pferde, und bepinselte konzentriert ein Schild. Als er fertig war, erhob er sich und betrachtete mit kritischem Blick, was er geschrieben hatte:

ZWERG, GEWINNER DES
GROSSEN PREISES DES BASILEUS

Und darunter:

Eintritt ein Borion

Mit ein paar Hammerschlägen versenkte er das Schild vor Zwergs Box im Boden, gab dem Tier möglichst unauffällig einen Schmatzer auf die Nüstern und wich seinem Schnappen aus.

»Gibt es wirklich Leute, die zahlen, um ihn zu sehen?«

Kaul zuckte zusammen und drehte sich zu Arka um.

»Ah, du bist es! Sieht so aus, als könntest du schon wieder besser kehen. Du klaubst kar nicht, wie viele Verrückte schon kekommen sind, und das wird noch mehr werden«, verkündete er strahlend.

Wie um ihm recht zu geben, tauchte in dem Moment ein Junge in Arkas Alter am Eingang der Stallungen auf. Über seine braunen Locken hatte er eine abgewetzte Mütze, wie sie die Bergbewohner trugen, gestülpt – wozu, war Arka schleierhaft, da unter der Kuppel immer gutes Wetter war.

»Sind Sie Kaul? Und das da, ist das Zwerg?«, fragte er und deutete aufgeregt auf das kleine weiße Pferd. »Darf ich ihn mal sehen?«

Er hatte die artikulierte, schleppende Aussprache eines Aristokraten. Seine Tunika dagegen schien einem Obdachlosen zu gehören, und an seinen Handgelenken baumelten farbige Bänder.

»Das macht einen Borion!«, beeilte sich Kaul zu sagen, wobei er auf das Schild zeigte. Der Junge wühlte in seinen Taschen und warf ein paar Geldstücke in Kauls ausgestreckte Hand, bevor er sich Zwerg mit faszinierter Miene näherte. Arka schielte auf die Münzen.

»Hey, er hat mindestens einen Hyper gegeben«, wisperte sie, während der Junge vergeblich versuchte, Zwerg zu streicheln, der sich sofort abwandte.

»Ist uns nur recht, das ist der Sohn eines Makiers, ich wette, das Keld ist ihm ekal«, antwortete Kaul. Er teilte die Münzen auf. »Nimm, das ist dein Anteil. Wie wäre es, wenn ich mich um Zwerk kümmere und wir uns den Kewinn teilen?«

Nach kurzem Nachverhandeln wurden sie sich einig. Arka glaubte keine Sekunde daran, dass sich Kaul an ihre Abmachung halten würde. Der Trainer war genauso ehrlich, wie man es in diesem Milieu, in dem Moral ein sehr dehnbarer Begriff war, sein konnte. Sie hatte es nur Chariklos strenger Überwachung zu verdanken, dass sie überhaupt ihren Teil des Preisgelds erhalten hatte. Aber es war ihr gleich, im Moment besaß sie genug Gold und außerdem konnte sie Zwerg, der gerade übellaunig einen großen Haufen Pferdeäpfel vor die Füße seines Bewunderers gesetzt hatte, unmöglich in die siebte Ebene mitnehmen.

»Hey, kann ich Ihnen ein Stück von seiner Mähne abkaufen?«, fragte der Junge, dem das alles nichts auszumachen schien. »Das bringt mir heute bei den Prüfungen für die Attribution bestimmt Glück.«

»Wie viel wären Sie denn bereit zu …«, setzte Kaul an.

»Nein«, unterbrach ihn Arka, die nicht wollte, dass Zwerg genauso kahl endete wie sein Trainer.

»Darf ich ihn dann wenigstens mal reiten? Nur für eine kleine Runde in der Arena.«

Diesmal antworteten Arka und Kaul wie aus einem Munde: »Nein!«

Mit beleidigter Miene unternahm der Junge einen letzten Versuch, Zwerg zu kraulen, musste aber seine Hand blitzschnell wieder wegziehen, um nicht gebissen zu werden, und verließ zu guter Letzt hastig und mit roten Ohren den Stall.

»Das ist kar nicht kut, man sollte sich unter den Makiern

keine Feinde machen«, sagte Kaul düster, während er ihm hinterherschaute.

»Was sind das für Prüfungen, von denen er gesprochen hat?«, wollte Arka wissen. Sie trat zu Zwerg, um ihn zu streicheln, und diesmal ließ er es zu.

»Was weiß ich denn? Irkend so eine Sache der Reichen, die mich nichts ankeht«, brummte er. »Was machst du überhaupt hier?«

»Ich wollte Ihnen auf Wiedersehen sagen, bevor ich zur siebten Ebene aufbreche.«

»Ah, du willst deinen Vater, den Makier, suchen, stimmt's? Was weißt du über ihn?«

Schulterzuckend kraulte Arka Zwerg hinter den Ohren.

»Nichts, außer dass er Magier ist und früher in Napoca gewohnt hat.«

»Deine Mutter hat dir nicht mehr über ihn kesakt?«

»Sie ist bei meiner Geburt gestorben«, murmelte Arka und zwirbelte Zwergs Mähne. »Nur meine Tutorin hat mir ein bisschen was von ihm erzählt.«

»Und wo ist sie jetzt, deine Tutorin?«

»Sie ist auch tot. Okay, ich muss jetzt wirklich los.« (Arka hatte keinerlei Lust, länger darüber zu sprechen.) »Passen Sie bitte gut auf Zwerg auf«, bat sie, ehe sie ein allerletztes Mal die zottelige Mähne ihres Pferdes streichelte.

Kaul sah sie einen Moment lang besorgt an, dann machte er einen Schritt auf sie zu, um sie zu umarmen. Im letzten Moment überlegte er es sich jedoch anders und tätschelte ihr einfach nur unbeholfen den Kopf.

»Tapferes Mädchen. Lass dich von der siebten Ebene nicht verderben, dort oben kibt es nur Schwachköpfe«, brummte er mürrisch.

Arka nickte, dann gab sie ihm einen freundschaftlichen Klaps auf die Schulter und ging die Stallgasse entlang Richtung Ausgang.

»Übrikens hattest du recht, ich bin tatsächlich froh, dass du nicht zum Trainer der dritten Ebene kekanken bist, ich hätte es wirklich bereut«, rief Kaul ihr hinterher.

»Ach, aber ich bin zu ihm gegangen, zu allen anderen übrigens auch«, entgegnete Arka fröhlich. »Sie waren der Letzte auf meiner Liste. Ich wette, die anderen beißen sich jetzt in den Hintern.«

Dann verließ sie unter Kauls ungläubigem Blick die Stallungen.

Eine Stunde später hatte Arka etwas Gold von der Hyper-Bank abgeholt und einen Kutscher gefunden. Er fuhr sie zum nächstgelegenen Aufzug, wo bereits einige Schildkröten darauf warteten, zur zweiten Ebene hinaufgezogen zu werden. Als sie an der Reihe waren, dirigierte der Kutscher die Schildkröte in ein Netz, das im Kanal hing. Arka händigte dem Aufzugführer zwei Hyper aus, woraufhin dieser die Winde in Bewegung setzte. Die Riemenscheiben rollten an, das Netz spannte sich und die Schildkröte wurde angehoben. Von ihrem Brustpanzer tropfte Wasser herab. Arka, die rittlings auf ihrem Rücken saß, klammerte sich am nächstgelegenen Seil fest.

»Du kommst nicht von hier, was? Das erste Mal ist immer ’ne besondere Sache«, sagte der Kutscher lachend.

Nachdem sie das Netz verlassen hatten, steuerte er die Schildkröte durch die Kanäle der zweiten Ebene. Arka hörte den Plaudereien des Kutschers nur mit halbem Ohr zu. Sie konnte nicht genug darüber staunen, wie seltsam es war, sich auf einem hängenden Kanal fortzubewegen. Begriffe wie

»Boden« oder »Straßen« verloren ihre Bedeutung und man musste hier eher in »Stegen«, »Brücken« oder »Plattformen« denken. Schmale Bürgersteige, flankiert von niedrigen Brüstungen, trennten die Wasserstraßen vom Abgrund. Die Passanten schienen sich nicht an dem dreißig Schritt tiefen Fall, der ihnen beim geringsten Stolpern drohte, zu stören. Nur eine Mutter wies ihre Kinder zurecht, die zu nah an der Begrenzung spielten. Durch das dreckige Wasser des Kanals zogen sich bunte Schlieren. Sie sickerten aus den engen, am Ufer gelegenen Werkstätten, in denen Glasbläser an brennenden Öfen standen und geschickt mit der zähen, glühenden Glasmasse hantierten.

»Das sind die Glashütten von Klein-Napoca«, sagte der Kutscher, der ihr offensichtlich unbedingt die Stadt zeigen wollte. »Hier leben viele napocanische Einwanderer, sie stellen die ganzen Leuchtsphären und den Adamant Hyperboreas her.«

Eine weitere Mautstelle brachte sie in die dritte Ebene. Hier war es deutlich sauberer und die Mauern der Türme protzten schon mit vereinzelten Wandmalereien, die in den oberen Ebenen die Mauern ganz bedeckten. Das gesamte Viertel schien ein einziger großer Markt zu sein. In den Kanalgeschossen öffneten sich kleine Geschäfte zum Wasser hin, und auf den Aquädukten versuchten Händler Platz zu schinden, indem sie ihre Verkaufsbuden halb über dem Abgrund errichteten. Im Wasser der Kanäle dümpelten Barkassen, die als Marktstand dienten. Hier wurden Lebensmittel, Töpfereien und mechamagische Utensilien verkauft oder Wahrsagerei und andere ungewöhnliche Dienste feilgeboten. Während die Schildkröte versuchte, sich einen Weg durch die überfüllte Wasserstraße zu bahnen, wurden Arka und ihr Fahrer von mindestens einem Dutzend Händlern herangewunken.

Sie setzten ihren Aufstieg über die vierte und fünfte Ebene fort, wo sie abermals industrielle Viertel mit Metallgießereien, Spinnereien und Töpfereien durchquerten. Wohin man auch sah, hämmerten, falteten, gravierten, kämmten oder spülten die Handwerker. Die Materialien schwebten, entflammten oder wandelten durch magische Befehle ihre Form. Auf den Kanälen schwammen Abfälle, die sich zum Flossenschlag der mit Waren beladenen Schildkröten im Tanz wiegten. Arka war so sehr von dem, was sie umgab, gefesselt, dass sie die Kuppel über ihrem Kopf und den Abgrund unter ihren Füßen völlig vergaß. Vielmehr hatte sie das Gefühl, sich im Herzen einer großen Stadt wie Napoca, die sich nur in der Horizontalen ausdehnte, zu befinden.

Als sie die Mautstelle der fünften Ebene erreichten, deutete der Kutscher auf einen Turm, der gerade zwischen den Gebäuden aufgetaucht war.

Er war sechs Mal so dick wie die anderen und wirkte umso wuchtiger, als keine Fenster in sein Gemäuer eingelassen waren. Wie eine ganz aus Skulpturen bestehende Spirale wanden sich Relief-Friese an den runden Mauern bis hoch zur Spitze, die von einem prachtvollen Palast mit Galerien und baumbestandenen Terrassen gekrönt war.

»Was ist das für ein Gebäude?«, fragte Arka, während sich die Schildkröte erneut in das Netz bewegte.

»Der Wasserturm«, antwortete der Kutscher. »Da wohnt der Basileus.«

»Aber warum hat er keine Fenster?«

»Weil er halt ein Wasserturm ist«, wiederholte der Kutscher. »Unter dem Turm fließt ein unterirdischer Fluss. Eine mechamagische Pumpe befördert das Wasser bis in den Palast hinauf, von wo aus es in die Kanäle rinnt. Deswegen haben die Magier das sauberste Wasser«, fügte er mürrisch hinzu. »Schau mal da drüben.« Er deutete auf einen düsteren Turm, dessen Mauern von Schießscharten durchlöchert waren. »Das ist das Gefängnis. Die Leute nennen es den Extraktor.«

»Warum?«

»Hat irgendwas mit den Animas zu tun, glaub ich«, antwortete der Kutscher.

Die fünfte Ebene war sauber und ruhig, in ihren komfortablen Wohnungen lebten die Handwerksmeister und die gut situierten Händler. Jedes Fensterbrett hatte seine eigene Seilwinde und seinen Kräutertopf, und von den Brücken hingen Kletterpflanzen in das klare Wasser der Kanäle, in denen glitzernde kleine Fische schwammen. Die Schatten der Türme waren hier weniger lang, sodass man einen freien Blick auf die geometrischen Formen und Motive hatte, mit denen die Mauern verziert waren. In der sechsten Ebene, die den Beamten vorbehalten war, wurden die Behausungen noch prachtvoller. Hier blitzte unter den Algen der weiße Stein der gebogenen Kanalböden auf. Schmiedeeiserne Brüstungen begrenzten die Bürgersteige. Vielleicht bildete Arka es sich nur ein, aber sie hatte den Eindruck, dass selbst die Luft hier sauberer und klarer war. Als sie dies dem Kutscher sagte, antwortete er: »Das liegt an den Luftreinigungssiegeln«, und deutete hoch zur Kuppel, wo Arka große, in den Adamant gravierte Kreise voller Zeichen ausmachen konnte. »Die gibt's auch für die unteren Ebenen, aber da sind sie dauernd kaputt. Die Finanzverwaltung sagt, das Geld reicht nicht, um sie am Laufen zu halten. So ein Quatsch, das sind nur billige

Ausreden! Du kannst dir nicht vorstellen, wie viele Moskitos und Krankheiten sich unten in der dumpfen Luft ausbreiten. Von den Gaunern ganz zu schweigen. Das Magisterium überlässt den Klans das Sagen, da müssen sie keine Polizisten bezahlen. Ziemlich praktisch.«

Während der Kutscher weiter über die Magier schimpfte, erreichten sie die letzte Mautstelle.

Die Kuppel war jetzt so nahe, dass Arka das Spiegelbild der Schildkröte im Adamant erahnen konnte. Und auf den Turmspitzen erhoben sich die Villen der Magier, die mit dem Palast des Basileus an Eleganz und Schönheit wetteiferten. Säulenhallen, Springbrunnen aus Jade, Marmorskulpturen mischten sich mit üppigen Pflanzen und aufwendigen Wandmalereien. Arka lehnte sich über das Netz und warf einen Blick in den schwindelerregenden Abgrund, der sich unter ihr auftat. Man hatte den Eindruck, als würden die Türme weiter unten immer mehr zusammenrücken. Ein Geflecht aus Aquädukten versperrte die Sicht und tauchte die unteren Ebenen in permanenten Halbschatten. Für einen Moment stellte Arka sich vor, im Slalom zwischen den Kanälen und Türmen hindurch bis hinunter auf den Grund der Stadt zu fliegen …

Aber dafür war sie nicht geschickt genug, außerdem hatte sie zu große Anstrengungen unternommen, hier hinaufzugelangen, um den Gipfel der Stadt sofort wieder zu verlassen.

Oben angekommen, entlohnte sie den Kutscher und sprang dann auf den mit bunten Mosaiken verzierten Bürgersteig. Hyperborea war vielleicht nicht mit Gold gepflastert, aber die siebte Ebene konnte sich durchaus sehen lassen.

Entschlossen stapfte Arka los. Jetzt musste sie nur noch die Magier finden. Man hatte ihr gesagt, dass es mehr als sechshundert davon gab, so schwer konnte es also nicht sein. Aber während die unteren Ebenen vor Aktivität nur so brummten, zeichnete sich die oberste durch ihre Ruhe aus. Da es in jedem Turm nur eine Wohnung gab, war die siebte Ebene weitaus weniger überlaufen als der Rest der Stadt. Während sie am Ufer der Kanäle entlangschlenderte und sich neugierig umsah, begegneten ihr zunächst nur Hausangestellte, die ihrer jeweiligen Beschäftigung nachgingen. Mit magischen Blasebälgen säuberten sie die Mosaiken, stutzten Kletterpflanzen und fischten mithilfe von Keschern die wenigen Abfälle heraus, die im blauen Wasser der Kanäle trieben. Gerade fragte sie sich, ob diese Angestellten nicht in Wirklichkeit berühmte Magier waren, die sich mit mönchischer Ergebenheit dem Dienst für die Gemeinschaft verschrieben hatten, als sie auf den Stufen einer Villa endlich ihren ersten Magier sah.

Er trat aus seinem Haus heraus, gefolgt von einem jungen Angestellten, der nur wenig älter war als Arka und eifrig den Sitz der violetten Toga seines Meisters kontrollierte. Der schwere Stoff war sorgfältig über dessen rechte Schulter drapiert, fiel über seinen Unterarm und schleifte am Boden. Für die tropischen Temperaturen, die in Hyperborea herrschten, ganz sicher eine sehr unpraktische Bekleidung. Ein Kutscher beeilte sich, seine Schildkröte zu dem Magier zu steuern, der mit einer ungeduldigen Geste seinen Diener entließ und sich fast in den Lagen der Toga verfing, als er auf das Gefährt stieg. Der Junge schaute ihm verdrossen hinterher. Er trug eine weiße, weitaus schlichtere Tunika, die von zwei dünnen orangefarbenen Gürteln in der Taille zusammengehalten wurde.

»Hallo!«, sagte Arka, die auf ihn zugegangen war.

»Guten Tag«, antwortete er mit gerunzelter Stirn.

»Entschuldige, aber ich habe eine Frage. Hat dein Meister früher in Napoca gelebt?«

»Mein Mentor hat Hyperborea nie verlassen«, antwortete der Junge von oben herab.

»Ah«, sagte Arka, enttäuscht und ratlos zugleich. (Was meinte er mit Mentor?) »Kennst du denn einen anderen Magier, der einmal in Napoca gelebt hat?«

»Nein. Schönen Tag noch.«

Damit verschwand er wieder in der Villa und schlug die Tür hinter sich zu. Diese kurze Unterhaltung versetzte Arka einen Dämpfer. Wie sollte es ihr gelingen, einen Magier anzusprechen, wenn schon ihre Angestellten sich als derart unfreundlich erwiesen? Immerhin musste sie nun einen weniger befragen. Es blieben noch genug übrig.

Zum Glück waren die Bediensteten, denen sie anschließend in den Kanälen begegnete, gesprächiger. Ja, ihr Meister sei ein Magier, aber nein, er habe niemals in Napoca gelebt, zumindest nicht, soweit ihnen bekannt sei. Warum wolle sie das wissen? Ach, sie sei nur auf der Suche nach einem entfernten Verwandten ... Mit dieser ausweichenden Begründung beendete Arka stets das Gespräch und ließ ihr Gegenüber misstrauisch zurück. Sie erkundete ein ganzes Viertel der siebten Ebene, von seinen hängenden Kanälen bis hin zu den Plattformen, und wiederholte immer wieder dieselben Fragen, jedoch ohne Erfolg.

Gegen Mittag ließ sich Arka erschöpft in einem Park nieder, den man auf einem für den Schildkrötenverkehr gesperrten Aquädukt angelegt hatte. Eine mit üppig blühenden Kletterpflanzen bewachsene Pergola überdachte den Kanal, in dem riesige Seerosen trieben. Arka ließ sich zwischen zwei Bögen der Pergola nieder, zog ihre Schuhe aus und kühlte ihr Knie, das wieder zu schmerzen begonnen hatte, im frischen klaren Wasser. Kleine Fische schwammen neugierig zu ihr hin und inspizierten ihre Zehen. Zu ihrer Rechten hingen Weintrauben von einer Rebe herab, die sich um die Pergola gewunden hatte. Sie pflückte sie und steckte sich gleich mehrere davon auf einmal in den Mund. Hier oben hatte sie nirgends eine Möglichkeit gesehen, sich etwas zu essen zu kaufen. Bestimmt hatten die Magier alle ihre eigenen Köche.

Am Ende des Aquädukts saßen drei junge Mädchen von ungefähr sechzehn Jahren laut schwatzend auf den Riesenseerosen, deren knallgrüne Blätter kaum unter dem Gewicht nachgaben. Ihre langen Kleider wurden von goldenen Broschen zusammengehalten. Am auffälligsten war ein dralles Mädchen mit dicken, rotbraunen Haaren und blitzblauen Augen angezogen, das gerade mit einem kleinen Pinsel eine rötliche Paste auf seine Lippen auftrug. Eine magere Blonde, die im Schneidersitz auf demselben Blatt saß, hielt ihm einen Spiegel hin und betrachtete neidisch Tiegel und Pinselchen. Auf dem Blatt neben ihnen hockte ein braunhaariges Mädchen mit vorstehendem Kinn und ließ ebenfalls die Beine ins Wasser baumeln.

Arka traute sich nicht, die Unterhaltung zu stören, um Fragen über ihren Vater zu stellen. Zwar waren ihr die Gepflogenheiten der siebten Ebene noch nicht geläufig, aber die Hierarchie, die zwischen dreizehn- und sechszehnjährigen Mädchen herrschte, war universell. Man musste schon einen sehr guten Grund haben, um die Gleichgültigkeit, die man einander entgegenbrachte, zu überwinden. Im Übrigen taten die drei so, als wären sie allein, und unterhielten sich unbekümmert weiter, obwohl Arka nur wenige Schritte von ihnen entfernt saß.

»Wir sollten jetzt los«, sagte die Braunhaarige, »die Attribution beginnt bald.«

»Alles gut, wir haben noch Zeit«, erwiderte das Mädchen mit den kastanienbraunen Haaren. Sie hatte ihre Lippen fertig geschminkt, machte einen Kussmund und zupfte dann den Halsausschnitt ihres orangefarbenen Kleides zurecht.

»Dein Chiton ist umwerfend, Aspasia«, seufzte die Blonde begeistert.

»Ach, findest du? Ist doch nichts Besonderes, ich hab ihn letzten Monat von meinem Schneider anfertigen lassen. Ich kann dir haufenweise alte Chitons geben, die mir einfach nicht mehr passen, aber du kannst sie sicher noch anziehen«, fügte sie mit einem mitleidigen Blick auf ihre hagere Freundin hinzu.

Aspasia schürzte ihre Lippen und betrachtete sich zufrieden im Spiegel, dann wedelte sie mit der Hand, als wolle sie eine Fliege verscheuchen. Die Blonde verstand, sie legte den Spiegel auf das Blatt, zog die Beine an und stützte ihr Kinn auf die Knie. »Ich will endlich heiraten, dann kann ich selbst bestimmen, was ich trage. Meine Mutter lässt mich nie meine Kleidung aussuchen«, schmollte sie.

»Ja, aber dann hast du stattdessen deine Schwiegereltern am Hals«, bemerkte die Braunhaarige und plätscherte mit den Füßen im Wasser.

»Nicht, wenn ich einen reichen Magier finde, der seine eigene Villa hat«, verkündete die Blonde triumphierend, als sei niemand zuvor auf diese Idee gekommen. »Leihst du mir mal deine Creme, Aspasia?«

»Na, dann pass aber auf, dass du nicht an einen alten Knacker gerätst«, stichelte Aspasia, während sie ihr den Tiegel und das Pinselchen reichte. »Die jungen Magier haben alle keinen Chalkos, die leben entweder in der sechsten Ebene oder noch bei ihrer Familie. Übrigens, wo wir gerade von alten Knackern reden, habt ihr schon gehört, dass Euryklea bald den Chefarchitekten heiraten wird?«

»Wirklich?«, quiekte die Blonde.

»Er war mit ihrer Cousine verheiratet, aber die ist bei der Geburt gestorben, zusammen mit dem Baby«, erklärte Aspasia sichtlich erfreut, den neusten Tratsch weitergeben zu können. »Der Chefarchitekt war ziemlich erbost, er will unbedingt einen Erben, bevor er stirbt – und da muss er sich echt beeilen. Also hat er von seiner angeheirateten Familie gefordert, dass sie ihm als Entschädigung eine neue Verlobte liefern, und jetzt ist die Wahl auf die arme Euryklea gefallen!«

»Das ist ja fuuuurchtbar!«, kreischte die Blonde, während sie die rote Paste auf ihre dünnen Lippen auftrug.

»Kann sie sich nicht einfach weigern?«, fragte die Braunhaarige empört.

»Wenn sie sich weigert, riskiert sie, bei ihrer Familie in Ungnade zu fallen und nie wieder andere Bewerber zu haben«, erwiderte Aspasia. »Und könnt ihr euch etwa vorstellen, als alte Jungfer zu enden? Wie furchtbar. Wer würde ihr dann noch Chitons schenken?«

Die Braunhaarige runzelte die Stirn.

»Sie könnte doch arbeiten gehen und Gold verdienen«, schlug sie vor.

Erschrocken sogen die anderen Mädchen die Luft ein.

»Wer will denn schon eine Plebejerin sein, mit dreißig total hässlich und mit faltigen Händen?«, fragte die Blonde entsetzt.

»Ich meinte doch nicht arbeiten wie eine *Plebejerin*«, stellte die Braunhaarige eilig klar. »Aber sie könnte ja Elevin werden, wie deine Schwester, Aspasia.«

»Pyrrha ist total daneben«, sagte Aspasia verächtlich. »Sie ist ein egoistisches Monster, sie hat unsere ganze Familie mit dieser Geschichte geschockt. Du hättest mal meinen Vater sehen sollen, als er rausfand, dass sie sich für die Attribution angemeldet hat. Und wofür das alles? Fünf Jahre lang büffeln, das soll eine Beschäftigung sein? Was bringt es schon zu arbeiten? Man hat überhaupt keine Zeit mehr für sich, das ist doch unerträglich.«

»Immerhin muss deine Schwester nicht heiraten, um gut leben zu können«, entgegnete die Braunhaarige, entschlossen, das letzte Wort zu haben. »Und vielleicht schafft sie es ja eines Tages in den Rat, oder ...«

»Von wegen.« Aspasia warf ihre Haare zurück. »Selbst wenn sie Magierin wird, kann sie nicht im Magisterium arbeiten, weil sie eine Frau ist. So will es das Gesetz. Und Mama will Pyrrha verheiraten. Ihr könnt euch nicht vorstellen, wie wütend sie darüber ist, wie Pyrrha Lastyanax behandelt, jetzt, wo er endlich interessant wird ... Zum Glück scharwenzelt seit Kurzem Rhodopis um sie rum, damit ist Mama jetzt erst mal beschäftigt.«

»Ach, Rhodopis«, seufzte die Blonde. »ich würde mich jedenfalls nicht beschweren, wenn ich ihn heiraten müsste ...«

Bei dem Thema schienen alle drei endlich einer Meinung zu sein. Versöhnt richteten sie ihre Kleider und verließen von einem Blatt zum nächsten springend den Kanal. Ihre bunten Chitons flatterten hinter ihnen her, als sie sich schwatzend entfernten. Arka starrte bedrückt vor sich hin. Manchmal hatte sie das Gefühl, in Bezug auf bestimmte Dinge zu schnell erwachsen geworden zu sein, bei anderen hingegen völlig hinterherzuhinken. Jungs, Kosmetik und Kleider, das alles erschien ihr fremd. Seufzend zog sie die Füße aus dem

Wasser und schlenderte, ihre Leinenschuhe in der Hand, noch ein Stück am Ufer entlang. Um sie herum krönten luxuriöse Villen die Türme, wie Blumenköpfe auf langen Stängeln.

Als ihre Füße getrocknet waren, zog sie die Schuhe wieder an und verließ den Hängegarten in derselben Richtung, in die die Mädchen verschwunden waren. Vielleicht würde sie ja bei dieser Attribution ihren Vater finden.

Sie war etwa zehn Minuten gegangen, als plötzlich eine goldene Schildkröte am Ende eines Aquädukts auftauchte, jener verdächtig ähnlich, die sie ein paar Tage zuvor verbeult hatte. Auf ihr saßen drei finster dreinblickende Männer, die gerade die Größe ihrer Tätowierungen verglichen und dabei ihre Muskeln spielen ließen.

Arka erkannte die drei Ganoven, die sie verfolgt hatten! Schnell drehte sie sich zur Brüstung um und tat so, als würde sie die Aussicht bewundern. Was für ein Pech, dass sie ihnen ausgerechnet hier begegnete. Hoffentlich fuhren sie an ihr vorbei, ohne sie wiederzuerkennen.

Am nächstgelegenen Turm prangte eine Etage tiefer ein Wandbild, auf dem muskulöse Arbeiter zu sehen waren. Darüber stand in großen weißen Lettern: TRANSPORTIEREN SIE IHRE MÖBEL MIT UM-ZAUBEREI, DEM LEVITATIONS-SPEZIALISTEN! Arka wandte ihren Blick nicht von der Reklame ab, lauschte aber mit gespitzten Ohren auf das Klatschen der Schildkrötenflossen im Kanal hinter ihr. Als sie schon fast an ihr vorübergeschwommen war, ertönten wilde Rufe. Arkas Schultern verkrampften sich, langsam drehte sie sich um und sah, wie die drei Männer auf sie zustürzten.

Arka war keine Spezialistin in Sachen Levitation, aber sie kannte sich ein bisschen mit Umzügen aus.

Das Trio

Alci, Ari und Axi waren nicht besonders schlau, aber eine entsprechende Erziehung hätte zumindest das Schlimmste verhindern können. Das Problem war nur, dass sie zu dritt waren. Einem Sohn etwas beizubringen, wäre möglich gewesen. Bei zweien war es schon schwieriger. Aber drei, das war einfach nicht machbar. Wenn dann noch ein verstorbener Vater dazukam und eine Mutter, die voll und ganz damit beschäftigt war, Chefin der Unterwelt zu sein, führte das zu einem Trio von sehr begrenztem Intellekt, aufgewachsen im Schatten der mütterlichen Macht, mit den hartgesottenen Kerlen des Klans als einzigen Vorbildern. Die Brüder kompensierten ihre Dummheit durch noch größere Dummheit und verbrachten ihre Tage damit, alle um sie herum davon zu überzeugen, dass man sich mit so viel Idiotie besser nicht anlegte.

Der Diebstahl ihrer vergötterten Schildkröte durch eine halbwüchsige Göre durfte auf keinen Fall Schule machen. Seit fünf Tagen versuchten die drei sie daher aufzuspüren, wild entschlossen, ihr zu zeigen, wer hier das Sagen hatte. Der Kutschergilde, die von ihrem Klan kontrolliert wurde, hatten sie einen Suchauftrag gegeben und eine entsprechende Belohnung in Aussicht gestellt. Nach mehreren falschen Fährten (die für die betreffenden Informanten schlecht ausgegangen waren) hatten die drei endlich einen zuverlässigen Hinweis bekommen. Sofort waren sie in die siebte Ebene geeilt, die Reise kam mit auf die Liste der Anklagepunkte, die sie der kleinen Diebin präsentieren würden, denn sie hassten die Magier und damit auch die oberste Ebene der Stadt.

Als sie die Göre endlich entdeckt hatten, trieben sie ihre Schildkröte an und bremsten derart abrupt neben ihr, dass das Wasser nur so aufs Pflaster spritzte. Die Kleine, die an der Brüstung lehnte, zuckte zusammen. An derartige Reaktionen gewöhnt – sie waren der erfreulichste Teil ihrer Arbeit –, spuckten sie das Blaue Lotusharz aus, auf dem sie herumgekaut hatten, und ließen die Finger knacken. Alci führte als Ältester (er war dreißig Sekunden vor den anderen geboren) das Wort:

»Weißt du, warum wir hier sind, Rotznase?«

»Wegen der Schildkröte, klar, ich bin ja nicht blöd.«

Fassungslos drehte Alci den Kopf zur Seite, um ihr das Lotus-Tattoo auf seinem Nacken zu zeigen.

»Aber weißt du auch, wer wir sind? Weißt du, was das hier bedeutet?«, fragte er und tippte wie wild auf die Zeichnung.

Gleichgültig zuckte sie mit den Schultern.

»Das ist das Zeichen des Blauer-Lotus-Klans«, antwortete Alci mit stolzgeschwellter Brust. »Wir sind das Titanen-Trio.«

Nach langer Beratschlagung und einem Gang in die Bibliothek, wo ein Gelehrter ihnen in erstaunlichem Tempo eine ganze Reihe möglicher Bezeichnungen vorgeschlagen hatte, war ihre Wahl auf diesen Namen gefallen. Man musste allerdings dazusagen, dass sie ihn kopfunter über dem Abgrund hatten hängen lassen, um beim Denken etwas nachzuhelfen.

Feierlich deutete Alci auf seine zwei Brüder und sich.

»Ich bin Alci, und das sind Axi und Ari.«

In Wahrheit hießen sie Alcibiades, Anaximenes und Aristobulos, aber welcher Gauner konnte sich solche Namen schon leisten?

»Sehr erfreut, ich heiße Arka. Also, geht's los? Ich hab nicht allzu viel Zeit.«

Von ihrer Selbstsicherheit völlig aus dem Konzept gebracht, schauten die drei sich an und kamen stillschweigend überein, keine halben Sachen zu machen. Sie holten ihre ausziehbaren Schlagstöcke hervor und klappten sie zu bedrohlichen Blitzspeeren auf. Elektrische Funkenbögen zuckten an den Spitzen der Waffen, die sie Polizisten geklaut hatten.

Zufrieden stellte Alci fest, dass ein besorgter Ausdruck über das Gesicht ihrer jungen Gegnerin huschte, als sie zwischen den Stöcken hin und her blickte. Waffenschwingend traten die drei auf sie zu. Arka wich zurück und stieß an die Brüstung. Doch gerade als sie dachten, sie hätten die Rotzgöre in die Enge getrieben, stürzte sie vor und schlüpfte zwischen den Waffen von Axi und Ari hindurch. Ari verlor das Gleichgewicht, und Arka nutzte den Moment der Unaufmerksamkeit, um ihm den Speer zu entreißen. Dann sprang sie geschickt wie eine Katze zur Seite und landete ein paar Schritt hinter den Drillingen auf dem Boden. Das alles war viel zu schnell für sie gegangen. Schweigend starrten die drei sie an.

»Sie ist zu klein, um mit einem Blitzspeer umzugehen«, versicherte Ari den anderen.

Statt zu antworten, wirbelte Arka die Waffe herum, als sei sie mit ihr geboren worden, dann griff sie an. Zwanzig Sekunden später lagen die Gauner auf dem Boden, die beiden Speere zu ihren Füßen. Arka lachte laut auf, schob die Waffe in ihrer Hand zusammen und ließ sie vor Alci aufs Pflaster fallen.

»Belassen wir es dabei, okay?«, sagte sie. »Ich könnte natürlich auch noch ein paar Backpfeifen verteilen, aber ich hab echt Wichtigeres zu tun.«

Mit diesen Worten drehte sie sich um und ging davon. Benommen starrten die Drillinge auf ihre Waffen. In ihrer Laufbahn als Kriminelle hatten sie zwei Dinge gelernt. Erstens: Jede Kränkung, die nicht bestraft wird, ist ein Zeichen von Schwäche. Zweitens: Man dreht niemals einem bewaffneten Gegner den Rücken zu. Und so griff Axi, ohne zu zögern, nach einem der Speere und schleuderte ihn mit aller Kraft auf Arka.

Plötzlich trübte eine Staubböe die Luft und formte sich zur Gestalt eines jungen blonden Mannes. Die Erscheinung gab dem Speer, der durch die Luft flog, einen Schubs, dann löste sie sich in einem grauen Wirbelwind auf. Die Waffe streifte Arka noch an der Schulter, bevor sie über die Brüstung hinausschoss. Überrascht schrie das Mädchen auf und drehte sich zu den Brüdern um, die mit geöffnetem Mund auf die Stelle starrten, an der die Gestalt sich eben noch befunden hatte. Nichts konnte erklären, was sich gerade vor ihren Augen abgespielt hatte. Hastig sammelten sie ihre Waffen ein, sprangen auf die Schildkröte und suchten das Weite.

Embron und Tetos

In der ersten Ebene protzte Embron derweil mit seiner neuen gepanzerten Uniform. Er hatte sie gerade bei einem Waffenhändler erworben und der Versuchung nicht widerstehen können, sie trotz der feuchten Hitze, die ihm das Gefühl gab, zu schmoren, anzuziehen.

»Das Modell ist der letzte Schrei«, erklärte er Tetos, der seine neuste Errungenschaft mit einem neidischen Grunzen quittierte. »Ultraleichte Legierung aus Oreichalk und Stahl. Und gegen elektrische Spannung isoliert, ich kann mir also mit meiner eigenen Lanze keinen Schlag mehr verpassen. Außerdem vierfache Ventilation an den Füßen und unter den Achseln.«

»Mh, das ist ziemlich gut«, musste Tetos zugeben.

»Mit Luchsfell gefüttert«, fuhr Embron fort, wobei er verliebt über die Uniform strich. »Magische selbstwärmende Handschuhe, die drei Monate lang laufen. Und: verstärkter aerodynamischer Helm. So kann mir nichts mehr passieren«, schloss er mit stolz vorgereckter Brust.

Tetos nickte zustimmend, dann sah er plötzlich die Gelegenheit, Embrons Behauptung auf die Probe zu stellen. Ein Gegenstand aus Metall kam von oben in atemberaubender Geschwindigkeit auf sie zugerast.

KRACK.

Das Geschoss krachte auf den verstärkten aerodynamischen Helm, der dem Aufprall standhielt. Sein Besitzer weniger: Mit verdrehten Augen schielte er hinter dem Visier hervor. Tetos griff nach dem Fluggeschoss und stellte fest, dass es sich um einen Blitzspeer handelte. Die Waffe in der Hand, begleitete er seinen derangierten Kollegen zurück in die Kaserne und überlegte, welcher Polizist sich wohl einen Spaß daraus gemacht hatte, seine Dienstwaffe in den Abgrund zu werfen.

Arka

Die Schildkröte der Drillinge verschwand am Ende des Kanals. Arka fragte sich, wie sie nur so dumm hatte sein können, ihnen den Rücken zuzudrehen, obwohl sie noch bewaffnet waren. Glücklicherweise konnten sie nicht gut zielen. Die

Lanze hatte nur knapp ihren Hals verfehlt und einen Kratzer an ihrer Schulter hinterlassen.

Ein Stück Papier, das von einem plötzlichen Windhauch emporgewirbelt worden war, trudelte vor ihr zu Boden. Arka folgte ihm mit dem Blick und fragte sich, was das für eine Böe gewesen war, die sie in ihrem Rücken gespürt hatte – es gab doch keinen Wind in Hyperborea. Genau vor ihren Füßen blieb das Blatt liegen. Die ersten Zeilen sprangen ihr ins Auge:

ANMELDEFORMULAR FÜR DIE TEILNAHME
AN DER ATTRIBUTION
MAGISCHES TURNIER ZUR JÄHRLICHEN
AUSWAHL DER ELEVEN.

5

DIE ATTRIBUTION

Arka

Arka hätte sich keine bessere Gelegenheit wünschen können, um die Suche nach ihrem Vater voranzutreiben. Wenn sie sich unter die Teilnehmer mischte, würde sie ganz sicher Magier treffen. Dem Formular zufolge fand die Attribution zur ersten Nachmittagsstunde im Amphitheater statt, und das Zifferblatt der Sonnenuhr ließ keinen Zweifel daran, dass sie den Beginn des Turniers verpassen würde.

Auf der Suche nach diesem Amphitheater rannte sie die Kanäle entlang, als sie hinter sich plötzlich Schritte hörte. Eine Mutter kam mit ihrem Sohn im Schlepptau angelaufen.

»Schnell, schnell«, trieb sie ihn mit vor Panik bebender Stimme an. »Die Attribution wird sonst noch ohne dich losgehen. Dieser verdammte Kutscher hätte uns doch auch direkt davor rauslassen können. Nur, weil uns ein paar Chalkos fehlten …«

Der Junge nickte, ohne zu antworten, rot vor Anstrengung. Er war klein und sein schmales Gesicht wurde von dunklen buschigen Brauen beherrscht, die einen Balken über seinen Augen bildeten. So wie die beiden aussahen, stammten sie vermutlich nicht aus der siebten Ebene. Möglichst unauffällig folgte Arka ihnen mit schmerzverzerrter Miene, weil ihr das Knie immer noch zu schaffen machte.

Nachdem sie drei weitere Kanäle entlanggelaufen waren, kamen sie endlich zu einem großen Amphitheater aus weißem Stein, das auf der Spitze eines Turmes errichtet worden war. Ein paar Jugendliche drängten sich vor dem Eingang, wo ein Pförtner Formulare einsammelte, ähnlich dem, das sie gefunden hatte. Mutter und Sohn rannten auf die kleine Gruppe zu, und Arka folgte ihnen.

Als sie das Tor erreichte, waren die übrigen Jugendlichen bereits im Inneren der Anlage verschwunden, nur der Junge mit den buschigen Augenbrauen stand noch davor. Völlig außer Atem und auf die Schulter ihres Sohnes gestützt, erging sich die Mutter in Entschuldigungen wegen ihrer Verspätung und bat mit flehender Stimme um Einlass.

»Ist ja gut, ist ja gut«, beschwichtigte sie der Pförtner. »Haben Sie das Anmeldeformular? Dann geben Sie mal her … Danke schön, Sie können eintreten.«

Er drehte sich zu Arka um und blickte auf das Blatt in ihren Händen:

»Sie haben ebenfalls Ihr Formular? Aber es noch nicht einmal ausgefüllt? Dann schnell, notieren Sie Ihren Namen, Ihr Alter, die Ebene, aus der Sie stammen, und den Beruf Ihrer Eltern.«

Arka griff zögerlich nach dem Schreibrohr, das er ihr reichte. Sie wusste weder, worin die Prüfungen bestanden, noch was ein Eleve war oder was passieren würde, wenn die Veranstalter merkten, dass sie bei dem Turnier eigentlich nichts zu suchen hatte. Doch sie musste nicht lang überlegen, um zu einem Entschluss zu kommen.

»Arka, dreizehn Jahre, erste Ebene, Tochter eines Schildkrötenverkäufers«, murmelte sie, während sie auf dem Blatt herumkritzelte.

»Na, das wird schon reichen«, sagte der Pförtner, nachdem er das Geschriebene überflogen hatte. »Hier, heften Sie das an Ihre Tunika«, fügte er hinzu und gab ihr ein Schild mit einer großen 43 darauf. »Erste Tür links. Beeilen Sie sich, es geht gleich los.«

Um ihn nicht misstrauisch zu machen, steckte Arka sich schnell das Schild an. Dann trat sie ein und fand sich in einem dunklen Gang wieder, der zu den Rängen führte. Der Junge war bereits verschwunden, und seine Mutter hatte sich zu den Zuschauern gesellt. Gespannt stieß Arka die Tür zu ihrer Linken auf.

Am Fuß einer Treppe öffnete sich ein langer, von Gitterverschlägen gesäumter Korridor. Er wurde von Öllampen erhellt, die einen süßlichen Duft verströmten.

Die Gitter einiger Verschläge waren in einer Ecke verstaut worden, sodass nun etwa vierzig Jugendliche hier Platz hatten. Die meisten von ihnen waren Jungen in Arkas Alter, nur zwei andere Mädchen befanden sich außer ihr im Raum. Die kleinere der beiden wirkte verschüchtert, die größere, kräftige warf herablassende Blicke in die Runde.

Arka stieg ein paar Stufen hinunter. Die Atmosphäre war angespannt. Einige Kandidaten liefen vor sich hin murmelnd auf und ab, andere kauerten an der Wand und starrten auf ihre Füße und wieder andere ließen kleine Gegenstände in der Luft schweben.

Für einen Moment hatte Arka den Eindruck, in einer Irrenanstalt gelandet zu sein. Dann bemerkte sie einen Jungen, der großspurig vor vier seiner Mitstreiter prahlte. Seine rotbraunen zu langen Haare fielen ihm in die Augen, ohne dass sie jedoch die pickelige Stirn ganz verdecken konnten. Sein Tonfall war gelangweilt und arrogant, ein Eindruck, der durch den lässig herabhängenden Mundwinkel nur noch verstärkt wurde.

»Selbstverständlich hat man mich auf die Prüfungen vorbereitet«, sagte er gerade. »Ich weiß natürlich nicht genau, was sie beinhalten werden, aber ich habe da so meine Vermutungen. Wie dem auch sei, die Elevenzeit ist für mich reine Formsache. Quasi alle Eparchen kamen aus meiner Familie. Und mein Vater wird nicht zulassen, dass ich mit der Tradition breche.« Mit einer ruckartigen Kopfbewegung warf er seine Haare zurück, um sich freie Sicht zu verschaffen, und beobachtete selbstzufrieden, welche Wirkung seine Worte bei den Umstehenden hinterlassen hatten. Die Frage, ob sie ebenfalls derart qualifiziert waren, stand ihnen ins Gesicht geschrieben.

»Aber Phreton, dein Vater wird dich doch nicht als seinen Eleven nehmen können, selbst wenn er der Eparch ist, das ist doch verboten, oder?«, erkundigte sich ein Junge, der eine grobe Wollmütze trug.

Überrascht erkannte Arka in ihm den Burschen von heute Morgen wieder, der dafür gezahlt hatte, Zwerg sehen zu dürfen.

»Sterix, du Idiot, natürlich ist das verboten. Er hat außerdem schon einen Eleven«, wies Phreton ihn zurecht.

»Pyrrha«, sagte ein anderer verträumt.

»Genau, er hat Pyrrha. Und weil sie die Schülerin meines Vaters ist, kann man sagen, dass auch ich in gewisser Weise ihr Mentor bin. Sie macht übrigens alles, was ich ihr sage. Letztens erst habe ich sie gebeten, mir ein Glas Gewürzwein zu bringen und ...«

»Und was, Phreton?«, unterbrach ihn eine eisige Stimme.

Arka zuckte zusammen und drehte sich um. Eine junge

Frau war im Türrahmen erschienen. Sie hatte dunkles Haar, war schlank und trug eine weiße Tunika, die von fünf orangen Gürteln zusammengehalten wurde. Phreton schien unter ihrem Blick aus blitzenden grünen Augen zu schrumpfen.

Es war ganz offensichtlich, dass er noch nie gewagt hatte, sie um ein Glas Gewürzwein zu bitten.

»Gewürzwein?«, wiederholte sie spöttisch. »Ich hab dich schon nach einem Glas Traubensaft betrunken gesehen. Und jetzt zisch ab, du Rotznase.«

Mit derart glühenden Wangen, dass man Spiegeleier darauf hätte braten können, verzog sich Phreton hastig aus ihrem Blickfeld. Pyrrha durchquerte rasch den Raum und baute sich neben der Eichentür an dessen Ende auf. Alle Augen waren jetzt auf sie gerichtet.

»Hallo zusammen«, sagte sie mit klangvoller Stimme. »Man hat mich beauftragt, meinen Tag damit zu vergeuden, euch Anweisungen zu geben, statt mich weiter auf meine Disputation vorzubereiten. Hier also die Regeln für die erste Prüfung: *Mithilfe der Würfel aus Oreichalk muss sich jeder von euch einen Schlüssel beschaffen.*«

Ohne ihnen Zeit zu lassen, das Gesagte zu verdauen, fügte sie hinzu:

»Aber Achtung, die Schlüssel dürfen nur mit der Hand losgemacht werden. Passt gut auf sie auf, ihr werdet sie bei der letzten Prüfung noch brauchen. Ihr seid 43 Teilnehmer, aber es gibt nur 33 Schlüssel. Diejenigen, die keinen bekommen, scheiden aus.«

Dann machte sie eine Handbewegung und die Eichentür, die sie nicht berührt hatte, öffnete sich gefügig. Helles Tageslicht flutete in den Gang, gefolgt vom Jubel der aufgeregten Menge.

»Ihr werdet euch jetzt jeder vor einen Würfel stellen, ein Gong wird euch den Beginn der Prüfung anzeigen«, fuhr Pyrrha fort. »Diejenigen, die meinen, sie könnten vorher anfangen, werden disqualifiziert. Selbstverständlich dürft ihr keine Siegel verwenden. Mögen die weniger Schlechten gewinnen«, endete sie und bedachte ihre Zuhörer mit einem herablassenden Blick.

Einen Moment später stürzten die Kandidaten zum Eingang, jeder versuchte als Erster die Arena zu betreten. Arka folgte der Meute und freute sich über ihr Glück. Erst das Pferderennen, dann ein Magieturnier: Man konnte fast meinen, irgendjemand wollte ihr die Suche nach ihrem Vater erleichtern.

Unter Pyrrhas wachsamem Blick trat ein Kandidat nach dem anderen durch die Tür. Plötzlich bekam Arka von hinten einen kräftigen Stoß. Sie stolperte und rempelte die drei Jungen vor sich an. Entschuldigungen stotternd, drehte sie sich um und sah, dass es das größere der beiden Mädchen war, eine Rothaarige mit Schweinsnase, die sich einen Spaß daraus machte, sie zu schubsen.

»Hör auf!«, blaffte Arka sie gereizt an.

Das Mädchen grinste nur und machte weiter.

»Hör auf!«, äffte sie Arka nach. »Hör auf!«

»Lass mich in Ruhe«, schrie Arka und hätte ihr am liebsten einen Fußtritt verpasst.

Zwei der Jungen, die Phreton vorhin zugehört hatten, lachten hämisch.

»Hör auf! Hör auf!«, wiederholten sie und begannen sie ebenfalls zu schubsen.

Mit glühenden Wangen wandte Arka sich ab und versuchte die Stöße, die auf ihren Rücken einprasselten, zu ignorieren, wobei sie die Fersen in den Boden stemmte, um niemanden anzurempeln. Normalerweise hätte sie die Sache mit drei gut platzierten Ohrfeigen geregelt, aber sie wollte keine Aufmerksamkeit auf sich ziehen.

Zwinkernd im blendenden Sonnenlicht, trat sie schließlich in die Arena hinaus. Als sie die Zuschauerränge sah, auf denen sich mehrere Tausend Hyperboreer tummelten, war die Auseinandersetzung sofort vergessen. Die Magier in ihren violetten Togen machten ein Viertel der Menge aus. Arka spürte, wie aufgeregt sie plötzlich wurde: Es waren so viele, ihr Vater musste einfach unter ihnen sein.

Beim Rest der Zuschauer handelte es sich um Kinder, alte Frauen oder Mütter, die nervös an ihren Nägeln kauten und ihren Sprösslingen dabei zusahen, wie sie in die Mitte des Amphitheaters strömten. Eine Kuppel, ähnlich der, die die Stadt überspannte, jedoch aus rötlichem Maschendraht, trennte die Zuschauer von der Arena. Der Boden war mit hellgrauem Sand bedeckt, und etwa vierzig ebenfalls rötliche Quader waren im Kreis aufgereiht und warteten auf die Kandidaten.

Arka erkannte das Oreichalk wieder, das Metall, aus dem auch ihr Flügelarmband gefertigt war und von dem sie wusste, dass es sehr empfänglich für Magie war. Wie ihre Kontrahenten stellte sie sich vor den nächsten freien Würfel. Er reichte ihr bis knapp übers Knie und glühte rot, als würde in ihm ein Feuer brennen.

Links von ihr stand der Junge, der mit seiner Mutter vor ihr hergerannt war. Eines seiner Beine zuckte nervös, während er sich nach allen Seiten umsah, um den Schlüssel zu finden, von dem Pyrrha gesprochen hatte. Plötzlich blieben seine Augen an einem Punkt in der Luft hängen. Arka folgte seinem Blick und entdeckte die Schlüssel. Jeweils kaum größer als ihr Daumen, bildeten sie etwa zehn Schritt über ihnen in der Mitte der Arena schwebend einen Kreis, wie eine funkelnde Krone.

Während sich die letzten Kandidaten hastig vor die noch freien Würfel stellten, zermarterte Arka sich den Kopf, wie sie bloß an einen dieser Schlüssel gelangen sollte. Im Gegensatz zu ihr wussten ihre Mitstreiter bestimmt, was zu tun war. Sollte sie ihr Flügelarmband benutzen? Aber Pyrrha hatte deutlich gesagt, dass man die Würfel verwenden musste, um die Schlüssel mit der Hand abzunehmen. Was sonst könnte sie tun? Die Quader übereinanderstapeln? Arka warf einen Blick in die Runde, es würde sicher nicht leicht sein, die anderen Kandidaten davon zu überzeugen, ihr ihre Würfel zu leihen. Vielleicht sollte sie am Gitter hinaufklettern und ihren Kubus so zu den Schlüsseln heben …? Nein, das war eine dumme Idee. Die Würfel würden schon zu etwas gut sein.

Ein Raunen unter den Teilnehmern riss sie aus ihren Überlegungen. Arka blickte zu den Zuschauerrängen auf, wo ein alter Mann mit rundem Bauch räuspernd das Wort ergriff.

»Das ist Silenos, der Mystografieprofessor«, tuschelte jemand neben ihr.

Unangenehm überrascht, sah Arka, dass das rothaarige Mädchen sich an den Quader rechts neben ihrem gestellt hatte. Allerdings schien sie sich nicht mehr um sie zu kümmern, sondern starrte Silenos mit gerunzelter Stirn an.

»Willkommen, ihr jungen Leute, zur Attribution der Eleven«, begann er freudig. »Sie haben sich heute hier in der Arena versammelt, um Ihre Karriere den höchsten Ämtern unserer wunderschönen Stadt zu weihen. Gleich werden Sie sich Ihrer ersten Herausforderung stellen, aber lassen Sie mich vorher an die Regeln dieses Turniers erinnern.«

Er machte eine Pause und ließ einen wohlwollenden Blick über die nervösen Jugendlichen schweifen.

»Dieses Jahr starten Sie mit 43 Teilnehmern, am Ende werden es nur noch 13 sein. Bei jeder Prüfung werden zehn von Ihnen ausscheiden. Die erste Prüfung fordert Ihre Geschicklichkeit, die zweite Ihre Kraft und die dritte Ihre Bildung. Die Ergebnisse der ersten beiden Prüfungen sind relevant für die Bewältigung der dritten. Wir, die Zuschauer und zukünftigen Mentoren, werden Ihre Leistungen dank des Abraxanischen Sandes genau verfolgen können.

Arka verzog das Gesicht. Auch wenn sie gewisse Zweifel hatte, ob sie geschickt genug war, eines stand außer Frage: Sie war nicht gebildet, jedenfalls nicht akademisch. Und was sollte das überhaupt sein, dieser Sand?

»Während der Prüfungen«, fuhr der Professor fort, »wird jeder Magier, der dazu bereit ist, einen Eleven auszubilden, euch beobachten, um schließlich am Ende des Turniers einen der Gewinner auszuwählen. Sie werden Ihrem Mentor im Laufe der fünf kommenden Jahre dienen, und am Ende dazu befähigt sein, Violett zu tragen.«

Arka schätzte, dass »Violett tragen« bedeutete, Magier zu werden. Die Aussicht, sich einem von ihnen für ganze fünf Jahre zu verpflichten, verlockte sie nicht gerade, andererseits konnte sie ihren zukünftigen Mentor immer noch verlassen, sobald sie ihren Vater gefunden hatte. Neugierig betrachtete sie die Magier auf der Tribüne, wer würde wohl ihr Mentor sein, falls sie das Glück hätte, die Prüfungen zu bestehen? Und was, wenn ihr Vater sie aussuchte? Dann wurde ihr schlagartig bewusst, dass sie immer noch keine Ahnung hatte, wie sie an den Schlüssel kommen sollte.

»Ich sehe schon, dass Sie das Warten ganz nervös macht,

und möchte Sie nicht länger auf die Folter spannen«, fuhr der Mystograf fort. »Also. Bei der ersten Prüfung müssen Sie geschickt genug sein, um einen der Schlüssel, die sich über Ihnen befinden, mithilfe der Oreichalk-Würfel zu erreichen. Nun denn, allen viel Glück!«

Applaus brandete auf, das Publikum schien den Mystografen zu mögen. Einen Augenblick später, noch bevor Arka sich hätte sammeln können, ertönte ein sonorer Gong. Im selben Moment stürzten sich die Kandidaten auf ihre Würfel und begannen, über ihnen die Hände zu bewegen. Überrascht stellte Arka fest, dass sich der Sand vom Boden der Arena hob und ihre Körper wie eine Aura aus glitzerndem Pulver umgab. Doch niemand schien diesem Spektakel Beachtung zu schenken.

Das musste der Abraxanische Sand sein, dieses seltsame Pulver diente wohl dazu, die Anima, die sonst unsichtbar war, zu enthüllen. Es faszinierte sie derart zu beobachten, wie sich der Sand um die Hände der Kandidaten legte, dass sie die Prüfung völlig vergaß. Unter dem Einfluss ihrer Animas verformte sich der Oreichalk der Quader zu seltsamen Strukturen. Dem Nachbarn zu ihrer Linken war es bereits gelungen, ein paar Stufen zu modellieren. Mit konzentriertem Blick arbeitete er an dem Metall, wie ein Töpfer an einer Vase, während eine dichte Wolke aus Sand um seine Finger herumwirbelte.

Plötzlich fiel Arka wieder ein, dass auch sie einen Schlüssel bekommen wollte. Immerhin wusste sie jetzt wie: Sie musste einfach nur den Oreichalk zu einer Treppe formen. Also tat sie es ihren Mitstreitern gleich, beugte sich über den Kubus und ließ ihre Finger über die glatte Oberfläche des Metalls wandern. Der Oreichalk erbebte und begann sich zu erhitzen, genau wie bei ihrem Flügelarmband, wenn sie es aktivierte. Hoch konzentriert übte Arka mit ihrer Anima Druck auf das glühende Metall aus. Der Abraxanische Sand tanzte zwischen ihren Händen, und mit äußerster Anstrengung gelang es ihr, den Block zu einem plumpen Rechteck zu formen.

Sie wischte sich über die Stirn und blickte auf. Um sie herum bauten ihre Mitstreiter mehr oder weniger erfolgreich an ihren Treppen. Die Stufen des Jungen mit den buschigen Augenbrauen hatten schon die halbe Höhe erreicht und waren mit derartiger Präzision gearbeitet, dass man meinte, das Werk eines erfahrenen Schmieds vor sich zu haben. Bögen stützten die Konstruktion, die unter seinen Händen immer weiter emporwuchs. Die Rothaarige schien größere Schwierigkeiten zu haben. Sie war zwar schnell, aber ihre Treppe stürzte immer wieder in sich zusammen.

Panisch machte sich Arka wieder an die Arbeit. Sicher, es war dem Zufall geschuldet, dass sie überhaupt an der Attribution teilnahm, aber jetzt, wo sie einmal dabei war, wollte sie auch nicht sofort ausscheiden, vor allem nicht, wenn ihr Vater zusah. Allerdings gab ihre Treppe – sofern man die beiden aufeinandergestapelten Klötze, die sie bisher zustande gebracht hatte, so nennen konnte – wirklich nicht viel her. Mit Mühe gelang es ihr, zwei weitere Stufen zu bauen, dann stabilisierte sie das Ganze, indem sie einen großen Pfeiler errichtete.

Ein Tumult ließ sie erneut aufblicken. Ihr gegenüber war ein Kandidat auf seine Treppe gestiegen, um sie weiter zu verlängern, und hatte zu spät bemerkt, dass sie dafür nicht stabil genug war. Unter dem überraschten Aufschrei des Publikums, kippte die Konstruktion, und ihr Erbauer stürzte mehrere Schritt tief zu Boden, wo er stöhnend seinen Knöchel hielt.

In einem Anflug von Panik wandte sich Arka wieder ihrem Werk zu, begriff jedoch schnell, dass sie ein ernsthaftes Problem hatte. Ihre Stufen waren zu dick und verbrauchten zu viel Metall, sodass sie nicht genug Material hatte, um die Treppe zu verlängern. Fieberhaft versuchte sie das Oreichalk zu strecken. Ihre Anima zog an jeder Stufe. Plötzlich wurde sie von einem fröhlichen Klingeln abgelenkt: Der Junge mit den buschigen Augenbrauen war bis zur Spitze seines Kunstwerks hinaufgestiegen, hatte einen der Schlüssel an sich genommen und kam nun unter den Bravorufen der Menge wieder die Treppe hinunter. Strahlend verließ er die Arena durch die Tür, die Pyrrha für ihn geöffnet hatte.

Ein paar Minuten später bemächtigte sich ein weiterer Kandidat eines Schlüssels, dann ein dritter und vierter. Bald schon hallte das Amphitheater von hellem Läuten wider, weil es immer mehr Kandidaten gelungen war, an einen Schlüssel zu kommen, unter ihnen auch das rothaarige Mädchen. Während Arka mühsam ihre achte Stufe formte, blieben nur noch zwei Schlüssel übrig. Aus den Augenwinkeln sah sie den zweiunddreißigsten Kandidaten seine Treppe hinaufeilen. Niedergeschlagen senkte Arka die Arme und beobachtete mit dröhnendem Schädel, wie ein dürrer Junge gegenüber von ihr die letzten Stufen formte, um sich den einzigen noch verbleibenden Schlüssel zu schnappen, der genau über ihm hing.

Das bittere Gefühl, gescheitert zu sein, schnürte ihr die Kehle zu. Seit dem Tag, an dem sie ihre Kräfte entdeckt hatte, war sie immer davon ausgegangen, etwas Besonderes zu sein. Doch jetzt wurde ihr die eigene Mittelmäßigkeit mehr als bewusst. Die Gewissheit, dass ihr Vater der Prüfung beiwohnte und mit Verachtung ihre lächerliche Treppe betrachtete, machte die Enttäuschung nur noch schmerzhafter.

Plötzlich regte sich im hintersten Winkel ihres Kopfes ein Gedanke. Was hatte Pyrrha gesagt? *Mithilfe der Würfel aus Oreichalk muss sich jeder von euch einen Schlüssel beschaffen.* Verblüfft blickte Arka zu den 32 Treppen, die in der Arena aufragten. Und wenn sie …?

Ohne weiter nachzudenken, setzte Arka alles auf eine Karte. Im nächsten Moment stand sie vor der wunderschönen Treppe ihres Nachbarn. Ihr gegenüber zerrte der Junge hektisch am Oreichalk, um seine letzte Stufe zu vollenden.

Mit großen Sätzen spurtete Arka die Stufen hoch, unter ihren Füßen stoben silbrig schimmernde Puderwolken auf und das Metall vibrierte. Begleitet von den überraschten Schreien der Zuschauer, erreichte Arka die letzte Stufe, beugte sich vor und schnappte dem Jungen den letzten Schlüssel unter der Nase weg. Für einen kurzen Moment begegnete sie seinem fassungslosen Blick. Dann forderte die Schwerkraft ihren Tribut und sie spürte, wie sie fiel. Reflexartig rollte sie sich zusammen, um den Aufprall zu mildern.

Zum Glück hatte der Sand ihren Fall etwas gedämpft. Benommen richtete Arka sich auf, den Schlüssel fest in der Hand. In ihrem Knie tobte der Schmerz. Um sie herum schien das Amphitheater zu explodieren, und auf den Tribünen wurden wütende Rufe laut.

»Was für eine Schande!«, hörte sie jemanden schreien.

»Das ist Betrug!«

»Zu welcher Familie gehört diese furchtbare Göre?«

Voller Unbehagen schaute Arka sich um und fürchtete schon, mit faulen Rüben beworfen zu werden. Dann fiel ihr Blick auf den Mystografen, der die Szene von der Loge aus mit amüsiertem Lächeln verfolgte. Nachdem sich der Tumult etwas gelegt hatte, erhob er sich.

»Ein recht überraschendes Ende der Prüfung, nicht wahr?«, schrie er gegen die letzten empörten Zwischenrufe an. »Hier haben wir also die 33. Kandidatin dieser ersten Herausforderung!«

Sein Tonfall war freudig, und er war sicher davon ausgegangen, neuerlichen Beifall auszulösen. Doch die schockierte Menge nahm seine Worte mit eisigem Schweigen auf.

»Silenos, das ist ein Skandal! Sie dürfen diese Kandidatin nicht akzeptieren! Sie hat betrogen!«, rief ein großer, streng dreinschauender Magier, der ebenfalls in der Loge saß, aufgebracht. »Mein Sohn hätte um ein Haar den letzten Schlüssel gehabt …«

»Die Vorgabe war«, schnitt Silenos ihm gut gelaunt das Wort ab, »mithilfe der Oreichalk-Quader an einen Schlüssel zu gelangen. *Der* Oreichalk-Quader, nicht eines bestimmten. Diese Kandidatin war als Einzige aufgeweckt genug, zu verstehen, was die Anweisung implizierte. Um ehrlich zu sein, hatten die Jury und ich eigentlich erwartet, dass mehr als nur ein Kandidat auf die Idee käme.«

Das Gesicht des großen Magiers verzog sich zu einer schrecklichen Grimasse.

»Ich *weigere* mich zu akzeptieren, dass mein Sohn wegen grammatikalischer Haarspalterei aus dem Turnier ausscheidet«, brüllte er mit puterrotem Kopf.

Dann trat er zum Mystografen und bohrte ihm einen Finger in den Bauch.

»Ich *verlange*, dass der Schlüssel wieder zurückgehängt wird und dass diese kleine Betrügerin auf der Stelle die Arena verlässt.«

»Mein Lieber«, antwortete Silenos, wobei er den Finger, der sich immer tiefer in seinen Bauch grub, ignorierte, »deine

Privilegien als Oberster Schatzmeister gelten in dieser Arena nicht, das weißt du nur zu gut. Das junge Mädchen hier hat die Regeln genauestens befolgt, und es wäre eine nicht hinzunehmende Ungerechtigkeit, sie auszuschließen, um den Sohn eines einflussreichen Magiers zu begünstigen.«

»Den Sohn zu begünstigen …«, stammelte der Oberste Schatzmeister empört und wurde noch röter. »Darum geht es doch gar nicht … Man sollte respektieren, dass …«

»Aber, aber, dein Sohn ist doch erst dreizehn, oder? Er kann im nächsten Jahr wieder an der Attribution teilnehmen, beim zweiten Mal klappt es bestimmt. Und nun«, er hob die Stimme, »machen wir eine knappe Stunde Pause, bevor wir mit der zweiten Prüfung beginnen. Junge Dame«, fuhr er zu Arka gewandt fort, »würden Sie sich bitte zu den anderen ausgewählten Kandidaten begeben, sonst verpassen Sie die weiteren Anweisungen.«

Arka nickte benommen, schob den Schlüssel in ihre Tasche und verließ eilig die Arena, während ihr die feindseligen Kommentare noch in den Ohren klangen. Sie konnte es nicht fassen, dass sie wirklich weitergekommen war.

Im Gang hinter der Eichenholztür war die Zahl der Konkurrenten etwas geschrumpft. Aufgeregt und zugleich erleichtert, tauschten sich die Kandidaten über die erste Prüfung aus. Der eine oder andere schielte neugierig zu Arka, weil er sich offensichtlich fragte, warum sie so lange gebraucht hatte. Die meiste Aufmerksamkeit bekam aber der Junge, der als Erster den Schlüssel geholt hatte. Allerdings schien er es nicht zu bemerken: In einer Ecke hockend ließ er seinen Blick nachdenklich durch den Raum schweifen.

»Hör auf!«, kreischte das rothaarige Mädchen mit gehässigem Grinsen, als Arka an ihr vorbeikam.

Arka wandte den Kopf ab und ging entschlossen weiter, als warte ein Freund in der Menge auf sie, was leider nicht der Fall war. Die meisten ihrer Mitstreiter trugen gut geschnittene Tuniken, ihre Arme waren mit breiten goldenen Reifen geschmückt, und sie sprachen in demselben aristokratischen Tonfall wie Phreton und Sterix. Sicher kamen alle aus der siebten Ebene und kannten sich untereinander.

Arka hatte das Gefühl, nicht dazuzugehören. Sie hätte auch gerne mit jemandem geredet, aber das vornehme Gehabe ihrer Konkurrenten schüchterte sie ein. Um sich ihre Unsicherheit nicht anmerken zu lassen, schlenderte sie weiter. Dann fesselte ein wundervoller Anblick am Ende des Gangs ihre Aufmerksamkeit. Ein mit Früchten, Braten, Fisch und den verschiedensten Kuchen überladener Tisch schillerte im sanften Licht der Öllampen. Ein pausbäckiger Junge schaufelte sich gerade einen Teller voll, und Arka tat es ihm gleich. Sie nahm sich einen Buchweizenpfannkuchen und füllte ihn mit Käse, mariniertem Wildschaf und leicht gezuckertem gelben Gemüse, dessen Namen sie nicht kannte.

Als sie gerade den vierten Pfannkuchen verschlang, traten fünf lautstark diskutierende Jugendliche an den Tisch, unter ihnen das rothaarige Mädchen und ihre zwei Kumpane. In den beiden anderen erkannte Arka Sterix und Phreton. Der Sohn des Eparchen schien wieder einmal der Mittelpunkt der Gruppe zu sein. Arka wollte nichts mit ihnen zu tun haben und ging ans andere Ende des Tisches, um sich aus einer großen Schale etwas Obst zu nehmen. Trotzdem kam sie nicht umhin, die Unterhaltung der fünf zu hören:

»Der zweite Platz ist doch wahnsinnig gut, du hattest Glück, dass du dafür trainieren konntest«, sagte einer der Jungen zu Phreton. »Ich hatte mir schon gedacht, dass man ein Objekt verformen soll, aber ich habe nicht damit gerechnet, dass wir eine Treppe bauen müssen. Es hat ja trotzdem gut geklappt, immerhin bin ich nicht Letzter geworden.«

Arka wurde rot und zerdrückte, ohne es zu bemerken, die prallen Weintrauben, die sie sich gerade in den Mund stecken wollte, zwischen ihren Fingern. Der Saft spritzte auf ihre Tunika, aber sie achtete nicht darauf.

»Man hat mir natürlich nicht beigebracht, eine Treppe zu bauen, Zenon«, antwortete Phreton patzig, der auf keinen Fall den Eindruck erwecken wollte, er habe sein gutes Ergebnis nur intensiver Vorbereitung zu verdanken. »Wenn das so wäre, hätte ich weit vor diesem Bauern aus der zweiten Ebene abgeschlossen. Bei dem kann man doch davon ausgehen, dass er den Inhalt der Prüfung kannte ... Habt ihr seine Treppe gesehen? Ich wette, dass seine Mutter beim Mystografen putzt und er deswegen einen Tipp bekommen hat.«

Die Rothaarige brach in Lachen aus.

»Egal, bei der zweiten Prüfung können wir ihn jedenfalls auf keinen Fall gewinnen lassen«, fuhr Phreton bestimmt fort. »Ein Kandidat aus der zweiten Ebene ... das führt wirklich zu weit. Das Magisterium muss schon mit diesem Emporkömmling Lastyanax fertig werden, mehr können wir wirklich nicht aus den unteren Ebenen gebrauchen.«

»Aber wie willst du ihn daran hindern, weiterzukommen?«, fragte Sterix. »Wir müssen uns schließlich auf die Aufgabe konzentrieren und können uns nicht auch noch um ihn kümmern.«

»Du hast recht, Ster«, antwortete er, wobei er seine Tolle zurückwarf. »Allerdings hat mir mein Vater eine Strategie verraten, mit der wir auf jeden Fall gewinnen.«

»Ich dachte, du kennst die Prüfungsaufgaben nicht?«, merkte Sterix an.

Phreton errötete unter seinen Pickeln.

»Und ich dachte, Mützen wären schon vor fünf Jahren aus der Mode gekommen«, zischte er, und seine Freunde brachen in Lachen aus.

»Die kommen wieder in Mode, ich bin einfach nur dem Trend voraus«, entgegnete Sterix, schob seine Mütze etwas tiefer ins Gesicht und schaute Phreton herausfordernd an, um zu zeigen, dass er zu seiner Kleiderwahl stand.

Doch Arka erwischte ihn dabei, wie er sich unauffällig in der spiegelnden Rückseite eines Silberlöffels betrachtete.

»Also, ich hab da einen Plan«, zog Phreton die Aufmerksamkeit wieder auf sich. »Aber ihr müsst das unbedingt für euch behalten. Kann ich auf euch zählen?«

Eifrig nickten die vier, doch dann flüsterte das rothaarige Mädchen: »Nicht hier Phreton, Nummer 43 hört uns zu«, und deutete mit ihrem Kinn auf Arka, die ganz plötzlich so tat, als würde sie sich brennend für die Form der Birne in ihrer Hand interessieren. »Sie sollte besser aufhören, sich den Bauch vollzuschlagen, und sich von hier verziehen, aber ich schätze, dass ihr das schwerfällt, sie hat bestimmt noch nie so viel Essen gesehen.«

Für einen kurzen Moment blickte Sterix überrascht zu Arka, dann nahm er schnell wieder den hochmütigen Gesichtsausdruck seiner Kumpel an.

»Stimmt, Poneria, lass uns woanders hingehen«, sagte Phreton verächtlich.

Arka riss sich von der Betrachtung der Birne los und sah ihnen finster hinterher. Es ärgerte sie, dass diese Poneria recht hatte: Sie hatte wirklich noch nie derart viel Essen gesehen.

Unentschlossen betrachtete Arka den Jungen aus der zweiten Ebene, der völlig in sich versunken mit magischen Fingerübungen beschäftigt war. Seine Anima wurde schwach von dem Sand erhellt, den die Kandidaten unter ihren Schuhen aus der Arena mit hereingetragen hatten. Sollte sie ihn warnen, dass sich einige der Teilnehmer gegen ihn verschworen? Aber wie sollte sie mit ihm ins Gespräch kommen? Außerdem wisperte eine Stimme in ihrem Kopf: *Immerhin wäre das dann ein Konkurrent weniger.*

Pyrrha, die wieder den Raum betrat, unterbrach ihre Grübeleien. Wie schon beim letzten Mal spürte man deutlich, wie sehr es sie ärgerte, sich mit den jungen Anwärtern abgeben zu müssen.

»Gleich werdet ihr die zweite Prüfung beginnen«, kam sie ohne Umschweife zur Sache, als wolle sie die lästige Pflicht schnell hinter sich bringen. »Die Regeln sind denkbar einfach: Ihr stellt euch auf den Kreis, der um das Pendel gezogen wurde, und versucht, sobald der Gong erklingt, es in Bewegung zu setzen. Ziel ist, so lange wie möglich auf der Kreislinie zu bleiben, eure Konkurrenten dürft ihr jedoch nur mithilfe des Pendels wegstoßen. Die ersten zehn, die vom Kreis fliegen, fliegen auch aus dem Wettbewerb. Habt ihr verstanden? Sehr gut«, schloss sie. »Ach ja, und denkt dran, eure Platzierung bei den ersten beiden Prüfungen legt fest, wann ihr bei der letzten drankommt. Also strengt euch an. Das war's.«

Sie drehte sich so schnell um, dass ihre langen schwarzen Haare durch die Luft wirbelten. Erneut öffnete sich die schwere Eichentür allein durch ihren Wink. Die Teilnehmer stürmten hinaus und rissen Arka mit sich, die noch immer zu verstehen versuchte, was Pyrrha mit »Pendel« meinte. In der Arena erhielt sie die Antwort: Die Treppen, die sie in der ersten Prüfung errichtet hatten, waren verschwunden. Einzige Ausnahme war die Konstruktion des Jungen aus der zweiten Ebene, die nun gegenüber der Ehrenloge stand. Aus der Mitte der Gitternetzkuppel, die die Zuschauerränge von der Arena trennte, hing ein riesiges Pendel herab, dessen Spitze den Sandboden streifte. Es war aus Oreichalk, hatte die Form einer umgedrehten Birne und wurde von einer dicken Kette gehalten.

Arka schätzte, dass die Magier zwei oder drei der Treppen dafür verwendet hatten. Sie folgte ihren Mitstreitern und stellte sich auf den großen Kreis, den man im Sand um das Pendel herum gezogen hatte.

Ängstlich betrachteten die Kandidaten die riesige, furchteinflößende Vorrichtung. Nur Phreton und seine Kumpel, die sich nebeneinander aufgestellt hatten, warfen sich einvernehmliche Blicke zu.

Arka hatte immer noch nicht verstanden, was von ihr verlangt wurde. Pyrrha hatte gesagt, dass es verboten war, seine Konkurrenten anders als durch das Pendel vom Kreis zu stoßen. Aber wie sollte sie es bewegen, wenn sie die Kreislinie nicht verlassen durfte?

Dann schlug sie sich auf die Stirn. Natürlich durch Magie, schließlich war das Sinn und Zweck des Turniers. In dieser Übung ging es darum, möglichste viele Teilnehmer zu eliminieren, ohne selbst rauszufliegen. Stolz auf ihren Scharfsinn, stellte sie sich breitbeinig hin und maß das Pendel mit wildem Blick. Modellieren war vielleicht nicht ihre große Stärke, aber diese Prüfung schien wie für sie gemacht. Ein gutes altes Kräftemessen, ihr Vater würde beeindruckt sein.

Noch freudestrahlender als sonst erhob sich der Mystograf und sagte: »Ich denke, dass man Ihnen die Aufgabe erklärt hat, also wiederhole ich nur noch einmal das Wichtigste: Sie müssen so lange wie möglich auf der Kreislinie bleiben, da die Rangfolge Ihres Ausscheidens für die letzte Herausforderung relevant ist. Und jetzt … möge die zweite Prüfung beginnen!«

Ein Gong ertönte und überdeckte für einen Moment die Jubelrufe der Zuschauermenge. Der Abraxanische Sand enthüllte einen Tentakel aus Anima, der sich streckte und mit dem Pendel in Kontakt trat. Einen Augenblick später begann das Oreichalk zu schwingen, und das Pendel traf einen Konkurrenten, den die Attacke so sehr überraschte, dass er vergaß, sie mithilfe seiner Anima abzuwehren, und von der Wucht des Aufpralls aus dem Kreis geschleudert wurde. Sofort forderte ihn der Mystograf auf, die Arena zu verlassen.

Erst jetzt schien dem Jungen bewusst zu werden, dass er ausgeschieden war. Er machte auf dem Absatz kehrt und trollte sich mit bebendem Kinn vom Feld.

Währenddessen waren schon drei weitere Teilnehmer von der Linie gestoßen worden. Arka war davon so abgelenkt, dass sie beinahe zu spät das Pendel bemerkte, das auf sie zugeschossen kam. Reflexartig setzte sie ihm eine Mauer aus Anima entgegen und schickte es mit einem lauten DONG! in den Kreis zurück. Auf der gegenüberliegenden Seite machte Poneria ihr ein Zeichen und formte ihren Mund zu einem lautlosen »Hör auf!«. Arka schwor sich, sie rauszuwerfen, sobald sich ihr die Möglichkeit bot.

Das Pendel schwang mittlerweile so schnell zwischen den Kandidaten hin und her, dass sie gar nicht die Zeit hatte, es unter ihre Kontrolle zu bringen. Innerhalb weniger Minuten mussten fünf Jungen das Feld verlassen. Dann versuchte Poneria erneut, Arka anzugreifen, doch die schleuderte das Paket mit aller magischen Kraft, die sie aufbringen konnte, an die Absenderin zurück.

Zu ihrer großen Enttäuschung gelang es Poneria jedoch, den Schwung des Pendels abzubremsen. Da sah Arka, dass sich vier weitere Animas gemeinsam mit ihrer dem Oreichalk entgegenstemmten. Die fünf, die am Tisch ein Komplott geschmiedet hatten, hatten sich nun also gegen sie verbündet. Mit hämischem Grinsen forderte Poneria die anderen auf, Arka erneut anzugreifen, doch Phreton packte sie am Arm.

»Es fliegt nur noch ein Kandidat raus, wir müssen uns auf jemand anders konzentrieren.«

Damit ließ er das Pendel zu Arkas rechter Seite schwingen. Überrascht sah sie, dass dort der Junge mit den buschigen Augenbrauen stand, der zuvor noch durch nun ausgeschiedene Kandidaten verdeckt gewesen war. Er schien von der Brutalität der Prüfung völlig verstört zu sein und schaffte es erst im letzten Moment, den Angriff durch eine Anima-Mauer abzublocken. Statt jedoch in die Gegenrichtung zu schwingen, blieb das Pendel auf Höhe seines Gesichts in der Luft stehen. Der Junge riss die Augen auf. Die fünf Anima-Tentakel, die sich über den Kreis hinweg zusammengezogen hatten, drückten das Pendel weiter in seine Richtung. Während ihm das Geschoss immer näher kam, dachte Arka fieberhaft nach. Es gab keinen Grund, ihm zu helfen … bis auf ihre Aversion gegen seine Angreifer.

Behutsam bewegte sie sich auf der Linie in seine Richtung, legte ihre Hände an das Oreichalk und drückte wie eine Wahnsinnige dagegen. Ungläubig starrte der Junge sie an.

Einige endlose Sekunden lang fand zwischen ihnen und Phretons Gruppe ein Kräftemessen statt. Dann gelang es

Arka und ihrem Nachbarn, das Pendel unter dem beifälligen Gemurmel der Zuschauer Stück für Stück von sich wegzuschieben. Als Phreton sah, dass sie an Terrain verloren, rief er seinen Verbündeten mit schweißbedeckter Stirn zu: »Die zweite Taktik, auf drei!«

»Was zum Teufel haben die vor?«, knurrte Arka, während sie weiter mit aller Kraft drückte.

»Eins!«

»Ich weiß nicht«, keuchte der Junge panisch.

»Zwei!«

Mit vor Anstrengung rotem Gesicht starrte Arka Phreton über das Pendel hinweg an. Er erinnerte sie an Prinzessin Penthesilea, wenn sie zu einem Täuschungsmanöver ansetzte. Und plötzlich begriff sie.

»Drei!«

Im selben Moment hörte Arka auf, gegen das Pendel zu drücken, während sich die Tentakel ihrer fünf Gegner schlagartig vom Oreichalk lösten. Das Pendel raste zur Mitte des Kreises zurück, der Junge aus der zweiten Ebene verlor das Gleichgewicht und fiel vornüber. Arka bekam ihn gerade noch am Kragen seiner Tunika zu fassen und riss ihn mit aller Kraft zurück, ohne dass ihre Füße die Kreislinie verließen.

Währenddessen war das Pendel wieder ausgeschlagen und hatte einen weiteren Kandidaten zu Boden gerissen. Für einen Moment atmeten alle erleichtert auf. An dieser Prüfung konnten sie nun nicht mehr scheitern, jetzt kam es nur noch auf die Reihenfolge an.

»Danke schön«, stammelte der Junge und warf Arka einen nervösen Blick zu. »Ich heiße Kazik. Warum hast du mir geholfen? Wenn ich rausgeflogen wäre, hättest du dich automatisch für die dritte Prüfung qualifiziert.«

»Ich heiße Arka. So oder so bin ich jetzt eine Runde weiter.«

Phretons Gruppe übernahm wieder die Kontrolle über das Pendel. Der Sohn des Eparchen wirkte verärgert, dass es ihnen nicht gelungen war, Kazik aus dem Rennen zu werfen. Grimmig starrte er Arka an, die begriff, dass sie sein nächstes Opfer war. Gelenkt von fünf Animas, stürzte das Pendel auf sie zu. Wütend versetzte sie dem Oreichalk einen Tritt, dass der Abraxanische Sand nur so aufstob. Die Animas schienen unter dem Aufprall in sich zusammenzufallen, und das Pendel raste in die entgegengesetzte Richtung auf Poneria zu. Voller Befriedigung sah Arka sie in hohem Bogen aus dem Kreis fliegen.

»BÄM!«, schrie sie und boxte triumphierend in die Luft.

Dabei verlor sie für einen Moment das Pendel aus den Augen, das ungebremst zu ihr zurückkam. Im nächsten Moment traf es sie mit voller Wucht und sie wurde so hart zu Boden geschleudert, dass ihr die Luft wegblieb.

Von der anderen Seite der Arena bedachte Poneria, die noch immer am Boden lag, sie mit zornigen Blicken. Sofort vergaß Arka den Frust über ihre eigene Dummheit und formte »Hör auf!« mit den Lippen. Dann brach sie in Lachen aus.

Die Pause zwischen der zweiten und der dritten Prüfung war für Arka weniger unangenehm als die vorige, da sie endlich jemanden hatte, mit dem sie reden konnte. Kazik war kurz nach ihr rausgeflogen und hatte sich dann schweigend in seine Ecke im Korridor zurückgezogen. Er schielte so lange zu ihr hinüber, bis sie die Initiative ergriff und ihn ansprach.

Er war ein ziemlich seltsamer Junge, das fand sogar Arka, obwohl sie nicht wusste, was bei Jungen in ihrem Alter als normal galt, denn sie hatte so gut wie nie Gelegenheit gehabt, mit einem zu sprechen.

»Du kommst aus der zweiten, stimmt's?«, fragte sie jetzt.

»Ja«, gab er zurück.

Dann betrachtete er lange die gegenüberliegende Wand, als müsse er sich erst einmal von dieser sozialen Anstrengung erholen.

»Warum willst du Magier werden?«, fragte Arka, während sie ihr Knie massierte, das bei der zweiten Prüfung ziemlich gelitten hatte.

»Weil ich mich gerne mit Magie beschäftige«, antwortete Kazik ernst.

Arka rechnete schon damit, dass er seinen Kopf wieder zur Wand drehen würde, als er murmelnd hinzufügte:

»Mein Vater hätte lieber, dass ich Zimmermann werde, wie er, aber ich glaube nicht, dass das zu mir passt.«

Nachdenklich runzelte er die Stirn, als hätte er sich dazu noch keine abschließende Meinung gebildet. Arka wollte ihm gerade eine weitere Frage stellen, da kam Pyrrha mit einem Papier in der Hand und der üblichen genervten Miene herein. Es waren jetzt nur noch 23 Teilnehmer übrig. Alle sahen einander an und fragten sich, wer von ihnen am Ende des Turniers wohl zu den 13 Auserwählten gehören würde.

Mit Schrecken erinnerte sich Arka daran, dass jetzt die Wissensprüfung folgte. Ihr Magen zog sich zusammen. Bisher hatte ihr die Attribution Spaß gemacht, aber nun, da sie so weit gekommen war, deprimierte sie die Aussicht ihres unvermeidlichen Scheiterns. Plötzlich wurde ihr bewusst, dass die Suche nach ihrem Vater nicht der einzige Grund war, warum sie die Nähe der Magier gesucht hatte. Es ging ihr auch darum, etwas zu lernen, angeleitet zu werden … und sich endlich nicht mehr ganz allein durchkämpfen zu müssen, wie sie es seit Monaten tat.

»Also dann, letzte Prüfung«, verkündete Pyrrha gewohnt herablassend. »Keine Magie diesmal: Ihr müsst einfach nur Fragen beantworten. In der Reihenfolge, in der ihr bei den vorhergehenden Prüfungen abgeschnitten habt, werdet ihr gleich nach draußen gerufen. In der Arena befinden sich 23 Kästchen mit je einem Fragebogen, die Themen stehen jeweils auf dem Deckel. Ihr sucht euch eins aus und öffnet es mit dem Schlüssel, den ihr bei der ersten Prüfung errungen habt.«

Arka ließ die Hand in die Tasche ihrer Tunika gleiten, um sich zu vergewissern, dass ihr Schlüssel noch da war. Seit der ersten Prüfung hatte sie nicht mehr an ihn gedacht.

»Weil jede Truhe nur ein Thema beinhaltet, wird sich die Auswahl mit jedem Kandidaten einschränken«, fuhr Pyrrha fort. »Sobald ihr einen Fragebogen habt, setzt ihr euch an einen Tisch und füllt ihn aus, dann steigt ihr die Treppe hinauf und übergebt ihn dem Mystografen. Anschließend kommt ihr hierher zurück und wartet, bis alle Zettel korrigiert wurden. Die Prüfung dauert eine Stunde, und die Uhr beginnt zu laufen, sobald der erste Kandidat die Arena betritt. Am Schluss werden diejenigen, die die besten Ergebnisse im Fragebogen haben, ausgewählt. Alles so weit klar?«, fragte sie, wobei ihr Tonfall keine Rückfragen zuließ. »Gut, dann kann es jetzt losgehen.«

Mit einem Ruck entrollte sie die Liste.

»Phreton!«, verkündete sie zu Arkas großem Missfallen.

Im Abstand von je einer Minute betraten die Kandidaten die Arena. Arka überlegte, dass sie etwa zwanzig Minuten warten müsste, bis sie an der Reihe war, da sie ganz sicher zu den Letzten zählte. Je mehr Zeit verstrich, desto nervöser wurde sie. Zu ihrer fehlenden Allgemeinbildung kam noch hinzu, dass sie 23 Minuten weniger Zeit als Phreton haben würde und obendrein den Fragebogen nehmen musste, der übrig blieb. Bestimmt war es ein sehr kompliziertes Thema, das keiner wollte.

Als Kazik nach etwa zehn Minuten aufgerufen wurde, zuckte er vor Schreck so sehr zusammen, dass seine Füße für einen Moment den Boden nicht mehr berührten. Noch aufgeregter als zuvor, ging er an Pyrrha vorbei durch die Tür, ohne Arka, die ihm viel Glück wünschte, eines Blickes zu würdigen.

Sie war ein bisschen beleidigt.

Etwas später wurde Poneria aufgerufen und rempelte Arka im Vorbeigehen an, die es sich nur mit Mühe verkneifen konnte, ihr einen Tritt zu verpassen. Kurz darauf war Sterix an der Reihe, dann Phretons andere beiden Kumpel. Der vorletzte Kandidat, der pausbäckige Junge, der sich vorhin mit Pfannkuchen vollgestopft hatte, verließ den Raum, in dem Arka nun allein mit Pyrrha zurückblieb. Dann, nach einer Wartezeit, die ihr endlos vorkam, machte Pyrrha eine knappe Kopfbewegung. »Los, geh raus.«

Arka zuckte zusammen, ging zur Tür und drückte sie auf. Wieder sah die Arena anders aus: Das Pendel war verschwunden und durch zwei Dutzend kleine Tische ersetzt worden, an denen die Kandidaten ihre Fragebögen ausfüllten. Auf der gegenüberliegenden Seite hatte man Kaziks Treppe an die Ehrenloge gerückt. Vor den Stufen waren auf einem langen Tisch 23 Holztruhen aufgereiht.

Arka schlängelte sich zwischen zwei Tischreihen hindurch nach vorne. Als sie an Kazik vorbeikam, sah sie, dass er mit seiner gedrängten Schrift den Fragebogen schon fast vollständig ausgefüllt hatte. Ein paar Tische weiter warf Poneria ihr ein spöttisches Lächeln zu. Stirnrunzelnd fragte Arka sich, warum sie so guter Laune war. Dann beschleunigte sie ihren Schritt und erreichte die Truhen. Bis auf eine ganz am Ende standen alle offen. Während Arka am Tisch entlangging, schielte sie auf die Themen, die bereits vergeben waren. Ihr wurde immer flauer zumute. *Kolonialhandel*, *Dynamik der hyperboreischen Gewässer*, *Handhabung der Anima*, *Geschichte der diplomatischen Beziehungen zu Themiskyra*, *Magische Fertigkeit und Leichtfertigkeit* … Mit klopfendem Herzen kam sie zur letzten Truhe. Auf ihrem Deckel stand in großen Lettern: *Die Amazonen*.

Arka schnappte nach Luft. Sie konnte ihr Glück nicht fassen. Von allen möglichen Themen hatte sie das einzige erwischt, zu dem sie alles wusste. Hektisch griff sie in ihre Tasche, um den Schlüssel rauszuziehen. Dann wurde ihr Herz zu Blei. Der Schlüssel war nicht mehr da. Panisch durchwühlte sie ihre andere Tasche, aber auch die war leer. Konnte der Schlüssel herausgefallen sein?

Ohne eine Sekunde zu verlieren, lief Arka ihren Weg zurück, die Augen suchend auf den sandigen Boden geheftet, in der Hoffnung, etwas glitzern zu sehen. Von ihrem merkwürdigen Verhalten abgelenkt, warfen ihr die Kandidaten genervte Blicke zu. Ihre Suche wurde immer kopfloser, und ihr Herz raste. Als sie in der Tischreihe angekommen war, in der auch Poneria saß, grinste die sie erneut hämisch an, ehe sie sich wieder in ihren Fragebogen vertiefte. Plötzlich ging Arka ein Licht auf.

»Du hast mir den Schlüssel geklaut, als du mich vorhin angerempelt hast«, knurrte sie, bleich vor Wut.

»*Hör auf* zu reden, du lenkst mich ab«, murmelte Poneria, ohne den Blick von ihrem Blatt zu heben. Dieses Mal konnte Arka sich nicht zurückhalten. Wenn sie schon ausscheiden würde, dann wenigsten erhobenen Hauptes. Mit zornig blitzenden Augen trat sie auf Poneria zu. Im nächsten Moment spürte sie, wie eine Hand sie streifte. Es war Kazik, der an ihr vorbeiging, um seinen ausgefüllten Fragebogen abzugeben. Arka stutzte, griff in die Tasche ihrer Tunika und starrte ihm fassungslos hinterher, als ihre Finger seinen Schlüssel berührten, den er dort gerade hatte hineingleiten lassen.

Ohne noch einen Gedanken an Rache zu verschwenden, rannte sie zur letzten Truhe, öffnete sie mit zitternden Fingern, nahm das Blatt heraus und eilte dann zu dem Tisch, den Kazik gerade verlassen hatte und an dem ein Schreibrohr und Tinte bereitlagen.

Aufgeregt las sie die erste Frage: *Wie heißt die derzeitige Königin der Amazonen?* Lächelnd notierte Arka: »*Antiope*«.

Zwanzig Minuten und unzählige Rechtschreibfehler später beantwortete Arka die letzte Frage (*Inwiefern hat der Brand des Waldes der Amazonen ihre Armee geschwächt?* »*Er hat zum Ferlust des Schuzes vor Magie gefürt und zu einer schwehren Zerüttung der Trupen.*«). ›Und dazu, dass ich Arkadien verlassen musste‹, dachte sie traurig, während sie das Blatt zusammenfaltete. Dann stand sie auf und eilte die Treppe zur Ehrenloge hinauf. Gerade als sie das Blatt auf den Stapel vor dem Mystografen gelegt hatte, erhob sich der Magier und verkündete strahlend:

»Die Prüfung ist beendet! Die Stunde ist um! Bitte legen Sie die Schreibrohre nieder und bringen Sie mir Ihre ausgefüllten Bögen. Wir werden jetzt mit der Beurteilung Ihrer Arbeiten beginnen.«

Die letzten Kandidaten hörten widerwillig auf zu schreiben und kamen Arka entgegen, die erleichtert die Arena verließ, um im Gang Kazik zu treffen.

Lastyanax

Von Zeit zu Zeit rissen die Begeisterungsrufe der Zuschauer Lastyanax aus seiner Konzentration. Dann verfolgte er kurz das Geschehen in der Arena, bevor er sich fluchend wieder in seine Dossiers vertiefte. Es waren alles andere als ideale Arbeitsbedingungen: Das Tintenfass, das gefährlich auf der Armlehne seines Stuhls balancierte, die Akten, die von seinen Knien glitten, die Rohrfeder, die immer wieder unter die Sitzreihe vor ihm rollte, und zur Krönung des Ganzen dämmerte es nun auch noch, was das Lesen erschwerte. Er hätte viel darum gegeben, in seinem Arbeitszimmer zu sein, aber er hatte keine Wahl, seine Teilnahme an der Attribution war verpflichtend.

Immerhin würde sein geschäftiges Gebaren vielleicht einige der Wähler umstimmen, die ihm gegenüber immer noch Vorbehalte hatten. Die Abstimmung im Mentorenkollegium würde noch am selben Abend stattfinden, die des Rates am nächsten Tag. Mit Trierios' Stimme kam Lastyanax auf eine knappe Mehrheit. Er wünschte, die Wahl wäre schon vorbei, das Warten zermürbte ihn.

Eine Stunde nach Beendigung der letzten Prüfung verkündete Silenos die Namen der Preisträger, die nacheinander und mit einem breiten Lächeln im Gesicht die Arena betraten. Unter ihnen war der Junge mit den buschigen Augenbrauen, der die Jury seit der ersten Prüfung beeindruckt hatte.

Außerdem Phreton, der Sprössling des Eparchen, zwei Mädchen, was eine Besonderheit war, da die wenigen, die im Laufe der letzten Jahre die Teilnahme an der Attribution gewagt hatten, es zumeist wegen mangelnder Vorbereitung nicht bis zum Ende geschafft hatten. Nach Ansicht der Familien der siebten Ebene ziemte es sich nicht, Mädchen bei einem solchen Wettbewerb mitmachen zu lassen, und dementsprechend bekamen sie auch keine Unterstützung. Als die Namen der Mädchen verkündet wurden, hörte Lastyanax einige Magier leise protestieren, weil sie fanden, dass sie ihren Söhnen die Plätze wegnahmen, als gebühre es nur den Jungen, ausgewählt zu werden.

Er starrte auf das Pergament auf seinen Knien und dachte an das Versprechen, das er Pyrrha gegeben hatte. Schuldgefühle quälten ihn, weil es in keinem der Dossiers, an denen er arbeitete, um die Rechte der Hyperboreerinnen ging.

Er verzog das Gesicht, als die überschwängliche Stimme des Mystografen dicht an seinem Ohr ertönte. Als zukünftiger Mentor war Lastyanax Teil der Jury, saß daher ebenfalls in der Ehrenloge und damit viel zu nah an Silenos' vor Begeisterung vibrierenden Stimmbändern. Der Mystograf wollte in der gesamten Arena gehört werden, obwohl der Großteil der Zuschauer die Tribünen bereits nach der zweiten Herausforderung verlassen hatte – der schriftlichen Prüfung beizuwohnen war einfach nicht interessant genug.

»Ein großes Bravo an alle Auserwählten!«, lärmte Silenos. »Sie haben die Attribution bestanden! Sie sind jetzt Eleven!«

Die frisch gekürten Magieschüler in der Arena wechselten strahlende Blicke. Lastyanax trommelte ungeduldig auf der Lehne seines Sessels herum. Er hoffte nur, die Zeremonie würde nicht zu lange dauern.

Die Aussicht, die Verantwortung für einen Eleven übernehmen zu müssen, obwohl er bis vor zehn Tagen selbst noch einer gewesen war, machte ihn nervös. Der geringe Altersunterschied lud zu Vertraulichkeiten ein, die er um jeden Preis verhindern wollte. Wenn schon sein eigener Schüler ihn nicht ernst nähme, wie sollten es dann der Eparch und die anderen Minister tun? Seit der Verkündung seiner Kandidatur hatten sie ihn auf Schritt und Tritt misstrauisch beäugt und auf das geringste Anzeichen von Unreife gelauert. Er konnte es sich einfach nicht leisten, unsicher zu wirken. Deswegen hatte er beschlossen, als Mentor so kalt, autoritär und distanziert wie möglich zu sein, ganz gleich, ob sein zukünftiger Schüler darunter leiden würde.

In der Arena begann gerade die feierliche Verleihung der Gürtel. Begleitet von Pyrrha, die dreizehn Riemen aus orangem Leder trug (und ganz offenkundig genervt von ihrer Assistentenrolle war), schritt Silenos die Treppe hinunter, um jedem Eleven in der Reihenfolge der Platzierungen seinen Gürtel zu überreichen. Wie Lastyanax vermutet hatte, war der Junge mit den buschigen Augenbrauen Erster geworden. Er war derart überwältigt, dass er drei Anläufe brauchte, um den Gürtel um seine Taille zu schlingen. Dann trat der Mystograf zu Phreton, der sichtlich unzufrieden mit seiner Platzierung war und den Gurt widerwillig entgegennahm. Bald hingen nur noch zwei Gürtel über Pyrrhas Arm.

Lastyanax beugte sich vor. Aufgrund seines unsicheren Status, wusste er, dass er nur auf einen der schlechteren Eleven hoffen konnte. Die anderen Mentoren, alles hoch angesehene Magier, würden die besten für sich beanspruchen. Der elfte ausgewählte Kandidat war ein Junge mit Mütze, den Lastyanax als den Sohn des Grafen der Gewässer wiederzuerkennen glaubte. Er nahm den Gürtel und versuchte ihn auf möglichst originelle Weise anzulegen. Die letzte Ausgewählte war das strubbelige blonde Mädchen, dem es während der zweiten Prüfung mit Bravour gelungen war, das Pendel wegzudrücken.

Lastyanax hatte ihr etwas mehr Aufmerksamkeit geschenkt als den übrigen Kandidaten, weil sie ihm irgendwie bekannt vorkam. Zum wiederholten Mal versuchte er sich ins Gedächtnis zu rufen, an wen sie ihn erinnerte oder wo er sie bereits gesehen hatte. Ihrem ungepflegten Äußeren nach zu urteilen, kam sie aus einer der unteren Ebenen. Ihr Erscheinungsbild, aber auch die Art, wie sie sich umgeblickt hatte, so als sei sie selbst erstaunt, in der Arena zu sein, sagte ihm auf jeden Fall etwas.

Als sie sich wieder zu den anderen stellte, den Gürtel stolz um die Taille geschlungen, wusste er es plötzlich wieder: Sie war die Reiterin gewesen, der die vierte Ebene ihren ersten Sieg seit Ewigkeiten beim Großen Preis des Basileus verdankte. Überrascht lehnte Lastyanax sich zurück, ließ die frisch gekürten Eleven nicht aus den Augen und fragte sich, ob es den anderen Magiern auch aufgefallen war. Er würde die Information erst einmal für sich behalten. Die Tatsache, dass sie die Gewinnerin des Rennens war, machte sie als Elevin deutlich attraktiver, und er wollte nicht, dass einer der höher gestellten Magier ihren Wert erkannte.

»Ich hoffe, Sie werden die schriftlichen Examen abschaffen, sobald Sie Ebnungsminister sind, Lastyanax«, knarzte plötzlich eine Stimme in seinem Rücken.

Lastyanax drehte sich um. Hinter ihm saß ein hagerer Mann um die fünfzig in einem magischen Schwebestuhl. Er mahlte mit dem Kiefer, und zwischen seinem Bart blitzten gelbliche Zähne auf. Es war Georgon, Professor für Mechamagie, der seit einem Unfall seine Beine nicht mehr bewegen konnte. Als notorischer Konsument des Blauen Lotusharzes war er außerdem für seinen schwierigen Charakter und seine begrenzten pädagogischen Fähigkeiten bekannt. Nun ließ er den Blick abschätzig über die Preisträger wandern, als ob ihm die Vorstellung, sie unterrichten zu müssen, bereits jetzt zuwider war.

»Den Eleven eine schriftliche Prüfung aufzuerlegen, wo doch drei Viertel der Hyperboreer Analphabeten sind …«, fuhr er fort. »Außerdem bittet mich Silenos jedes Jahr, ihm bei der Erstellung der Fragebögen zu helfen, und ich würde mich dieser lästigen Pflicht gerne entledigen.«

Lastyanax fiel es noch immer schwer, auf Augenhöhe mit seinen ehemaligen Professoren zu reden. Er räusperte sich, um sich Mut zu machen.

»Das wäre sicherlich eine geeignete Maßnahme, aber ich glaube nicht, dass sie allein ausreicht, den Wettbewerb für die unteren Ebenen zugänglicher zu gestalten. Man müsste darüber hinaus auch die Kosten der Teilnahme senken, für …«

»Die Kosten? Welche Kosten?«, schnitt Georgon ihm mit gerunzelten Brauen das Wort ab. »Es gibt keine Teilnahmegebühr.«

»Nun, die Attribution findet in der siebten Ebene statt, an jeder Mautstelle muss man für den Transfer bezahlen«, entgegnete Lastyanax, der sich noch gut daran erinnerte, wie sehr dieser Umstand seine Teilnahme erschwert hatte.

Der Professor schien die Bitterkeit in seiner Stimme jedoch nicht zu hören.

»Sei's drum, die anderen Prüfungen sind auch nicht besser, dieses Turnier verkommt allmählich zu einem Auswahlverfahren für unredliche Politiker«, grummelte er und kratzte sich den Bart, ohne sich darum zu scheren, wie Lastyanax seine Bemerkung aufnahm. »Die Aufgabe mit den Quadern verleitet dazu, die Arbeit anderer auszunutzen. Beim Kräftemessen werden die Kandidaten angestiftet, sich zu verbünden, um Einzelgänger rauszuwerfen. Man bewertet hier zweifelsohne ihre Gerissenheit«, schloss er lapidar.

Der Mystograf unterbrach das Gespräch, indem er sich mit einem Stapel Blätter in der Hand zu den Zuschauern in der Ehrenloge umdrehte.

»Der Basar ist eröffnet, liebe Mentoren«, brüllte er gutgelaunt und teilte die Anmeldebögen aus. Wie erwartet, schnappten sich die hochrangigen Magier die Bögen der bestplatzierten Eleven. Lastyanax hörte, wie der Aufseher der Ämter dem Obersten Schatzmeister mehrere Kisten im Fass gereiften Inselweins bot. Dieser war jedoch so enttäuscht vom Misserfolg seines Sohnes, dass er ihm keine Beachtung schenkte. Stattdessen drehte er sich zum Handelsminister um und versprach ihm, Mittel für den Unterhalt der Karawanserei freizugeben, wenn er ihm dafür Phreton überließ. So wurde munter weiter gefeilscht, und als die Unterlagen bei Lastyanax ankamen, hatte ein Großteil der Magier bereits seine Eleven gefunden. Der Junge mit der Mütze war noch übrig, aber nach der Nummer 43 suchte er vergeblich, bis er sie in der Hand des Obersten Bibliothekars entdeckte. Der blickte sich gerade um und murmelte:

»Wo ist denn die Karte von meinem Neffen Sterix, ich musste seiner Mutter versprechen, sein Mentor zu werden, falls er die Attribution bestünde.«

Er schien ganz und gar nicht erfreut, dass es seinem Neffen tatsächlich gelungen war.

»Die Unterlagen sind bei mir.« Lastyanax reichte ihm die Blätter. »Kann ich sehen, wen Sie haben?«

Der Oberste Bibliothekar antwortete mit bedauernder Miene:

»Ich würde mich fast lieber opfern, indem ich dieses junge Mädchen übernehme. Sterix ist wenigstens kein Analphabet. Ich habe ihren Fragebogen korrigiert, sie hat 56 Rechtschreibfehler gemacht und fünf Wörter erfunden. Sie hätten ein großer Schriftgelehrter werden können, Lastyanax. Wie bedauerlich, dass Sie sich mit derart ... ungehobelten Personen umgeben«, seufzte er. »Dennoch wird meine Enttäuschung mich nicht davon abhalten, für Sie zu stimmen.«

Mit diesen Worten übergab er Lastyanax die Blätter, der neugierig las, welche Informationen sie über das Mädchen enthielten. Als er ihren Text überflog, stellte er seine Entscheidung, sie als Elevin auszuwählen, sofort wieder in Frage. *Arka, dreizen Jahre, erste Ehbene, Tochter eines Schiltkröhtenferkeufers.* Aber ihm blieb keine Zeit mehr, seine Strategie zu ändern: Silenos quetschte sich bereits durch die Reihen und notierte die neuen Mentor-Eleven-Paare.

»Also, mein lieber Lastyanax, haben Sie Ihren brillanten Eleven gefunden?«, fragte er mit blitzenden Augen. »Ooh«, rief er, als er das Blatt sah, das dieser ihm reichte. »Sie haben die Nummer 43 gewählt! Ich bin sicher, dass Sie sich gut mit dieser jungen ...«, er warf einen Blick auf das Formular, »mit Arka verstehen werden.«

Dann drehte er sich zu den anderen Magiern um und trompetete: »Liebe Mentoren, haben nun alle ihre Wahl getroffen? Gut, dann werden wir Sie jetzt Ihren Eleven vorstellen!«

Lastyanax blickte zu den Schülern hinunter. Während die anderen Preisträger mit gestrafften Schultern das Ergebnis der Attribution erwarteten, zupfte Arka an ihren Haarsträhnen, um die Strohhalme, die sich darin verfangen hatten, zu entfernen. Und wieder fragte er sich, ob er die richtige Wahl getroffen hatte.

Arka

Endlich war es so weit, die Mentoren hatten die Ehrenloge verlassen und kamen in die Arena. Arka zog einen letzten Strohhalm aus ihren Haaren (sie wollte immerhin ein wenig präsentabel wirken) und blickte den Magiern entgegen. Wer von ihnen würde wohl ihr Mentor sein? Auch wenn die Chance, ausgerechnet von ihrem Vater ausgewählt zu werden, gering war, hoffte sie, dass sie wenigstens einem älteren weisen Mann zugeteilt würde, der verstand, dass sie für ihre persönliche Entfaltung absolute Freiheit brauchte.

Aber sie wurde enttäuscht: Der missmutig dreinblickende Magier, der auf sie zutrat, schien selbst kaum erwachsen zu sein.

»Arka«, sagte er, als er vor ihr stand, »ich bin Lastyanax, dein Mentor.«

Er streckte ihr die Hand hin, die sie ergriff. Er war sehr schlank, hatte braune Haare und einen Höcker auf der Nase, die offensichtlich einmal gebrochen gewesen war. Unter seinem Ellenbogen klemmte ein Stapel vollgekritzelter Blätter und drohte jeden Augenblick zu Boden zu fallen. Irgendetwas Komisches an seinen braunen Augen zwang Arka zwischen ihnen hin- und herzublicken.

»Du bist nicht aus Hyperborea«, sagte er plötzlich.

Arka war zu überrascht, um es zu leugnen. »Nein, ich stamme aus Napoca. Wie ham Sie des erraten?«

»*Wie haben Sie das erraten, Meister*«, korrigierte Lastyanax sie gereizt. »Dein Handschlag verrät dich, deine Finger sind geschlossen. Vermeide das zukünftig.«

Bevor Arka sich noch darüber klar werden konnte, wie unfreundlich er eigentlich war, fügte er in perfektem Napocanisch hinzu: »*Warum bist du nach Hyperborea gekommen und wieso willst du Elevin sein?*«

»*Weil Magie in Napoca verboten ist*«, antwortete Arka, wobei sie sorgfältig auf ihre Aussprache achtete. »*Und weil ich Lust habe, etwas zu lernen*«, fügte sie hinzu, um einen guten Eindruck zu machen.

Argwöhnisch betrachtete sie ihren Mentor. Ob er wohl gemerkt hatte, dass Napocanisch nicht ihre Muttersprache war? Aber Lastyanax' Mine war undurchdringlich, als er auf Hyperboreisch sagte:

»Gehen wir.«

Er trat auf die Eichentür zu, und Arka folgte ihm. Sie wagte nicht, ihrem Mentor, der trotz seines jungen Alters sehr einschüchternd war, weitere Fragen zu stellen.

»Welches Thema hast du bei der dritten Prüfung gewählt?«, erkundigte sich Lastyanax.

»Das einzige, das übrig war: die Amazonen.«

»Damit kennst du dich gut aus.«

Das war keine Frage, sondern eine Feststellung.

»Ich finde die Amazonen interessant«, antwortete Arka ausweichend. Aus irgendeinem ihr unbekannten Grund hatten die Hyperboreer offenbar etwas gegen Amazonen.

Sie stiegen die Stufen hinauf und befanden sich nun in dem Flur, der zum Ausgang führte. Da ihr Mentor ihr keine weiteren Fragen stellte, beobachtete sie ihn aus dem Augenwinkel. Lastyanax schien die Amazonen bereits wieder vergessen zu haben: Er starrte auf das Ende des Korridors, wo sich Pyrrha mit einem jungen Mann unterhielt. Es war das erste Mal, dass Arka sie lächeln sah. Jetzt lachte sie sogar laut auf und warf ihre schönen glänzenden Haare zurück. Lastyanax' Blick dagegen verfinsterte sich, als Pyrrha am Arm ihres Begleiters davonging.

Schließlich traten sie auf die Plattform hinaus, die das Amphitheater umgab. Die Abendsonne warf zierlich gewellte Goldstreifen auf das bewegte Wasser des Kanals. Hinter der Kaimauer wartete eine Flotte funkelnder Schildkröten auf die Magier. Die Dunkelheit hatte die unteren Ebenen bereits verschluckt, während das letzte Tageslicht auf den Spitzen der Türme glomm. Von diesem Schauspiel aufgemuntert, hob Arka den Kopf und sah Lastyanax an.

»Also ... äh ... womit werden wir ... also ... uns beschäftigen, Meister? Bringen Sie mir magische Tricks bei?«, fragte sie aufgeregt. »Wie man Wirbelstürme erschafft, Blei in Gold verwandelt, mit Tieren spricht und all das?«

Aus seinen verdrießlichen Gedanken gerissen, starrte Lastyanax Arka an, als frage er sich, ob sie noch ganz bei Trost war.

»Nein«, entgegnete er dann trocken. »Ich werde dir weder beibringen, wie man aus Blei Gold macht, noch, wie man mit Tieren spricht. Wenn das alles ist, was dich interessiert, kannst du gleich wieder gehen.«

Gekränkt schwieg Arka einen Moment, dann fragte sie: »Und was machen wir dann, *Meister*?«

Lastyanax' Antwort ging in Protestgeheul unter. Ein Magier mit weißer Mähne und entrüstetem Gesicht trat dicht gefolgt von seinem Eleven auf die Plattform. Arka erkannte Sterix.

»Es sind erst fünf Minuten vergangen, und er spricht schon davon, die Regale durch Statuen aus Treibholz zu ersetzen, also wirklich …«, knurrte der Magier, als er an ihnen vorbeiging.

Die Familienbande verfluchend, setzte er den Weg fort, einen wütenden Sterix im Schlepptau.

»Komm, ich bringe dich zum Bergfried, schließlich bin ich verpflichtet, dir eine Unterkunft zu bieten«, sagte Lastyanax.

»Ach, wirklich?«

Arka konnte sich nicht erinnern, so etwas gehört zu haben. Und was meinte er mit Bergfried? Sie stellte sich darunter einen düsteren verfallenen Turm vor, der verlassen im Niemandsland stand und von einem grimmigen Ungeheuer bewacht wurde. Während sich die anderen Schüler noch mit ihren Mentoren vor dem Ausgang des Amphitheaters unterhielten, beeilte sie sich, Lastyanax einzuholen.

Schweigend liefen sie bestimmt zehn Minuten an den Kanälen entlang. Der junge Magier hatte ein Pergament aus dem Stapel gezogen und starrte mit leerem Blick darauf. Arka kam es so vor, als würde er über etwas Unerfreulichem brüten. Er ignorierte sie völlig. Dann plötzlich hob er den Kopf.

»Der Rat«, murmelte er, wie zu sich selbst, »konzentriere dich auf den Rat!«

Anschließend vertiefte er sich mit gerunzelter Stirn wieder in die Lektüre und verschlang die Zeilen mit atemberaubender Geschwindigkeit. Arka fragte sich, wie er es schaffte, gleichzeitig zu gehen und zu lesen. Ihr Erstaunen wurde noch größer, als Lastyanax mit abwesender Geste das Wasser eines Kanals gefrieren ließ und diese improvisierte Brücke dann überquerte, ohne die Augen von dem Dokument in seinen

Händen zu heben. Nach kurzem Zögern sprang sie ebenfalls auf die vereiste Oberfläche.

PLATSCH!

Arka versank bis zur Nase im Wasser.

Um sie herum stiegen wirbelnd Luftblasen auf. Sie hatte kaum Zeit zu begreifen, was ihr geschah, als ein Strudel sie aus den Fluten heraushob. Wie durch Zauberhand befand sie sich plötzlich auf der anderen Seite des Kanals, völlig durchnässt, und Lastyanax blickte genervt auf sie herab. Ihr erster Gedanke war, dass sie sich jetzt für mindestens zehn Tage ein Bad schenken konnte.

»Beherrschst du nicht mal die drei Aggregatzustände des Wassers?«, brummte er.

Ohne ihre Antwort abzuwarten, schnippte er mit den Fingern. Dichter Dampf bildete sich um Arka und ließ ihr die Hitze ins Gesicht steigen. Im nächsten Moment war sie wieder trocken. Als wäre nichts gewesen, setzte Lastyanax seinen Weg und die Lektüre fort.

»Los, beeil dich, ich habe noch anderes zu tun!«, rief er ihr über die Schulter zu.

Ein paar Minuten später erreichten sie die Plattform eines seltsam aussehenden Turms. Sein Mauerwerk war mit allen erdenklichen Aushängeschildern gepflastert – das Brot des Bäckers, das Rad des Fuhrmanns, der Hammer des Schmieds und so weiter. Die Villa hatte dreieckige Fenster und auf dem Dach eine üppige Bepflanzung, wie eine grüne Perücke, die man auf den Kopf eines mürrischen alten Mannes gesetzt hatte.

›Das ist also der Bergfried‹, dachte Arka.

»Mein ehemaliger Mentor hat Schilder gesammelt«, erklärte Lastyanax.

Dann stieß er eine Tür auf, die unter dem Gewicht verschiedenster Griffe und Klopfer ächzte, und sie betraten ein großes, bis unter die Decke mit bunt zusammengewürfelten Gegenständen vollgestopftes Vestibül. Arka sah Vasen aller Form und Größe, Waagen aus Kupfer, seltsam geformte Stühle und sogar eine Sammlung Hundeteppiche. Mühsam bahnten sie sich einen Weg durch diese Rumpelkammer und kamen schließlich in einen riesigen Innenhof, der von gut fünfzehn schwebenden Leuchtsphären erhellt wurde. Hier türmten sich die Sammlerstücke bis über die kreisrunde Öffnung im Dach der Villa hinaus. Spinnweben hingen zwischen Kollektionen von Rädern und Messerkästen, Horden ausgestopfter Tiere, Stapeln von Tischen und Haufen vertrockneter Topfpflanzen. Die Wände des Atriums verschwanden unter derart vielen Kupferstichen, dass man sie an manchen Stellen sogar übereinander gehängt hatte. Ein oder zwei Türme aus Gerümpel waren eingestürzt und versperrten die wenigen Durchgänge.

»Was ist das denn?«, murmelte Arka.

»Das ist die Villa, die mir mein ehemaliger Mentor vererbt hat«, erklärte Lastyanax gequält. »Hier ist der ebenso unnütze wie sperrige Ertrag aus fünfzig Jahren Sammelwut gehortet. Ich muss das alles irgendwie loswerden. Die Hausangestellten haben schon mit dem Ausmisten begonnen.«

In diesem Moment ertönte ein hysterischer Aufschrei aus dem Trödel, und eine sehr kleine alte Frau mit zerzausten Haaren tauchte aus einem Haufen leerer Vogelkäfige auf. Begeistert blickte sie den beiden Ankömmlingen entgegen. Sie war von oben bis unten mit Wollmäusen bedeckt, und während Arka noch herauszufinden versuchte, wie sie so plötzlich hatte erscheinen können, trippelte die Alte schon auf sie zu und kniff ihr in die Wangen.

»OH, HÜBSCHES KIND! Was für lebendige Augen sie hat und diese klare Stirn!«, dröhnte sie durchdringend.

»Metanira, darf ich dir Arka vorstellen, meine ... Elevin«, murmelte Lastyanax resigniert.

»Ach, wie ich mich freue, dass endlich mal ein junges Mädchen dieses herausragende Studium anpackt!«, brüllte Metanira, ohne Arka loszulassen.

Die Wangen vom energischen Griff der alten Dame auseinandergezogen, versuchte Arka etwas zu erwidern, aber sie brachte nur ein ersticktes Quaken heraus. Flehentlich blickte sie Lastyanax an.

»Es ist schon spät, und ich bin sicher, dass sich Arka freuen wird, Sie morgen besser kennenzulernen«, sagte Lastyanax bestimmt, indem er Metanira von seiner Schülerin wegschob. »Würden Sie sie bitte zu ihrem Zimmer bringen?«

»Aber natürlich, Meister Lastyanax, entschuldigen Sie bitte, ich freue mich nur so sehr, dass nach dem Tod des armen Meister Palates endlich wieder Leben ins Haus kommt«, kreischte sie mit verzücktem Lächeln und ließ Arkas Wangen endlich los (die nun schlaff herunterzuhängen schienen). »Kommen Sie, hübsches Kind, ich zeige Ihnen Ihr Zimmer!«

Trippelnd verschwand sie hinter einem Webstuhl. Arka starrte ihren Mentor entsetzt an.

»Wer ist diese Verrückte?«

»Metanira, die Köchin«, antwortete er. »Also, ich muss los. Morgen nehme ich dich mit ins Magisterium, zu deiner ersten Unterrichtsstunde. Sei um acht Uhr fertig.«

Kaum dass er den Satz beendet hatte, tauchte auch schon Metanira wieder hinter dem Webstuhl auf.

»HIER ENTLANG, HÜBSCHES KIND!«, posaunte sie.

Hilfesuchend sah Arka sich nach Lastyanax um, doch ihr

Mentor hatte ihr bereits den Rücken zugekehrt. Also folgte sie der Köchin widerstrebend durch Zimmerfluchten und über Treppen, die einen zugestopfter als die anderen, während diese sie unter einem Wortschwall begrub.* Arka fragte sich, wie die Villa wohl aussähe, wenn sie erst einmal entrümpelt wäre. Das Gebäude war riesig, hier und dort waren die Wände von großen Fenstern durchbrochen, vor denen sich allerdings Krimskrams stapelte.

Sie kamen an einem alten Hausangestellten vorbei, der auf seinem Besen lehnte und zu schlafen schien. Eine Spuckeblase hing in seinem Mundwinkel und blähte sich bei jedem Atemzug auf. Metanira betrachtete ihn mit gerunzelten Brauen wie eine wütende Eule, dann ging sie weiter, nur ihr Monolog nahm eine andere Wendung.** Schließlich blieben sie vor einer Tür stehen, neben der ein Häufchen Hühnerfiguren lag.

»Hier ist also Ihr neues Nest, hübsches Kind!«, lärmte Metanira. »Ich habe Ihnen einen kleinen Imbiss auf den Tisch gestellt. Ich hoffe, dass Sie sich wohlfühlen werden, früher war es Meister Lastyanx' …«

Mit einem genuschelten »Guten Abend« flüchtete Arka sich in das Zimmer, um ihrer ermüdenden Begeisterung zu entkommen.

* »Liebes Kind, ich freue mich so sehr, dass Sie da sind. Ich habe das Gefühl, Sie werden gute Laune in unserem Haus verbreiten! Nicht, dass unser lieber Meister Lastyanax … nun, wie soll ich sagen … etwas verschlossen wäre, nein, nein, so ist es nicht, er hat immer ein offenes Ohr für mich, aber trotzdem freue ich mich darauf, mich noch mit jemand anderem austauschen zu können. Für eine alte Frau wie mich ist Geselligkeit die größte Freude. Ich werde der Menschen nie überdrüssig!«

** »Aous, dieser Faulpelz! Immer schläft er auf seinem Besen ein, der Taugenichts! Und dazu noch taub wie ein Stock.«

Der Raum war nicht so vollgestopft wie der Rest des Hauses. Lastyanax hatte hier sicher aufgeräumt, als er ihn bezogen hatte. Nur eine Handvoll Wasseruhren standen gluckernd in einer Ecke. ›Immerhin werde ich nie zu spät kommen‹, dachte Arka, während sie sich auf das Bett setzte.

Eine Leuchtsphäre tauchte die übrigen Möbel in ihren weichen Glanz: Eine Wäschetruhe, ein Sessel und ein kleiner Tisch, auf dem unbeschriebene Pergamente und Rohrfedern lagen und dazu eine große Schüssel pochierter Fisch mit frittierten Algen.

Neben dem Bett war ein dreieckiges Fenster in die Mauer eingelassen. Arka griff nach der Schüssel und setzte sich im Schneidersitz aufs Fensterbrett. Während sie aß, dachte sie über ihr neues Leben als Elevin nach, mit diesem Mentor, von dem sie so gut wie nichts wusste. Der Bergfried überragte die gesamte Stadt, unter ihr glitzerten wie lauter kleine Sterne die Fenster der anderen Wohnhäuser. Nachts wirkten die Türme gespenstisch, wie riesige, schwarz verhüllte Gestalten. Das von der Kuppel verzerrte Riphäengebirge warf seine noch dunkleren Schatten über die vereiste Ebene. Arkas Gedanken wanderten zu ihren ersten Tagen in Napoca, wohin die Ereignisse Penthesilea und sie auf der Suche nach einem Unterschlupf verschlagen hatten. Auch dort hatten sie sich erst einmal zurechtfinden, sich an die lokalen Gegebenheiten gewöhnen müssen. Nun erlebte Arka dieselben Schwierigkeiten wieder. Allerdings mit dem Unterschied, dass Penthesilea nicht mehr bei ihr war, um mit ihr alle Rückschläge zu teilen. Wider Willen in die napocanischen Aufstände hineingezogen, war die Prinzessin vor Arkas Augen gestorben, zerfetzt von einer Meute, die die Polizisten losgelassen hatten. Arka schloss die Lider in dem vergeblichen Versuch, diese schrecklichen Bilder aus ihrem Kopf zu vertreiben. Mit einem Mal fühlte sie sich sehr einsam.

Die Schüssel war schon lange leer, als Arka schließlich vom Fensterbrett heruntersprang. Sie zog ein Nachthemd über, das sie in der Wäschetruhe gefunden hatte, klemmte sich die Leuchtsphäre unter den Arm und schlüpfte ins Bett. Ihre Finger spielten mit der Kugel aus schillerndem Glas, während sie vor ihrem inneren Auge die Ereignisse vorbeiziehen ließ, die sie in dieses fremde Zimmer geführt hatten, weit weg von jeder vertrauten Person und jedem vertrauten Gegenstand. Zwerg fehlte ihr: Er war der Einzige, der ihr noch geblieben war. Sie versuchte sich mit den Gedanken an ihren Vater aufzuheitern, diesen letzten Rest Familie, der irgendwo da draußen auf sie wartete und den sie so schnell wie möglich finden wollte.

In die Kugel war ein kleines Siegel eingeritzt, ähnlich dem auf ihrem Flügelarmband. Arka drückte darauf, und das Licht wurde immer schwächer, bis es ganz erlosch. Sie drückte erneut auf das Siegel, und die Kugel leuchtete sanft auf. An einem anderen Abend hätte sie diesen Vorgang sicher ein Dutzend Mal wiederholt. Aber der Tag war lang gewesen, und die Müdigkeit brannte in ihren Augen. Also berührte sie das Siegel, um die Helligkeit zu reduzieren, und ließ die Kugel, die jetzt nur noch von einem sanften Schein umgeben war, neben sich schweben.

Heute Nacht ertrug sie die Dunkelheit nicht.

Das Laken bis unters Kinn gezogen, schloss sie die Augen und schlief ein.

6

DER RAT

Arka

Ein grauer Umriss zeichnete sich zwischen den Rauchschwaden ab. Flammen leckten an den umstehenden Bäumen, während glühende Blätter wie Karfunkelsteine durch die Luft wirbelten. Sie lief weiter, mit brennender Lunge, die Augen halb zugekniffen. Ein dumpfes Vibrieren in ihren Ohren übertönte das Tosen des Feuers und das letzte Zischen des sterbenden grünen Holzes. Sie hustete und spuckte den Rauch aus, nur um ihn sofort wieder einzuatmen. Ihr Blick war auf die graue Gestalt vor ihr geheftet. ›Das ist nicht Chirone, das ist nicht Chirone, das kann nicht Chirone sein.‹ Sie ging weiter auf die Silhouette am Boden zu, die hinter dem Vorhang aus Rauch an Kontur gewann. Es war ihre Tutorin. Ein Moosteppich diente ihr als Schlafstatt. Sie wirkte wie eine alte Frau, die sich in einer kalten Winternacht auf ihrem einsamen Lager zusammengerollt hatte. Dabei hatte es im Wald der Amazonen nie zuvor eine solche Hitze gegeben. ›Sie ist einfach nur ohnmächtig, wenn ich sie rufe, wird sie wieder aufwachen‹, hoffte Arka mit aller Kraft, während sie zu ihr trat. Der Körper auf dem von der glutheißen Luft verschrumpelten Moos hatte sich nicht gerührt. Furchtbare Verbrennungen entstellten einen Teil des Gesichts, und aus den verkohlten Kleidern stieg Rauch auf. Sie vermochte nicht zu sagen, ob es diese dünnen Fähnchen waren, die den Eindruck einer Bewegung hervorriefen, oder ob echter Atem die Brust ihrer Tutorin hob und senkte. Solange sie den Körper nicht berührte, ließ sich die Illusion aufrechterhalten, war Chirone weder tot noch lebendig.

Sie wäre gern ewig im Unklaren geblieben, doch sie hatte keine Wahl. Der Wald brannte noch immer. Sie näherte ihre Finger dem Hals der alten Frau, um ihren Puls zu fühlen …

Plötzlich öffneten sich Chirones Augen, und es war, als zucke ein blauer Blitz durch Arkas Alptraum.

»AUFGEWACHT! RAUS AUS DEN FEDERN!«

Arka schreckte aus dem Schlaf. Das freudestrahlende Gesicht einer anderen alten Frau war an die Stelle von Chirones verbrannten Zügen getreten. Noch halb in ihrer Traumwelt gefangen, brauchte Arka einen Moment, ehe sie wieder wusste, wo sie war. Die siebte Ebene. Die Attribution. Lastyanax. Der Bergfried. Metanira.

»Jetzt aber hurtig, hübsches Kind! Sie sind zu spät!«, schmetterte diese und schob ihr ein Tablett voll belegter Brote unter die Nase.

»Ich hab keinen Hunger …«, murmelte Arka.

Ihr Alptraum und die Aussicht, den ersten Tag ihrer Elevenzeit antreten zu müssen, lagen ihr schwer im Magen. Sie bereute ihre Reaktion jedoch, als sie den vernichtenden Blick bemerkte, den die Köchin ihr zuwarf.

»… aber es sieht sehr lecker aus!«, fügte sie kleinlaut hinzu.

Während Arka ein halbes Dutzend Brote herunterwürgte, wühlte Metanira in ihrer Kleidertruhe und förderte eine weiße Tunika sowie den Gürtel zutage, den man ihr bei der Attribution überreicht hatte. Arka sprang aus dem Bett und zog sich eilig an. Als sie gerade zur Tür hinauswollte, hielt Metanira sie am Kragen zurück, wobei sie sie halb erwürgte.

»Sie haben Ihr Frühstück nicht aufgegessen!«, donnerte die Alte und drückte Arka gebieterisch eine letzte Schnitte in die Hand.

Mit vollen Backen durchquerte Arka im Laufschritt den Bergfried und erreichte das Vestibül, wo Lastyanax, einen Stapel Akten unterm Arm, sie erwartete. Sie fragte sich, ob er seine Papiere wohl auch mit ins Bett nahm.

»Du bist zu spät«, sagte er statt einer Begrüßung.

»Ja, entschuldigen Sie, Meister, ich …«

»Und du hast deine Tunika bekleckert«, fügte er mit einem strengen Blick hinzu.

Arka schielte auf ihre Brust, wo Metaniras Brote Spuren hinterlassen hatten. Sie rieb über den Stoff, um die Marmelade zu entfernen, was diese nur noch mehr verteilte.

»Dass mir das nicht noch einmal vorkommt!«

»Die Verspätung oder der Fleck?«, rutschte es Arka heraus, ehe ihr bewusst wurde, dass sie besser den Mund gehalten hätte. »Äh, ja, beides natürlich, ist gut«, stammelte sie.

Lastyanax atmete tief ein, so als wolle er mit der Luft auch die Geringschätzung zurückhalten, die er für seine Elevin empfand. Dann schüttelte er den Kopf und öffnete die Tür.

Eine zaghafte Sonne beschien die Turmspitzen, während der Rest der Stadt noch im Dunkeln lag. Es überraschte Arka, wie viele Leute zu dieser frühen Stunde bereits auf den Kanälen unterwegs waren, manche mit violetten Togen, andere in Domestikenkleidung.

»Gestern hat man beschlossen, mir das Amt des Ebnungsministers zu übertragen«, verkündete Lastyanax feierlich, während er den Weg zum Magisterium einschlug. (Arka verstand zwar nicht, was das bedeutete, nickte aber höflich.) »Heute tagt der Ministerrat, ich werde dir also nicht viel Zeit widmen können. Dennoch erwarte ich, dass du ernsthaft und aufmerksam dem Unterri...«

»He, Last!«, unterbrach ihn eine Stimme. »Bravo, Großer!«

Als Lastyanax und Arka sich umdrehten, sahen sie eine spindeldürre Gestalt auf sich zurennen, der die Passanten vorsorglich aus dem Weg gingen. Der Neuankömmling wedelte mit den Armen. Er trug eine Eleventunika mit fünf schmalen, orangefarbenen Ledergürteln, genau wie Pyrrha, auch wenn diese Aufmachung bei ihm sehr viel weniger elegant wirkte.

»Ich habe es geschafft ... pfff ... rechtzeitig aufzuwachen«, keuchte der Lulatsch, als er vor Lastyanax stand.

Er ließ seine riesige Hand wie einen Schläger durch die Luft sausen, um das Ausmaß dieser Aufgabe zu unterstreichen. Zum ersten Mal sah Arka, dass ein Lächeln über die Züge ihres Mentors huschte.

»Was hat denn diese Heldentat ermöglicht, Petroklos?«, fragte er mit funkelnden Augen.

»Die Aussicht, nur noch ein paar Kurse über mich ergehen lassen zu müssen«, erwiderte der Angesprochene. »Unter uns, ich kann es kaum erwarten, die Elevenzeit zu beenden! Es ist ja so was von trostlos, seit du mit deiner Disputation einfach an uns Drückebergern vorbeigezogen bist.«

»Rhodopis ist doch noch da, um dir Gesellschaft zu leisten«, erwiderte Lastyanax.

Es klang locker dahingesagt, doch Arka erriet, dass er diesen Rhodopis nicht besonders mochte.

»Puah, bleib mir bloß weg mit dem, der ist fast noch fauler als ich!«, rief Petroklos und zersäbelte dabei erneut mit einer Geste die Luft, die Arka beinahe enthauptet hätte. Er schien empört darüber, dass ihn auf dem Gebiet jemand übertreffen könnte.

»Rhodopis bezahlt irgendwelche Lakaien dafür, dass sie seine Erfindung umsetzen, kannst du dir das vorstellen? Ich wünschte, ich hätte so viel Geld ...«, fügte er sehnsüchtig hinzu.

»Wie tragisch«, bemitleidete Lastyanax ihn. »Halte durch, die Ablösung naht.« Damit zeigte er auf Arka, als hätte die kaum mehr Persönlichkeit als eine Topfpflanze.

»Ach, ist das dein frisch erkorener Galeerensträfling?«, fragte Petroklos und rieb sich mit diabolischer Miene die Hände. »Aber ja, ich erkenne sie wieder, die fiese kleine Nummer 43 ... Die den Sprössling des Obersten Schatzmeisters bei der ersten Prüfung rausgekantet hat. Das wird dir nicht gerade helfen, dir im Rat Freunde zu machen, was?«

Lastyanax schaute ihn verärgert an, dann runzelte er die Brauen, als wäre ihm gerade eine Idee gekommen, zog den Stapel Akten unter seinem Arm hervor und begann sie durchzublättern.

»Könntest du sie heute mit zum Magisterium nehmen?«, fragte er, ohne den Blick von seinen Unterlagen zu heben.

Petroklos palaverte einfach weiter, als hätte er ihn nicht gehört:

»Wenn die Kurse vorbei sind, werde ich mich endlich entspannen können, den Geist frei von niederen weltlichen Zwängen.«

Er verschränkte die Hände im Nacken, als mache er es sich auf einem weichen Sessel bequem.

»Wie der Abgabefrist für die Erfindung, zum Beispiel?«, fragte Lastyanax abwesend und riss ein Blatt aus einer seiner Akten.

Der imaginäre Sessel verschwand.

»Das ist mies, Last, wirklich mies«, empörte sich Petroklos. »Gut, ich kümmere mich um den Grünschnabel hier, aber das ist auch das Einzige, was ich diesen Monat für dich tue.«

»Was an der Statistik nicht viel ändern dürfte«, bemerkte Lastyanax, noch immer in seine Dokumente vertieft. »Also, ich gehe dann mal, ich muss …«

»… die Ratssitzung noch vorbereiten, ja, mir ist durchaus bewusst, dass du bereits hohe Weihen erlangt hast, während ich noch arm und allein im düsteren Sumpf der Bedeutungslosigkeit dümpele«, jammerte Petroklos. »Ich hoffe, du wirst deine alten Freunde nicht völlig vergessen.«

»Sie werden sich mir schon in Erinnerung bringen!«, rief Lastyanax ihm über die Schulter zu.

Er hob die Hand und verschwand hinter einem Turm. Petroklos wandte sich Arka mit funkelndem Blick zu.

»Also, Nummer 43, dann bist du jetzt der Prügelknabe des kleinen Lastyanax?«

So klein war Lastyanax gar nicht, dachte Arka, aber aus Petroklos' Perspektive musste jeder winzig erscheinen. Er marschierte los, sie hinterdrein.

»Du hast Glück, ihn als Mentor zu haben, er ist der intelligenteste Mensch, den ich kenne, dabei bin ich selbst ein verkanntes Genie. Last spricht drei Sprachen fließend, obwohl er Hyperborea nie verlassen hat. Er kommt aus der ersten Ebene, aber er weiß mehr als alle Professoren zusammen – was nicht weiter erstaunlich ist, das gebe ich zu, schließlich gehören unserem Lehrkörper so viele vertrocknete alte Knochen an, dass man meinen könnte, sie stammten noch aus der Steinzeit. Und obendrein ist er jetzt Ebnungsminister. Er wird noch der jüngste Stadtpräfekt der Geschichte werden, da bin ich mir sicher«, schloss Petroklos mit der stolzen Miene einer Mutter, die die unzähligen Qualitäten ihres frühreifen Sprösslings rühmt.

Ohne langsamer zu werden, fischte er ein riesiges, mit Pastete belegtes Brot aus seiner Tasche und biss herzhaft hinein. Arka fragte sich, wie es wohl in seiner Tasche aussehen mochte.

»Hatte keine Zeit zu frühstücken«, erklärte er mit vollem Mund.

»Sagen Sie, Petroklos«, bat Arka, die rennen musste, um mit ihm Schritt zu halten, »was genau tut ein Eleve? Ich bin ... äh ... eher zufällig bei der Attribution gelandet, deswegen weiß ich nicht besonders viel darüber, wie das hier so läuft«, stammelte sie.

Petroklos blieb so unvermittelt stehen, dass sie beinahe in ihn hineingestolpert wäre.

»Zufällig? Wer nimmt denn zufällig an der Attribution teil und besteht sie dann auch noch? Ich habe zwei Jahre gebraucht, um es zu schaffen!«, knurrte er ungläubig, während er um sich herum Pastetenbröckchen verstreute.

»Na ja, ich hatte Glück«, nuschelte Arka ausweichend. »Also, womit beschäftigen sich die Eleven? Mit Magie?«

»Selten, Nummer 43, selten«, erwiderte Petroklos, der es immer noch nicht fassen konnte.

Sie gingen weiter, an einem Kanal entlang, auf dem Schildkröten von schlichter Eleganz an ihnen vorüberglitten. Petroklos biss wieder in sein Brot.

»Die Eleven (*grumpf*) sind das Ende der Nahrungskette«, erklärte er schulmeisterlich. »Sie dienen ihrem Mentor und werden dafür in die Mechanismen der obersten hyperboreischen Verwaltung eingeführt. Mit anderen Worten, ihr seid Lehrlinge. Im Unterschied zu gewöhnlichen Lehrlingen kommt ihr jedoch pro Dekade in den Genuss von neun Unterrichtseinheiten auf (*grumpf*) höchstem Niveau«, fügte er in einem Ton hinzu, der unmissverständlich klarmachte, dass er vom Gegenteil überzeugt war. »Normalerweise (*grumpf*) hat man im ersten Jahr sechs Stunden Mystografie und drei Mechamagie. Was bedeutet, dass ihr verdammt viel Zeit mit Silenos verbringen werdet. Seit einem Monat erzählt er uns schon, wie sehr er sich darauf freut (*grumpf*), euch, die ›neue Magiergeneration‹, kennenzulernen«, schloss er, wobei er das genießerische Timbre des Mystografen perfekt nachahmte.

»Ach, dann haben Sie auch Kurse?«, fragte Arka, während sie dem Kanal weiter folgten.

»Natürlich!«, rief Petroklos aus. »Nun ja, nicht mehr lange, da ihr uns ersetzen werdet. Ich schließe das fünfte Elevenjahr bald ab«, sagte er und deutete auf die fünf Lederriemen um seine Taille. »Man ist immer noch am Ende der Fresskette, aber schon etwas weiter als ihr, was bedeutet, dass ich euch jede Menge lästige Dienste aufbürden darf«, fügte er nun wieder mit seinem diabolischen Grinsen hinzu. »Und hör bloß auf, mich zu siezen, Nummer 43, das vermittelt mir den trügerischen Eindruck, schon in Violett gekleidet zu sein, was mir nicht helfen wird, mit meiner Erfindung voranzukommen.«

»Was soll das überhaupt sein, diese Erfindungen?«, fragte Arka.

»Der Abschluss von fünf Jahren Studium und eine nicht zu bewältigende Aufgabe, Nummer 43«, antwortete Petroklos.

»Um seiner Versklavung ein Ende zu bereiten, muss jeder Eleve ein nützliches magisches Objekt erschaffen, das dann an diesem weihevollen Ort gebunkert wird, um zu verstauben«, sagte er, indem er seinen Arm schicksalsergeben nach vorne schlenkerte.

Sie waren auf einer Plattform rund um einen Turm angelangt, der das Stadtbild Hyperboreas verschandelte: Seine unteren sechs Ebenen bestanden aus einem dicken, mit Reliefs verzierten Pfeiler, der in der siebten Ebene von einem riesigen, fensterlosen Kubus gekrönt wurde. Große goldene Lettern an seiner Stirnseite wiesen ihn als »Archiv der Erfindungen« aus.

»Last hat die Aufgabe natürlich brillant gemeistert, und Pyrrha wird ihm sehr bald folgen«, fuhr Petroklos fort. »Nur ich bin leider weit davon entfernt. Oh!«, rief er aus, als sein Blick auf die Sonnenuhr an der Wand des Turms fiel. »Wir kommen zu spät.«

Sie beschleunigten ihren Schritt. Der Strom der Schildkröten, die die wohlhabenden Bewohner der siebten Ebene auf den Luftkanälen von einem Ort zum anderen transportierten, riss nicht ab. Sie erreichten ein Gebäude, das beinahe so gewaltig war wie der Wasserturm und dessen Spitze zahlreiche vergoldete Kuppeln schmückten. Magier hasteten über den Vorplatz; ihre violetten Togen flatterten hinter ihnen her.

»Das Magisterium«, bemerkte Petroklos.

Durch eine hohe, mit kostbaren Holzintarsien verzierte Tür gelangten sie in eine gigantische Rotunde, deren Kuppelgewölbe durch eine Kassettentäfelung aufgelockert wurde. Im blankpolierten Steinboden spiegelten sich die Silhouetten der Magier, die den Saal durchquerten, um die angrenzenden Galerien zu erreichen. Ihre Schritte hallten in dem leeren

Raum wider. Ein monumentaler Brunnen stand genau in seiner Mitte, beschienen von dem Licht, das durch eine Öffnung am Scheitelpunkt der Kuppel hereinfiel. Er stellte einen stolzen Mann auf einem Thron dar, zu dessen Füßen sich dreizehn melancholisch dreinblickende Kinder drängten. Wasser rann aus den Augen des Mannes wie ein unversiegbarer Tränenstrom. Arka fragte sich, warum er wohl so traurig war.

Sie betraten eine der Galerien, die sternförmig von der Rotunde abgingen, und passierten eine Reihe bescheidenerer, mit Mosaiken und Porphyrsäulen geschmückter Kuppelgewölbe. Endlich blieb Petroklos vor einer großen, halb geöffneten Tür stehen, an der ein Bronzeschild mit der Aufschrift »Auditorium Silenos« befestigt war.

»Da wären wir. Wie üblich ist der Mystograf noch unpünktlicher als seine Eleven, also bist du rechtzeitig da. Ich dagegen habe meine letzte Stunde bei Georgon, dem Professor für Mechamagie, und der duldet keinerlei Verspätung, also ...«

Er verschwand, ausnahmsweise einmal ohne ausschweifende Erklärung. Arka bedauerte sofort, dass er nicht mehr bei ihr war. Mit einem Knoten im Magen schob sie die Tür auf.

Ein Teil des Raums wurde von halbkreisförmigen Sitzreihen eingenommen; diesen gegenüber befand sich ein Podest, auf dem das Pult des Professors thronte. Genau wie im Bergfried schwebten etwa fünfzehn Leuchtsphären in der Luft und erhellten den Saal. Alle Eleven saßen bereits auf den Ebenholzbänken und präsentierten stolz ihre flammend neuen Gürtel. Phreton, Sterix, Poneria und der Rest der Clique hatten die oberen Ränge besetzt, wo sie lachend das Aussehen ihre Mitschüler kommentierten. Nachdem Arka zwei

Jungs ausgemacht hatte, die etwas sympathischer wirkten und aufgeregt über ihr neues Leben sprachen, setzte sie eine lässige Miene auf und ging die Stufen des Hörsaals hinunter in deren Richtung.

»Beschwer dich mal lieber nicht, dein Mentor ist der Kuppelbaumeister, das ist ein wichtiges Amt, du wirst eine Menge lernen«, sagte einer der Jungen.

»Boah, ganz genau, ich werde fünf Jahre lang nur von Kontrolle der Luftfeuchtigkeit und Fugenüberwachung hören, das wird *spannend*«, erwiderte der andere verächtlich. »Gestern hat er mir den ganzen Abend lang Modelle der Kuppel gezeigt ...«

In dem Moment bemerkten die beiden Arka, die versuchte, unaufdringlich Interesse an ihrem Gespräch zu bekunden. Nachdem sie einen raschen Blick gewechselt hatten, wandten sie sich von ihr ab und setzten die Unterhaltung fort, als gäbe es sie nicht. Gekränkt ging Arka die Stufen weiter hinunter. Da erkannte sie eine vertraute Gestalt in der ersten Reihe.

»Hallo!«, sagte sie und ließ sich neben Kazik nieder.

»Hallo. Du kommst zu spät«, kommentierte der Junge mit gerunzelten Brauen.

»Der Professor kommt noch später, also bin ich pünktlich«, erwiderte Arka unbekümmert.

Während Kazik über die Stichhaltigkeit ihrer Worte nachdachte, ließ sie den Blick über das blankgewetzte Holz der Sitzbänke und die mit einer Wachsschicht bedeckte Tafel hinter dem Sessel des Professors schweifen. Wenn ihr Vater Magier war, dann hatte er sicher auch hier studiert. Sie nahm sich vor, den Mystografen am Ende der Stunde nach ihm zu fragen.

Da dieser nicht kam, unterhielt sie sich so lange mit Kazik. Er war dem Handelsminister unterstellt – eine beneidenswerte Position, so schien es, doch er bedauerte, nicht vom Kuppelbaumeister ausgewählt worden zu sein. Als Arka ihn fragte, was dessen Aufgabe sei, erging er sich in einer mathematischen Berechnung des günstigsten Winkels für die Konstruktion einer Wölbung mit Adamant. Sie war gerade dabei, über seinen Erklärungen einzunicken, als ein Geräusch zu ihrer Rechten sie aus ihrer Schläfrigkeit riss. Phreton hatte seinen Kumpanen offenbar vorgeschlagen, sich neben Kazik zu setzen, und sie ahnte, dass sie dies nicht taten, um Freundschaft mit ihm zu schließen.

»Also«, Phreton stieß ihn mit dem Ellbogen an und unterbrach so seine leidenschaftliche Analyse der Parabelform der Kuppel, »du kommst aus den niederen Ebenen, stimmt's?«

Er lächelte bösartig, doch Kazik schien ihm nur die besten Absichten zu unterstellen.

»Ja«, antwortete er freundlich, »meine Eltern leben in der zweiten Ebene.«

»Und was machen deine Eltern?«, fragte Poneria mit ihrer näselnden Stimme.

»Mein Vater ist Zimmermann«, erklärte Kazik arglos. »Meine Mutter kümmert sich um meine drei Brüder und vier Schwestern.«

Seine Antwort schien Phreton selig zu machen, der triumphierend seine Tolle zurückwarf.

»Dann bist du also arm, ja? Da verstehst du dich sicher gut auf Hausarbeit und Putzen, Putze«, meinte er zur größten Erheiterung der anderen. »Es stört dich doch nicht, wenn ich dich Putze nenne, oder?

»Ich heiße Kazik«, antwortete der Angesprochene und wurde rot.

»Könntest du bitte meine Schuhe sauber machen, Putze?«

Arka beschloss, dass es Zeit war, sich einzumischen.

»Klar, und bei der Gelegenheit kann er auch gleich deine pickelige Visage polieren«, erwiderte sie wütend.

Phreton wurde blass.

»Wow, die Nummer 43 hat's dir ganz schön gegeben, Phreton«, kommentierte einer seiner Gefolgsleute und wedelte dabei mit der Hand, als hätte er sich verbrannt.

»Was willst du, Nummer 43?«, gab Phreton gehässig zurück. »Bist du neidisch auf die Putze? Brauchst du Gold, um dir neue Schuhe zu kaufen?«, fügte er mit einem Blick auf Arkas zerschlissene Leinentreter hinzu.

Er zog eine Handvoll Münzen aus der Tasche.

»Hier, damit kannst du dir unten in der ersten Ebene sogar eine Bude leisten, dann müssen wir deine miese Fresse nicht mehr ertragen.«

Er warf ihr die Geldstücke ins Gesicht, während die anderen Schüler in Gelächter ausbrachen. Mit glühenden Wangen wischt Arka die Hyper weg, die aufs Schreibpult gefallen waren. Sie hätte alles darum gegeben, ihm mit einer saftigen Retourkutsche das Maul zu stopfen, aber ihr fiel einfach nichts ein. In diesem Moment betrat der Professor für Mystografie den Hörsaal. Sein Bauch hüpfte fröhlich bei jeder Stufe, die er zu seinem Sessel hinabstieg, und die violette Toga wogte um seine stämmigen Beine. Er sah aus wie eine riesige Pflaume.

»Liebe Eleven!« rief er, nachdem er sich auf seinen Sitz hatte plumpsen lassen. »Ich sehe, Sie sind alle hier, perfekt, Ihre Mentoren haben Sie gut informiert. Merken Sie sich von nun an, dass mein Kurs an den ersten sechs Tagen jeder Dekade immer zur selben Zeit in diesem Raum stattfindet. Er hat zum Ziel, die – sicher faszinierenden – Unterweisungen Ihrer

Meister zu ergänzen. Im ersten Jahr wollen wir unser Augenmerk auf die wunderbare Disziplin der Mystografie, also des magischen Schreibens, richten.«

»Pfff«, machte Phreton, um zu verdeutlichen, dass das nichts Neues für ihn war.

»Frischen wir doch gleich mal ein wenig die Theorie auf«, verkündete der Professor und trommelte mit verschmitztem Lächeln auf seinen Bauch. »Also, mal sehen …«

Er ließ den Blick über seine versammelten Eleven schweifen.

»Wer kann mir sagen, was genau Magie ist?«

»Die Beherrschung der Materie durch die Anima«, antwortete Phreton sofort mit lässig herabgezogenem Mundwinkel.

»Ganz richtig, junger Mann, ganz richtig«, pflichtete ihm der Mystograf bei. »Phreton, nicht wahr? Ihr Vater war mein Eleve, vor langer Zeit. Ja, Magie, das ist die Beherrschung der Materie, ich spreche jedoch lieber von Animation, das klingt poetischer«, korrigierte der Professor.

Phreton stieß ein kleines verächtliches Lachen aus.

»Wer kann mir jetzt die drei grundlegenden magischen Manipulationen nennen?«, fuhr der Mystograf fort.

Die Schüler zerbrachen sich die Köpfe. Arka machte sich gar nicht erst die Mühe nachzudenken: Sie hatte keinen blassen Schimmer.

»Die Veränderung des Ortes, die Veränderung der Form und die Veränderung des Zustands«, antwortete Kazik, wie aus der Pistole geschossen.

»Hervorragend!«, lobte Silenos mit funkelnden Augen.

Umständlich kramte er ein kleines, mit Wasser gefülltes Fläschchen aus seiner Tasche.

»Veränderung des Ortes.«

Das Fläschchen öffnete sich, und das Wasser, das sich darin befand, floss heraus, um vor dem Mystografen in der Luft zu schweben.

»Veränderung der Form.«

Das Wasser nahm die Gestalt eines dicken Mannes an, der dem Mystografen zum Verwechseln ähnelte. Dieser zwinkerte seinem Publikum zu und entlockte den Eleven ein amüsiertes Lächeln.

»Veränderung des Zustands.«

Die Flüssigkeit verdampfte und umhüllte den Kopf des Mystografen mit weißem Nebel. Einen Moment später hatte der Professor die Substanz wieder kondensiert, die artig zurück in das Fläschchen rann.

»Ich habe Ihnen soeben die grundlegendsten magischen Praktiken demonstriert«, schloss der Mystograf. »Es gibt jedoch weitere, deutlich geheimnisvollere Formen der Magie, über die zu sprechen wir noch Gelegenheit haben werden. Jetzt würde ich von Ihnen gern die vier Grenzen der magischen Praxis hören.«

Einige Eleven meldeten sich.

»Entfernung«, sagte ein Junge.

»Exakt«, bestätigte der Professor. »Menschen können nicht weiter als auf zehn Schritt Entfernung magisch wirken, die Begabtesten fünfzehn. Was noch?«

Arka hob zögernd die Hand.

»Kälte.«

»Sehr gut«, sagte der Mystograf und wandte sich ihr zu. »Sie sind die Elevin von Lastyanax ... Arka, nicht wahr? In der Tat, Kälte schwächt die Kräfte. Ein Grund, warum wir schön im Warmen unter der Kuppel bleiben. Sollten einige von Ihnen schon einmal einen Ausflug ins Riphäengebirge unternommen haben, werden Sie dort festgestellt haben, dass Ihre magischen Fähigkeiten stark beeinträchtigt waren«, fügte er hinzu, wobei er sich die Arme rieb, als wäre eine imaginäre Kälte in den Raum gekrochen. »Weitere Vorschläge?«

»Erschöpfung«, sagte Poneria.

»Absolut, Erschöpfung. Indem man einen Teil seiner Anima aus dem eigenen Körper hinaus verlagert, schwächt man sich. Je größer die magische Anstrengung ist, desto mehr leidet der Körper darunter. Meist ist diese Schwäche vorübergehend. Sie verschwindet wieder, sobald man sich ein wenig ausgeruht hat. Wenn man den Bogen jedoch überspannt, kann Magie Kopfschmerzen, Nasenbluten und in sehr seltenen Fällen sogar Bewusstlosigkeit hervorrufen.«

Diese Information schien die Zuhörer zu verblüffen, nur Arka, die das Phänomen an sich selbst schon beobachtet hatte, nickte.

»Wissen Sie, welches die vierte und letzte Grenze ist?«, fragte der Mystograf.

Seine Worte wurden mit betretenem Schweigen quittiert. Den Eleven fiel nichts mehr ein. Selbst Phreton wirkte ratlos. Arka dagegen kannte die Antwort. Diese Beschränkung war es, die sie beinahe zwölf Jahre lang daran gehindert hatte, Magie auszuüben, während sie im Herzen des Amazonenwaldes aufwuchs. Doch sie schwieg, denn sie wollte sich nicht verraten.

»Es ist in der Tat überhaupt nicht verwunderlich, dass Sie darauf keine Antwort wissen«, erklärte der Mystograf. »Denn die Zeit, in der wir hyperboreischen Magier damit konfrontiert waren, liegt weit zurück. Diese Grenze ist … das Blau-Erz.«

Er hatte dieses Wort so feierlich ausgesprochen, dass die Eleven ihn wie gebannt anstarrten.

»Blau-Erz ist in gewisser Weise das Gegenteil des Oreichalks«, fuhr der Mystograf fort. »Es ist ein extrem seltenes Metall, das die Kontrolle der Anima verhindert. Diese Substanz ist so stark, dass schon ein kleines Klümpchen davon ausreicht, um in einem Umkreis von mehreren Schritten Magie zu verhindern, indem es eine sogenannte Blaue Zone bildet. Und nun raten Sie, welches Volk für seinen Gebrauch des Blau-Erzes berühmt ist.«

»Die Amazonen!«, rief Phreton.

Wütend darüber, dass er auf die vorige Frage keine Antwort gewusst hatte, wollte er diese Schlappe nun wettmachen.

»Ganz genau, Phreton«, antwortete der Mystograf. »Bis heute trägt jede Amazone einen Gürtel mit einem winzigen Stück Blau-Erz darin. Auch ihr Wald ist durch ein Netz von Klümpchen geschützt, die in den Minen Arkadiens gewonnen werden. Dank dieser Substanz fürchten die Kriegerinnen keine Magier, weshalb sie jahrhundertelang unsere schlimmsten Feinde waren, ehe es dem Basileus gelang, sie zurückzudrängen ...«

»Warum haben wir denn das Blau-Erz nie genutzt?«, fragte ein Eleve dazwischen.

»Weil die Amazonen das Geheimnis seiner Gewinnung eifersüchtig hüten und weil es wider unsere Natur wäre, uns ihrer Methoden zu bedienen«, erklärte der Professor. »Da sie keine Magie anwenden können, kämpfen diese Frauen allein mit ihrer körperlichen Kraft. Sie bilden ihre Töchter von klein auf für den Krieg aus. Sie haben kaum Interesse an Handel, Politik, Geschichte oder den Künsten und leben von der Jagd und von Beutezügen.«

»Barbaren!«, rief Sterix, den die Vorstellung, man könne ohne Kunst leben, entrüstete.

»Was machen sie mit den Jungen?«, fragte Poneria.

»Sie leben in einem *Wald*?«

»Stimmt es, dass …«

Mit roten Wangen senkte Arka den Kopf und starrte auf ihre Arme, die von fünf Jahren militärischem Training sehnig und fast vollkommen schmerzunempfindlich geworden waren. Dann hassten die Hyperboreer die Amazonen also deswegen so sehr, weil sie lange gegen sie gekämpft hatten. Sie wunderte sich, dass sie während all der Jahre im Wald nie etwas von dieser gemeinsamen Vergangenheit gehört hatte. Doch wie der Mystograf schon gesagt hatte, ihr Volk maß der Geschichte keinerlei Bedeutung zu. Die meisten Kriegerinnen waren Analphabetinnen und stolz darauf. Nur weil ihre Tutorin etwas gebildeter gewesen war, hatte Arka wider Willen lesen und schreiben gelernt. Sie erinnerte sich an lange Trainingseinheiten, die sie damit verbracht hatte, auf der Terrasse ihres Baumhauses Buchstaben in Eukalyptusrinden zu kratzen, während ihre Kameradinnen Lanzenwerfen oder Bogenschießen übten … Wie viele Male hatte sie sich über die Nutzlosigkeit dieses Unterrichts beschwert! Wenn sie damals gewusst hätte, als wie unentbehrlich sich die qualvollen Stunden noch erweisen würden … Besorgt fragte sie sich, was passieren würde, wenn jemand hier herausfände, dass sie unter Amazonen aufgewachsen war. Das Gefühl der Sicherheit, das sie beim Betreten der Stadt empfunden hatte, verflüchtigte sich.

Der Professor klatschte in die Hände, um die Eleven, die ihn immer weiter bestürmten, zum Schweigen zu bringen.

»Gemach, gemach! Darf ich Sie daran erinnern, dass wir

uns in diesem Kurs mit dem magischen Schreiben befassen wollen, nicht mit den Amazonen. Es ist ein faszinierendes Volk, doch ich überlasse es dem Professor für Auswärtige Beziehungen, Ihnen im zweiten Jahr mehr darüber zu erzählen, wenn das Thema an der Reihe ist. Konzentrieren wir uns lieber wieder auf die magische Theorie. Wir werden uns nun einem ausgeklügelteren Gegenstand widmen, der Ihnen erlaubt, einige der Grenzen, die wir soeben aufgezählt haben, ein wenig zu erweitern. Ich rede von … Siegeln.«

Ein erregtes Raunen ging durch den Saal. Gespannt beugte Arka sich vor. Seit ihrer Ankunft in Hyperborea hatte sie zahlreiche Siegel gesehen, an Türen, an den Schildkrötenaufzügen und an anderen Dingen, doch deren Funktionsweise blieb ihr ein Rätsel. Auch ihr Flügelarmband trug ein Siegel, kaum größer als ihre Fingerkuppe: ein Flechtwerk aus Kreisen, Symbolen und Strichen, in dessen Mitte zwei V sich trafen wie Vogelschwingen. Die Siegel bildeten einen Bereich der Magie, über den sie so gut wie nichts wusste. Und der Aufregung ihrer Kommilitonen nach zu urteilen, ging es ihnen nicht anders.

»Au Mann, was für ein Haufen Ignoranten!«, spottete Phreton leise. »Ich kenne mindestens fünfhundert Glyphen und fünfzehn Arten der Umschlingung.«

»Also, liebe Eleven, was wissen Sie über Siegel?«

Auf seinen Platz gelümmelt, hob Phreton träge die Hand, während er mit einer raschen Kopfbewegung seine Tolle zurückwarf. Poneria sah ihn an, als hatte er die Lässigkeit erfunden.

»Ja, Phreton?«

»Siegel dienen dazu, die Anima zu speichern und zu programmieren.«

»Vollkommen richtig! Wenn ein Magier ein Objekt mit einem Siegel versieht, schließt er einen Teil seiner Anima in diesem ein und verleiht ihm damit magische Eigenschaften. Danach genügt es, das Siegel zu aktivieren, um die Eigenschaften zu nutzen. Diese Leuchtsphären hier, zum Beispiel«, der Mystograf ließ eine der schimmernden Kugeln zu sich heranschweben, »tragen alle ein recht simples Siegel, das in diesem Fall aus einer doppelten Umschlingung und vier Glyphen besteht, die die beiden Funktionen des Objektes symbolisieren: in der Luft schweben, Licht verbreiten. Und nun«, sagte er, indem er die Kugel zurück unter die Decke des Hörsaals gleiten ließ, »nennen Sie mir ein Beispiel dafür, welche Grenzen wir dank der Siegel erweitern können.«

Sofort schossen mehrere Hände in die Höhe.

»Da das Siegel einen Vorrat an Anima enthält, ermüdet der Magier nicht, wenn er es benutzt.«

»Exakt. Allerdings ist das ein zweischneidiges Schwert: Man muss nämlich beträchtliche Energie aufwenden, um den Gegenstand beim Anbringen des Siegels mit Anima zu versorgen.«

»Und was passiert, wenn der Vorrat aufgebraucht ist?«, wollte Arka wissen.

»Sehr gute Frage, meine kleine Arka«, bemerkte der Mystograf.

›Meine kleine Arka?‹, dachte sie.

»Nun, die magischen Eigenschaften des Objektes verschwinden ganz einfach«, antwortete der Professor, ohne ihre empörte Grimasse zu beachten. »Sehen Sie sich diese Sphären an.«

Er deutete auf drei Kugeln, die weniger hell leuchteten als die anderen und nur knapp über dem Boden schwebten.

»Ihre Energie ist beinahe aufgebraucht. Aus diesem Grund muss man sie regelmäßig neu animieren oder ihnen Anima übertragen, wenn Ihnen das lieber ist«, erklärte der Mystograf. »Da dies ein recht kräftezehrender Vorgang ist, benutzt man eher Oreichalk, um Siegel mit hohem Verbrauch zu erschaffen oder aufzuladen. Denn dieses Metall besitzt seinen eigenen Vorrat an Anima.«

»Wie kann man dafür sorgen, dass ein Siegel unzerstörbar ist?«, rief Sterix, noch während er die Hand hob.

»Ausgezeichnete Frage! Gute Magier nutzen Umschlingungen, um das Siegel selbst vor physischen Angriffen zu schützen ... Doch das sind recht komplexe Zusammenhänge, mit denen wir uns nicht vor dem zweiten Lehrjahr befassen wollen«, fuhr der Mystograf fort. »Meine Aufgabe in den kommenden Monaten wird sein, Ihnen das Zeichnen von Siegeln beizubringen. Aber aufgepasst, das ist keine leichte Übung. Es gibt zigtausende Glyphen oder Symbole, wenn Sie so wollen, und um die hundert Umschlingungen. Ihre Kombinationsmöglichkeiten sind nahezu unendlich. Ein ganzes Leben würde nicht ausreichen, sie auswendig zu lernen. Anstatt existierende Siegel stumpf zu kopieren, werden Sie daher lernen, sie selbst zu erschaffen. Das ist der Gegenstand der Mystografie, und *das* ist es, was aus Ihnen wahre Magier machen wird.«

Arka war mit einem Mal seltsam aufgeregt, als würde man sie gleich in Geheimnisse einweihen, die nur wenigen Auserwählten vorbehalten waren. Sie sah sich um und begriff, dass dies nicht bloß ein Gefühl war: Sie war tatsächlich Teil einer kleinen Elite, gerade mal dreizehn Eleven aus der gesamten Stadt. Selbst wenn ihre Teilnahme an dem Turnier dem Zufall geschuldet war, hatte sie ihren Platz gefunden.

Ihr Enthusiasmus wurde gedämpft, als Silenos einen Stapel dicker, in Leder gebundener Bücher mit dem Titel *Glyphen und Umschlingungen: Grundlagen der Mystografie – Band 1* in den Reihen verteilte. Während der Professor fortfuhr, die Funktionsweise der Siegel zu erklären, blätterte sie durch ihr Exemplar. Es war ein Verzeichnis magischer Symbole (der Glyphen) mit der jeweils dazugehörigen Bedeutung. Schild stand demzufolge für »Schutz«, Falke für »Schnelligkeit«, Flamme für »Feuer« ... Ein Schild mit einer Flamme kombiniert bedeutete »Schutz vor dem Feuer«, eine Flamme und ein Falke »schnell um sich greifendes Feuer«. Die Größe der gezeichneten Glyphen beeinflusste ihre Bedeutung ebenso wie Anzahl, Position und Aussehen der Kreise, die sie umgaben. Besorgt fragte Arka sich, ob sie das alles würde lernen müssen.

Als die Stunde ihrem Ende zuging, bestätigte der Mystograf ihre Befürchtungen:

»Ich möchte, dass Sie bis morgen in der Lage sind, die ersten fünfzig auf den Seiten 5 bis 10 aufgeführten Grundglyphen sowie die acht ersten Umschlingungen auf Seite 4 zu erkennen und zu zeichnen. Außerdem entwickeln Sie bitte zur nächsten Dekade ein Siegel, das einem Gegenstand Ihrer Wahl eine bestimmte Eigenschaft verleiht«, fügte er hinzu.

Blätterrascheln begleitete seine Worte. Panisch versuchte Arka, sich seine Anweisungen zu merken. Sie hatte vergessen, Schreibzeug mitzunehmen. Neben ihr notierte Kazik in ordentlicher Schrift die Hausaufgaben.

»Achten Sie auf die Kombination der Glyphen und vor allem, vor allem!, bringen Sie kein Siegel an sich selbst oder sonst einem lebenden Wesen an!«, warnte sie der Professor. »Ein in einen lebendigen Leib eingeschriebenes Siegel wird dessen Anima unablässig aufnehmen, bis der Träger vor Erschöpfung stirbt. Einer meiner Eleven, der sich für besonders schlau hielt, hat sich eines Tages ein Levitationssiegel auf die Haut gemalt. Er startete wie ein Pfeil Richtung Kuppel, erstarrte nach zwanzig Schritt in der Bewegung und fiel wieder hinab. Er war vor Entkräftung gestorben. Das einzig Positive an dieser Geschichte ist, dass er den Levitationsrekord gebrochen hat ...«

Er schüttelte betrübt den Kopf.

»Ich hoffe, dass wir nicht jedes Mal solche Hausaufgaben aufbekommen«, beklagte sich Arka.

»Ja«, pflichtete Kazik ihr bei und runzelte verärgert die buschigen Brauen. »Das ist wirklich zu wenig. Ich werde die ersten vierhundert Glyphen lernen, das erscheint mir vernünftiger.«

Arka verkniff sich die Antwort.

Während die Eleven schwatzend den Hörsaal verließen, ging sie zum Professor, der in eine Seite der *Glyphen und Umschlingungen: Grundlagen der Mystografie – Band 1* vertieft war.

»Sieh an, Arka«, sagte er, indem er den Blick zu ihr hob. »Haben Sie Fragen zum Unterricht?«

»Nein, nicht zum Unterricht, Professor«, antwortete sie. »Ich wollte nur wissen ...«

Sie hatte keine Ahnung, wie sie ihre Frage formulieren sollte.

»Also«, wagte sie den Sprung ins kalte Wasser, »ich suche einen Magier, der vor vierzehn Jahren in Napoca gelebt hat.«

Der Mystograf legte die Stirn in Falten.

»Das ist etwas vage, ich bräuchte mehr Details. Warum suchen Sie ihn?«

»Wir sind verwandt«, antwortete Arka in der Hoffnung, diese Erklärung werde ausreichen. »Ich weiß nicht viel über ihn, außer dass er zwischen dreißig und vierzig Jahre alt sein muss.«

Nachdenklich kratzte sich der Professor am Bauch.

»Hm, ich wüsste nicht, wer Ihrer Beschreibung entsprechen könnte. Aber Sie sollten Ihren Mentor fragen: Er hat in Klein-Napoca gearbeitet und kennt bestimmt Leute, die sich in dieser Stadt aufgehalten haben ... Ah, da kommt er ja gerade«, fügte er in heiterem Ton hinzu und zeigte zum Eingang des Hörsaals.

Tatsächlich war Lastyanax soeben im Türrahmen erschienen. Von Weitem wirkte er sehr viel älter als Petroklos. Alarmiert fragte sich Arka, was er wohl von ihr wollte. Doch der Magier kam rasch die Stufen herunter und wandte sich an den Mystografen, ohne sie eines Blickes zu würdigen:

»Ich bin hier, um Ihnen für Ihre Unterstützung bei der gestrigen Wahl zu danken.«

»Nicht der Rede wert!«, rief Silenos. »Nun müssen Sie sich nur noch im Rat bewähren. Was für ein Druck, diese Nominierungen, was für ein Druck ...«, kommentierte er kopfschüttelnd. »Nun denn, Lastyanax, ich muss los. Ihre Elevin hier möchte Sie etwas fragen.«

Er tätschelte Arkas Schulter und verließ pfeifend den Hörsaal. Ungeduldig wandte Lastyanax sich zu ihr um. Wieder wusste sie nicht, in welches Auge sie schauen sollte.

»Ähm ...«, begann sie und entschied sich schließlich für das linke. »Ich wollte fragen, ob ... ähm ... Sie vielleicht einen Magier kennen, der ... ähm ... um die dreißig ist und vor vierzehn Jahren eine Zeitlang in Napoca gelebt hat.«

Jetzt war Lastyanax dran mit Stirnrunzeln.

»Das sagt mir nichts«, erwiderte er ruppig.

Er machte auf dem Absatz kehrt und ging wieder Richtung Tür. Arka folgte ihm schnell.

»Ähm … Meister? Muss ich heute Nachmittag, während Sie im Rat sind, irgendetwas tun?«

Lastyanax blieb stehen und fuhr sich gereizt mit der Hand über den Nacken.

»Geh zur Zentralbibliothek, suche Petroklos und bitte ihn, dir ein paar Rechtschreibregeln beizubringen«, warf er ihr hin. »Das kann nicht schaden.«

Dann verschwand er mit raschen Schritten, und Arka blieb allein in dem großen Saal zurück, mehr denn je davon überzeugt, dass ihr Mentor einen abscheulichen Charakter hatte, und verzweifelt angesichts all der Arbeit, die sie erwartete.

Lastyanax

Lastyanax durchquerte die Galerien des Magisteriums beinahe im Laufschritt. Der Rat würde ohne ihn beginnen – um sich nur ja nicht zu blamieren, hatte er den Vormittag damit verbracht, die Dossiers noch einmal anzusehen, die er den anderen Ministern vorlegen wollte, und hatte nicht bemerkt, wie die Zeit verging. Als er am Hörsaal vorbeikam, hatte er nur kurz Silenos guten Tag sagen wollen und dabei ganz vergessen, dass er dort Arka begegnen könnte.

Lastyanax hätte viel dafür gegeben, wenn er der langen Liste seiner Sorgen nicht noch die Betreuung einer Elevin hätte hinzufügen müssen, mit der er obendrein nichts anzufangen wusste. Er sah nicht, wie sie ihm nützlich sein sollte. Sie würde Monate brauchen, um korrekt schreiben zu lernen, und noch länger, ehe sie einen Bericht verfassen könnte, der diese Bezeichnung verdiente. Zum ersten Mal in fünf Jahren empfand Lastyanax echte Bewunderung für seinen eigenen Mentor. Wie war es diesem nur gelungen, aus ihm einen so ausgezeichneten Magier zu machen?

Bei dem Gedanken an Palates fielen ihm die Nachforschungen wieder ein, die er betreiben wollte ... *Schmuggel ... Themiskyra ... Nutzen, den Wald der Amazonen anzuzünden? ... Verfolgungswahn, absichtlich geschürt, aber durch wen? ...* Nachdem er sich gründlich mit den Akten seines Mentors beschäftigt hatte, begann er eine Logik hinter den Worten zu erkennen, die dieser kurz vor seinem Tod hingekritzelt hatte. Im Rat würde sich nun erweisen, ob er auf der richtigen Fährte war oder nicht.

Gleich darauf war er im Herzen des Magisteriums angelangt, vor der automatischen Tür, die den Zugang zum Patio erlaubte, wo sich der Rat versammelte. Lastyanax hatte ihn noch nie betreten. Ein aus Oreichalk gefertigtes Sicherheitssiegel bedeckte den Schließmechanismus. Mit klopfendem Herzen legte er die Hand auf das Siegel und sandte einen Animaimpuls aus, um es zu betätigen. Nichts rührte sich. Einen Moment lang glaubte er, man würde ihm den Zutritt verwehren. Doch plötzlich griffen die Räder unter melodischem Klicken ineinander und gaben den Weg frei. Nur der Basileus, die Ratsmitglieder und der Amtsschreiber konnten durch diese Tür treten; für niemanden sonst öffnete sie sich.

Der Patio tat sich vor ihm auf, lichtdurchflutet und voller seltener Pflanzen. Eine adamantene Überdachung schützte den Ort, an dem sich alle zehn Tage die wichtigsten Magier der Stadt versammelten. Die Ratsmitglieder erwarteten ihn im Kreis sitzend wie ein Konzil der Weisen. Dies sollten sie zumindest sein, dachte Lastyanax, während er über die Bewässerungsrinne hinwegstieg, um zu ihnen zu gelangen. Er hatte allen Grund, an der Weisheit der Minister zu zweifeln.

Dennoch war der Ort von einer beeindruckenden Würde durchdrungen. Mit ihren perfekt drapierten violetten Togen erinnerten die Berater des Basileus auf den Steinbänken an Statuen. Außerhalb ihres Kreises stand der Amtsschreiber an seinem Pult, bereit, die gefassten Beschlüsse festzuhalten, die die Beamten des Magisteriums anschließend umzusetzen hatten. Gegenüber dem Eingang führte der Basileus mit aller seinem Titel entsprechenden Majestät den Vorsitz des Rates. Der Ausdruck seines alterslosen Gesichtes war vollkommen unergründlich. Wie beim Rennen trug er eine lange, golddurchwirkte Toga und seinen riesigen Gürtel aus Lapislazuli und Oreichalk. Anders als die Minister saß er auf einem mit dem Fell eines Albinogreifs bedeckten Ebenholzthron.

Lastyanax stellte sich vor den Souverän und verneigte sich bis zum Boden, ohne ihn direkt anzusehen. Der Mystograf hatte ihm das seit über hundert Jahren unveränderte Protokoll zur Aufnahme in den Rat erklärt. Der Basileus bedeutete ihm, näherzutreten. Lastyanax gehorchte, nahm die Hand, die der Monarch ihm reichte, und legte, wie es das Zeremoniell verlangte, die Lippen kurz auf die weiße, blaugeäderte Haut.

Zumindest hatte er dies vor. Als seine Lippen die Haut berührten, sah er, wie ein ungewöhnlich komplexes Siegel auf dem königlichen Handrücken erschien. Er wollte zurückweichen, doch es war zu spät: Sein Mund klebte an der kalten, bleichen Haut des Herrschers. Mit schreckgeweiteten Augen wurde ihm bewusst, dass das Siegel ihm seine Anima entzog.

Dieses Phänomen dauerte einige Sekunden, in denen Lastyanax sich aller Kraft beraubt fühlte. Dann verblasste das Siegel, und er konnte sich endlich wieder aufrichten.

Vor Schreck vergaß er beinahe das Protokoll. Es gelang ihm, den Basileus nicht anzusehen, während er, mit dem Gefühl, mehrere Jahre gealtert zu sein, langsam zurückwich. Aus dem Augenwinkel bemerkte er den gesättigten Ausdruck des Monarchen und die spöttischen Mienen der anderen Minister.

War es dem Herrscher auf diese Weise gelungen, so alt zu werden? Indem er jedem neuen Ratsmitglied Anima raubte? Lastyanax konnte es noch immer nicht fassen, dass er das Risiko einging, seine eigene Person mit einem Siegel zu belegen, obwohl ihm die Genialität dieses Schachzugs einleuchtete: Der Basileus gewann dadurch sicher weit mehr Anima, als das Siegel ihm kontinuierlich entzog.

Mit benebelten Sinnen nahm Lastyanax auf der frei gebliebenen, am weitesten vom Monarchen entfernten Bank Platz. Mezentius, der Stadtpräfekt, saß natürlich zur Rechten des Herrschers. Er starrte immer wieder missmutig zu ihm hinüber. Der Handelsminister, ein pingeliger und unbescholtener Magier, befand sich zur Linken des Basileus, flankiert vom Strategen, einem großen Mann mit elegantem gezwirbelten Schnurrbart. Daneben kam der Oberste Schatzmeister, dessen v-förmige Brauen ihm einen strengen Ausdruck verliehen. Sie zogen sich noch weiter zusammen, als er Lastyanax' Blick kreuzte.

Wie Petroklos vorhergesagt hatte, nahm der Rechnungsführer es Arka übel, dass sie seinen Sohn bei der Attribution aus dem Rennen geworfen hatte, und übertrug diesen Groll auf Lastyanax.

Dieser tat so, als bemerke er die Abneigung nicht, die ihm entgegenschlug, und sah sich nach einem freundlichen Gesicht um. Sein Blick fiel auf das fünfte Ratsmitglied, Trierios. Doch anstatt sein Lächeln zu erwidern, grüßte der Kolonialminister ihn nur mit einem knappen Nicken. Lastyanax erriet, dass das Mittagessen mit Pyrrha nicht gut für ihn gelaufen war, und dieser Gedanke erfreute ihn. Er hätte es schrecklich gefunden, wenn seine ehemalige Mitschülerin Trierios' schlüpfrige Avancen einfach so hingenommen hätte. Das war allerdings ein schwacher Trost angesichts dieses feindseligen Empfangs.

»Gut«, sagte der Eparch. »Da wir nun vollzählig sind, können wir endlich beginnen. Ehe wir zur Tagesordnung übergehen, gibt es besondere Themen, die Sie dem Rat vorstellen möchten?«

Lastyanax hatte einige, doch es war zu früh, um in dieser Versammlung das Wort zu ergreifen, deren Mitglieder seine Anwesenheit zum größten Teil nicht guthießen. Er blieb also stumm, während der Stratege verkündete:

»Was mein Amt betrifft, so möchte ich lediglich bestätigen, dass wir die Inselgruppe der Kassiteriden an Themiskyra abgetreten haben. Man hat mir heute Morgen ein Sendschreiben von Lykurg überbracht, in dem er seine tiefe Dankbarkeit für das Vertrauen und die Freundschaft ausdrückt, mit denen Ihr ihn beehrt, Majestät. Lykurg bekräftigt seinen Willen, mit Euch eine sicherere Welt zu erschaffen, und informiert Euch darüber, dass er die nautischen Kenntnisse der Inselvölker dazu nutzen wird, seine Flotte auszubauen. Seiner Schätzung nach dürften die themiskyrischen Truppen innerhalb von zwei Jahren bereit sein, Arkadiens Seeflanke anzugreifen«, schloss er, legte seine dünnen Finger aneinander und wechselte einen einvernehmlichen Blick mit dem Eparchen.

Der Basileus schien zufrieden mit diesem Arrangement, doch Lastyanax war es ganz und gar nicht. Offensichtlich billigte auch der Rat die Entscheidung nicht einhellig: Trierios putzte mit verschlossener Miene seinen Kneifer; der Handelsminister runzelte die Stirn; selbst der Oberste Schatzmeister wirkte verstimmt.

»Verzeihung, ich fürchte, ich habe nicht ganz verstanden«, wagte er sich vor. »Wir haben Lykurg die Kassiteriden überlassen, ohne dafür eine Gegenleistung zu bekommen, und obendrein informiert uns ebenjener Lykurg, dass er dadurch nun seine Kriegsflotte aufrüsten kann?«

Der Stratege strich sich über den spitzen Bart und betrachtete ihn kühl.

»Sofern es nicht mehrere Herrscher des Namens Lykurg gibt, scheint mir die Sache vollkommen klar zu sein«, erwiderte er mit honigsüßer Stimme.

»Wie tragen Sie den Gefahren Rechnung, die der Umstand mit sich bringt, dass diese Flotte bald in der Lage sein wird, auch unsere Seeflanke anzugreifen?«, fragte Lastyanax so diplomatisch wie möglich.

Zu seiner Rechten schien Trierios die Pleite mit Pyrrha vergessen zu haben und machte ihm kleine, warnende Zeichen. Der Stratege zog eine Augenbraue hoch, während der Eparch ein Lächeln andeutete. Als dieser sich vorbeugte, durchzuckte Lastyanax die Gewissheit, dass er die treibende Kraft hinter der Operation war. Der Stratege führte nur seine Weisungen aus.

»Sieh mal einer an«, sagte der Eparch nun spöttisch. »Meister Lastyanax wird die besondere Ehre zuteil, unserem erlauchten Kreis beizutreten, und glaubt, diese Beförderung gäbe ihm das Recht, Magier zu kritisieren, die sehr viel erfahrener und anerkannter sind als er. Ihre 11 von 12 hat Sie wohl arrog…«

»Lykurg ist unser treuester Verbündeter im Krieg gegen die Amazonen«, unterbrach ihn der Basileus mit seiner Grabesstimme. »Themiskyras günstigere geographische Lage rechtfertigt unsere Strategie, seine Armee zu unterstützen, indem wir ihm ein paar Inselchen überlassen, mit denen wir nichts anzufangen wissen. Silenos hat mir versichert, Sie wären vernünftig, Lastyanax, Sie sollten also die Klugheit dieses Manövers verstehen.«

Schweigend musterte er Lastyanax, den der Monarch eher aufregte als beeindruckte. Er ließ sich jedoch nichts anmerken, sondern antwortete in demütigem Ton:

»Ich möchte lediglich die Aufmerksamkeit des Rates auf gewisse besorgniserregende Aspekte von Lykurgs Herrschaft lenken, namentlich auf die jüngsten Revolten, die es in Napoca gegeben hat. Diese Stadt untersteht, wie Ihr wisst, dem Protektorat Themiskyras, und es scheint, als wären die Aufstände die Folge von … einer gewaltsamen Unterdrückung der napocanischen Bevölkerung.«

»Was hat das mit unserer Politik bezüglich Lykurg zu tun?«, fragte der Eparch höhnisch. »Der Pöbel ist immer überzeugt, dass die Herrschenden ihn schlecht behandeln, ich weiß, wovon ich rede.«

Mehrere Minister nickten zustimmend.

Lastyanax, der spürte, wie sein Kiefer verkrampfte, riss sich mühsam zusammen. Er hatte versucht, mehr zu erfahren, doch der Stratege weigerte sich, die aus Napoca eintreffenden Berichte offenzulegen. Die napocanischen Einwanderer, die er im Lauf der letzten Tage befragt hatte, waren auch nicht über die jüngsten Revolten im Bilde. Plötzlich bereute er es, sich nicht mehr für seine Elevin interessiert zu haben. Sie sagte, sie käme aus Napoca, vielleicht war sie ja bei den Aufständen dabei gewesen? Er nahm sich vor, sich gleich im Anschluss an die Ratssitzung bei ihr danach zu erkundigen.

»Ich habe Quellen, die von mutwilligen Zerstörungen in den armen Stadtvierteln berichten«, hob er mit etwas festerer Stimme wieder an. »Und vor allem wissen wir schon seit einigen Jahren, dass die napocanischen Autoritäten Menschen verfolgen, die Magie ausüben. Ich denke, eine eingehendere Untersuchung ist nötig, um zu verstehen, mit was für einem Herrscher wir es zu tun haben, wenn wir Lykurgs Armee unterstützen.«

»Sie täuschen sich in der Gefahr«, erwiderte der Basileus mit einem bohrenden Blick aus seinen tiefliegenden Augen. »Welche Bedrohung auch immer von Lykurg ausgehen mag, sie ist gegenüber der durch die Amazonen vernachlässigbar.«

›Schon wieder diese alte Leier gegen die Amazonen‹, dachte Lastyanax. Er verstand, warum der Basileus sie so sehr fürchtete; das war normal, nach dem, was sie ihm angetan hatten. Doch sein Groll gehörte einer anderen Epoche an. Acht Generationen von Kriegerinnen und Hyperboreern waren seither aufeinander gefolgt, ohne dass es irgendeinen Kontakt zwischen den beiden Völkern gegeben hätte. Lastyanax war sich so gut wie sicher, dass Königin Antiope sich für den Basileus nicht mehr interessierte als fürs Schuheputzen. Ihre vordringliche Sorge war, Lykurgs Angriffe abzuwehren. Bestimmt hatte sie keine Ahnung, dass ein Großteil dieser Angriffe von Hyperborea finanziert wurde.

Und in der Zwischenzeit machte die Verbitterung des Herrschers ihn blind für die plumpen Manöver des Eparchen und des Strategen. Ganz offenkundig hatten beide etwas davon, wenn sie Lykurg zum Aufstieg verhalfen. Lastyanax begann zu begreifen, warum es seinem Mystografieprofessor ein Anliegen gewesen war, den Rat ein wenig zu erneuern.

»Nun, Majestät«, brachte er in möglichst maßvollem Ton vor, »ich denke, es wäre ... angebracht ... unsere Position zu überdenken. Die Amazonen leben mittlerweile Tausende Meilen von hier entfernt und ...«

Er unterbrach sich. Die Augen des Basileus schienen plötzlich in ihren finsteren Höhlen verschwunden zu sein, seine weißen Hände krallten sich in die Armlehnen des Ebenholzthrones, und er beugte sich vor, wie ein altes Raubtier kurz vor dem Sprung.

»Versuchen Sie womöglich gerade, mich von der Gefahr abzulenken, die die Amazonen darstellen, Lastyanax?«

Seine Stimme hallte wie Donnergrollen. Lastyanax schwieg mit klopfendem Herzen. Eine furchtbare Spannung hatte sich im Patio aufgebaut. Die Magier starrten ihn aus weit aufgerissenen Augen an. Selbst dem Strategen war die überlegene Miene verrutscht, und er knetete seinen Schnurrbart, der mittlerweile wie ein alter Staubwedel aussah.

»Nein«, brachte Lastyanax endlich mit ausgetrockneter Kehle hervor. »Ich möchte nur, dass die Vorsicht, die wir den Amazonen gegenüber walten lassen, uns nicht von anderen Gefahren ablenkt, die Hyperborea bedrohen. Mein einziger Wunsch ist, meiner Stadt zu dienen.«

Der Basileus fixierte ihn noch ein paar Sekunden aus schwarzen Augenhöhlen, dann ließ er sich langsam zurück auf sein Greiffell sinken. Die Spannung ließ nach; die Magier, die sich während dieses Wortwechsels nicht gerührt hatten, zupften ihre Togen zurecht und schüttelten die Köpfe. Der Stratege richtete sich auf, kniff die Lider zusammen und strich eilig seinen Schnurrbart glatt, wobei er verstohlen nach links und rechts schielte, ob niemand seine unbewusste Geste bemerkt hatte.

»Sie sind zu jung, Sie haben keine Ahnung, welches Leid die Amazonen einem Mann zufügen können«, verkündete der Monarch mit düsterer Stimme, den Blick nun starr in die Ferne gerichtet.

Während der restlichen Ratssitzung wurden die Kriegerinnen nicht noch einmal erwähnt. Die Minister sprachen weniger heikle Themen an wie die Baufälligkeit der Karawanserei oder die zunehmende Verbreitung des Blauen Lotusharzes. Der Basileus hörte ihre Argumente, nickte, fällte Entscheidungen, die der Amtsschreiber sogleich notierte. Lastyanax beteiligte sich an keiner Diskussion mehr und beschränkte sich darauf, ein paar Vorschläge zur Verbesserung der Abwasserentsorgung in den unteren Ebenen einzubringen. Es hatte nun keinen Zweck mehr, für ein Ende des Wegerechts oder die Emanzipation der Frauen einzutreten. Nachdem er im Anschluss an die Zusammenkunft noch ein paar Worte mit dem Handelsminister gewechselt hatte, verließ er den Patio.

Auf dem Weg zur Bibliothek widerstand er mehrmals dem Drang, sich selbst zu ohrfeigen. Was hatte ihn nur geritten, so unverblümt seine Meinung zu sagen? Er wusste doch, wie die Dinge liefen. Lastyanax war ganz sicher, dass die anderen Minister seine Ansicht bezüglich der Amazonen teilten. Keiner wagte jedoch, dies laut auszusprechen, aus Angst, in Ungnade zu fallen. Der Weise ging im Magisterium behutsam vor.

Jedenfalls hatte die erste Ratssitzung seinen Verdacht bestätigt: Irgendjemand profitierte vom Verfolgungswahn des Basileus, und dieser Jemand hatte sich einen allzu neugierigen Palates vom Hals geschafft. Lastyanax wusste auch schon, wen er im Verdacht hatte: den Eparchen. Der schürte den Hass des Herrschers auf die Amazonen, um seine Aufmerksamkeit von den Machenschaften Themiskyras abzulenken. Bestimmt hatte Lykurg ihn bis ins Mark verdorben.

Der Souverän von Themiskyra hatte bei diesem Spiel alles zu gewinnen: Gold, den Sieg über die Amazonen und, zu guter Letzt, Hyperborea selbst. Doch Lastyanax sah nicht, wie er die Stadt in seine Gewalt bringen wollte. Hyperborea war uneinnehmbar; kein Heer konnte die Kälte und den Adamant überwinden, selbst wenn es an der nächstgelegenen Küste landen würde.

Er suchte in den Falten der Toga nach dem Zettel seines Mentors.

Schmuggel … Themiskyra … Nutzen, den Wald der Amazonen anzuzünden? … Verfolgungswahn, absichtlich geschürt, aber durch wen?

Diese Worte waren der Schlüssel des Rätsels, dafür legte er die Hand ins Feuer. Seine Gewissheit ließ Palates' Notiz jedoch kein bisschen klarer erscheinen. Obgleich er die Vorsicht seines Mentors verstand, verwünschte er ihn dafür, dass er ihn nicht über seine Nachforschungen unterrichtet hatte. Was hatten Hyperborea, der Waldbrand und Themiskyra miteinander zu tun?

Arka studierte gelangweilt die Grammatikregeln, als er sie in der Bibliothek fand. Während der Levitator ihn surrend zu ihrer Etage brachte, wurde Lastyanax bewusst, dass sie beide in einer ganz ähnlichen Lage waren. Genau wie er war seine Elevin in einem unbarmherzigen Umfeld gelandet, dessen Regeln sie nicht kannte und in dem alle auf die erstbeste Gelegenheit lauerten, ihr zu zeigen, dass sie nicht dazugehörte. Er verließ den Levitator, näherte sich leise dem Tisch und betrachtete über Arkas Schulter das antike Manuskript, in dem sie gerade las. Die Ränder waren mit Pferdezeichnungen vollgekritzelt, als hätte eine Horde Sechsjähriger ihre Kreativität daran ausgelassen. Unter anderen Umständen hätte ihn dieser Vandalismus auf die Palme gebracht. Doch heute war er nur ein weiteres Ärgernis unter all denen, die dieser Tag für ihn bereithielt.

»Der Oberste Bibliothekar wird dich aus dem Fenster werfen, wenn er das sieht.«

Arka zuckte zusammen und klappte geräuschvoll das Buch zu.

»Das war ich nicht, Meister«, sagte sie sofort mit knallroten Wangen. »Die Zeichnungen waren schon da, als …«

»Deine Finger sind voller Tinte«, fiel Lastyanax ihr ins Wort. »Und außerdem solltest du lieber das da nehmen.«

Er ließ ein etwas neueres Werk vom nächsten Regal zu ihrem Tisch schweben. Misstrauisch beäugte Arka ihn, seine plötzliche Nachsicht schien sie zu überraschen. Dann warf sie einen Blick auf das Buch.

»Das hatte ich nicht gesehen. Petroklos hat mir gesagt, ich solle das hier lesen, ehe er gegangen ist.« Sie deutete auf den Folianten vor sich. »Aber ich verstehe kein Wort …«

»Dieses Lehrbuch ist veraltet«, sagte Lastyanax, während er sich auf den Stuhl neben Arka fallen ließ. »Die Hälfte der hier aufgeführten Regeln ist schon seit drei Jahrhunderten nicht mehr gültig. Petroklos hat sich nicht die Mühe gemacht, hineinzuschauen, oder er wollte mir eins auswischen.«

›Das wird mich lehren, ihm meine Pflichten eines Mentors zu übertragen‹, dachte er und betrachtete versonnen die ordentlichen Regale um ihn herum. Die Zentralbibliothek war sein Lieblingsort. Die Stille der Gänge aus glänzendem Holz, die Borde voller Bücher und Schriftrollen, die großen Fenster mit Blick auf die Stadt, all das trug dazu bei, den Geist in den idealen Zustand zum Nachdenken zu versetzen. Arka neben ihm schien angesichts all der Manuskripte jedoch nicht in dieselbe Verzückung zu geraten wie er.

»Dann habe ich meinen Nachmittag also vergeudet«, sagte sie mit einem wütenden Blick auf das Grammatiklehrwerk, als wäre dieses persönlich dafür verantwortlich. »Ich hatte mich auch schon gewundert, es kam mir so vor, als würde dieses Ding mehr Rechtschreibfehler machen als ich.«

»Du kannst es immer noch benutzen, wenn du dich mal entschließen solltest, das alte Hyperboreisch zu lähhhhrnen«, sagte Lastyanax mit einem Gähnen, das ihm fast den Kiefer ausrenkte.

»Wer ist so blöd, eine Sprache zu lernen, die nicht mehr gesprochen wird?«

»Dein Mentor«, gab Lastyanax zurück und fügte schnell hinzu, ehe sie darauf eingehen konnte: »Wenn wir schon dabei sind, will ich dir gleich ein paar Fragen stellen.«

Seine Schülerin richtete sich auf. Ihre Haltung war so abweisend, dass Lastyanax das Gefühl hatte, er habe ein wildes Tier vor sich. Er beschloss, mit einer simplen Frage zu beginnen. Rasch blätterte er durch die Seiten des antiken Lehrbuchs bis zu der Stelle, wo seine Elevin die Pferdezeichnungen hingekritzelt hatte.

»Warst du die Reiterin beim Großen Preis des Basileus?«

Arka wirkte überrascht. Mit einer Mischung aus Zurückhaltung und falscher Bescheidenheit antwortete sie:

»Ja.«

»Wo hast du gelernt, so zu reiten?«

»Zu Hause, in Napoca«, sagte sie schulterzuckend, als wäre das selbsterklärend.

Lastyanax runzelte die Brauen. Dieser Argwohn gegenüber persönlichen Fragen war typisch für napocanische Einwanderer: Die Art, wie Lykurg seine Herrschaft ausübte, hinterließ ihre Spuren. Er vergewisserte sich mit einem schnellen Blick in die Runde, dass ihnen niemand zuhörte. Sie waren allein, bis auf einen Archivar, der auf der anderen Seite des Atriums Bücher einsortierte.

»Hast du während der Aufstände zu Beginn des Winters noch in Napoca gelebt?«

»Ja.«

Verblüfft rieb Lastyanax sich den Nacken. Warum hatte er seine Elevin nicht *vor* dem Rat befragt?

»Wodurch wurde die Revolte ausgelöst?«

Arka wickelte sich eine Strähne ihrer auch so schon ziemlich verstrubbelten Haare um den Finger.

»Wissen Sie, wie Napoca zum Protektorat Themiskyras wurde, Meister?«

Lastyanax hob eine Braue. Natürlich wusste er das:

»Themiskyra war ursprünglich ein militärischer Vorposten, besetzt von Söldnertruppen, die man engagiert hatte, um Napoca vor den Amazonen zu beschützen. Vor etwa zwanzig Jahren begannen die Söldner immer mehr Gold zu fordern, für die Ausbildung neuer Krieger und die Anschaffung neuer Waffen …«

»Bis Napoca sich eines Tages weigerte zu zahlen«, vervollständigte Arka seinen Satz. »Daher begann Themiskyra auf eigene Rechnung zu arbeiten. Unter Lykurgs Kommando wurde Napoca belagert und unglaublich viele Menschen starben. Nach seinem Sieg hat Lykurg in Napoca die Ausübung von Magie verboten, um die Kontrolle zu behalten.«

Lastyanax konnte es nicht leiden, wenn man ihm mitten in einer Erklärung das Wort abschnitt, doch er war angenehm überrascht davon, dass Arka fehlerfrei drei historische Fakten hintereinander aufgezählt hatte. Er sah, wie sie an den Seiten des Handbuchs herumfingerte.

»Vor etwas mehr als einem Jahr«, fuhr sie fort, »ist ein neuer Gouverneur nach Napoca gekommen und mit ihm kehrten die Spannungen zurück. Die Hinrichtungen nahmen zu, einige arme Viertel wurden dem Erdboden gleichgemacht … Das machte irgendwann alle wütend. Daher die Aufstände«, schloss sie lakonisch.

Schweigend und mit verschlossener Miene sah sie aus dem Fenster. Lastyanax betrachtete sie, und der Gedanke durchzuckte ihn, dass seine blutjunge Elevin in jener Stadt, in der Magie bei Todesstrafe verboten war, Schreckliches durchgemacht haben musste. Doch deswegen erschienen ihm ihr Sieg beim Großen Preis des Basileus und drei Tage später der Erfolg bei der Attribution nicht weniger verwirrend. Unter welchen Umständen hatte sie Napoca verlassen? Warum hatte sie beschlossen, in Hyperborea zu leben? Woher kam sie wirklich? Lastyanax hatte das Gefühl, dass sie nicht oder zumindest nicht aufrichtig auf diese Fragen antworten würde, sollte er sie ihr stellen: Napoca hatte sie Vorsicht gelehrt. Er musste die Antworten darauf selbst finden.

Inzwischen hatten ihn Arkas Antworten keinen Schritt

weiter gebracht. Er wusste bereits, wie Themiskyra seine Vormachtstellung in der Region begründet hatte. Angeführt von einem ehrgeizigen Kommandanten, hatten die Söldner ihre napocanischen Generäle ermordet und waren dann vor die Stadt marschiert. Die Belagerung hatte in einem Blutbad geendet. In Hyperborea litten die Einwohner von Klein-Napoca noch immer unter der Plünderung ihrer Heimat, von der sie nur in Andeutungen sprachen. Lastyanax kannte nicht eine Einwandererfamilie, die keine Opfer zu beklagen hatte.

Seit zwanzig Jahren verhielt Lykurg sich ruhig und begnügte sich damit, seine Allianz mit Hyperborea gegen die Amazonen zu festigen und die Magier so in ihrem Allmachtsglauben zu bestätigen. Man musste jedoch kein Genie sein, um zu erkennen, in welcher Gefahr Hyperborea schwebte: Lykurg hatte schon einmal eine Stadt erobert, die er zuvor als Verbündete bezeichnet hatte.

Doch wie hing das alles mit dem Brand des Amazonenwaldes zusammen? Je weiter Lastyanax der von seinem Mentor gelegten Spur folgte, desto mehr Fragen stellten sich ihm. Wenn Palates sich doch nur die Mühe gemacht hätte, ihn über die Gründe seiner Befürchtungen zu unterrichten.

»Idiot!«, fluchte er.

»Wie?«

»Nicht du«, knurrte Lastyanax. »Ich meinte Palates, meinen Mentor.«

»Ihren Mentor?«, echote Arka verblüfft. »Sie haben auch einen Mentor, Meister?«

Lastyanax atmete langsam durch die Nase ein. Er fragte sich, wer sich diese dämliche Regel ausgedacht hatte, die die Ratsmitglieder dazu verpflichtete, einen Eleven anzunehmen.

»Jetzt nicht mehr, sonst könnte ich selbst nicht Mentor sein. Mein Ex-Mentor ist direkt nach meiner Disputation gestorben, und ich habe seinen Platz im Rat eingenommen.«

»Ah, so ist es Ihnen also gelungen, Minister zu werden! Woran ist er gestorben?«, fragte Arka taktvoll.

Lastyanax musterte sie einen Moment. Er konnte seinen Verdacht doch nicht mit einem dreizehnjährigen Mädchen teilen.

»An einem Herzinfarkt«, antwortete er.

Den Rest des Nachmittags verwandte er darauf, Arka beizubringen, wie man einen ordnungsgemäßen Bericht abfasste. Zunehmend genervt von ihrem glasigen Blick und dem Gähnen, das sie nur jedes zweite Mal unterdrückte, entließ Lastyanax sie schließlich, nachdem er ihr noch einen Berg Extraaufgaben aufgebrummt hatte. Es war schon spät, als er selbst die Bibliothek verließ. In der Küche des Bergfrieds schlang er hastig das Abendessen hinunter und zog sich dann in sein Studierzimmer zurück, um weiterzuarbeiten. Das gleichmäßige Kratzen seiner Rohrfeder auf dem Papier begleitete ihn bis spät in die Nacht.

Krrrr

Über den Schreibtisch gebeugt, hörte Lastyanax von Zeit zu Zeit Nachtinsekten gegen die unsichtbare Membran flattern, durch die er das Fenster zusätzlich zu den Siegeln schützte, seit der alte Aous ihm von dem Dokumentendiebstahl erzählt hatte.

Krrrr

Die Schutzmembran hatte ihren Jagdtrophäen einen weiteren Nachtfalter hinzugefügt.

KRRRRRRR

Lastyanax sprang so unvermittelt auf, dass sein selbsttragender Stuhl gegen die Wand sauste. Die Membran leuchtete auf und schillerte wie Nordlicht. Ein sehr viel größeres Tier als ein Insekt hatte versucht, sie zu durchdringen. Mit wild klopfendem Herzen betrachtete Lastyanax, wie die Schwingung langsam abebbte. Die schwarze Fensteröffnung glitzerte noch hier und da, als wären Partikel des Tieres daran hängengeblieben.

Er brauchte eine ganze Weile, um sich davon zu überzeugen, dass eine orientierungslose Fledermaus für diesen Zwischenfall verantwortlich war, und noch länger, um sich einzugestehen, dass es höchste Zeit war, sich schlafen zu legen. Er nahm die kleinste der Leuchtsphären, löschte die anderen und ging, nachdem er das Schließsiegel der Tür aktiviert hatte.

Obwohl er nun schon seit fünf Jahren im Bergfried lebte und ein eher rationaler Mensch war, stellte die nächtliche Durchquerung der Villa Lastyanax jedes Mal wieder auf eine harte Probe. Sein neues Zimmer lag am anderen Ende des Hauses. Die Lichtbündel, die die Leuchtsphäre zwischen seinen Fingern verbreitete, warfen seltsame Schatten auf Palates' Gerümpel. Er stieg eine Treppe hinunter und folgte dem Pfad, der sich im Atrium zwischen Wänden aus Plunder hindurchschlängelte.

Die Hausangestellten hatten die rituellen riphäischen Masken, die Palates in einer dekorativen Anwandlung in regelmäßigen Abständen zu beiden Seiten des Durchgangs aufgehängt hatte, nicht abgenommen. Die Sammlung machte Lastyanax schon immer eine Heidenangst. An diesem Abend war ihm zwischen den vom zitternden Schein seiner Sphäre verzerrten dämonischen Fratzen noch mulmiger zumute als sonst. Es kam ihm vor, als bewegten sie sich.

Lastyanax hatte das Ende des Durchgangs beinahe erreicht, als er plötzlich hinter sich eine Bewegung wahrnahm. Im nächsten Moment drückte ihm etwas die Gurgel zu.

Panisch rang er nach Luft. Er ließ die Leuchtsphäre fallen und fasste sich an den Hals. Seine Nägel kratzten über eine Schnur, die sich in sein Fleisch grub. Er schlug um sich, doch der Angreifer zog ihn mit einem Ruck nach hinten, sodass er das Gleichgewicht verlor. Sein Blick verschleierte sich, sein Brustkorb bäumte sich auf, und er sah über sich, verkehrt herum in der Dunkelheit schwebend, die sardonische Grimasse einer riphäischen Maske.

Schon halb besinnungslos, fuhr Lastyanax mit dem Arm durch die Luft, und eine Sammlung Zithern, die neben ihm aufgestapelt waren, stürzte unter misstönenden Akkorden auf seinen Gegner. Während eine Kakophonie von Echos durch den Saal hallte, spürte Lastyanax, dass sich der Druck der Schnur endlich lockerte. Er taumelte nach vorn, hielt sich an einem großen Rechenbrett fest und nahm gierig einen tiefen Atemzug.

Als er sich nur einen Augenblick später umdrehte, verschwand die schemenhafte Gestalt bereits am Ende des Durchgangs. Umnebelt fragte Lastyanax sich, warum der andere so schnell aufgab.

Dann vernahm er neben sich ein schleifendes Geräusch und hob den Kopf.

Zu seiner Rechten sackte die Wand aus Gerümpel, durch den Wegfall der Zithern instabil geworden, immer schneller in sich zusammen. Im nächsten Moment ging mit furchtbarem Getöse eine Lawine aus Möbeln und Krimskrams auf ihn nieder. Lastyanax hielt eine Piroge aus massivem Holz in der Luft auf, ehe sie ihn unter sich begraben konnte.

In den Raum gekrümmt, der die Piroge vom Boden trennte, die Hände gegen das Boot gepresst, dessen Masse schwer auf seiner Anima lastete, begriff Lastyanax, dass er nicht lange durchhalten würde. Der Angriff hatte ihn geschwächt, er zitterte bereits am ganzen Körper. Die Leuchtsphäre, die wie durch ein Wunder heil geblieben war, erhellte den Berg kaputter Dinge, der sich über ihm türmte.

Lastyanax hätte sich keinen lächerlicheren Tod vorstellen können als den, von Palates' gesamtem Krempel erdrückt zu werden.

Ein stechender Schmerz durchbohrte seine Schläfen. Er konnte weder einen Tunnel freiräumen noch ein Siegel zeichnen, noch das Boot wegdrücken: Er brauchte jedes Fünkchen seiner Anima, um dieses und die auf ihm liegenden Trümmer aufzuhalten. Der hölzerne Rumpf sank unerbittlich immer tiefer und zwang ihn, den Rücken weiter zu krümmen. Lastyanax kämpfte darum, nicht das Bewusstsein zu verlieren. Kalter Schweiß rann ihm über den Nacken, ein schrilles Pfeifen vibrierte in seinen Trommelfellen.

»Meister? Sind Sie da drunter?«

Lastyanax blinzelte die Schweißtropfen fort, die an seinen Wimpern hingen. Arkas Ruf drang wie aus großer Ferne zu ihm. Mit hauchdünner Stimme antwortete er:

»Bin eingeklemmt ... hol Hilfe ... schnell.«

»Halten Sie durch, ich komme!«

Scheppernde Geräusche legten sich über sein Ohrensausen. Lastyanax hätte gern darauf bestanden, dass sie einen Magier zu Hilfe holte, doch seine Lungen verweigerten ihm den Dienst. Seine Gliedmaßen wurden von Krämpfen geschüttelt. Dicke Blutstropfen rannen aus seiner Nase und zerplatzten auf dem Mosaikfußboden.

»Halten Sie durch«, erklang Arkas gedämpfte Stimme wieder.

Lastyanax schloss die Lider und dachte nur noch an seine zuckenden Muskeln, die danach schrien, alles fahrenzulassen.

Plötzlich verschwand das Gewicht der Piroge. Er öffnete ein trübes Auge und richtete sich schwankend auf. Breitbeinig, die Arme gegen die Flanke des Bootes gestemmt, hatte Arka ihn erreicht. Mit zusammengepressten Lippen deutete sie auf den Tunnel, den sie zwischen den Objekten gegraben hatte, um zu ihm zu gelangen.

»Raus hier«, brachte sie hervor.

Zu schwach, um zu protestieren, fiel Lastyanax auf die Knie und kroch zwischen dem Gerümpel hindurch. Er hatte das Gefühl, noch nie so langsam gewesen zu sein. Er schlängelte sich bis zum Ende des Stollens, wo der Durchgang noch frei war. Dort schob er den über den Mosaikboden verstreuten Plunder beiseite, drehte sich um und lehnte sich gegen eine große Amphore. Vor sich, in der Tiefe des von Arka gegrabenen Tunnels, erahnte er den schwachen Schimmer der Leuchtsphäre.

Plötzlich hallte ein unheimliches Krachen durch das Atrium, der Schutthaufen sackte in sich zusammen, und das Licht erlosch. Lastyanax fühlte sich, als wäre sein Körper unter der Piroge geblieben.

»ARKA!«

»Schbin hier, Meister.«

Er richtete sich auf und sah ein blondes Haarbüschel in dem Durchschlupf auftauchen, durch den er gerade gekommen war. Kurz darauf zwängte seine Elevin sich ebenfalls hinaus und ließ sich keuchend neben ihn auf den Boden sinken. In dem Mondstrahl, der durch die Öffnung in der Decke hereinfiel, sah er, dass sie kreideweiß war und aus der Nase blutete. In ihrem Blick glomm ein schelmischer Funke auf.

»Jetzt verstehen Sie, warum ich bei der Kraftprobe so abgeräumt habe, was, Meister?«

Lastyanax fand die Regel, die ihn dazu zwang, einen Eleven zu haben, mit einem Mal nicht mehr ganz so dumm.

Eine halbe Stunde später war er zurück im Studierzimmer und überprüfte mit manischer Sorgfalt die Linien der in den Fensterrahmen eingravierten Siegel. Er hatte den Verdacht, dass es einen Zusammenhang zwischen dem Knistern der Membran vorhin und dem Überfall auf ihn gab. Der Mörder war sicher an der Mauer hochgeklettert, um durch dieses Fenster einzusteigen, dann jedoch, wegen der Membran, auf eine andere Öffnung des Bergfrieds ausgewichen – ohne den Alarm auszulösen, genau wie bei seinem ersten Einbruch. Er würde überall Schutzmembranen anbringen müssen.

Hinter ihm verschlang Arka einen Imbiss, den Metanira, von dem Radau aus dem Schlaf gerissen, ihnen gebracht hatte.

»Also *(grumpf)*, Meister. Ein maskierter Typ hat versucht, Sie umzubringen, und Sie wissen nicht, wer es war. Haben Sie nicht wenigstens eine klitzekleine Idee *(grumpf)*?«

Lastyanax fuhr sich über den roten Striemen, den die Schnur an seinem Hals hinterlassen hatte, und schaute seiner Elevin dabei zu, wie sie ein Stück Gebäck in sich hineinstopfte. Er hatte den Eindruck, als sähe Arka in diesem Mordversuch an ihm vor allem eine gute Gelegenheit, sich den Bauch vollzuschlagen. Sie hatte ihm gerade das Leben gerettet, doch das schien sie nicht weiter zu beschäftigen. Er schloss für einen Moment die Augen.

»Ich habe dir vorhin doch von meinem ehemaligen Mentor erzählt.«

»Der an 'nem Herzinfarkt gestorben ist«, bestätigte sie mit vollem Mund.

»In Wahrheit ist er nicht an einem Herzinfarkt gestorben. Er wurde getötet, und sein Mörder läuft noch frei herum. Nach den Ereignissen des heutigen Abends zu urteilen, bin ich der Nächste auf seiner Liste.«

Etwas in Lastyanax entspannte sich, sobald er diese Worte ausgesprochen hatte. Es war das erste Mal, dass er sich jemandem anvertraute, seit er bei dem Einbalsamierer von Palates' gewaltsamem Tod erfahren hatte. Doch er bereute seine Offenherzigkeit gleich wieder, als Arka sich, die Mundwinkel noch voller Krümel, völlig aus dem Häuschen aufrichtete:

»Das heißt, wir werden ermitteln müssen, um den Mörder zu finden, nicht wahr, Meister? Ich kann jemandem nachspionieren oder irgendwo einsteigen und die Tatwaffe suchen, falls Sie einen Verdacht haben. Ach, und wenn es zu einer Prügelei kommt, können Sie auf mich zählen, ich ...«

Lastyanax legte Daumen und Zeigefinger an seine Nasenwurzel und hob eine Hand, um Arka zum Schweigen zu bringen.

»Erstens weiß niemand, dass mein Mentor ermordet wurde. Offiziell ist er an einem Herzinfarkt gestorben. Ich verbiete dir, über all das zu reden, solange wir nichts Genaueres wissen, verstanden? Zweitens, vergiss Prügeleien und Spionage. Am besten können wir die Untersuchung voranbringen, indem wir all das hier lesen.«

Mit einer ausladenden Geste deutete er auf die Truhen voller Dokumente. Arka verzog angewidert das Gesicht und begann sich mit dem selbsttragenden Sessel herumzudrehen.

»Warum hat man Ihren Mentor ermordet, Meister?«

»Irgendetwas braut sich in der Stadt zusammen, und mein Mentor hat davon Wind bekommen. Man schürt die Angst des Basileus vor den Amazonen, um ihn von Themiskyra abzulenken. Ich fürchte, Lykurg hält für Hyperborea das gleiche Schicksal bereit wie für Napoca …«

Arka hörte auf, sich zu drehen, und machte ein besorgtes Gesicht. Lastyanax war erleichtert, dass sie ihn offenbar nicht für verrückt hielt, auch wenn seine Elevin vielleicht selbst nicht die vernünftigste Person war. Jeder in Hyperborea vertraute Lykurg, denn nichts war beruhigender als der Gedanke an einen mächtigen Verbündeten, der bereit war, die Stadt im Falle eines Angriffs zu verteidigen. Seine Theorie einer Verschwörung hatte daher keine Chance, auf offene Ohren zu stoßen, wie er beim Rat gesehen hatte.

Doch im Unterschied zu den Hyperboreern kannte Arka eine andere Seite des Herrschers von Themiskyra. Und sie schien seine Befürchtungen sehr ernst zu nehmen.

Alkander

Irgendwo in der schlafenden Stadt bellte ein Hund und riss Alkander aus seinen Träumen. Mit offenen Augen lauschte er dem Gekläff, das unter der Kuppel widerhallte. Das Tier befand sich bestimmt in den niederen Ebenen, und dennoch drang das Geräusch bis zu ihm. Er hatte dieses merkwürdige Phänomen schon einmal beobachtet, als er mit seinem Rokh über Themiskyra geglitten war – der Flug des Raubvogels löste stets angstvolles Bellen aus.

Alkander schlug vorsichtig die Decke zurück, um die junge Frau, die neben ihm lag, nicht zu wecken, und durchquerte hellwach trotz der späten Stunde das Zimmer. Schwarze und silbrige Flecken glitten über seinen nackten Körper. Das Schattenballett endete, sobald er den Balkon betrat. Jenseits der Kuppel leuchtete schwach eine schmale Mondsichel über der Stadt. Alkander lehnt sich an die Brüstung und pflückte eine Handvoll Trauben von dem Weinstock, der sich am Mauerwerk emporrankte. Während er eine davon aß, betrachtete er die Umgebung. Die Nächte von Hyperborea waren schon immer besonders zauberhaft gewesen. Die Mondstrahlen brachen sich im Marmor der Villen, die aus den dunklen Tiefen der Stadt aufzutauchen schienen. Nur ein paar vereinzelte Lichter hier und da erinnerten an die Existenz der niederen Ebenen.

Er dachte zurück an seine erste Nacht in der Stadt, zwanzig Jahre zuvor. Es war das erst Mal seit langer Zeit, dass er in einem bequemen Bett schlief. Themiskyra hatte gerade Napoca erobert. Nach einem Jahr unerbittlicher Belagerung hatten sich die Napocaner endlich ergeben, und um ihnen ihren unsinnigen Widerstand heimzuzahlen, waren die Themiskyrer wie Wölfe über die Stadt hergefallen und hatten alles geplündert, geschändet und gesoffen, was es zu plündern, zu schänden und zu saufen gab. Den Rest hatten sie mit Füßen getreten.

Am nächsten Morgen, nachdem sein Rausch allmählich verflogen war, hatte Alkander das ganze Ausmaß ihrer Barbarei ermessen. Bäche schwärzlichen Blutes ergossen sich in die Rinnsteine, ganze Viertel waren niedergebrannt, und die Straßen waren übersät mit zerstückelten Leichen – Männern, Frauen, Kindern, Greisen.

Im Palast, der verschont geblieben war, beglückwünschten Lykurg und seine Generäle sich zu ihrem Sieg und dachten bereits über die nächste Eroberung nach. Sie hatten Alkander nach Hyperborea entsandt mit dem Auftrag, den Basileus ihrer friedlichen Absichten zu versichern und die Schwächen des Stadtstaates ausfindig zu machen.

Auf der Karawanenroute flohen Tausende Napocaner aus ihrer niedergemetzelten Stadt. Alkander hatte das Riphäengebirge überquert, indem er sich als einer der ihren ausgab, und die Berichte unzähliger Tragödien, die der Krieg verursacht hatte, gehört. Am Ende dieser Reise hatte er drei Überzeugungen gewonnen: Erstens, die Themiskyrer würden nie eine Bevölkerung beherrschen, die sie hasste; zweitens, die Eroberung einer Stadt musste nicht so viele Menschenleben kosten; drittens, Hyperborea verdiente einen besseren Regenten als den Basileus.

Ein Lufthauch streifte seinen Rücken. Alkander schloss seine Faust um die Traube, die er sich gerade in den Mund stecken wollte. Es gab keinen Wind in Hyperborea.

»Guten Abend, Syramos.«

Er wandte sich um und stand seinem Lemuren gegenüber. In der farblosen nächtlichen Umgebung wirkten die blonden Haare der Kreatur weiß. Das junge, glatte Gesicht war ausdruckslos – Syramos hatte keine andere Persönlichkeit als die, die sein Meister ihm verlieh. Alkander lehnte sich mit dem Rücken an die Balustrade, die Beine überkreuzt.

»Du hast versagt.«

»Ja, Meister.«

Syramos' Stimme war rau, heiser – ein Souvenir der Klinge, die ihm die Kehle durchtrennt hatte. Von diesem kleinen Manko abgesehen, war er sein gelungenster Lemur. Die Zeit hatte ihm nichts anhaben können wie all den anderen. Sicher war das Erhaltungssiegel daran nicht ganz unbeteiligt.

Syramos glich haargenau der Person, die er vor Jahrzehnten einmal gewesen war. Doch seit Kurzem sah Alkander mit Besorgnis, dass Staub von der Haut des Lemuren aufstieg. An manchen Stellen wirkte sie wie aufgeschürft. Jede Dematerialisierung verstärkte das Phänomen. Der Gedanke, dass sein Geschöpf ein zweites Mal sterben könnte, erschütterte Alkander. Auf seine Weise liebte er Syramos, sein Schweigen, seine Kraft, seine Verlässlichkeit. Er hatte sich immer um ihn gekümmert.

»Was ist passiert?«

»Er hat sich gewehrt und wäre beinahe von den Sammlungen seines Mentors Palates erschlagen worden.«

»Hat er überlebt?«

»Arka hat ihn gerettet.«

Diese Nachricht verstimmte Alkander. Er hätte den Lemuren am liebsten mit Vorwürfen überschüttet, doch das wäre reine Zeitverschwendung gewesen. Mit einer geschmeidigen Bewegung setzte er sich auf die Balustrade, die Füße über dem Abgrund. Hinter der Kuppel erhellte der Mond schwach das Riphäengebirge, das schwärzer war als die Nacht. Nur eine weiße Pfütze hob sich von ihm ab: der Gletscher, den Alkander vor zwanzig Jahren überquert hatte. Noch nie war die Prophezeiung der Schlange so kurz davor gewesen, sich zu erfüllen.

»Muss man morgen wieder versuchen, ihn zu töten, Meister?«

Alkander durfte sich keinen Fehler erlauben, nachdem er so weit gekommen war. Auch so konnte er nicht sicher sein, ob er sein Ziel erreichen würde.

»Nein, sie kennen sich jetzt schon besser, Arka würde möglicherweise Verdacht schöpfen, wenn man ihn austauscht …

Sei's drum, wir lassen ihn erst mal, wie er ist. Geh, Syramos.«

Er wartete auf den Windstoß, der Syramos' Auflösung normalerweise begleitete. Doch die Nacht blieb still.

Überrascht drehte Alkander sich auf der Balustrade zu seinem Lemuren um, sodass er nun mit dem Rücken zum Abgrund saß. Syramos führte seine Befehle stets umgehend aus. Doch diesmal hatte er sich nicht vom Fleck gerührt. Etwas in seinem Gesicht verriet ein Zögern, einen Zweifel, einen Vorbehalt. Eine Regung, die nicht da zu sein hatte. Ein kaum merkliches Flackern des Augenlids.

»Was ist los?«, fragte Alkander.

Es war erst das zweite Mal, seit er den Lemuren erschaffen hatte, dass er ihm diese Frage stellte. Alkander fürchtete die Antwort seines treuesten Dieners.

»Kann ich ... es nicht tun?«

»Arka in die Falle locken, meinst du?«

Der Lemur nickte, noch immer mit ausdrucksloser Miene.

»Du hast keine Wahl. Jetzt geh.«

Syramos verschwand in einem kleinen Staubwirbel. Alkander betrachtete seine Füße, die den Boden des Balkons streiften. Er wusste nicht, was er besorgniserregender fand: die Frage seines Lemuren an sich, die Verwendung des »ich« in der Frage oder den Wunsch, nicht zu gehorchen ... Die in der Luft schwebenden Teilchen waren vielleicht nicht ganz unschuldig an dieser plötzlichen Durchlässigkeit für Gefühle.

»Hast du mit jemandem gesprochen?«

Aus seinen Gedanken gerissen, hob Alkander den Kopf. Vor ihm stand seine Gefährtin für eine Nacht. Ihr Gesicht war vom Schlaf ein wenig verquollen, das blonde Haar hing ihr lose über die Schultern. Sie hatte im Zimmer eine Leuchtsphäre aktiviert, die die von der Dunkelheit ausgelöschten Farben des Balkons wieder zum Leben erweckte. Er hatte sie beim Großen Preis des Basileus kennengelernt, wo sie den Zuschauern Getränke serviert hatte. Sie ging in der Welt der Magier ein und aus, war schlau genug, dass sie ihm bei seinem Plan von Nutzen sein konnte, aber nicht so schlau, seinem Charme zu widerstehen, und sehr hübsch, was niemals verkehrt war.

Alkander, der noch immer auf der Balustrade saß, lächelte übers ganze Gesicht. Er streckte Hände und Füße von sich, um mit allen zugleich auf den Balkon zu deuten, wie ein Gaukler bei einem spaßigen Kunststück.

»Siehst du hier irgendjemanden, mit dem ich sprechen könnte?«

Dann tat er so, als würde er das Gleichgewicht verlieren, ruderte mit den Armen, während sein Rücken ins Leere kippte. Sofort umschlang ihn die Dienerin und hielt ihn fest.

»Du bist verrückt!«, lachte sie.

Alkander gab sich der Umarmung einen Moment hin, vergaß seinen Plan, um die Berührung ihrer Haut zu genießen. Schließlich löste sie sich von ihm und betrachtete neugierig seinen Oberkörper. Sie befühlte die glänzende Narbe, die sich wie eine plumpe Naht vom Brustbein bis in die Leiste zog. Dann folgten die Finger der jungen Frau den schillernden Arabesken, die die Narbe und den Rest seines Körpers mit mysteriösen scharlachroten Linien überzogen.

»So eine Tätowierung habe ich noch nie gesehen. Vor allem in dieser Farbe … Was soll sie darstellen? Das ist ein Siegel, nicht wahr? Es sieht fast aus wie Oreichalk …«

›Vielleicht doch ein bisschen zu schlau‹, dachte Alkander.

Er zog sie wieder in seine Arme, um die Tätowierung vor ihrem Blick zu verbergen, und flüsterte ihr ins Ohr:

»Ich erzähle dir die Geschichte dieser Tätowierung ein andermal, wenn du einverstanden bist, dass wir uns wiedersehen.«

Dann hauchte er ihr einen Kuss auf den Hals. Die Dienerin lachte und schmiegte sich noch etwas enger an ihn. Offensichtlich war sie einverstanden. Er behielt ein paar blonde Strähnen im Mund und streichelte sanft ihren Nacken, ihre Schultern, ihre Taille.

»Ich hoffe, du bist kein Magier«, murmelte sie. »Ich hasse Magier. Die können sich noch so sehr hinter ihren Palästen, ihren Togen und Zaubertricks verstecken, im Grunde sind sie nicht weniger ungehobelt als irgendwelche Gauner, wie dieser Kolonialminister zum Beispiel, dieser Trierios.«

Da ihr Kopf an seinem Brustkorb lag, konnte sie nicht sehen, dass ein Lächeln über Alkanders Lippen huschte. Er hatte sie nicht zufällig ausgewählt. Die Generäle hatten ihn aufgefordert, den Verkauf der Kolonien zu fördern – ein unnötiger Auftrag, da er vorhatte, Hyperborea mitsamt seiner Territorien einzunehmen. Doch er konnte sich dieser Aufgabe nicht entziehen, da sie seine Anwesenheit hier rechtfertigte. Nun ersuchte aber Trierios den Basileus ständig um Privataudienzen, weil er ihn davon abbringen wollte, dem Verkauf der Kolonien zuzustimmen. Also hatte Alkander beschlossen, sich darum zu kümmern, wenn möglich auf eine Weise, die auch seinem eigenen Plan zugutekäme.

»Der Kolonialminister«, wiederholte er, während er seine langsame Erkundung fortsetzte, indem er sie auf eine Schläfe küsste, ein Ohrläppchen, die sanft geschwungene Linie des Halses.

Die Dienerin begann den Faden zu verlieren.

»Er versucht bei jedem Empfang, mit mir anzubändeln, ich habe Angst … meine Arbeit zu verlieren, wenn ich ihn zurückweise … Ich ertrage das nicht mehr …«

Ihre Stimme war nur noch ein Flüstern.

»Du hättest nicht zufällig Lust, ihm einen Streich zu spielen, damit er aufhört, dich zu belästigen?«, fragte Alkander.

7

DAS FLÜGELARMBAND

Arka

Nach ihrer erzwungenen Abreise aus Napoca, der Überquerung des Gebirges und der chaotischen Ankunft in Hyperborea hatte Arka ganz vergessen, dass das Leben, wenn schon nicht geruhsam, so doch zumindest geregelt sein konnte. Der Sommer verstrich, ohne dass sie den Wechsel der Jahreszeiten mitbekam, was nur zum Teil damit zusammenhing, dass es unter der Kuppel gar keine Jahreszeiten gab, aber vor allem damit, dass sie zu beschäftigt war, um darauf zu achten. Wenn sie doch einmal auf die Welt jenseits des adamantenen Gewölbes blickte, sah sie schlammige Flecken in der Ebene, wo der Schnee geschmolzen war, wie auf der Schnauze eines großen weißen Tieres, wenn das braune Sommerfell durchkommt.

Die Untersuchung zu Palates' Tod hatte sich bisher als nicht so aufregend erwiesen wie von Arka erhofft: Lastyanax begnügte sich damit, sie das Archiv seines Ex-Mentors durchackern zu lassen. Manchmal hatte sie das Gefühl, er sorge sich mehr um ihre Rechtschreibung als um sein eigenes Leben. Anstatt die Polizei zu alarmieren, hatte er nach dem Angriff einfach nur den magischen Einbruchschutz des Bergfrieds verstärkt, ehe er zu seinen Akten zurückgekehrt war.

Arka hatte sich zum Dank für seine Rettung etwas Milde erhofft, doch da irrte sie sich. Lastyanax bezeichnete ihre Berichte als Geschmier und strich mit an Sadismus grenzender Pingeligkeit in jeder einzelnen Zeile herum. Ihre Notizen zu den Ursachen der chronischen Verschlammung der Kanäle ließ er sie viermal neu schreiben.

In solchen Momenten liebäugelte Arka mit dem Gedanken, ihm den ganzen Papierkram vor die Füße zu schmeißen, zumal all diese Arbeit, die noch zu den im Unterricht verteilten Hausaufgaben hinzukam, sie daran hinderte, ihre eigenen Nachforschungen voranzutreiben. In drei Monaten hatte die Suche nach ihrem Vater nichts ergeben. Niemand hatte von einem Magier gehört, der vor vierzehn Jahren in Napoca gelebt haben sollte. Die Hyperboreer mieden tunlichst diese Stadt, in der Magie verboten war. Nur ein seniler neunzigjähriger Diplomat hatte zu jener Zeit dort gewohnt.

Arka begann daran zu zweifeln, dass ihr Vater wirklich aus Hyperborea kam. Immer öfter fragte sie sich, was sie in dieser fremden Stadt verloren hatte, in der das einzige Wesen, das ihr etwas Zuneigung bekundete, ein zänkisches Pferd war, das sie nur einmal pro Dekade sah, wenn die Kurse ihr Zeit ließen, sich in die erste Ebene zu begeben. Niemand beachtete sie, außer ihrem Mentor, Kazik und Phreton, der sie im Unterricht piesackte.

Gleich in der zweiten Dekade hatte er Silenos' Auftrag, ein Siegel zu erfinden, dazu genutzt, sein Mystografielehrbuch so zu programmieren, dass es Arka gegen den Kopf flog. Daraufhin hatte sie ein Explosionssiegel auf ihres gekritzelt und es unter der Bank ihres Mitschülers detonieren lassen. Der Mystograf hatte Phreton zu seiner Erfindungsgabe beglückwünscht, Arka zu ihrer Schlagfertigkeit und beiden zur Strafe eine Extraaufgabe aufgebrummt.

Doch Phretons nächste Attacke ließ nicht lange auf sich

warten, und so hatte sich im Laufe der Angriffe und Vergeltungsmaßnahmen eine solide Feindschaft zwischen ihnen etabliert. Der einzige Vorteil dieses erbitterten Kampfes war, dass er Arka zu beachtlichen Fortschritten in Mystografie verholfen hatte, auch wenn sie keinerlei Interesse am übrigen Unterrichtsstoff zeigte. Die Mechamagiestunden, die sie ebenso öde wie nutzlos fand, hatte sie vollkommen vernachlässigt. Ihr Dilettantismus brachte Lastyanax zur Verzweiflung.

Nun bemühte sie sich gerade, in diesem Fach den Anschluss wiederzubekommen, indem sie mit aller Aufmerksamkeit, zu der sie fähig war, einer Lektion über den Mechanismus der Schildkrötenaufzüge folgte. Doch selbst wenn sie sich noch so sehr konzentrierte, waren ihre Mitschriften ein Chaos im Vergleich zu Kaziks sauberen und übersichtlichen Notizen. Sie nutzte einen Moment, in dem Georgon, der Mechamagieprofessor, seine schematische Darstellung an der Tafel vervollständigte, um sich zu ihrem Banknachbarn zu beugen.

»Sag mal, könntest du …?«

»Nein«, erwiderte Kazik.

Arka grummelte und wandte ihre Aufmerksamkeit wieder Georgon zu. In seinem Schwebestuhl sitzend, glitt dieser von einem Ende der Tafel zum anderen und ließ dabei ein Stöckchen levitieren, um auf die Maße des komplexen, in das Wachs gezeichneten Mechanismus zu deuten. Das also hatten drei Monate Kameradschaft ihnen gebracht: Kazik brauchte nun nicht einmal mehr das Ende ihres Satzes abzuwarten, um zu wissen, dass sie ihn um seine Mitschrift bitten wollte. Die Antwort war leider stets dieselbe.

Eine Reihe vor ihr beugte sich Phreton ebenfalls zu seinem Nachbarn.

»Komm schon, gib her«, flüsterte er und zog das Blatt, auf das Sterix gerade den Mechanismus übertrug, zu sich heran.

»Nein, warte …«, rief der aus, wobei er vergeblich versuchte, seine Notizen festzuhalten. »Gut, aber ruinier die Zeichnung nicht, ich brauche sie für die Prüf…«

Taub gegenüber seinem Flehen, verbarg Phreton das Pergament hinter seinem angewinkelten Arm und kritzelte erbarmungslos über das Schema, an dem Sterix von Anfang der Stunde an gefeilt hatte. Arka vertiefte sich wieder in ihre eigene Mitschrift und dachte, dass sie ihre Freunde wenigstens sorgfältiger auswählte als Sterix. Ja, na gut, *ihren* Freund, und außerdem fragte sie sich manchmal, ob sie sich nicht nur mangels Alternativen miteinander abgaben. Trotzdem, sie …

»He, Arka!«, zischte Phreton, der sich zu ihr umgedreht hatte.

Überrascht hob Arka die Nase von ihrem Blatt. Dabei hatte sie eigentlich gelernt, nicht auf Phretons Provokationen zu reagieren. Doch dies war das erste Mal in drei Monaten, dass er sie nicht »Nummer 43« oder »Pennerin« nannte. Phreton sah sie so eindringlich an, dass Arka merkte, wie sie rot wurde, ohne zu begreifen warum.

»Was ist?«

»Ich muss dir was sagen, aber ich trau mich nicht, also hab ich's aufgeschrieben«, flüsterte Phreton.

Auf Ponerias Hals, die neben ihm saß und so tat, als höre sie nicht zu, bildeten sich plötzlich rote Flecken. Phreton beugte sich noch etwas weiter zu Arka und hielt ihr Sterix' Blatt hin.

»Da … nimm.«

Völlig verwirrt, griff Arka mit einer mechanischen Geste nach dem Pergament, ohne den Blick von Phreton abzuwenden. Einen Augenblick später erkannte sie ihren Irrtum: Ein großes Siegel bedeckte Sterix' Skizze. Die Glyphen leuchteten auf, das Blatt explodierte und ein Tintenstrahl spritzte Arka ins Gesicht.

Phreton und seine Clique brachen in Gelächter aus, Poneria juchzte vor Vergnügen.

Mit glühenden Wangen betrachtete Arka die verkohlten Pergamentfetzen in ihrer Hand. Wie hatte sie nur so *dumm* sein können? Für einen Moment hatte sie sich eingebildet, dass ...

»Ha, ha, ha! Habt ihr gesehen, wie sie drauf reingefallen ist?«, rief Phreton laut genug aus, dass alle es hören konnten.

»Arka ist in Phreton verknallt!«, johlte einer aus seinem Gefolge.

»Als ob Phreton sie toll finden könnte!«, wieherte Poneria.

Hochrot, tat Arka so, als interessiere sie sich brennend für die Aussicht auf einen baumbestandenen Kanal, die eines der hohen Fenster bot. Ponerias Gekicher schrillte ihr in den Ohren.

»... das Wasserrad unterstützt also das Zugsiegel und spart so beträchtliche Mengen Anima. Sehr gut, haben Sie Fragen? Arka, vielleicht? Oder erscheint Ihnen die Aussicht beachtenswerter als mein Unterricht?«

Arka zuckte zusammen und drehte sich um. Vom Professorenpult aus durchbohrte Georgon sie mit vorwurfsvollen Blicken. Kazik neben ihr tat es ihm gleich, empört über ihre mangelnde Aufmerksamkeit. Eine Reihe weiter unten warf Phreton ihr amüsiert Kusshände zu und provozierte damit immer neue Lacher seines Gefolges. Arka räusperte sich. Sie hatte nicht lange gebraucht, um zu begreifen, warum die Professoren Phreton jegliche Störung verziehen, während sie selbst für die kleinste Träumerei getadelt wurde: Er war der Sohn des Eparchen.

»Nein, keine Fragen, Professor, es ist alles klar.«

Georgon ließ sich nicht täuschen, doch er nahm seine Erläuterungen wieder auf, wobei er eine Brandrede gegen unachtsame Eleven in seinen Bart grummelte. Verstimmt wegen ihrer Auseinandersetzung mit Phreton, folgte Arka dem Rest der Lektion nicht mehr, die sie ohnehin nicht interessierte. Am Ende der Stunde stopfte sie ihre unvollständigen Aufzeichnungen in die Tasche und drehte sich zu Kazik um.

»Könntest du mir deine Unterlagen geben?«, sagte sie so schnell, dass er keine Zeit hatte, sie zu unterbrechen (was für sie ein Kinderspiel war).

»Du hättest nur aufpassen müssen«, erwiderte er mitleidlos.

Während sie aufstanden, um den Hörsaal zu verlassen, fragte Arka sich, wozu ihre Freundschaft eigentlich gut war. Als viertes von acht Kindern war Kazik Eleve geworden, weil ihm nichts anderes übrig blieb. Sein Vater, ein Zimmermann, erwartete, dass seine Söhne ihm halfen, die zehnköpfige Familie zu ernähren. Doch es zeigte sich recht schnell, dass Kazik für körperliche Arbeit ganz und gar ungeeignet war. Schmächtig und tollpatschig, schlug er sich versehentlich Nägel in die Finger, purzelte von Gerüsten und ließ Balken auf seine Füße fallen. Um das Überleben ihres Sohnes besorgt, wollte seine Mutter schließlich einen Magier aus ihm machen, der einzige Beruf, der ihr mit seinem fehlenden Sinn fürs Praktische vereinbar schien. Sie hatte ihm ihre dürftigen Magiekenntnisse vermittelt, und Kazik hatte mit der ihm eigenen ergebenen Beharrlichkeit allein weitergeübt. Er schrieb seinen Erfolg einzig dieser unermüdlichen Arbeit zu. Seine beflissene und gleichmütige Art brachte Phreton auf die Palme, der ihn bei jeder

Gelegenheit einen Streber nannte, als fühle er sich in seiner eigenen Genialität bestätigt, indem er auf dem Fleiß seines stärksten Konkurrenten herumritt. Die Tischlerei hatte bei Kazik eine Liebe zu Plänen, zur Trigonometrie und ganz generell zu allem, was Strenge und Präzision erforderte, hinterlassen. Lauter Dinge, für die Arka wenig Leidenschaft hegte.

Draußen im Flur verschwand ihr Freund sofort, um seinem Mentor, dem Handelsminister, eine Nachricht zu überbringen, der gerade am anderen Ende des Magisteriums Vertreter der Müllergilde empfing. An die Wand neben der Tür gelehnt, erwartete Arka seine Rückkehr. Der offene Türflügel verbarg sie vor ihren Mitschülern, die aus dem Saal strömten. Sie hörte, wie Phreton und seine Kumpel im Weggehen den gelungenen Streich kommentierten, den er ihr gespielt hatte. Das Surren eines Schwebestuhls sagte ihr, dass nun auch Georgon als Letzter den Raum verließ. Im selben Moment näherten sich durch den Korridor kurze, energische Schritte, begleitet vom Rascheln einer Toga.

»Ahh, Georgon, erfreut, Sie zu sehen! Wie läuft der Unterricht?«, erklang Silenos' vergnügte Stimme.

»Schlecht«, erwiderte die griesgrämige Stimme des Professors für Mechamagie. »Die Eleven sind unerträglich dieses Jahr. Das liegt an den Mädchen. Man müsste ihnen die Teilnahme an der Attribution verbieten.«

Ein wildes Tier schien vor Empörung in Arkas Eingeweiden zu brüllen. Das Lachen des Mystografen hallte durch den Flur.

»Aber, mein Lieber, dasselbe haben Sie schon vor fünf Jahren gesagt, als Pyrrha in Ihren Kurs kam. Und ich glaube zu wissen, dass sie die brillanteste Mechamagierin ist, die Sie je ausgebildet haben …«

Arka hörte Georgon widerstrebend knurren:

»Ja, na gut, aber sie hatte den Eparchen als Mentor.«

»Ich denke nicht, dass Mezentius ein besonders guter Mechamagier ist«, wandte der Mystograf ruhig ein.

»Und auch kein besonders guter Politiker, wie? Man hört im Magisterium oft von Ihren kleinen Unstimmigkeiten.«

»Unsere Meinungsverschiedenheiten gehen weit über bloße Unstimmigkeiten hinaus, mein lieber Georgon. Doch ich hege die Hoffnung, dass unsere Regierung bald einen fortschrittlicheren Weg einschlagen wird.«

»Ach ja, ich nehme an, dafür wollen Sie Lastyanax benutzen. Viel Glück dabei, den Basileus zu überzeugen.«

»Ungeachtet dessen, was die Leute glauben mögen, ist unser Monarch nicht unsterblich, mein Lieber. Man muss auch an danach denken.«

»Sie sind nicht der Erste, der an danach denkt«, knarzte Georgon zynisch. »Der Basileus wird Sie überleben, wie all die anderen.«

»Wir werden sehen, was die Zukunft für uns bereithält«, entgegnete der Mystograf ausweichend. »Aber kommen Sie, lassen Sie uns gemeinsam zu Mittag essen, über diese Dinge sollte man besser nicht in den Fluren des Magisteriums sprechen.«

Arka wartete, bis das Surren des Schwebestuhls verklang, ehe sie ausatmete. All das kam ihr äußerst suspekt vor. Sie misstraute allzu gutmütigen Personen; und der Mystograf erschien ihr mit einem Mal gar nicht mehr so harmlos, wie er zu sein vorgab. Inwiefern wollte er Lastyanax benutzen? Was heckte er aus?

Schritte, die sich vom anderen Ende des Gangs näherten, ließen sie zusammenzucken. Es war Kazik.

Wie jeden Mittag gingen sie in den Bergfried, um dort zu essen und über den Unterricht zu sprechen. Seit zwei Tagen, seit der Herbst gekommen war, schneite es wieder, und Hyperborea war in grauen Nebel gehüllt. In der Küche ließen sie stoisch Metaniras Geschwätz* über sich ergehen, während sie ihnen die Arme mit Speisen volllud. Zurück im Atrium, kletterten sie mithilfe der Berge von Möbeln aufs Dach des Bergfrieds. Hier auf der zugewucherten Terrasse fühlte man sich wie auf einer kleinen, über der Stadt schwebenden Wiese. Die adamantene Kuppel vibrierte unter dem Ansturm heftiger Böen.

Arka setzte sich zwischen zwei Pfeifenblumenbüschel, ließ die Beine über dem Abgrund baumeln und drückte das Siegel des selbsterhitzenden Topfes, in dem Metanira ein Kanalfischfrikassee für sie gekocht hatte. Einen Moment später stieg ihnen ein verlockender Duft in die Nase. Sie gab das Gericht in zwei Schüsseln, von denen sie eine Kazik reichte. Der starrte mit gerunzelter Stirn ins Leere, als versuche er, ein besonders kniffliges arithmetisches Problem zu lösen.

»Was meinte Orkos, als er sagte, du wärst ›verknallt‹ in Phreton?«

»Nichts«, murmelte Arka und schlang einen großen Löffel Frikassee hinunter.

Die Frage erinnerte sie an ihre Demütigung, die sie nicht noch einmal durchleben wollte, nur damit bei Kazik der Gro-

* »Ich habe für Meister Lastyanax gekocht, aber der wird wie üblich nicht zum Essen kommen! Minister hin oder her, für mich bleibt er ein junger Mann im Wachstum, diese Appetitlosigkeit gefällt mir nicht, wenn Sie meine Meinung hören wollen, nein, nein, nein, sie gefällt mir gar nicht, zum Glück haben Sie Appetit für zwei, liebes Kind! Kaum zu glauben, dass Sie vor drei Monaten so ein dünner Hering waren!«

schen fiel. Leider erkannte dieser Verlegenheit ebenso wenig wie Spott.

»Meinte er, weil das Blatt explodiert ist?«

»Nein.«

»Und warum bist du dann rot geworden?«

»Einfach so.«

Zum Glück war Kazik dank seines Gleichmuts nicht leicht zu kränken. Er leerte schweigend die Schüssel und stellte sie behutsam zurück ins Gras.

»Ich habe die Dokumente fertig gelesen, die du mir gegeben hast«, sagte er, indem er einen Stoß Register aus seiner Tasche zog.

Dazu war ihre Freundschaft immerhin gut! Kazik gehörte zu den wenigen Menschen, die geistige Arbeit nicht abschreckte, im Gegenteil: Er verlangte immer noch mehr. Sobald sie diese Eigenschaft an ihm entdeckt hatte, machte Arka sie sich zunutze, indem sie ihm die Überprüfung all der Papiere, die ihr Mentor ihr aufgebrummt hatte, übertrug. Seine Zusammenfassungen versah sie mit ein paar Rechtschreibfehlern, nur damit es glaubwürdiger wirkte. Bis jetzt hatte Lastyanax noch keinerlei Verdacht geschöpft.

In diesem Fall ging es um ein paar Monate alte Register der Karawanserei, die Lastyanax bei Palates gefunden hatte. Darin waren Besitzer, Herkunft und Art der für Hyperborea bestimmten Waren sowie die Namen der Zöllner, die die jeweilige Überprüfung vorgenommen hatten, aufgelistet.

»Das hier ist seltsam«, sagte Kazik. »Die Zöllner, die die Waren überprüfen, haben wechselnde Schichten, weshalb es sehr selten vorkommt, dass ein Zöllner zweimal hintereinander denselben Karawanenführer kontrolliert. Doch da gibt es diese Karawane, von einem gewissen Ari …«

Arka hob den Kopf. Dieser Name sagte ihr etwas.

»... der innerhalb von zwei Monaten und fünf Tagen zehn Mal seine Waren gebracht hat. Und jedes Mal wurde Aris Karawane von einem gewissen Alci abgefertigt.«

Die Drillinge waren dermaßen bescheuert, dass sie bei ihren Schmuggelunternehmungen ihre richtigen Namen nutzten. Das war, neben der Unterhaltung der Professoren, nun schon die zweite Information, die sie Lastyanax bringen konnte.

Nach dem Essen eilte Arka in die Zentralbibliothek, um dort ihren Mentor zu treffen. Sie konnte nicht erwarten, ihm zu sagen, was sie entdeckt hatte. Lastyanax, der immer viel zu viel zu tun hatte, teilte seine Zeit auf zwischen Ratssitzungen, Besuchen der unteren Viertel, wo er sich um Ebnungsangelegenheiten kümmerte, und der Arbeit in der Bibliothek. Arka fand, dass er sein Amt sehr ernst nahm, anders als die übrigen Minister, die ihre Dossiers irgendwelchen Schreiberlingen überließen und selbst lieber von einem Empfang zum nächsten schwirrten. Der junge Magier dagegen ging nicht aus, traf – außer bei der Arbeit – niemanden und wurde über seinen Aktenbergen jeden Tag blasser und reizbarer. Arka hätte ihm gern geraten, sich zu entspannen, doch sie fürchtete, dass er ihr dann noch mehr Pflichten aufhalsen würde. So weit ging ihr Mitgefühl dann doch nicht.

Sie brauchte eine Weile, um Lastyanax in der Bibliothek aufzuspüren. Dank des Hinweises eines Archivars fand sie ihn in einem düsteren Gang, verborgen hinter einem Manuskriptstapel. Ohne viel Federlesens schob sie ein paar Bände beiseite und knallte ihm die Register vor die Nase. Überrascht hob Lastyanax den Kopf und sah sie aus blinzelnden Eulenaugen an.

»Ich habe etwas, das Sie interessieren wird, Meister«, verkündete Arka.

»Wenn es schon wieder dein berühmtes Buch über die Animorphose ist …«

»Nein, nein, aber es ist fast genauso gut. Schauen Sie!«

Sie beugte sich über den Manuskriptstapel und zeigte mit ihrem soßenverschmierten Finger auf die Informationen zur Zollkontrolle. Lastyanax' Miene hellte sich auf, während Arka ihm die Unregelmäßigkeiten erläuterte.

»Schmuggel«, flüsterte er schließlich, als sie geendet hatte. »Durch die Drillinge vom Klan des Blauen Lotus.«

Arka fragte sich, woher er sie kannte. Wenig erpicht darauf, ihm die Geschichte mit der Schildkröte zu erzählen, hatte sie ihm jedenfalls nicht gesagt, wer sie waren.

»Hat das etwas mit Palates' Tod zu tun, Meister?«

»Hmpf. Es ist zumindest eine ernstzunehmende Spur«, antwortete er nur. »Gute Arbeit, Arka. Ich hoffe, du hast mit niemandem sonst darüber geredet?«

»Nein«, log sie und wurde rot.

Sie freute sich zu sehr über sein Lob, um ihm die Wahrheit zu gestehen. Ermutigt durch den positiven Eindruck, den sie soeben hinterlassen hatte, wagte sie sich gleich noch einmal vor:

»Meister, ich habe einen hochrangigen Magier im Verdacht, in Lykurgs Diensten zu stehen.«

Lastyanax richtete sich auf und kniff die Augen zusammen. Er hatte gelernt, ihren wirren Ideen zu misstrauen.

»Wen denn?«, fragte er.

»Den Mystografen«, verkündete Arka selbstbewusst.

Lastyanax hob eine Braue.

»Und worauf gründet dieser Verdacht?«

»Ich habe vorhin ein Gespräch zwischen ihm und dem Mechamagieprofessor belauscht. Er sagte, der Eparch wäre ein schlechter Politiker, der Basileus würde nicht ewig leben und dass … ähm … dass er Sie benutzen will, um Hyperborea fortschrittlicher zu machen. Außerdem nennt er mich während des Unterrichts andauernd ›liebe Kleine‹, das ist schon schräg. Wenn Sie meine Meinung hören wollen, man sollte sich vor ihm in Acht nehmen, auch wenn er immer so freundlich und vertrauenswürdig tut. Ich bin felsenfest davon überzeugt, dass da gewaltig was im Busch ist, eine gewaltige Wampe ist da im Busch, nämlich seine.«

Arka verstummte in der Gewissheit, die Beweisführung des Jahrhunderts geliefert zu haben. Nur leider schien Lastyanax gegen ihre Überzeugungskraft immun zu sein. Er schüttelte den Kopf.

»Warum sollte der Umstand, dass Silenos Hyperborea zu mehr Fortschrittlichkeit verhelfen möchte, aus ihm einen Verräter machen?«

»Nun … Weil er sich Ihrer bedienen möchte, um das zu erreichen.«

»Aber genau deshalb hat er doch meine Kandidatur für das Amt des Ebnungsministers unterstützt. Und alle Welt weiß, dass er den Eparchen nicht leiden kann. Ich übrigens auch nicht.«

Angesichts seiner Erklärungen geriet Arkas Gewissheit ins Wanken. Letztendlich hatte Silenos nichts Kompromittierendes gesagt. Trotzdem wurde sie das Gefühl einfach nicht los, dass ihr Mystografieprofessor etwas zu verbergen hatte. Lastyanax bemerkte ihr Zögern und verdrehte die Augen.

»Nur zu deiner Information, ich spreche schon seit einigen

Dekaden mit Silenos über meine Zweifel bezüglich Lykurg. Er teilt mein Misstrauen.«

»Eben, er stimmt Ihnen zu, um Sie einzulullen! Ich glaube, man sollte wirklich seine Wohnung durchsuchen, um Beweise für seine Schuld zu finden, Meister«, beharrte sie.

»Zur Beweisaufnahme kommt es erst, wenn es konkrete Verdachtsmomente gibt, Arka«, gab Lastyanax ermattet zurück. »Ich werde die Polizei nicht auffordern, eine Razzia bei Silenos durchzuführen, weil meine Elevin *felsenfest davon überzeugt* ist, dass ihr Professor irgendwelche fragwürdigen Machenschaften betreibt. Man würde mich nur auslachen.«

Plötzlich richtete er sich mit argwöhnischer Miene auf.

»Überhaupt, warum verdächtigst du ihn auf einmal? Hat er dir zufällig eine schlechte Note gegeben?«

»Nein, das schwöre ich Ihnen!«, erwiderte Arka entrüstet. »Aber mein Instinkt sagt mir, dass ...«

Sie kam nicht dazu, ihm zu erläutern, was ihr Instinkt ihr eingab, denn in diesem Moment erschien jemand am Ende des Gangs.

»Laaaast!«

Lastyanax zog scharf die Luft ein, bedeutete Arka mit einem Blick, nur ja den Mund zu halten, und wandte sich gezwungen lächelnd dem Neuankömmling zu.

»Rhodopis. Wie geht's dir?«

Besagter Rhodopis kam mit federndem Schritt auf sie zu und klatschte Lastyanax' Handfläche ab. Er trug eine violette Toga und am Finger einen flammend neuen Siegelring. Arka kannte ihn: Er war ein beliebter Schüler aus dem fünften Jahrgang, eine ältere Version von Phreton, mit weniger Pickeln, dafür einem breiteren Kreuz. Offensichtlich hatte er gerade seine Disputation bestanden.

»Bestens!«, beantwortete er Lastyanax' Frage. »8 von 12! Der gute alte Silenos konnte meinem Charme einfach nicht widerstehen. Da ist er übrigens nicht der Einzige«, fügte er freudestrahlend hinzu, als wäre seine Note für die Disputation nur die zweitbeste Neuigkeit des Tages.

Arka nahm sich vor, Petroklos zu fragen, wen Rhodopis dafür bezahlt hatte, dass er seine Erfindung für ihn baute.

»Glückwunsch.«

Lastyanax, der so schon nicht besonders mitteilsam war, übertraf sich gerade selbst. Rhodopis fuhr fort, als bemerke er den gedämpften Enthusiasmus seines Gesprächspartners überhaupt nicht:

»Kommst du übermorgen zu Silenos? Er gibt einen Empfang zu Ehren der neuen Magier. Der ganze Jahrgang wird da sein.«

»Und Petroklos?«

»Was ist mit Petroklos?«

»Er hat seine Disputation noch nicht gehalten«, erinnerte ihn Lastyanax mit gerunzelten Brauen. »Er wird nicht eingeladen sein.«

»Ach ja, stimmt. Ich nehme an, Silenos hatte keine Lust mehr, zu warten. Also, man sieht sich morgen Abend, ja?«, rief er und klopfte ihm kräftig auf den Rücken.

»Ich muss arbeiten«, knurrte Lastyanax, die Nase schon wieder in seinem Manuskript vergraben. Er nahm sein Schreibrohr, wie um zu verdeutlichen, dass wenigstens er zu etwas nutze war.

»Ach, komm schon«, beharrte Rhodopis, indem er mit den Fäusten auf seinen Arm trommelte.

Lastyanax' rechtes Auge verdüsterte sich. Er war kurz davor zu explodieren. Arka kostete die Situation weidlich aus.

Noch nie hatte sie ihren Mentor so genervt erlebt. ›Geschieht ihm recht‹, dachte sie. Sie hatte ihm die Missachtung, die er ihrer Intuition entgegenbrachte, noch nicht verziehen. Rhodopis breitete zum Zeichen der Kapitulation die Arme aus und ging rückwärts davon.

»Ich hab's versucht. Solltest du dich doch noch aufraffen, wir erwarten dich bei Silenos, Pyrrha und ich. Ach ja, das wollte ich dir auch noch sagen: Wir sind jetzt zusammen. Also dann, bis später!«

Er legte die erhobenen Hände aneinander und machte mit einer kleinen Pirouette auf dem Absatz kehrt wie ein Boxer, der unter den Jubelrufen des Publikums den Ring verlässt, nachdem er seinen Gegner auf die Matte geschickt hat. Das dünne Schreibrohr zerbrach zwischen Lastyanax' Fingern.

»Wirklich verlockend«, murmelte er wie zu sich selbst.

Gnädig gewährte Arka ihrem Mentor ein paar Minuten ungestörter Verdrießlichkeit. Lastyanax blätterte wütend durch sein Manuskript, seufzte, starrte auf die Regale, als würde er sie am liebsten zu Kleinholz machen, und bellte schließlich seine Elevin an:

»Geh sämtliche Register der Karawanserei holen, die nicht älter sind als zwei Jahre, und sieh nach, ob du weitere Unregelmäßigkeiten findest. Ich will das bis morgen Mittag haben, fehlerfrei!«

Empört über seine Gehässigkeit, nachdem sie so taktvoll gewesen war, erhob Arka sich steif und sammelte die Register ein.

»Und diesmal machst du es selbst, anstatt Kazik zu fragen«, fügte er hinzu und ließ sich mit finsterer Miene in seinen Sessel sinken.

Außerstande, sich zu konzentrieren, stierte Lastyanax auf seine Begründung der Notwendigkeit, Frauen einen vollwertigen Bürgerstatus zu verleihen. Seine Gedanken kreisten um Pyrrha, Schmuggel, Pyrrha, Petroklos, der nicht zu Silenos' Fest kommen würde, Pyrrha. Wieso rackerte er sich seit Wochen mit dieser Argumentation ab, wenn seine ehemalige Kommilitonin sich einem Schönling wie Rhodopis an den Hals warf?

Er zerknüllte die Erörterung und schleuderte sie wütend auf ein Regal. Die Papierkugel flog durch eine Lücke und prallte gegen ein Hindernis hinter der Bücherwand. Ein überraschtes Quieken war zu hören.

Sofort sprang Lastyanax auf, die Nerven zum Zerreißen gespannt. Jenseits der Regalreihe konnte er eine Gestalt erahnen: Jemand spionierte ihm nach.

»Wer ist da?«, rief er.

Er konzentrierte seine Anima in den Händen, bereit, einen Angriff abzuwehren. War dort die Person, die vor drei Monaten versucht hatte, ihn umzubringen? Er dachte an sein Gespräch mit Arka. Es hätte kaum schlimmer kommen können. Sie hatten seinen Verdacht gegenüber Lykurg erwähnt, Silenos' politische Strategie, ihre Abneigung gegen den Eparchen und den Schmuggel des Blauen Lotus, von dem er durch den Zettel aus dem Keramikhuhn wusste, dass er im Zusammenhang mit Palates' Tod stand.

Die Gestalt bewegte sich an dem Regal entlang und erschien am Ende seines Tisches. Es war Aspasia, Pyrrhas kleine Schwester.

Seine Schultern entspannten sich. Aspasia hatte weder ihm noch der Politik im Allgemeinen je das geringste Interesse entgegengebracht. Die einzigen Intrigen, mit denen sie sich beschäftigte, waren die, die sie selbst anzettelte, um zu den angesagtesten Festen eingeladen zu werden.

»Aspasia, was machst du denn hier?«

Mit einem Schmollmund strich sie sich die kastanienbraunen Haare aus dem Gesicht.

»Was, meinst du wohl, mache ich in einer Bibliothek? Lesen natürlich.«

Zum Beweis wedelte sie mit einem Manuskript, das sie in ihrer manikürten Hand hielt. Lastyanax neigte den Kopf, um den Titel zu entziffern.

»*Die Entwicklung von Wellenkreisen in der Mystografie.* Für so was interessierst du dich?«

»Pyrrha ist nicht die einzige Intellektuelle in der Familie«, gab Aspasia schnippisch zurück.

Sie setzte sich ans Tischende, öffnete das Werk in der Mitte und fuhr mit ihrer Lektüre fort, wobei sie konzentriert die Augen zusammenkniff. Lastyanax beobachtete sie eine Weile.

»Und, kannst du mir erklären, was das ist, ein Wellenkreis?«

»Das ist ... ein ...«

Aspasia seufzte, klappte das Buch zu und verschränkte die drallen Arme über ihrem Chiton.

»Na gut, ich bin nicht hergekommen, um an diesem deprimierenden Ort meine Zeit zu verplempern. Ich habe dich gesucht. Man kann mir nicht vorwerfen, ich hätte mich nicht wenigstens bemüht, mich für deine Leidenschaften zu interessieren.«

»Du hast mich gesucht?«, wiederholte Lastyanax verblüfft.

»Ja, ich dachte mir, du wirst meine Hilfe brauchen für Silenos' Fest. Es kommt nicht in Frage, dass du angezogen bist wie ein Hinterwäldler, wenn ich mit dir dort hingehe. Ich habe meinem Schneider Bescheid sagen lassen, er wird deine Maße nehmen, und …«

»Was?«, stieß Lastyanax hervor.

»Du kannst es dir nicht erlauben, allein bei dem Fest zu erscheinen, jetzt, da du Ebnungsminister bist und den Bergfried geerbt hast, Last. Die Leute erwarten, dass du in Begleitung kommst«, verkündete Aspasia, als wäre es das Selbstverständlichste der Welt. »Also, wie gesagt …«

Lastyanax traute seinen Ohren nicht. Auch wenn er wusste, dass Aspasia recht forsch und frühreif war, errötete er unwillkürlich bei dem Gedanken, dass Pyrrhas um drei Jahre jüngere Schwester ihn fragte, ob er mit ihr zu einem Fest ging – oder besser, dies von ihm verlangte. Hastig raffte er seine Papiere zusammen, während Aspasia ihm weiter unbeeindruckt die Strategie erläuterte, mit der sie ihrer beider Garderoben aufeinander abzustimmen gedachte.

»Ein hübsches Dunkelgrün, das bringt deine Augen zur Geltung … Wo willst du hin?«

»T-tut mir leid, ich … ich bin mit Petroklos verabredet, ich muss los«, stammelte Lastyanax.

Er klemmte sich die Akten unter den Arm und floh mit gesenktem Kopf, um dem beleidigten Blick des Mädchens nicht zu begegnen.

Draußen lief Lastyanax immer geradeaus an den Kanälen entlang, ehe er schließlich auf einer menschenleeren Plattform stehen blieb. Er konnte unmöglich zurück in die Bibliothek, solange die Gefahr nicht gebannt war. Ihm stand ge rade auch nicht der Sinn danach, sich in sein Arbeitszimmer zurückzuziehen, um die nächste Ratssitzung vorzubereiten. Seine Ausrede, mit der er sich vor Aspasia gerettet hatte, erschien ihm mit einem Mal sehr plausibel: Er würde Petroklos suchen gehen. Er musste dringend mal wieder mit einem Freund sprechen.

»Lastyanax!«

Wie gerne hätte er auf diese plötzliche Popularität verzichtet, wegen der er jetzt alle fünf Minuten von irgendjemandem angesprochen wurde. Er drehte sich um und seufzte, als er seinen ehemaligen Mystografieprofessor mit wiegendem Gang auf sich zu trippeln sah. Silenos hatte wirklich die Gabe, immer gerade dann mit ihm reden zu wollen, wenn er es am wenigsten gebrauchen konnte.

»Mein Lieber, was für ein Glück, Sie hier zu treffen!«, rief er, als er ihn erreicht hatte. »Wo ich Sie doch gerade in einer wichtigen Angelegenheit zu sprechen hoffte …«

»Das Fest, an dem Petroklos nicht teilnehmen kann?«, warf Lastyanax ihm bissig hin.

»Tststs, sparen wir uns doch solche Nickeligkeiten. Sie wissen ebenso gut wie ich, dass Petroklos seine Erfindung schon vor Monaten hätte vorstellen können, wenn er ernsthaft daran gearbeitet hätte. Nein, die Sache, die mich beschäftigt, ist von ganz anderer Tragweite.«

Er fasste ihn am Ellbogen, als Aufforderung, ein paar Schritte mit ihm zu gehen. Seine Miene hatte sich plötzlich verfinstert. Noch nie hatte Lastyanax Silenos so ernst gesehen, was ihn dazu bewog, seinen Groll beiseitezuschieben. Sie kamen an einem Hausangestellten vorbei, der gerade eine Flotte winziger Schildkröten ins Wasser setzte, die zweifellos eben erst geschlüpft waren.

»Sie sind genau wie ich der Meinung, dass der Verkauf einiger unserer Kolonien an Themiskyra eine nicht nur unter kommerziellen Gesichtspunkten absurde, sondern auch in militärischer Hinsicht gefährliche Entscheidung ist«, brachte der Mystograf mit eindringlichem Blick vor. »Diese Entscheidung kommt nicht von ungefähr.«

»Was wollen Sie damit sagen?«

Silenos blieb stehen, lehnte seinen dicken Bauch an die Brüstung und betrachtete die buntverzierten Türme. Seine Finger trommelten nervös aufs Geländer.

»Ich verdächtige Lykurg, einigen unserer Minister einen geheimen Gesandten geschickt zu haben, den ich fürchte. Ich erkenne seine Handschrift in den letzten Entscheidungen des Rates«, fügte er hinzu, indem er sich zu Lastyanax umwandte. »Vor zwanzig Jahren, nach der Eroberung Napocas durch Themiskyra, erwog der Basileus einzugreifen, um das Kräftegleichgewicht zwischen den Städten wiederherzustellen. Doch dieser Emissär hat die Mitglieder des Rates und unseren Monarchen selbst so geschickt beeinflusst, dass man sich schließlich dafür entschied, mit Lykurg zu paktieren.«

Lastyanax runzelte die Brauen.

»Kennen Sie seinen Namen?«

»Leider nein. Er war immer sehr diskret, mir ist es nie gelungen, mit ihm zu sprechen oder ihn auch nur zu Gesicht zu bekommen.«

»Wie hat er sie beeinflusst? Durch Schmiergelder?«

Silenos gluckste verächtlich.

»Also wirklich, Lastyanax, das ist Ihres Scharfsinns nicht würdig. Als ob Sie nicht wüssten, dass es sehr viel wirksamere Mittel gibt als Gold, um jemanden zu überzeugen. Zeichen der Wertschätzung, vertrauliche Informationen …«

Ein ironisches Lächeln breitete sich über sein pausbackiges Gesicht.

»Doch die beste Art, einen Politiker zu korrumpieren, ist immer noch, ihm das Gefühl zu geben, er sei derjenige, der die Fäden in der Hand hält.«

Sofort dachte Lastyanax an die Selbstgefälligkeit, mit der der Eparch und der Stratege den Verkauf der Kassiteriden verteidigt hatten, als fuße diese Entscheidung auf einem ausgeklügelten Manöver, von dem jeder der beiden meinte, es sei auf seinem Mist gewachsen. Das Lächeln des Mystografen erlosch, und sein Bauch hob sich unter einem tiefen Atemzug.

»Passen Sie gut auf sich auf, Lastyanax, Sie stehen an vorderster Front. Dieser Gesandte ist ein genialer politischer Taktiker, und im Gegensatz zu Ihnen leiten ihn nicht nur die besten Absichten.«

Er warf ihm einen bedeutungsschwangeren Blick zu.

»Palates' Tod war nicht das einzige unerwartete Dahinscheiden, das mit einem seiner Aufenthalte in Hyperborea zusammenfiel.«

Lastyanax' Kehle wurde eng, als läge die Schnur plötzlich wieder um seinen Hals.

Arka

Da Lastyanax ihr nicht glauben wollte, nutzte Arka die Mystografiestunde, um allein ihre Nachforschungen voranzutreiben. Anstatt Silenos' langweiliger Lektion zu den doppelten Umschlingungen zu folgen, listete sie auf einem Blatt alles auf, was ihr an ihm suspekt erschien.

Er will Lastyanax benutsen
Er hat gesagt, das der Basileos nich unschterblich is
Er is fiel zu nett zu allen, dass is selltsam

Arka tippte sich mit dem Schreibrohr ans Kinn und musterte kritisch ihre Liste. Ihre Argumente wogen in der Tat nicht besonders schwer. Weit davon entfernt, sie von ihrer Überzeugung abzubringen, bestärkte diese Feststellung sie jedoch in ihrem Entschluss, weitere belastende Elemente zu sammeln. Der Mystograf hielt unterdessen seinen Kurs ab. In das Wachs der Tafel hatte er eine Reihe von Symbolen geritzt und erläuterte nun, wie man diese kombinieren konnte.

»Sehen Sie, wenn Sie einen Kreis des zweiten Typs mit einem Wellenkreis verbinden, erhalten Sie eine zweifache Steuerung, wobei die dem Kreis des zweiten Typs zugeordneten Glyphen vorrangig behandelt werden. Achten Sie vor allem darauf, den sinusförmigen Strich sauber um den Kreis zu winden! Sonst haben Sie es mit einer Abaris-Dissoziation zu tun. Das erinnert mich an dieses eine Mal, als ein Eleve im zweiten Jahr ein Umfüllsiegel an einem Nachttopf angebracht hat. Er hatte den Wellenring nicht sorgfältig gezeichnet, und …«

Alle Schüler stöhnten gelangweilt auf. Zwei Reihen vor Arka bemerkte Phreton:

»Und ab geht die Geschichte vom Pinkelpott, zum vierten Mal.«

Er schob sich die Tolle aus der Stirn und wandte sich zu seinem Gefolge um.

»Soll ich ihm sagen, dass er sich wiederholt, oder haben wir Mitleid mit dem senilen Alten?«

Poneria gluckste. Zufrieden mit seiner Wirkung, lehnte Phreton sich zurück und streckte die Arme auf der Banklch ne aus. Seine Finger trommelten auf das Holz. Da bemerkte Arka den großen Ring an seinem Zeigefinger, ähnlich dem ihres Mentors. Darin eingefasst ein Siegel, nicht graviert, sondern zusammengesetzt wie ein Uhrwerk.

»Ohhh, Phreton, was ist das denn für ein Ring?«, gurrte Poneria.

»Ach, der?« Phreton warf einen Blick auf seinen Zeigefinger, als hätte er das Schmuckstück gerade erst bemerkt. »Das ist der Siegelring meines Vaters.«

»Wow!«, rief Sterix und beugte sich vor, um ihn genauer in Augenschein zu nehmen. »Den leiht er dir einfach so?«

»Er brauchte ihn heute nicht«, antwortete Phreton schulterzuckend. »Also übe ich schon mal, ihn zu tragen. Ich kann mir wenigstens sicher sein, dass ich später mal so einen haben werde.«

Arka stieß ein lautes »Pffff« aus. Phreton warf seine Tolle zurück und drehte sich vor Hochmut triefend zu ihr um.

»Was ist los, Nummer 43? Hast du dich noch immer nicht von dem kleinen Scherz neulich erholt?«

»Gar nichts ist los«, erwiderte Arka. »Ich brauch nur keinen Ring, um das Gefühl zu haben, dass ich existiere.«

Ganz entgegen seinen Gewohnheiten verzichtete Phreton auf eine Retourkutsche. Während der Mystograf weiter seine Anekdote erzählte, streckte er mit gespreizten Fingern die Hand vor sich aus und betrachtete versonnen das Schmuckstück.

»Dieser Ring ist außergewöhnlich«, sagte er in die Runde. »Seht ihr das Siegel hier? In dieser Position kann man damit ein Dokument unterzeichnen. Aber wenn man die Umschlingung dreht«, während er dies sagte, betätigte er den Mechanismus, und ein Klicken ertönte, »bekommt man ein extrem effektives Zerstörungssiegel. Nicht schlecht, oder?«, fügte er, aufgeregt wie ein Kind mit einem Kriegsspielzeug, hinzu. »Und jetzt, mal schauen ... wofür wir es gebrauchen könnten.«

Er ließ seinen Blick über die umliegenden Bänke schweifen, bis er an Arkas Flügelarmband hängen blieb, das sie zum Schreiben ausgezogen hatte.

»Ach, sieh an! Das dicke, superhässliche Kupferarmband von 43!«, rief er aus.

Ehe Arka reagieren konnte, ließ er das Armband zu sich heranschweben. Sie beugte sich vor, um danach zu greifen, doch zu spät, Phreton hielt es bereits in den Händen, überrascht von seinem Gewicht.

»Gib es sofort zurück!«, fauchte Arka. »Ich warne dich, wenn du es kaputt machst, dann ...«

»Tststs, glaub mir, ich tue dir einen Gefallen, 43«, schnitt Phreton ihr das Wort ab. »Dieses Armband ist viel zu protzig für deinen Penneraufzug.«

»Gib es zurück«, wiederholte Arka lauter.

»Gib es zurück«, äffte Poneria sie quiekend nach.

Das Durcheinander erregte die Aufmerksamkeit des Mystografen, der sich mitten in seiner Anekdote unterbrach. Phreton, viel zu glücklich darüber, dass er Arka eins auswischen konnte, bemerkte es nicht. Immer noch grinsend, näherte er seinen Ring dem Armband. Außer sich vor Wut, sprang Arka von ihrem Platz auf und stürzte sich auf ihn. Genau in diesem Moment berührte das Siegel das Armband. Ein Knall ertönte, begleitet von einem grellen Blitz. Arka wurde nach hinten geschleudert. Arbeitsblätter wirbelten durch die Luft. Leuchtsphären zersplitterten an den Wänden des Hörsaals.

Als die blendende Helligkeit nachließ, tauchte Phreton mit

völlig verdatterter Miene inmitten der Bänke wieder auf. Seine sonst so sorgfältig geschniegelte Tolle stand wie der Federbusch eines seltenen Vogels von seinem Kopf ab. Der Ring an seinem Finger und das Armband, das er noch immer in der Hand hielt, hatten keinen Kratzer abbekommen.

»Was ... was ist passiert?«, stammelte er.

»Sie Trottel haben sich damit vergnügt, ein Zerstörungssiegel an einen Gegenstand mit einem sehr wirksamen Schutzsiegel zu halten. Das ist passiert.«

Die Eleven drehten sich alle gleichzeitig zum Mystografen um, der auf Phreton zutrat. Noch nie hatte Arka ihn so verärgert erlebt, dass er einen Schüler beschimpfte.

»Deaktivieren Sie den Ring und geben Sie mir ihn und das Armband«, befahl Silenos. »Ich konfisziere beide bis auf Weiteres. Und Sie schreiben mir bis zur nächsten Stunde fünfzig Mal die ersten sechzig Glyphen des Handbuchs ab. Das wird Sie lehren, mit Siegeln herumzuspielen, die Sie nicht beherrschen!«

Phreton gehorchte ohne Widerrede. Ihm war seine Überheblichkeit vorerst abhandengekommen. Arka sah, wie ihr Armband von der Hand des Schülers in die des Mystografen wanderte. Normalerweise hätte sie die Situation genossen; doch hier ging es um ihr Flügelarmband, den kostbarsten Gegenstand, den sie besaß, ihren getreuen mechamagischen Begleiter, der ihr schon so oft aus der Patsche geholfen hatte.

Dennoch blieb sie stumm, aus Furcht, Silenos könnte ihr ebenfalls eine Strafe aufbrummen, wenn er an ihrer Unschuld bei dieser Sache zweifelte. Der Professor schob die beiden Objekte in die Tasche und setzte sich wieder auf seinen Sessel.

»Und nun lassen Sie uns mit dem Unterricht fortfahren, ohne weitere Störungen bitte.«

Am Ende der Stunde stürzte Arka sich auf Phreton und verfehlte ihn nur knapp mit einem kräftigen Fußtritt.

»Idiot!«, zischte sie.

Die anderen Schüler im Flur brachen in schallendes Gelächter aus. Knallrot, packte Phreton sie am Arm und zog sie beiseite. Er hatte seine Arroganz und seine fesche Tolle wiedergefunden.

»Gut, hör zu, wir sitzen beide im selben Boot«, flüsterte er. »Du willst dein Armband wiederhaben und ich meinen Ring.«

»Warum? Schimpft der Papi sonst mit dir?«, schnaubte Arka verächtlich.

Phretons Gesichtsausdruck zeigte ihr, dass sie ins Schwarze getroffen hatte.

»Sagen wir, ich habe vergessen, ihn zu informieren, dass ich mir den Ring ausleihe. Kurz, ich schlage dir Folgendes vor, 43: Wir treffen uns heute Abend an Silenos' Turm, klettern die Mauer hoch und …«

»Warte, du hast doch nicht etwa vor, bei ihm einzubrechen, um dir den Ring wiederzuholen?«, fiel Arka ihm ins Wort.

Sie hätte Phreton niemals einer solchen Kühnheit für fähig gehalten. Er schien zu zögern und in den Mosaiken des Fußbodens nach einer Antwort zu suchen.

»Glaub mir, ich durchwühle lieber Silenos' Villa von oben bis unten, als den Zorn meines Vaters über mich ergehen zu lassen«, gestand er. »Er ist nicht sehr … verständnisvoll. Außerdem, entweder heute oder nie«, fuhr er nun wieder mit fester Stimme fort. »Silenos gibt ein Fest zu Ehren der neuen Magier. Da jede Menge Gäste kommen, werden die Überwachungssiegel deaktiviert sein. Und es ist so laut, dass niemand uns hören wird …«

»Warte …«, begann Arka.

»Ich fertige aus Oreichalk eine Kopie des Rings an, um den echten zu ersetzen, Silenos wird nichts merken«, fuhr Phreton fort. »Du brauchst nur eine Kopie deines Armbands zu machen, und …«

»Einen Moment«, unterbrach Arka ihn ein bisschen zu laut. »Wer sagt dir, dass ich meinen Elevengürtel riskiere, indem ich mit dir zu Silenos gehe?«

Phreton sah sie abschätzend an.

»Wenn du lieber warten würdest, bis Silenos dir dein Armband zurückgibt, hättest du mir das schon gesagt, oder? Und außerdem habe ich es von Nahem gesehen. Das ist kein Kupfer, das ist massives Oreichalk. Mit einem ziemlich raffinierten Siegel drauf. Sag, wenn ich mich irre, 43, aber da hängst du doch sicher dran, oder?«

Arka spürte, wie Hass in ihr aufwallte. Phreton hatte seine Schlussfolgerungen gezogen, sobald er das Armband in der Hand gehabt hatte. Und trotzdem hatte er versucht, es zu zerstören. Er war bösartig, heimtückisch und der letzte Mensch, mit dem sie sich auf eine solche Unternehmung einlassen wollte. Doch er hatte recht. Ihr Flügelarmband war für sie von unschätzbarem Wert. Noch dazu war das genau die Gelegenheit, einen Blick in die Wohnung des Mystografen zu werfen, von der sie geträumt hatte.

»In Ordnung«, knurrte sie. »Wir treffen uns nach Sonnenuntergang hinter Silenos' Villa. Bring ein Pfund Oreichalk mit. Du kannst doch sicher welches besorgen, oder?«

»Ja«, antwortet Phreton, überrumpelt von Arkas professionellem Ton. »Wozu?«

»Das wirst du dann schon sehen«, sagte Arka.

Mit einem mulmigen Gefühl bei dem Gedanken daran, dass sie gleich mehrere hyperboreische Gesetze brechen würde, trottete Arka am selben Abend zum Treffpunkt. Silenos' Villa war nicht schwer zu finden: Sie strahlte wie ein Leuchtturm an der Peripherie der Stadt. Ihre dem Riphäengebirge zugewandten hängenden Gärten wurden durch dezentes Licht wirkungsvoll in Szene gesetzt. Ein Glas in der Hand, schlenderten die ersten Gäste zwischen den Säulenreihen umher. Durch die Fenster drangen vereinzelte Noten und das gedämpfte Murmeln gepflegter Konversation nach draußen. Am Eingang empfing eine Allee goldener Lampions die Besucher und ließ die rundum herrschende Dunkelheit noch schwärzer erscheinen. Zwei Postillione in makelloser Livree standen am Rand des Kanals bereit, um die Schildkröten der Gäste zu parken. Silenos ließ sich wahrlich nicht lumpen.

Arka nutzte den Moment, in dem die Kutscher ganz von der Ankunft des Kolonialministers in Beschlag genommen waren, um auf die Plattform zu huschen, die die Villa umgab. An der den Türmen zugewandten Seite war die Fassade nicht ganz so hell beleuchtet. Arka entdeckte einen Balkon, der zu einem großen Raum mit Gardinen vor den bodentiefen Fenstern führte. Vermutlich Silenos' Schlafzimmer.

Ihre Erkundung wurde von hastigem Flüstern unterbrochen. Zwei Schatten näherten sich, tief geduckt und an die Mauer gepresst.

»Glaubst du, sie haben uns bemerkt?«, fragte einer von ihnen. (Arka erkannte Sterix' Stimme.)

»Nein, alles gut«, antwortete Phreton. »Pass auf, bleib in Deckung.«

»Ich hätte mir noch schwarze Handschuhe anziehen sollen«, jammerte Sterix, »wo ist Arka?«

Arka hüstelte. Die Jungen zuckten zusammen.

»Hast du uns erschreckt! Wir haben dich nicht gesehen«, flüsterte Sterix und richtete sich auf. »Komm an die Mauer, sonst wirst du noch entdeckt, wenn jemand von der Terrasse herunterschaut!«

»Ach was«, erwiderte Arka. »Es ist stockfinster. Sagt mal, hättet ihr nicht warten können, bis ihr hier seid, ehe ihr die Sturmhauben aufsetzt? Warum habt ihr euch nicht gleich ein Schild umgehängt, dass ihr irgendwo einbrechen wollt. Und was ist das überhaupt für eine Verkleidung?«

Sterix und Phreton trugen beide eine Art eng anliegenden schwarzen Gymnastikanzug und Schlupfmützen. Unter normalen Bedingungen hätte Arka laut losgelacht, doch die Aussicht, mit diesen beiden Kaspern in die Villa einzusteigen, begeisterte sie überhaupt nicht.

»Das ist eine Kampfausrüstung«, antwortete Sterix und schob seine Kopfbedeckung hoch. »Ich benutze sie für meinen Kampfsportkurs.«

Bei der Vorstellung, wie Sterix in dieser Montur trainierte, hatte Arka nun wirklich alle Mühe, ernst zu bleiben.

»Was tust du hier, Sterix?«, fragte sie.

»Er wird Schmiere stehen«, antwortete Phreton an seiner Stelle. »Ich habe das Oreichalk mitgebracht«, fügte er hinzu, indem er einen kupfern schimmernden Barren aus der Tasche zog. »Was hast du damit vor?«

»Das zeige ich dir, wenn wir oben sind.« Arka deutete auf den Balkon über ihnen. »Sonst bemerken sie uns am Ende wirklich noch. Bist du dir ganz sicher wegen der Überwachungssiegel? Sind sie deaktiviert?«

»Silenos hat uns mindestens drei Mal von der Feier erzählt, bei der ein betrunkener Gast versehentlich ein Überwachungssiegel ausgelöst hat. Wegen des Alarms ist der ganze Abend ins Wasser gefallen … Seitdem deaktiviert er sie immer. Hörst du eigentlich manchmal zu im Unterricht?«

»Manchmal schon«, erwiderte Arka. »Gut, bereit für den Aufstieg?«

Die Jungs nickten befangen. Sie waren nicht in ihrem Element, Arka dagegen schon. Bestärkt durch diese Umkehrung der Rollen, legte sie los und erklomm die Mauer mithilfe der vielen kleinen Vorsprünge der Hochreliefs, die die Türme zierten. Im Nu hatte sie den Balkon erreicht und stieg mit einer geschmeidigen Bewegung übers Geländer. Wie sie vermutet hatte, führte er zum Schlafzimmer: Die Kontur eines riesigen Himmelbetts zeichnete sich im Halbdunkel ab. Vorsichtig setzte Arka einen Fuß in den Raum. Sie fürchtete noch immer, dass gleich der Alarm losgehen würde. Doch Phreton hatte recht gehabt, die Überwachungssiegel waren deaktiviert. Erleichtert blickte Arka sich um. Außer ein paar Möbelstücken mit kunstvollen Intarsien und drei Grünpflanzen war nichts zu sehen. Zwei Minuten später zog Sterix sich auf den Balkon, keuchend wie ein Ochse. Phreton vollendete den Aufstieg im selben Zustand. Arka hockte sich neben sie.

»Hier brauchen wir nicht zu suchen«, flüsterte sie. »Silenos hat den Ring und das Armband sicher in seinem Arbeitszimmer gelassen, irgendwo in diesem Teil der Villa.«

Sterix und Phreton nickten.

»Und wozu ist jetzt das Oreichalk?«, zischte Phreton.

Mit einem strahlenden Lächeln entzündete Arka ein Flämmchen in ihrer hohlen Hand.

»Für eine Kopie meines Armbands. Nach dem, was dir bei der Attribution gelungen ist, dürfte das kein Problem für dich sein.«

»Warum hast du es nicht selbst gemacht?«, fragte er genervt. »Weißt du, was mich das ganze Oreichalk gekostet hat?«

»Modellieren ist nicht meine Stärke«, erwiderte Arka. »Und mit deinem Geldbeutel hab ich absolut kein Mitleid, 'tschuldige. Guck, hier ist eine Skizze des Siegels auf meinem Armband«, flüsterte sie, indem sie eine zerknitterte Zeichnung aus der Tasche holte. »Lass noch ein bisschen Oreichalk übrig, das werden wir vielleicht brauchen, um einen Schlüssel zu machen.«

Phreton gehorchte widerwillig im schwachen Schein des Flämmchens. Innerhalb kürzester Zeit hatte er ein Armband geformt, das Arkas äußerlich aufs Haar glich, nur dass sie mit ihm nicht fliegen konnte.

»Zufrieden, 43?«

»Sehr.« Arka schob sich die Fälschung in die Tasche. »Jetzt kann's losgehen.«

Auf leisen Sohlen durchquerten sie das Schlafzimmer. Arka öffnete die Tür einen Spaltbreit und spähte nach draußen. Sie sah einen Flur, der der Krümmung des Turms folgte. An seinen Enden befanden sich zwei Treppen, eine führte in die obere Etage, die andere hinunter ins Kanalgeschoss. Von dort drangen Licht und gedämpftes Lachen herauf. Das Fest des Mystografen war in vollem Gange.

Arka schlüpfte in den Korridor, gefolgt von den beiden Jungen, die sich in ihrer Haut überhaupt nicht wohlfühlten. Sterix klapperte mit den Zähnen, Phreton kratzte wie besessen an seinen Pickeln und zuckte beim kleinsten Geräusch zusammen.

»Wir sehen uns erst mal hier um«, flüsterte Arka und deutete auf drei weitere Türen, die von dem Flur abgingen.

Hinter der ersten befand sich ein Badezimmer mit vier so riesigen Steinwannen, dass ausgewachsene Walrosse bequem darin hätten plantschen können. Hinter der zweiten war ein Massageraum mit großem Jadetisch, umgeben von Tiegeln voll duftender Öle. Die dritte führte in einen kleinen Gymnastikraum, dessen Hanteln und Seile im Zwielicht irgendwie unheimlich wirkten.

»Würde mich wundern, wenn er den oft benutzt«, wisperte Sterix. »Gut, was machen wir jetzt?«

»Wir gehen hoch«, sagte Arka, indem sie auf die Treppe deutete.

Phreton betrachtete die Stufen, die sich in der Dunkelheit verloren, und räusperte sich.

»Einer muss hierbleiben und Wache schieben«, meinte er lässig. »Geh ruhig, Ster, ich halt dir den Rücken frei.«

»Jepp, gute Idee. Gib mir den gefälschten Ring, ich mach das schon.«

Fassungslos über so viel Naivität sah Arka zu, wie Sterix das Schmuckstück und den Rest Oreichalk entgegennahm. Na ja, es war nicht ihre Sache. Gefolgt von Sterix, schlich sie die Treppe hoch, während Phreton sich in die Nische der Schlafzimmertür drückte.

Sie kamen in einen riesigen Raum unter einer goldbemalten Kuppel. An einer Seite öffneten sich große dreieckige Fenster zum Riphäengebirge. Der Mond war aufgegangen und ergoss Lachen matt schimmernden Lichts über das ausgesuchte Mobiliar. Regale voller Bücher und Schriftrollen bedeckten die Wände. Im Zentrum des Studierzimmers thronte ein Ebenholzschreibtisch mit Perlmuttintarsien. Die andere Seite des Raums ragte halb über das Atrium, in dem bunte Leuchtsphären schwebten.

Versteckt hinter einer üppigen Pflanze, die vom Geländer hing, wagten Arka und Sterix einen Blick hinunter. Dort erfrischte ein Springbrunnen die Menge der Gäste. Aus einem großen, mit Kristallrohren gespickten Musikinstrument erklangen melodiöse Töne. Im schillernden Tanz der festlichen Togen erkannte Arka eine vertraute Silhouette.

»Verflixt, mein Mentor«, flüsterte sie. »Ich hatte ganz vergessen, dass er hier sein würde.«

»Silenos ist auch unten«, erwiderte Sterix.

Sie wichen vorsichtig zurück. Sterix ging zum Schreibtisch und begann die Schubladen zu durchwühlen, während Arka sich die Pergamentstapel in den Regalen vornahm. Wie Lastyanax gesagt hatte, hatte sie keine Ahnung, wonach sie überhaupt suchte, und die Zeit war viel zu knapp, um die Dokumente einer genaueren Prüfung zu unterziehen.

»Eine Schublade ist abgeschlossen«, zischte Sterix, der vor dem Tisch kniete.

Arka ging neben ihm in die Hocke und kniff die Augen zusammen. Der Mond erhellte das Schlüsselloch wie eine mächtige silberne Leuchtsphäre.

»Gib mir den Rest Oreichalk«, flüsterte sie.

Sterix legte das Stück in ihre Handfläche und sah zu, wie Arka das Erz mit ihrer Anima weich werden ließ und ins Innere des Schlüssellochs träufelte. Unter dem Einfluss der Magie begann das Metall rot zu glühen.

»Ich dachte, Modellieren wäre nicht deine Stärke«, hauchte Sterix beeindruckt.

»Das ist nicht schwer, man muss bloß den Hohlraum des Schlosses ausfüllen«, erklärte Arka.

»Wo hast du das gelernt?«

»In Napoca«, erwiderte sie nur.

Sie zog ihre Anima aus dem Oreichalk zurück, das sofort hart wurde. Mit dem Stück, das außerhalb des Schlüssellochs geblieben war, drehte sie den improvisierten Schlüssel. Nach einem leisen Klicken glitt die Schublade widerstandslos heraus. Sterix schob die Hand hinein.

»Da sind sie!«, flüsterte er und hielt triumphierend den Ring und das Armband hoch.

Sie ersetzten die beiden Schmuckstücke durch die Kopien und verschlossen das Fach sorgfältig wieder. Arka legte das Flügelarmband an, glücklich, sein Gewicht wieder an ihrem Handgelenk zu spüren.

In diesem Moment hörten sie aus der ersten Etage einen gellenden Schrei.

Entsetzt sahen Arka und Sterix sich an.

»Was war das?«, flüsterte Sterix mit zitternder Stimme.

»Phreton!«, stieß Arka leise aus.

Sie stürzten die Treppe hinunter und reckten die Hälse, um zu sehen, was los war.

Mitten im Flur kam eine Dienerin rückwärts aus dem Badezimmer, die Augen weit aufgerissen.

»Zu Hilfe!«

Sie war es, die geschrien hatte. Irgendetwas im Bad musste sie zu Tode erschreckt haben. Auf der gegenüberliegenden Seite des Gangs versteckte Phreton sich noch immer in der Wandnische. Panisch drückte er die Tür auf und verschwand im Schlafzimmer. Im selben Moment erklangen Schritte vom Ende des Flurs und ein Licht zitterte auf der Treppe. Alarmiert durch den Schrei der Frau, eilten Magier die Stufen hoch. Arka sah ihren Mentor auftauchen, eine Leuchtsphäre in der Hand.

Sie packte Sterix am Arm und zog ihn zurück. Sie wusste nicht, was los war, doch eins war klar: Man durfte sie auf keinen Fall hier erwischen, wo sich soeben irgendetwas Furchtbares zugetragen hatte. Sie rannten wieder nach oben ins Arbeitszimmer und stürzten zum Fenster.

»Das ist zu hoch, hier lang können wir nicht abhauen«, stöhnte Sterix.

Ein Stockwerk weiter unten kletterte Phreton gerade übers Balkongeländer und machte sich an den Abstieg. Er hatte nicht mal versucht, sie zu warnen. Mit einem verächtlichen Schnauben sprang Arka aufs Fensterbrett.

»Komm auf meinen Rücken!«, befahl sie.

»Was?«

»Los, mach schon!«

Zu kopflos, um zu widersprechen, gehorchte er und klammerte sich an ihren Hals. Schwankend unter seinem Gewicht, bewegte Arka sich am Rand des Abgrunds.

»Was tust du da?«, japste Sterix.

»Ich hoffe, du bist schwindelfrei«, erwiderte Arka nur mit einem Blick in die Tiefe.

»Nein, ich habe mir immer gewünscht, in der ersten Ebene zu wohnen …«

»Pech für dich!«

Und Arka sprang.

Eine halbe Sekunde lang befanden sie sich im freien Fall. Sterix schnappte vor Angst nach Luft. Arka presste ihren Daumen auf das Siegel des Flügelarmbands. Ein Klicken ertönte, das Armband entfaltete sich und bedeckte ihren Oberkörper mit feinen, kupfern schimmernden Metallfedern. Die Federn breiteten sich immer weiter aus, sprossen aus ihren Schultern, um zwei riesige Raubvogelschwingen zu bilden.

Unter Phretons verdattertem Blick rasierten sie im Sturzflug an der Plattform entlang. Arka spürte, wie ihre Brust die Mosaiken streifte, ehe wieder der Abgrund unter ihnen klaffte. Sterix auf ihrem Rücken schrie und umklammerte sie so fest, dass er sie halb erwürgte. Ein Turm tauchte aus der Dunkelheit auf und raste auf sie zu. Im letzten Moment drehte Arka bei, um ihn nicht frontal zu erwischen. Sie hörte, wie ihre oreichalkenen Steuerfedern über den Stein schabten. Dann tauchte sie unter einem Kanal weg, flog über einen anderen drüber, schlängelte sich zwischen zwei Türmen hindurch. Von Sterix' Gewicht niedergedrückt, verloren sie rasch an Höhe. Bei dem Tempo würden sie am Boden zerschellen.

»Wir müssen eine Wasserlandung machen!«, rief sie Sterix zu und wich ganz knapp dem kolossalen, dunklen Umriss eines Turms aus.

Sterix quittierte das Manöver mit einem Todesschrei.

Arka entdeckte einen langen Kanal in der zweiten Ebene, schwenkte um und stürzte auf die silbrige Wasserfläche zu.

»Eins …«

Mit weit ausgebreiteten Flügeln hielt sie sich dicht über dem Kanal.

»Zwei …«

Beim Anblick des strömenden Wassers erinnerte sie sich plötzlich wieder daran, dass sie nicht schwimmen konnte.

»Drei!«

In einer einzigen Bewegung schloss Arka die Schwingen gleich einem Kokon um sich und presste die Hand auf ihre Brust. Sofort zogen sich die Federn zurück und nahmen wieder die Gestalt eines Armbands an ihrem Handgelenk an. Wie ein Stein plumpsten Arka und Sterix in den Kanal und lösten eine kleine Flutwelle aus. Arka spürte, wie sie versank, während ihr das kalte, finstere Wasser in die Nase drang. Sterix, der sich noch immer an ihren Hals klammerte, zog sie zum Grund. Sie zappelte und rammte ihm den Ellbogen in die Rippen, bis er sie endlich losließ. In einem Strudel aus Algen und Luftblasen unterdrückte sie krampfhaft ihren Atemreflex.

Plötzlich berührten ihre Leinenschuhe den schlammigen Kanalboden. Mit einem durch Magie verstärkten Tritt befreite sie sich aus dem Morast, schnellte wie ein Korken nach oben und durchbrach in einer Fontäne die Wasseroberfläche. Sie ruderte wie wild mit den Armen, um die paar Ellen zu überwinden, die sie vom Rand trennten, und zog sich schließlich entkräftet auf die Kaimauer hoch. Genauso erschöpft wie sie, erreichte Sterix das gegenüberliegende Ufer.

Eine Weile rührten sie sich nicht vom Fleck, keuchend, erstaunt, dass sie noch am Leben waren.

»Wenn das mal nicht die dreckige kleine Schildkrötendiebin ist!«

Langsam drehte Arka den Kopf. Ein paar Schritte von ihr entfernt waren drei massige Silhouetten aufgetaucht. Sie seufzte genervt.

»Was ist los, Arka?«, rief Sterix von der anderen Seite des Kanals aus. »Wer ist das?«

»Wir sind das Titanen-Trio!«, trompetete Ari.

»Was für ein schwachsinniger Name«, meinte Arka nur. »Hat euch die Abreibung vom letzten Mal noch nicht gereicht?«

Sie fuhr sich übers Gesicht und stand auf, triefend vor brackigem Wasser. Vom anderen Ufer aus verfolgte Sterix ängstlich den Wortwechsel.

»Arka …«, stöhnte er.

»Keine Sorge, Sterix, geh zurück in die siebte Ebene, ich mach das hier schon«, sagte sie, während sie ihre pitschnasse Tunika auswrang.

»Genau!«, johlte Alci.

Er holte einen Gegenstand aus seiner Tasche und schleuderte ihn in ihre Richtung. Das Geschoss zersprang unter gläsernem Klirren vor ihren Füßen. Süßlich riechender, violetter Dunst hüllte sie ein.

›Eine Betäubungskugel. Mist‹, dachte Arka, ehe sie das Bewusstsein verlor.

Lastyanax

Zwei Stunden zuvor hatte Lastyanax die Villa des Mystografen durch den Haupteingang betreten. Hätte er, wie Arka, über den Balkon einsteigen müssen, er hätte sich auch nicht unwohler gefühlt. Seit seiner Ankunft in der siebten Ebene vor fünf Jahren hatte er kaum je Gelegenheit gehabt, diese Art von Veranstaltungen zu besuchen. Manchmal nahmen die Mentoren ihre Eleven zu solchen Festen mit, um sie in die gehobenen Kreise einzuführen. Doch Palates hatte nichts übrig für gesellschaftliche Verpflichtungen – unerhört für einen Politiker – und widmete seine Zeit lieber der Suche nach mehr oder weniger raren Objekten, wofür er Lastyanax in sämtliche Winkel Hyperboreas schleifte. Daher kannte dieser die Stadt nun wie seine Westentasche, hatte aber keinerlei Erfahrungen mit mondänen Empfängen.

Sein erster Fehler war, pünktlich zu kommen. Die wichtigen Magier erschienen mindestens eine Stunde zu spät, das war bekannt. Lastyanax irrte also durch die Menge, ein Glas in der Hand, auf der Suche nach einem vertrauten Gesicht. Das Fest fand in Silenos' grandiosem Atrium statt, in dessen Zentrum eine große, von einem Springbrunnen angetriebene Wasserorgel stand. Lastyanax wünschte sich, Petroklos wäre hier. Er nahm es dem Mystografen noch immer übel, ihn nicht eingeladen zu haben, auch wenn er zugeben musste, dass sein Freund sich keine besondere Mühe gegeben hatte, dies zu verdienen. Schließlich entdeckte er zwei nicht gerade glänzende Kommilitonen seines Jahrgangs. Hocherfreut, sich mit Lastyanax' Gesellschaft zu schmücken, beschrieben sie wichtigtuerisch die unbedeutenden Aufgaben ihres Karriereeinstiegs. Doch Lastyanax hörte ihnen nur mit halbem Ohr zu, während er nach Pyrrha Ausschau hielt. Wenn sie sähe, dass er sich mit denen unterhielt …

Außer dem Mystografen, der von einem Gast zum anderen schwirrte, war bisher nur ein prominenter Magier anwesend: Trierios, der Kolonialminister. Ein Glas in jeder Hand, stand er neben der Wasserorgel und wackelte mit dem Kopf. Lastyanax verabschiedete sich von seinen ehemaligen Kommilitonen, die ihm enttäuscht hinterhersahen.

»Aaaah, Lastyanax! Kommen Sie her«, sagte Trierios und legte ihm freundschaftlich eine Hand auf die Schulter. Trotz der frühen Stunde waren seine Augen schon getrübt vom Honigwein. »Hübsche Toga«, lobte er, nachdem er ihn kurz gemustert hatte.

»Danke«, antwortete Lastyanax.

Entschlossen, den Fehltritt des Großen Preises nicht zu wiederholen, und mit Aspasias Bemerkungen noch im Ohr, hatte er die Dienste eines namhaften Schneiders in Anspruch genommen. Nachdem er drei Stunden auf einem Hocker gestanden und gegen die extravagantesten Ideen des Mannes sein Veto eingelegt hatte (»aber ja doch, diese geblümte Seide würde Ihnen wunderbar schmeicheln«), hatte Lastyanax mit einer nachtblauen Tunika von schlichter Eleganz das Atelier verlassen.

»Man würde nicht glauben, dass Sie aus der ersten Ebene kommen«, fuhr Trierios mit der Unbefangenheit eines Betrunkenen fort. »Sie müssen bei den Frauen mächtig Erfolg haben.«

Er unterstrich seine Worte mit einem anzüglichen Blick. Lastyanax dachte an Aspasia und kippte schnell einen großen Schluck Honigwein herunter, um die Erinnerung an dieses Gespräch zu verscheuchen. Pyrrhas Schwester war nicht die Einzige, die ihn umgarnte. Seit Kurzem machten ihm einige Magiertöchter schöne Augen. Zwei Mal schon hatte er vor reichen alten Jungfern fliehen müssen, die ihn zu einem Familienessen einladen wollten. Doch er hatte den Verdacht, dass dieses plötzliche Interesse eher seinem Ministeramt als seinem Charme geschuldet war.

»Wo wir gerade vom Weibsvolk reden, da ist eines der bewundernswertesten Exemplare!«, rief Trierios mit einem Blick über Lastyanax' Schulter aus.

Lastyanax verdrehte sich den Hals, überzeugt, Pyrrha in Begleitung von Rhodopis zu sehen. Doch Trierios meinte die blonde Bedienung, die schon beim Großen Preis des Basileus gearbeitet hatte und die sich ihnen mit einem Tablett näherte.

»Kommen Sie hierher, meine Kleine«, sagte Trierios, indem er sie zu sich winkte. »Ich gebe Ihnen ... das«, er stellte die beiden leeren Gläser aufs Tablett, »und nehme mir ... das«, fügte er hinzu, indem er sich zwei volle griff.

Während die Dienerin weiterging, prostete er Lastyanax mit einem davon zu.

»Worauf sollen wir anstoßen, Lastyanax?«

»Auf den Nutzen des Rates?«, murrte der.

Im Laufe der letzten Sitzungen waren all seine Vorschläge bestenfalls freundlich ignoriert, schlimmstenfalls verächtlich abgeschmettert worden. Seine Anregung, an jeder Mautstation Netze anzubringen, um das Wasser der Kanäle zu filtern, zum Beispiel, hatte der Oberste Schatzmeister als reine Verschwendung abgetan. Also hatte Lastyanax beschlossen, die Installation der Netze selbst zu finanzieren. Indem er den Beamten des Magisteriums keine Ruhe ließ, hatte er obendrein erreicht, dass fünf der fünfzehn defekten Luftreinigungssiegel wieder in Betrieb genommen wurden. Diese Initiativen waren bei den Plebejern gut angekommen. Der Rat jedoch blieb seinen Ideen gegenüber taub und schien sogar irritiert von seiner wachsenden Beliebtheit. Nur Trierios unterstützte ihn.

»Aber, aber, so schnell dürfen Sie nicht den Mut verlieren«, erwiderte der Kolonialminister freundlich. »Wenn Sie so viele Jahre wie ich Mitglied des Rates waren, *dann* haben Sie das Recht, verzweifelt zu sein. Allerdings weiß ich nicht, wie lange ich ihm noch angehören werde ...«, fügte er hinzu und stierte düster auf den Grund seines Glases.

»Warum?«, fragte Lastyanax erstaunt.

»Sie wissen, warum. Der Rat interessiert sich immer weniger für das Schicksal der Kolonien. Ganz gleich, wie oft ich eine Privataudienz beim Basileus erbitte, um ihn daran zu erinnern, dass wir den Großteil unserer Nahrungsmittel und unseres Weins aus ihnen beziehen, er hört nicht auf, sie an Lykurg zu veräußern. Haben Sie gehört, dass er gerade die Halbinsel Ogygia gegen einen alten Vogel Rokh getauscht hat? Ja, wir haben soeben unsere erzreichste Kolonie für ein Haustier hergegeben.«

Er schüttelte den Kopf und leerte sein Glas in einem Zug. Lastyanax wollte ihm gerade weitere Fragen stellen, da starrte Trierios panisch auf einen Punkt in der Menge.

»Sieht so aus, als wollten Ihre Freunde Sie begrüßen«, sagte er hastig. »Ich lasse Sie wohl besser allein.«

Damit lief er wie von der Tarantel gestochen davon. Verdattert blickte Lastyanax hinter sich, um zu sehen, vor wem er so plötzlich geflohen war.

Es war Pyrrha, begleitet von einem strahlenden Rhodopis. Ganz offenkundig hatte Trierios das missglückte Essen mit der jungen Frau noch nicht verdaut. Lastyanax dagegen hatte den Gedanken noch nicht verdaut, dass sie mit Rhodopis zusammen war. Der grüßte, großspuriger denn je, alle in der Runde, einen beschützenden Arm stolz um die Schultern seiner Freundin gelegt, die es gewaltig zu nerven schien, derart präsentiert zu werden.

»Laaast!«, rief Rhodopis, indem er direkt auf ihn zusteuerte.

»Hallo, Lastyanax«, sagte Pyrrha, noch immer unter Rhodopis' Arm geklemmt.

Sie schüttelte ihn ab und umarmte Lastyanax herzlich. Freudig überrascht, fragte Lastyanax sich, was ihm diese Gunst bescherte. Er verstand die Frauen definitiv nicht. Pyrrha ließ ihn los und betrachtete das Glas in seiner Hand.

»Was ist das?«, fragte sie. »Honigwein? Perfekt.«

Sie nahm ihm den Kelch aus der Hand und leerte ihn in einem Zug, wie Trierios. Rhodopis wollte ihr wieder den Arm um die Schulter legen, doch Pyrrha machte schnell einen Schritt zur Seite und jubelte:

»Oooh, eine Wasserorgel!«

Wieder wunderte sich Lastyanax über ihr Verhalten. Normalerweise wäre sie wegen einer Wasserorgel nicht so in Verzückung geraten – sie hatte selbst eine viel schönere zu Hause. Da Rhodopis sich schon wieder mit seinem Arm anpirschte, trat Pyrrha auf das Instrument zu, als wolle sie dem Organisten aufmerksam lauschen. Endlich ging Lastyanax ein Licht auf, das waren lauter Ausweichmanöver! Er triumphierte innerlich.

»Würdest du uns ein Stück vorspielen, Pyrrha?«, bat er mit breitem Lächeln.

»Ja!« Es klang erleichtert.

Sie ging um die Orgel herum und verscheuchte den Musiker. Die Gäste unterbrachen ihre Gespräche, um sich dem plötzlich verstummten Instrument zuzuwenden. Unbeeindruckt von all den auf sie gerichteten Blicken, raffte Pyrrha ihre Toga und setzte sich. Einen Moment lang herrschte im Atrium vollkommene Stille. Selbst der Springbrunnen schien nicht mehr zu plätschern. Dann legte Pyrrha ihre Hände auf die Tastatur und begann ein schwieriges Stück zu spielen, das den Saal mit einer stürmischen Melodie erfüllte, ganz anders als die populären Liedchen, die der Organist gerade noch geklimpert hatte. Die Gäste tuschelten, beeindruckt von ihrer Virtuosität und schockiert, dass eine Frau der gehobenen hyperboreischen Gesellschaft sich so zur Schau stellte. Lastyanax hätte am liebsten laut losgelacht. Ja, das war typisch Pyrrha – die großartige und unabhängige Pyrrha, die er seit der Attribution bewundert hatte, bevor sie Hyperboreas umschwärmteste Zicke wurde.

»Sie kann Orgel spielen?«, staunte Rhodopis an seiner Seite.

»Schon seit sie klein war. Sie nutzt jeden Moment, in dem ihre Eltern nicht zu Hause sind, um sich an ihr eigenes Instrument zu setzen«, antwortete Lastyanax.

Er vermisste Petroklos jetzt noch mehr. Im vorigen Jahr waren sie beide oft in Pyrrhas Villa gewesen, hatten ihr beim Spielen zugehört und so getan, als würden sie lernen, sobald ihre Eltern nach Hause kamen. Diese standen Pyrrhas musikalischer Begabung ebenso ratlos gegenüber wie ihrer Entschlossenheit, Magierin zu werden. Woher kam nur diese Extravaganz, wo sich doch die drei anderen Töchter der Familie mit sehr viel vernünftigeren Dingen beschäftigten, wie zum Beispiel, auf möglichst viele Feste zu gehen, um eine gute Partie an Land zu ziehen? Nachdem der Schock ihres Erfolgs bei der Attribution erst einmal überwunden war, sah Pyrrhas Mutter darin die Chance für sie, sich einen Ehemann zu angeln. Umso enttäuschter war sie, als sie feststellte, dass die Bekanntschaften ihrer Tochter – Lastyanax und Petroklos – nicht mal aus der siebten Ebene stammten. Doch Pyrrha schenkte ihrer Kritik keinerlei Beachtung. Lastyanax hätte alles darum gegeben, in diese Zeit zurückzukehren, die so nah und doch so unerreichbar fern war.

»Stimmt, ihr wart ja ziemlich gut befreundet, Pyrrha, Petroklos und du«, bemerkte Rhodopis. »Wann habt ihr drei eigentlich aufgehört, miteinander abzuhängen? Als du angefangen hast, mit Pyrrha zu gehen, oder als sie dich zwei Dekaden später wieder abserviert hat?«

Und schon war alle Nostalgie dahin. Sprachlos drehte sich Lastyanax zu Rhodopis um. Woher wusste er …? Niemand hatte je von ihrer kurzen Romanze erfahren. Nicht mal Petroklos, obwohl er sicher etwas geahnt hatte. Von einem Tag auf den anderen hatten Pyrrha und Lastyanax nicht mehr miteinander geredet. Seitdem war es nur immer schlimmer geworden.

»Schau mich nicht so an, Last«, meinte Rhodopis mit spöt

tischem Lächeln. »Ich wiederhole nur, was sie mir gesagt hat. Du bist doch eh drüber weg, oder?«

Lastyanax antwortete nicht. Er drehte sich zu Pyrrha um, die ihn durch die kristallenen Orgelpfeifen hindurch beobachtete und dabei fortfuhr, dem Instrument eine Melodie zu entlocken, wie sie noch nie aus ihm erklungen war. Zum ersten Mal, seit sie sich kannten, war er ihr wirklich böse. Er hatte ihr immer bereitwillig all ihre Neckereien verziehen, weil sie so taktvoll gewesen war, sie nur vor ihm zu äußern. Doch die Vorstellung, dass sie mit Rhodopis über ihn gewitzelt hatte …

»Bedanke dich bei ihr von mir für das Konzert«, sagte Lastyanax.

Dann machte er auf dem Absatz kehrt und verschwand zwischen den Magiern. Hinter ihm war die Wasserorgel verstummt. Sicher ging Pyrrha jetzt gerade wieder zu Rhodopis, um sich mit ihm zusammen über ihn lustig zu machen. Mit Pyrrha war er fertig.

»Lieber Lastyanax! Sie verlassen uns doch wohl noch nicht?«

Indem er die Menge mit seinem Bauch durchpflügte, erreichte der Mystograf ihn im Nu. Mit seinem Ex-Professor Banalitäten austauschen war wirklich das Letzte, was Lastyanax jetzt ertragen konnte.

»Entschuldigen Sie mich, übermorgen tagt der Rat, ich muss …«, begann er, schon halb dem Ausgang zugewandt.

»Also wirklich, das kann warten«, unterbrach Silenos ihn und versperrte ihm mit überraschender Behändigkeit den Weg. »Schauen Sie sich um, alle Minister sind hier! Selbst der Eparch hat geruht, zu meinem kleinen Tanzvergnügen zu erscheinen, mit anderen Worten, der nächste Rat ist nicht so wichtig. Wirklich, der Basileus selbst kann zu seinem Jubiläum nicht mit so einer hübschen Palette an Gästen rechnen. Und ich werde gleich eine Rede zu Ehren Ihres Jahrgangs halten, in der ich Sie mehrmals lobend erwähne. Es wäre doch schade, das zu verpassen, oder?«

Überfordert vom Redeschwall seines Ex-Professors, suchte Lastyanax nach einer Entschuldigung, um sich davonzumachen. Er wollte gerade zu einer Antwort ansetzen, als ein Schrei durchs Atrium gellte. Sofort verstummten sämtliche Gespräche.

»Was war das?«, fragte der Mystograf mit zitternder Stimme.

Lastyanax lauschte der Stille, das Gesicht zur Decke gehoben. Plötzlich schrie eine Frauenstimme: »Zu Hilfe!« Einen Moment lang fürchtete er, es wäre Pyrrha, doch der Hilferuf kam von einer Treppe, die an der Seite des Atriums im Dunkeln lag.

Eine Leuchtsphäre schwebte zu ihm, während er, gefolgt von Silenos, zu der Treppe stürzte. Die Kugel in der Hand, nahm er immer vier Stufen auf einmal und platzte in einen schummrigen Flur. Eine Frau stand dort reglos, den Blick starr auf eine offene Tür vor sich gerichtet. Lastyanax erkannte Trierios' Lieblingsbedienung. In ihrer Schockstarre hatte sie sein Kommen nicht bemerkt.

Er näherte sich, wobei er die Leuchtsphäre vor sich in die Höhe hielt.

»Was ist passiert?«, fragte er die Frau, deren Gesicht vom Licht und Schatten zerfurcht war.

Wortlos deutete sie auf die Tür. Lastyanax hob die schimmernde Kugel etwas höher. In dem finsteren Raum zeichneten sich die Umrisse von vier Marmorwannen ab.

»Ein ... ein ... da drin«, stammelte die Dienerin und deutete zitternd auf das größte Becken.

Mit klopfendem Herzen betrat Lastyanax den Raum. Das Licht der Kugel glitt über die Mosaiken, die Cremetöpfe, die Marmorränder. In der Wanne wurde eine Gestalt sichtbar. Lastyanax schnappte vor Verwunderung nach Luft.

Es war die zweite Leiche, die er innerhalb von drei Monaten fand.

Die zweite Leiche eines Ministers noch dazu.

Vom Grund der Wanne, wo er in einer dunkelroten Lache badete, starrte Trierios ihn an, die Hände noch um den Hals gekrallt, als versuche er, die klaffende Wunde wieder zu schließen, die eine Klinge an seiner Kehle hinterlassen hatte.

8

DER KLAN DES BLAUEN LOTUS

Lastyanax

Das Fest des Mystografen wurde frühzeitig beendet. Sobald sich die Nachricht verbreitete, suchte die Hälfte der Gäste schleunigst das Weite; die andere Hälfte blieb, in der Hoffnung, ein paar makabre Details zu erfahren. Da sie die jedoch von niemandem bekamen, verloren sie die Lust und gingen ebenfalls nach Hause. Inzwischen war die Polizei eingetroffen, um die Dienerin und Lastyanax zu vernehmen. Weder der eine noch die andere hatten irgendetwas gesehen, was den Ermittlern helfen konnte, festzustellen, unter welchen Umständen Trierios zu Tode gekommen war. Die Dienerin war ins Bad gegangen, um ihre Tunika zu reinigen, die ein ungeschickter Gast mit Wein bekleckert hatte. Sie hatte die Leiche erst im Hinausgehen bemerkt, da sie vom Rand der Wanne verdeckt wurde. Niemandem war aufgefallen, dass Trierios nach oben gegangen war, noch hatte man sonst irgendetwas Ungewöhnliches bemerkt. Nur ein betrunkener Magier behauptete, er habe einen riesigen kreischenden Vogel von der Villa davonfliegen sehen, als er auf der Terrasse stand – doch er selbst fragte sich, ob diese Beobachtung nicht eher dem Honigwein geschuldet war.

Lastyanax sah zu, wie Silenos' Diener den Toten in ein Leinentuch wickelten und ihre blutbefleckte Last zur Villa des

Verstorbenen brachten. Er ging hinaus in den Flur, um der morbiden Atmosphäre des Tatorts zu entfliehen. Diesmal bestand kein Zweifel: Es handelte sich um Mord. Man hatte Trierios die Kehle aufgeschlitzt, während des Festes. Doch was hatte er in der ersten Etage zu suchen gehabt, in einem Badezimmer? Was hatte ihn dort hingelockt? Und vor allem, wer hatte ihn getötet?

Neben ihm, auf die Stufen gekauert, weinte die Dienerin leise vor sich hin. Sie stammte aus der dritten Ebene und hatte das Glück gehabt, bei einem renommierten Organisator von Feierlichkeiten eine Anstellung zu finden. Der Chefkellner hatte sie gefeuert, sobald er von ihrer Anwesenheit im Obergeschoss erfahren hatte: Den Bedienungen war es nicht gestattet, die Privaträume der Gastgeber zu betreten. Lastyanax zog ein Taschentuch aus seiner Toga und reichte es ihr wortlos. Sie nickte ihm dankbar zu.

Mit gerunzelten Brauen stieg er die Treppe hinunter. Zwei ermordete Minister, dazu der gescheiterte Angriff auf ihn – man wollte sich der Ratsmitglieder entledigen. Doch zu welchem Zweck? Kein Minister war unersetzbar. Hatte Trierios etwa auch Zweifel gegenüber Themiskyra geäußert? In dem Fall verbarg sich hinter diesem jüngsten Verbrechen gewiss auch Lykurgs geheimnisvoller Gesandter.

Im Kanalgeschoss irrte Silenos unter Schock durchs Atrium und war seinen Bediensteten im Weg, die Tische wegtrugen und Statuen wieder an ihre Plätze stellten. Lastyanax dachte kurz an Arkas Worte. Nein, es war absurd, den Mystografen zu verdächtigen. Niemand konnte sich derart gut verstellen. Der sonst so quirlige Professor wirkte plötzlich um Jahre gealtert.

»Wie fühlen Sie sich?«, fragte Lastyanax.

Silenos starrte ihn an, als wäre er gerade aus dem Schlaf geschreckt.

»Ach, Sie sind's, Lastyanax. Gut, nehme ich an. Mir hat man ja nicht die Kehle durchgeschnitten. Eieiei, in was für einer Welt leben wir bloß?«

Sein Bauch bebte vor Gram.

»Einer komplizierten Welt«, antwortete Lastyanax in Gedanken an Pyrrha. »Glauben Sie, dieser Mord steht in Zusammenhang mit dem Gesandten, über den wir gesprochen haben?«, fügte er leise hinzu.

Silenos zuckte mit den Schultern und erwiderte, ebenso leise und scheinbar in das Ballett der Bediensteten vertieft:

»Es würde mich wundern, wenn er sich einer so offensichtlichen Methode bedienen würde. Der Mord an einem Minister in meinem Haus, während eines Empfangs, bei dem gut hundert Magier anwesend waren! Falls er der Welt verkünden wollte, dass er beabsichtigt, sich in die politischen Angelegenheiten Hyperboreas einzumischen, dann wäre das genau das Richtige.«

»Das ist in der Tat sehr sonderbar«, antwortete Lastyanax und dachte dabei an den Überfall auf ihn.

Bisher war er überzeugt gewesen, dass der Angreifer vorgehabt hatte, seine Morde als Unglück zu tarnen, wie bei Palates. Doch warum hätte er Trierios dann auf so spektakuläre Weise umbringen sollen?

Vielleicht war diese Tat nicht direkt von Lykurg in Auftrag gegeben worden. Andere hyperboreische Politiker zogen mit Sicherheit ebenfalls Profit aus dem Verkauf der Kolonien, angefangen beim Eparchen, dem ärgsten Widersacher Trierios'. Nachdenklich verabschiedete sich Lastyanax vom Mystografen. Am Ende der Laternenallee gönnten sich die

Postillione eine Pause nach dem Ansturm der Gäste, die alle zugleich ihre Schildkröten abgeholt hatten. Mit dem Rücken zu ihm, saßen sie am Kanal und unterhielten sich aufgeregt über den Mord.

»Das war bestimmt 'ne politische Geschichte, die gehen doch alle über Leichen, da droben im Magisterium.«

»Ich wette mit dir, dass der den Klans Gold geschuldet hat. Meine Schwester wäscht bei ihm, und die hat mir erzählt, dass der Trierios immer geschmuggelten Wein und Dirnen aus der ersten Ebene mitgebracht hat. Anscheinend hat ihn der Blaue Lotus damit versorgt.«

»Der Blaue Lotus?«, wiederholte Lastyanax.

Dieser Name tauchte nun schon zum zweiten Mal im Zusammenhang mit den Morden auf, was Lastyanax' Verdacht dem Eparchen gegenüber weiter nährte. Getreu seiner Bündnispolitik mit der Unterwelt, überließ Mezentius es den Klans, in der ersten Ebene für Ordnung zu sorgen. Es war allgemein bekannt, dass er dafür von den Ganoven einen guten Teil der Einkünfte aus ihren Geschäften – Prostitution, Erpressung, Schmuggel – erhielt. Wenn Trierios dem Blauen Lotus Geld schuldete, so schuldete er auch dem Eparchen welches.

Die Postillione sprangen auf die Füße und tauschten verlegene Blicke.

»Jawohl, der Klan des Blauen Lotus, Meister«, bestätigte derjenige, der zuvor gesprochen hatte, eilfertig. »Na ja, meine Schwester hat mir das erzählt, ich selbst weiß nichts darüber. Soll ich Ihre Schildkröte holen gehen, Meister?«

Lastyanax reichte ihm seufzend seine Marke. Wenn er kein Magier gewesen wäre, hätten die Postillione ihm, ohne zu zögern, mehr verraten. Doch er war Magier, und man musste immer aufpassen, wenn man mit einem Magier sprach.

»Ja, tun Sie das.«

Der Bedienstete verschwand eilig in der Dunkelheit. Einen Augenblick später hörte man, wie sich jemand im Laufschritt näherte. Lastyanax dachte, es wäre der Postillion, der noch einmal zurückkehrte. Doch stattdessen erschien ein junger Mann in schwarzem Gymnastikanzug, der aussah, als hätte man ihn gerade aus einem Kanal gezogen. Atemlos blieb er vor ihm stehen. Lastyanax erkannt Sterix, den Neffen des Obersten Bibliothekars.

»Meister … Lastyanax«, hechelte der Junge. »Ihre Elevin, Arka, sie wurde von Verbrechern entführt. Sie haben eine Betäubungskugel nach ihr geworfen und sie dann mitgenommen. Es waren drei, mit einem komischen Bandennamen. Die Dämonischen Drillinge … nein, das war es nicht. Die Tollwütige Triade … nein, auch nicht. Ah, ja, jetzt fällt's mir wieder ein: das Titanen-Trio.«

Arka

Sie hatte den Brandstifter verletzt. Chirone … Nein, sie konnte nicht an Chirone denken. Noch nicht. Nicht, solange sie ihre gesamte Energie auf die Flucht konzentrierte. Sie musste laufen, ohne anzuhalten. Um sie herum gingen die Eukalyptusbäume wie Zunder in Flammen auf. Die Trockenheit der letzten Dekaden hatte ihre langen Blätter in perfektes Brennmaterial verwandelt. Arka hörte sie unter ihren Füßen knacken, während sie den Weg entlangrannte, so schnell sie konnte. In dem dichten Rauch sah sie keine drei Schritte weit. Sie stürzte nur deshalb nicht, weil ihr das Gelände vollkommen vertraut war. Ab und zu tauchten zwischen den grauen Schwaden dicke Baumstümpfe auf wie Gespenster in einem Höllenszenario. Der Sauerstoffmangel machte sie ganz benommen. Weit würden ihre Beine sie nicht mehr tragen, ihre Schritte wurden bereits langsamer. Plötzlich riss in dem Qualm eine Lichtschneise auf. Vor ihr erstreckten sich die glatten schwarzen Wasser des Thermodon, in denen sich rot die Feuersbrunst spiegelte. Sie konnte nicht schwimmen. Trotzdem warf sie sich in den Fluss …

Das Erste, was Arka spürte, als sie aufwachte, waren bohrende Kopfschmerzen. Mit geschlossenen Lidern massierte sie die riesige Beule, die ihre Schläfe zierte. ›Wo habe ich mir die denn geholt?‹, fragte sie sich. Sie kauerte in einer ungemütlichen Pose, den Rücken an eine kalte Mauer gelehnt, die Beine schräg angewinkelt. Nach und nach stellte sich die Erinnerung wieder ein: Der Einbruch beim Mystografen. Der Sturzflug. Die Drillinge und ihre Betäubungskugel.

Benebelt öffnete Arka die Augen. Ihre Kleider waren noch feucht, viel Zeit konnte seit ihrer Begegnung mit dem Trio also nicht vergangen sein. Sie befand sich in einer Art ausgetrocknetem Brunnen, der vier Schritt über ihr von einem dicken Eisengitter verschlossen wurde. Er war offenbar in den Boden eines beleuchteten Raumes gegraben, denn Licht drang durch die runde Öffnung hinein. Die Drillinge mussten sie hier reingeworfen haben, daher die Beule.

Arka stützte sich an der Wand ab und stand langsam auf. Sie war ganz sicher in der ersten Ebene, dem einzigen Ort in Hyperborea, wo man einen Schacht ausheben konnte. Im Halbdunkel tastete sie den rauen Fels ab. So dumm sie waren, hatten die Drillinge es dennoch geschafft, sie einzusperren. Sie fragte sich, ob Sterix rechtzeitig hatte fliehen können.

Die Lage war nicht rosig, doch Arka hatte sich schon aus

sehr viel brenzligeren Situationen befreit. Sie schüttelte den Kopf, um die Schläfrigkeit zu vertreiben, und hob den Blick zum Gitter. Eine kleine Levitation, ein Explosionssiegel an den Stäben, und hopp, wäre sie draußen.

Sie schloss die Augen und konzentrierte sich, um zu levitieren. Doch nichts geschah: Ihre Anima stockte in den Grenzen ihres Körpers. ›Das liegt sicher an der Betäubungskugel‹, dachte sie sich. Sie versuchte es noch ein Dutzend Mal, ohne Erfolg: Zehn Minuten später hatten ihre Füße den Boden noch immer nicht verlassen. Dabei musste die Wirkung der Betäubungskugel inzwischen verflogen sein. Arkas Geist war wieder ganz klar, ihre Sinne scharf. Warum konnte sie keine Magie anwenden?

Die erste Mystografiestunde fiel ihr wieder ein. Es gab vier Einschränkungen: Müdigkeit, Entfernung, Kälte und … Blau-Erz. Arka schloss die Augen, frustriert über ihre lange Leitung. Warum war sie nicht früher darauf gekommen? Sie war in einer Blauen Zone gefangen.

Seit dem Feuer im Wald von Arkadien hatte sie sich nie wieder an einem ähnlichen Ort befunden. Die Drillinge waren letztendlich gar nicht so dämlich. Blieb nur die Frage, wie es ihnen gelungen war, sich Blau-Erz zu besorgen … Nur die Amazonen besaßen es.

Arka suchte die Wände nach dem bläulichen Schimmer des Metalls ab. Nichts. Ihre Entführer hätten bestimmt kein Blau-Erz in Reichweite ihrer Gefangenen gelassen. Also mussten sich einige Klümpchen irgendwo in dem Raum über ihr befinden.

So weit war sie mit ihren Überlegungen gekommen, als Gepolter außerhalb des Brunnens ihre Aufmerksamkeit auf sich zog.

»Du glaubst wohl, dass du uns einfach so unbestraft beleidigen kannst, was?«, knurrte Alcis Stimme.

»Es heißt ›un*ge*straft‹, Dickwanst«, hörte sie Lastyanax antworten.

Etwas wurde über den Boden geschleift, dann erschien Alci oben hinter den Gitterstäben. Mit seiner riesigen Hand hielt er einen knallroten und zerknautschten Lastyanax am Hals gepackt. Er riss das Gitter auf und stieß ihn in den Brunnen. Im nächsten Moment fand Arka sich unter ihrem Mentor begraben am Boden wieder. Lastyanax erhob sich sofort mit verlegenem Hüsteln.

»Nichts gebrochen, Arka?«

»Ich bin froh, dass ich Ihren Sturz abfedern konnte, Meister«, brummte Arka und massierte sich die Rippen. »Was tun Sie hier?«

Lastyanax warf einen Blick nach oben. Alci war verschwunden.

»Sterix kam angerannt, als ich Silenos' Empfang gerade verlassen wollte«, antwortete er, indem er seine Toga glattstrich. »Um es kurz zu machen, er hat mir gesagt, dass die Drillinge dich entführt haben.«

»Und da sind Sie gekommen, um mich hier rauszuholen«, schloss Arka mit schiefem Grinsen.

Lastyanax hatte sie immerhin so gern, dass er ihr zu Hilfe geeilt war. Auch wenn seine mutige Geste nutzlos war, da sie nun beide gefangen waren, ohne eine Möglichkeit, ihre magischen Fähigkeiten zu nutzen.

»Hmm … öhm … ja«, murmelte Lastyanax. »Nur um dich zu retten, genau.«

»Wie haben Sie die Drillinge gefunden?«

»Ähm … Hmpf … Ich kenne sie ziemlich gut. Sie haben

mich immer in den Kanal geschubst, als ich klein war.« Er fuhr sich verlegen durchs Haar. »Ich glaube, sie waren der Grund, warum ich Magier werden wollte«, fügte er mit gerunzelter Stirn hinzu. »Um dich zu finden, brauchte ich nur ins Territorium des Blauen Lotus zu gehen und die Drillinge mit allen möglichen Schimpfworten zu belegen. Es dauerte keine zehn Minuten, bis sie aus ihren Löchern kamen. Und meine Beleidigungen waren wirklich sehr ausgesucht.«

Arka stellte sich ihren spröden Mentor dabei vor, wie er in seiner Abendtoga in der ersten Ebene Ganoven beschimpfte. Bei dem Gedanken, dass er sich zu etwas derart Vulgärem herabgelassen hatte, wurde ihr warm ums Herz.

»Dickwanst?«, merkte sie an.

»Na ja, mir gingen allmählich die Ideen aus ... Du kannst mir später erklären, wie du es geschafft hast, in diesem Brunnen zu landen. Jetzt lass uns erst mal verschwinden. Also, mal sehen, ein wenig Levitation ...«

»Äh ... Meister?«

»Ein Explosionssiegel, und ...«

»Meister?«

»Was?«

»Magie funktioniert hier nicht.«

Lastyanax blinzelte.

»Wieso das?«

Ohne ihre Antwort abzuwarten, ließ er seine geöffnete Handfläche nach vorn schnellen. Nichts geschah.

»Tatsächlich.« Verwirrt betrachtete er seine Finger. »Was ist hier los? Es gibt kein Problem der Distanz, der Müdigkeit, kalt ist es auch nicht ... Ha! Wir sind in einer Blauen Zone.«

Wieder blickte er auf seine Hand, das Phänomen schien ihn zu faszinieren. Arka verschränkte beleidigt die Arme. Lastyanax hatte in zwei Sekunden geschlussfolgert, wofür sie eine Viertelstunde gebraucht hatte.

»Irgendwo hier in der Nähe gibt es eine ziemlich große Menge Blau-Erz«, sagte sie rasch, ehe er ihr zuvorkommen konnte.

»Zweifellos«, antwortete Lastyanax. »Es wurde sicher in die Stadt geschmuggelt – wie wir es in den Registern der Karawanserei gesehen haben«, fügte er mit verblüffender Geschwindigkeit hinzu. »Wir müssen diesen Ort durchsuchen. Doch wie kommen wir raus aus dem Loch?«, sagte er mehr zu sich selbst.

»Von Hand«, schlug Arka fröhlich vor. »Haben Sie schon mal was von einer Räuberleiter gehört, Meister?«

Fünf Minuten später stand sie auf den Schultern ihres Mentors, die Arme emporgereckt.

»Kommst du dran?«, keuchte Lastyanax. »Du bist nicht gerade leicht.«

»Ich würde eher sagen, Sie sind nicht gerade stark«, knurrte Arka, auf die Zehenspitzen gereckt, um nach dem Gitter zu angeln.

Während Lastyanax weiter stöhnte, bekam sie einen der Stäbe zu fassen und zog sich mit der Hilfe ihres Mentors, der sie an den Knöcheln weiter nach oben drückte, daran hoch. Die Stangen waren äußerst solide, es war unmöglich, sie zu verbiegen. Sie klemmte ihre Füße dazwischen und schob, in der Luft hängend, die Hand hindurch. Ihre Finger ertasteten einen Riegel.

»Es ist abgeschlossen. Können Sie ein Schloss knacken, Meister?«

»Ich bin Magier.«

»Das macht doch nichts.«

»Sei still und komm wieder herunter.«

Seufzend fädelte Arka ihre Füße aus dem Gitter, sodass ihre Beine nach unten baumelten, ließ die Stangen los und landete wieder neben Lastyanax, der übellaunig die Fußabdrücke inspizierte, die sie auf seinen Schultern hinterlassen hatte.

»Von Hand, wie?«

»Wenn Sie eine bessere Idee haben, bitte«, erwiderte Arka.

»Ich habe eine«, gab Lastyanax zurück. »Wir warten.«

Er setzte sich auf den Boden, den Rücken an der Wand, die Knie vor der Brust angewinkelt. Nach kurzem Zögern tat Arka es ihm gleich. Sie zupfte am ausgefransten Saum ihres Ärmels herum und schämte sich plötzlich, dass sie sie beide in diese Lage gebracht hatte. Andererseits hatte sie ihren Mentor nicht um Hilfe gebeten. Und sie kannte ihn inzwischen gut genug, um zu ahnen, dass er außer der Sorge um sie noch einen anderen Grund gehabt hatte, herzukommen. Neben ihr lehnte Lastyanax den Kopf an die Wand und schloss die Augen.

»Warum haben die Drillinge dich hierhergebracht?«

»Öh … also …«, druckste Arka herum. »Sagen wir … öh, ich habe vor einer Weile eine ihrer Schildkröten geliehen, um in die siebte Ebene zu kommen, und das hat ihnen nicht gefallen.«

Lastyanax öffnete ein Auge.

»Geliehen, ja?«

»Ich hatte wirklich vor, sie zurückzugeben!«, erwiderte Arka entrüstet. »Aber sie haben mich verfolgt, und das ist übel ausgegangen. Seitdem versuchen sie sich zu rächen. Sieht so aus, als würde es ihnen doch noch gelingen«, fügte sie hinzu.

Für einen Moment schwiegen sie beide. Arka war überrascht und erleichtert, dass Lastyanax nicht mehr über die

Sache wissen wollte, was sie in ihrer Vermutung bestärkte, dass er nicht nur ihretwegen hier war. Leider war die Erleichterung von kurzer Dauer.

»Was hattet Sterix und du zu nachtschlafender Zeit in der zweiten Ebene zu suchen?«

Arka zermarterte sich das Hirn nach einer guten Begründung, die nichts mit dem Einbruch bei ihrem Mystografieprofessor und der Übertretung von einem halben Dutzend hyperboreischer Gesetze zu tun hatte.

»Wir waren spazieren, weiter nichts«, sagte sie schließlich schulterzuckend.

»Mitten in der Nacht?«

Arka wusste nicht, was sie darauf antworten sollte. Lastyanax kratzte sich am Kopf, hüstelte und starrte zur Brunnenöffnung, als hoffe er auf die Rückkehr ihrer Entführer.

»Arka«, hob er endlich an, »es ist meine Pflicht als Mentor, dich daran zu erinnern, dass du dich auf deine Ausbildung konzentrieren musst …«

Arka nickte artig.

»Ich weiß, wie das ist, in deinem Alter«, fuhr er in väterlichem Ton fort. »Man beginnt sich zu entwickeln, entdeckt seine Gefühle, Küsse im Mondschein …«

»Aber nein! Ganz und gar nicht!«, rief Arka entsetzt aus.

Doch dann wurde ihr klar, dass es besser war, sich an Lastyanax' Version zu halten. Sie musste sich gar keine Lüge mehr ausdenken, um zu erklären, warum sie in der zweiten Ebene gewesen waren.

»Also, ja, na gut, Sie haben recht, Meister«, gestand sie widerwillig. »Ich verspreche Ihnen, dass ich … ähm … mich nicht mehr ablenken lassen werde.«

Lastyanax nickte; mehr gab es dazu nicht zu sagen. Sie

lehnten sich an die Mauer und seufzten im Chor. Arka schloss die Augen, um das Bild ihres Mentors zu verscheuchen, der ihr was von Küssen im Mondschein erzählte. Wenigstens ahnte er nichts von ihrem Besuch beim Mystografen. Plötzlich kam ihr der Schrei der Dienerin wieder in den Sinn. Was war dort passiert?

»War das Fest schön?«, fragte sie unvermittelt.

Lastyanax warf ihr einen misstrauischen Blick zu.

»Wieso fragst du?«

»Ach, nur so. Meine Mitschüler haben im Unterricht über nichts anderes mehr geredet«, improvisierte Arka.

»Das wird sich auch so bald nicht ändern«, antwortete Lastyanax. »Der Kolonialminister wurde tot in Silenos' Badewanne gefunden. Und diesmal können wir sicher sein, dass es Mord war.«

Arka richtete sich auf und machte große Augen.

»Er wurde ermordet? Von wem? Einem der Männer Lykurgs?«

»Das bezweifle ich. So plump würde er nicht vorgehen. Ich tippe eher auf den Eparchen. Er hatte großes Interesse, Trierios loszuwerden, der sich als Einziger gegen den Verkauf der Kolonien stellte, außer mir natürlich. Obendrein hatte Trierios Schulden beim Klan des Blauen Lotus, der an den Eparchen Schmiergeld zahlt. Kurz, ich hatte noch einen Grund, dir zu Hilfe zu kommen.«

»Dann tun wir jetzt also so, als wären wir gefangen, während wir in Wahrheit Nachforschungen zum Klan des Blauen Lotus anstellen?«, knirschte Arka. »Ich mag Ihre Art, die Dinge zu sehen, Meister.«

Lastyanax ignorierte die Bemerkung und sagte nachdenklich:

»Ich habe mit allem gerechnet, nur nicht mit einer Blauen Zone. Woher konnte sich der Klan eine solche Menge Blau-Erz beschaffen? Und was hat er damit vor?«

»Das Blau-Erz kommt sicher aus dem Wald der Amazonen«, sagte Arka schulmeisterlich. »Es wurde vermutlich während des Brandes vor zwei Jahren gestohlen. Ein Teil der Vorräte ist an jenem Tag verschwunden.«

Sie hatte den Satz kaum beendet, da wurde ihr bewusst, was für einen ungeheuren Fehler sie begangen hatte. Nur einer Handvoll Amazonen war der Diebstahl der Klümpchen bekannt. Eine dreizehnjährige Elevin konnte davon eigentlich nichts wissen. Sie musste sich eine überzeugende Lüge ausdenken, eine Rechtfertigung, um Lastyanax von der logischen Schlussfolgerung abzubringen, die er aus alldem ziehen musste. Sie hörte sich eine verworrene Geschichte herunterhaspeln, in der es um einen napocanischen Onkel ging, der in Lykurgs Armee zwangsverpflichtet wurde und bei dem Waldbrand zugegen gewesen war. Ihr Mentor ließ sie reden, undurchdringlicher als ein Granitblock. Sie spann die Erzählung weiter, brachte Tatsachen und Daten durcheinander, merkte, dass ihre Glaubwürdigkeit schwand. Endlich schüttelte Lastyanax den Kopf.

»Arka, wenn du schon lügst, dann mach es wenigstens richtig. Deine Geschichten sind unerträglicher als eine Ratssitzung.«

Verdattert unterbrach sich Arka mitten in der Schilderung der Heldentaten ihres imaginären Onkels. Ein Schweigen breitete sich zwischen ihnen aus, so dicht, dass man es hätte schneiden können.

»Du bist eine Amazone, nicht wahr?«

Arkas Lungen schienen sich in zwei Säcke voll Blei zu verwandeln. Lastyanax hatte den richtigen Moment abgewartet, um sie zu entlarven: Hier in diesem Schacht gab es für sie kein Entrinnen.

Er beobachtete sie wie ein sprungbereites Raubtier. Er war Hyperboreer, sie eine Amazone: Allein das hauchdünne Band des Vertrauens, das sie im Laufe der letzten Monate geknüpft hatten, verhinderte, dass geschah, was eigentlich hätte geschehen müssen.

Da ging Arka plötzlich auf, wie falsch ihr Mentor seine Lage einschätzte. Ohne Magie hatte er gegen sie keine Chance. Diese Feststellung brachte sie von dem ersten instinktiven Impuls ab, alles in Bausch und Bogen abzustreiten.

»Seit wann wissen Sie es, Meister?«

Lastyanax' Schultern entspannten sich unmerklich.

»Ich hatte schon bei der Attribution so einen Verdacht. Deine draufgängerische Art, deine exzellente Note beim Fragebogen über die Amazonen trotz der völligen Unbildung, die deine katastrophale Rechtschreibung verriet …«

»Man muss nicht perfekt schreiben können, um eine Menge zu wissen«, grummelte Arka.

»… und natürlich die Tatsache, dass du Napocanisch mit Akzent sprichst. Ich habe sofort begriffen, dass Hyperboreisch deine Muttersprache ist. Und wer, außer den Hyperboreern, spricht unsere Sprache? Die Amazonen.«

Arka, die geglaubt hatte, ihren Meister seit Monaten an der Nase herumzuführen, kam sich mit einem Mal entsetzlich dumm vor. Sie hatte oft das Gefühl gehabt, in der Rangordnung seiner Sorgen einen der hintersten Plätze zu belegen, irgendwo zwischen seinem Fußnagel, der einzuwachsen drohte, und einer unerwünschten Falte seiner Toga. Doch nun wurde ihr bewusst, dass dieses Desinteresse bloß eine

Fassade gewesen war. Er hatte sie immer aus dem Augenwinkel beobachtet, ganz nebenbei.

»Und auch sonst gab es jede Menge Hinweise«, fuhr er fort. »Deine Teilnahme am Großen Preis des Basileus, deine ewigen Rangeleien mit Phreton, Palates' Axtsammlung, die plötzlich in deinem Zimmer war – ja, auch davon wusste ich. Kurz, ich dachte es mir schon seit einer ganzen Weile«, schloss er.

Arka kaute nervös auf einer Haarsträhne herum.

»Warum haben Sie mich nicht angezeigt?«, fragte sie. »Ich könnte eine Spionin sein.«

Lastyanax entfuhr ein spöttisches Lachen.

»Sehr wohl könnte ich eine sein!«

»Wenn die Amazonen so weit gesunken sind, dass sie dich als Spionin schicken müssen, dann ist es sowieso um sie geschehen.«

»Wenn das Magisterium erfährt, woher ich stamme, dann ist es um mich auch geschehen«, erwiderte Arka bitter.

Lastyanax' Lachen erstarb.

»Du kannst keine Spionin sein«, verkündete er kategorisch. »Erstens war dein Erfolg bei der Attribution pures Glück. Hättest du nicht zufällig den Fragebogen über die Amazonen erwischt, dann hättest du die letzte Prüfung niemals bestanden.«

Arka war furchtbar gekränkt, doch es war nicht in ihrem Interesse, Lastyanax zu widersprechen. Außerdem hatte er recht.

»Zweitens hast du dich nie bemüht, das Amazonenklischee nicht zu bedienen, ich frage mich sogar, warum niemand außer mir erraten hat, woher du kommst. Drittens …«

»Was soll das sein, das ›Amazonenklischee‹?«, unterbrach Arka ihn.

»Streitsüchtig, schlecht frisiert, ungebildet, schmutzig, unbeherrscht«, zählte Lastyanax ohne Rücksicht auf ihre entrüstete Miene auf. »Drittens …«

»Drittens?«, wiederholte Arka, gefasst auf eine weitere Demütigung.

»… bist du erst dreizehn Jahre alt«, schloss Lastyanax schulterzuckend. »Ich weiß, sie fangen bei euch früh an mit der Ausbildung, trotzdem kann ich mir kaum vorstellen, dass man ein Mädchen deines Alters Tausende Meilen weit fortschickt, um irgendwelche Magier auszuspionieren.«

Gedankenversunken musterte er die Brunnenwand.

»Allerdings hätte das wenigstens deine Anwesenheit in Hyperborea erklärt. Wie kommt es, dass du, eine junge Amazone, hier bist, um Magie zu studieren?«

Arka begriff, dass es ihr sowieso nicht gelingen würde, ihn anzulügen, und sie hatte im Übrigen auch gar keine Lust dazu. Zum ersten Mal seit Monaten hatte sie die Möglichkeit, sich jemandem anzuvertrauen.

Eine seltsame Befangenheit ergriff sie bei dem Gedanken, ihm zu erzählen, wer sie war und was sie erlebt hatte. Die wenigen Menschen, die sie wirklich gekannt hatten, waren gestorben. Meistens bedrückte sie diese erzwungene Anonymität. Doch manchmal zog sie daraus auch einen gewissen Stolz, als wäre ihre Vergangenheit ein geheimnisvoller Schatz, von dem niemand außer ihr wusste.

»Versprechen Sie mir, mich nicht anzuzeigen, wenn ich Ihnen alles erzähle?«, flüsterte sie, ungewöhnlich zaghaft.

Lastyanax schwieg einen Moment.

»Arka, wenn ich die Absicht gehabt hätte, dich anzuzeigen, dann hätte ich das längst getan.«

Bei diesen Worten brach der Damm, hinter dem sich all die

Dinge befanden, an die sie nicht denken wollte. Bilder, größtenteils schmerzliche Bilder, begannen sich vor ihrem inneren Auge abzuspulen. So lange hatte sie nicht mehr über all das nachdenken können, was passiert war, seit sie den Wald verlassen hatte, und ihre sämtlichen Erinnerungen schienen nun hinauszudrängen, voller Ungeduld, endlich erzählt zu werden. Mit gerunzelter Stirn betrachtete sie ihre von der kühlen Feuchtigkeit des Brunnens geröteten Knie und bemühte sich, eine Auswahl zu treffen.

»Meine Mutter war eine einfache Kriegerin. Sie starb bei meiner Geburt, und man vertraute mich einer Tutorin an, Chirone. Ich bin im Wald aufgewachsen, bei den Amazonen. Mein Leben war mehr oder weniger normal – also normal für eine Amazonenschülerin –, bis zu dem Tag, an dem der Wald angezündet wurde. An diesem Tag starb meine Tutorin, die Blau-Erz-Klümpchen, die meinen Sektor des Waldes schützten, wurden gestohlen, und ich fand heraus, dass ich magische Fähigkeiten habe.«

Sie spürte, dass Lastyanax sie unterbrechen wollte, doch er hielt sich zurück.

»Damals war ich ebenso in der Ausbildung wie Penthesilea, die Tochter der Königin Antiope.«

Der Name der Prinzessin klang seltsam in ihrem Mund. Sie hatte ihn nicht mehr ausgesprochen, seit diese vor ihren Augen gestorben war. Ein Kloß in ihrem Hals ließ ihre Stimme krächzen.

»Nach dem Brand haben Lykurgs Männer Penthesilea als Geisel entführt«, erzählte sie weiter. »Da ich gerade bei ihr war, nahmen sie mich auch mit …«

»Warum?«

»Sie wussten nicht, welche von uns die Prinzessin war«,

erklärte Arka. »Penthesilea sagte mir, ich solle behaupten, ich hieße auch Penthesilea, damit sie mich nicht töteten. Um nicht zu riskieren, dass sie sich für die falsche Penthesilea entschieden, nahmen Lykurgs Soldaten lieber uns beide mit.«

Lastyanax kratzte sich am Kinn.

»Das war schlau.«

Mit einem vertrauten Anflug von Eifersucht dachte Arka, dass er sicher gern eine so intelligente Schülerin wie Penthesilea gehabt hätte. Es war lange her, seit sie die Prinzessin zum letzten Mal beneidet hatte. Dieses alte Gefühl vermittelte ihr den Eindruck, sie wäre immer noch da. Sie nickte.

»Ohne ihre Geistesgegenwart wäre ich tot. Sie brachten uns nach Themiskyra. Wir sind gleich nach unserer Ankunft geflohen, ehe Lykurg uns als Druckmittel gegen Antiope gebrauchen konnte.«

»Wie habt ihr es geschafft, ihnen zu entkommen?«

Zum ersten Mal las Arka Bewunderung in den Augen ihres Mentors. Sie öffnete den Mund, um ihm lang und breit von ihrer großartigen Flucht zu berichten, doch dann überlegte sie es sich anders. Der Umgang mit Phreton hatte sie eines gelehrt: Es war sehr viel einfacher, andere Menschen zu beeindrucken, wenn man ihre Fantasie für sich arbeiten ließ.

»Ach, dank ein wenig Erfindungsgabe und einigen Geheimtechniken der Amazonen«, antwortete sie.

›Und mächtig viel Glück‹, fügte sie stumm hinzu.

»Kurz, wir haben Lykurgs Soldaten abgehängt und sind nach Napoca gegangen. Da es unmöglich war, zu den Amazonen zurückzukehren, ohne uns wieder schnappen zu lassen, sind wir lieber dort geblieben. Wir haben Napocanisch gelernt und uns einige Monate ruhig verhalten. Eine ehemalige Kontaktperson meiner Mutter – Königin Antiope hatte sie ein Jahr vor meiner Geburt auf eine Mission nach Napoca entsandt – half uns … Und dann verschlechterte sich die Lage wieder.«

»Wegen der Repressionen?«

»Wegen der Repressionen«, bestätigte Arka. »Das war entsetzlich. In den Straßen roch es nach den Menschen, die von den Scharfrichtern lebendig verbrannt wurden. Es genügte, dass man einen Kieselstein zum Levitieren gebracht oder seinen Nachbarn geärgert hatte, um angeklagt zu werden. Da ich seit unserer Entführung aus Arkadien angefangen hatte, Magie auszuüben, wäre ich selbst beinahe auf dem Scheiterhaufen gelandet. Deswegen wollten wir uns den Aufständischen anschließen. Also ich, vor allem. Penthesilea hielt es für eine schlechte Idee.«

Sofort packte Arka wieder das ungeheure Schuldgefühl, das sie für gewöhnlich in den hintersten Winkel ihres Bewusstseins verbannte. Wie oft hatte sie es bereut, nicht auf die Prinzessin gehört zu haben. Dann wäre alles ganz anders gekommen.

»Der Aufstand wurde niedergeschlagen«, fuhr sie mit starrem Blick fort. »Der Gouverneur starb, doch Lykurg rückte mit Verstärkung an und brachte die Stadt wieder unter seine Kontrolle. Penthesilea wurde getötet. Ich bin geflohen. Ich glaube, dass niemand mich verfolgt hat, weil die Leute dachten, sie wäre ich.«

Sie sah das zerfetzte Gesicht der Prinzessin wieder vor sich. Arka schloss die Augen. Sie wünschte, sie könnte diese Erinnerung auslöschen, die immerzu am Rande ihres Bewusstseins lauerte, bereit, ihr das Trauma der letzten Tage in Napoca wieder ins Gedächtnis zu rufen. Manchmal hatte sie das Gefühl, Penthesileas Geist nähme ihr übel, wie sehr sie sich bemühte, sie zu vergessen. Sie wusste, dass sie damit das Andenken der Prinzessin beleidigte. Doch Arka hatte einen äußerst zähen Überlebensinstinkt. Und jegliche Emotion aus ihrem Kopf zu verbannen war die einzige Möglichkeit, die sie gefunden hatte, um es lebend aus Napoca heraus und über die Berge zu schaffen.

Das Schweigen, das sich zwischen ihnen ausbreitete, war das längste, das Lastyanax ihr je zugemutet hatte. Anstatt jedoch den Blick abzuwenden, wie er es sonst tat, sah er sie eindringlich an.

»Dann weiß also niemand, was aus dir geworden ist? Keine Familie, keine Freunde?«, fragte er endlich.

Arka schüttelte den Kopf.

»Und wo ist dein Vater in alldem?«

Sie blinzelte.

»Er ist der hyperboreische Magier, von dem ich Ihnen erzählt habe, am Tag Ihres ersten Rates. Er hat meine Mutter in Napoca kennengelernt, und sie hat sich in ihn verliebt. Als sie ihm sagte, sie sei schwanger, hat er sie sitzenlassen. Meine Mutter war derart getroffen, dass sie nicht mehr in Napoca bleiben wollte. Anstatt zu den Amazonen zurückzukehren, hat sie mich in einem Dorf in der Nähe des Waldes zur Welt gebracht. Da es keine Hebamme gab, die ihr helfen konnte, ist sie bei der Geburt gestorben. Chirone hat mich bei sich aufgenommen.«

Lastyanax machte ein mitleidiges Gesicht, was Arka überhaupt nicht passte.

»Warum ist deine Mutter nicht zurück zu den Amazonen gegangen?«, fragte er.

Sie zuckte mit den Schultern.

»Vielleicht fühlte sie sich schuldig, ihre Mission in Napoca aufgegeben zu haben, oder sie schämte sich, dass sie so lange mit einem Magier zusammen gewesen war ... Die Amazonen dürfen sich nicht an einen Mann binden, so lautet die Regel. Jedenfalls«, kürzte sie die Sache ab, »weiß ich nicht, ob mein Vater überhaupt noch am Leben ist. Vielleicht ist er längst gestorben, oder vielleicht lebt er hier in Hyperborea. Womöglich bin ich ihm schon begegnet!«

Ihr frustrierter Ausruf leitete ein weiteres ausgedehntes Schweigen ein. Arka wäre gern in Lastyanax' Kopf geschlüpft, um zu wissen, was er vorhatte. Sie warf ihm einen verstohlenen Blick zu. Er drehte nachdenklich seinen Siegelring zwischen den Fingern.

»Die Tochter eines Magiers und einer Amazone ... Eine unwahrscheinliche Verbindung«, sagte er schließlich.

Arka hob das Kinn. Lastyanax' Worte erinnerten sie an irgendetwas ... Plötzlich fiel ihr auf, dass er dieselbe Formulierung gebraucht hatte wie die Schlange bei ihrer Konfrontation auf dem Gletscher.

»Normalerweise interessieren sich Amazonen nicht für ihre Väter«, bemerkte ihr Mentor.

»Ja«, antwortete Arka. »Aber normalerweise leben Amazonen auch nicht in Hyperborea und praktizieren Magie.«

Lastyanax sah sie an.

»Eigentlich war ich nie wirklich eine Amazone«, fuhr sie fort. »Ich habe meine Ausbildung nicht abgeschlossen. Selbst wenn ich wieder zu den Amazonen zurückkehren würde, sie würden mich nicht mehr haben wollen.«

Diese traurige Erkenntnis überkam sie mit der Endgültigkeit eines Urteilsspruchs. Eine Umkehr war ausgeschlossen. Ihre Zukunft lag in Hyperborea.

Das Geräusch sich nähernder Schritte riss sie aus ihren Gedanken. Zwei Schatten wurden an die schwach erhellte Decke über dem Brunnen geworfen.

»Wir ham sie mit einer Sphäre geschnappt, Ma!«, erklang Alcis Stimme. »Und wir ham sie in den Brunnen gesteckt, so kann sie keine Magie benutzen, schlau, was?«

Eine rundliche Silhouette erschien hinter den Stäben. Arka erkannte die Mutter der Drillinge. Die Matriarchin bückte sich über das Gitter und sah Lastyanax mit zusammengekniffenen Augen an.

»Wer is der da?«

»Irgendein Saufbruder, der uns beleidigt hat, wir lassen ihn ein bisschen nachsitzen, damit er Respekt lernt«, antwortete Alci.

Seine Mutter beugte sich wieder über die Stangen. Als Lastyanax ihr sein schönstes Lächeln zeigte, fuhr die Klanchefin wie von der Tarantel gestochen hoch.

»Was seid ihr nur für Idioten!«

»Was 'n los, Ma?«

»Das ist ein Magier! Jetzt wird das Magisterium erfahren, dass wir Blau-Erz nach Hyperborea geschmuggelt haben! Wenn die beiden hier rauskommen, haben wir die gesamte Polente am Hals!«

Alcis Gesicht erschien nun hinter dem Gitter.

»Ach wo, Ma, guck doch, der hat keine lilane Toga an.«

Eine ordentliche Backpfeife schleuderte den Kopf des Drillings nach vorn.

»Hast du den Ring gesehen, den er trägt, Volltrottel? Und hast du seine Toga gesehen, sag mal? Glaubst du, das ist die Toga eines Säufers aus der ersten Ebene?«

»Sehr schöne Toga übrigens, Meister«, bestätigte Arka.

»Wie konnte ich nur solche Hornochsen zur Welt bringen … Egal, verlieren wir keine Zeit, wir müssen deine Dummheit hier irgendwie ausbügeln«, knurrte die Alte. »Ersauf mir die da, und dann werfen wir sie still und heimlich in den Kanal. Da oben werden sie denken, es wäre ein Unfall gewesen.«

Arka spürte, wie alle Luft aus ihren Lungen wich. Sie sah ihren Mentor an. Der fuhr sich langsam mit der Hand durch die Haare, sein Gesicht war leichenblass.

»Dreh den Hahn auf«, befahl die Klanchefin über ihnen. »Ich kontaktiere den Kunden, um ihm zu sagen, dass sich die Lieferung verspätet. Er darf das hier auf keinen Fall sehen.«

Ihre Schritte entfernten sich, während sie Alci hinter dem Gitter nörgeln und irgendetwas betätigen hörten. Es gluckerte, dann schoss Wasser oben über den Rand und ergoss sich wie eine Kaskade in den Brunnen. Arka und Lastyanax sprangen auf die Füße. Das Wasser stieg rasch bis zu ihren Knöcheln.

»Meister, ich kann nicht schwimmen«, flüsterte Arka wie versteinert.

Ertrinken war der schlimmste Tod, den sie sich vorstellen konnte. Das Wasser würde sie bedecken, unerbittlich, würde das letzte Luftbläschen aus ihren Lungen drängen …

»Ob du schwimmen kannst oder nicht, macht keinen Unterschied«, hauchte Lastyanax tonlos. »Das Wasser wird im Schacht über das Gitter steigen, und wir bleiben darunter eingesperrt.«

Er hatte recht. Arka zwang sich, nicht in Panik zu geraten, obwohl ihre Lage wirklich alles andere als rosig war. Sie reckte sich zu voller Größe und schrie:

»He! Alci!«

Der Kopf des Banditen erschien wieder hinter den Stäben.

»Was is, Diebin?«

»Ich hab tausend Hyper auf der Bank. Öffne das Gitter, und sie gehören dir.«

Statt einer Antwort spuckte Alci in den Brunnen. Das schleimige Geschoss landete auf Arkas Stirn, die es mit einer zerstreuten Geste wegwischte. Das kalte Wasser reichte ihr mittlerweile bis zu den Knien. Sie begann zu zittern. Was konnte sie tun? Es musste doch eine Lösung geben, sie hatte immer eine Lösung gefunden.

»Und wenn wir um Hilfe rufen?«

Lastyanax nickte. Er hatte auch keine bessere Idee. Sie begannen zu schreien und gegen die Brunnenwände zu schlagen, um noch mehr Krach zu machen. Mehrere Minuten verstrichen; niemand kam. Da Arka langsam den Halt verlor, hörte Lastyanax auf mit dem Radau und half ihr, an der Oberfläche zu bleiben. Bald trieben sie beide im Wasser und sahen die Gitterstäbe über ihren Köpfen näher kommen. Zitternd klammerte Arka sich so krampfhaft an die Mauervorsprünge, dass ihre Fingergelenke weiß wurden. Neben ihr kämpfte Lastyanax mit seiner vollgesogenen Toga. Eine kleine Verschnaufpause war ihnen vergönnt, als das Wasser hoch genug stand, dass sie sich an den Stäben festhalten konnten. Arka betrachtete ihren Mentor und dachte, dass sie bestimmt nicht besser aussah: kreidebleich, triefend, die Zähne zusammengepresst, um nur der Panik nicht nachzugeben. Sie hätte gern etwas anderes gesehen, bevor sie starb.

»Sie waren ein guter Mentor«, log sie.

»Und du eine furchtbare Elevin«, erwiderte Lastyanax.

In jeder anderen Situation hätte seine Antwort die Atmosphäre entspannt. Doch das hier war nicht irgendein mieser

Moment, den man hinter sich bringen musste, es waren die letzten Momente ihres Lebens. Arka begann wieder zu zittern, die Hände um das Gitter gekrallt.

»Es tut mir leid, dass Sie wegen mir hier sind.«

»Das habe ich allein mir selbst zuzuschreiben. Und wenn du nicht gewesen wärst, wäre ich schon vor drei Monaten von einer Piroge erschlagen worden.«

»Glauben Sie, es tut weh, zu ertrinken?«

»Wir werden es bald wissen«, murmelte Lastyanax.

Er blinzelte das Wasser weg, das aus seinen Haaren rann. Sein Scheitel berührte nun das Gitter. Im schwachen Licht des Kellers bemerkte Arka, dass seine Augen nicht die gleiche Farbe hatten: Eines war braun, das andere etwas dunkler. Wieder steckte sie die Hand durch die Stäbe und zerrte in allen Richtungen an dem Riegel. Doch er rührte sich nicht vom Fleck. Ohne Magie waren sie machtlos.

Arka konnte sich einfach nicht damit abfinden, dass ihr Leben hier zu Ende sein sollte, nach all den Schwierigkeiten, die sie überwunden hatte. Bisher war ihr der Tod immer wie eine entfernte Möglichkeit erschienen oder als unmittelbar bevorstehende Gefahr, die es abzuwenden galt. Noch nie hatte sie ihm Auge in Auge gegenübergestanden, mit wachem Geist und vor Leben pulsierendem Körper.

Da das Wasser nicht aufhörte zu steigen, legte Lastyanax den Kopf in den Nacken und drückte seinen Mund zwischen die Gitterstäbe, um Luft zu bekommen. Arka tat dasselbe, die Hände noch immer um die Stäbe geklammert. Ihr Atem ging schneller, das Wasser erreichte ihre Kehle. Arka schloss die Augen. Sie konnte es einfach nicht glauben. Nach allem, was sie durchgemacht hatte, sollte sie so enden, blödsinnig. Am nächsten Morgen würde irgendwer in einem Kanal der ersten Ebene ihre Leiche finden. Wer würde um sie trauern? Chirone war tot, Penthesilea ebenfalls. Die einzige Person, die ihre Geschichte kannte, würde mit ihr zusammen sterben. Nichts würde von Arka bleiben.

Das Wasser stieg ihr übers Kinn, erreichte ihr Gesicht. Sie atmete ein letztes Mal ein, schloss den Mund und löste sich vom Gitter. Ihr Herz schlug zum Zerspringen. Sie öffnete die Augen, überrascht von der Stille, die plötzlich herrschte. Vor ihr war Lastyanax und sah sie an, seine Haare schwebten im dreckigen Wasser, die Toga wogte um ihn wie eine riesige Blaualge. Seine Backen waren voller Luft, die Augen voller Entsetzen. Ohne den Blick von ihr abzuwenden, reichte er ihr die Hand. Arka drückte sie, wie man es in Hyperborea tat, mit verschränkten Fingern.

Dann begann sie zu ersticken. Ihr Brustkorb hob sich mehrmals, als rängen ihre Lungen verzweifelt nach Luft. Große Blasen entwichen ihrem Mund. Arka spürte, wie sie sank; Lastyanax hielt sie zurück. Sie würgte noch einmal und konnte den Reflex, einzuatmen, nicht länger unterdrücken.

Doch es gab nur Wasser einzuatmen. Ihre Bronchien schienen zu zerreißen. Sie hustete, was noch mehr Wasser in ihre Lungen trieb. Um sie herum wurde alles rot und totenstill. Das Letzte, was sie wahrnahm, war die Kälte, die sich in ihrer Brust ausbreitete.

9

DAS BLAU-ERZ

Alkander

Ein Rücken, angewinkelte Beine, das Gesicht verborgen unter einer Masse blonder Haare. Man hätte meinen können, sie schliefe. Alkander griff ihren Arm und warf sie in den Kanal. Beschwert durch einen Stein, den er an ihrer Taille festgebunden hatte, verschwand die Leiche augenblicklich in einem kleinen Strudel von der Oberfläche. Mit einer Handbewegung ließ Alkander eine Welle entstehen und auf den Gehweg schwappen. Er brauchte mehrere Anläufe, um die Blutspur fortzuspülen, die seine Tat hinterlassen hatte. Die Beherrschung des Wassers war nie seine Stärke gewesen.

Ermüdet von der Anstrengung, setzte er sich an den Rand des Kanals, auf dessen Grund, wenige Schritte unter ihm, nun diese tote junge Frau lag, mit der er ein paar Nächte verbracht hatte. Wäre sie nur schlau genug gewesen, zu fliehen, anstatt zu ihm zu kommen! Sie hatte ihre Aufgabe perfekt erfüllt, indem sie Trierios von der Feier weggelockt hatte. Ihre echten Tränen hatten alle Welt hinters Licht geführt. Doch warum musste sie ihm bloß von ihren Gewissensbissen erzählen?

Alkander fuhr sich mit der Hand übers Gesicht, um das Schuldgefühl zu vertreiben, das ihn beschlich. Dieser Tod berührte ihn persönlich, doch er musste an die Tausenden von

Menschen denken, die er rettete, weil er für das Gelingen seines Plans sorgte. Hätte er die themiskyrischen Generäle auf Hyperborea marschieren lassen, wäre sie in jedem Fall getötet worden. Er war nicht dafür verantwortlich. Sie war schon zum Tode verurteilt, ehe er sie kennenlernte.

»Gibt es ein Problem, Syramos?«, fragte er.

Sein Lemur war soeben in einem Staubwirbel neben ihm aufgetaucht. Syramos' Gesicht war undurchdringlich wie immer, und doch meinte Alkander darin eine Regung zu erkennen. Besorgnis.

»Es geht um Arka, Meister. Der Blaue Lotus hat sie überfallen, als Vergeltung für den Diebstahl der Schildkröte.«

Alkander fragte sich, warum Syramos ihn deswegen störte.

»Sie kommt schon zurecht«, sagte er und stand auf. »Greif ihr ein bisschen unter die Arme, wenn es nötig ist.«

Die Hände hinter dem Kopf verschränkt, betrachtete er den Himmel jenseits der Kuppel. Der helle Mond ließ die anderen Gestirne verblassen. Diese sternlose Nacht erinnerte ihn plötzlich an jene, in der er die Dienerin überzeugt hatte, ihm zu helfen, Trierios in die Falle zu locken.

»Das geht nicht, Meister«, antwortete Syramos. »Sie haben sie in die Nähe des Blau-Erzes gebracht. Sie befindet sich in einer Blauen Zone.

Alkander erstarrte.

»Bist du dir sicher?«

»Ich kann da nicht rein. Aber ich habe Hilferufe gehört. Ich glaube, sie ist in Gefahr.«

Alkander stürzte zum Rand der Plattform. In einer Blauen Zone wurde Arka verwundbar. Auf Syramos konnte er unter diesen Umständen nicht zählen. Nur er selbst konnte sie dort herausholen.

Er stellte sich auf die Brüstung und warf einen Blick in die Tiefe. Ein beeindruckender Abgrund klaffte unter seinen Füßen.

»Kannst du mich in der ersten Ebene auffangen?«, fragte er den Lemuren.

»Ja.«

»Dann bis gleich.«

Und er sprang. Im Nu erreichte sein Körper ein atemberaubendes Tempo. Der Luftwiderstand verzerrte sein Gesicht. Durch die Maschen eines engen Geflechts aus Kanälen sauste er immer tiefer hinab in die Eingeweide der Stadt. Er streifte eine Wäscheleine und ließ die daran hängenden Laken tanzen. Dann raste der Grund der Stadt auf ihn zu wie eine Bestie, die ihn verschlingen wollte. ›Jetzt könntest du langsam mal kommen, Syramos‹, dachte Alkander.

Einen Augenblick später hatte ihn der Lemur unter den Achseln gepackt und bremste durch Levitation seinen Sturzflug. Sobald Alkander den schlammigen Boden der ersten Ebene berührte, ließ Syramos ihn los.

»Wo haben sie sie hingebracht?«

»In diese Richtung, Meister.« Syramos deutete zu einer dunklen Gasse.

Alkander rannte auf der mit Abfällen übersäten Straße hinter ihm her. Ein paar Augenblicke später standen sie vor einer Tür, die halb im Schmutz versank. Während Syramos sich in Luft auflöste, hob Alkander sie mit einem Fußtritt aus den Angeln. Vor ihm öffnete sich ein Raum, der von einer Öllampe erhellt wurde. Keine Leuchtsphäre, natürlich. Er trat ein.

Aufgeschreckt durch das Poltern, tauchten vier Ganoven in dem Vorraum auf. Alkander hatte Lust, ihnen den Garaus zu machen, aber er würde sie vielleicht noch brauchen. Mit erhobenen Fäusten stürzte er sich in den Kampf, und zwei Minuten später lagen alle vier bewusstlos am Boden.

Er durchquerte mehrere mit Kisten, Säcken und Amphoren vollgestellte Räume. Irgendwo da drin war das Blau-Erz versteckt. Trotz seiner Tätowierung aus Oreichalk spürte Alkander die Wirkung des Metalls auf seine Anima. Er war versucht, es sich gleich zu holen – schließlich war er es gewesen, der den Klan des Blauen Lotus beauftragt hatte, es nach Hyperborea zu bringen. Doch zuerst musste er Arka befreien.

Vor ihm tat sich ein Treppenschacht auf. Alkander ging die Stufen hinunter und gelangte in einen Keller, in dem die Schwarzhändler weitere Kisten mit geschmuggelter Ware lagerten. Ein voller Brunnen nahm die Mitte des Raums ein. Keine Arka weit und breit.

Seine Augen sprangen von einer Ecke des Kellers zur anderen. Vielleicht hatte Syramos sich geirrt? Doch sein Lemur irrte sich nie: Er war nicht menschlich. Alkander machte ein paar Schritte in den Raum hinein, hob wahllos irgendwelche Kisten an, als plötzlich eine Bewegung im Brunnen seine Aufmerksamkeit auf sich zog. Er näherte sich dem Rand.

Aus dem Wasser sah Lastyanax ihn mit weit aufgerissenen Augen an und rief unhörbare Worte, die vor seinen Lippen große Blasen bildeten. Seine Hand war um ein unter der Wasseroberfläche liegendes Gitter geklammert, mit der anderen hielt er …

Arka. Ihr Körper hing schlaff herab, leblos. Alkander tauchte den Arm in den Brunnen, packte die Stäbe und zerrte wie besessen daran. Unter der Kraft seiner Anima verformte sich das Metall, die Mauersteine begannen sich zu lösen. Mit einem letzten Ächzen riss er das Gitter heraus, ergriff Lastyanax' Handgelenk und zog ihn mitsamt Arka aus dem

Schacht. Der Magier sank entkräftet zu Boden, während Alkander Arka schüttelte, damit sie wieder zu sich kam. Ihre halb geöffneten Augen waren starr auf ihn gerichtet, doch ihr Blick war leer. Ihre Brust hob sich nicht. Er ließ von ihr ab und lief ziellos durch den Raum. Vierzehn Jahre Arbeit umsonst. Die Schlange hatte gelogen. All seine Pläne waren im wahrsten Sinne des Wortes ins Wasser gefallen.

Plötzlich begann Arkas Körper zu zucken. Sie würgte und erbrach eine schleimige Flüssigkeit. Alkander stürzte zu ihr und drehe sie auf die Seite, damit das Wasser abfließen konnte.

»Sie atmet wieder«, flüsterte Lastyanax.

Alkander trocknete sich die schweißnasse Stirn. Das war knapp.

»Bringen Sie sie hier raus«, sagte er.

Auf eine Kiste gestützt, versuchte Lastyanax aufzustehen.

»Warten Sie! Wie haben Sie uns gefunden? Und wieso können Sie hier ihre magischen Kräfte nutzen?«

Alkander wandte sich wortlos dem Ausgang zu. Damit sein Plan gelang, musste Arka bei Lastyanax in der siebten Ebene bleiben, allerdings wäre ihm lieber gewesen, sie hätte einen etwas weniger neugierigen Mentor gehabt.

»*Sind Sie ihr Vater?*«, fragte Lastyanax auf Napocanisch.

Und weniger scharfsinnig. Überrumpelt hielt Alkander für einen Moment inne. Selbst wenn er gewollt hätte, er wäre außerstande gewesen, ihm zu antworten. Die Frage nach der Identität von Arkas Vater fiel in den Bereich der Metaphysik. Er ging ohne ein weiteres Wort und ließ den jungen Magier ratlos zurück.

Als er das Untergeschoss durchquerte, fiel sein Blick auf einen Mehlsack, der an einer Wand lehnte – ein eher untypischer Gegenstand für eine Schmugglerhöhle. Er öffnete den groben Stoff und wühlte im Mehl, bis ein Stück blauen Metalls aus dem weißen Pulver auftauchte. Alkander lächelte, lud sich den Sack auf den Rücken, trat an den besinnungslosen Ganoven vorbei aus dem Haus und machte sich pfeifend auf den Weg. Am Straßenrand erwachte ein Vagabund und hielt ihn für einen Laufburschen, der dem Bäcker Mehl brachte, bevor der die erste Fuhre Brot in den Ofen schob. Er schlief wieder ein, ohne zu ahnen, dass das Schicksal Hyperboreas soeben besiegelt worden war.

Lastyanax

Für Lastyanax war der Abend lang gewesen und noch längst nicht zu Ende. Ihr Retter war verschwunden und mit ihm die Blaue Zone. Zu müde, um über den Zusammenhang zwischen diesen beiden Tatsachen nachzudenken, trocknete Lastyanax mithilfe seiner wiedererlangten magischen Kräfte erst einmal Arkas Kleider, was seine Energie aufzehrte. Dann hievte er sich seine bewusstlose Elevin mühsam auf die Schultern. Arka war schwer wie ein toter Esel.

»Metanira wird dich auf Diät setzen, wart's nur ab«, grummelte er.

Sie antwortete ihm mit einem Schnarchen. Er verließ den Keller, schwankte bis zum Vorraum und hätte beinahe sein Bündel fallen lassen, als er die vier noch immer ohnmächtigen Banditen auf dem Boden liegen sah. Ohne die Spuren der Hiebe an ihren Schläfen und Nacken hätte man sie für einen Haufen Saufkumpane halten können, die ihren Rausch ausschliefen.

Lastyanax schlängelte sich zwischen den Armen und Beinen hindurch, die den Weg versperrten. Ihr Retter musste über besondere Kräfte verfügen. Wer hatte es mit vier Verbrechern aufgenommen, um zwei Fremde zu retten? Aber vor allem: Welcher Magier konnte seine Fähigkeiten in einer Blauen Zone einsetzen? Das war physikalisch unmöglich.

An der Tür angekommen, blieb er stehen. Er hatte genug davon, sich mit seinen Fragen im Kreis zu drehen. Es war Zeit, Antworten zu bekommen.

Er setzte Arka am Eingang ab und machte kehrt, wobei er die leblosen Ganoven mit Fußtritten traktierte. Einer von ihnen, der, das Gesicht an die Wand gequetscht, bäuchlings dalag, stieß ein klägliches Grunzen aus. Lastyanax ging neben ihm in die Hocke und zerrte an dem schlaffen Körper, um ihn auf den Rücken zu drehen. Es war Alcibiades. Aus einer aufgeplatzten Augenbraue lief Blut über sein Gesicht und die flatternden Lider. Mit dem Blut zeichnete Lastyanax ein Beschwerungssiegel auf die Tunika des Mannes und aktivierte es, was ihn beinahe den letzten Rest Energie kostete. Selbst gegen die Ohnmacht ankämpfend, wrang er seine pitschnasse Toga über dem Kopf des Banditen aus, damit dieser endgültig erwachte. Alcibiades versuchte sich aufzurichten, doch das Gewicht seiner Tunika hinderte ihn daran.

»Waswillßuvonmir?«

»Wer ist der Mann, der euch angegriffen hat?«, fragte Lastyanax in möglichst autoritärem Ton.

»Weiß nich. Kenn ich nich.«

»Du hast keine Ahnung, wer das war?«, beharrte er.

»Bestimmt einer von dein' Kumpeln, oder nicht?«, knurrte Alcibiades. »Immerhin hat er uns mit seinen Magierkräften verprügelt.«

»Woher kommt das Blau-Erz, das ihr in die Stadt geschmuggelt habt? Wer hat es bei euch bestellt?«

Statt zu antworten, warf Alcibiades ihm nur einen finsteren Blick zu. Lastyanax war überhaupt nicht wohl bei dem, was er hier tat. Seine Ausbildung in der siebten Ebene hatte ihn nicht darauf vorbereitet, an sinnlose und rohe Gewalt gewöhnte Verbrecher zu verhören, und Alcibiades war in beidem ein Champion. Arka hätte sicher gewusst, was zu tun war, doch sie konnte ihm im Moment nicht helfen.

Er schaute sich um und ging zu einem anderen Bruder. Dieser trug einen Dolch am Gürtel, den er nicht rechtzeitig hatte zücken können. Lastyanax nahm die Waffe, legte den Arm um die breiten, muskulösen Schultern des Banditen und zog ihn an seine Brust. Der baumelnde Kopf entblößte seine ungeschützte Kehle. Lastyanax legte die Klinge an das, was er für die Schlagader hielt, und blickte dann mit wildentschlossener Miene wieder zu Alcibiades.

Normalerweise hätte er dadurch niemanden täuschen können. Doch er zählte auf seinen aschfahlen Teint, die tropfenden Haare und seinen brandneuen Ruf als Säufer, um in Alcibiades Zweifel zu säen.

»Also, woher kam das Blau-Erz?«, wiederholte Lastyanax.

Er hielt den Griff des Dolches so fest umklammert, dass die Klinge an der Kehle seiner Geisel zu zittern begann. Ein Anflug brüderlicher Sorge ließ Alcibiades' bis dahin undurchdringliche Maske bröckeln.

»Aus dem Wald der Amazonen«, murrte er. »Lass meinen Bruder in Ruhe!«

Lastyanax presste die Klinge noch etwas stärker an den Hals des zweiten Drillings.

»Wer hat euch beauftragt, es nach Hyperborea zu schmuggeln?«

»Weiß nich.«

Lastyanax drückte so fest, dass ein Tropfen Blut herausquoll.

»Ich weiß nich, Mann!«, zeterte Alcibiades, indem er erneut versuchte, sich aufzurichten. »Meine Mutter war für den Kundenkontakt zuständig. Wir ham ihn nie gesehen. Wir ham nur die Steine reingebracht. Das hat Monate gedauert. Wär auch schneller gegangen, aber der Kunde wollte nichts riskieren. Keine Ahnung, was er damit vorhat, aber schön wird's nicht, so viel ist klar.«

Die Sache wurde immer undurchsichtiger. Natürlich hätte der ominöse Kunde einen Idioten wie Alcibiades nie in seine Absichten eingeweiht. Lastyanax dachte an den themiskyrischen Gesandten, von dem Silenos gesprochen hatte. Waren dieser geheime Emissär, ihr Retter und der Mörder der Minister etwa ein und dieselbe Person? Aber warum hätte er dann im Bergfried versuchen sollen, ihn zu töten, um ihn nun aus einem Brunnen zu ziehen, in dem er sonst ertrunken wäre?

»Hat der Lotus-Klan vor drei Monaten Palates, den Ebnungsminister, ermordet?«, fragte er, ohne den Druck der Klinge zu lockern.

Zum ersten Mal wirkte Alcibiades überrascht.

»Wen? Den Dicken da, der wo im Magisterium abgekratzt ist?«

»Ja, den meine ich«, bestätigte Lastyanax.

»Weiß nich, wer das gemacht hat, aber wir warns nich«, antwortete Alcibiades mit dem verletzten Stolz des Rotzlöffels, den man zu Unrecht beschuldigt, eine Papierkugel geworfen zu haben.

»Aber du hast ihn schon mal gesehen, stimmt's?«, fragte Lastyanax, der spürte, dass er ihm nicht alles gesagt hatte.

»Er ist kurz vor seinem Tod hier gewesen«, gestand Alcibiades widerstrebend. »Hat kleine Figürchen gesucht, von Hühnern, für 'ne Sammlung oder so.«

Lastyanax erinnerte sich noch genau an diesen Ausflug. Zwei Tage vor seiner Disputation hatte er Palates gebeten, den Vortrag noch einmal mit ihm durchzugehen, doch der hatte ihn seinem Schicksal überlassen und lieber ein weiteres Huhn gesucht. Das hatte Lastyanax ihm natürlich übelgenommen. Wie hätte er ahnen können, dass Palates in Wahrheit eine Ermittlung führte, die zu gefährlich war, um seinen Eleven einzuweihen? In dem Schlupfwinkel hatte Palates die Blaue Zone bemerkt und so auf die Anwesenheit des Blau-Erzes geschlossen. Da ihm klar war, dass er nun in Lebensgefahr schwebte, hatte er Lastyanax noch am selben Abend vorsorglich als seinen Erben eingesetzt.

»Normalerweise schmuggeln wir keine Hühner«, fuhr Alcibiades fort. »Aber wir hatten gerade so ein ziemlich hässliches Teil, das innen hohl war, benutzt, um die Ware drin zu verstecken. Also hab ich ihm das Ding für fünfzig Hyper verkauft, da hat er sich schön vergackeiern lassen!«

Er lachte zufrieden über sein Wortspiel und sah Lastyanax an, als erwarte er, dass der in sein Gelächter einstimmte. Offensichtlich erzählte er die Geschichte nicht zum ersten Mal. Palates' Besuch in der Schmugglerhöhle musste dem Kunden zu Ohren gekommen sein. Wenn also die Bande des Blauen Lotus seinen Mentor nicht selbst beseitigt hatte, dann hatte sich bestimmt ihr geheimnisvoller Kunde darum gekümmert. Lastyanax seufzte. Jetzt wollte er nur noch eine Sache wissen.

»Und Trierios, den Kolonialminister, habt ihr den umgebracht?«

»Was? Ist der etwa auch tot?«

Alcibiades war nicht schlau genug, um so überzeugend den Verblüfften zu mimen. Lastyanax warf den Dolch in eine Ecke und stand auf, wobei er den zweiten Drilling wie einen nassen Sack auf den Boden plumpsen ließ. Dann hievte er sich die noch immer bewusstlose Arka wieder auf die Schulter, während Alcibiades ihm drohte:

»Dafür wirst du bezahlen, hörst du, Magier? Und die Rotznase da auch!«

»Niemand quält meine Elevin außer mir«, entgegnete Lastyanax heiser und knallte die Tür hinter sich zu.

In der frischen Nachtluft draußen wurde sein Kopf wieder klar und mehrere Feststellungen drängten sich ihm auf. Erstens, er befand sich im berüchtigtsten Viertel Hyperboreas. Zweitens, er hatte eine bewusstlose Elevin auf der Schulter und nicht mehr genug Energie, um mögliche Angreifer abzuwehren. Drittens, zu dieser Uhrzeit würde er wohl kaum einen wachen Schalterbeamten finden, bei dem er ein Hydrotelegramm aufgeben könnte. Viertens, die Kanäle waren wie ausgestorben, keine Schildkröte würde sie in die siebte Ebene zurückbringen. Lastyanax schloss die Augen. Es gab nur eine Lösung. Er musste zu seinen Eltern gehen.

Seufzend legte er sich Arka auf die andere Schulter und stapfte los. In der Dunkelheit stolperte er immerzu über irgendwelche Abfälle. Als er die kleine Vortreppe zur Wohnung seiner Eltern erreichte, tat ihm der Rücken höllisch weh. Lastyanax sah, dass seine alten Leinenschuhe von den Stufen verschwunden waren. Lange Zeit hatte seine Mutter sie dort stehenlassen, in der Hoffnung, dass er eines Tages käme, um sie wieder anzuziehen. Bei dem Gedanken daran, dass sie sie nun entfernt hatte, zog sich Lastyanax' Herz zusammen. Auch wenn die Schuhe ihm inzwischen sowieso zu klein wären. Vor der Tür hob er eine Hand, um den Klopfer zu betätigen, doch dann hielt er inne.

Eine Minute stand er reglos da, während Arka ihm weiter das Schlüsselbein zerquetschte. Seit sechs Jahren hatte er seinen Vater nicht gesehen. Er war sich nicht sicher, ob er schon bereit war, ihm zu verzeihen. Das Gewicht seiner Elevin überzeugte ihn schließlich anzuklopfen. Gleich darauf waren Gemurmel und Schritte aus der Wohnung zu hören. Sein Vater öffnete ihm, noch kahler, als er ihn in Erinnerung hatte.

»Was kibt es zu so spä... Lastyanax!«

Seine braunen Augen schienen aus den Höhlen kullern zu wollen. Einen Moment lang starrten Vater und Sohn einander schweigend an. Lastyanax wusste nicht, ob er Lust hatte, mit ihm zu reden oder ihm die Faust ins Gesicht zu schlagen. Kaul schien es auch nicht anders zu gehen. Seine verschlossene Miene vertiefte die neuen Falten, die sich während der letzten sechs Jahre in sein Gesicht gegraben hatten. Erschrocken stellte Lastyanax fest, dass er ihn mittlerweile um einen guten Kopf überragte. Dann tauchte die rundliche Silhouette seiner Mutter auf.

»Last? Bist du's, mein Last?«

Unter kleinen Freudenschreien stürzte Chariklo zu ihm. Sie wollte ihn an sich drücken, doch dann sah sie, dass die Arme ihres Sohnes schon besetzt waren. Sie riss die Augen auf.

»Aber ... das ist ja Arka! Was ist passiert? Ist sie ...«

»Nein, nein«, beruhigte Lastyanax seine Mutter, »sie kommt wieder zu sich.«

»Aber wieso ... was ...?«

»Sie ist meine Elevin, wir waren … Das ist eine lange Geschichte«, unterbrach er sich. »Es geht ihr gut, sie muss nur schlafen. Und ich auch«, fügte er hinzu. »Mama, können wir hier übernachten? Ich erzähle dir alles morgen, wenn wir uns ausgeruht haben.«

Kaul öffnete den Mund, aber Chariklo bedeutete ihm, zu verschwinden und ihren Sohn hereinzulassen.

»Natürlich, mein Schatz. Komm, wir legen Arka auf die Decken, und für dich finden wir auch noch was.«

Lastyanax folgte ihr in die Wohnung, vorbei an seinem Vater, der sich wieder hinter seinem Schweigen verschanzt hatte. Das Wohnzimmer war deutlich kleiner, als er es in Erinnerung hatte. Oder er selbst war viel größer geworden. Er stieß jetzt mit dem Kopf an die Decke. Ansonsten hatte sich wenig verändert, seit er gegangen war. Sein ehemaliges Zuhause ähnelte noch immer einem Pferdestall, trotz der Bemühungen seiner Mutter, dem entgegenzuwirken. Allerdings bemerkte er ein paar neue Gegenstände: hier eine blaue Vase, da ein funkelndes Möbelstück, dort eine kristallene Wasseruhr. Arkas Sieg beim Großen Preis des Basileus hatte den Lebensstandard seiner Eltern ein wenig verbessert.

»Habt ihr mein Bett nicht mehr?«, wunderte sich Lastyanax, während er nach einem Platz suchte, an dem er Arka ablegen konnte.

»Es war in den letzten Jahren nicht immer leicht, über die Runden zu kommen, weißt du … Wir mussten ein paar Dinge verkaufen«, gestand seine Mutter mit einem entschuldigenden Lächeln. »Aber jetzt geht es sehr viel besser!«

Lastyanax nickte, beschämt darüber, dass er sich nie klargemacht hatte, wie schwer das Leben für sie sein musste. Seit er gegangen war, hatte er sie regelmäßig gesehen, natürlich nur außerhalb der Wohnung. Er hatte sich immer geweigert, sie zu betreten, trotz des Drängens seiner Mutter, die noch immer hoffte, Vater und Sohn würden wieder Frieden miteinander schließen. Ja, er hatte Chariklo sogar verboten, ihre Treffen Kaul gegenüber zu erwähnen, und sie war viel zu glücklich, ihn zu sehen, um sich nicht daran zu halten. Jedes Mal fragte sie, wie es ihm ging, freute sich über seine strahlende Zukunft in der siebten Ebene, redete über dies und jenes.

Ohne viel Federlesens lud er seine Bürde auf einem Haufen Pferdedecken ab. Arka stieß ein empörtes Grunzen aus. Lastyanax nahm eine Decke und breitete sie über seine Elevin, was diese mit einem zufriedeneren Grunzen quittierte.

»Dank ihr und ihrem Klepper habe ich endlich den Kroßen Preis des Basileus kewonnen«, sagte Kaul.

Lastyanax zuckte zusammen und richtete sich auf, ohne Arka aus den Augen zu lassen. Diese vermeintliche Fürsorge war nur ein Vorwand, um dem Blick seines Vaters nicht begegnen zu müssen.

»Ich weiß«, sagte er. »Es war das erste Mal, dass ich auf die vierte Ebene gesetzt und gewonnen habe.«

»Du hast auf meinen Klepper gesetzt?«

Eine Hoffnung auf Versöhnung lag in der brummigen, beinahe schüchtern hervorgebrachten Frage. Lastyanax dachte nur daran, sie so schnell wie möglich zunichtezumachen.

»Ja«, warf er in bitterem Ton hin. »Siebenundzwanzig Hyper.«

Kauls Miene verdüsterte sich wieder. Der Vater-Sohn-Moment war dahin. Lastyanax wandte sich ab und half seiner Mutter, eine Matte neben den Deckenstapel zu legen. Eine böse kleine Stimme in seinem Kopf warf ihm vor, die siebenundzwanzig Hyper erwähnt zu haben; das war niederträchtig von ihm gewesen. Doch was war mit der Niedertracht seines Vaters, sechs Jahre zuvor?, hielt Lastyanax der Stimme entgegen. Siebenundzwanzig Hyper, das war die Summe, um die er ihn gebeten hatte, um die Maut in die siebte Ebene zu bezahlen. Kaul hatte sich geweigert, sie ihm zu leihen, unter dem Vorwand, er hätte sie schlichtweg nicht, und Lastyanax hätte bei der Attribution ohnehin keine Aussicht auf Erfolg. Kaul selbst hatte gerade mal wieder beim Großen Preis des Basileus verloren. Daher hatte Lastyanax sein Glück bei dem Auswahlverfahren nicht versuchen können. Während weniger fähige junge Leute als er Eleven wurden, war er daheim geblieben und hatte brüchiges altes Zaumzeug eingefettet. Eine Dekade später erfuhr er, dass sein Vater am Abend vor der Attribution dreißig Hyper in einem mittelmäßigen Rennen gesetzt und verloren hatte. Am folgenden Tag war Lastyanax von zu Hause fortgegangen und hatte seine Mutter in Tränen aufgelöst zurückgelassen. Seitdem war er nie wieder in sein Elternhaus zurückgekehrt.

Ein Jahr lang hatte er in den Glashütten Klein-Napocas gearbeitet und jeden Chalkos gespart. In dieser Zeit hatte er auch Napocanisch gelernt. Am Ende des Jahres hatte er genug Geld für den Transfer in die siebte Ebene beisammen. Und er bestand die Attribution.

Chariklo, die sah, wie erschöpft er war, zügelte ihre Neugier und stellte ihm keine weiteren Fragen. Lastyanax dankte ihr im Stillen dafür. Sie küsste ihn auf die Stirn und ging schlafen, nachdem er versprochen hatte, ihr am nächsten Tag alles zu erzählen. Lastyanax zog seine blaue Toga aus, die nach dem Aufenthalt im gammligen Wasser des Brunnens ziemlich übel roch, und rollte sich in Unterwäsche auf der

Strohmatte zusammen. Seine Mutter hatte sich bemüht, sie mit ein paar Decken etwas aufzupolstern, doch das Ergebnis war sehr weit von den weichen, komfortablen Wollmatratzen entfernt, an die er sich seit seiner Ankunft in der siebten Ebene gewöhnt hatte. Seufzend schloss er die Augen.

»Hör mal, weken des Keldes … Ich weiß, du klaubst, ich wollte nicht, dass du bei der Attribution Erfolk hast.«

Er öffnete die Augen wieder. Kaul war es erneut gelungen, sich anzupirschen, ohne dass er es bemerkt hatte. Er spürte, wie sein Vater hinter ihm zögerte.

»Aber darum kink es nicht«, fuhr er, an seinen Rücken gewandt, fort. »Es stimmt, ich war verbittert, aber vor allem hatte ich nicht kenuk Kold, um deine Rückkehr zu bezahlen, falls es mit der Attribution nicht keklappt hätte. Desweken habe ich bei dem Rennen kewettet. Ich wollte nicht, dass du allein dort oben hänken bleibst. Ich hätte an dich klauben sollen. Es tut mir leid.«

Lastyanax antwortete nicht und drehte sich nicht um. Er wartete, bis sein Vater sich abwandte und in sein Zimmer ging. Erst da trocknete er seine Augen. Dann zog er sich die Decke bis zum Kinn und schlief endlich ein.

Arka

Warmer Pferdeduft umgab ihren Körper wie ein kuscheliger Kokon. Es fühlte sich wundervoll an, tausendmal besser als das Ertrinken. Bestimmt war sie im Jenseits. Und wenn sie die Augen öffnete, würde sie den Wald der Amazonen sehen, Chirone, Penthesilea …

»Ah, du bist wach. Wurde auch langsam Zeit.«

Als Arka die Augen öffnete, sah sie Lastyanax. Sie schloss sie sofort wieder und stellte sich mit aller Kraft den Wald der Amazonen vor, Chirone, Penthesilea. Auf keinen Fall würde sie die Ewigkeit mit ihrem Mentor verbringen.

»Ich dachte mir doch, dass ich diese alten Leinenschuhe schon mal irgendwo gesehen habe«, fügte Lastyanax hinzu.

Arka hob erneut die Lider. Der Pferdegeruch kam von den Decken, zwischen denen sie lag. Vertraute Decken, genau wie der Raum, in dem sie sich befand. Sie war bei Kaul. Neben ihr saß Lastyanax auf einem umgedrehten Eimer und betrachtete mit gerunzelten Brauen die Leinenschuhe am Boden. Er hatte beeindruckende Ringe unter den Augen. Sie selbst war so erschöpft, dass sie stundenlang hätte liegen bleiben und die Zimmerdecke anstarren können. Was war geschehen? Das Letzte, woran sie sich erinnerte, war das schreckliche Gefühl, dass ihr Wasser in die Lungen drang.

»Dann sind wir also nicht tot?«

»Deine Kombinationsgabe verblüfft mich immer wieder«, entgegnete Lastyanax, ohne den Blick von den Schuhen abzuwenden. »Wie kann es sein, dass ich meine Schuhe nicht erkannt habe?«, murmelte er.

»Warum sind wir nicht tot?«, fragte Arka, während sie versuchte, sich die Ereignisse in Erinnerung zu rufen. »Und was machen wir hier?«

»Weil uns jemand aus dem Brunnen gezogen hat. Und da du bewusstlos warst und es zu spät war, um in die siebte Ebene zurückzukehren, habe ich dich zu meinen Eltern gebracht.«

»Zu Ihren Eltern?«, rief Arka und setzte sich ruckartig auf.

Ihre Angst war mit einem Schlag vergessen. Nicht nur war Lastyanax menschlich genug, um Eltern zu haben, sondern Arka kannte sie auch noch.

»Sie sind Kauls Sohn, Meister?«, schrie sie.

»Ja, aber kommen wir auf ein interessanteres Thema zurück«, sagte er, indem er ihre Frage mit einer Handbewegung wegwischte. »Unseren Retter.«

Schier verrückt vor Neugier, zappelte Arka unter ihrer Decke. Doch da Lastyanax nicht bereit schien, ihr mehr über seine Eltern zu verraten, fragte sie:

»Wer hat uns aus dem Brunnen gezogen? Und wie?«

Lastyanax rieb sich gähnend die Stirn.

»Das versuche ich seit Stunden zu begreifen. Ein Mann hat offenbar die Gauner niedergeschlagen, dann kam er in den Keller, als du gerade am Ertrinken warst. Er hat es geschafft, das Gitter mit bloßen Händen herauszureißen, und uns aus dem Brunnen gezogen.«

»Mit bloßen Händen?«, wiederholte Arka verwundert. »Mithilfe von Magie, wollen Sie damit sagen? In einer Blauen Zone? Wie hat er das denn hingekriegt?«

»Ich habe keine Ahnung. Doch das ist noch nicht alles: Nachdem er uns aus dem Wasser geholt hat, ist er ohne ein Wort verschwunden und mit ihm die Blaue Zone. In dem Fall glaube ich allerdings zu wissen, wie er es gemacht hat.«

Arka tauchte noch einmal in die nebeligen Windungen ihrer Erinnerung ein.

»Sie denken, er hat das Blau-Erz mitgenommen?«, fragte sie schließlich.

Lastyanax nickte.

»Die Banditen haben einen ›Kunden‹ erwähnt, für den das Blau-Erz bestimmt war. Sicher war das der Mann, oder er stand im Dienst dieses Kunden. Er kam, um die Ware abzuholen, nachdem man den Lotus-Klan dafür bezahlt hatte, das Blau-Erz heimlich nach Hyperborea einzuschleusen. All das ergibt Sinn. Was ich jedoch nicht verstehe, ist, warum er uns gerettet hat.«

»Aus Nächstenliebe?«, schlug Arka vor.

»Nachdem er gerade ein halbes Dutzend Verbrecher niedergeschlagen hatte? Nein, Nächstenliebe hat in dieser Geschichte nichts verloren«, erwiderte Lastyanax. »Er wollte, dass wir überleben, aber warum?«

»Vielleicht kannte er uns?«

»Ich bin ihm noch nie im Leben begegnet.«

»Wie sah er denn aus?«, fragte Arka.

»Ich war zu besorgt um dich, um ihn mir genauer anzuschauen«, murmelte Lastyanax, ohne das alberne Grinsen zu beachten, das bei dieser Bemerkung über das Gesicht seiner Elevin huschte. »Um die dreißig, ziemlich groß, sonnengegerbtes Gesicht, dunkle Haare, blaue Augen, glaube ich … Sagt dir das irgendwas?«

»Nein.«

In diesem Moment öffnete sich die Wohnungstür, und ein Berg Lebensmittel trat ein.

»Lastilein, mein Schatz, würdest du mir helfen, das hier in die Küche zu bringen?«, hörte man Chariklos Stimme hinter dem Berg.

Lastyanax' Ohren liefen rot an, während Arkas sich beim süßen Klang mütterlicher Liebe spitzten. Er beugte sich zu seiner Elevin und flüsterte:

»Kein Wort von alldem zu meinen Eltern, wir reden später darüber. Und hör auf zu grinsen!«

Arka war noch nie bei einem hyperboreischen Familienessen dabei gewesen, aber das, an dem sie nun teilnahm, schien ihr nicht sehr gelungen. Jeder an seinem Ende des Tisches verschanzt, den Blick stur auf die Algencremesuppe gerichtet, ignorierten Lastyanax und Kaul einander nach Kräften. Chariklo bemühte sich vergeblich, die Stimmung aufzuheitern, indem sie allen immerzu neue Speisen auftat, während Arka sich ohne großen Erfolg am Drahtseilakt unverfänglicher Konversation ausprobierte. Sobald sie ein Thema anschnitt, das mit Pferden zu tun hatte, stöhnte Lastyanax gereizt auf. Sprach sie über Magie, war es Kaul, der mürrisch das Gesicht verzog. Nach einer Stunde missglückter Versuche, ein Gespräch anzukurbeln, machte Arka sich unter dem Vorwand, sie wolle ihr Pferd besuchen, aus dem Staub und überließ es den dreien, ihre familiären Spannungen zu regeln.

Im Stall begrüßte Zwerg sie mit einem freundlichen Schnauben. Verwöhnt wie ein König, hatte er ein wenig Bauch angesetzt und dem Personal seine Regeln aufgezwungen. Die Stallburschen machten alle vorsorglich einen großen Bogen um seine Box. Arka kraulte ihm eine halbe Stunde lang den Hals und ging dann zurück zur Wohnung. Auf der Vortreppe diskutierte Lastyanax mit seiner Mutter.

»Lastilein, jetzt, da du mit dem Basileus arbeitest, musst du ihm sagen, er soll unsere Lebensbedingungen hier verbessern. Es ist höchste Zeit, dass er etwas tut, denn deinen Vater kriege ich nicht aus der ersten Ebene weg, und ich habe es satt, im Müll der anderen zu hausen.«

»Ich berate den Basileus nur, Mama, es ist nicht so, als ob ich ihm meinen Willen diktieren könnte …«

»Ja, aber der Basileus hört doch auf seine Minister, oder nicht? Übrigens hat mir deine Großtante erzählt, der Eparch hätte die Reinigungssiegel wieder in Betrieb nehmen lassen, was beweist, dass …«

»Das war nicht der Eparch, Mama. Ich habe dafür gesorgt«, unterbrach Lastyanax sie gereizt. »Und du hast keine

Ahnung, welche Anstrengungen ich unternehmen musste, um das Magisterium zu überzeugen … Arka, geh einen Kutscher holen, wir fahren zurück in die siebte Ebene!«

Enttäuscht darüber, dass sie den Rest des Gesprächs verpasste, trottete Arka davon. Ein paar Minuten später war sie wieder da, an Bord einer ganz mit Algen verkrusteten Schildkröte, die von einem greisen, zahnlosen Kutscher gelenkt wurde. Sobald Lastyanax sie sah, verabschiedete er sich von seiner Mutter und kam mit Leichenbittermiene die Stufen hinunter.

»Alles in Ordnung, Meister?«, fragte Arka, als er sich neben sie fallen ließ.

»Nein«, knurrte Lastyanax. »Meine Mutter ist überzeugt, dass ich die Welt verändern kann, und außerdem musste ich ihr versprechen, bald wieder zum Essen zu kommen.«

»Ich hätte gern Eltern, die mich zum Essen einladen«, bemerkte Arka verträumt.

Lastyanax errötete und sagte nichts mehr, während der Kutscher sie durch die Ebenen transportierte.

Arka wurde speiübel, als sie die Nase der Schildkröte durchs Wasser gleiten sah. Dieses Gefühl, überall von einem Element umzingelt zu sein, das sie nicht beherrschte, ohne irgendeinen Ausweg … Dasselbe hatte sie schon einmal erlebt, beim Brand des Amazonenwaldes, als sie inmitten der Flammen gefangen war. Sie kniff die Augen zu und verscheuchte mit aller Kraft die Bilder, die aus ihrer Erinnerung auftauchten.

Während die Schildkröte durch die Kanäle der sechsten Ebene schwamm, durchzuckte sie ein Gedanke.

»Meister, unser Retter … glauben Sie … finden Sie, dass ich ihm ähnlich sehe?«

Lastyanax schien die Frage nicht zu verwundern. Er wandte sich ihr zu und musterte sie aufmerksam. Arka zupfte an einer Haarsträhne, um ihre Nervosität zu überspielen.

»Nein, du siehst ihm nicht ähnlich«, sagte er schließlich. »Ich glaube nicht, dass er dein Vater ist. Ich habe es ihn auf Napocanisch gefragt, er schien mich nicht zu verstehen.«

Enttäuscht senkte Arka den Kopf und betrachtete die unregelmäßigen Hornplatten ihres Reittiers.

»Was machen wir jetzt, Meister?«, fragte sie nach einer Weile. »Ich meine, wegen der Sache mit dem Blau-Erz?«

»Wir müssen dem Magisterium berichten, was wir gestern erfahren haben. Wenn das Blau-Erz wirklich aus dem Amazonenwald stammt, ist es mehr als wahrscheinlich, dass Lykurg hinter alldem steckt. Und solange wir die Einzigen sind, die davon wissen, sind wir nirgendwo in Sicherheit.«

Arka nickte mit gerunzelter Stirn. Die Schildkröte hatte gerade die siebte Ebene erreicht und glitt nun in Richtung Bergfried.

»Wann werden Sie dem Magisterium davon berichten?«

»Jetzt gleich«, sagte Lastyanax.

Er tippte dem Kutscher auf die Schulter und nannte ihm die neue Adresse.

»Ich werde eine Sondersitzung des Rates einberufen«, fügte er hinzu, indem er sich aufrichtete. »Nach dem Tod eines weiteren Ministers kann man mir das nicht verwehren.«

»Werden Sie ihnen auch von unserem Retter erzählen, Meister?«

Ihr Mentor schloss die Augen und rieb sich mit beiden Händen die Stirn, als versuche er, eine besonders komplizierte Gleichung zu lösen.

»Nein«, sagte er schließlich, nachdem er die Hände wieder

gesenkt hatte. »Solange wir nicht wissen, warum er uns aus dem Brunnen geholt hat, ist es besser, ihn nicht zu erwähnen, denke ich. Möglicherweise hat er dadurch seinen Befehlen zuwidergehandelt.«

»Und was machen wir mit dem Klan des Blauen Lotus?«, fragte Arka weiter. »Werden die uns auch in Ruhe lassen, sobald das Geheimnis bekannt ist?«

»O nein«, antwortete Lastyanax, wobei er sich zerstreut über den Nasenrücken strich. »Deswegen werde ich ihre Verhaftung fordern«, sagte er, während sich ihr Reittier in den kristallklaren Kanal einfädelte, der zum Magisterium führte. »Bis dahin versuche möglichst in meiner Nähe zu bleiben.«

»Damit Sie mich beschützen können?«, grinste Arka in Gedanken an das Fiasko des vorigen Abends.

»Nein, damit du mich beschützen kannst«, korrigierte Lastyanax augenzwinkernd. »Komm, es ist Zeit, ins Wespennest zu stechen.«

Sie sprangen von der Schildkröte und eilten über den Vorplatz des Magisteriums. Als sie am Brunnen der Rotunde vorbeikamen, platzte Arka schier vor Euphorie. Nach den Ereignissen der letzten Nacht zollte ihr Meister ihr endlich die Anerkennung, die sie verdiente. Sie war die Kämpferin, er der Stratege. Zusammen waren sie ein unschlagbares Gespann, nichts konnte sie aufhalten.

»Laaaast!«, brüllte plötzlich jemand zwei Galerien weiter.

»Hallo, Petroklos«, erwiderte Lastyanax, während der lange Lulatsch mit seinem Stelzvogelgang auf sie zukam und sich vor ihnen aufbaute.

»Weißt du schon, was meinem Mentor passiert ist?«, fragte er.

»Ich war einer der Ersten vor Ort«, bestätigte Lastyanax düster.

»Donnerwetter, was ist das denn für ein Gestank? Hast du die Nacht in einem Kanal verbracht, oder was?« Petroklos rümpfte die Nase.

»Du weißt gar nicht, wie recht du hast«, seufzte Lastyanax. »Das mit deinem Mentor ist furchtbar, mein herzliches Beileid. Ich hoffe, dass ...«

»Ja, ja«, unterbrach Petroklos ihn mit einer genervten Handbewegung. »Welch ungeheurer Verlust, was soll ich nur tun ohne seine unendliche Weisheit an meiner Seite, ein weiterer Stern schmückt nun das Firmament der großen hyperboreischen Magier, bla bla bla. Was denkst du, wer hat das getan?«

»Keine Ahnung«, sagte Lastyanax mit undurchdringlicher Miene.

»Du hast einen Verdacht, Last, das spüre ich«, erwiderte Petroklos.

Statt einer Antwort nahm Lastyanax Arka bei den Schultern und schob sie zwischen sich und Petroklos.

»Kümmere dich hierum, ja, während ich ein Hydrotelegramm losschicke, um den Rat einzuberufen. Bleib mit ihr in der Rotunde, ich komme wieder hierher, sobald es vorbei ist.«

Damit verschwand er, und Arkas Träume vom unbezwingbaren Gespann zerplatzten.

»Last! Ich weiß, dass jetzt, da man meinem Mentor in einer Badewanne die Kehle aufgeschlitzt hat, meine Chance, eines Tages eine violette Toga zu bekommen, gegen null geht, aber deswegen bin ich noch lange kein Kindermädchen!«, rief Petroklos seinem Freund hinterher. »Ach verflixt, er hört mir nie zu. Und du, hast du keinen Unterricht?«, wandte er sich an Arka.

»Der geht eh nur noch eine Stunde.«

»Okay, wir wollen es mit dem Eifer nicht übertreiben. Nach dem fulminanten Finale seiner kleinen Tanzveranstaltung gestern dürfte der Mystograf einigermaßen durcheinander sein. Besser, man mutet ihm nicht noch eine verspätete Schülerin zu. Pah, das wird ihn lehren, mich nicht zu seinem Fest einzuladen.«

Seufzend ließ er sich auf den Brunnenrand fallen. Arka tat es ihm nach, nur dass sie sich rittlings daraufsetzte, mit einem Bein zu jeder Seite der Umrandung. Petroklos' trauriger Blick folgte den Magiern, die geschäftig die Rotunde durchquerten, und Arka fragte sich, ob er den Verlust seines Mentors wirklich so gut verkraftete, wie er glauben machen wollte. Die fünf Gürtel schlackerten um seine Taille, als wollten sie ihn andauernd daran erinnern, dass er der letzte Eleve seines Jahrgangs war, der noch keine Erfindung präsentiert hatte.

Sie tauchte die Spitze ihres Schuhs in das kühle Brunnenwasser. Die Erwähnung des Mystografen hatte sie wieder an ihre Nachforschungen des letzten Abends erinnert. Viel hatte sie dabei nicht herausgefunden, außer dass Wasserlandungen ein riskanter Sport waren. Ausnahmsweise konnte sie es mal nicht erwarten, Phreton zu treffen. Wenn irgendwer mehr über Trierios' Mörder erfahren hatte, dann er. Sie brauchte ihn nur am Ende des Kurses hier abzupassen.

Als sie sich der Galerie zuwandte, die zum Hörsaal führte, fiel ihr Blick auf die Brunnenskulptur: ein Mann, umgeben von seinen dreizehn Kindern, dessen Tränen nie versiegten. Arka war schon so oft daran vorbeigegangen, dass ihr Mitgefühl angesichts des ergreifenden Werkes langsam abgestumpft war. Dabei war es dem Bildhauer gelungen, in den müden Zügen des Vaters ebenso wie in der verzweifelten Geste, mit der er sich an die Schultern seiner Kinder klammerte, grenzenlose Trauer auszudrücken.

»Was stellt dieser Brunnen eigentlich dar?«, fragte sie Petroklos.

»Wie? Ah ... Die Ermordung der dreizehn Erben Hyperboreas vor hundertzweiundsechzig Jahren.«

»Der dreizehn Erben?«, wiederholte Arka.

»Hast du noch nie von der schändlichen Geschichte der Amazonen gehört, 43?«, flüsterte Petroklos mit der Fratze eines gruseligen Märchenerzählers (die Aussicht, sein Mundwerk gebrauchen zu können, verlieh ihm offenbar neue Energie). »Vor hundertzweiundsechzig Jahren waren sie nichts als eine Horde blutrünstiger Bekloppter, die in Hyperborea ihr Unwesen trieben und dabei irgendwelchen Unfug über die Emanzipation der Frauen grölten. Eines Tages aber fiel diesen Hitzköpfen, um ihrer Sache zu dienen, nichts Besseres ein, als in den Palast einzudringen und sämtlichen Thronfolgern, einem nach dem anderen, die Kehle durchzuschneiden – vor den Augen des Basileus«, fügte Petroklos hinzu, indem er auf die Statue des Mannes zeigte. »Anschließend haben sie ihn kastriert.«

»Kastriert?«

»Sie haben ihm jede Möglichkeit genommen, sich noch einmal fortzupflanzen, wenn dir das lieber ist«, erklärte Petroklos mit einer schmerzvollen Grimasse.

Arka riss die Augen auf und wandte sich wieder der Skulptur zu. Es war, als sähe sie sie zum ersten Mal. Daher rührte also der unversöhnliche Hass des Basileus gegen die Amazonen. Hundertzweiundsechzig Jahre zuvor hatten Kriegerinnen eine unentschuldbare Gräueltat begangen, indem sie den Herrscher an Leib und Seele verstümmelt und ihm dann noch die Gnade verwehrt hatten, ihn zu töten.

»Was ist aus diesen Amazonen geworden?«, fragte sie mit heiserer Stimme.

»Oh, sie wurden gefangen genommen und gefoltert«, antwortete Petroklos. »Niemand hat je verstanden, warum der Basileus sie am Ende gehen ließ. Der Legende nach hat er sie über mehrere Generationen hinaus verflucht, ehe er sie freiließ. Auch wenn ich das für kolossalen Unsinn halte, so stimmt es doch, dass nach diesem Ereignis alle Amazonen Hyperborea verlassen haben, um ihren Traum vom totalitären Frauenstaat in Arkadien zu verwirklichen.«

Verfluchte, winde dich, krieche, rutsche übers Eis, um meinen Angriffen zu entgehen!

Mit klopfendem Herzen richtete Arka sich auf. Die Worte der Schlange waren ihr wieder in den Sinn gekommen. Amazonen … verflucht über mehrere Generationen hinaus …

Sie erinnerte sich an eine seltsame Episode aus ihrer Kindheit, als sie sechs oder sieben Jahre alt gewesen war. Um die Lebensmittelrationen aufzubessern, die sie jeden Monat erhielten, hatte Chirone sie zur Elaphenjagd in den Wald mitgenommen. Nach einem Tag auf der Pirsch war es ihnen gelungen, einen alten Hirsch zu erlegen, der an einem Weiher trank. Als sie ihn zerteilt hatte, zog Chirone sich aus, um sich das Blut des Tieres im See abzuwaschen. Den Amazonengurtel legte sie auf ihre übrigen Sachen. Das ins Leder eingefasste Klümpchen Blau-Erz funkelte im Sonnenlicht. Fasziniert von seinem türkisen Schimmer, hatte Arka der Versuchung, den Gürtel anzuziehen, nicht widerstehen konnen. Nur Amazonen duften ihn tragen. Dieser Gürtel, den sie am Tag ihrer Schwertleite erhielten, ermöglichte ihnen, um sich herum stets eine Blaue Zone aufrechtzuerhalten, selbst wenn sie den Wald verließen. Bis dahin war es den Amazonenschülerinnen verboten, den Waldsaum zu übertreten.

Am Ufer des Sees war Arka so damit beschäftigt, ihre Kriegerinnen-Aufmachung zu bewundern, dass sie Chirone nicht aus dem Wasser kommen hörte. Die Tutorin hatte ihr eine Ohrfeige verpasst und ihr mit einer unwirschen Geste den Gürtel abgenommen. Eher betäubt als beschämt von dem Schlag hatte Arka angefangen zu weinen. Während Chirone sich wieder anzog, greinte sie:

»Warum haben nur die Großen das Recht, einen Gürtel zu tragen?«

»Das ist kein Recht, Arka. Es ist ein Fluch.«

»Arkadien ist wirklich die allerletzte Gegend auf der Welt, die ich besuchen würde«, unterbrach Petroklos ihre Erinnerungen. »Da gibt es nur bis an die Zähne bewaffnete Verrückte, die das, was ich zwischen den Beinen habe, als potenzielle Kriegstrophäe betrachten. Eine Gesellschaft ganz ohne Männer, von wegen! Sie brauchen unsere Dienste immer noch, um ihre Truppen wieder aufzustock…«

»Petroklos, wie funktioniert ein Fluch?«, fiel Arka ihm ins Wort.

»Wenn du meine Meinung wissen willst, so etwas gibt es nicht«, winkte er ab. »Solche Schauermärchen werden nur verbreitet, um bei den einfachen Leuten, die nichts von Magie verstehen, Angst zu schüren. Aber wenn du naiv genug bist, dem Unfug Glauben zu schenken, dann kannst du der Frage gern in der Bibliothek nachgehen, ich bin überzeugt, irgendwelche Tintenkleckser haben auf dieses Thema jede

Menge Pergament verschwendet … Schau an, da kommen die Minister«, fügte er hinzu. »Da ist der Stratege, der alte Gauner. Er sieht immer mehr aus wie ein verhungerter Katzenfisch mit seinem Zwirbelbart …«

»Ich muss los.« Arka sprang auf die Füße.

»Wie?«

Sie war schon unterwegs zu der mit edlen Hölzern intarsierten Tür des Magisteriums. Ihren Plan, mit Phreton zu sprechen, hatte sie komplett vergessen. *Der Legende nach hat er sie über mehrere Generationen hinaus verflucht, ehe er sie freiließ* … Könnte eine ihrer Vorfahrinnen dabei gewesen sein? Könnte sie selbst auch verflucht sein?

Hinter ihr maulte Petroklos: »Wieso lassen mich alle einfach sitzen, ohne mir zu erklären, warum?«

Lastyanax

Die automatische Tür des Patios schloss sich wieder hinter dem Basileus, der durch den Kreis der Minister schritt und auf seinem Ebenholzthron Platz nahm. Wie jedes Mal überlief es Lastyanax eiskalt bei der Ankunft des Monarchen. In den beinahe hundertvierundachtzig Jahren seiner Regentschaft hatte dieser unzählige Minister tagen, etliche politische Intrigen misslingen, acht Generationen sterben und eine Revolution scheitern sehen. Nichts schien in der Lage, diesen Menschen – war er überhaupt noch ein Mensch? –, den die Zeit selbst nicht hatte besiegen können, zu erschüttern.

Die Minister setzten sich alle gleichzeitig wieder hin, mit Ausnahme des Amtsschreibers hinter seinem Pult und Lastyanax', der den Anlass der Zusammenkunft erläutern sollte. Sein Blick glitt über das Konzil der Magier, verweilte kurz auf Trierios' leerer Bank, dann auf dem Gesicht des Eparchen, der, wie zu erwarten, unglaublich genervt davon war, dass er ihn einbestellt hatte. Bis hierher war sein Verhalten nicht weiter auffällig. Lastyanax fuhr sich mit der Hand durchs Haar, ein Tick, den er sich angewöhnt hatte, weil er andauernd überprüfte, ob er auch ja nicht die väterliche Kahlköpfigkeit geerbt hatte.

»Wie Sie wissen, wurde der Kolonialminister gestern Abend ermordet«, begann er, »und der Schuldige ist noch immer nicht gefunden. Das ist nun schon der zweite ungeklärte Tod eines Ministers nach dem Dahinscheiden meines Vorgängers Palates hier im Magisterium selbst ...«

»Haben Sie den Rat etwa einberufen, um uns mit dem neusten Tratsch Ihrer Köchin zu langweilen, Lastyanax?«, unterbrach ihn der Eparch. »Soweit ich weiß, ist Palates eines natürlichen Todes gestorben. Machen Sie also nicht die Pferde scheu und lassen Sie die Polizei in Ruhe ihre Arbeit verrichten.«

»Ohne dramatisieren zu wollen«, entgegnete Lastyanax, »gestern wurde einem Minister in einer Badewanne die Kehle durchgeschnitten, während eines Empfangs, bei dem gut hundert Magier anwesend waren, keine sechs Monate nach dem unerwarteten Ableben meines Mentors. Ich wäre nicht erstaunt, wenn bald ein dritter Minister sterben würde, allen voran ich selbst. Gleichwohl«, fuhr er mit erhobener Hand fort, um den erregten Reaktionen seiner Kollegen Einhalt zu gebieten, »habe ich Sie aus einem anderen Grund hergebeten.«

Er legte eine Kunstpause ein, um sich der Aufmerksamkeit des Rates sicher zu sein. Der Basileus beugte sich erwartungsvoll vor. Der Eparch machte ein verkniffenes Gesicht.

»Gestern Abend, kurz nach Trierios' Ermordung, habe ich aus sicherer Quelle erfahren, dass eine beträchtliche Menge Blau-Erz nach Hyperborea gebracht wurde«, verkündete Lastyanax laut.

Vor Verblüffung hoben sich sämtliche Brauen der Minister.

»Durch die Schmuggler des Blauer-Lotus-Klans in der ersten Ebene«, fügte er mit einem nachdrücklichen Blick auf den Eparchen hinzu.

Dieser blähte die Backen derart auf, dass er kaum noch den Mund öffnen konnte, um zu stammeln:

»Wie … Sie wollen doch wohl nicht unterstellen, dass … Ich, Mezentius, der Eparch!«

»Ich berichte nur die Tatsachen«, entgegnete Lastyanax unerschrocken.

»Und wer hat Sie über diese Tatsachen informiert?«, herrschte ihn der Oberste Schatzmeister an.

Lastyanax, der noch immer stand, wandte sich dem Minister zu. Er konnte seine Frage nicht beantworten. Zum einen hätte er jegliche Glaubwürdigkeit verloren, wenn er geschildert hätte, wie er in den Schlupfwinkel des Lotus-Klans geraten war, zum anderen wollte er Arka nicht in seinen Feldzug gegen den Eparchen hineinziehen.

»Eine Quelle, die ich zu ihrem eigenen Schutz nicht nennen möchte«, erwiderte er daher.

»Das lässt sich leicht behaupten!«

»Um meine Aussagen zu überprüfen und voreilige Schlüsse zu vermeiden«, fuhr Lastyanax fort, »schlage ich vor, eine Ermittlung einzuleiten und die Mitglieder des Blauer-Lotus-Klans noch heute zu verhören.«

Er setzte sich und schob einen Finger unter den Kragen seiner Toga, um den Stoff von seiner schweißnassen Haut zu lösen. Die Ruhe des oasenhaften Patios kontrastierte scharf mit der Aufregung, die sich nun unter den Ministern breitmachte. Seine Enthüllungen zeigten die erwartete Wirkung: Die Magier tuschelten erregt miteinander und selbst den Basileus hatte sein sprichwörtlicher Gleichmut verlassen. Was den Eparchen betraf, der schien angesichts der indirekten Anschuldigung gegen ihn innerlich zu brodeln.

»Sie reden von einer beträchtlichen Menge Blau-Erz, Lastyanax ... Doch woher stammt es?«, fragte der Handelsminister.

»Von den Amazonen natürlich«, antwortete der Stratege und glättete seinen Schnurrbart.

»Oder besser gesagt aus den Beständen, die Lykurg den Amazonen nach dem Brand ihres Waldes gestohlen hat«, korrigierte Lastyanax.

Der Basileus richtete seine unergründlichen Augen auf ihn.

»Wie üblich sind Sie recht schnell dabei, unsere Feinde zu verteidigen, um unsere Verbündeten anzuklagen, Lastyanax«, sagte er voller Argwohn.

»Die Amazonen brauchen das wenige Blau-Erz, das ihnen geblieben ist, zu sehr, um es nach Hyperborea zu bringen, Majestät«, argumentierte Lastyanax, wobei er die Nase des Herrschers fixierte, damit er seinem bodenlosen Blick nicht begegnen musste.

»Ebendarum, es könnte sich um einen verzweifelten Versuch handeln, Hyperborea einzunehmen«, gab der Stratege mit überlegener Miene zurück.

»Aber wie denn?«, fragte der Handelsminister. »Angenommen, Ihre Quelle ist verlässlich, Lastyanax, so kann man eine Stadt wie Hyperborea dennoch nicht mit ein paar Klümpchen Blau-Erz erobern.«

Auf seine Worte folgte tiefes Schweigen. Nur das Gluckern der Bewässerungsrinne klang durch den sonnenbeschienenen Patio voll seltener Pflanzen und gereizter Minister. Schließlich erhob sich der Eparch.

»Wenn an dieser Sache mit dem Blau-Erz etwas dran ist, Majestät – was ich zu bezweifeln wage –, dann müssen wir den Schutz des Palastes während Eures Jubiläums verdoppeln. Es ist gut möglich, dass die Amazonen einen Angriff auf eine große Versammlung von Magiern, wie Euer Fest es sein wird, planen.«

Aufrecht, die Enden seiner Toga über den Unterarm gelegt, hätte man den Eparchen für eine Allegorie der Entschlossenheit halten können. Lastyanax hielt seine Wortmeldung vor allem für einen geschickten Schachzug, um von dem Verdacht abzulenken, den die Enthüllungen über den Schmuggel in der ersten Ebene aufgeworfen hatten. Doch seine eigene Position war zu schwach, um dem vernünftigen Vorschlag des Eparchen zu widersprechen.

»Man muss vor allem für einen nicht-magischen Schutz sorgen«, bekräftigte er. »Blitzspeere und Sicherheitssiegel sind gegenüber dem Blau-Erz vollkommen nutzlos. Ich schlage auch vor …«

»Wir könnten den wichtigen Magiern zwei oder drei zusätzliche Leibwächter zuweisen«, fiel ihm der Stratege ins Wort.

»Das Schatzamt wird keine weiteren Sicherheitsmaßnahmen finanzieren«, funkte der Oberste Schatzmeister sofort dazwischen.

Während seine Kollegen sich in eine leidenschaftliche Debatte stürzten, um ihren eigenen Schutz zu erhöhen, ohne dafür bezahlen zu müssen, fühlte sich Lastyanax niedergeschmettert von der Sinnlosigkeit dieses Rates. Ein Minister war ermordet worden, Blau-Erz befand sich in der Stadt, doch die Magier sorgten sich nur um den riesigen Haufen Gold, auf dem sie hockten. Und Trierios war nicht mehr da, um seine Empörung zu teilen. Er suchte den Blick des Basileus, der seltsam erloschen wirkte. In letzter Zeit hatte der Herrscher immer öfter solche abwesenden Momente. Lastyanax fragte sich, ob der Geist des Monarchen es wohl leid war, darauf zu warten, dass sein Körper sich dem Tod ergab, und sich allmählich davonstahl. Als hätte er seine Gedanken erraten, richtete sich der Basileus plötzlich auf. Er wirkte leicht verwirrt, doch er hatte sich im Nu wieder im Griff.

»Diese Angelegenheit muss unbedingt geklärt werden!«, unterbrach er das Gezänk der Minister. »Sollte sich tatsächlich herausstellen, dass Blau-Erz in die Stadt geschmuggelt wurde, mache ich Sie persönlich dafür verantwortlich, Mezentius. Sie sind nicht nur der Stadtpräfekt, sondern Sie waren auch stets ein glühender Verfechter der Zusammenarbeit mit den Klans«, sagte er, indem er den Eparchen, der unter dem Tadel erbleichte, überraschend kalt musterte. »Ich will, dass eine Ermittlung zum Klan des Blauen Lotus durchgeführt wird«, befahl er der Versammlung. »Durchsuchen Sie alle Ebenen, um dieses Blau-Erz zu finden.«

Die Mitglieder des Rates nickten eifrig, ohne den in Ungnade gefallenen Eparchen zu beachten.

»Was ist mit dem Amt des Kolonialministers, Majestät?«, erkundigte sich der Handelsminister und deutete auf Trierios' leere Bank.

»Übernehmen Sie es«, antwortete der Basileus in einem Ton, der keinerlei Widerrede zuließ.

Ein verblüfftes Raunen ging durch den Kreis der Anwesenden. Der Sitz des Kolonialministers war soeben abgeschafft worden, ohne jegliche Rücksprache oder Abstimmung. Lastyanax dachte, dass seinem eigenen Posten bald dasselbe Schicksal blühte, angesichts des geringen Interesses, das der Herrscher seiner Arbeit entgegenbrachte.

Die Besprechung endete in ein paar weiteren Kommentaren zum Jubiläum und den für diesen Tag geplanten Feierlichkeiten. Trotz alledem war Lastyanax weniger frustriert als sonst nach den Ratsversammlungen. Wenigstens hatten seine Informationen den Basileus dazu bewogen, einige klare Entscheidungen zu fällen. Endlich würde die Untersuchung vorankommen. Obendrein konnte er Arka nun, da er Gewissheit über ihre Herkunft hatte, zu den Amazonen und dem Blau-Erz befragen.

Als er zur Rotunde zurückging, wurde er plötzlich an die Wand geschleudert. In seinem Blickfeld erschien das wutverzerrte Gesicht des Eparchen, dessen Hand Lastyanax' Kehle gefährlich nah kam.

»Sie …«, presste Mezentius hervor, während er ihm das Schlüsselbein zerquetschte.

Es sah aus, als müsse jeden Moment Dampf aus seinen Nasenlöchern steigen. Lastyanax überragte ihn um einen Kopf, doch das beruhigte ihn keineswegs.

»Sie werden nicht durchkommen mit Ihren Verleumdungsversuchen!«, schrie der Eparch.

Dann ließ er ihn los und verschwand mit kleinen, zornigen Schritten am Ende des Korridors. Atemlos massierte sich Lastyanax das Schlüsselbein. Er vermochte nicht zu sagen, ob dieser Zusammenstoß seinen Verdacht gegen den Stadtpräfekten nun bestätigte oder zerstreute. Sollte Mezentius tatsächlich für Lykurg arbeiten, wäre es nicht besonders klug, ihn so offen anzugreifen. Andererseits war er ein aufbrausender Mensch, bereit, jeden zu attackieren, der sich ihm in den Weg stellte. So oder so verhieß seine Reaktion nichts Gutes. Wie ein tödlich verletzter Eber war er in der Lage, ihn mit sich zu Fall zu bringen.

Doch in einem Punkt waren sie wenigstens derselben Meinung: Hyperborea war während der Jubiläumsfeier äußerst angreifbar. Wäre Lastyanax an Lykurgs Stelle im Besitz des Blau-Erzes gewesen, dann hätte er es an diesem Tag im Herrscherpalast eingesetzt, in den alle Magier Hyperboreas geladen waren. Was wäre geschickter, als die Stadt einzunehmen, indem man deren gesamte politische Klasse ihrer Kräfte beraubte?

Vielleicht sollte er Arka mit zum Jubiläum nehmen. Ein weiteres Paar Augen, um alles zu beobachten, konnte nicht schaden, insbesondere, wenn diese Augen einem Mädchen gehörten, das zur Kämpferin ausgebildet war. Er nahm sich jedoch vor, es ihr so spät wie möglich zu sagen. Auf keinen Fall würde er die nächsten Wochen ihren überschäumenden Enthusiasmus ertragen.

Arka

Arka rannte im Laufschritt die Kanäle entlang und stürmte in die Bibliothek. In der Eingangshalle konsultierte sie fiebrig das Verzeichnis aller Werke, ehe sie unter dem ebenso verblüfften wie argwöhnischen Blick des Obersten Bibliothekars – noch nie hatte er erlebt, dass sie sich für eine Lektüre derart ins Zeug legte – in einen Levitator sprang. Beim

Mechamagie-Gang angekommen, kramte sie um die dreißig Werke aus den Regalen, die sich mit obskuren magischen Praktiken befassten. Sie öffnete eines der Manuskripte und setzte sich zum Lesen einfach auf den Boden.

Eine Stunde und zweiundzwanzig Bücher später wusste sie alles über Gematrie, Arithmomantie und Palmomantie, war in puncto Flüche jedoch keinen Schritt weitergekommen. Sie wollte gerade das Werk, das sie zuletzt durchgeblättert hatte (*Über die Hämatomantie: Die Geheimnisse der Blutmagie*), enttäuscht neben sich werfen, als ihr Blick an einer Fußnote hängen blieb:

… In diesem Zusammenhang ist darauf hinzuweisen, dass die Hämatomantie zu Unrecht mit der Praxis des Verwünschens in Verbindung gebracht wird. Die Vorstellung, Flüche würden »durch das Blut« weitergegeben, ist ein Irrglaube, da Blut genau genommen kein Fluchüberträger ist. In Wahrheit vererben sich verwünschte Familien von Generation zu Generation ein in ihr Fleisch geprägtes Siegel, das der Verfluchende üblicherweise unsichtbar macht, um jeglichem Bemühen, ihm zu entrinnen, zuvorzukommen. Das wirksamste Mittel für verwünschte Familien, ihrem Schicksal zu entgehen, ist immer noch, durch den Wohnsitz in einer Blauen Zone dafür zu sorgen, dass sich das Siegel niemals aktiviert. Es sei noch angemerkt, dass die Seltenheit von Flüchen nicht so sehr der äußerst schwierigen Durchführung dieser Art magischen Aktes geschuldet ist als vielmehr dem besonderen Umstand, dass der Verfluchende sich und seiner Familie dieselbe Pein auferlegen muss wie der feindlichen Familie. Dieses Äquivalenzprinzip wird gemeinhin als »Spiegelfluch« bezeichnet …

»Ha, kleine Delinquentin! Was haben Sie meinen Werken angetan?«

Arka zuckte zusammen und hob die Nase aus dem Buch, um sich dem roten, bebenden Gesicht des Obersten Bibliothekars gegenüber zu finden. Rundherum lagen achtlos die antiken Manuskripte verstreut, die sie aussortiert hatte. Mit einem besänftigenden Lächeln machte sie ein Eselsohr in die soeben gelesene Seite, schob den Band zurück ins Regal und ließ den Obersten Bibliothekar, der vor Empörung nach Luft schnappte, einfach stehen.

»Das reicht, junge Dame!«, rief er unter Missachtung seiner eigenen obersten Regel, dass in der Bibliothek allerhöchstens geflüstert werden durfte, hinter ihr her. »Ihr Mentor wird von mir hören!«

In diesem Moment war Lastyanax ihre geringste Sorge. Während Arka mit dem Levitator zum Ausgang schwebte, fügte sich in ihrem Kopf eins zum anderen. Die Amazonen kümmerten sich nicht um Geschichte, doch Chirone hatte ihr erzählt, wie eine Handvoll nomadisierender Kriegerinnen eineinhalb Jahrhunderte zuvor ihre Gemeinschaft im Herzen des arkadischen Waldes mit seinen reichen Blau-Erz-Vorkommen gegründet hatte. Arka verstand nun diese Wahl: Die Gründerinnen wollten der Verwünschung entgehen, indem sie sich einen Zufluchtsort schufen, an dem Magie Tag und Nacht, mit oder ohne Gürtel, unwirksam war. Und sie, Arka, hatte diesen Ort verlassen …

Die Königin Antiope wusste zweifellos von dem Fluch. Sie hatte es vorgezogen mit den Schülerinnen, die noch keine Gürtel hatten, darunter ihre eigene Tochter, in dem kleinen Stückchen Wald zu bleiben, das den Brand überlebt hatte, anstatt sie an einen besser geschützten Ort zu bringen. Dies war der Grund, weshalb Penthesilea und Arka Lykurg in die Hände gefallen waren – und infolgedessen dem Fluch.

Während Arka zurück zum Magisterium ging, rieb sie sich kräftig Arme und Beine, um ein möglicherweise auf ihrer Haut verborgenes Siegel zutage zu fördern. Hatte sie den Fluch der Gründerinnen geerbt? Hatte sie deshalb alles verloren, was ihr lieb und teuer war? Chirone war während des Waldbrands gestorben, genau in dem Moment, als die Blaue Zone verschwunden war und Arka ihre Kräfte entdeckt hatte. Konnte … konnte sie für ihren Tod verantwortlich sein?

»Arka! He, Arka! … Au!«

Arka stieß frontal mit Sterix zusammen, der gerade aus dem Magisterium kam.

»'tschuldigung«, murmelte sie und befühlte ihre Schläfe, wo die bereits vorhandene Beule zu alarmierenden Dimensionen anschwoll. »Ich hab nicht aufgepasst, wo ich hinlaufe.«

Sterix schenkte ihr ein so strahlendes Lächeln, als wäre es sein größtes Glück, von Arka über den Haufen gerannt zu werden.

»Du bist ihnen entwischt!«, rief er. »Wie hast du das geschafft? Ich war mir sicher, die würden dich umbringen!«

Arka brauchte ein paar Sekunden, ehe sie begriff, dass er von den Drillingen sprach. Ihr Flug durch Hyperborea und die Gefangenschaft im Keller des Blauen Lotus waren ihr vorübergehend entfallen.

»Mein Mentor hat mich da rausgeholt«, sagte sie. »Danke, dass du ihn zu Hilfe geholt hast. Ohne dich wäre ich jetzt nicht hier.«

»Ich kann es noch immer nicht glauben! Wir sind *geflogen*! Wahnsinn! Ich dachte wirklich, wir wären geliefert, da oben bei Sil…«

»Psst!«, zischte Arka und zog ihn beiseite.

Der Mystograf war gerade durch die Tür des Magisteriums nach draußen getreten. Sein sonst so tänzelnder Gang war nun gemessen und würdevoll. Arka fragte sich, ob Trierios' Tod ihn wirklich bekümmerte oder ob er einfach nur ein hervorragender Schauspieler war.

»Hast du von dem Mord gehört?«, flüsterte Sterix aufgeregt. »Der Minister lag sicher schon in der Wanne, als wir die Tür zum Bad geöffnet haben, wir haben ihn nur nicht gesehen. Wir müssen direkt nach dem Mörder dort gewesen sein!«

»Stimmt«, hauchte Arka und vergaß für einen Moment den Fluch. »Ist dir irgendwas aufgefallen?«

In diesem Moment erschien Phreton in Begleitung seiner Clique auf dem Vorplatz. Er lachte, vermutlich über irgendeinen fiesen Witz, den er gerade gerissen hatte. Das Lachen blieb ihm im Hals stecken, als er sie sah. Er verabschiedete sich von den anderen Eleven und schlenderte zu ihnen. Sterix, der neben Arka stand, schien heftig mit sich zu ringen. Er knetete seine Tasche, als könne er ein Handbuch über Konfliktbewältigung daraus hervorzaubern. Arka wusste, woran er dachte: Nachdem Sterix am Vorabend Kopf und Kragen für ihn riskiert hatte, war Phreton feige abgehauen, ohne sich darum zu scheren, was aus ihnen wurde.

»Hallo, Ster«, sagte Phreton, als er sie erreicht hatte.

Er gab sich größte Mühe, Arka zu ignorieren.

»Hallo, Phreton«, brachte Sterix heraus.

Nach kurzem Zögern nahm er die Hand aus der Tasche und hielt ihm Mezentius' Siegelring hin.

»Da, der Ring deines Vaters.«

Aus seiner heiseren Stimme glaubte Arka einen gewissen Groll herauszuhören.

»Danke, Kumpel«, erwiderte Phreton und steckte das Schmuckstück ein, ohne es auch nur eines Blickes zu würdigen. »Wir treffen uns heute Abend, bist du dabei?«, fügte er hinzu, als wäre nichts gewesen.

Sterix schien in einem Dilemma zu stecken. Er sah Arka an, dann Phreton und die Gruppe der Freunde, die ein Stück entfernt stehen geblieben war.

»Ich hab keine Zeit«, antwortete er schließlich, und diesmal war der Groll deutlich zu hören.

Phreton wurde blass, seine lässig hängende Lippe sank noch eine Spur tiefer. Dann zuckte er mit den Schultern, um zu demonstrieren, wie wenig ihn Sterix' aufmüpfige Reaktion juckte.

»Wie du willst.«

Er machte auf dem Absatz kehrt und ging zurück zu den anderen, zweifellos, um ihnen zu verkünden, dass sie Sterix nicht länger zu beachten brauchten.

»Ich fasse es einfach nicht«, murmelte der halb zu sich selbst. »Er hat mich nicht mal gefragt, wie wir es geschafft haben, da rauszukommen …«

»Außer ihm selbst gibt es nicht viel, was Phreton interessiert«, kommentierte Arka. »He, Phreton!«

Der wirbelte herum und sah sie unter seiner Tolle hervor grimmig an, während sie auf ihn zutrat.

»Was ist, hässliche Kuh?«, sagte er laut genug, dass seine Freunde es hören konnten.

»Bevor du uns im Stich gelassen hast, um deine Haut zu retten, ist dir nicht zufällig irgendwas aufgefallen, was uns verraten könnte, wer Trierios' umgebracht hat?«, zischte sie, als sie bei ihm war, ohne die Röte zu beachten, die ihm ins Gesicht stieg.

Phreton schnaubte laut, als hätte Arka ihm eine bescheuerte Frage zu den Mystografieaufgaben gestellt. Er warf seiner Clique einen Blick zu, um sich zu vergewissern, dass die anderen bemerkten, wie sehr sie ihn nervte, ehe er leise antwortete:

»Ich hab nur gesehen, wie die Dienerin in den Flur kam. Sie hat sich die Frisur gerichtet und dann an die Tür geklopft und Trierios' Namen gerufen. Es wirkte so, als ob sie gekommen wäre, um … Na ja, du kannst es dir denken, Nummer 43. Obwohl, von so was hast du sicher keine Ahnung, oder?«, fügte er mit geheucheltem Feingefühl hinzu.

Arka kämpfte gegen ihre Instinkte an, die allesamt nur eins wollten: Phretons Kopf gegen eine Wand klatschen.

»Kurz, da Trierios ihr nicht geantwortet hat, ist sie ins Bad gegangen«, fuhr er fort. »Gleich darauf stürzte sie schreiend wieder raus, und die Magier kamen angerannt. Ich bin abgehauen, ehe ich mehr erfahren konnte.«

»Sonst hast du niemanden den Raum betreten oder verlassen sehen?«, fragte Sterix, der sich ebenfalls genähert hatte.

»Nein«, erwiderte Phreton achselzuckend. »Aber die Frau war ganz sicher nicht zufällig da. Trierios und sie waren verabredet. Vielleicht hat sie ihn in einen Hinterhalt gelockt, doch ohne sie werden wir das wohl kaum herausfinden.«

Arka hob den Kopf.

»Wir müssen irgendwie dafür sorgen, dass die Magier davon erfahren!«, rief sie und schlug sich mit der Faust in die offene Hand. »Warte … warum hast du gesagt ›ohne sie‹?«, fügte sie mit gerunzelten Brauen hinzu.

»Ich hab gehört, wie ein Polizist meinem Vater berichtet hat, dass ihre Leiche heute Morgen in einem Kanal der siebten Ebene gefunden wurde.«

Arka riss die Augen auf, während Phreton ungeduldig seine Tolle zurückwarf.

»Hör mal, nur damit du dir keine falschen Hoffnungen machst: Normalerweise widme ich einer Pennerin wie dir nicht mehr als drei Sekunden meiner kostbaren Zeit. Also, wenn du mich jetzt entschuldigen würdest ...«, er deute einen Schritt in Richtung seiner Clique an.

»Du hast dich elf Mal zu Arkas Platz umgedreht«, sagte Kazik, der gerade aus dem Magisterium gekommen war und sich zu ihnen gesellt hatte, mit der ihm eigenen Genauigkeit.

Ein Farbverlauf wie vom schönsten Sonnenuntergang entflammte Phretons Gesicht.

»Ich wollte nur den Ring wiederhaben, ich wusste nicht, dass Sterix ihn hatte!«, rechtfertigte er sich. »Ach, was soll's, träum einfach weiter, Nummer 43!«

Er entfernte sich mit großen Schritten.

»Ich verstehe gar nicht, was hier los ist«, gestand Kazik arglos. »Welchen Ring meint er?«

»Das ist eine lange Geschichte.«

»Warum warst du heute Morgen nicht im Kurs?« Er sah sie mit der vorwurfsvollen Miene an, die er jedes Mal aufsetzte, wenn sie gegen die Schulordnung verstieß – also so gut wie immer.

»Ich habe meinem Mentor geholfen«, antwortete sie knapp (bei seiner Regelversessenheit wäre Kazik noch in der Lage, sie anzuzeigen, wenn sie ihm erzählte, dass sie beim Mystografen eingestiegen war). »Der wartet übrigens da drin auf mich«, fügte sie mit einem Nicken in Richtung Magisterium hinzu. »Wir sehen uns später!«

Sie betrat das Gebäude, den Kopf voller Flüche, Morde und ätzender pickeliger Jungs. Hinter ihr begannen Kazik und Sterix die erste einer langen Reihe umständlicher Unterhaltungen.

»Bist du jetzt unser Freund?«, wollte Kazik wissen.

»Kommt drauf an«, erwiderte Sterix vorsichtig. »Kannst du mir bei den Mystografiehausaufgaben helfen?«

10

DAS JUBILÄUM

Lastyanax

In den beiden folgenden Monaten wurden alle Ebenen mit äußerster Sorgfalt nach dem Blau-Erz durchkämmt, doch umsonst. Auch die Drillinge und ihre Mutter hatten sich anscheinend in Luft aufgelöst und mit ihnen sämtliche Informationen über ihre Schmuggeltätigkeit. Niemand wusste, ob sie freiwillig verschwunden waren oder ob der »Kunde« dahintersteckte. Ebenso ergebnislos blieb Lastyanax' Suche nach dem Magier, der sie gerettet hatte. War er der geheime Gesandte Lykurgs, von dem Silenos gesprochen hatte? Aber warum hätte er sie dann aus dem Brunnen ziehen sollen? Egal wie er es drehte und wendete, sein seltsames Verhalten war durch nichts zu erklären. Lastyanax' einzige Gewissheit war, dass ihr Retter und der Unbekannte, der ihn im Bergfried angegriffen hatte, nicht dieselbe Person waren. Denn warum hätte er erst versuchen sollen, ihn umzubringen, um ihn ein paar Monate später dann vor dem sicheren Tod zu bewahren?

Im Rat warfen ihm die Minister vor, er habe sich die Gefährdung nur ausgedacht, um sich wichtig zu machen. Das suspekte Verschwinden der Klanchefin war der einzige Grund, warum der Basileus ihm noch einen gewissen Vertrauensvorschuss gewährte. Lastyanax war bewusst, dass er seine Nachforschungen dringender denn je zum Abschluss bringen musste. Es ging nicht mehr nur darum, den Mörder seines Mentors zu finden, sondern darum, seine Karriere und die Stadt selbst zu retten.

Sein Verdacht gegenüber dem Eparchen hatte sich noch verhärtet, seit dieser sich in die Suche nach dem Blau-Erz einmischte: Er leitete die hyperboreische Polizei und konnte ohne jede Schwierigkeit Spuren verwischen. Lastyanax war immer mehr davon überzeugt, dass er seine Untersuchungen sabotierte.

»Man müsste es doch merken, wenn an manchen Orten Magie nicht funktioniert, oder?«, fragte Arka, als sie zusammen die Ermittlungsberichte durchgingen.

Sie befanden sich in Palates' Schreibzimmer, das sie von all dem unnützen Trödel befreit hatten. Nach monatelangem Kampf gegen das heillose Durcheinander, das in der Villa herrschte, war es ihnen gelungen, einige Zimmer leerzuräumen. Lastyanax hatte nur ein paar glasierte Lava-Vasen zur Dekoration der Fensterbänke aufgehoben. Der Prototyp seiner Erfindung, ein Monokel, mit dem man Animas sehen konnte, thronte auf einem Manuskriptstapel. Wenn er in die Stadt ging, hatte er es immer dabei, in der Hoffnung, genau dieses Fehlen von Anima aufzuspüren, von dem Arka gerade gesprochen hatte. Bisher ohne Erfolg.

»Ja, aber es gibt offenbar Wege, die Wirkung des Blau-Erzes zu neutralisieren ... Du hast doch bei den Amazonen gelebt, sagt dir das wirklich überhaupt nichts?«

Arka zuckte hilflos mit den Schultern. Es war nicht das erste Mal, dass Lastyanax ihr diese Frage stellte. Sie nahm die Hühnerfigur vom Schreibtisch, deren Teile behelfsmäßig wieder zusammengeklebt worden waren.

»Finger weg«, knurrte Lastyanax und riss ihr das Ding aus der Hand.

Er stellte es behutsam zurück auf den Tisch, wo es einen schreienden Kontrast zur Eleganz der übrigen Einrichtung bildete.

»Also gut, lies du weiter die Berichte, ich komme in zwei Stunden wieder«, sagte er, während er aufstand.

»Wo gehen Sie hin, Meister?«, rief Arka.

»An den einzigen Ort in Hyperborea, wo ich mit Sicherheit Blau-Erz finde: zum Extraktor«, sagte er im Hinausgehen.

Die unerbittlich zufallende Tür des Studierzimmers dämpfte Arkas Gezeter, die ihn unbedingt begleiten wollte und die Berichte zum Teufel wünschte. Er lenkte seine Schildkröte zum Eingang des Extraktors in der siebten Ebene. Das hyperboreische Gefängnis nahm einen gesamten Turm ein und verfügte über die ausgefeiltesten Sicherheitsvorkehrungen der ganzen Stadt: Adamantscheiben in den Fenstern machten jeden Fluchtversuch unmöglich. Mechamagische Türen auf jeder Ebene hinderten unbefugte Personen daran, das Gebäude zu betreten oder zu verlassen. Bis an die Zähne bewaffnete Aufseher bewachten die über die Etagen verteilten Insassen, vom kleinen Ganoven bis hin zum mächtigsten Magier. Dank seines Ministerrangs hatte Lastyanax für sich eine außerordentliche Besuchserlaubnis erwirkt.

Der Direktor, ein großer Mann mit energischem Auftreten, empfing ihn am Eingang des Gefängnisses und führte ihn durchs Haus. Bei jedem Schritt schob er seine rechte Schulter etwas vor, als wolle er alle Türen auf seinem Weg einrammen.

»Ich werde meine Wachen mit Animadetektoren ausstatten«, verkündete er. »Eine geniale neue Erfindung! Die haben wir Ihnen zu verdanken, stimmt's?«

»In der Tat«, bestätigte Lastyanax, wobei er sich seine Enttäuschung darüber, wofür seine Arbeit verwendet werden sollte, nicht anmerken ließ.

»Sehr nützliches Instrument«, lobte der Direktor noch einmal.

Das Archiv der Erfindungen vergab Nutzungsrechte für die von den Eleven am Ende ihrer Ausbildung entwickelten Geräte. Dieses Patentsystem verschaffte Hyperborea gegenüber den anderen Städten einen beträchtlichen technischen Vorteil, daher nahmen die Magier es damit sehr genau. Ein paar Monate zuvor war der Vorstand des Erfindungsarchivs zu lebenslanger Haft verurteilt worden, weil er einige Konstruktionspläne an andere Städte verkauft hatte. Während sie durch einen Korridor mit verstärkten Türen zu beiden Seiten gingen, fragte Lastyanax, ob der Mann noch im Gefängnis saß.

»Ja, das tut er«, antwortete der Direktor. »Und zwar genau hier«, fügte er hinzu, indem er mit den Fingerknöcheln auf eine Zellentür klopfte. »Also, warum sind Sie gekommen? Sie wollen mehr über Blau-Erz erfahren, nicht wahr?«

»Ganz genau. Soweit ich verstanden habe, nutzen Sie Blau-Erz zur Extraktion von Animas. Welche Vorsichtsmaßnahmen wenden Sie bei seinem Gebrauch an?«

Der Direktor nickte.

»Kommen Sie mit, ich werde Ihnen zeigen, wie wir vorgehen.«

Lastyanax folgte ihm in das riesige Atrium des Gefängnisses, wo die Straftäter in großen Gemeinschaftszellen rund um die von Metallstegen und Levitatoren durchzogene zentrale Halle zusammengepfercht waren. Die Häftlinge in ihren roten Tuniken stanken nach Schweiß und Exkrementen.

Der Direktor rief einen Levitator, der sie auf den Grund des Gebäudes brachte, während er die verschiedenen Kategorien der inhaftierten Gesetzlosen aufzählte: Mörder, Diebe, Betrüger, Lotusharz-Händler, Ebenen-Schlepper und so weiter. Finstere Blicke blitzten in den von Etage zu Etage vorbeiziehenden Kerkern auf. Die Gefangenen wirkten alle fiebrig, abgemagert und entkräftet. Lastyanax bemerkte schwärzliche Rinnsale getrockneten Blutes unter ihren Nasenlöchern. Als sie unten angekommen waren und den Levitator verließen, um weitere Sicherheitsvorrichtungen zu passieren, erkundigte er sich nach dem Grund für ihre schlechte körperliche Verfassung.

»Erschöpfung und Nasenbluten sind die typischen Begleiterscheinungen der Anima-Extraktion«, rechtfertigte sich der Magier, während sie einen langen Flur hinuntergingen. »Wir versuchen die Belastungsgrenze möglichst genau zu berechnen, doch das ist oft nicht so einfach. Setzt man sie zu niedrig an, haben die Häftlinge nach der Extraktion noch genug Energie, um Unruhen anzuzetteln. Setzt man sie zu hoch an, nun ja …«

Wie um seinen Satz zu vervollständigen, kamen zwei Wärter mit einer Trage an ihnen vorbei. Eine gekrümmte Hand ragte unter dem Leichentuch hervor, das sie bedeckte. Verstört beschleunigte Lastyanax seinen Schritt, um mit dem des Direktors mitzuhalten. Sie gelangten in einen Raum, dessen weißer Anstrich vergilbt war und an manchen Stellen abblätterte. In seinem Zentrum thronte ein Tisch mit Handfesseln und einem mit Schläuchen gespickten Helm an der Stirnseite. Die Schläuche führten zu einem kupfernen Destillierkolben, dessen Auslaufrohr in einer Metallkanüle endete, welche mit einem Messingbarren verbunden war. Direkt vor dem Barren schien eine leuchtend blaue Klinge mit feinen Oreichalk-Streifen jederzeit bereit, die Verbindung zwischen Kanüle und Barren zu trennen.

Lastyanax näherte sich dem Helm und sah, dass innen eine komplexe Zeichnung eingraviert war. Er erkannte das Siegel, das bei seiner ersten Ratssitzung kurz auf der Hand des Basileus erschienen war.

»Hier hätten wir also eine unserer Extraktionsmaschinen«, erklärte der Direktor, indem er stolz auf das Gerät klopfte. »Der Häftling wird so auf den Tisch gelegt, dass sein Kopf fest in diesem Helm sitzt, der mit einem Aspirationssiegel versehen ist. Über diesen wird seine Anima in den Destillierkolben gesaugt und dann durch Transmigration im Messingbarren kondensiert. Sobald eine ausreichende Menge in dem Barren gespeichert ist, senkt sich die Klinge aus Blau-Erz, um die Anima zu zerschneiden und endgültig von ihrem Besitzer zu trennen. So erhält man einen Oreichalk-Barren.

Fasziniert trat Lastyanax zu der blau schillernden Klinge und entzündete ein kleines Feuer in seiner hohlen Hand.

»Wie kann es sein, dass wir hier nicht in einer Blauen Zone sind?«, fragte er, während er seine Hand schloss.

»Sehen Sie diese Oreichalk-Streifen? Durch sie lässt sich die Wirkung des Blau-Erzes neutralisieren. Seine Eigenschaften können das Oreichalk nicht überwinden.«

Lastyanax inspizierte die Klinge mit einer Mischung aus Befriedigung und Enttäuschung. Er hatte endlich herausgefunden, was seine Ermittlungen auf der Stelle treten ließ, doch das würde ihm nicht dabei helfen, die Blau-Erz-Klümpchen zu finden. Wenn der »Kunde« diese mit Oreichalk überzogen hatte, konnten sie überall in Hyperborea sein. Und sie konnten überall unbemerkt hingebracht werden, auch in den Palast des Basileus.

Wieder dachte Lastyanax an den Magier, der sie aus dem Brunnen gerettet hatte.

»Wissen Sie, ob es möglich ist, sich selbst in Oreichalk zu hüllen, indem man es zum Beispiel an der Kleidung anbringt, um die eigenen magischen Kräfte vor der Wirkung des Blau-Erzes zu schützen?«

Der Direktor rieb sich nachdenklich das Kinn.

»Dazu wurden viele Experimente durchgeführt, doch ohne konkrete Ergebnisse. Herkömmliches Oreichalk ermöglicht, die Wirkung des Blau-Erzes in einem bestimmten Umkreis zu unterbinden, allerdings erstreckt sich die Anima über die Grenzen des Körpers hinaus. Eine aus diesem Oreichalk gefertigte Rüstung oder Bekleidung würde nicht viel bringen. Man müsste massives Oreichalk verwenden, dessen magische Eigenschaften deutlich stärker sind, doch das ist sehr aufwendig in der Produktion. Man braucht ein Äquivalent von circa hundert Animas, um einen massiven Barren zu bekommen.

Lastyanax richtete sich wieder auf, den Kopf schwer vor Gedanken.

»Danke für diese Informationen.«

»Keine Ursache.«

»Sie verkaufen die hier gewonnenen Barren, nehme ich an?«, fragte er auf dem Weg zurück durch das Gefängnis.

»Darum kümmert sich das Schatzamt. Der Verkauf wird streng kontrolliert, der Großteil des Oreichalks verlässt die siebte Ebene nicht. Ein gewisses Quantum geht wohl nach Themiskyra, doch der Basileus möchte den Export lieber einschränken – eine weise Entscheidung, wenn Sie mich fragen. Mit einer ausreichenden Menge Oreichalk könnte Themiskyra die Schlagkraft seiner Streitkräfte leicht vervielfachen … Es scheint übrigens, als versuche Lykurg seit vielen Jahren, seine eigene Extraktion zu starten, doch soweit ich weiß, ist es ihm noch nicht gelungen, unsere Technik zu kopieren. Kommen Sie, zum Ausgang geht es hier entlang.«

Während Lastyanax diese Informationen sorgfältig abspeicherte, bestiegen sie einen Levitator und kamen erneut an einer Reihe übelriechender Gemeinschaftszellen vorbei. Eine ganz andere Atmosphäre herrschte dagegen in dem Kerker der siebten Ebene, vor dem der Levitator sie absetzte. Satt und ausgeruht, unterhielten sich die Häftlinge darin fröhlich über ihre Zukunftspläne. Lastyanax fragte den Direktor, warum sie so guter Dinge waren.

»Das sind die zum Tode Verurteilten«, erwiderte der lakonisch.

»Sie sehen recht vergnügt aus für Todeskandidaten«, merkte Lastyanax an, wobei er noch einmal zu den Gefangenen blickte, die sich nun einen Spaß daraus machten, mit Hühnchenschenkeln durch die Gitterstäbe zu winken, um ihre hungrigen Mitinsassen in den Nachbarzellen zu ärgern.

»Ach, man hat ihnen gesagt, dass sie dem Basileus zur Begnadigung vorgeführt werden«, antwortete der Direktor. »Jedes Jahr fordert der Palast von mir ein Dutzend zum Tode Verurteilter. Ich weiß nicht, was aus ihnen wird, wir haben noch nie einen wiedergesehen.«

Er drehte sich zu Lastyanax um, der bestürzt stehen geblieben war. Diese Erklärung lüftete teilweise den Schleier über der Langlebigkeit des Basileus.

»Im Grunde ändert es nichts«, brummte der Direktor. »Verurteilt sind sie so oder so. Wenigstens genießen sie leichten Herzens die letzten Stunden ihres Lebens.«

Alles andere als leichten Herzens verließ Lastyanax das Gefängnis, nachdem er dem Direktor für die Besichtigung gedankt hatte.

Arka

Nachdem ihr Mentor gegangen war, blätterte Arka im Studierzimmer unkonzentriert durch die Ermittlungsakten. Sie hätte Lastyanax gern begleitet, um sich abzulenken. In der letzten Zeit wanderten ihre Gedanken immer wieder zum Fluch der Amazonen. Ihre Haut juckte bei der Vorstellung, dass sich irgendwo an ihrem Körper ein unsichtbares Siegel befinden könnte. Manchmal tröstete sie sich, indem sie, wie Petroklos, dachte, Flüche seien nur Hirngespinste. Aber dann erinnerte sie sich an alles, was ihr seit dem Tag, an dem sie Arkadien und damit den Schutz des Blau-Erzes verlassen hatte, passiert war. Und ihre Angst, den genauen Inhalt der Verwünschung zu erfahren, mischte sich wieder mit der Hoffnung herauszufinden, dass diese in Wahrheit gar nicht existierte. Wie jemand, der die Diagnose einer tödlichen Krankheit fürchtet, deren Symptome er an sich erkennt, wagte Arka jedoch weder, mit Lastyanax darüber zu sprechen, noch, in der Bibliothek weiter nach Antworten zu suchen.

Hammerschläge klangen durchs Fenster herein. Sie stand auf und lehnte sich hinaus. Unten, entlang den Kanälen, errichteten Zimmerleute Bühnen und Pavillons. Eine allgemeine Hochstimmung erfüllte seit einigen Tagen die Stadt, in der die Vorbereitungen für das Jubiläum des Basileus in vollem Gange waren. Begierig nach einer wohltuenden Abwechslung, konnte Arka die Feierlichkeiten kaum erwarten.

Sie hatte Sterix und Kazik davon überzeugt, die Aufhebung der Mautgebühren anlässlich des Festes zu nutzen, um ein bisschen durch die unteren Viertel zu stromern. Ein gigantischer Karneval würde in sämtlichen Ebenen stattfinden, und jeder Hyperboreer strengte seine Fantasie an, um das originellste Kostüm zu kreieren. Arka hatte vor, sich als Karwan-Baschi zu verkleiden und Zwerg mithilfe von Hörnern und einem Fell, die sie in Palates' Sammlungen aufgetan hatte, in einen Moschusochsen zu verwandeln. Ihr fehlten nur noch Pelzmantel und -mütze, um ihre Maskerade perfekt zu machen.

Sie musterte den Papierstapel auf dem Schreibtisch und entschied, dass sie mehr als genug Zeit hatte, nach der Kluft eines Karawanenführers zu suchen, ehe Lastyanax zurückkam.

Das Esszimmer war bisher weder Arkas Plünderungen noch den Aufräumarbeiten, die die Hausangestellten äußerst widerwillig im Rest der Villa vorantrieben, zum Opfer gefallen. Der im Kanalgeschoss gelegene Raum quoll über vor mit Spinnwebengirlanden dekoriertem Gerümpel. Ganz hinten standen wuchtige Truhen, aus denen Stoffballen ragten.

Arka kletterte über mehrere Handkarren, schwebte vorbei an einer Geröllhalde aus kostbaren Kelchen und landete auf einer Klärschale. Von dieser stieg sie herunter und begann in den Koffern voller prächtiger Tuniken, Chlamys und Brokatschärpen zu kramen. Ein muffiger Geruch stieg aus den schweren, mit Perlen und Stickereien verzierten Stoffen auf. Sie durchwühlte drei Truhen, ohne das geringste Fitzelchen Pelz zu finden. Bei der vierten tauchte sie ihre Arme bis zu den Achseln in staubige Seiden, als ihre Hände sich plötzlich um breite, edelsteinbesetzte Lederstreifen schlossen. Sie zog sie aus dem Stoffwust heraus und schnappte vor Verwunderung nach Luft.

Amazonengürtel!

Ihre Finger folgten den rituellen Motiven, die die in das Leder eingefassten Schmucksteine bildeten. Sie traute ihren Augen nicht. Die Amazonen trennten sich niemals von ihren Gürteln: Sie ließen sich sogar mit ihnen begraben. Ihrer rissigen Oberfläche nach zu urteilen, hatten diese Gürtel Kriegerinnen gehört, die vor langer Zeit gestorben waren. Und an keinem befand sich mehr ein Klümpchen Blau-Erz.

Ein starker Luftzug raschelte plötzlich durch die Seidenstoffe. Dabei gab es doch gar keinen Wind in Hyperborea.

Arka hob den Kopf und spähte zu dem blauen Trapez, das das Fenster aus der Mauer schnitt. Nur die geschwungene Silhouette eines Schleiervogels zog in der Ferne vorbei.

Sie warf einen letzten Blick auf die Gürtel, ehe sie sie zurück in die Truhe stopfte, verwirrt darüber, dass sie an diesem Ort auf ein derart vertrautes und für ihr Volk so typisches Objekt gestoßen war. Seit fast zwei Jahren hatte sie keine Amazone mehr gesehen.

Eine halbe Stunde war vergangen, als sie mit einem Arm voller Pelze, die sie schließlich in einer anderen Truhe gefunden hatte, wieder ins Studierzimmer kam. Sie setzte sich auf den selbsttragenden Stuhl und grübelte über ihre Entdeckung nach. Dass Palates irgendwann mal Amazonengürtel gesammelt hatte, war nicht weiter verwunderlich: Er hatte alles angehäuft, was man sich nur vorstellen konnte. Doch wie hatte er sie sich beschaffen können? Kamen sie aus Arkadien? Oder stammten sie noch aus der Zeit der Gründerinnen?

Sie zuckte zusammen, als Lastyanax mit noch grimmigerer Miene als sonst das Zimmer betrat.

»Du wirst morgen Abend mit mir zum Empfang des Basileus in den Palast gehen«, verkündete er, während er sich auf einen Stuhl fallen ließ.

Sofort vergaß Arka die Gürtel und dachte an all den lustigen Jubiläumsrummel, den sie dadurch verpassen würde.

»Hä?«, schrie sie. »Warum denn das?«

Lastyanax sah sie überrascht an.

»Ich hatte mehr Begeisterung erwartet. Ich habe Grund zu der Annahme, dass bei diesem Empfang ein Attentat begangen werden könnte, und ich will, dass du mir hilfst, alles im Auge zu behalten.«

»Aber … das ist gefährlich!«, improvisierte Arka, einer plötzlichen Eingebung folgend. »Ich bin eine Elevin im ersten Jahr, Sie dürfen mich nicht einfach so in Lebensgefahr brin…«

»Ja genau. Erst gestern habe ich gesehen, wie du außen am Bergfried hochgeklettert bist; mir kannst du nicht weismachen, dass mangelnde Sicherheit ein Problem für dich darstellt«, erwidere Lastyanax ruhig und nahm den Ermittlungsbericht zur Hand. »Jede Diskussion ist zwecklos: Du kommst morgen mit mir mit.«

Für den Rest des Tages schmollte Arka.

Am folgenden Abend zog sie sich widerwillig für den Empfang des Basileus um. Sie hatte die Wahl zwischen zwei Tuniken: Die eine hatte einen Tintenfleck, die andere einen Riss auf Höhe des Knies. Sie entschied sich für die mit dem Fleck, schlüpfte hinein und ging zu Lastyanax, der sie in seiner Festtoga im Atrium erwartete.

»Etwas mehr Mühe hättest du dir schon geben können«, grummelte er, als er ihren Aufzug sah.

Ehe Arka etwas erwidern konnte, gellte ein Schrei durch den Raum:

»WIE ELEGANT SIE SIND, Meister Lastyanax!«

Arka und Lastyanax verzogen das Gesicht, während Metanira mit zwei Paketen in den Händen auf sie zu trippelte.

»Die Masken sind heute Morgen angekommen«, krächzte die alte Köchin, indem sie jedem ein Paket überreichte. »Also, Kinderlein, genießt die Jubiläumsfeier!«

Sie kniff Arka in die Wange, schüttelt sie kräftig und kicherte dabei wie eine sadistische Großmutter. Lastyanax wich schnell zurück, ehe ihn dasselbe Schicksal ereilte. Metanira verschwand wieder Richtung Küche und tat dabei lärmend ihre Begeisterung über diese jungen Leute kund, die sich in den besten Kreisen bewegten.

»Ganz egal, ob ich inzwischen Minister bin und ihr Arbeitgeber, Metanira wird mir immer das Gefühl geben, ein kleines Kind zu sein«, bemerkte Lastyanax verzweifelt. »Los, gehen wir.«

Sie nahmen die junge, knallgrüne Schildkröte, die Lastyanax kurz nach seiner ersten Ratssitzung gekauft hatte.

»Darf ich sie auch mal lenken?«, fragte Arka, während Lastyanax das Tier durch die Kanäle steuerte.

»Nein, du machst deinen Führerschein mit einer verbeulten Schildkröte, genau wie alle anderen.«

Arka runzelte enttäuscht die Brauen und sah sich voller Bedauern um. Die Sonne ging bereits unter, und die Schaulustigen strömten in die siebte Ebene, um eine Aussicht zu genießen, die sich ihnen selten bot. Überall begannen Akrobaten ihre Kunststücke vorzuführen. Hier schlug ein Seiltänzer Rad auf seinem zwischen zwei Türmen gespannten Tau. Da spie ein Feuerspucker Flammen, die wie Drachen aussahen, auf die erschrockenen Zuschauer. Etwas weiter entfernt, auf einem gefrorenen Aquädukt, erklangen die ersten Töne eines Wasserorgelkonzerts. Die Leute bewunderten gegenseitig ihre Verkleidungen und stolzierten in violetten Togen umher, die sie normalerweise gar nicht tragen durften. Ein paar offenbar schon betrunkene Jugendliche sprangen ins klare Wasser der Kanäle und spritzten dabei echte Magier nass, die ihnen entrüstete Blicke zuwarfen. Arka entdeckte Kazik und Sterix auf dem Weg zum nächsten Schildkrötenaufzug. Selbst Kazik sah aufgeregt aus.

»Beim Jubiläum werden alle Regeln auf den Kopf gestellt«, kommentierte Lastyanax. »Der Basileus hat dieses Fest ins Leben gerufen, damit die Plebejer sich einmal wie Aristokraten fühlen können. So befriedigt er den Freiheitsdrang der Menschen, ohne das System tatsächlich zu verändern.«

»Sehr wirkungsvoll«, knurrte Arka und dachte dabei an ihren eigenen Freiheitsdrang.

Laute Schreie lenkten ihre Aufmerksamkeit zu einem Podest, wo ein Trupp Amazonen in enganliegender Lederkleidung unter wildem Gebrüll vier Magier angriff. Rote Rosshaarbüschel krönten ihre spitz zulaufenden Helme. Bewaffnet mit Pfeilen und Lanzen stürzten sie sich auf die Männer, die sie dank ihrer spektakulären Kräfte durch bläuliche Blitze, Feuerbälle und bunten Rauch produzierende Explosionen abwehrten. Jungs drängten sich um die Bühne und sahen den Amazonen dabei zu, wie sie Arme und Beine durch die Luft wirbelten, wobei ihre kurzen Leibchen sie deutlich mehr zu interessieren schienen als ihre Kampfkünste.

»Tsss!«, stieß Arka abfällig hervor.

»Und, findest du das eine gelungene Darstellung?«, fragte Lastyanax amüsiert.

»Wenn die Amazonen in so einem bekloppten Aufzug kämpfen würden, dann wären sie schon längst ausgerottet«, gab Arka genervt zurück. »Also ehrlich, wozu soll das bitte gut sein, ein über dem Bauch abgeschnittenes Kettenhemd? Und diese Helmbüsche benutzt man seit mindestens sechs Jahren nicht mehr, die sind eine viel zu gute Zielscheibe für Bogenschützen.«

Sie meckerte weiter, bis Lastyanax ihr sagte, sie solle sich beruhigen, ehe sie noch die Aufmerksamkeit der Leute auf sich zog. Dann erreichten sie die Mitte Hyperboreas unter dem höchsten Punkt des Domes. Vor ihnen strebten alle Aquädukte einem kolossalen Turm zu, um den sich eine Spirale kunstvoller Reliefs wand. Auf seiner Spitze beherrschte der Palast des Basileus die Stadt. Monumentale Greife aus Stein spien schäumendes Wasser in die Kanäle. Arka bewunderte die blau-goldenen Kuppeln, die über hängenden Gärten und Jadeterrassen aufragten. Hatten die Amazonen in diesen Mauern dreizehn Kinder getötet und ihre eigene Nachkommenschaft so dazu verdammt, unter einem Fluch zu leben?

»Ah, sieht aus, als hätten sie wirklich Sicherheitskontrollen eingerichtet«, sagte Lastyanax anerkennend.

Er näherte sich dem Polizisten, der die Ankommenden überprüfte, und zeigte ihm seinen Siegelring. Der Beamte nickte und inspizierte die Schildkröte, bevor er sie durchwinkte. Lastyanax steuerte auf eine große mechanische Tür zu, deren Räderwerk ein komplexes geometrisches Muster bildete. Sie öffnete sich auf einen kleinen Innenhafen mit weißem Holzponton, flankiert von eleganten Galerien. Die vergoldeten Paradeschildkröten des Basileus warteten friedlich kauend in der Nähe des Kais. Lastyanax hielt neben dem

Ponton, der von im Wasser treibenden Laternen beleuchtet wurde. Sofort eilte ein Postillion mit einer kleinen ausfahrbaren Treppe herbei, damit sie bequem absteigen konnten.

»Sehr schick«, bemerkte Arka.

Der Postillion räumte das Treppchen beiseite und kletterte selbst auf die Schildkröte, um sie ein Stück weiter weg zu parken. Lastyanax deutete mit dem Kinn auf eine Treppe aus buntem Marmor, die zum Eingang des Palastes führte.

»Es ist Zeit, unsere Masken aufzusetzen.«

Arka wickelte das Paket aus, das Metanira ihr in die Hand gedrückt hatte, und schnaufte verärgert. Ihre Maske war ein Ferkelgesicht.

»Hätten Sie nicht etwas weniger Lächerliches aussuchen können, Meister?«, knurrte sie in Gedanken an ihr Karwan-Baschi-Kostüm, das sie im Bergfried gelassen hatte.

»Also ich finde das sehr passend«, kicherte Lastyanax.

Seine eigene Maske stellte einen Leguan dar, mit feinen Jaspisplättchen als Schuppen. Das Schweinchen warf ihm über seinen Rüssel hinweg einen mörderischen Blick zu. Ihre Schritte hallten durch die nach Jasmin duftende Abendluft, als sie die Stufen zum Eingang hochstiegen.

Mit ihrer fleckigen Tunika und der Ferkelmaske beschlich Arka das Gefühl, überhaupt nicht auf das elegante Fest zu passen. Der Eindruck wurde zur Gewissheit, als sie den Palast betraten. Noch nie hatte sie eine solche Pracht gesehen. Das Mobiliar harmonierte perfekt mit den Wandmalereien; Bodenmosaike und Deckenreliefs waren aufeinander abgestimmt. Schweigend durchquerten Arka und Lastyanax ein paar Räume, bis sie zu einem weitläufigen Patio kamen, in dem ein richtiger Tropenwald aufragte. Magier spazierten auf den vom Palmenschatten gestreiften Wegen im warmen

Licht der Kristallsphären. Ein Diener in Livree kam und bot ihnen Getränke an.

»Das ist wirklich alles sehr hübsch hier«, sagte Arka, während sie an dem besten Honigwein nippte, den sie je gekostet hatte.

Lastyanax nickte zerstreut. Er hatte zum Trinken seine Maske hochgeschoben und betrachtete den Patio mit einer traurigen Miene, die Arka noch nie an ihm gesehen hatte. Sie überlegte, ob er sich einsam fühlte. Außer Petroklos traf er niemanden in seinem Alter; was sehr schade war, denn ein ausgefülltes Sozialleben hätte ihm weniger Zeit gelassen, seine Elevin mit Arbeit zu überhäufen.

Plötzlich wusste Arka, was sie zu tun hatte: eine Freundin für Lastyanax finden, das war ihre Mission. Keine leichte Aufgabe, denn die müßigen jungen Frauen der siebten Ebene schwirrten nur von Fest zu Fest, was Lastyanax nun überhaupt nicht lag. Er brauchte jemand Langweiligeres.

Sie setzten ihren Weg fort und kamen an ein Zierbecken in dem ein Tausendflössler schwamm. Seine glitzernden Schuppen verschwanden immer wieder unter Sternseerosen. Etwas weiter, hinter Stäben, die wie Schilfrohre aussahen und mit dem Rest der Vegetation verschmolzen, tauchte ein alter, stellenweise kahler Vogel Rokh auf. Der Käfig war so klein, dass der gigantische Raubvogel darin nicht mal seine Schwingen ausbreiten konnte.

»Einer der letzten Rokhs auf der Welt, und er wird nun hier enden«, bemerkte Lastyanax. »Die Halbinsel Ogygia wurde für dieses Tier an Lykurg verkauft.«

»Lykurg hat noch jede Menge davon, und weniger klapprige«, erwiderte Arka. »Mit so einem Vogel Rokh wurden Penthesilea und ich nach Themiskyra gebracht.«

»Ah«, machte Lastyanax nur.

Diese Information schien ihn sehr viel mehr zu verstimmen, als seine Antwort erkennen ließ, doch er sagte nichts weiter dazu.

»Der Basileus hat eine Leidenschaft für seltene Tiere«, erklärte er, während sie an einem Gehege vorbeikamen, kaum größer als ein Kaninchenstall, das einem Heroaldiph gehörte.

Fasziniert sah Arka den beiden Köpfen des Heroaldiphs dabei zu, wie sie gleichzeitig zwei Portionen Leber fraßen. Sie gingen weiter und kamen zu einem marmornen Piedestal, auf dem riesige weiße Eier lagen. Ein Kühlsiegel hüllte die Eier in eisigen Nebel.

»Der Basileus muss dort drüben sein«, sagte Lastyanax und zeigte auf einen großen Pavillon im Zentrum des Innenhofes, um den sich ein kleiner Menschenauflauf gebildet hatte.

Als sie näher kamen, stellte Arka enttäuscht fest, dass sie hier wohl kaum eine potenzielle Partnerin für ihren Mentor finden würde: Es waren ausschließlich Magier anwesend. Die jüngeren unter ihnen betrachteten eingeschüchtert die majestätische Kuppel über ihren Köpfen. Die älteren gaben sich betont entspannt und stellten ihre Gläser lässig auf die Sockel palmenförmiger Säulen.

»Wo ist er denn, der Basileus?«, wollte Arka wissen.

»Er wird bald kommen … Achte genau auf alles, was um dich herum geschieht, du bist nicht hier, um dich zu amüsieren«, knurrte Lastyanax und schickte mit einer Geste den Diener weg, der ihm ein weiteres Glas Honigwein anbot.

Eingeschnappt drehte Arka ihm den Rücken zu, um die

Versammlung zu betrachten. Von der Höhe ihrer Piedestale aus überragten dreizehn Statuen in hingegossenen Posen die Menge. Inzwischen kannte sie die Geschichte Hyperboreas gut genug, um zu wissen, dass es sich dabei um die Erben des Basileus handelte. Ihr am nächsten stand die Figur eines kleinen Mädchens mit langen Haaren, dessen Blick sich melancholisch in der Ferne verlor.

»Nun, sind Sie immer noch so stolz auf Ihre falschen Anschuldigungen, Lastyanax?«

Arka wandte sich wieder um. Ein Magier mit einer Eulenmaske, begleitet von zwei Leibwächtern, war zu Lastyanax getreten. Auf dem schmalen Spalt Haut, den die Rüstungen der Muskelprotze am Nacken frei ließen, erkannte sie eine Lotus-Tätowierung.

»Ich beschuldige niemanden«, antwortete ihr Mentor kühl.

»Tatsache ist, dass Ihre Untersuchung nichts ergeben hat«, kanzelte die Eule ihn mit triumphierend vorgereckter Brust ab. »Ich bin ganz kurz davor, Trierios' Mörder zu finden, und das, obwohl ich nicht mal mit der Ermittlung betraut wurde. Wenn Sie meine Meinung hören wollen: Das Amt des Ebnungsministers wird *sehr bald* Geschichte sein. Ah, da bist du ja!«, rief er einer jungen Frau zu, die aus dem Gewühl auftauchte.

Inmitten der schillernden Kostüme stach ihres durch Schlichtheit hervor. Sie trug eine dezente Halbmaske aus schwarzem Samt und ein dazu passendes langes, schulterfreies Kleid. Ihr ebenso schwarzes, glatt zurückgekämmtes Haar betonte das Oval ihres Gesichtes. Einziger Farbtupfer in diesem Ensemble waren ihre grünen Augen.

Arka wurde bewusst, dass sie unwillkürlich die schief auf ihrer Nase sitzende Schweinchenmaske zurechtgerückt hatte. Neben ihr leerte Lastyanax seinen Kelch Honigwein, als hoffte er, auf dessen Grund etwas Haltung zu finden. Niemand fühlte sich selbstsicher in Pyrrhas Gegenwart.

Undurchdringlich nickte diese Lastyanax kurz zu und nahm dann den Arm, den ihr Ex-Mentor ihr bot, um sich an seiner Seite zu entfernen. Sobald sie verschwunden war, zog Lastyanax sich seine Leguanmaske so ruppig übers Gesicht, dass einige Schuppen abfielen. Arka fühlte sich verpflichtet, ihm etwas Trost zu spenden, und schob ihre Schweineschnauze hoch.

»Wenn Sie mich fragen, Meister, die ist nicht die Richtige für Sie. Sie brauchen eine Frau, die Ihre Interessen teilt, wie dicke, stinklangweilige Bücher lesen und den ganzen Tag am Schreibtisch hocken …«

Die Idee des Jahrhunderts traf sie wie eine Erleuchtung.

»Hat der Oberste Bibliothekar vielleicht eine Tochter?«, rief sie, den Rüssel noch immer auf der Stirn.

»Halt die Klappe«, knurrte Lastyanax, indem er ihr unsanft die Maske übers Gesicht zog.

Und damit tauchte er ins Gedränge ein, die Schultern bis zu den Ohren hochgezogen, wie um sich vor dem Miese-Laune-Gewitter zu schützen, das über seinem Kopf hing. Enttäuscht darüber, dass ihr Mentor mal wieder nicht auf ihre Ratschläge hören wollte, fand Arka, es reiche nun mit dem Trübsalblasen. Da der Basileus noch immer nicht erschien, entfernte sie sich von der Menge, um sich die Statuen genauer anzusehen. Es beeindruckte sie, wie naturgetreu der Bildhauer hier eine Locke, dort einen Nasenhöcker gestaltet hatte. Vor der dreizehnten Skulptur hielt sie inne. Es war die einzige, die nicht so wirkte, als könne sie jeden Moment von ihrem Sockel herabsteigen. Sie stellte den ältesten Erben dar, einen jungen Mann um die zwanzig, dessen Züge allzu glatt waren, um realistisch zu wirken.

»Was halten Sie von der?«

Arka zuckte zusammen. Auf der anderen Seite des Piedestals musterte Georgon, der Mechamagieprofessor, ebenfalls die Statue. Ein Glas in der Hand, schien er sich von dem Gedanken, seine Pfauenmaske noch einmal aufzusetzen, verabschiedet zu haben und ließ sie stattdessen an seinem Hals baumeln. Überrascht blickte Arka sich um, er musste jemand anders gemeint haben. Doch alle Magier in der Nähe unterhielten sich mit ihresgleichen.

»Öh … das ist eine schöne … öh … Statue?«

»Es ist eine erbärmliche Arbeit«, erwiderte Georgon. (Er unterstrich seine Kritik mit einer Geste, die seinen Honigwein überall verteilte.) »Sie ist dem Bildhauer definitiv misslungen. Der Basileus war im Übrigen auch sehr unzufrieden damit.«

»Ich finde die anderen Statuen sehr schön, Meister«, wagte Arka zu erwidern.

Der Professor schnaubte verächtlich.

»Das war auch sehr viel leichter. So reglose Modelle hat man selten.«

Arka verstand nicht, was er damit sagen wollte. Georgon wandte ihr sein Gesicht zu. Seine glasigen Augen funkelten geheimnisvoll.

»Haben Sie Lust, etwas Interessantes zu sehen, Elevin? Kommen Sie.« Ohne ihre Antwort abzuwarten, steuerte er mit seinem Schwebestuhl auf die nächste Allee zu.

Hin- und hergerissen zwischen Neugier und schlechtem Gewissen, da Lastyanax ihr doch aufgetragen hatte, hierzubleiben und die Augen offen zu halten, sah Arka dem Professor hinterher, der sich immer weiter von ihr entfernte.

»Ach, was soll's«, sagte sie laut.

Schnell folgte sie dem Schwebestuhl, der gerade hinter baumhohen Farnwedeln verschwand. Die Allee war wie ausgestorben, nur ein paar seltsame Tiere dämmerten in ihren von der Vegetation verborgenen Käfigen vor sich hin. Je tiefer sie in den Tropenwald eindrangen, desto gedämpfter klangen die Stimmen zu ihnen. Bald hörte man nur noch das Surren des Stuhls und die raschelnden Farne. Arka fragte sich, ob sie nicht besser umkehren sollte. Georgon war ihr noch nie besonders sympathisch gewesen, und sie war sicher nicht seine Lieblingsschülerin. Doch wenn sie sich jetzt weigerte mitzukommen, würde das seine Meinung von ihr nur noch verschlechtern, ganz abgesehen davon, dass sie wirklich sehr neugierig war, was er ihr wohl zeigen wollte.

Gerade als sie überlegte, dass Trierios vielleicht auch einem invaliden Mechamagier in einen dunklen Gang gefolgt war, blitzte etwas Orangefarbenes zwischen dem üppigen Blattwerk auf. Einen Moment später standen sie vor einer mechamagischen Tür aus Oreichalk, groß genug, um einen Riesen hindurchzulassen. Sie war in eine Steinmauer eingefügt, die sich in der Vegetation verlor. Ein Siegel war mit der komplexen geometrischen Form ihres Schließmechanismus verschränkt. Der Schwebestuhl wirbelte zu Arka herum.

»Eine mechamagische Tür, meine Spezialität. Vor fünfzehn Jahren, als die Statuen erschaffen wurden, hat der Basileus mich gebeten, diese hier zu erneuern. Aktivieren Sie das Öffnungssiegel für mich? Ich erreiche es nicht mit meinem vermaledeiten Stuhl.«

Arka trat vor und stellte sich auf die Zehenspitzen. Als sie die Hand an den Mechanismus legte, dachte sie, dass es nicht besonders schlau war, ein unbekanntes Siegel zu aktivieren.

Die Tür begann zu vibrieren. Einen Augenblick später gaben die Zahnräder unter dezentem Klicken den Weg frei. Vor ihnen tat sich ein kalter, in Zwielicht getauchter Saal auf. Ein gelblicher Schimmer in der Tiefe des Raums ließ seine gigantischen Ausmaße erahnen.

»Der ehemalige Thronsaal«, erklärte der Professor. »Der Basileus hat ihn vor hundertzweiundsechzig Jahren umbauen lassen.«

Surrend glitt der Schwebestuhl durch die Öffnung. Nach einigem Zögern folgte Arka ihm mit geballten Fäusten, bereit, auf die geringste Überraschung zu reagieren. Ihr gefiel die Wendung nicht, die dieser Abend nahm.

Nach einem kurzen Moment begann sie ihre Umgebung zu erkennen: Sie befand sich in einem riesigen, langgestreckten Saal, dessen eine Hälfte ganz von einer Treppe eingenommen wurde, die nach unten in einen halbmondförmigen Bereich führte. Dort war ein gutes Dutzend seltsamer, phosphoreszierender Truhen aufgestellt, die einzige Lichtquelle in dem Raum, dessen schmucklose Leere in scharfem Kontrast zum Rest des Palastes stand.

Georgons Stuhl schwebte zu den Truhen hinunter. Arka ging ihm nach, zuerst langsam, dann immer schneller.

»Beeindruckend, nicht wahr?«, sagte der Professor, der seinen Stuhl zwischen den schimmernden Truhen hindurchmanövrierte. »Seit hundertzweiundsechzig Jahren warten sie nun hier … Als ob irgendwann jemand kommen und sie aufwecken würde.«

Arka fragte sich, wovon er sprach. Dann realisierte sie, dass die Truhen eigentlich gläserne Sarkophage waren. Darin ruhten Kinderleichen, angetan mit prunkvollen lumineszierenden Togen.

Arka wurde von tiefem Unbehagen gepackt. Sie trat zu einem Sarg, in dem ein kleines Mädchen lag. Sie glich aufs Haar der Statue, die sie im Patio gesehen hatte, und wirkte friedlich, wie ein schlafendes Kind. Nur eine hauchfeine purpurne Linie an ihrer Kehle zeugte von der Endgültigkeit ihrer Ruhe.

Unfähig, die Augen von der sterblichen Hülle abzuwenden, sagte Arka mit tonloser Stimme:

»Aber, wie hat man es geschafft, dass …«

»Sie sind nicht einbalsamiert«, antwortete der Professor. »Direkt nach ihrer Ermordung, hier in diesem Saal, hat man ein sehr ausgefeiltes Erhaltungssiegel angebracht. Der Basileus hat sie ganz genau so belassen, wie sie waren.«

Arkas Unbehagen wurde noch größer. Was bisher nur eine blutige historische Anekdote gewesen war, wurde mit einem Mal greifbare Realität. Die Leichen waren hier, wie ein unauslöschliches Zeugnis des von den Gründerinnen begangenen Verbrechens. Aufgewühlt entfernte sie sich einige Schritte. Selten hatten Leichen sie so schockiert, dabei hatte sie schon einige gesehen.

Die Gesichter der Kinder und Jugendlichen umgaben sie, schweigend, geheimnisvoll, versunken in einen ewigen Traum, der für die Lebenden unerreichbar war.

»In diesem hier liegt niemand«, sagte Arka und deutete auf einen leeren Sarg, der größer war als die anderen.

»In ihm befand sich der älteste Erbe.«

Mit den Händen brachte der Professor seine reglosen Beine in eine bequemere Position.

»Vor fünfzehn Jahren, als ich die Reparatur der Tür gerade beendet hatte, wurde seine Leiche gestohlen. Niemand hat je begriffen, warum oder wie. Ohne Modell ist es dem Bildhauer nicht gelungen, eine Statue zu erschaffen, die ihm ähnelte. Der Basileus hat ihn entlassen.«

Unvermittelt drehte Georgon seinen Stuhl herum und schwebte zur Treppe.

»Genug besichtigt, es ist Zeit, zurück nach oben zu gehen«, sagte er in einem Ton, der keine Widerrede duldete.

Arka folgte ihm eilig, erleichtert, den leeren Sarg und die zwölf für alle Ewigkeit im Moment ihres Todes erstarrten Erben hinter sich zu lassen.

Lastyanax

Schwankend drehte Lastyanax sich einmal um sich selbst und hielt Ausschau nach einem Diener oder besser einem Tablett, auf dem er seinen Kelch abstellen konnte. Seine Augen lieferten ihm ein wackeliges, verschwommenes Bild des Festes. In der Mitte des Patios hatte der Basileus gerade seine kleine Begrüßungsrede begonnen. Er wirkte überhaupt nicht mehr abwesend. Erschauernd dachte Lastyanax, dass diese wiedergewonnene Energie etwas mit dem Aspirationssiegel und den Todeskandidaten aus dem Extraktor zu tun haben musste. Er stellte sein Glas auf den Sockel der nächsten Statue, neben die drei, die er bereits geleert hatte. Da ihn die Leguanmaske störte, zog er sie aus und setzte sie der Statue auf.

In dem Maß, wie der Alkohol die Zungen löste, schwoll um ihn herum der Geräuschpegel an. Je größer die Entfernung zum Basileus, desto betrunkener und redseliger waren die Gäste. Lastyanax befand sich am Rand der Menge. Dabei hatte er sich doch geschworen, wachsam zu bleiben, falls der

Mörder von Palates und Trierios die Trunkenheit der Magier ausnutzen sollte, um zuzuschlagen. Doch das war mittlerweile die geringste seiner Sorgen. Seine Ermittlungen steckten in einer Sackgasse, es war ihm nicht gelungen, das falsche Spiel des Eparchen zu entlarven, und der würde sicher bald den idealen Schuldigen finden, um die letzten Zweifel, die der Basileus in Bezug auf ihn noch haben mochte, zu zerstreuen. Anschließend würde man Lastyanax aus dem Rat ausschließen.

»Was soll's?«, warf er der Statue mit der Leguanmaske hin, die ihm übelzunehmen schien, dass er so schnell aufgab.

Er war des Prestiges wegen Minister geworden und, ja, um Pyrrha zu beeindrucken. Jetzt, da sie ihn nicht mehr beachtete, konnte er sich die lästigen Ratssitzungen genauso gut sparen.

»Da kann ich auch gleich nach … hicks … Arkadien gehen und Ziegen züchten«, erklärte er der Statue verdrossen.

Ein Diener näherte sich mit einem Tablett.

»Das wurde aber auch Zeit«, murrte Lastyanax und streckte den Arm nach seinem fünften Glas Honigwein aus.

Doch statt eines Kelchs, drückte der Diener ihm ein zweifach gefaltetes Stück Papier in die Hand.

»Was ist das?«, polterte Lastyanax und schielte auf den Zettel.

»Eine Nachricht, die ich Ihnen bringen sollte, Meister«, erwiderte der Mann, verneigte sich und verschwand in der Menge.

Er hatte vergessen, ihm noch ein Glas dazulassen. Lastyanax sah ihm böse hinterher, während er das Blatt auseinanderfaltete. Es war die Obst-und-Gemüse-Bestellung eines Kochs aus der siebten Ebene. Er blinzelte und las noch einmal die verschwimmenden Zeilen. Warum wollte man ihn über den Gemüsebedarf der hyperboreischen Küchen informieren? Das war sicher der Honigwein, der ihm da einen Streich spielte.

Plötzlich zuckte ein Geistesblitz durch einen letzten nüchternen Winkel seines Gehirns. Er drückte oben rechts auf das Stück Papier, und ein Enthüllungssiegel erschien unter seinem Daumen. Einen Augenblick später lösten sich einige Buchstaben aus der Bestellung und wanderten in die Mitte des Blattes, wo sie Worte bildeten:

Triff mich beim Greif

Lastyanax wurde plötzlich sehr heiß. Die vier Gläser Honigwein, die er heruntergekippt hatte, hatten damit nichts zu tun. Zum ersten Mal seit beinah einem Jahr schrieb Pyrrha ihm. Er brauchte keine Unterschrift, um zu wissen, dass die Botschaft von ihr kam. Pyrrha hatte diese Kommunikationsmethode erfunden, als Petroklos, Lastyanax und sie noch befreundet gewesen waren. Dank dieses Tricks hatten sie fünf Jahre lang so getan, als würden sie Mitschriften austauschen, stolz darauf, wie geschickt sie ihre Professoren an der Nase herumführten.

Jede Freundschaft beginnt mit einem besonderen Ereignis: Für Petroklos und Lastyanax war es der Tag, an dem Pyrrha sie mit dem Ellbogen angestoßen und ihnen das Enthüllungssiegel gezeigt hatte, als Silenos ihnen gerade die rudimentären Anfänge der Mystografie beibrachte.

Das Gehege des Greifs befand sich abseits der Menge, sicher weil der Basileus nicht wollte, dass das Prunkstück seiner Sammlung, sein Wappentier, von den Gästen gestört wurde. Lastyanax schwankte einen düsteren Weg hinunter. An einem Becken, in das sich ein kleiner Wasserfall ergoss, hielt er inne, um sich das Gesicht zu benetzen, dann ging er mit etwas klarerem Kopf weiter.

Der Greif schlief, als er den Käfig erreichte. Sein großer, fahlgelber Körper verschwand beinahe vollständig unter dem seidigen braunen Gefieder eines angelegten Flügels. Regloser als die Statuen des Basileus stand Pyrrha davor und erwartete ihn, ein Glas in der Hand, mit abgewandtem Gesicht und verschränkten Armen. Ihr langes schwarzes Kleid bildete eine dunkle Pfütze um ihre Füße.

»Wo hast du heute Abend eine Einkaufsliste für Obst und Gemüse herbekommen?«, fragte Lastyanax dämlich.

»Tut mir leid, dass ich dich auf diese Weise herbestellt habe.« Pyrrha drehte sich um – die schwarze Halbmaske brachte ihre grünen Augen wirklich perfekt zur Geltung, zu perfekt, als dass Lastyanax sich über das Wort »herbestellen« hätte aufregen können. »Ich wollte ungestört mit dir reden.«

»Worüber?«

Er hielt sich in sicherer Entfernung zu Pyrrha, überzeugt davon, dass sein benebeltes Gehirn ihm den Dienst verweigern würde, wenn er ihr zu nahe käme.

»Über deine Ermittlung«, erwiderte sie.

Sie trank einen Schluck.

»Und über Petroklos.«

»Wo ist der Zusammenhang?«, fragte Lastyanax.

Die Arme noch immer überkreuzt, drehte Pyrrha langsam ihr Glas und beobachtete die Weintränen, die daran herunterliefen. Lastyanax begann zu dämmern, dass ihr Treffen keinen romantischen Anlass hatte.

»Der Zusammenhang ist, dass Mezentius vorhat, Petroklos des Mordes an Trierios anzuklagen.«

»Was?«, stieß Lastyanax hervor. »Wieso das denn?«

»Laut Mezentius hat Petroklos Trierios getötet, um den Platz seines Mentors im Rat einzunehmen, so wie du es nach Palates' Tod getan hast«, erwiderte Pyrrha und sah ihn scharf an.

Diese Information machte Lastyanax endgültig nüchtern.

»Aber das ist vollkommen absurd!«, schrie er. »Petroklos würde niemals … Ich hätte Palates niemals …«

Der Flügel des Greifs bewegte sich, sein großes, bernsteinfarbenes Auge erschien zwischen den Federn. Lastyanax tigerte auf und ab und rieb sich wütend den Nacken.

»Indem er Petroklos und damit auch gleich noch mich beschuldigt, versucht er nur den Verdacht von sich abzulenken!«

Er blieb abrupt vor Pyrrha stehen, die nichts sagte, sondern ihn nur mit unverändert kaltem Blick hinter ihrer Maske ansah.

»Dann glaubst du Mezentius also?«, fragte Lastyanax fassungslos. »Du glaubst, ich hätte meinen Mentor umgebracht, um seinen Platz einzunehmen?«

»Es ist alles nur wegen eurem Ego-Krieg, du Idiot!«, platzte es aus Pyrrha heraus, wobei sie ihre verschränkten Arme so heftig löste, dass der Inhalt ihres Glases auf den Boden spritzte.

Nun war sie an der Reihe, nervös hin und her zu laufen, während Lastyanax überhaupt nichts mehr begriff.

»Natürlich habe ich niemals gedacht, dass du so etwas tun könntest, und Mezentius übrigens auch nicht. Er kann dich nicht direkt angreifen, das wäre zu offensichtlich. Aber er weiß, dass Petroklos dein Freund ist. Und da er die einzige dir nahestehende Person ist, die er aufstöbern konnte, nimmt er jetzt ihn aufs Korn. Du solltest noch ein paar andere Freunde finden, damit der Umgang mit dir weniger riskant ist«, fügte sie wutschnaubend hinzu.

»Dann ist er also wirklich der Täter«, entgegnete Lastyanax und ignorierte ihre letzte Bemerkung. »Ich muss unbedingt Beweise finden, ehe er Petrokl…«

»Nein!«, unterbrach ihn Pyrrha. »Du hast ihn einfach nur in die Enge getrieben. Er hat damit nichts zu tun. Ich war fünf Jahre lang seine Elevin, ich weiß, dass er kein Mörder ist.«

»Immerhin war er in der Lage, mich nach einer Ratssitzung halb zu erwürgen«, empörte sich Lastyanax. »Und wie kannst du dir so sicher sein, dass er unschuldig ist? Mezentius ist machtgierig, er würde wer weiß was tun, um mehr davon an sich zu reißen …«

»Dasselbe könnte man von dir auch behaupten«, gab Pyrrha zurück. »Du hast mich gebeten, mit einem Magier essen zu gehen, der dreimal so alt ist wie ich, nur um einen Platz im Rat zu bekommen. Und ich wette, bisher hat noch keiner der anderen Minister auch nur ein Sterbenswörtchen über Frauenrechte gehört.«

Lastyanax fühlte sich, als hätte sie ihn geohrfeigt. Zerknirscht starrte er in Pyrrhas große Augen, die ebenso kalt funkelten wie das des Greifs hinter ihm.

»Ich … Aber …«

»Und ich erinnere dich daran, dass Mezentius bei unserer Attribution als einziger Magier bereit war, mich zur Elevin zu nehmen«, fuhr Pyrrha fort. »Es war das erste Mal, dass ein Mädchen dabei war. Niemand außer ihm hatte den politischen Mut, mein Mentor zu werden. Obwohl ich am besten abgeschnitten hatte.«

»Mezentius hat dich ausgewählt, weil du hüb…«

Lastyanax unterbrach sich, doch das Unglück war geschehen. Der Honigwein ließ ihn Dinge sagen, die er gar nicht dachte. Zu Beginn ihrer Elevenzeit war Pyrrha ein halber Junge gewesen, kaum weniger ungeschliffen als Arka. Niemand hätte sie damals als »hübsch« bezeichnet. Fünf Jahre lang hatte sie der Magiergemeinschaft bewiesen, dass Mädchen in ihr einen Platz hatten.

Er erwartete, dass Pyrrha ihm seine Worte mit einer ihrer berühmten schneidenden Retourkutschen heimzahlte. Doch es kam viel schlimmer. Sie senkte den Kopf, ohne den zutiefst verletzten Ausdruck ihres Gesichts hinter den langen schwarzen Haaren verbergen zu können. Einen Moment später, während Lastyanax noch vergeblich an einer Entschuldigung herumlaborierte, hob sie den Kopf wieder, mit einer Miene, in der keinerlei Regung mehr zu erkennen war.

»Krieche vor Mezentius zu Kreuze, bevor Petroklos angeklagt wird, und finde den wahren Schuldigen«, sagte sie heiser und ging, ohne Lastyanax auch nur eines weiteren Blickes zu würdigen.

Einen Moment lang war er wie versteinert, dann ließ er sich auf den Boden sinken. Er fühlte sich verachtenswert. Im Käfig schloss der Greif die Augen und steckte seinen Kopf unter den Flügel, zufrieden, dass nun wieder Ruhe eingekehrt war.

In diesem Moment gellten Schreie durch den Patio. Lastyanax erhob sich schwankend. Ein neues Attentat. Er rannte die dunkle Allee entlang, während weitere Schreie die Stille des falschen exotischen Waldes zerrissen. ›Das sind Männerstimmen‹, sagte er sich immer wieder, ›Männerstimmen.‹ An einer Kreuzung von drei Wegen stieß er beinahe mit Pyrrha zusammen, die ebenfalls in die Richtung lief, aus der die Schreie kamen.

»Last!«, rief sie, und die Erleichterung in ihrem Gesicht entschädigte ihn für alle Standpauken der Welt.

»Da lang!«

Er zeigte auf den dritten Weg, aus dem Kampfgeräusche zu hören waren.

Sie stürmten los und kamen zu dem kleinen Wasserfall, an dem Lastyanax sich zehn Minuten zuvor erfrischt hatte. Die Schreie waren verstummt. Diejenigen, die sie ausgestoßen hatten, lebten nicht mehr. Am Rand des Beckens war der übel zugerichtete Körper eines Magiers in seinem eigenen Blut zusammengesackt. Ohne die Eulenmaske, die zerrissen am Boden lag, hätte man ihn nur schwer identifizieren können, so sehr hatten die Stiche sein Gesicht entstellt.

»Mezentius«, flüsterte Pyrrha.

Zwei weitere Opfer lagen am Grund des Beckens, Augen und Münder aufgerissen. Lastyanax erkannte die glänzenden Rüstungen der Leibwächter des Eparchen. Der Angreifer hatte sie nur ins Wasser stoßen müssen, das Gewicht der Brust- und Rückenpanzer hatte den Rest erledigt.

Pyrrha näherte sich ihrem Mentor, ebenso erschüttert, wie Lastyanax es gewesen war, als er Palates' Leichnam entdeckt hatte. Er wusste nicht, was er tun sollte: bei Pyrrha bleiben, Alarm schlagen, den Mörder suchen? Die junge Magierin hatte sich neben ihren Mentor gekniet, mit verzerrtem Gesicht, unschlüssig. Nach kurzem Zögern legte Lastyanax ihr eine Hand auf die Schulter.

»Schau mal«, sagte Pyrrha und zeigte auf den Boden rund um den Leichnam.

In ihrem Todeskampf hatten die Wachen das Pflaster mit

Wasser bespritzt. Mezentius' Blut breitete sich wie eine scharlachrote Wolke darin aus. Neben seinen Fingern verschwammen ein paar Buchstaben, die er mit seinem Blut geschrieben hatte. Lastyanax konnte gerade noch das Wort »Lemur« lesen, ehe es sich ganz auflöste.

11

DER SPIEGELFLUCH

Lastyanax

Wieder war eine außerordentliche Ratssitzung einberufen worden, diesmal auf Verlangen des Basileus selbst. Die vier überlebenden Minister starrten auf die leeren Plätze. Jeden quälte dieselbe Frage: Wer würde der Nächste sein?

Erschüttert von der Bluttat, die einhundertzweiundsechzig Jahre nach dem Mord an seinen Kindern im Herzen des Palastes begangen worden war, hatte der Herrscher die Inkompetenz seiner Minister aufs Schärfste gegeißelt, um wieder einmal zu dem Schluss zu kommen, dass die Amazonen hinter dem Attentat stecken mussten. Die königliche Residenz war von oben bis unten durchkämmt worden, doch wie beim Fest des Mystografen schien sich der Mörder in Luft aufgelöst zu haben.

Lastyanax wusste nicht mehr, was er denken sollte. Der Basileus hatte recht: Dieser Dreifachmord trug die Handschrift der Amazonen. Mezentius und seine Leibwächter waren auf ebenso erbarmungslose wie effektive Weise getötet worden, ohne sich durch Magie zur Wehr setzen zu können, als hätte der Täter Blau-Erz eingesetzt. Auch Palates' Vergiftung, Trierios' durchtrennte Kehle und der Strangulationsversuch, dem er selbst zum Opfer gefallen war, erinnerten an die Methoden der Amazonen.

Doch er war sich, wegen ihres Körperbaus, so gut wie sicher, dass die maskierte Person, die ihn überfallen hatte, ein Mann war. Und dieser hatte kein Blau-Erz benutzt. Insgesamt erschien ihm das alles zu plump und unlogisch, um es den Amazonen zuzuschreiben. Was sollten sie sich von diesen Attacken auf vereinzelte Minister erhoffen? Wegen dreier Morde würde die Stadt nicht in die Knie gehen, stattdessen festigten die Angriffe höchstens die Allianz Hyperboreas mit Lykurg.

Und dann waren da diese Buchstaben, die Mezentius mit seinem Blut in seinen letzten Momenten geschrieben hatte. »Lemur« … Er war sich sicher, dieses Wort schon einmal irgendwo gelesen zu haben, nur wo?

Es kreiste durch seine Gedanken, während er von einer weiteren katastrophalen Ratssitzung zurückkehrte. Der Basileus hatte wieder einmal seinem Zorn über die Unfähigkeit der Minister Luft gemacht, die ängstlich die Köpfe einzogen. Lastyanax parkte die Schildkröte vor dem Bergfried und betrat die Villa. Im Vestibül stürzte ihm Metanira entgegen, aufgeregt wie ein kleines Kind. Sie nahm seinen Arm und zog ihn kurzerhand hinter sich her.

»Lieber Meister Lastyanax, Ihre Freunde erwarten Sie im Atrium!«, brüllte sie, während sie ihn zu besagtem Raum schleifte.

Lastyanax hob die Brauen. Soweit er wusste, hatte er nur einen Freund: Petroklos. Und selbst da war er sich nicht mehr ganz sicher, so wie er ihn seit seiner Wahl zum Minister vernachlässigt hatte.

»Sie waren ja ewig nicht mehr hier, diese reizende Pyrrha und … der andere, der Große da«, fuhr die Hausangestellte in unverminderter Lautstärke fort.

Sie reckte sich auf die Zehenspitzen, hielt die gewölbte Hand an Lastyanax' Ohr und flüsterte lauter als ein Orkan:

»Wenn Sie mich fragen, ich denke, sie wäre eine gute Partie, hi hi!«

Lastyanax hoffte inständig, Pyrrha möge weit genug entfernt sein, um die Heiratstipps seiner Köchin verpasst zu haben. Doch die junge Magierin saß in einem Sessel direkt am Eingang zum Atrium, neben Petroklos. Die beiden grinsten, als er mit glühenden Wangen zu ihnen trat.

»Metaniras Lungenvolumen hat mir gefehlt, Last«, bemerkte Petroklos.

»Mir nicht«, knirschte Lastyanax. »Was führt euch her?«, fügte er hinzu, wobei er es sorgsam vermied, Pyrrha anzuschauen.

»Die Sehnsucht nach den guten alten Zeiten«, antwortete Petroklos und räkelte sich in seinem Sessel. »Hat sich ganz schön verändert hier. Scheint, als würdest du Palates' Krempel doch noch loswerden.«

»Wir sind nicht gekommen, um über die guten alten Zeiten zu plaudern«, fuhr Pyrrha dazwischen.

Sie sah abgespannt aus und hatte sich offenbar vorübergehend von dem Gedanken verabschiedet, die Vorreiterin der hyperboreischen Mode zu sein. Ihre Haare, die sonst glattgestriegelt waren wie eine Tintenpfütze, hatten sich in einen Wust ungebändigter, strubbeliger Locken verwandelt. Seit mindestens zwei Jahren hatte Lastyanax sie nicht mehr so gesehen.

»Unsere Mentoren wurden umgebracht, der Mörder läuft noch immer frei herum, und deine Ermittlungen treten auf der Stelle. Es liegt auf der Hand, dass du ohne uns nicht weiterkommst«, verkündete sie und stand auf. »Das einzige Indiz, das wir haben, ist dieses Wort, ›Lemur‹. Und keiner von uns weiß, was es heißen soll. Also ab in die Bibliothek«, schloss sie, indem sie aufs Vestibül zusteuerte.

Während Lastyanax ihr folgte, konnte er nur mühsam ein dümmliches Grinsen unterdrücken. Noch nie war er so froh gewesen, seine Inkompetenz vorgehalten zu bekommen.

Sie ließen sich in einem verwaisten Gang der Bibliothek nieder, wie zu ihrer Elevenzeit, als ihre einzige Sorge war, die nächste Mystografieprüfung zu bestehen. Nachdem sie die Themen eingegrenzt hatten, die irgendetwas mit »Lemur« zu tun haben konnten, machten sie sich an die Arbeit.

Eine halbe Dekade später waren sie noch immer nicht schlauer. Das Wort »Lemur« tauchte in keiner und keinem der zahllosen Abhandlungen, Annalen, Zauberbücher und sonstigen Werke auf, die sie überflogen hatten. Sie schliefen auf den Diwanen der Bibliothek, verließen sie nur, um sich zu waschen oder etwas zu essen, und verbrachten den Rest der Zeit damit, stapelweise Manuskripte durchzuackern. Nach einer Weile wurde Lastyanax bewusst, dass Petroklos und Pyrrha immer eine Ausrede fanden, ihn nach draußen zu begleiten. Wie zufällig verbannten sie ihn zwischen die Bücher und ließen ihn nicht aus den Augen. Irgendwann dämmerte ihm, warum sie sich aufführten wie seine Kindermädchen: Petroklos und Pyrrha hatten Angst, der Ministermörder könne auch ihn angreifen. Ebenso genervt wie gerührt von ihrer Fürsorge, tat er so, als merke er nichts, und recherchierte eifrig weiter.

Lastyanax war immer sehr stolz auf seine Fähigkeit gewesen, rasend schnell ganze Seiten zu lesen und sich ihren Inhalt zu merken. Doch nun verschwamm sein Blick von all den hingekritzelten oder aber in viel zu schnörkeliger Kalligraphie niedergeschriebenen Sätzen. Neben ihm blätterte Pyrrha in einem Affentempo Wälzer um Wälzer durch. Ab und zu sah er sie aus dem Augenwinkel an, fasziniert von der tiefen Kerbe zwischen ihren gerunzelten Augenbrauen, wie ein entschlossenes Ausrufezeichen in ihrem müden Gesicht. Ihr Knie streifte seines beinahe, und er ertappte sich dabei, wie er Berge von Bedeutungen in den winzigen Spalt zwischen ihren Gelenken hineinfantasierte, bis Pyrrha achtlos ihre Position änderte. Beschämt klappte Lastyanax die *Zoomantie der Vor-Kuppel-Zeit: Erkundung der Tierwelt (Band 1)* zu und nahm sich den nächsten Band vor. Es brachte wohl mehr, sich auf die Ermittlung zu konzentrieren.

Vier Stunden später hatte er die dreizehnbändige Tierkunde quergelesen und Tausende äußerst sonderbare Geschöpfe kennengelernt, ohne ein einziges Mal auf das Wort »Lemur« gestoßen zu sein. Er rieb sich laut seufzend den Nacken. Dabei hatte er gedacht, geheimnisvolle Kreaturen wären eine gute Spur, schließlich war Mezentius in einer Menagerie voll seltener Tiere ermordet worden.

»Irgendwas gefunden?«, fragte er Pyrrha, die gerade ein dickes Handbuch zu magisch betriebenen Waffen überflog.

»Bin ich jubelnd von meinem Stuhl aufgesprungen?«, knurrte sie, ohne den Blick zu heben.

»Äh … nein.«

»Also, dann habe ich nichts gefunden.«

Sie klemmte ein Schreibrohr zwischen die Seiten und legte ihr Buch auf den wackeligen Stapel, der sich vor ihr türmte.

»Ich gehe frische Luft schnappen.«

»Bring was zu futtern mit«, rief Petroklos ihr hinterher.

»Hier darf man nicht essen«, erinnerte Lastyanax ihn.

»Hoffentlich bringt sie genug mit«, überlegte Petroklos besorgt. »Mädchen essen immer nur so kleine Portionen.«

»Du musstest noch nie Arka füttern«, murrte Lastyanax. »Apropos Mädchen, warum ist Pyrrha eigentlich immer noch so unfreundlich zu mir?«, fragte er grimmig, während er sich die vom Lesen trockenen Augen rieb. »Ich habe mir alle Mühe gegeben, sie nach dem Jubiläum zu trösten. Und jetzt könnte man meinen, sie hasst mich wieder. Bei ihr weiß man nie, woran man ist«, schimpfte er und riss beim Umblättern beinahe die Seite aus.

Petroklos wippte mit seinem Stuhl, den Blick auf die elliptische Bewegung der riesigen Leuchtsphären in der Mitte der Bibliothek gerichtet.

»Für jemanden, der so scharfsinnig ist, fehlt es dir in emotionalen Fragen dramatisch an Durchblick.«

Lastyanax hob den Kopf.

»Was meinst du damit?«

»Ich meine, dass Pyrrha gute Gründe hat, genervt zu sein«, erläuterte Petroklos. »Seit ihrer Disputation macht sie eine harte Zeit durch. Ich weiß, das ist schwer vorstellbar, aber für manche Menschen ist erzwungener Müßiggang eine echte Qual. Du bist Minister, und sie, sie darf nicht mal höhere Beamtin oder Ingenieurin werden. Mezentius hatte bereits Schritte unternommen, um eine Sondererlaubnis für sie zu erwirken … Nichts läge mir ferner, als dich in Schuldgefühle stürzen zu wollen, doch sie hat wirklich darauf gezählt, dass du die alten Tattergreise im Rat in Sachen Emanzipation mal ein bisschen auf Trab bringst.«

Lastyanax steckte die Nase in sein Buch, um zu verbergen, wie sehr er sich schämte. Er musste zugeben, dass das Versprechen, das er Pyrrha gegeben hatte, zwischen der Ermittlung und seinen Verpflichtungen als Ebnungsminister auf der Strecke geblieben war.

»Es ist wirklich schwer, im Rat irgendetwas zu bewegen«, nuschelte er.

»Und dann hat sie meiner Ansicht nach nicht gut aufgenommen, dass ausgerechnet du als ihr Freund in ihr plötzlich auch nur noch ein hübsches Paar Beine gesehen hast«, fügte Petroklos nachdenklich hinzu.

Lastyanax rieb sich tödlich verlegen den Nacken. Es war das erste Mal, dass Petroklos sich zu Pyrrhas und seinem schwierigen Verhältnis äußerte, dessen Mechanismus er, wie sich bei der Gelegenheit zeigte, offenbar längst durchschaut hatte. Im letzten Jahr ihrer Elevenzeit hatte Lastyanax aufgehört, sie einfach nur als Freundin zu betrachten. Ihre Fehler, ihre Ecken und Kanten, alles hatte sein verliebter Blick ausradiert. Die wahre – unperfekte und menschliche – Pyrrha hatte sich nach und nach in eine ebenso erhabene wie unbarmherzige Kreatur verwandelt, die nur in seinem verwirrten Geist existierte.

Er begriff nicht, warum sie ja gesagt hatte, als er sie ein Jahr zuvor gefragt hatte, ob sie mit ihm zusammen sein wolle. Sicher, weil sie ihn noch gern genug hatte, um es zumindest zu versuchen. Doch ihre kurze Romanze hatte alles nur verschlimmert. Er war in ihrem Beisein noch angespannter und idiotischer geworden. Und war es immer noch.

»Das wird sich schon wieder einrenken«, ermunterte Petroklos seinen Freund mit einem gnädigen Schlag auf die Schulter.

Der nickte düster und vertiefte sich wieder in sein Manuskript.

Die letzten Sonnenstrahlen waren gerade auf den Regalen erloschen, als Pyrrha mit einer Tasche voll kalter Speisen und einer schlurfenden Arka im Schlepptau wiederkam. Sie stellte den Proviant auf das einzige manuskriptfreie Fleckchen des Tisches.

»Das hier hab ich unterwegs gefunden«, sagte sie, indem sie sich wieder ihr Buch vorknöpfte.

»Waf, daf Effen?«, rief Petroklos, bereits mit vollen Backen.

»Nein, die meint mich.«

Arka warf Pyrrha einen bösen Blick zu.

»›Die‹ ist eine Magierin, also halt die Klappe, Elevin«, erwiderte Pyrrha mit drohend gezücktem Schreibrohr.

»Was hast du die letzten fünf Tage gemacht?«, fragte Lastyanax, der seine Elevin seit Beginn ihrer Recherche nicht mehr gesehen hatte.

»Ich war beim Unterricht.«

»Und in der übrigen Zeit?«

»Da habe ich mich gefragt, wo Sie sind«, antwortete Arka unschuldig.

»Und du bist nicht auf die Idee gekommen, mal einen Blick in die Bibliothek zu werfen?«

»Da haben Sie recht, Meister, daran hätte ich denken können.«

Petroklos brach in Lachen aus, und Lastyanax schüttelte den Kopf. Arkas Begeisterung für ihre Nachforschungen hörte schlagartig auf, sobald es um Papierkram ging. Er zog einen Stuhl neben seinen.

»Hinsetzen!«, befahl er.

Arka gehorchte stöhnend. Er schob einen Stapel Bücher vor ihre Nase.

»Lies das und sag Bescheid, wenn dir das Wort ›Lemur‹ begegnet.«

»Lemur?«

»Ja, Le-mur. Das hat der Eparch mit seinem Blut auf die Fliesen geschrieben, bevor er starb.«

Ein unaufhörliches Protestgemurmel begleitete während der folgenden zwei Stunden die konzentrierte Stille in der Bibliothek wie das Brummen einer Fliege. Lastyanax gewöhnte sich bald an dieses Hintergrundgeräusch. Als die Nacht schon fortgeschritten war, verstummte das Murren endlich.

»Die Langeweile hat deine Elevin bezwungen, Last«, sagte Petroklos und nickte zu Arka hinüber, die auf den Seiten eines geöffneten Wälzers leise schnarchte.

Unsanft klappte Lastyanax das Buch über ihren Wangen zu. Arka sprang auf.

»Auuuaaaa! Wassollndas?«, japste sie und presste sich die Hände ans Gesicht.

»Geh schlafen.«

»Ich hab doch gerade geschlafen«, empörte sich Arka.

Im Gehen grummelte sie noch eine Beschwerde über die grausame Ausbeutung der Eleven.

»*Das* ist also die weibliche Ablösung?«, kommentierte Pyrrha missbilligend. »Einschlafen, nachdem man fünfzig Seiten gelesen hat? Mezentius hatte recht, das Niveau sinkt. Wie konnte sie sich bei der Attribution durchsetzen?«

»Aufgrund eines Missverständnisses«, brummte Lastyanax ausweichend.

Pyrrha rollte ihre Haare im Nacken zu einem Knoten zusammen, fixierte ihn mit einem Schreibrohr und wandte sich den beiden jungen Männern zu.

»So kommen wir nicht weiter«, stellte sie fest. »Wir bräuchten zehn Jahre, um ein Zehntel dieser Bibliothek zu lesen. Und währenddessen rennt der Mörder meines Mentors noch immer frei herum.«

Petroklos schob sein Buch von sich und kippelte mit dem Stuhl.

»Seid ihr euch sicher, dass es ›Lemur‹ war und nicht ein anderes Wort? ›Lump‹, ›Luder‹, ›Lurch‹?«

»Du meinst, ein Lurch könnte Mezentius tödlich attackiert haben, nein, ich glaube, es war ›Lemur‹«, sagte Pyrrha trocken.

Lastyanax rieb sich wie wild den Nacken.

»Wir gehen das Problem falsch an«, sagte er ungeduldig. »Wir müssen überlegen, wer von den Morden profitiert.«

»Die Bestatter?«, frotzelte Petroklos.

Lastyanax riss die Augen auf.

»Das ist es!«, rief er und sprang so abrupt auf, dass ihm sein Buch von den Knien rutschte.

Petroklos und Pyrrha sahen einander verständnislos an.

»Das war ein Witz, Last«, sagte Petroklos. »Schläfst du genug in letzter Zeit?«

»Nein, das meinte ich nicht, also doch … Ich erinnere mich jetzt wieder, wo ich das Wort ›Lemur‹ schon einmal gesehen habe: Bei einem Einbalsamierer, da stand es auf einem Glas geschrieben! Ich gehe in die erste Ebene«, verkündete er.

»Es ist mitten in der Nacht«, wand Petroklos ein.

»Na und?«

»Angesichts der aktuellen Sterblichkeitsrate bei Ministern ist es keine besonders gute Idee, um diese Zeit in einer finsteren Gegend herumzuspazieren, Last«, erläuterte Petroklos.

»Ebendarum, diese Morde müssen endlich aufhören«, erwiderte Lastyanax.

Pyrrha und Petroklos wechselten noch einen Blick. Dann sagte Pyrrha bestimmt:

»Wir kommen mit.«

Eine warme Woge breitete sich in Lastyanax' Brust aus. Keine glühende Woge, wie die, die bei jedem Treffen mit Pyrrha in ihm aufwallte, sondern die tröstliche Wärme der Freundschaft, die er endgültig verloren zu haben glaubte und die nun zu ihm zurückkam. Da erst wurde ihm bewusst, wie sehr ihm dieses Gefühl gefehlt hatte, und er fragte sich, wie er es beinahe ein Jahr lang ohne es hatte aushalten können.

»Einverstanden«, sagte er nur, aus Angst, sich lächerlich zu machen, da jedes weitere Wort die plötzliche Heiserkeit seiner Stimme verraten hätte.

Arka

In der Nacht wirkte Hyperborea mit seinen zierlichen, gleich Spinnweben zwischen den Türmen aufgespannten Kanälen wie ein riesiger fantastischer Spielplatz. Während Arka zum Bergfried zurückging, lauschte sie der Stille der Stadt, den Blick fest auf die dunklen Umrisse des Palastes geheftet. Sie war nicht so unbekümmert, wie sie es Lastyanax glauben lassen wollte. Seit dem Tod des Eparchen schwirrte in ihrem Kopf alles durcheinander: die Tragödie der dreizehn Erben, der Fluch, der leere Sarg, das Blau-Erz, die Amazonen, wie die Teile eines Mechanismus, den sie einfach nicht zusammensetzen konnte, ehe sie nicht seine Funktionsweise verstanden hatte. Grübelnd versuchte sie in dem Wust von Rätseln Antworten auf ihre Fragen zu finden.

Über ihr verzerrte die adamantene Wölbung die Mondsichel, die die Höhen der Stadt grau anmalte. Eine große Fledermaus glitt lautlos wie ein Schatten an ihr vorbei. Als Arka ihr mit dem Blick folgte, bemerkte sie eine einsame Gestalt, die auf einer Kanalbrüstung hockte. Selbst mitten in der Nacht hätte sie die gewellte Tolle des arrogantesten Eleven ihres Jahrgangs unter Tausenden erkannt.

Seit der Ermordung seines Vaters zwei Wochen zuvor war Phreton nicht mehr im Unterricht erschienen. Poneria hatte mit zitternder Stimme erklärt, er habe sich in seine Villa zurückgezogen und wolle niemanden sehen (schwer zu sagen, ob dieses »niemand« sie mit einschloss).

Arkas Weg zum Bergfried führte an Phreton vorbei. Normalerweise hätte sie lieber einen großen Bogen gemacht, als ihm zu begegnen, doch es war ihr nicht geheuer, wie er da so am Rand des Abgrunds saß, nachdem er gerade seinen Vater verloren hatte. Also ging sie weiter auf ihn zu.

Phreton spielte mit einem kleinen glänzenden Gegenstand, den er von sich warf und dann zu sich zurück levitieren ließ. Immer ein Stück weiter, um die Grenzen seiner Aura auszutesten. Beim Geräusch ihrer Schritte fing er den Gegenstand auf, drehte sich um und spähte in die Dunkelheit.

»Ah, du bist es, Nummer 43.«

Er schien nicht überrascht, sie um diese Zeit an einem Kanal zu treffen, oder dieser seltsame Umstand war ihm schlicht egal. Er fuhr fort mit seinem Wurfspielchen.

»Alles in Ordnung?«, fragte Arka.

Ihr fiel keine ausgefeiltere Anteilnahme ein. Phreton wäre sowieso zu stolz gewesen, um ihr Mitleid zu akzeptieren.

»Keine Sorge, Nummer 43, ich springe schon nicht«, erwiderte er nur, als hätte er ihre Gedanken gelesen.

»Ist das der Ring deines Vaters?«

»Ja.«

Er warf ihn erneut. Arka fühlte sich äußerst unbehaglich. Sollte sie gehen und ihn einfach dort sitzen lassen oder ihm weiter Fragen stellen, die er dann einsilbig beantworten würde?

Nach kurzem Zögern hockte sie sich neben ihn auf die Brüstung und ließ ihre Beine über den finsteren Abgrund baumeln, der unter ihnen klaffte.

»Fehlt er dir?«

»Ich weiß nicht«, antwortete Phreton nach einer Weile. »Das Letzte, was er zu mir gesagt hat, war: ›Antworte mir noch ein Mal in diesem Ton, und ich enterbe dich.‹ Nicht die besten Abschiedsworte, wie du zugeben wirst. Aber fühl dich nicht verpflichtet zu bleiben, Nummer 43, ich komm schon allein klar mit meiner Trauer – oder meiner nicht vorhandenen Trauer.«

Arka betrachtete das nächtliche Panorama und nahm einen tiefen Atemzug.

»Ich hab auch jemanden verloren.«

»Deine Mutter?«, fragte Phreton, während er den Ring wieder von sich schleuderte.

»Nein, also, ja, aber sie ist bei meiner Geburt gestorben, sie hat mir also nie wirklich gefehlt«, antwortete Arka. »Ich meinte meine Tutorin, Chirone, die gestorben ist, als ich noch bei …«

Sie unterbrach sich gerade noch rechtzeitig, ehe sie »bei den Amazonen« sagen konnte.

»… bei ihr in Napoca gelebt habe.«

»Fehlt sie dir?«

»Ja, sehr.«

»Dann hast du Glück«, erklärte Phreton. »Sie hat dir schöne Erinnerungen hinterlassen. Mein Vater hat mir nur seinen schlechten Charakter vererbt.«

Arka lachte laut auf, doch sie verstummte gleich wieder, weil es nicht besonders nett war, in so einem Moment über Phreton zu lachen, und weil der sie seltsam ansah.

»Was ist?«, stotterte sie.

Statt einer Antwort beugte Phreton sich zu ihr rüber und küsste sie.

Es dauerte kaum eine Sekunde, aber Arka war vollkommen verdattert. Nichts in ihrer Amazonenerziehung hatte sie auf Küsse im Mondschein vorbereitet. Sie hatte das Gefühl, in den Abgrund unter ihren Füßen zu stürzen und wieder auf den Kanal gehoben zu werden. Ihre Wangen brannten so sehr, dass es sie nicht gewundert hätte, wenn sie in der Dunkelheit geleuchtet hätten. Phreton neben ihr schien nicht weniger überrascht. Einen Augenblick später schwang er die Beine über die Brüstung, sah Arka fassungslos an und trabte wortlos davon. Mit dem merkwürdigen Gefühl, sich alles nur eingebildet zu haben, sah Arka ihn in der Nacht verschwinden.

Auf der Balustrade, neben ihrer Hand, schillerte Mezentius' Siegelring im Mondschein wie zum Beweis, dass das alles wirklich geschehen war. Arka nahm das große Schmuckstück in Form eines Greifs und steckte es an ihren Daumen, wobei sie sich fragte, ob sie je den Mut finden würde, es Phreton zurückzugeben.

Da tauchte ein vor Monaten gehörter Satz aus den Tiefen ihres Gedächtnisses wieder auf, als wäre er gerade erst ausgesprochen worden, um sich ihr in Erinnerung zu bringen, gleich einer Schlange, die so lange im Verborgenen lauert, bis die Beute ihr nicht mehr entkommen kann, und dann zuschlägt.

Das Lachen, für das man dich lieben wird … Ein um deinen Finger gewundener Greif … Der dreizehnte Erbe erwartet dich im Mausoleum.

Pythons orakelhafte Worte ergaben mit einem Mal Sinn. Ohne es sich erklären zu können, hatte Arka die absolute Gewissheit, dass sie alle Rätsel entwirren könnte, wenn sie den Anweisungen der Schlange folgte: Ins Mausoleum des Palastes gehen, um den dreizehnten Erben zu treffen.

Sie stellte sich auf die Brüstung und drückte das Siegel ihres Armbands. Ein metallisches Gefieder breitete sich über ihren Körper und bildete auf ihrem Rücken zwei gewaltige kupferfarbene Schwingen. Die Augen auf den Palast geheftet, warf Arka sich der Nacht entgegen.

Alkander

Im Raum hing der Geruch des Talgs, der zur Verarbeitung der mechanischen Teile benutzt wurde. In einen selbsttragenden Stuhl gefläzt, beobachtete Alkander Georgon gelangweilt dabei, wie er das Räderwerk eines Automaten regulierte. Das Atelier des Mechamagiers war voller Werkzeug, Prototypen und Metallspäne. Ein zerwühltes Bett nahm eine Ecke dieser ganz oben im Turm der Erfindungen gelegenen Bleibe ein, die man ihm aus Barmherzigkeit überlassen hatte. Georgon hatte die eigene Villa vor langer Zeit verkauft, um seinen Konsum des Blauen Lotusharzes zu finanzieren.

Eine dicke Staubschicht bedeckte den Boden. Nur Alkanders Schritte waren darin zu sehen. Der Mechamagier hatte keinen Fuß mehr auf die Erde gesetzt, seit ein defekter Automat ihm in jungen Jahren das Rückgrat zertrümmert hatte. Nach dem Unfall hatte er ein übermäßiges Verlangen nach Blauem Lotusharz entwickelt, dem Einzigen, was ihm das Martyrium seines Schwebestuhls erträglich machte.

Dank dieser Substanz war es Alkander fünfzehn Jahre zuvor gelungen, ihn zur Zusammenarbeit zu überreden.

»Bist du sicher, dass sie in den Palast zurückkommen wird?«

»Wenn Ihre weissagende Schlange nicht gelogen hat, dann wird sie zurückkommen«, knurrte Georgon, auf seinen Automaten konzentriert. »Sie haben das Mädchen im Mausoleum nicht gesehen. Sie war völlig gebannt von den Sarkophagen.«

»Sie sollte sich besser beeilen«, sagte Alkander ungeduldig und stand auf. »Die Ermittlung des Rates schreitet voran.«

Er begann im Kreis zu gehen, zwischen Maschinen und Räderwerken, gepackt von einem Zweifel, immer demselben ... Und wenn Pythons Prophezeiungen sich als falsch erweisen würden?

Nach der Einnahme von Napoca, als er das Gebirge in Begleitung der Geflüchteten überquerte, hatte Alkander von der Existenz der Schlange erfahren. Er hatte sofort begriffen, wie die Quasi-Allwissenheit der Kreatur seinen Eroberungsplänen dienen konnte. Die riphäischen Karawanenführer fürchteten sie so sehr, dass sie lieber ihre Route um mehrere Dekaden verlängerten, als über den Gletscher zu gehen, auf dem sie sich eingenistet hatte. Aus Aberglauben erwähnten sie sie nicht einmal. Alkander musste all seine Überredungsgabe aufbringen, um mehr Informationen zu bekommen.

Die Karwan-Baschis hatten ihm kopfschüttelnd hinterhergesehen, als er den Weg zum Gletscher einschlug. Doch Alkander hatte die Schlange geschickt überlistet, und ihre Prophezeiungen hatten sich bisher alle bewahrheitet: Arka war geboren worden, sie hatte Hyperborea erreicht, es war ihr gelungen, das Mausoleum ein erstes Mal zu öffnen.

Nun allerdings ließ die Realisierung der letzten Teile seines Plans auf sich warten.

»Haben Sie noch Harz?«, fragte Georgon und wirbelte unvermittelt mit seinem Stuhl herum.

Sein vom Entzug verkrampfter Kiefer mahlte unwillkürlich. Alkander musterte ihn einen Moment lang verächtlich, dann zog er eine weiche braune Paste aus der Tasche und ließ sie zu seinem Gesprächspartner levitieren. Der warf sofort alle Werkzeuge weg, um nach dem Harz zu greifen und es sich in den Mund zu stopfen.

»Sie haben mir versprochen, ich würde fliegen«, lamentierte er mit ausgebeulter Wange. »Ich habe alles getan, was Sie von mir verlangt haben, doch ich stecke immer noch hier drin«, sagte er, indem er auf seinen Stuhl deutete.

»Du wirst schon noch fliegen«, erwiderte Alkander knapp. »Ich kann meine Rokhs nicht einfach so nach Hyperborea bringen.«

Eine heftige Böe peitschte ihm ins Gesicht. Syramos war gekommen. Seine rechte Gesichtshälfte bröckelte allmählich, der Knochen kam unter der abgeschürften Haut zum Vorschein. Der Lemur zerfiel immer schneller und zog dabei Staubwirbel hinter sich her. Noch ein paar Dematerialisierungen, und das Siegel an seiner Schläfe wäre dahin und mit ihm der Anschein von Leben, den Alkander ihm eingehaucht hatte. Zum Glück hatte er seine Aufgabe bald erfüllt.

»Bewegt sie sich Richtung Mausoleum?«

»Ja, Meister.«

Alkander fühlte sich unendlich erleichtert.

»Na bitte«, knarzte Georgon.

»Du weißt, was du jetzt noch zu tun hast, Syramos«, sagte Alkander mit einem Blick aus dem Fenster, vor dem sich die vom Mondlicht beschienenen Kuppeln des Palastes abzeichneten.

»Meister ...«

Alkander wandte sich um. Nie war ihm Syramos' abblätterndes Gesicht so menschlich erschienen. Er spürte, dass sein Einfluss auf dieses Geschöpf in dem Maße schwand, wie der letzte Rest seiner Anima es verließ.

Er kannte seinen Fehler: Lemuren waren nicht dafür gemacht, so lange zu leben. Als er Syramos erschaffen hatte, war dieser ein unbeschriebenes Blatt gewesen. Keine Erinnerungen, keine Gefühle, kein Schuldbewusstsein. Ein blind ergebener Diener. Doch in den fünfzehn Jahren, die Syramos nun existierte, hatte er Erinnerungen gesammelt, und diese Erinnerungen hatten Gefühle entstehen lassen, und die Gefühle Schuldbewusstsein. Inzwischen kämpfte der Lemur mit aller Kraft seines jungen, erbärmlichen kleinen Gewissens gegen die Befehle seines Meisters.

»Ich ...«

Alkander ließ ihn nicht fortfahren. Es kam ihm vor, als zerdrücke er ein Vögelchen in seiner Faust. Die Züge seiner Kreatur zerfielen noch ein bisschen mehr. Syramos hatte keine Chance, und er wusste es.

Im nächsten Moment hatte sein Gesicht die gewohnte Undurchdringlichkeit zurückgewonnen.

»Guten Wind«, hauchte Alkander.

»Leben Sie wohl, Meister.«

Der Lemur verflüchtigte sich und ließ nur ein paar Staubkörner zurück. Alkander blickte lange auf die Stelle, an der er gestanden hatte.

»Macht es Ihnen gar nichts aus, ihn zu verlieren?«, erklang Georgons Stimme hinter ihm wie aus weiter Ferne.

»Ich wusste immer, wie es enden würde«, antwortete Alkander knapp.

Er trat ans Fenster und beobachtete den Palast, der so ruhig und friedlich war, wie nur ein hyperboreischer Palast es sein konnte. Das würde bald ein Ende haben. Vom Fensterbrett aus musterte ihn streng eine bewegliche Büste des Basileus, die dieser beim Mechamagier in Auftrag gegeben hatte. Alkander tätschelte den metallenen Kopf.

»Aber, aber«, sagte er. »Schau mich nicht so an, ich habe gerade deinen Sohn zu dir geschickt.«

Der Basileus

Seit hundertzweiundsechzig Jahren hatte der Basileus einen leichten Schlaf. Die Unsterblichkeit, die er sich gesichert hatte, indem er die Amazonen verfluchte, hatte ihn zu einer ewigen Trance verdammt. Nie ganz wach, nie ganz schlafend, hatte er drei Mal die Lebensspanne eines Menschen im Dämmerzustand verbracht.

Daher weckte ein Windhauch, der die Vorhänge seines Himmelbettes anhob, den Herrscher sofort. Die Schleier senkten sich langsam wieder und hüllten ihn erneut in seinen Kokon aus bestickter Seide, in dem es keinen Schlaf mehr gab.

Der Basileus setzte sich auf den Rand der Matratze und schob den Stoff beiseite. Das große Schlafzimmerfenster vor ihm ging auf das grüne Blätterdach des Waldes im Patio hinaus. Es hatte keine Scheibe, doch das erklärte die Bewegung der Vorhänge nicht – in Hyperborea gab es keinen Wind.

Der Basileus stand auf und trat zu dem Standspiegel in einer Ecke des Raums. Jeden Tag fragte er sich, ob alle Greise diese Mattigkeit empfanden, die bei jedem Erwachen so schwer auf ihm lastete. Mit der Zeit begann sein Geist die Jahre ebenso zu spüren wie sein Körper. Sein Ebenbild in dem mit Korallen ferner Meere verzierten Glas offenbarte ihm neue Falten auf seiner Stirn. Seit einigen Monaten vermochte die Aspiration der Animas der zum Tode Verurteilten seinen Alterungsprozess nicht mehr aufzuhalten. Ohne eine echte Verjüngungskur würde er bald wie ein verschrumpeltes Skelett aussehen, unsterblich zwar, aber gebrechlich.

Ein Windstoß zerrte an seiner Schlafmütze, und das Bild eines jungen Mannes erschien mit einem Mal im Spiegel.

Von Entsetzen gepackt, drehte sich der Basileus um, doch da war, abgesehen von ein paar in der Luft schwebenden Stäubchen, nur die übliche Stille seines Schlafzimmers. Auf der Suche nach einer Erklärung für das, was gerade passiert war, durchforstete sein Blick lange den Raum, sprang vergebens von einem Detail zum andern. Ganz kurz hatte er gedacht, dass ... Aber nein, das war unmöglich ... Wie sollte er ...?

Na also, er begann den Verstand zu verlieren. Vor lauter Grübelei über den Tod seiner Kinder bekam er nun Wahnvorstellungen. Einen Moment lang hatte er gemeint, Syramos, seinen ältesten Sohn, vor sich zu sehen. Vielleicht war es eine optische Täuschung gewesen. Er drehte sich wieder zu dem Spiegel um, in der Hoffnung, dass sich darin ein Schatten, die Kante eines Möbelstücks und eine Stoffbahn zu einer jener

Truggestalten verbanden, die Kinder und Greise erschrecken. Doch da war nichts dergleichen.

Der Basileus rückte die Nachtmütze zurecht und ging wieder zu seinem Bett, bemüht, die Erscheinung und vor allem die unsinnige Hoffnung, die diese in ihm geweckt hatte, zu vergessen. Seit fünfzehn Jahren kämpfte er ununterbrochen gegen den Traum einer wundersamen Auferstehung seines Sohnes an. Auch wenn nichts sonst das plötzliche Verschwinden seines Leichnams erklären konnte.

Ein erneuter Windstoß, diesmal zu seiner Rechten. Der Basileus wandte sich zur Tür um und wich verstört einen Schritt zurück. Dort stand Syramos. Auf seinem halb im Schatten verborgenen Gesicht lag derselbe nachdenkliche Ausdruck, den es immer bei ihren Gesprächen, eineinhalb Jahrhunderte zuvor, gezeigt hatte. Er hatte dieselben blonden Haare, dieselben hellen Augen, dieselbe schlanke Gestalt. Der perfekte Thronfolger, den man ihm genommen hatte.

»Syramos …«

Der Basileus näherte sich mit ausgestreckter Hand. Sein Kinn zitterte von all den Worten, die ihm nicht über die Lippen kamen. Syramos streckte seinerseits die Hand aus und streifte die Finger seines alten Vaters.

»Ich erwarte Euch im Mausoleum, Vater«, flüsterte er.

Und er verschwand in einem Staubwirbel. Der Basileus blieb zurück, den Arm erhoben, den Blick verschwommen, ein flüchtiges, seliges Lächeln im Gesicht.

Im nächsten Moment war er wie besessen. Das Mausoleum, er würde Syramos im Mausoleum wiedertreffen. Mit beiden Händen stieß er die Tür seines Schlafzimmers so ungestüm auf, dass die Wachen, die auf ihren Blitzspeeren eingenickt waren, eschrocken hochfuhren.

»Ich gehe zu meinen Kindern«, sagte er. »Lasst mich allein.«

Der Chef seiner Leibgarde knallte die Hacken zusammen.

»Majestät, die Attentate …«

»Wen kümmert's«, schnitt ihm der Basileus das Wort ab und entfernte sich mit großen Schritten und flatterndem Nachthemd.

Er kam an einer Galerie vorbei, deren gerade Säulenschatten der Mond wie ein Mosaik auf den Fußboden warf. Seine nackten Füße eilten die Marmorstufen einer großen Wendeltreppe hinunter.

Leises Fauchen und Brummen träumender Tiere empfing ihn. Der Basileus störte ihren Schlaf, als er die Menagerie durchquerte. Eine leuchtende Kugel, die er in seiner Handfläche beschwor, warf ihren bleichen Schein um ihn her. Während er in den Miniaturdschungel des Patios vordrang, tauchten üppige Pflanzen aus dem Strom der Nacht auf und versanken wieder darin. Jedes Blatt, das sich auf seinem Weg bog, bestärkte ihn in drei Gewissheiten: Erstens, er träumte nicht; zweitens, er hatte wirklich seinen Sohn gesehen; drittens, dieser erwartete ihn im Mausoleum.

Endlich erreichte der Basileus die mechamagische Tür, deren Öffnungssiegel nur ein Mitglied seiner Familie aktivieren konnte. Das war der Grund, warum er immer an Syramos' Wiederauferstehung geglaubt hatte. Wie sonst war das Verschwinden seines Leichnams zu erklären, obgleich er, der Basileus selbst, die Tür nach dem Weggang des Bildhauers verriegelt hatte?

Er schloss seine Faust um die Leuchtkugel, die sofort erlosch. Dann trat er über die Schwelle und versiegelte die Tür wieder hinter sich. Im Zwielicht schritt er voran, den Blick auf den gelblichen Halbkreis gerichtet, den die dreizehn Särge unten in der Grabhalle bildeten. Sein Herz schlug so heftig wie seit einhundertzweiundsechzig Jahren nicht mehr. Er sah Syramos nicht, doch der stand gewiss irgendwo dort, unsichtbar in der Dunkelheit, ganz nah, so nah …

Während er die Treppe hinunterging, flüsterte er den Namen seines Sohnes auf jeder Stufe ein bisschen lauter. Als er inmitten der dreizehn Särge ankam, in denen seine geliebten Kinder seit so langer Zeit ruhten, schrie er ihn beinahe. Er drehte sich um sich selbst, spähte in jeden Winkel des Saals, um jenen zu entdecken, der beharrlich seinen Sohn vor ihm verbarg. Die dreizehn phosphoreszierenden Särge zogen an ihm vorbei, zwölf besetzte, ein leerer, zwölf besetzte, ein leerer. Mit einem Mal hielt es der Basileus nicht mehr aus. Er reckte beide Arme empor, und eine Lichtexplosion schoss aus seinen geöffneten Handflächen, die jede Zierleiste des Saals erhellte.

Er war allein.

Langsam ließ der Herrscher die Arme sinken. Das Licht schwand, bis es nur noch ein letzter ersterbender Schimmer auf seinen Händen war. Sein Geist hatte ihm einen unsäglich grausamen Streich gespielt. Er kauerte sich auf den Boden, im Innersten gebrochen. Um ihn herum ruhten zwölf seiner Kinder noch immer in ihren Sarkophagen. Ihre friedlichen Gesichter spiegelten sich in den Deckeln aus Kristall. Noch nie hatte er sich so sehr gewünscht, ihnen folgen zu können.

Doch seit er ihre Mörderinnen verflucht hatte, war der Tod keine Option mehr für ihn.

»Was ist das für ein furchtbarer Gestank! Diese Straßen sind wirklich ekelhaft.«

»Jetzt tu mal nicht so, Pyrrha. Wie oft haben wir uns schon mit Last in den niederen Ebenen unters einfache Volk gemischt?«

»Ja, na gut, ich hatte nur vergessen, wie schmutzig das hier ist.«

Lastyanax schenkte Petroklos' und Pyrrhas Wortwechsel kaum Beachtung, während er seine zu lange Schildkröte durch die engen Kanäle der ersten Ebene lenkte. Man hatte ihm ein voll ausgestattetes Modell verkauft, mit magischen Scheinwerfern vorne am Panzer, die jetzt das brackige Wasser und die unter Müll begrabenen Straßen beleuchteten. Ihr Licht weckte die Obdachlosen, die auf dem nackten Boden schliefen.

Anders als in den oberen Ebenen war hier unten auch nachts noch einiges los. Da krochen Ratten piepsend unter einem Abfallhaufen hervor; dort standen ein paar Ganoven an Turmeingängen und kauten Blaues Lotusharz; ein Stück weiter boten sich Prostituierte am Kanalufer den Freiern an.

»Wir hätten bis morgen warten sollen«, sagte Pyrrha.

»Niemand würde es wagen, drei Magier anzugreifen«, entgegnete Lastyanax, der gerade in einen dunklen, trostlosen Seitenkanal einbog.

»Zweieinhalb Magier«, korrigierte Pyrrha.

»Meine halb verletzte Würde lässt schön grüßen«, erwiderte Petroklos.

»Beruhigt euch, wir sind da«, sagte Lastyanax und brachte seine Schildkröte abrupt zum Stehen.

In der Finsternis wäre er beinahe an der kleinen Tür vorbeigefahren, die sich im Mauerwerk des Turms direkt auf den Kanal öffnete. Der über ihren Köpfen an einer Kette baumelnde Totenschädel, der als Ladenschild diente, empfing sie mit seinem schönsten Lächeln. Er schimmerte weißlich im Licht der Scheinwerfer.

»Reizend«, kommentierte Petroklos.

Lastyanax sprang auf die rutschigen Stufen, die zur Tür führten, und klopfte mit dem an ihr befestigten menschlichen Oberschenkelknochen. Palates hätte sich bestimmt gefreut, dieses erlesene Stück seiner Sammlung hinzuzufügen. Einige Sekunden verstrichen.

»Na also, wir hätten bis morgen warten sollen, niemand wird uns um die Zeit aufmachen«, motzte Pyrrha, offenbar sehr erleichtert über diesen Misserfolg.

»Ich höre Schritte«, sagte Lastyanax.

Einen Augenblick später erschien die ausgemergelte Gestalt des Einbalsamierers im Türrahmen. Das fahle Scheinwerferlicht ließ ihn noch bleicher wirken als bei ihrer letzten Begegnung.

»Welch nette Überraschung!«, rief er. »Meister Lastyanax mit zwei Freunden. Ach, Sie haben den Eparchen knapp verpasst, er hat sich vorgestern ins Kolumbarium verabschiedet«, fügte er entschuldigend hinzu, als hätte es ihnen die größte Freude bereitet, einem Toten guten Tag zu sagen. »Bringen Sie mir Arbeit?«

»Nein, Fragen«, erwiderte Lastyanax. »Entschuldigen Sie, dass wir Sie um diese Zeit stören, dürfen wir hereinkommen?«

Der Einbalsamierer hob neugierig eine Augenbraue und ging zur Seite, um sie in den dunklen Schlauch treten zu lassen, der in die Leichenhalle führte. Auf den Gestank gefasst, der sie dort erwartete, atmete Lastyanax schon seit einer Weile durch den Mund. Pyrrha und Petroklos waren nicht so gut vorbereitet: Ihre Gesichter färbten sich grün, als die Ausdünstungen in ihre Nasenlöcher drangen.

An der hinteren Wand des Raums lehnten vier besonders schön gearbeitete Särge und schienen auf ihre zukünftigen Besitzer zu warten. Der Bestatter tänzelte zu ihnen und fuhr mit knochigen Fingern über das lackierte Holz des schmalsten von ihnen.

»Angesichts der aktuellen Entwicklung dachte ich, es ist besser, wenn ich auf die gesteigerte Nachfrage nach Ministerbegräbnissen vorbereitet bin ... Das hier ist Ihr Sarg, Meister Lastyanax! Ich hatte Ihnen doch gesagt, er würde sehr elegant aussehen, nicht wahr?«

Lastyanax räusperte sich.

»Danke ... ähm ... das ist sehr aufmerksam von Ihnen, aber ich bin nicht hier, um eine Bestellung aufzugeben.«

Enttäuscht trat der Einbalsamierer an seinen Arbeitstisch, auf dem ein halbes Dutzend mit Salzlake gefüllte Urnen darauf warteten, ebenso viele lebenswichtige Organe aufzunehmen, die in einer großen Schale dümpelten. Er nahm ein unförmiges Etwas – einen Lungenflügel – und versenkte es in dem ersten Behälter.

»Gut, wie kann ich Ihnen helfen?«

»Oh, mir wird schlecht«, stöhnte Pyrrha leise und klammerte sich an Petroklos' Arm, dem es auch nicht besser ging.

»Ich erinnere mich, bei meinem Besuch vor einigen Monaten das Wort ›Lemur‹ auf einem dieser Gefäße gelesen zu haben.« Lastyanax deutete auf die Regale, in denen Gläser voll gelblichen Fleisches aufgereiht waren. »Was bedeutet es?«

Der Einbalsamierer, der gerade eine Leber in die nächste Urne packen wollte, hielt mitten in der Bewegung inne.

»Ach, das.«

Plötzlich schien all seine Begeisterung verflogen zu sein. Pyrrha löste sich von Petroklos' Arm, um sich mit demonstrativ zugehaltener Nase neben Lastyanax zu stellen.

»Es ist äußerst wichtig«, beharrte sie näselnd.

Der Mann ließ die Leber zurück in die Schale plumpsen und trocknete seine Hände an einer Schürze voller Flecken ab, über deren Ursprung Lastyanax lieber gar nicht erst nachdenken wollte.

»Sie sind nicht die Ersten, die mich das fragen. Lemuren sind ein obskurer Zweig eines obskuren Zweigs der Nekromantie«, erklärte er. »Man erschafft einen Lemuren aus der Leiche eines verstorbenen Magiers. Theoretisch muss es nicht unbedingt ein Magier sein, doch das erhöht die Erfolgschancen. Ein weiteres Kriterium für das Gelingen ist die Wahl eines möglichst unbeschädigten Leichnams.«

Pyrrha, Petroklos und Lastyanax sahen einander entsetzt an.

»Warten Sie ... Wollen Sie damit sagen, dass es eine Methode gibt, mit der man Tote wiederauferstehen lassen kann?«, presste Petroklos hervor.

»Bei allen Himmelskörpern, nein! Wäre eine solche Methode je erfunden worden, dann gäbe es die Gesellschaft, so wie wir sie kennen, heute nicht mehr. Nein, Lemuren sind zugleich sehr viel bescheidenere und sehr viel mächtigere magische Werke. Sie sind die Wiederbelebung eines Körpers, nicht eines Geistes.«

»Ich kann Ihnen nicht folgen«, sagte Pyrrha.

»Wenn ein Nekromant einen Lemuren erschafft, haucht er einem Körper, und zwar ausschließlich dem Körper, neues Leben ein«, erklärte der Mann, während er wieder anfing, seine Organe einzutopfen. »Der Geist der Person, der der Körper gehörte, ist verloren. Ein Lemur hat keine eigene Persönlichkeit, er dient dem Magier, der ihn kreiert hat, indem er ihm einen Teil seiner eigenen Aura eingehaucht hat.«

»Warum sollte man nur einen Körper wiedererwecken wollen?«, fragte Lastyanax. »Wenn der Geist der Person nicht mehr da ist …«

»Überlegen Sie doch, wie nützlich eine Kreatur sein kann, die ganz Ihrem Willen unterworfen ist und obendrein im Körper einer ehemals realen Person lebt!«, rief der Bestatter aus. »Sie wird die schlimmsten Schandtaten begehen, stehlen, töten, betrügen, ohne den Hauch eines Skrupels.«

Vor Erregung schienen seine Augäpfel gleich aus den Höhlen zu springen. Eine fiebrige Ekstase hatte ihn gepackt.

»Und das ist noch nicht alles … Lemuren können nach Belieben auf das Gedächtnis der Person, die sie waren, zurückgreifen, ohne von diesen Erinnerungen berührt zu werden … Sie können sich im Handumdrehen von einem Ort an einen andern versetzen, sofern sie am Zielort schon einmal waren …«

Pyrrha und Lastyanax hoben gleichzeitig den Kopf. Diese letzte Information erklärte einiges. Ein Lemur hatte gewartet, bis Mezentius und seine Leibwächter weit genug von den anderen Gästen entfernt waren, um sie anzugreifen. Derselbe Lemur hatte Trierios die Kehle durchgeschnitten, als dieser allein im Bad gewesen war, und Lastyanax im Bergfried überfallen. Was Palates anging … der hatte sicher einfach ein Glas Wasser von einem Diener angenommen, ohne zu ahnen, dass ihm ein Lemur Gift verabreichte.

»Kann ein Magier mehrere Lemuren auf einmal kontrollieren?«, fragte Lastyanax.

Der Einbalsamierer schnaubte skeptisch.

»Der Besitz eines Lemuren erfordert beachtliche magische Kräfte; ich kann mir nur schwer vorstellen, dass ein und dieselbe Person in der Lage ist, mehrere davon zu beherrschen.«

»Was ist die Lebensspanne eines Lemuren?«, wollte Pyrrha wissen.

»Sie reicht von ein paar Stunden bis hin zu mehreren Jahren«, antwortete der Bestatter und wackelte dabei entschieden mit seinem knotigen Hals. »Ein Lemur altert nie und besitzt genug Zauberkraft, um Angriffe zu überstehen, die für einen echten Menschen tödlich wären. Er fürchtet nur zwei Dinge: den Tod seines Schöpfers und das Versiegen der Anima, die dieser ihm verliehen hat.«

Lastyanax sah Pyrrha und Petroklos an. In ihren Augen las er dasselbe Entsetzen, das ihn gepackt hatte. Eine gewaltige Aufgabe erwartete sie: Sie mussten den Meister des Lemuren finden und ihn töten, ehe er neue Morde beging. Und all das, ohne selbst von dieser Kreatur umgebracht zu werden, die jederzeit überall auftauchen konnte. Plötzlich nahm Lastyanax überdeutlich den leeren Raum hinter sich wahr, groß genug, dass ein Lemur sich dort materialisieren und ihm die Gurgel durchschneiden konnte …

Er schluckte.

»Haben Sie schon einmal versucht, einen Lemuren zu erschaffen?«

Seine Frage ließ die nervösen Ticks, die über das Gesicht des Einbalsamierers zuckten, mit einem Schlag verschwinden. Der legte sich eine zitternde Hand an die Stirn.

»Verhaften Sie mich, wenn ich mit Ja antworte? Jedenfalls habe ich nichts zu verbergen. Ich bin dem Tod näher als die meisten Menschen, da ist es normal, dass ich mich mehr für ihn interessiere. Ja, ich habe es versucht. Und es ist mir nie gelungen. Die Erzeugung eines Lemuren erfordert sehr viel mehr Talent, als ich je besitzen werde.«

»Eine letzte Frage«, sagte Pyrrha. »Mit wem haben Sie noch über Lemuren geredet?«

»Einmal war ein Mann hier, der meinen Türklopfer kaufen wollte. Ich habe Nein gesagt, und das Gespräch kam irgendwie auf Lemuren. Ein wirklich reizender Magier, es tat mir beinahe leid, dass er später mein Kunde wurde.«

Ein Schatten huschte über Lastyanax' Gesicht. Der Einbalsamierer wandte sich zu ihm um.

»Wenn ich mich recht erinnere, war er Ihr Mentor. Meister Palates.«

Arka

Mit ein paar Flügelschlägen gewann Arka genug Höhe, um den Palast des Basileus zu erreichen. Endlich begann sie auch den Steigflug zu beherrschen. Die kühle Nachtluft drang in ihren Kragen und ließ ihre Tunika flattern. Sie segelte weit an den Türmen vorbei und kostete zum ersten Mal in ihrem Leben die Euphorie des Fliegens aus. Bisher hatte sie ihre Schwingen immer nur in Notfällen benutzt. Doch in diesem Moment erfüllte sie eine berauschende Ruhe, ein Gefühl der

Freiheit, wie sie es nie zuvor empfunden hatte, außer vielleicht, wenn sie mit Zwerg galoppierte. Sie konnte in jede beliebige Ebene gelangen, sich auf jeden Balkon setzen. Die Stadt gehörte ihr.

Doch sie hatte ein Rätsel zu lösen. Der dreizehnte Erbe erwartete sie im Mausoleum. Arka beschrieb eine leichte Kurve und ließ sich von ihren Schwingen zu den Kuppeln des Palastes tragen. Wie ein Schatten glitt sie über die Umfriedungsmauern und die schwarze Masse des exotischen Waldes hinweg, durch den sie mit Lastyanax spaziert war. In den Galerien rund um den Patio erkannte sie das bläuliche Flackern der Blitzspeere. Die Garde des Basileus war auf ihrem Posten. Sie hoffte nur, die Wachen kämen während der dreißig Sekunden, die sie brauchen würde, um den Boden zu erreichen, nicht auf die Idee, nach oben zu schauen. Im Grunde dürften sie nicht mit einem Eindringling rechnen, der sich durch die Luft näherte, denn soweit sie wusste, besaß sie das einzige Flügelarmband auf der Welt.

Lautlos wie ein Nachtvogel schwebte sie in großen Kreisen Richtung Hof hinab. Die Baumkronen waren zu dicht, als dass sie sie hätte durchdringen können. Sie würde auf einem der Terrassendächer landen müssen, die den Wald umgaben.

Der Schein der Blitzspeere regte sich noch immer nicht. Arka visierte ein geeignetes Dach an, lang und mit wenigen Verzierungen. Sie flog dicht über die Kante, reckte den Oberkörper, um ihre Geschwindigkeit zu verringern, und berührte mit den Zehenspitzen die Ziegel. Nach einigen schnellen Schritten fuhr sie die Schwingen ein und kauerte sich hinter eine Firstfigur in Form eines Greifs. Vorsichtig spähte sie nach unten: Die Gardisten hatten sich nicht vom Fleck gerührt. Kein magischer Alarm war durch ihre Landung aus gelöst worden. Die Überwachungssiegel mussten an den Fenstern angebracht sein. Sie begann zu begreifen, von wo Mezentius' Mörder aufgetaucht sein konnte.

Geduckt näherte Arka sich dem Rand des Daches und schwang ihre Beine darüber. Mit dem Fuß ertastete sie einen Ast. Nachdem sie dessen Stabilität durch mehrmaligen Druck der Ferse überprüft hatte, ließ sie sich auf das Holz gleiten und kroch zum Stamm. Dann kletterte sie ihn an Ästen und Unebenheiten der Rinde hinunter.

Der schwache Sternenschein drang nicht durchs Blattwerk, doch sie durfte kein Licht beschwören, das die Aufmerksamkeit der Wachen erregt hätte. Zum Glück schlugen die Alleen Schneisen ins Dickicht und erhellten es gerade genug, dass Arka vorankommen konnte. Sie schlich lautlos, um die Tiere nicht zu wecken, die in ihren Käfigen schlummerten. Wehmut ergriff sie. Dieser Ausflug erinnerte sie an die unzähligen Male, die sie nachts im Amazonenwald herumgestromert war, vor dem Brand. Während Arka ihren Weg fortsetzte, verfluchte sie die Schicksalsschläge, die sie so weit von zu Hause weggeführt hatten. Doch vielleicht würde sie endlich die Gründe für ihr Exil erfahren. *Der dreizehnte Erbe erwartet dich im Mausoleum.*

Sie erreichte die mechamagische Tür. Wie bei ihrem Besuch mit Georgon reckte sich Arka auf die Zehenspitzen und aktivierte das Öffnungssiegel. Die Zahnräder bewegten sich unter dezentem Klicken. Vor ihr weitete sich die Dunkelheit mit dem schimmernden Kreis der Sarkophage im Hintergrund. Arka kniff die Augen zusammen, das Herz schlug ihr bis zum Hals. Allein inmitten der Särge kniete ein Mann und schien sie zu erwarten. Der dreizehnte Erbe? Von Weitem sah sie nur seinen gesenkten Kopf, auf dem eine Nachtmütze saß –

absurdes Detail in der feierlichen Atmosphäre dieses Ortes. Während Arka die Stufen hinabstieg, fragte sie sich bei jedem Schritt, ob … nach all der Zeit, die sie nun schon suchte … es sein könnte, dass …

Als sie am Fuß der Treppe ankam, fühlte sie sich mit einem Mal beklommen. Hatte die Schlange sie zu ihrem Vater geführt? Dem hyperboreischen Magier, der ihre Mutter verlassen hatte?

Der Mann hörte endlich ihre Schritte und hob sein tränenüberströmtes Gesicht. Da erkannte Arka ihn. Es war der Basileus.

Sie starrten einander ein paar Sekunden lang an, die Elevin in ihrer fleckigen Tunika und der Herrscher im Nachthemd.

Dann donnerte er:

»Wer bist du? Wie bist du hier eingedrungen?«

Zur Salzsäule erstarrt, sah Arka zu, wie sich der Basileus mit einer Mischung aus Wut und Verzweiflung im Gesicht erhob.

»Du kannst hier nicht hereinkommen«, fuhr er fort. »Niemand kann hier hereinkommen außer mir und meinen Kindern.«

Er schnellte vor und packte ihren Arm. Arka brachte keinen Ton heraus, ihre Kehle war wie zugeschnürt. In seinen Pupillen flackerte Wahnsinn auf, als er sie von oben bis unten musterte.

»Du bist eine Amazone, nicht wahr, du bist eine Amazone? Und du kommst nicht zum ersten Mal hierher, nicht wahr, elendes Stück Dreck?«

Er schüttelte sie grob.

»Du hast den Sohn genommen vor fünfzehn Jahren, und jetzt kommst du, um den Vater zu töten!«, brüllte er.

Er stieß sie so brutal von sich, dass Arka hinfiel und ihr Kopf auf den Marmor knallte.

»Na los, bring dein Werk zu Ende! Versuch mir die Gurgel durchzuschneiden, wie du es bei ihnen allen getan hast!« Er deutete auf die Särge.

Arka wich am Boden krabbelnd zurück. Der Basileus hatte den Verstand verloren, er hielt sie für eine der Amazonen, die für den Tod seiner Kinder verantwortlich waren, für eine erwachsene Kriegerin, wo sie doch nur eine dreizehnjährige Elevin war. Ihr Rücken prallte an einen der Sarkophage. Sie musste weg hier.

»Ah, du denkst, ich lasse dich noch einmal davonkommen!«, stieß der Basileus hervor, indem er sich auf die Brust schlug. »O nein, heute gibt es keinen Fluch. Heute wirst du sterben!«

Sie hatte keine Zeit mehr aufzustehen. Er stürzte sich auf sie und umklammerte ihre Kehle mit beiden Händen. Arkas Kopf krachte gegen den Sarg. Ihr Blick verschwamm. Sie spürte, wie sich die Finger des Basileus in ihre Haut gruben. Schwarze Pupillen tanzten vor ihrem Gesicht, die Nachtmütze rutschte zu Boden. Arka streckte ihre Daumen in Richtung der irrsinnigen Augen des Monarchen. Doch der hielt sie mit ausgestreckten Armen von sich. Sie krallte ihre Nägel in den Arm ihres Angreifers, riss Hautfetzen ab, ohne dass sich sein eiserner Griff lockerte. Ihre Brust hob sich, rang verzweifelt nach Luft. Alle magische Kraft hatte sie verlassen, sie war nur noch ein Tier in der Falle, das sich ans Leben klammerte. Ihr Blickfeld verengte sich auf das verzerrte Gesicht des Basileus. Ein Zucken lief durch ihren Körper, ihre Nägel zerfurchten die Hände, die sie erstickten.

Ein Klicken war zu hören. Schon halb bewusstlos, fiel Arka

plötzlich ein, dass sie noch immer den Ring des Eparchen trug. In ihrem Kampf hatte sie offenbar das Zerstörungssiegel aktiviert. Sie hob den Arm zur Achsel des Basileus.

Eine rote Explosion spritzte ihr ins Gesicht. Sie wurde nach hinten geschleudert und mit ihr der Sarg, der an der Saalwand zerbarst. Tausend Kristallsplitter ritzten ihre Haut. Die Leiche eines Jungen in lumineszierender Robe fiel aus dem Sarg und landete auf ihrem Rücken. Arka stieß einen Schrei aus, der in ihrer malträtierten Kehle brannte. Sie kroch unter der Leiche hervor, die Handflächen voller Scherben.

Atemlos stand sie auf. Mitten in der Halle breitete sich um den Basileus herum eine blutige Aureole aus. Sein Arm und seine Schulter waren durch die Explosion abgerissen worden. Er atmete noch. Den Kopf zur Seite gedreht, starrte er benommen auf seinen verstümmelten Leib. Sein glasiger Blick wanderte zu Arka.

»Warum du?«, murmelte er. »Niemand kann mich töten …«

Ein Windstoß pflückte ihm den Rest des Satzes von den Lippen.

Arka wirbelte herum. Es gab keinen Wind in Hyperborea.

In einem Strudel von Staub und Kristallfragmenten war soeben ein Mann erschienen. Er wandte ihr seine grauen Augen zu und antwortete:

»Weil sie meine Tochter ist.«

Der Basileus hob schwach den Kopf vom Boden. Seine Haare schwammen in seinem eigenen Blut.

»Syramos«, stöhnte er. »Mein Kind.«

Er streckte die unbeschädigte Hand in Richtung der Erscheinung und umfasste mit verzücktem Lächeln deren Knö chel. Der Mann sah hinunter auf die blutigen Finger, die sein Bein hielten, schüttelte sie ab und zerquetschte sie mit seinem Absatz.

Der Basileus röchelte wie ein misshandeltes Tier. Unverständnis malte sich auf seine Züge. Im nächsten Moment sackte sein Kopf zur Seite. Arka sah, wie sich seine Brust ein letztes Mal hob. Es war vorbei.

Ohne einen Blick für den Herrscher kam der Mann auf sie zu. Ein seltsamer Riss klaffte in der Haut an seiner Stirn, genau neben dem auf die Schläfe tätowierten Siegel. Quer über seine Kehle zog sich ein feiner roter Strich. Staubpartikel schwebten in der Luft. Arka hielt sich mit diesen Details auf, um nicht an das denken zu müssen, was er gerade gesagt hatte. *Weil sie meine Tochter ist.* Sie wäre gern davongerannt, doch ihre Beine verweigerten ihr den Dienst. Wie versteinert stand sie da, während er ihre Hand nahm und sie zwischen seinen drehte. Eine sanfte, warme Berührung – und doch wurde Arka von kaltem Entsetzen gepackt.

»Körper, Geist, Anima … Du bist vollständig«, murmelte er heiser.

»Wer sind Sie?«, fragte sie und zog ihre Hand zurück.

Der Mann warf ihr einen unergründlichen Blick zu, bar jeglichen Gefühls.

»Ein Lemur, der vor fünfzehn Jahren aus dem Leichnam, der dort lag, erschaffen wurde.« Er zeigte auf den dreizehnten Sarkophag.

Der, in dem früher der älteste Sohn des Basileus gelegen hatte. Der Erbe mit dem unbekannten Gesicht. Jetzt kannte Arka es. Seine gerade Nase, seine grauen Augen, die breiten Schultern. *Weil sie meine Tochter ist.* Der Lemur näherte sich dem Sarkophag und öffnete den Kristalldeckel. Er legte eine

Hand auf das Satinfutter und schloss für einen Moment die Augen. Dann begann er wieder zu sprechen, langsam, abgehackt, als müsse er jedes einzelne Wort einem inneren Feind abringen:

»Außer dem Körper habe ich nichts mit dem Menschen gemein, der vor einhundertzweiundsechzig Jahren hier hinein gebettet wurde. Doch der Körper war alles, was meinen Meister interessierte. Er wollte den Basileus loswerden, und die einzige Möglichkeit, dies zu tun, war, für einen Nachkommen zu sorgen.«

Ein Zucken durchlief sein Rückgrat. Die Schultern des Lemuren krümmten sich, seine Wangen fielen ein.

»Einen lebenden, vollständigen Nachkommen«, brachte er mit gesenktem Kopf hervor. »Einen Nachkommen, der dazu verdammt war, ihn früher oder später zu töten. Dich.«

Arka betrachtete den Basileus, der wie eine zerrissene Puppe in seinem Blut lag. Sie hatte ihn getötet. Sie fuhr sich über das schweißnasse Gesicht. Als ihr Blick wieder auf ihre Unterarme fiel, waren diese rot. Das war kein Schweiß, es war das Blut des Basileus. Sie hatte den Herrscher Hyperboreas getötet, sie, eine junge Amazone. Wenn man sie hier fand ... Sie musste fliehen, sofort.

Aber sie musste auch verstehen.

»Warum ›verdammt‹?«

»Aus demselben Grund, der die Familie deiner Mutter dazu gebracht hat, sich hinter dem Blau-Erz zu verschanzen«, antwortete der Lemur nun ein wenig flüssiger.

Er hob langsam den Kopf. Das Etwas in sich, gegen das er einen Moment zuvor gekämpft hatte, schien an Boden verloren zu haben. Er begann von Sarkophag zu Sarkophag zu gehen und betrachtete alles so, als würde er es zum ersten

Mal sehen. Vor dem Sarg des jüngsten Mädchens blieb er stehen, blinzelte, mit plötzlich wehmütigem Blick, und fuhr fort:

»Indem er die Amazonen verwünschte, die für das Massaker an seinen Kindern verantwortlich waren, erlegte der Basileus sich denselben Fluch auf. Das ist das Opfer, das ein so furchtbar mächtiger magischer Akt verlangt. Der Spiegelfluch.«

»Wie lautet dieser Fluch?«, fragte Arka tonlos.

Der Lemur hob den Kopf. Die Haut an seiner Stirn zerfiel wie Asche. Gleich würde das rohe Fleisch auch an der Schläfe, auf die das Siegel tätowiert war, zum Vorschein kommen.

»Hast du es noch nicht verstanden?«, sagte er leise. »Warum ist deine Mutter bei deiner Geburt gestorben? Warum wurde der Basileus von dir getötet nach so langer Zeit?«

Er machte eine Pause, legte sich die Hand an die Schläfe, wie um den Verfall seiner Haut aufzuhalten, und erklärte:

»Weil der Fluch jeden, der damit belegt ist, dazu verdammt, von der Hand seiner eigenen Nachkommen zu sterben.«

Der Lemur erkundete weiter das Mausoleum, während Arka versuchte, die Tragweite dieser Information zu verarbeiten. *Der Fluch verdammt jeden, der damit belegt ist, dazu, von der Hand seiner eigenen Nachkommen zu sterben ...*

»Dank dem Fluch war der Basileus unsterblich«, fuhr er inzwischen von der anderen Seite des Saals fort. »Er hatte keine Nachfahren mehr und konnte auch keine mehr zeugen. Das ist der Grund, warum mein Meister mir das Leben verliehen hat. Er wollte, dass ich eine Amazone treffe und sie ein Kind von mir bekommt. Deswegen habe ich in Napoca deine Mutter umworben.«

Der Lemur kam zurück zu dem leeren Sarkophag und lehnte sich an den gläsernen Deckel, die Schultern mit einem Mal wie von Kummer gebeugt.

»Um Melanippe zu verführen, verlangte mein Meister von mir, alles zu sein, was sie lieben könnte. Unsere falsche Romanze dauerte ein paar Monate. Als deine Mutter schwanger wurde, rief mein Meister mich wieder zu sich. Melanippe ging zurück nach Arkadien, du wurdest geboren, sie starb. Das ist unsere ganze Geschichte.«

Arkas Hände zitterten. Was der Lemur ihr da erzählte, ergab keinen Sinn, und doch, irgendetwas tief in ihr drin wusste, dass er die Wahrheit sagte. Sie war die Tochter einer Marionette, eines Geistes. Der Vater, den sie in den letzten Monaten gesucht hatte, war nicht menschlich. Seine Existenz war das Ergebnis kalter Berechnung und diente nur dazu, den Basileus aus dem Weg zu räumen. Sie sah dem Lemuren in die Augen. Sie hatten exakt dieselbe Form wie ihre.

»Wer ist Ihr Meister?«

Der Lemur öffnete den Mund, um zu antworten, doch wieder durchlief ihn ein Zucken, und er legte die Hand an seine Brust, auf Höhe des Herzens. Schweiß rann über sein zerfurchtes Gesicht, während er mit weit aufgerissenen Augen ins Leere starrte. Dann endete die Krise so unvermittelt, wie sie gekommen war, und er ließ die Hand sinken. Seine Züge waren wieder vollkommen ausdruckslos.

»Das darf ich dir nicht sagen«, erwiderte er nur.

Arka tigerte auf und ab. Die Kristallsplitter knirschten unter ihren Schuhsohlen.

»Da Sie sein Sohn sind, hätten Sie den Basileus doch töten können!«, warf sie ihm vor, während sie die Halle durchmaß.

»Ich bin bloß der Körper seines Sohnes«, antwortete der Lemur gleichgültig. »Ich bin nicht mit dem Fluch belegt und hätte ihn nie erfüllen können. Du dagegen wurdest geboren, bist herangewachsen, du bist vollständig. Du bist eine wahre Nachkommin.«

Arka blieb stehen.

»Warum dann meine Mutter? Warum eine Amazone? Sie hätten jede beliebige Frau auswählen können!«

Von ferne waren Schritte zu hören. Der Lemur hob den Blick zur Tür und löste sich von dem Sarg.

»Den König zu töten ist eine Sache. Man muss danach auch regieren können.«

»Was soll das heißen?«, fragte Arka, die nun ebenfalls Richtung Eingang schaute.

Der Lemur antwortete nicht. Tanzende Lichter erschienen in dem schwarzen Rechteck, das der Türrahmen am anderen Ende des Mausoleums bildete.

»Was soll das heißen?«, wiederholte Arka lauter und wandte sich dem immer noch schweigenden Lemuren zu.

»Das wirst du früh genug erfahren.«

Er bückte sich, hob eine Glasscherbe auf und betrachtete sein Spiegelbild in dem dreieckigen Splitter. Seine Züge entspannten sich, und ein seltsames Lächeln trat auf sein Gesicht. Dann setzte er sich die Scherbe an die Schläfe und wandte sich Arka zu, um sie anzusehen.

»Leb wohl, meine Tochter. Es war eine Freude, dich kennenzulernen.«

»Was …«

Mit einer raschen Bewegung zerriss er das Siegel. Sofort löste sich sein Körper in einem Staubwirbel auf. Die Körnchen waren noch nicht alle auf den Boden gesunken, da stürmten die Wachen ins Mausoleum und stürzten sich auf Arka. Sie wurde zum Ausgang geschleift, doch ihr Blick blieb auf das klägliche Häufchen Staub gerichtet, das die Gardisten achtlos zertrampelten, während sie sich um den Leichnam ihres Herrschers scharten und vergeblich nach Hilfe riefen.

12

DER PROZESS

Lastyanax

Kurze, abgehackte Schritte trommelten durch den Flur und verhallten wieder. Lastyanax öffnete die Augen. Metanira machte ihren vierten morgendlichen Kontrollgang vor seiner geschlossenen Tür. Seit drei Tagen hatte sie weder Arka gesehen noch mit ihrem Arbeitgeber gesprochen. Ersteres, weil die Elevin im Gefängnis auf ihren Prozess wartete. Letzteres, weil Lastyanax sein Zimmer nicht verlassen hatte, seit die Verhaftung bekanntgegeben worden war. Ein muffiger Geruch hing im Raum.

Ausgestreckt auf seinem Himmelbett, lauschte Lastyanax dem fortwährenden Lamento der Klageweiber, die seit dem Tod des Basileus unermüdlich durch die Straßen zogen. Durch sein Fenster sah er die Kuppel so blau und gelassen wie immer emporragen. Doch Lastyanax wusste, dass er, wenn er aufstehen und auf die Stadt hinunterblicken würde, Tausende weiße Stoffbanner sehen würde, die die Hyperboreer anlässlich der Staatstrauer aufgehängt hatten.

Er schloss die Augen, drehte sich auf die Seite und hielt sein freies Ohr zu, um das laute Gejammer der Klageweiber nicht mehr hören zu müssen. Zum hundertsten Mal fragte er sich, ob er für den Mord am Basileus verantwortlich war. Er hatte eine Amazone bei sich beherbergt. Er hatte sie in Magie unterrichtet und sie in den Palast mitgenommen. All das, obwohl er über ihre Herkunft Bescheid wusste. Wenn er auch nur einen Funken Ehre besäße, dann hätte er sich selbst angezeigt, sobald er von Arkas Verhaftung erfuhr, gleich nach seinem zweiten Besuch beim Einbalsamierer, als die Polizisten mitten in der Nacht gekommen waren, um den Bergfried zu durchsuchen. Doch er hatte nicht den Mut dazu aufgebracht.

Auch wenn alles dafür sprach, dass Arka den Basileus getötet hatte – sie war allein im Mausoleum gefunden worden, beschmiert mit dem Blut ihres Opfers, den Ring, den sie benutzt hatte, um ihn tödlich zu verletzen, noch am Finger –, wurde Lastyanax die absurde Hoffnung nicht los, dass sie doch unschuldig war. In den gemeinsam verbrachten Monaten hatte er eine brüderliche Zuneigung zu ihr entwickelt oder sie wenigstens so ins Herz geschlossen, wie man ein Haustier ins Herz schloss. Diese Gefühle trübten ganz offensichtlich sein Urteilsvermögen. Ansonsten hätte er doch schon längst die Schmeicheleien bemerkt, die scheinbar arglosen Einflüsterungen, die raffinierte Verstellung. Aber wenn er Arkas Verhalten ihm gegenüber analysierte, sah er nur eine Folge von Patzern, unbeholfenen Lügen und an Beleidigung grenzenden Frechheiten. Nichts, womit man einen Magier manipulieren und erst recht keinen Herrscher töten konnte. Wie war es ihr überhaupt gelungen, in die Grabhalle zu gelangen? Warum hatte der Basileus zu so später Stunde sein Schlafzimmer verlassen und auch noch darauf bestanden, dass keine Wache ihn begleitete? Wo hatte sie Mezentius' Ring gefunden?

Und warum hatte sie damals im Bergfried ihr Leben riskiert, um seines zu retten?

Arkas Prozess sollte am Nachmittag beginnen. Lastyanax sprang auf. Ihm blieben nur noch zwei Stunden, um ihr all diese Fragen zu stellen. Er warf sich eine nicht mehr ganz frische Toga über und steckte den Kopf in eine Schüssel mit Wasser, die Metanira ihm in der Hoffnung vor die Tür gestellt hatte, er würde sich endlich waschen. Im Spiegel sah er sein bleiches Gesicht, das am Kinn von einem ungleichmäßigen Flaum überschattet wurde, den man gnädig als Dreitagebart bezeichnen konnte. Seine fettigen nassen Haare fielen ihm in die Augen. Lastyanax verstrubbelte sie und stürmte hinaus.

Das strahlende Tageslicht blendete ihn. Auf seinem Weg an den Kanälen entlang verblüffte er ein paar ihm bekannte Magier durch sein schlampiges Aussehen. Er erreichte die Arena, deren Außenmauern mit weißen Trauerbannern behängt waren. Hier sollte der Prozess stattfinden. Schaulustige würden bald die Ränge füllen. Die reicheren Bürger der unteren Ebenen standen bereits Schlange, begierig, an einem Ereignis teilzunehmen, von dem die nächsten zehn Generationen Hyperboreas noch reden würden. Lastyanax bog in den düsteren Korridor des Haupteingangs ein und fand sich einem Dutzend mit Blitzspeeren bewaffneter Gardisten gegenüber, die die Tür zu den Kerkerzellen bewachten.

»Hier geht's nicht rein«, sagte ihr Anführer und trat einen Schritt vor.

»Ich bin Minister.«

Ehe der Mann überlegen konnte, ob ihn das nun zum Betreten des Kerkers berechtigte oder nicht, öffnete Lastyanax die Tür und schlüpfte hindurch.

Eisige Kälte empfing ihn, kaum gemildert durch die Flämmchen einiger alter Öllampen, die an der Decke des langen, zu beiden Seiten von Gitterverschlägen flankierten Flurs hingen.

Lastyanax erinnerte sich an einen vor Aufregung summenden Ort, denn dies war der Raum, in dem die Eleven-Bewerber bei jeder Attribution auf die nächste Prüfung warteten. Doch jetzt herrschte hier eine ganz andere Atmosphäre.

Ans Gitter der hintersten Zelle gelehnt, saß Arka in einer roten Häftlingstunika da und blickte ihm aus dunkel umrandeten Augen entgegen. Lastyanax, der sich daran gewöhnt hatte, seine Elevin als eine Naturgewalt zu betrachten, soweit man das von einem dreizehnjährigen Mädchen sagen konnte, erschrak, als er sie so sah. Aus einem Eimer in der Ecke des Verschlags drang übler Gestank. Man hatte die Temperatur in dem Gang magisch gesenkt, um Arkas Kräfte zu lähmen. Dabei hätte Arka selbst im Vollbesitz ihrer magischen Fähigkeiten nichts gegen das Gitter ausrichten können. Lastyanax strich mit dem Daumen über das ausgeklügelte Siegel, das dieses verschloss, ehe er sich im Gang auf den nackten Fußboden setzte, direkt neben seine Elevin jenseits der Stäbe.

»Ihr kommt aber früh, Meister«, spottete sie mit vor Kälte abgehackter Stimme.

»Ich will deine Version der Fakten hören.«

Arka schlang die Arme um ihre Knie, damit sie aufhörten zu zittern, und wandte den Blick ab.

»Ich glaube nicht, dass sie sehr überzeugend ist, Meister.«

»Erzähl sie mir trotzdem.«

Sie war es in der Tat nicht. Skeptisch hörte Lastyanax sich den Bericht der unwahrscheinlichen Verkettung von Umständen an, die Arka an jenem Abend zur Tür des Mausoleums geführt hatten.

»Du hast also eine Schlange aus Eis getroffen, die die Zukunft vorhersagen kann, und einer ihrer Sätze hat dich Monate später dazu bewogen, in die Grabhalle des Palastes zu gehen, weil du hofftest, dort mehr über deine Herkunft zu erfahren?«, rekapitulierte er.

Die Arme noch immer um ihre Knie geschlungen, drückte Arka sich etwas tiefer in die Ecke, die Mauer und Gitter bildeten, und zuckte mit den Achseln.

»Ich wusste, dass Sie mir nicht glauben würden.«

Lastyanax schloss die Augen und rieb seine Nasenwurzel. Eine Passage aus *Zoomantie der Vor-Kuppel-Zeit: Erkundung der Tierwelt (Band 9)* kam ihm wieder in den Sinn. Er hatte irgendetwas über eine legendäre Schlange auf dem Gletscher gelesen.

»Angenommen, dieses Ungeheuer existiert wirklich«, sagte er, indem er den Kopf hob, »dann verstehe ich trotzdem noch nicht, wieso du das Risiko eingegangen bist, in den Palast einzubrechen, um seinen Angaben zu folgen.«

»Nach allem, was ich erlebt habe, Meister, habe ich eine andere Vorstellung von Risiko als Sie«, sagte Arka großspurig.

Doch ihre Angeberei hatte ihn noch nie so wenig überzeugt.

»Was ist dann passiert?«

»Ich habe das Mausoleum betreten, ich dachte, es wäre niemand drin ... Aber da war der Basileus. Als er mich sah, wurde er sehr komisch ... verrückt. Es war, als würde er mich für eine der Amazonen halten, die vor Ewigkeiten seine Kinder umgebracht haben. Er hat mich angegriffen und wollte mich erwürgen.« Sie zeigte auf die violetten Blutergüsse an ihrem Hals, die Lastyanax bisher nicht bemerkt hatte. »Er hätte mich umgebracht, wenn ich mich nicht gewehrt hätte. Ich habe es nicht mit Absicht getan. Ich wollte ihn nicht töten.«

Lastyanax hatte mit allen erdenklichen Ausflüchten gerechnet, aber nicht damit, dass Arka zugab, den Basileus getötet zu haben ... versehentlich. Das Gesicht seiner Elevin war nun ganz verschlossen, als zöge sie sich in ihren Panzer zurück, anstatt in Tränen auszubrechen, wie jedes Kind in ihrem Alter es an ihrer Stelle getan hätte.

»Der Anwalt hat mir geraten, das alles nicht zu erwähnen, weil man mich sonst für verrückt hält«, fügte sie hinzu und starrte auf ihre abgekauten Nägel.

»Der Anwalt?«

»Das ist ein Prozess, Meister, da gibt's einen Anwalt. Jedenfalls darf man sich als Mädchen anscheinend nicht selbst verteidigen.«

Plötzlich öffnete sich die Tür, und die massige Silhouette des Chefs der Wache erschien. Sofort stand Lastyanax auf.

»Ich muss Sie bitten, diesen Ort zu verlassen, Meister«, sagte der Gardist energisch. »Man hat mir bestätigt, dass die Angeklagte keinen Besuch empfangen darf.«

»Wessen Befehl sind Sie unterstellt?«

»Dem des Mystografen, Meister. Da der Basileus tot ist, ist er nun der Oberste Richter. Bitte verlassen Sie augenblicklich den Kerker.«

Die Haltung des Mannes ließ keinen Zweifel daran, dass er Lastyanax hier herausschaffen würde, ob es ihm passte oder nicht. Lastyanax blickte auf seine Elevin hinunter, die in der Zellenecke kauerte. Sie sah ihn durch die Gitterstäbe an und schien ihm noch etwas sagen zu wollen. Der Wachmann kam durch den Gang auf sie zu und legte eine schwere Hand auf Lastyanax' Schulter, der unter seinem Griff schwankte.

»Herr Minister, wenn Sie mir nicht folgen, muss ich ...«

»Ist schon gut«, unterbrach Lastyanax ihn und ließ sich von der Pranke zur Tür schieben.

Gerade als er über die Schwelle trat, drang das Wort »Lemur« an sein Ohr. Er drehte sich um, doch alles, was er sah, war die Tür, die ins Schloss fiel. Der Gardist pflanzte sich davor auf und taxierte ihn mit hinter dem Rücken verschränkten Armen. Lastyanax insistierte nicht und ging, wobei er sich fragte, ob er richtig gehört hatte. Wusste seine Elevin etwa mehr über Lemuren als er?

Während der folgenden zwei Stunden saß er in den Rängen der Arena und sah den Amtsdienern dabei zu, wie sie das Richterpodium und die Tribüne für die Plädoyers aufbauten. Normalerweise wurden die Prozesse in den verschiedenen Ebenen des Turms, auf dem sich die Arena befand, abgehalten, weshalb man das hyperboreische Gericht den Turm der Gerechtigkeit nannte. Gewöhnliche Vergehen wurden in den ersten beiden Ebenen verhandelt, Diebstahl und Betrug in der dritten und vierten Ebene, Gewaltdelikte in der fünften und sechsten Ebene. Nur Staatsverbrechen rechtfertigten eine Durchführung des Tribunals in der Arena selbst, womit die besondere Bedeutung des Prozesses symbolisiert wurde.

Ein immer breiterer Strom von Geschworenen ergoss sich in die Ränge, je näher der Sitzungstermin rückte. Normalerweise vernachlässigten die Magier diese Pflicht, die ihnen das hyperboreische Gesetz auferlegte. Unter dem Vorwand, zu beschäftigt zu sein, um den Prozessen beiwohnen zu können, bezahlten sie Plebejer dafür, sie zu vertreten. Dieses gesetzwidrige System war zur Regel geworden, und täglich drängten sich Tausende Einwohner der unteren Ebenen an den Türen des Gerichtsturms, in der Hoffnung, mit ihrer Beteiligung an der Jury ein paar Borion zu verdienen. Lastyanax selbst gab beträchtliche Summen aus, um seine Verantwortung irgendwelchen Fremden zu übertragen. Das Ergebnis war eine chaotische und nachlässige Rechtsprechung, ausgeübt von Bürgern, die während der Anhörungen schnarchten und nur aufwachten, um ein wenig fundiertes Urteil abzugeben.

Heute jedoch erfüllte fiebrige Erregung das hastig einberufene Tribunal. Eine dreizehnjährige Elevin war des Mordes an einem Herrscher angeklagt, den viele bis vor drei Tagen noch für unsterblich gehalten hatten. Infolgedessen waren die Stufen von Togen besetzt. Nur in den hintersten Rängen saßen Zuschauer, die der Verhandlung aus reiner Neugier beiwohnten.

Protestgemurmel zu seiner Rechten zog Lastyanax' Aufmerksamkeit auf sich. Eine lange, schlaksige violette Gestalt bahnte sich einen Weg zwischen zwei Reihen hindurch und trat dabei auf die Zehen der bereits sitzenden Magier. Lastyanax brauchte einen Moment, ehe er begriff, dass es sich um Petroklos handelte. Zum Leidwesen seiner Nachbarn machte er es sich breitbeinig auf dem halben Platz gemütlich, der vor Lastyanax noch frei geblieben war. Dann zog er ein vor Soße triefendes Brot aus der Tasche und biss gierig hinein.

»Glückwumf, Laft«, sagte er mit einem freundlichen Klaps auf dessen Knie.

»Hast du deine Disputation bestanden?«, wunderte sich Lastyanax.

»Warum?«, fragte Petroklos, wobei er die Umsitzenden mit Krümeln besprenkelte. »Ach pfo, wegen der Toga.«

Er schluckte, und ein großes Stück halbgekautes Brot rutschte seine Speiseröhre hinunter.

»Nein, die hab ich Trierios gemopst, weil ich dachte, sie könnte mir mal nützlich sein. Eine Gelegenheit wie diese hier hatte ich dabei natürlich nicht im Sinn … Verflixt noch mal, Last, *deine* Elevin!«

»Ich weiß … Seit drei Tagen versuche ich zu verstehen, warum sie das getan hat.«

Lastyanax hätte gern mit Petroklos über Arkas unglaubwürdige Geschichte gesprochen, aber ihre Unterhaltung zog bereits neugierige Blicke auf sich.

»Pyrrha und ich hätten dir vielleicht helfen können, wenn du dich nicht die ganze Zeit in deinem Bergfried verbarrikadiert hättest«, erwiderte Petroklos streng. »Metanira ist ein echter Zerberus, sie hat uns nicht mal in die Nähe deines Zimmers gelassen …«

»Wo ist Pyrrha?«, unterbrach Lastyanax ihn und blickte sich suchend auf den Zuschauerrängen um. »Kommt sie nicht?«

»Siehst du irgendeine Frau hier? Du hast offenbar wirklich ganze Arbeit geleistet in Sachen Ebnung der Geschlechter, Last. Frauen dürfen weder Geschworene sein noch einem Prozess beiwohnen, denn, ich zitiere, *man kann sich auf das weibliche Urteil nicht verlassen, da es sich auf Gefühle und nicht auf die Vernunft gründet;* und *die während der Anhörungen besprochenen Umstände könnten ihre empfindsame und zarte Natur verletzen.* 132. Basileika, Artikel 3. Wie du bemerkt haben wirst, hindert das niemanden daran, sie wegen Mordes vor Gericht zu stellen.«

Lastyanax vergaß für einen Moment den Prozess.

»Pyrrha, empfindsam und zart? *Arka* empfindsam und zart?«

Er schwor sich, die Rechtsvorgaben genauer zu studieren.

Ein Raunen ging durch die Menge. Silenos hatte soeben die Arena betreten, gekleidet in eine goldene, um seine füllige

Taille mit dem Schwanz eines Greifs gegürtete Toga. Er setzte sich auf das Podium, gefolgt von zwei Richtern des Justizturms. Der Amtsschreiber stellte sich an sein Pult. Dann klingelte der Mystograf mit einem Glöckchen, um das Publikum zur Ruhe zu mahnen.

»Verehrte Meister, verehrte Geschworene, wir haben uns heute hier versammelt, um den Mord an Seiner Majestät dem Basileus, Obersten Hyperboreer, Großen Erbauer, Erhabensten Magier, Bezwinger der Amazonen, Freund des Volkes, Richter aller Richter, aufzuklären«, hob er mit feierlicher Stimme an, die nichts mit seinem üblichen fröhlichen Geplapper zu tun hatte. »Angesichts der gegebenen Umstände wünscht der Turm der Gerechtigkeit an dieser Stelle nicht nur eines, sondern drei Verbrechen zu verhandeln, da diese nach seinem Dafürhalten eng miteinander verknüpf sind. Ich hoffe also, dass am Ende dieses Prozesses Recht gesprochen wird über den Mord an Seiner Majestät, dem Basileus, an Meister Trierios und an Meister Mezentius. Gerichtsdiener, führen Sie die Angeklagte herein.«

Erstauntes Murmeln war im Publikum zu hören. Lastyanax schüttelte den Kopf, als Petroklos sich mit verblüffter Miene zu ihm umdrehte. Nein, er hatte nicht gewusst, dass Arka auch wegen der Morde an den beiden Ministern angeklagt war. Da betrat seine Elevin die Arena, eskortiert von zwei Wachen und mit Eisenhandschuhen gefesselt, damit sie kein Siegel zeichnen konnte. Doch Arka schien nicht an Flucht zu denken. Geblendet vom Tageslicht, betrachtete sie Richter und Geschworene, als wäre sie Zuschauerin ihres eigenen Gerichtsverfahrens. Die Gardisten ließen sie vor dem Podium auf einem Stuhl mit gerader Rückenlehne Platz nehmen und befestigten die Handschuhe links und rechts an den

Armlehnen, was ihr eine entschiedene Haltung verlieh, die sicher nicht ihrer momentanen Verfassung entsprach. Aus den oberen, für die Schaulustigen reservierten Rängen ertönten Pfiffe.

»Ich fordere das Publikum auf, während der Verhandlung absolute Ruhe zu wahren!«, donnerte der Mystograf. »Amtsdiener, lassen Sie den Strafverteidiger und die Zeugen eintreten.«

Lastyanax fragte sich, ob Arka wohl mit verantwortlich war für die zweifelhafte Wahl ihres Anwalts. Mit seinen Perlenzöpfen und der in Hunderte bunte Streifen zerrissenen Toga schien er direkt aus der Provinz zu kommen. Während er die Arena betrat, winkte er in Richtung des Publikums, wo seine Familie eine ganze Sitzreihe belegt hatte, um ihn bei der Verhandlung zu sehen. Lastyanax legte resigniert seinen Kopf in die Hände.

Ein Hüsteln ließ ihn wieder aufblicken. Am Ende seiner Reihe versuchte ein alter Gerichtsdiener mit Hängebacken und Walrossbart ihn auf sich aufmerksam zu machen. Ein dickes Schlüsselbund war am Gurt seiner scharlachroten Toga befestigt.

»Meister Lastyanax, Sie sind als Zeuge aufgerufen. Bitte kommen Sie mit.«

Überrascht tauschte Lastyanax einen Blick mit Petroklos, ehe er aufstand und dem Gerichtsdiener folgte, der mit vorsichtigen Schritten und klimperndem Schlüsselbund die Treppe hinunterging. Lastyanax nutzte die Zeit, um seine Gedanken zu ordnen. Wer rief ihn als Zeugen auf? Die Anklage oder die Verteidigung? Und wozu würde man ihn befragen? Wenn die Geschworenen erführen, woher Arka stammte, dann war sie verloren und Lastyanax gleich mit. Hyperborea würde ihm niemals verzeihen, dass er einer Amazone Unterschlupf gewährt hatte.

Sie erreichten den Fuß der Treppe, wo sich der enorme Oreichalk-Käfig erhob, der die Zuschauer von der Arena trennte. Der Gerichtsdiener nahm einen großen Schlüssel von seinem Gürtel und schob ihn mit zitternden Fingern ins Schloss. Ein Sicherheitssiegel, gleich dem der Kerkerzelle, war in die Gitterstäbe graviert. Er öffnete die Tür und trat zur Seite, um Lastyanax in die Arena zu lassen. Dessen Sandalen wirbelten kleine Wolken Abraxanischen Sandes auf, die in dem blendend hellen Licht glitzerten.

Der Schatten der über die Ränge gespannten Sonnensegel reichte nicht bis zur Mitte der Arena. Gegenüber dem Richterpodium saß Arka mit dem Rücken zu ihm in der prallen Hitze. Lastyanax nickte Silenos zur Begrüßung zu und wunderte sich über den kalten Blick, mit dem dieser den Gruß erwiderte. Wo war seine gewohnte Freundlichkeit geblieben? Nachdem der Gerichtsdiener die Tür wieder verschlossen hatte, trat er neben Lastyanax und deutete auf eine Bank in der Nähe des Podiums.

»Bitte setzen Sie sich hier hin.«

Lastyanax ging zu der Bank, die sich bereits unter drei wuchtigen Gestalten bog. Er brauchte nicht genauer hinzusehen, um die anderen, vom Richter einberufenen Zeugen zu erkennen: Es waren Ari, Alci und Axi. Seit Monaten bemühte er sich vergeblich, die drei Ganoven in die Finger zu kriegen, um sie zum Auftraggeber des Blau-Erz-Schmuggels zu befragen. Die Drillinge waren von der Bildfläche verschwunden und hatten die illegalen Netzwerke der ersten Ebene genutzt, um der Polizei zu entwischen. Warum tauchten sie nun plötzlich wieder auf?

Die Anwesenheit der Banditen, Silenos' frostiges Verhalten und seine Funktion als Oberster Richter begannen Lastyanax zu beunruhigen. Er setzte sich neben Alci und ignorierte den bösen Blick, den dieser ihm zuwarf. Einige Schritte rechts von ihm verrenkte sich Arka den Hals, um in seine Richtung blicken zu können. Auch sie ignorierte er, wohl wissend, wie beängstigend das für sie sein musste. Doch die Geschworenen würden seiner Aussage misstrauen, wenn sie das leiseste Einvernehmen zwischen ihm und Arka vermuteten.

Ein fünfter Zeuge nahm auf der Bank der Anklage Platz. Seine Akne hatte sich noch verschlimmert, und er hatte seine Tolle mit Pomade geglättet, um erwachsener zu wirken. Mezentius' einziger Sohn erschien beim Prozess zum Mord an seinem Vater.

Silenos räusperte sich.

»Sehr gut, da nun alle Zeugen anwesend sind …«

Lastyanax sah zur Bank der Verteidigung hinüber. Sie war leer.

»… können wir beginnen. Um der größeren Klarheit willen hat der Turm der Gerechtigkeit beschlossen, chronologisch vorzugehen. Wir werden uns also zuerst mit dem Mord an Meister Trierios, dem Kolonialminister, befassen. Hier die Fakten: Vor zweieinhalb Monaten fand man Meister Trierios' leblosen Körper gegen Mitternacht in einem Badezimmer meines Wohnsitzes, während eines Empfangs, den ich dort gab. Allem Anschein nach wurde ihm von einem erfahrenen Kämpfer die Kehle durchgeschnitten. Die Überwachungssiegel meiner Villa waren an jenem Abend auf mein Geheiß deaktiviert worden, damit sich die Gäste frei bewegen konnten. Es ist daher schwer zu ermitteln, wer sich Meister Trierios im Badezimmer, wo er sich vermutlich frischmachen wollte, genähert haben könnte. Angesichts der gegebenen Umstände veranlasst seine Ermordung den Turm der Gerechtigkeit jedoch dazu, die Angeklagte zu fragen: Wo waren Sie am Abend des Empfangs gegen Mitternacht?«

Arka rutschte auf ihrem Stuhl herum, die Hände noch immer an die Armlehnen gefesselt. Sie öffnete den Mund, doch ihr Anwalt unterbrach sie mit einer Geste.

»Ehe meine Mandantin Ihre Frage beantwortet«, verkündete er, während er sich gravitätisch erhob, ein ausgefranstes Ende seiner Toga über den Arm geworfen, »möchte ich das ganz und gar ungewöhnliche Vorgehen der Anklage in diesem Fall betonen. Anstatt die Morde an Seiner Majestät, dem Basileus, und seinen beiden Ministern getrennt zu behandeln, belastet das Gericht meine Mandantin schwer, indem es sie dieser drei abscheulichen Verbrechen beschuldigt, obwohl nur die Umstände des letzten eine Anklageerhebung rechtfertigen. Zudem hat das Gericht es versäumt, die Verteidigung vorab zu informieren …«

»Der Turm der Gerechtigkeit muss über das Vorgehen, das er für angemessen hält, keine Rechenschaft ablegen«, unterbrach ihn der Richter zur Linken des Mystografen. »Halten Sie sich an die Gepflogenheiten, wir sind hier nicht in der Provinz.«

Ein Kichern ging durch die Reihen. Der Strafverteidiger presste die Kiefer zusammen und setzte sich, wobei er würdevoll seine bunten Zöpfe zurückwarf. Silenos machte eine beschwichtigende Geste in Richtung seines Nachbarn und forderte dann mit derselben Hand Arka auf, zu sprechen.

»Beantworten Sie die Frage, bitte.«

»Ich … ich war in der ersten Ebene.«

»Und was taten Sie dort?«

»Mitglieder vom Klan des Blauen Lotus haben mich in ihrem Schlupfwinkel … öhm … gefangen gehalten«, sagte Arka stockend. »Zusammen mit meinem Mentor.«

Lastyanax, der sich ihres bohrenden Blickes bewusst war, hütete sich, ihn zu erwidern. Silenos wandte sich ihm zu.

»Meister Lastyanax, waren Sie zum Tatzeitpunkt bei Ihrer Elevin?«

»Nein, wie Sie genau wissen«, antwortete er und erhob sich ruhig, »da ich bei Ihrem Empfang war und wir beide Trierios' Leichnam gefunden haben. Etwa eine halbe Stunde nach dieser Entdeckung erfuhr ich jedoch von einem Mitschüler meiner Elevin, dass sie in der ersten Ebene in einem Schlupfwinkel des Blauer-Lotus-Klans festgehalten wurde, genau wie sie gesagt hat, und zwar von den drei Kriminellen, die hier neben mir sitzen. Dort habe ich sie in der Tat kurze Zeit später gefunden. Gegen Mitternacht muss sie demzufolge in der ersten Ebene gewesen sein.«

»Ihre Elevin befand sich zum Tatzeitpunkt also nicht in Ihrer Begleitung?«

»Nein«, wiederholte Lastyanax, »aber sie hätte nicht Trierios in der siebten Ebene ermorden und gleich darauf in einer Schmugglerhöhle in der ersten Ebene sein können. Das ist physisch unmöglich.«

Er setzte sich wieder. Silenos nickte und öffnete eine Akte, die vor ihm lag.

»Die Zeugen neben Ihnen werden Ihre Aussage bestätigen können. Meine Herren Anaximenes, Alcibiades und Aristobulos«, las er von dem Dokument ab, »Sie sind die Mitglieder des Blauer-Lotus-Klans, von denen die Angeklagte gesprochen hat. War sie zum Tatzeitpunkt bei Ihnen?«

»Sie war bei uns, ja, aber nicht zum Tatzeitpunkt«, antwortete Alci, wobei er sich mit einer unterwürfigen Miene erhob, die gar nicht zu ihm passen wollte. »Sie war gegen Mitternacht bei uns in der ersten Ebene, wie Sie sagen.«

»Dann stützen Sie also Meister Lastyanax' These, der versichert, dass die Angeklagte nicht die Zeit haben konnte, einen Mord in der siebten Ebene zu begehen und direkt danach bei Ihnen in der ersten Ebene zu sein?«

»O nein, ich stütze nicht die These, wie Sie das nennen. Sie konnte sehr wohl blitzschnell von der siebten in die erste Ebene kommen, mit ihrer Magie.«

Arkas Anwalt brach in Gelächter aus.

»Warum versetzen wir nicht gleich noch im Handumdrehen Berge, wenn wir schon dabei sind? Der Zeuge überschätzt die Möglichkeiten der Magie: Meines Wissens ist noch niemandem die Teleportation gelungen. Ich erinnere außerdem daran, dass die Angeklagte eine dreizehnjährige Elevin ist, und nicht gerade die Begabteste, wie es scheint!«

Diese Bemerkung löste erneutes Kichern im Publikum aus und lautstarke Heiterkeit in der obersten Reihe, wo die Familie des Anwalts saß. Alci schien gegen seine Urinstinkte anzukämpfen, die ihm befahlen, die Debatte mit den Fäusten weiterzuführen.

»Ich hab keine Ahnung von Tepelortation, aber das Mädel hat magische Flügel, das schwör ich Ihnen!«

»Ich frage mich, ob das Gericht gut damit beraten ist, einem Kriminellen Gehör zu schenken«, spottete der Anwalt. »Im Übrigen, warum sind Sie eigentlich nicht hinter Gittern? Ist das die Gegenleistung dafür, dass Sie meine Mandantin mit Ihrer Aussage belasten?«

Getuschel breitete sich unter den Zuschauern aus. Lastyanax begann die Argumentationsweise des Anwalts zu gefallen. Silenos klingelte mit seinem Glöckchen.

»Wir sind nicht hier, um über die Schuld der Zeugen zu diskutieren, sondern über ihre Aussagen«, entgegnete er kalt. »Herr Alcibiades, was meinen Sie mit ›magischen Flügeln‹?«

»Na, magische Flügel halt, mit denen man fliegen kann«, erklärte der Angesprochene und wedelte mit den Armen, um seine Worte zu untermalen. »Ich hab das Mädel sie benutzen sehen, wie ich Sie jetzt sehe, Herr Richter. Sie haben die gleiche Farbe wie der Käfig hier.«

Einer der Brüder beugte sich zu ihm hinüber, um ihm etwas ins Ohr zu flüstern.

»Genau, wie O-rei-chalk«, präzisierte Alci in gelehrigem Ton. »An dem Abend, als der Minister ermordet wurde, hab ich sie mit ihren Flügeln aus O-rei-chalk aus der siebten Ebene herunterfliegen sehen. Sie ist in einem Kanal in der zweiten gelandet, hat die Dinger irgendwie verschwinden lassen, und da haben wir sie uns dann geschnappt.«

Lastyanax, dem plötzlich etwas in den Sinn kam, wandte sich zu Arka um. Sie starrte auf ihre Knie. Er sah auf ihr Handgelenk. Das dicke kupferne Armband, das sie normalerweise trug, war nicht mehr da. Bisher hatte er diesem Schmuckstück keine große Beachtung geschenkt. Mädchen hatten so was eben. Aber jetzt, wo er darüber nachdachte, war Arka gar nicht der Typ dafür …

»Zufällig kann ich diese Zeugenaussage bestätigen«, erklärte Silenos. »Am Tag von Trierios' Ermordung habe ich der Angeklagten ein großes kupferfarbenes Armband abgenommen, nachdem der hier als Zeuge geladene junge Herr Phreton erfolglos versucht hatte, es mit dem Feuerring seines Vaters zu zerstören. Das Zerstörungssiegel konnte dem Schmuckstück nichts anhaben, und ich begriff sofort, dass es sich um kein alltägliches Objekt handelte. Das war, ich gestehe es, der eigentliche Grund, der mich dazu bewog, es zu beschlagnahmen. Als ich es in meinem Studierzimmer genauer untersuchte, wusste ich also bereits, dass ich es mit keinem gewöhnlichen Gegenstand zu tun hatte … Wie groß war jedoch meine Verblüffung, als ich erkannte, dass ich ein Paar der äußerst seltenen, von Meister Ktesibios, dem Gründer der Mechamagie, selbst gefertigten Flügel in den Händen hielt!«

Erstauntes Gemurmel ging durch die Reihen. Die Flügel des Ktesibios waren eine Legende. Alle zehn Jahre behauptete irgendein Spinner, er hätte ein Paar davon gefunden, und die Aristokratie geriet völlig aus dem Häuschen, bis der Schwindel aufflog. Unbedeutende Magier beeindruckten die Bürger der niedrigeren Ebenen, indem sie in Schatullen winzige, kupferfarbene Zahnrädchen ausstellten, die angeblich aus deren Mechanik stammten. Jeder Sammler, der diesen Namen verdiente, träumte davon, eines Tages so ein Exemplar aufzustöbern. Palates selbst hatte mehrmals versichert, er würde liebend gern all seinen Besitzt gegen ein Paar dieser Flügel eintauschen. Wo hatte Arka sie nur her?

»Bedauerlicherweise konnte ich mich nicht besonders lange mit diesen Flügeln befassen. Am Morgen nach der Tat, als die Inspektoren mir wieder gestatteten, das Arbeitszimmer zu betreten, entdeckte ich zu meiner Überraschung, dass das Armband durch eine Fälschung ersetzt worden war.«

Er ließ eine effektvolle Stille eintreten, während deren die Zuschauer gespannt an seinen Lippen hingen.

»Mit anderen Worten, in derselben Nacht ist jemand bei mir eingedrungen, hat Meister Trierios ermordet und das

Armband gestohlen. Und dieser Jemand ist vermutlich mit den Flügeln geflohen. Nun wurde aber die Angeklagte gegen Mitternacht in der zweiten Ebene mit ebendiesen Schwingen angetroffen, in einem Viertel, in dem eine Elevin zu so später Stunde nichts zu suchen hat.«

Arkas Anwalt sprang auf.

»Nichts beweist, dass meine Mandantin an jenem Abend auf Ihrem Fest war. Die einzige Information, über die wir verfügen, ist die zweifelhafte Aussage eines Ganoven, der eher für seine Zusammenstöße mit der Justiz als für seine Gesetzestreue bekannt ist!«

»Wir haben zwei weitere Zeugen, die unsere These untermauern«, gab der Mystograf zurück. »Zunächst einen meiner Gäste, der am Abend des Mordes versicherte, er habe einen riesigen, glänzenden Vogel von meiner Villa davonfliegen sehen. Diese in den Akten festgehaltene Angabe«, er hob einen dicken Stapel Papiere hoch, »wurde von den Ermittlern damals für nicht stichhaltig erachtet. Die Behauptung schien in der Tat aus der Luft gegriffen zu sein, und die Trunkenheit des Zeugen trug nicht dazu bei, ihm Glaubwürdigkeit zu verleihen. Doch wir haben auch die Aussage des jungen Herrn Phreton, Eleve im ersten Jahr, Mitschüler der Angeklagten und Sohn Meister Mezentius'. Eleve Phreton, wo waren Sie am Abend des Mordes?«

Phreton erhob sich nervös. Die Pomade, die er sich ins Haar geschmiert hatte, schmolz langsam und hinterließ eine glänzende Spur auf seiner narbigen Stirn. Trotz seiner offensichtlichen Anspannung war er in der ganzen Arena bestens zu hören.

»Ich war mit Arka bei Ihrer Villa verabredet. Wir wollten uns die Sachen wiederholen, die Sie uns während des Unterrichts weggenommen hatten – ich den Ring meines Vaters, Arka ihr Armband.«

»Wollen Sie damit sagen, dass Sie vorhatten, bei mir einzubrechen?«, fragte Silenos.

Erneutes Raunen im Publikum. Phreton vermied es sorgfältig, zu Arka hinzusehen, die ihn mit glänzenden Augen anstarrte.

»Ja, wir wollten uns diese Dinge wiederholen, ich, weil ich Angst hatte, mein Vater könnte erfahren, dass ich mir seinen Ring ausgeborgt und man ihn mir abgenommen hatte, Arka, weil ihr das Armband sehr viel bedeutete. Natürlich wusste ich nicht, dass es sich dabei um die Flügel des Ktesibios handelte.«

»Was geschah dann?«

Phretons Blick streifte Arka kurz, dann wandte er sofort den Kopf ab.

»Als ich zum Treffpunkt kam, erwartete Arka mich bereits. Nach ihrer Anweisung fertigte ich aus einem Oreichalk-Barren Kopien der beiden Objekte, dann sind wir an der Mauer hoch in Ihre Privaträume geklettert. Wir begannen das Stockwerk nach dem Ring und dem Armband zu durchsuchen. Dabei öffneten wir auch die Badezimmertür, sahen Trierios' Leiche jedoch nicht, die vom Rand einer Wanne verdeckt war. Ich blieb dann in der Etage, während Arka nach oben ging, um in Ihrem Arbeitszimmer weiterzusuchen. In dem Moment kam die Dienerin, die die Leiche entdeckt hat. Weil ich Angst hatte, Ärger zu bekommen, floh ich über den Balkon Ihres Schlafzimmers. Als ich unten war, sah ich sie fliegen.«

»Wen sahen Sie fliegen?«

»Arka. Sie hatte ihre Flügel ausgebreitet und flog in Richtung der ersten Ebene davon.«

Mit feuchten Schläfen setzte Phreton sich wieder und ignorierte den flammenden Blick, den Arka ihm zuwarf, ehe sie ihrem Anwalt etwas ins Ohr flüsterte.

»Mag sein, dass meine Mandantin die Flügel des Ktesibios besitzt, doch nichts an der eben gehörten Aussage deutet darauf hin, dass sie Trierios getötet haben könnte!«, rief der Verteidiger. »Und ich möchte betonen, dass das Gericht anscheinend beabsichtigt, das Schicksal ebenjener Kellnerin stillschwingend zu übergehen, die ein paar Stunden nach dem Minister ebenfalls ermordet wurde. Man fand sie am Morgen nach der Tat in einem Kanal und …«

»Die Chronologie des Abends muss in der Tat geklärt werden«, schnitt Silenos ihm das Wort ab. »Phreton, Sie sagten, die Angeklagte sei bereits vor Ort gewesen, als Sie ankamen …«

Nervöser denn je, hob Phreton die Augen zum Mystografen und fuhr sich mehrmals mit der Hand durch die fettigen Haare.

»Ja, das sagte ich.«

»Könnte sie Trierios vor Ihrer Ankunft getötet haben?«

Tiefe Stille folgte auf diesen Satz. Phretons Miene blieb undurchdringlich. Ganz offenbar war er auf die Frage vorbereitet gewesen.

»Ja.«

Der Stuhl der Angeklagten knarzte.

»Das ist nicht wahr!«, schrie Arka und erhob sich so weit, wie ihre an die Lehnen gefesselten Hände es zuließen. »Ich habe Trierios nicht umgebracht! Das ist nicht wahr!«

»Aber Sie waren an jenem Abend am Tatort?«, fragte der Mystograf.

»Ja, aber …«

»Und Sie sind mit den Flügeln des Ktesibios zur ersten Ebene geflogen?«

»Ja, aber …«

»Können Sie beweisen, dass Sie Trierios nicht getötet haben könnten?«

Arka schwieg mit offenem Mund. Währenddessen dachte Lastyanax fieberhaft nach. Er erinnerte sich, dass er Trierios bei dem Empfang begegnet war, nicht lange bevor man ihn tot im Badezimmer gefunden hatte. Hätte Arka in so kurzer Zeit in Silenos' Privaträume eindringen, Trierios töten, wieder heruntersteigen, mit Phreton noch einmal hochklettern, ihr Flügelarmband holen und fliehen können? Aber woher hätte sie wissen sollen, dass sich Trierios genau in diesem Moment im Bad aufhielt? Und warum schien der Mystograf vom Schicksal der Dienerin ablenken zu wollen?

»Aus welchem Grund sollte meine Mandantin den Magier Trierios umbringen, den sie nicht einmal kannte?«, schaltete sich der Anwalt ein. »Sie ist eine einfache Elevin im ersten Jahr!«

»Das ist eine ganz und gar berechtigte Frage, auf die wir morgen zurückkommen werden«, antwortete Silenos, indem er mit seinem Glöckchen klingelte. »Die Verhandlung ist für heute geschlossen!«

Verwirrt blieb Lastyanax sitzen, während die Magier begannen, die Stufen des Amphitheaters herunterzusteigen. Ein paar Schritte von ihm entfernt sah Arka mit offenem Mund zu, wie die Richter und der Mystograf das Podium verließen. Sie wandte sich zu ihrem Anwalt um und flüsterte ihm etwas ins Ohr. Unterdessen beeilte sich Phreton, in Begleitung eines Gerichtsdieners aus der Arena zu verschwinden. Lastyanax rieb sich mit verkniffenem Gesicht die Nasenwurzel.

Sein Vertrauen in Silenos' Unparteilichkeit war beträchtlich ins Wanken geraten. Und doch schien alles dafür zu sprechen, dass Arka schuldig war. Das Armband, der Einbruch beim Mystografen, all die Monate, in denen sie ihm verheimlicht hatte, dass sie eine Amazone war ... Was hatte sie noch alles vor ihm verborgen?

Lastyanax stand auf. Vielleicht war seine Elevin schuldig, doch er hatte das unangenehme Gefühl, dass der Ausgang des Prozesses von vornherein feststand. Als er an Arka vorbeikam, die noch immer an ihren Stuhl gefesselt war, flüsterte er auf Napocanisch:

»*Wo sind der Ring und das Armband?*«

»*Ich habe sie in einen Kanal geworfen, in der Nähe des Palastes*«, antwortete sie.

Lastyanax nickte kurz und ging sofort weiter. Ihm blieb eine Nacht, um zwei Schmuckstücke im Schlamm eines Kanals zu finden.

Arka

Arka drehte sich um und versuchte, auf dem harten Boden eine bequemere Position zu finden. Seit vier Tagen hatte sie kaum geschlafen. Ihre Muskeln schmerzten vom Zittern in der eisigen Zelle. Sie fühlte sich vollkommen zerschlagen und demoralisiert. Ihr Anwalt war nicht viel optimistischer als sie, was ihre Chancen, den Prozess lebend zu überstehen, betraf. Silenos hatte beschlossen, sie zum Sündenbock zu machen, und unternahm dafür alle erdenklichen Anstrengungen. Außerdem blieb selbst ohne die Morde an Trierios und Mezentius immer noch der am Basileus. Sie konnte auf Notwehr plädieren, doch keine rationale Erklärung rechtfertigte ihre Anwesenheit im Mausoleum an jenem Abend. Sie war geliefert.

Die unablässig brennenden Öllampen im Kerker ließen sie jedes Zeitgefühl verlieren. War es noch mitten in der Nacht oder brach der Tag bereits an? Sie hatte keine Ahnung. Zur Angst vor dem Prozess gesellte sich noch die Bestürzung über das, was ihr der Lemur gesagt hatte, hinzu. Der Vater, den sie gesucht hatte, existierte nicht. Sie war die Tochter eines Monsters, einer seelenlosen Kreatur, geschaffen aus dem Körper eines Mannes, der vor eineinhalb Jahrhunderten gestorben war. Und all das zu dem einzigen Zweck, den Basileus zu töten.

Wer hatte dafür gesorgt, dass sie geboren wurde, um diesen Zweck zu erfüllen? Der Mystograf? Das würde erklären, warum ihm so viel daran lag, sie als Urheberin der Mordserie darzustellen. Dank dem Lemuren (sie konnte sich nicht dazu durchringen, dieses Geschöpf »Vater« zu nennen) war es Silenos außerdem gelungen, sich Palates, Trierios und Mezentius vom Hals zu schaffen. Aber worauf hatte er es letztendlich abgesehen? Hoffte er, nach dem Prozess als der Mann der Stunde dazustehen, und die Leitung einer dezimierten Regierung zu übernehmen?

Arka hörte Geräusche in dem Gang, der zum Kerker führte, und erwachte aus ihrem Dämmerzustand. Sie konnte es nicht erwarten, wieder in die Arena zu kommen, auch wenn sie das ihrer Verurteilung ein Stück näher brachte. Dort war es wenigstens warm und sie war nicht allein. Nach sechs Monaten in Hyperborea war sie nicht mehr an Kälte und Einsamkeit gewöhnt. Selbst mitten im Riphäengebirge hatte Zwerg ihr Gesellschaft geleistet. In den letzten vier Tagen dagegen hatte sie außer ihrem Anwalt und Lastyanax niemanden gesehen.

Ihr Mentor hatte während des Prozesses nicht ein Mal zu ihr hingeschaut. Arka wollte glauben, dass er zu ihrem Besten absichtlich so tat, als wäre sie ihm gleichgültig, doch sie begann zu fürchten, er könnte bereits von ihrer Schuld überzeugt sein. Oder schlimmer noch, er wollte einfach nur seine Haut retten. Eine Kriminelle offen zu unterstützen wäre seiner Karriere bestimmt nicht dienlich. Als er kurz neben ihr stehen geblieben war, hatte sie auf einen Rat oder eine Ermunterung gehofft. Doch er hatte nur gefragt, wo sie den Ring und das Flügelarmband gelassen hatte. Es wäre natürlich dumm von ihm gewesen, sie nicht an sich bringen zu wollen. Bei Lastyanax konnte man sich darauf verlassen, dass er das Beste aus einer Situation herausholte. Er war schließlich nicht umsonst mit neunzehn Jahren Minister geworden.

Was sie jedoch am meisten erschüttert hatte, war Phretons Reaktion. Sie wusste nicht, was sie von ihm erwarten sollte, aber ganz bestimmt nicht, dass er sie so belastete, schon gar nicht nach dem, was zwischen ihnen vorgefallen war. Sicher dachte er, sie hätte seinen Vater getötet. Wenn der zweite Teil des Prozesses so ablief wie der erste, dann würde er bald die Bestätigung dafür bekommen.

Was Sterix betraf, so hatten seine Eltern ihm verboten, auszusagen – zumindest hatte das ihr Anwalt behauptet. Arka begann zu glauben, dass alle Welt sie im Stich gelassen hatte.

Die Tür zu den Kerkerzellen wurde aufgerissen, und fünf Gardisten betraten den Gang, bewaffnet mit Blitzspeeren und von Kopf bis Fuß in Rüstungen gehüllt, die so sorgfältig geölt waren, dass sie keinerlei Geräusch machten. Arka rappelte sich mühsam auf, erstaunt darüber, wie geschwächt sie war. Einer der Wachmänner schloss ihre Zelle auf.

»Hände«, befahl er lapidar.

Arka streckte die Arme vor und ließ sich die Metallhandschuhe anlegen. Sie waren etwas zu groß und saßen lose an ihren Handgelenken. Wie am Vortag ergriff einer der Männer ihren Ellbogen, zwei Gardisten platzierten sich hinter, zwei vor ihr. So traten sie aus der Zelle in den Gang, der zur Arena führte. Am anderen Ende des Korridors sah man durch die offen gebliebene Tür in goldenem Licht die Kanäle, die das Amphitheater umgaben, und weiter hinten die Türme der siebten Ebene. Ein hyperboreischer Morgen wie jeder andere.

Arka blinzelte. Ihre Beine gaben nach, und sie sackte zusammen.

Sofort rührte sich ihre Eskorte. Einer der Gardisten hinter ihr trat vor, um sie wieder hochzuziehen. Arka nutzte diesen Moment der Unachtsamkeit, um seinem Nebenmann die Füße wegzukicken. Der verlor das Gleichgewicht und ließ seinen Blitzspeer los. Mit einem Tritt schleuderte Arka ihn auf den Mann zu ihrer Rechten. Dann sprang sie auf und zog einem dritten Gardisten ihre Eisenhandschuhe über den Helm. Dieser verformte sich unter der Wucht, und der Mann krachte der Länge nach hin. Arka sprang über ihre am Boden liegenden Gegner und spurtete Richtung Ausgang. Hinter ihr schlugen die Mitglieder der Eskorte, die noch aufrecht waren, Alarm. All ihre Muskeln waren für die Flucht gespannt. Nur noch ein paar Schritte …

Plötzlich zeichnete sich eine Silhouette im Gegenlicht ab. Von ihrem eigenen Schwung mitgerissen, prallte Arka dagegen. Benommen hörte sie, wie die Wachen angerannt kamen. Einen Augenblick später durchzuckte ein Stromstoß jede Faser ihres Körpers. Sie verlor das Bewusstsein.

Als sie wieder erwachte, spürte sie, dass zwei der Kerkermeister sie unter den Achseln gepackt hielten und sie zur Arena schleiften, während ihre Füße über den staubigen Boden kratzten. Ein starker Pfeffergeruch zwickte sie in der Nase.

»Du hast Glück, dass wir Ephedrapulver dabeihatten«, schnauzte eine der Wachen sie an.

Arka schniefte und begriff, dass man ihr irgendein anregendes Kraut in die Nase gestreut hatte, damit sie wieder zu sich kam. Sie hob mühsam den Kopf und blickte hinter sich. Einer der Gardisten dankte einem jungen Magier, der ihm freundlich auf die Schulter klopfte. Arka erkannte den Schönling sofort: Es war Rhodopis, Lastyanax' bester Feind.

»Mist«, flüsterte sie.

Was die Enttäuschung, die sie überkam, nur unzureichend ausdrückte. Sie hatte gerade ihre einzige Chance zu fliehen vermasselt. Sie erreichten die Tür aus Oreichalk, durch die man in die Arena gelangte. Arka, die von dem Stromschlag noch ganz steif war, versuchte, ihre Beine wieder in den Griff zu bekommen. Ein Gerichtsdiener öffnete die Tür, und die Wachen zerrten sie unsanft weiter. Sie schienen bereit, sich beim kleinsten Mucks auf sie zu stürzen, was Arka ihnen nicht verübeln konnte.

Wie am Vortag blendete sie die Sonne, die unbarmherzig vom Himmel brannte. Hinter dem Oreichalk-Gitter, im Schatten ihrer Sonnensegel, umgaben sie die Geschworenen wie ein violettes Maul, das nur darauf wartete, sie zu verschlingen. Auf dem Richterpodium ließen sich Silenos und seine beiden Kollegen von Dienern mit großen Palmwedeln Luft zufächern. Arka konnte wohl kaum auf eine solche Vorzugsbehandlung hoffen, aber wenigstens fror sie nicht mehr.

Die Wachen drückten sie auf den Stuhl und befestigten ihre Eisenhandschuhe an den Armlehnen.

»Wir behalten dich im Auge«, knurrte einer der Männer leise.

»Jawoll, Chef«, antwortete Arka.

Eine große Klappe war alles, was ihr noch blieb, um mit der Situation fertigzuwerden. Der Gardist richtete sich mit argwöhnischem Blick wieder auf. Wie am Vortag wurden erst ihr Anwalt, dann die Zeugen von einem Gerichtsdiener hereingeführt. Kein Phreton diesmal, aber ein Lastyanax, dessen Miene noch genauso undurchdringlich war. Er wurde von einem vertrauten Surren begleitet. In seinem Schwebestuhl sitzend, steuerte Georgon, der Mechamagieprofessor auf die Bank der Verteidigung zu. Mit gebeugtem Nacken bewegte er unwillkürlich seinen Kiefer und sah sich mürrisch um. Der Anwalt lehnte sich zu Arka hinüber.

»Gute Neuigkeiten: Es hat mich einige Überredungskunst gekostet, aber er ist bereit auszusagen.«

Arka nickte. Wenigstens für den Mord an Mezentius hatte sie ein wasserdichtes Alibi: Das Verbrechen war begangen worden, während sie mit dem Professor im Mausoleum gewesen war. Das konnte der Mystograf ihr also nicht in die Schuhe schieben. Dieser hob die Hand, damit Ruhe einkehrte.

»Da nun sämtliche Zeugen anwesend sind, können wir beginnen«, verkündete er. »Erinnern wir uns daran, was wir gestern erfahren haben: Die Angeklagte befand sich zu der Zeit, als Meister Trierios ermordet wurde, am Tatort und war im Besitz der Flügel des Ktesibios. Nun wollen wir uns mit dem Mord an Meister Mezentius befassen. Dieses Verbrechen wurde am Tag des Jubiläums zwischen der zwanzigsten und der einundzwanzigsten Stunde im Palast des Basileus begangen. Der Eparch wurde mit sechs Dolchstichen getötet und seine Leibgardisten in einem Becken ertränkt.«

Arkas Blick verlor sich in den Tribünen. Neben der ungemindert begeisterten Familie ihres Anwalts verfolgte Phreton, die Ellbogen auf die Knie gestützt, den Prozess. Als er bemerkte, dass Arka ihn entdeckt hatte, wandte er sich ab.

»... ich wiederhole: Wo waren Sie am Abend des Mordes an Mezentius?«

Arka zuckte zusammen und drehte sich wieder dem Richterpodium zu. Silenos hatte ihr eine Frage gestellt. Alles Wohlwollen, das er ihr im Laufe der letzten Monate entgegengebracht hatte, war dahin. Er war wie ausgewechselt.

»Ich war mit meinem Mentor auf dem Fest des Basileus, weil er es von mir verlangt hat«, antwortete sie.

Der Mystograf wandte sich an Lastyanax.

»Meister Lastyanax, auch hier waren Sie kurz nach dem Mord am Tatort. Können Sie die Aussage Ihrer Elevin bestätigen?«

Lastyanax schwieg einen Moment, ehe er antwortete:

»Ich habe Arka tatsächlich aufgefordert, mich zum Palast zu begleiten. Sie war im Übrigen nicht gerade begeistert davon. Während des Empfangs haben wir uns für eine knappe halbe Stunde aus den Augen verloren. Nicht sie war es, die verschwunden ist, sondern ich selbst habe mich entfernt. Kurz nachdem die Leiche entdeckt wurde, habe ich auch meine Elevin wiedergefunden. Sie wirkte genauso erschüttert von dem Mord wie ich und sagte mir, sie habe die letzte halbe Stunde im Gespräch mit Meister Georgon verbracht«, schloss er, indem er zu dem Professor hinübersah, der den Austausch mit seiner üblichen galligen Miene verfolgt hatte.

Arkas Puls beschleunigte sich. Silenos würde Georgon nun

zu ihrem Besuch im Mausoleum befragen. Das war ein solides Alibi, das Zweifel in den Köpfen all dieser hyperboreischen Geschworenen säen würde, die schon von ihrer Schuld überzeugt gewesen waren, als sie am Morgen in den Rängen Platz genommen hatten.

»Meister Georgon, lieber Kollege, können Sie bestätigen, dass Sie in Gesellschaft der Angeklagten waren, als Meister Mezentius und die beiden Leibwächter ermordet wurden?«

»Nein, ich befand mich zu diesem Zeitpunkt nicht in Gesellschaft der Angeklagten, und Sie wissen genau, dass ich nie auf den Gedanken käme, mir die Gegenwart eines Eleven auch noch außerhalb der Unterrichtsstunden zuzumuten«, knurrte Georgon. »Ich verstehe nicht, warum ihr Anwalt mich als Zeugen aufgerufen hat. Zum Tatzeitpunkt war ich in der Menagerie unterwegs, allein.«

Arkas Magen verwandelte sich in einen Bleiklumpen.

»Er lügt!«, schrie sie. »Er war bei mir!«

Die Geschworenen schüttelten missbilligend die Köpfe. Georgon warf ihr einen gereizten Blick zu, als wäre sie eine Verrückte, deren Marotten er ertragen musste. Plötzlich wurde Arka selbst von Zweifeln gepackt. Was, wenn sie den Besuch im Mausoleum nur geträumt hatte? Wenn sie Mezentius wirklich umgebracht hatte? Wenn all die Geschichten von wiederauferstandenen Prinzen und Lemuren nur Wahnvorstellungen waren?

»Ich hab den Eparchen nicht getötet«, stammelte sie, auch um sich selbst zu überzeugen.

»Meine Mandantin war nicht die einzige Person, die an jenem Abend im Palast anwesend war! Dasselbe gilt für Ihren Empfang. Ihre Art, diese Fälle zu verhandeln, lässt vieles im Dunkeln, wie zum Beispiel das Schicksal der Plebejerin, die

Trierios' Leichnam entdeckt hat und die man am nächsten Morgen tot in einem Kanal fand. Ich sagte es gestern bereits: Warum hätte meine Mandantin zwei Magier umbringen sollen? Sie ist eine Elevin im ersten Jahr! Die Verteidigung ist daher der Ansicht, dass dieser Prozess sehr lückenhaft geführt wird und ...«

Silenos hob die Hand, um den Anwalt zu bremsen.

»Genau diese Lücken werden wir nun schließen. Denn in den vergangenen vier Tagen hat sich der Turm der Gerechtigkeit etwas eingehender mit der Vergangenheit Ihrer Mandantin befasst. Und was dabei ans Licht kam, ist äußerst besorgniserregend.«

Arka versank in ihrem Stuhl. Seit ihrer Verhaftung hatte sie sich immer wieder gesagt, dass sie verloren war, auch wenn sie einen letzten Funken Hoffnung nicht unterdrücken konnte. Jetzt machte sie sich keinerlei Illusionen mehr. Sie wusste, was nun kommen würde.

Die Ellbogen auf den Tisch gestützt, nahm Silenos ein Blatt und zeigte es dem Publikum.

»Das hier ist eine hydrotelegraphierte Kopie des ältesten Dokuments der hyperboreischen Verwaltung, in dem die Angeklagte erwähnt wird. Darin erfährt man, dass die Angeklagte die Stadt am Ende des vergangenen Winters durch das Westtor betreten hat. Sie gab an, aus Napoca zu kommen, nachdem sie allein das Riphäengebirge durchquert hatte, mit seinen zu dieser Zeit extrem harten klimatischen Bedingungen. Ich frage Sie nun, liebe Geschworenen: Wäre ein gewöhnliches napocanisches oder hyperboreisches Mädchen imstande, eine solche Reise zu überstehen?«

Gemurmel verbreitete sich von Mund zu Mund in den Sitzreihen. Arka wagte nicht, den Blick zu heben.

»Weitere Indizien lassen Rückschlüsse auf die Herkunft der Angeklagten zu«, fuhr der Mystograf fort. »Als ihr Professor habe ich selbst mehrmals erlebt, wie Arka Mitschülern gegenüber handgreiflich wurde, ein ebenso unziemliches wie unübliches Verhalten für ein junges Mädchen. Außerdem wurde mir berichtet, dass sie heute früh einen Fluchtversuch unternommen hat, bei dem sie in wenigen Sekunden ohne Zuhilfenahme von Magie drei Gardisten niederstreckte. Und schließlich war sie es, die das Pferd ritt, das beim Großen Preis des Basileus gewonnen hat.«

Die Unruhe in der Menge wuchs.

»Doch das schlagkräftigste Indiz ist dieses Objekt, das bei der Durchsuchung ihres Wohnsitzes in der Villa ihres Mentors gefunden wurde.«

Mit einem Mal schienen die aufgesperrten Münder der verblüfften Geschworenen alle Luft im Amphitheater einzusaugen. Arka hob den Kopf.

Der Mystograf reckte einen Amazonengürtel in die Höhe.

Sie erkannte sofort einen der alten Gürtel aus Palates' Sammlung. Jeder hätte bei näherer Betrachtung des steifen, rissigen Leders mühelos begriffen, dass er seit Jahrzehnten nicht getragen worden war. Doch das konnten die Geschworenen von den Sitzreihen aus nicht erkennen.

»Ja, Sie wissen ganz genau, was das ist. Wir haben hier also ein junges Mädchen, das reiten, kämpfen und ganz allein unwirtliche Gegenden durchqueren kann. Dieses junge Mädchen befand sich an den Tatorten der drei schrecklichsten Verbrechen, die seit der Ermordung der dreizehn Erben in Hyperborea begangen wurden. Meine Herren Geschworenen, dieses junge Mädchen ist eine Amazone.«

Die Ränge schienen vor Empörung zu explodieren. Tosendes Protestgeschrei erhob sich. Jemand rief »Tod der Amazone!«, und der Ruf wurde an etlichen Stellen des Amphitheaters aufgenommen. Arka gelang es nicht, zu realisieren, dass diese schreckliche Drohung gegen sie gerichtet war, die Elevin, von deren Existenz vor vier Tagen so gut wie niemand gewusst hatte.

»Das ist absurd!«, donnerte der Anwalt, um das Gebrüll zu übertönen. »Meine Mandantin ist eine *Elevin*. Sie ist aus freien Stücken hergekommen, um sich zur *Magierin* ausbilden zu lassen. Seit wann befassen sich Amazonen mit Magie? Sie verabscheuen sie!«

»Seit ihnen klar geworden ist, dass sie mit ihrer Hilfe Hyperborea mitten ins Herz treffen können«, schmetterte der Mystograf seinerseits. »Und das ist übrigens noch längst nicht alles.«

Er wandte sich zu Lastyanax um, der einzigen schweigenden, reglosen Person in der Arena.

»Meister Lastyanax, in der Nacht, in der Trierios ermordet wurde, haben Sie und Ihre Elevin herausgefunden, dass der Klan des Blauen Lotus Blau-Erz in die Stadt geschmuggelt hat, nicht wahr? Der Basileus vermutete sofort, dass dieses Blau-Erz für Amazonen bestimmt war. Ist Ihnen nie in den Sinn gekommen, dass Ihre Elevin sich möglicherweise in der ersten Ebene befand, um es entgegenzunehmen?«

Lastyanax erhob sich mit unergründlicher Miene.

»Ja, das habe ich erwogen.«

Silenos wedelte mit der Hand, um im Publikum für Ruhe zu sorgen.

»Sie verdächtigten Ihre Elevin also, eine Amazone zu sein?«

Die Menge verstummte schlagartig und hing an Lastyanax' Lippen.

»Ich habe sie nicht verdächtigt. Ich wusste es.«

Arka riss verblüfft die Augen auf. Mit einem einzigen Satz hatte Lastyanax sich soeben selbst zum Tode verurteilt. Da drehte er sich zu ihr um und schenkte ihr ein winziges Lächeln. Es war der erste Blick, den sie seit Beginn des Prozesses tauschten. Plötzlich meinte sie ihn wieder vor sich zu sehen, wie er im Brunnen schwamm und ihr unter Wasser die Hand reichte, mit demselben Mut, den er jetzt bewies.

»Sie wussten es?«, fragte Silenos.

»Seit Monaten«, bestätigte Lastyanax, nun wieder zu ihm gewandt. »Ich habe sie nicht angezeigt, weil ich ahnte, dass man sie nach genau so einem Scheinprozess wie diesem hier in aller Eile zum Tode verurteilen würde«, fügte er laut hinzu, wobei er den Blick über die Menge schweifen ließ.

Ein Hagel an Beschimpfungen ging auf ihn nieder. Bestürzt sah Arka respektable Magier die Fäuste gegen sie recken, und aus allen Reihen erscholl: »Tod der Amazone!« »Tod dem Verräter!« Lastyanax setzte sich wieder.

Der Prozess kam rasch zum Abschluss. Einstimmig zeigte die Jury mit den Daumen nach unten und verurteilte Arka für die Morde an Trierios, Mezentius und dem Basileus. Anschließend befand man Lastyanax der Komplizenschaft mit einer Amazone für schuldig. Der Mystograf verkündete, dass das Todesurteil noch am selben Abend vollstreckt werden sollte. Unter den Schmährufen der Zuschauer und Geschworenen brachten Gardisten Arka und Lastyanax in ihre Kerkerzellen.

13

DIE AMAZONEN

Lastyanax

»Idiot!«

Auf der anderen Seite der Gitterstäbe bebte Pyrrha vor Wut, die nur Petroklos' beruhigende Hand auf ihrer Schulter einigermaßen im Zaum hielt.

Jeder zum Tode Verurteilte hatte das Recht auf einen letzten Besuch, und als man Lastyanax angekündigt hatte, dass jemand für ihn gekommen war, hatte er erwartet, seine Eltern zu sehen. Er war zutiefst erleichtert gewesen, als stattdessen Pyrrha und Petroklos auftauchten. Die Wut seiner ehemaligen Mitschülerin war ihm immer noch lieber als die Verzweiflung seiner Eltern.

»Warum hast du gesagt, du hättest gewusst, dass deine Elevin eine Amazone ist?«, rief Pyrrha.

»Weil es stimmt. Es war mir schon lange klar. Aber sie verdient genauso wenig zu sterben wie ich.«

Verblüfft drehte Pyrrha sich auf dem Absatz um und sah Arka an, die in der Zelle gegenüber saß und schweigend den Kopf senkte.

»Warum bist du dir so sicher, dass sie unschuldig ist?«, fragte Pyrrha.

»Ich bin mir nicht sicher, aber ich glaube ihr«, antwortete Lastyanax mit verschränkten Armen.

Pyrrha wirbelte herum.

»Was?«, fauchte sie. »Der große, stets so vernünftige Lastyanax beschließt, sich ohne Sinn und Verstand für eine Amazonengöre zu opfern, einfach nur, weil er *ihr glaubt*? Während absolut alles für ihre Schuld spricht?«

Pyrrha war so in Rage, dass Lastyanax spürte, wie ihre Anima im Raum knisterte.

»Ich bin froh, dass es mir nicht gestattet ist, in die Arena zu gehen, um dich sterben zu sehen, denn du bist es nicht wert«, sagte sie mit zusammengekniffenen Augen, um die Tränen zurückzuhalten, denen sie um nichts in der Welt freien Lauf gelassen hätte.

Sie stieß Petroklos mit der Schulter weg und ging. Lastyanax drückte sein Gesicht an die Gitterstäbe in der Hoffnung, sie würde sich ein letztes Mal umdrehen. Doch die Tür schlug zu. Es blieben nur der Gardist, der ihr Gespräch überwachte, und Petroklos. Noch nie hatte er seinen schlaksigen Kumpel so traurig gesehen.

»Ich verstehe nicht, warum du das getan hast, Lasty«, hauchte er und trocknete sich die Augen mit einem Zipfel seiner Toga. »Deine Eltern wissen noch nicht mal, dass du angeklagt wurdest, und das Nächste, was sie von ihrem Sohn hören werden, ist, dass man ihn schmachvoll hingerichtet hat.«

»Wenn ihnen jemand die Nachricht überbringen muss, dann solltest du das sein«, sagte Lastyanax, den Blick immer noch auf die Tür zum Flur gerichtet. »Sag meiner Mutter, es tut mir leid, dass ich nicht öfter bei ihr war. Und meinem Vater, dass ich ihm verzeihe.«

»Die Besuchszeit ist um, Sie müssen gehen«, verkündete der Wachmann.

Lastyanax sah Petroklos an.

»Pass auf dich auf.«

Petroklos öffnete den Mund, doch die Sätze, um die er sonst nie verlegen war, blieben ihm plötzlich im Hals stecken. Er zuckte zusammen, als der Gardist ihn am Arm packte, und ließ sich mitschleifen, während seine Lippen stumme Abschiedsworte formten. Wieder schloss sich die Tür. Schweigen breitete sich aus, so drückend wie Lastyanax' Beklommenheit bei dem Gedanken an sein zu kurzes Leben und die Erinnerungen daran, die er seinen Freunden und Eltern hinterließ. Die einen würden ihres weiterführen, die anderen würden sich niemals davon erholen.

»Meister …«, begann Arka zögernd.

»Jetzt kannst du mich auch Lastyanax nennen.«

Man hatte ihm den Siegelring und die violette Toga abgenommen. Er war kein Minister und auch kein Magier mehr, und Arka war nicht mehr seine Elevin. In seiner roten Häftlingstunika begann er die ganze Tragweite seines Opfers zu ermessen.

»Warum glauben Sie mir?«, fragte Arka.

Lastyanax setzte sich an die Rückwand der Zelle und zog die Knie an die Brust. Seine Tunika war zu dünn, um ihn vor der Kälte zu schützen. Auf der anderen Seite des Gangs saß ihm Arka in derselben Pose gegenüber.

»Wenn du schuldig wärst, dann würde man dich jetzt im Extraktor foltern, um herauszufinden, wo das Blau-Erz ist. Silenos hat nicht verlangt, dass man irgendwelche Informationen aus dir herauspresst, weil er weiß, dass du keine hast.«

Er ließ seinen Kopf gegen die Mauer sinken und starrte an die Decke.

»Du hattest recht«, gab er widerwillig zu. »Er steckte wirklich hinter der ganzen Sache. Anstatt den Prozess ordnungsgemäß zu führen, hat er für unsere schnellstmögliche Verurteilung gesorgt, um eingehendere Nachforschungen zu verhindern. Er ist Lykurgs Drahtzieher.«

Die von Palates hingekritzelten Worte, die ihm seit Monaten im Kopf herumgingen, offenbarten nun ihren ganzen Sinn: *Schmuggel ... Themiskyra ... Nutzen, den Wald der Amazonen anzuzünden? ... Verfolgungswahn, absichtlich geschürt, aber durch wen?* Lykurg, der Herrscher Themiskyras, hatte den Wald angezündet, um an das Blau-Erz zu kommen, das anschließend nach Hyperborea geschmuggelt wurde. Was den Verfolgungswahn anging, so hatte Silenos ihn sicher selbst befördert, ebenso wie die unterwürfigen Manöver der Minister im Rat: Jeder wusste, dass der Basileus ihm besonderes Gehör schenkte ... Er hatte Lastyanax durch die Erwähnung des themiskyrischen Emissärs auf die falsche Fährte gesetzt, um selbst ungestört weiter konspirieren zu können.

Dennoch blieben einige Punkte im Unklaren: Warum hatte er Lastyanax' Wahl unterstützt? Wie gedachte er die Macht zu übernehmen? Und was würde Lykurg tun, wenn sein Strohmann erst an der Spitze Hyperboreas saß?

Lastyanax schloss für einen Moment die Augen. In seiner aktuellen Lage war es lächerlich, sich Fragen über das Danach zu stellen.

»Vielleicht war es Silenos, der unseren Retter beauftragt hat, uns aus dem Brunnen zu ziehen«, fuhr er laut fort. »Er brauchte dich lebend, um dich als Sündenbock hinzustellen. Ihm muss seit Langem klar gewesen sein, dass du eine Amazone bist ... Sicher seit der Attribution, als er deinen Fragebogen gesehen hat. Trotzdem verstehe ich nicht, wie er immer wissen konnte, wo du gerade warst und was du tatst.«

Den Blick ins Leere gerichtet, murmelte Arka:

»Sein Lemur ist mir überallhin gefolgt. Er hat die Minister getötet und es jedes Mal so arrangiert, dass ich in der Nähe war.«

Nach einer kurzen Pause fügte sie hinzu:

»Ein Lemur, erschaffen aus dem Körper des ältesten Sohnes des Basileus. Der Lemur des dreizehnten Erben. Ich glaube, er hat den Basileus ins Mausoleum gelockt, kurz bevor ich kam, und dafür gesorgt, dass er den Verstand verlor. Der Lemur hat sich vor meinen Augen selbst getötet. Er hat sich in ein Häufchen Staub verwandelt.«

Arka hob das Kinn, und ihr Blick kreuzte den von Lastyanax durch die Lücken zwischen den Gitterstäben. Völlig verdattert kniete der sich hin und umklammerte die Stangen.

»Warte ... ein Lemur ... Woher weißt du, dass es ein Lemur war? Vor vier Tagen hattest du noch keine Ahnung, was dieses Wort überhaupt bedeutet.«

Arka zuckte die Achseln und kratzte mit dem Fingernagel an einer Inschrift herum, die ein früherer Häftling in die Mauer geritzt hatte.

»Ich weiß es, weil er es mir gesagt hat, bevor er starb. Sein Meister hat ihn erschaffen, damit ich den Basileus töte.«

»Ich begreife nichts von dem, was du mir da erzählst, Arka«, sagte Lastyanax, immer verwirrter. »Warum sollte man einen Toten aufwecken, um den Basileus umzubringen? Und was hat das mit dir zu tun?«

Arka schwieg, die Augen noch immer auf die Kritzelei gerichtet. Lastyanax hatte noch nie einen derart abweisenden Ausdruck auf ihrem Gesicht gesehen. Er dachte, sie wäre endgültig in ihrem Schweigen versunken, als sie plötzlich tief Luft holte und sich wieder zu ihm umdrehte.

»Wussten Sie, dass es den Fluch der Amazonen wirklich gibt, Meister? Der Basileus hat die Amazonen verflucht, die seine Erben getötet haben. Er hat sie und all ihre Kinder und Kindeskinder dazu verdammt, von der Hand ihrer eigenen Nachkommen zu sterben. Deswegen haben sie in Arkadien den Schutz des Blau-Erzes gesucht. Und der Basileus blieb die ganze Zeit am Leben, weil er, um die Amazonen mit dem Fluch zu belegen, sich selbst auch verwünschen musste. Das nennt man einen ...«

»... Spiegelfluch«, beendete Lastyanax den Satz.

»Genau, und da er keine Kinder mehr hatte, konnte er nicht sterben.«

Lastyanax drückte sich von den Gitterstäben ab und ließ sich wieder gegen die Mauer sinken.

Das also war das Geheimnis seines langen Lebens ... Ein Fluch, der ihn daran hinderte zu sterben, während er seine Feindinnen zum Tode verurteilte ...

Lastyanax dachte an die Häftlinge, die der Basileus getötet hatte, anstatt sie zu begnadigen. Ihre Animas hatten dem Herrscher erlaubt, nicht zu altern, der Fluch hatte ihn daran gehindert, zu sterben. Wie viele Amazonen und Gefangene hatten für diese Rache bezahlt?

»Ich verstehe aber immer noch nicht, was du mit der ganzen Sache zu tun hast«, sagte er.

Arka begann fiebrig auf einer Haarsträhne herumzukauen.

»Ich ... Der Lemur hat mir gesagt, dass ich seine Tochter bin.«

»Seine Tochter?«

Lastyanax' entsetzte Miene entging ihr nicht. Sie senkte den Blick und umschlang mit den Armen ihre Knie, den Rücken wie ein Schutzschild gekrümmt.

»Die einzige Möglichkeit, den Basileus zu töten, war, ihm einen Nachkommen zu geben«, murmelte sie. »Deswegen wurde der dreizehnte Erbe wieder zum Leben erweckt. Sein Meister hat ihm befohlen, eine Amazone zu verführen, und das war meine Mutter. Ich bin zu dem Zweck geboren worden, den Basileus zu töten. Alles, was ich seit dem Waldbrand getan habe, hat mich immer ein Stück näher zu ihm geführt. Ich glaubte, frei zu sein, aber das war ein Irrtum. Ich habe nur dem Fluch gehorcht ...«

Plötzlich wurde die Tür aufgerissen. Acht Gardisten in voller Rüstung betraten einer nach dem anderen den Gang. Lastyanax sah, wie Arka sich erhob. Tausend Fragen drängten sich in seiner Kehle, und nun hatte er keine Zeit mehr, sie ihr zu stellen. Er stand ebenfalls auf, während je zwei Gardisten in ihre Zellen traten und ihnen Eisenhandschuhe anlegten. Seine Hände zitterten so sehr, dass einer der Soldaten seine Handgelenke packte, damit sie stillhielten. Dann ergriff er Lastyanax' Schulter und schob ihn aus der Zelle. Dort stand er neben seiner Ex-Elevin. Arka betrachtete resigniert die Tür zum Gang, als hätte sie aller Wille verlassen, gegen diesen Fluch anzukämpfen, von dem sie endlich erfahren hatte. Sie schluckte und sah ihn aus angstgeweiteten Augen an.

»Wie läuft die Exekution ab?«

»Wie ein großes Spektakel«, antwortete Lastyanax, bemüht, das Entsetzen im Zaum zu halten, das in seinem Bauch rumorte. »Die Magier wollen sich immer amüsieren.«

Die Gardisten stießen sie unsanft in den Rücken, und sie setzten sich Richtung Arena in Bewegung.

Arka

Einen Moment lang hatte Arka das seltsame Gefühl, dass sie die sechs Monate in Hyperborea nur geträumt hatte. Sie war zurück in der Arena, umzingelt von Hunderten von Magiern in violetten Togen, die sie durch das Gitter aus Oreichalk hindurch anstarrten. Unter Arkas Füßen schillerte der Abraxanische Sand, vielleicht ein wenig intensiver als am Tag ihrer Attribution.

Die Gardisten hatten ihnen die Eisenhandschuhe abgenommen und sie allein in der Mitte des Kampfplatzes zurückgelassen. Rücken an Rücken, alle Sinne gespannt, behielten Arka und Lastyanax die Türen des Käfigs im Auge. Arkas Herz schlug so wild, dass sie die Geräusche um sich herum kaum hörte, die Kommentare, die die Magier austauschten, das Zwitschern der Vögel, die zu ihren Füßen Brosamen aufpickten, das Rascheln der violetten Togen. Die obersten Ränge waren leer: Bestimmt durften nur die Geschworenen an der Urteilsvollstreckung teilnehmen.

»Silenos ist nicht hier«, hauchte sie.

»Der Richter eines Prozesses ist bei der Exekution nie anwesend«, antwortete Lastyanax. »Die Justiz *darf sich nicht an dem Urteil weiden, das sie gefällt hat*. 98. Basileika. Dreh dich mit mir«, fügte er hinzu, wobei er ihre Hand ergriff.

»Was?«

Ohne weitere Erklärung wandte er sich zu ihr um und zog sie mit sich in einen rasanten Reigen. Um sie herum erhoben sich Staubwirbel, die den Rest der Arena hinter glitzernden Schleiern verbargen. Lastyanax streckte den Arm von sich, eine Stoffkugel tauchte aus dem Boden zu seinen Füßen auf und levitierte in seine Hand. Während die in der Luft schwebenden Sandkörnchen sie weiter vor den Blicken der Magier verbargen, faltete Lastyanax das Tuch auseinander. Ein in Gold gefasstes Monokel, ein kunstvoll gearbeiteter Ring und ein kupferfarbenes Armband kamen zum Vorschein.

Arkas Miene hellte sich auf. Plötzlich fühlte sie wieder ein winziges Fünkchen Hoffnung in sich aufkeimen.

»Du hast doch wohl nicht gedacht, ich wäre so dumm, mich ohne einen Fluchtplan einsperren zu lassen?«, sagte Lastyanax, der sich schon das Monokel eingesetzt hatte.

»Wie ist es Ihnen gelungen, den Ring und das Armband zu finden?«, fragte Arka, während sie sich die Flügel des Ktesibios übers Handgelenk streifte.

»Damit.« Lastyanax tippte an die gläserne Linse vor seinem Auge. »Bei der letzten Verhandlungssitzung habe ich sie alle in der Arena versteckt. Jetzt lass uns versuchen, hier herauszukommen, und zwar schnell.«

Er gab ihr den Ring und ließ mit einer Handbewegung die Sandwolke zurück auf den Boden sinken. Das Amphitheater tauchte wieder auf, voller Magier, die erstaunte Rufe ausstießen. Arka dachte, sie galten Lastyanax' magischem Trick, doch ihre Blicke waren auf etwas anderes, hinter ihr, gerichtet. Sie drehte sich um.

Ein riesiger Greif kam, angestachelt von den Blitzspeeren der Gardisten, durch die größte Tür. Erhaben und zornig schüttelte die Kreatur ihre Mähne aus roten Federn und ließ dabei einen durchdringenden Schrei ertönen. Ihre schwarzen Klauen, die so lang waren wie Arkas Arm, furchten den Boden und wirbelten funkelnden Sand auf. Im Käfig breitete das Tier seine gewaltigen rotbraunen Schwingen aus, überrascht, genug Raum dafür zu haben. Die Tür schloss sich hinter ihm.

»Der Greif des Basileus«, hauchte Lastyanax ungläubig.

»Und er hat Hunger«, ergänzte Arka mit einem Blick auf die eingesunkenen Flanken des Henkers, den das hyperboreische Gericht für sie ausgewählt hatte.

Sie wichen behutsam zurück, damit der Greif, der nun seine neue Umgebung erkundete, sie nicht bemerkte. Das Abendlicht umgab seinen Kopf mit einer goldenen Aureole, während er mit langen, federnden Raubtierschritten den Kampfplatz umrundete. Jenseits des Gitters, das die Arena von der Zuschauertribüne trennte, wichen die Magier auf ihren Plätzen unwillkürlich zurück, erschrocken über seine ungeheure Größe.

»Wie genau hatten Sie vor, hier herauszukommen?«, flüsterte Arka Lastyanax zu, der das Amphitheater durch sein Monokel prüfend musterte.

»Ich versuche die Stelle zu finden, an der der Schutz durch den Käfig am geringsten ist«, erwiderte Lastyanax ebenso leise. »Dort kann das Zerstörungssiegel des Rings möglicherweise eine Bresche schlagen …«

»Beeilen Sie sich«, zischte Arka, »er wird sich gleich für uns interessieren.«

In der Tat realisierte der Greif allmählich, dass es keinen Ausweg aus der Arena gab. Sein langer Schweif, der in einem Fächer roter Federn endete, peitschte nervös durch die Luft.

»Da!«, sagte Lastyanax etwas zu laut, womit er sofort seine Aufmerksamkeit auf sich zog. »Am höchsten Punkt des Käfigs!«

»Achtung!«, schrie Arka.

Sie hechtete zur Seite und riss Lastyanax mit sich. Der scharfe Schnabel des Tieres schrammte über ihren Schuh. Der

Greif machte eine Kehrtwende, wobei die Arena unter seinem Gewicht erzitterte. Seine halb ausgebreiteten Schwingen wirbelten Strudel Abraxanischen Sandes auf. Er saß in der Falle, er hatte Hunger, und diese Fleischhäufchen auf zwei Beinen sahen den Mufflons, die man ihm sonst servierte, zum Verwechseln ähnlich. Wieder griff er Lastyanax an, der nicht schnell genug aufstand.

Arka sprang vor und trampelte mit aller Kraft auf den Boden. Eine Staubwolke erhob sich in dem Moment, als das Tier den jungen Magier mit seinem Schnabel durchbohren wollte. Blind geworden, bäumte es sich auf und stieß einen so gellenden Schmerzensschrei aus, dass Arka für einen Moment nur noch ein Pfeifen in ihren Ohren hörte.

Auf allen vieren wühlte Lastyanax neben ihr fieberhaft im Sand.

»Ich habe mein Monokel verloren«, stammelte er.

»Egal«, rief Arka und zog am Kragen seiner Tunika. »Wir brauchen es nicht mehr, wir wissen, wo die schwächste Stelle ist!«

Lastyanax erhob sich mit verzweifelter Miene und folgte ihr zum Gitter. Mitten in der Arena rieb der Greif seinen Kopf an der Schulter, um die Sandkörnchen abzustreifen, die ihm in den Augen brannten.

»Wir müssen dort hinauf. Ich werde fliegen, und Sie …«

Aber Lastyanax hörte ihr nicht zu. Er betrachtete fasziniert die Tribünen. Auch der Greif hatte aufgehört, seinen Kopf am Gefieder zu reiben, und starrte aus dem Käfig hinaus. Arka folgte ihren Blicken und fühlte unbeschreibliche Freude in sich aufwallen.

Die Magier auf den Rängen schrien und schubsten einander, um sich so weit wie möglich von den Zugängen zur Tri büne entfernt zusammenzuzwängen. Ein paar wenige stellten sich der Bewegung der Menge entgegen und versuchten ihre magischen Kräfte anzuwenden, doch vergebens. Denn an jedem Eingang waren bewaffnete Frauen erschienen. Die Schuppen ihrer Brünnen klirrten, während sie mit vorgereckten Lanzen durch die Reihen stürmten und die verängstigten Zuschauer gegen den Käfig drängten. Die roten Rosshaar-Federbüsche ihrer spitz zulaufenden Helme wallten über ihre Rücken. Jede trug einen Gürtel, in dessen Mitte ein blauer Stein funkelte.

»Amazonen!«, rief Lastyanax und drehte sich zu Arka um.

Die Freude, die sie beim Anblick der Kriegerinnen gepackt hatte, war schon wieder verflogen.

»Nein, das sind keine Amazonen«, sagte sie mit verschlossener Miene. »Ich hatte Ihnen doch gesagt, diesen Helmschmuck trägt man nicht mehr.«

»Aber was …«

»Keine Ahnung, ich verstehe das auch nicht! Aber wenn wir nicht bald hier verschwinden, dann haben wir ihn gleich wieder am Hals!« Sie deutete auf den Greif, der weiter den Vormarsch der Eindringlinge verfolgte.

Im selben Moment löste sich ein Magier aus dem violetten Pulk der in die Enge getriebenen Zuschauer und stürzte sich mit gezücktem Dolch auf eine der falschen Amazonen. Die Kriegerin spießte ihn ungerührt auf ihre Lanze und zog diese dann mit einem Fußtritt in den Leib des Magiers wieder heraus, während Blut die Männer in den tiefer gelegenen Rängen sprenkelte. Den Gardisten, die versuchten, die Angreiferinnen mit ihren unwirksamen Blitzspeeren auszuschalten, wurde dasselbe Schicksal zuteil. Ein abgetrennter Kopf purzelte die Stufen hinunter und fiel durch die Maschen des Käfigs in die Arena. Die Augen bewegten sich noch in ihren Höhlen, ehe das letzte Fünkchen Bewusstsein aus ihnen wich. Der Greif näherte sich dem Kopf, pickte misstrauisch hinein und verschlang ihn dann mit emporgerecktem Hals.

Versteinert vor Entsetzen, stierte Lastyanax auf die Blutspur im Sand. Arka rüttelte ihn an der Schulter.

»Jetzt ist nicht der richtige Moment, um in Panik zu verfallen!«, zischte sie zwischen den Zähnen. »Wir müssen hier raus!«

Lastyanax sah sie an.

»Ich werde hochfliegen, um ein Loch in den Käfig zu sprengen«, flüsterte Arka. »Währenddessen müssen Sie versuchen, den Greif abzulenken.«

Lastyanax nickte. Er schien den Ereignissen nicht gewachsen zu sein.

»Den Greif ablenken …«, bestätigte er ohne große Überzeugung. »Aber der Ring und das Armband werden nicht funktionieren, hier ist alles voller Blau-Erz.«

»Nur dass wir von einem Oreichalk-Käfig umgeben sind«, erwiderte Arka. »Das Oreichalk neutralisiert das Blau-Erz. Ich habe mir doch gemerkt, was Sie mir beigebracht haben, Meister.«

Sie zwinkerte und drückte auf das Siegel ihres Armbands. Im Nu bedeckten metallische Federn ihren Körper, und schon hatte das bernsteinfarbene Auge des Greifs sie erfasst.

»Los geht's«, murmelte Arka.

Sie breitete ihre Schwingen aus und hob genau in dem Moment ab, als die Kreatur sich auf sie stürzte. Während sie rasch an Höhe gewann, sah sie durch die gekrümmten Gitterstäbe, wie die angeblichen Amazonen die Magier stießen und mit vorgehaltenen Lanzen zwangen, sich flach auf den Boden zu legen. Der Greif reckte den Hals, spannte halb seine Flügel auf und schnellte in Arkas Richtung.

Sie wich dem Angriff aus, schrammte über den Rücken des riesigen Geschöpfes. Dann sah sie, wie Lastyanax hochsprang und den roten Federfächer am Schwanzende des Greifs packte.

Wahnsinnig vor Schmerz, begann das Tier sich zu winden und im Kreis zu drehen, um diesen unliebsamen Passagier abzuschütteln. Seine gigantischen Schwingen stießen gegen den Käfig und wirbelten große Wolken Abraxanischen Sandes in der Arena auf. Aber Lastyanax, der in alle Richtungen geschleudert wurde, kniff die Augen zu und ließ nicht los.

Arka schoss auf den Scheitelpunkt des Käfigs zu. Kurz bevor sie das Gitter rammte, zog sie ihre Flügel ein und klammerte sich an die Stäbe. Sie aktivierte das Zerstörungssiegel und legte es an den oreichalkenen Kranz auf der Spitze des Käfigs.

Es gab einen gewaltigen Knall. Das Gestänge zerbarst in tausend Teile, die in die Arena hinabregneten. Arka fiel ebenfalls, schlug auf dem Rücken des Greifs auf und rutschte inmitten der Oreichalksplitter zu Boden.

Benommen von ihrem Sturz, erhob sie sich taumelnd. In der Tribüne richteten sich die falschen Amazonen wieder auf und schlugen die paar Magier, die versucht hatten, die Explosion für einen Fluchtversuch zu nutzen.

Plötzlich flog Lastyanax durch Arkas Blickfeld, krachte gegen das Gitter und glitt reglos in den Sand. Zwischen seinen verkrampften Fingern hielt er eine lange rote Feder. Im nächsten Augenblick packten ihn die Klauen des Greifs.

Arka schnappte sich eine zerbrochene Käfigstange und schleuderte sie mit all ihrer magischen Kraft auf den Kopf des Ungeheuers. Doch der halb zerstörte Käfig schützte sie nicht mehr gegen das Blau-Erz. Die Stange streifte das Tier schwach an der Schulter und fiel dann zu Boden.

Unbeeindruckt kauerte sich der Greif über seine Beute, bereit, sie in Stücke zu reißen. Arka stürzte nach vorn, sprang auf die Flügel ihres gigantischen Gegners und rannte zu seinem Nacken. Dort packte sie mit beiden Händen die Mähne aus roten Federn und zerrte daran, so fest sie konnte. Das Tier hob kreischend den Kopf, um die Ursache dieses neuerlichen Schmerzes auszumachen. Da erkannte es, dass ihm der Weg durch die Luft nun offenstand.

»Nein, nein, nein«, stammelte Arka, als sie spürte, wie sich die riesige Kreatur unter ihr streckte.

Mit beeindruckender Spannkraft stieß sich der Greif vom Sand ab und flog durch das klaffende Loch. Bei dem Ruck verlor Arka den Halt und konnte sich gerade noch an den Flügel klammern.

Das Tier ließ sich auf dem Rand der Mauer nieder, die das Amphitheater umgab. Es schien zu zögern, was es nun tun sollte, immer wieder senkte und hob es den Kopf zum abendlichen Horizont, wie ein Vogeljunges, das sich bereit macht, sein Nest zu verlassen. Es war noch nie in seinem Leben geflogen.

Arka wagte einen Blick zurück in die Arena. Die Magier lagen nun alle bäuchlings auf dem Boden, die Hände im Nacken verschränkt. Neben ihnen standen die falschen Amazonen und gestikulierten in Richtung des Greifs. Arka sah, wie eine von ihnen sich straffte und ihre Lanze schleuderte. Die Waffe sauste durch die Luft und bohrte sich ein paar Fingerbreit neben Arka in den Rücken des Tieres, das sich mit einem Schmerzensschrei von der Mauer abstieß.

Beim ersten Flügelschlag wurde Arka abgeworfen. Ihr Körper schien für die Dauer eines Wimpernschlags reglos in der Luft zu hängen, ehe er wie ein Stein auf den Grund Hyperboreas zustürzte, der bereits im Dunkeln lag.

Arka drückte auf das Siegel ihres Armbands. Nichts geschah. Sie fiel immer schneller und schneller. Die Türme, die Kanäle, die Kuppel, alles verschwamm um sie herum. Entsetzt schüttelte sie das Armband ein paar Mal und drückte dann erneut das Siegel.

Endlich entfalteten sich ihre Schwingen. Eine Weile trudelte sie noch gen Boden, ehe sie sich stabilisieren konnte. Mit ein paar Flügelschlägen gewann sie wieder an Höhe. Zweite, dritte, vierte, fünfte Ebene. Sie entdeckte den riesigen Umriss des Greifs, der über die Stadt segelte, und in seinen Fängen Lastyanax' Silhouette. Das Tier flog zum Magisterium und setzte sich auf eine im Abendlicht glänzende Kuppel. Arka beschleunigte. Der Greif sah sich um, offenbar zufrieden, endlich ein ruhiges Fleckchen gefunden zu haben. Er beugte sich über Lastyanax, der verzweifelt versuchte, sich aus seinen Klauen zu befreien. Arka zog ihre Schwingen ein und schoss im Sturzflug hinab. Als der Greif den Schnabel öffnete, um seiner Beute einen Arm abzureißen, wurde sein Kopf von einem blonden, dreizehnjährigen Geschoss zur Seite geschleudert. Benommen ließ das Tier den jungen Magier los und rutschte von der Kuppel, wobei es einen Teil der Verkleidung mit sich riss. Arka schlug neben Lastyanax auf, stemmte die Hände in die Hüften und posaunte:

»Niemand quält meinen Mentor außer mir!«

Zwischen zwei Kuppeln des Magisteriums, halb unter

Marmorbrocken und Gips begraben, richtete sich der Greif wieder auf, schüttelte seine Flügel und schwang sich in die Lüfte. Sein klagender Schrei hallte unter der adamantenen Kuppel wider.

Petroklos

Von der Flucht des Greifs, einem Ereignis, das den Hyperboreern noch monatelang Gesprächsstoff liefern würde, hatten die im Amphitheater gefangenen Magier so gut wie nichts mitbekommen. Den Amazonen und ihrem Blau-Erz ausgeliefert, hatten sie sich hinlegen müssen, zusammengepfercht wie Vieh, nass vom Schweiß, den ihre Leidensgenossen absonderten. Eingezwängt zwischen Rhodopis und einem hohen Funktionär mit Herzflattern, beobachtete Petroklos die Beine der Amazonen, die sich um ihn herum bewegten. Das Blut gerann allmählich an den Spitzen ihrer Waffen. Um seine Panik zu unterdrücken, versuchte er sie zu zählen. Wie viele waren es? Fünfzig? Hundert? Wie waren sie ins Amphitheater gelangt? Waren sie wegen Arka hier? Was war aus Lastyanax geworden? Die momentane Ruhe, die ihm überhaupt erst die Möglichkeit gab, sich all diese Fragen zu stellen, war nur von kurzer Dauer.

»Hoch mit euch!«, befahl eine Kriegerin, auf deren Helm ein weißer Federbusch prangte.

Um die Sache zu beschleunigen, ließen die Amazonen Lanzenhiebe auf die Rücken ihrer Geiseln niedergehen. Die Magier erhoben sich ängstlich. Gebückt folgte Petroklos dem Strom – er fürchtete, sein Kopf könnte zur Enthauptung einladen, wenn er die Menge überragte.

Ein anderer Magier hatte genau das gegenteilige Problem. Sein Kiefer zuckte unkontrolliert, während er versuchte, sich mit den Armen die Stufen hochzuziehen. Seine Beine baumelten reglos herab, und der neben ihm gestrandete Schwebestuhl war ihm keinerlei Hilfe mehr. Ein Schwall von Flüchen entwich seinem Mund mit den gelben Zähnen. Georgon war in einer äußerst prekären Lage, tat jedoch nichts, um weniger aufzufallen.

Die Amazone mit dem weißen Helmbusch suchte die Menge nach dem Ursprung des Gezeters ab. Alle Magier senkten sofort die Köpfe. Lässig bewegte sich die Kriegerin zwischen den Geiseln, die das Bewusstsein, dass sie unbedingt etwas unternehmen sollten, gepaart mit der Erkenntnis, dass ihnen der Mut dazu fehlte, ganz kirre machte. Petroklos dagegen lag jeglicher heroische Ehrgeiz fern. In Trierios' violette Toga gehüllt, betrachtete er seine langen, knochigen Zehen und dachte über sein Pech nach. An einem einzigen Tag war sein bester Freund für ein Verbrechen, das er nicht begangen hatte, zum Tode verurteilt und er selbst wegen eines Ranges, den er nicht innehatte, als Geisel genommen worden.

Die Amazone blieb hinter Petroklos' ehemaligem Professor stehen. Georgon drehte sich um und erbleichte, als er die Kriegerin sah. Sie blickte einen Moment auf ihn herab, dann deutete sie zu Petroklos und Rhodopis.

»Ihr zwei, tragt ihn!«

Petroklos erschrak. Mit einem Knoten im Magen folgte er Rhodopis. Georgon stieß einen Seufzer der Erleichterung aus, als sie seinen hageren Körper vom Boden hochhoben.

Die Amazonen hatten ihre Gefangenen auf den Rängen in Grüppchen zusammengetrieben, wie Hunde, die eine ängstliche Herde hüten. Die Kriegerin mit dem weißen Helmbusch befahl ihnen, loszugehen. Petroklos passte sich Rhodopis' Schritt an. Georgons Gewicht schien seine Arme in die Länge zu ziehen. Langsam, in Reih und Glied, erklommen die Magier die Stufen und verließen das Amphitheater. Hinter ihnen blieben ein paar blutige Leichen zurück.

Petroklos hatte erwartet, Hyperborea verwüstet vorzufinden, die Kanäle mit Toten gepflastert und voll patrouillierender Amazonen. In Wahrheit ahnte die Stadt nichts von dem Drama, das sich im Amphitheater abgespielt hatte. In den Türmen scheuerten die Hausangestellten Teller, klopften Teppiche aus, nahmen Pakete mit Lebensmitteln entgegen, die ihnen die Laufburschen brachten. Als sie die Kolonne der Magier sahen, hielten sie mitten in ihren Bewegungen inne.

Die Amazonen schlugen mit ihren Geiseln den Weg zum Extraktor ein. Am Ende der Schlange watschelten Petroklos und Rhodopis wie Enten, um Schritt zu halten, ohne ihr Bündel fallen zu lassen. Georgon hörte nicht auf zu murren:

»Sie zerquetschen meine Arme … Au … Ich bin sicher, mein Hintern schleift auf dem Boden …«

»Ich glaube, wir haben weit gewichtigere Probleme als Ihr Hinterteil«, keuchte Petroklos.

In der Mitte eines Kanals erwartete sie die Anführerin der Kriegerinnen mit einem kleinen Lächeln.

»Bleibt stehen«, gebot sie, als sie auf ihrer Höhe angelangt waren.

Sie gehorchten. Petroklos' Schultern schmerzten, und er triefte vor Schweiß. Zur Anstrengung gesellte sich noch die Angst dazu. Was hatte sie mit ihnen vor?

Die Amazone stützte sich mit den Ellbogen auf die Brüstung des Aquäduktes und nickte Richtung Abgrund.

»Und eins!«, rief sie.

Bleierne Stille trat ein. Unter seiner Last vornübergebeugt, schaute Petroklos Rhodopis an, der plötzlich kreidebleich geworden war. Georgon, zwischen seinen Trägern, verging vor Entsetzen.

»Nein, nein«, stammelte er. »Tun Sie das nicht ... Es liegt ein Irrtum vor ... Ich habe mitgeholfen ...«

Petroklos begann am ganzen Körper zu zittern, er öffnete und schloss die Augen, sah abwechselnd in den Abgrund, zu der Amazone, seinem ehemaligen Professor, Rhodopis. Die Situation erschien ihm mit einem Mal zu absurd, um real zu sein. Während er fieberhaft nach einem Ausweg suchte, drehte die Amazone ihre Lanze ungeduldig zwischen den Fingern. Plötzlich ließ sie sie in seine Richtung schnellen und piekte ihm mit der Spitze in den Bauch.

»Ich sagte: Und eins«, zischte sie.

»Nein!«, flehte Georgon weiter, Tränen rannen ihm über die Wangen. »Sie verstehen nicht. Ich habe mitgeholfen, fragen Sie ...«

Petroklos wich seinem Blick aus. Rhodopis ihm gegenüber wackelte mit den Augenbrauen, um seine Aufmerksamkeit auf sich zu ziehen. Er schien sagen zu wollen: ›Komm schon, ich weiß, das ist furchtbar, aber wir haben keine Wahl, er oder wir.‹ Mit verkrampftem Gesicht begann er sein Bündel kräftig Richtung Brüstung zu schwingen. Georgon schrie Verwünschungen und zerkratzte ihm die Hände. Petroklos ließ seine Arme mitschwingen, ebenso passiv wie die reglosen Beine des Kranken, die er gepackt hielt.

»Und zwei!«, rief die Amazone, wobei sie den anderen Frauen triumphierend zuzwinkerte.

Georgon schrie und zappelte vergebens. Er wand seine Arme und seinen Oberkörper in alle Richtungen, ohne Rhodopis' Griff zu entkommen. Die Finger fest um die Waden seines ehemaligen Professors geschlossen, betrachtet Petroklos die Szene voller Grauen, unfähig, sich einzugestehen, dass er selbst daran beteiligt war.

»Und drei!«

Rhodopis ließ den Gelähmten genau in dem Moment los, als er über die Brüstung schwang. Petroklos' Hände blieben an seine Beine geklammert. Im nächsten Moment zog ihn das Gewicht gegen die Steinmauer, deren Kanten ihm in die Achseln schnitten. Am Ende seiner Arme baumelte der Mechamagier kopfunter über dem Abgrund und stieß gegen die Außenwand des Kanals. Das Nein, das er unablässig wiederholte, hatte sich in ein panisches Röcheln verwandelt.

Halb erstickt vom Druck der Balustrade gegen seine Brust, spürte Petroklos, wie Georgons Waden langsam an seinen feuchten Handflächen abglitten. Jede Faser seines geschundenen Körpers brannte vor Schmerz. Unter ihm ruderte der Professor mit den Armen, um die Kletterpflanzen zu erwischen, die das Aquädukt bedeckten. Petroklos sah, wie er eine dicke Ranke zu fassen bekam.

Das war die Entschuldigung, auf die seine Hände gewartet hatten, um ihren Griff ein klein wenig zu lockern.

Die Beine des Mechamagiers rutschten ihm durch die Finger. Die Ranke, an der dieser sich festhielt, gab nach. Petroklos hörte noch einen Ausruf der Verwunderung, dann wurde Georgon immer kleiner, bis er nur noch ein Punkt war, der auf einem Kanal in der dritten Ebene eine rote Aureole bekam.

Er spürte, wie er nach hinten gezogen und wieder in die Kolonne der Geiseln eingereiht wurde. Die Anführerin der Amazonen hob fröhlich ihre Lanze. Ruckend setzte sich der

Tross in Bewegung. Petroklos starrte ins Leere, reglos, die Kehle voll bitterer Galle. Tränen liefen ihm über die Wangen. Jemand rempelte ihn an, und er ging automatisch weiter. Der Schrei des Professors gellte ihm noch immer in den Ohren, als er mit seinen Schicksalsgenossen auf den Kanal einbog, der zum Extraktor führte.

Am Eingang des Gefängnisses hatten vier Wachmänner in Rüstung die Amazonen mit ihren Gefangenen entdeckt und stürzten sich auf die Alarmglocke. Sofort bohrten sich Pfeile in die Sehschlitze der Gardisten. Sie wankten, während Blutfontänen aus den Fugen ihrer Rüstungen spritzten.

Ein Gefängniswärter stand noch, als Petroklos mit den anderen Magiern durch die mechamagische Tür, die das Blau-Erz der Kriegerinnen in weit geöffneter Position blockiert hatte, den Extraktor betrat. Kurzerhand schnitt ihm eine Amazone die Kehle durch.

Ohne Schwierigkeiten passierten die Kriegerinnen die lahmgelegten Sicherheitsschleusen. Eine Stunde später hatten sie ihre Geiseln in den Gemeinschaftszellen untergebracht, nachdem sie deren Insassen aus dem Gefängnis gescheucht hatten. Durch die Schießscharte seines Kerkers sah Petroklos, wie die flüchtigen Häftlinge sich in der Stadt verstreuten. Eine Kuppel des Magisteriums verdeckte ein Stück Himmel. Zwei schemenhafte Gestalten, eine große und eine kleine standen auf ihrer Spitze.

»Last, ich hoffe, das bist du, denn ich werde wirklich deine Hilfe brauchen«, flüsterte er.

14

DER LETZTE MAGIER

Lastyanax

Vom Magisterium aus ähnelte der Zug der Magier entlang der Kanäle einer riesigen violetten Schlange. Es dämmerte, und die Stadt begann, nichts ahnend von dem Überfall im Amphitheater, ihre abendlichen Aktivitäten. Geblendet von den letzten Strahlen der untergehenden Sonne, die sich in der goldenen Kuppel brachen, verfolgten Arka und Lastyanax entsetzt, wie ein Magier über die Brüstung geschleudert wurde und in die Tiefe stürzte.

»Wissen Sie, wer das war?«, hauchte Arka.

»Nein, ich habe ihn nicht erkannt, wir sind zu weit weg.«

Lastyanax dachte an Petroklos, der ins Amphitheater gekommen war, um seiner Exekution beizuwohnen, und hoffte inständig, dass es ihm gelungen war, nicht aufzufallen.

Der Greif hatte sich vom Magisterium entfernt und kreiste um das Archiv der Erfindungen. Lastyanax fasste es noch immer nicht, dass er überlebt hatte. Er sah Arka von der Seite an. Auch wenn das Auftauchen der Amazonen ihn mehr denn je an ihrer Unschuld zweifeln ließ, konnte er nicht mehr leugnen, dass er sie ins Herz geschlossen hatte.

Die Magier verschwanden im Extraktor, drei der Amazonen blieben auf der Plattform zurück. Die kleinste von ihnen, die mit einem Bogen bewaffnet war, machte ein paar

Schritte und wandte sich dann plötzlich zu ihnen um. Lastyanax wich unwillkürlich zurück.

»Keine Angst«, beruhigte ihn Arka. »Aus dieser Entfernung kann sie nur einen Parabelschuss abgeben, niemand ist in der Lage, unter solchen Bedingungen ein Ziel zu treffen.«

Als ob sie beschlossen hätte, die Herausforderung anzunehmen, trat die Amazone zur Brüstung, zog einen Pfeil aus dem Goryt an ihrem Gürtel, spannte den Bogen und ließ die Sehne los. In einer hohen Kurve pfiff das Geschoss durch die Luft. Wie hypnotisiert, rührte Lastyanax sich nicht vom Fleck, während der Pfeil genau auf ihn zuraste.

Arkas Hand schnellte vor und fing ihn im Flug, nur ein paar Fingerbreit von Lastyanax' Gesicht entfernt. Er hatte sich noch nicht wieder von dem Schock erholt, da zerrte sie ihn schon in Deckung. Geduckt rannten sie über die Kuppel und stürzten zur Wartungstreppe.

»Niemand ist in der Lage, unter solchen Bedingungen ein Ziel zu treffen?«, wiederholte Lastyanax empört, als sie auf den Stufen kauerten.

Neben ihm betrachtete Arka den Pfeil mit einem seltsamen Gesichtsausdruck.

»Niemand, der noch lebt«, murmelte sie, den Blick starr auf die Federn an seinem Schaft gerichtet.

Sie schüttelte den Kopf, wie um einen unangenehmen Gedanken zu verscheuchen, klemmte das Geschoss hinter den Stoffgürtel ihrer Tunika und fügte hinzu:

»Wir dürfen nicht hierbleiben, sie könnten uns holen kommen. Immerhin sind Sie der einzige Magier, der noch frei herumläuft.«

»Ich bin kein Magier mehr«, stellte Lastyanax richtig.

Er rieb sich den Nacken und fuhr sich mit beiden Händen

übers Gesicht in dem vergeblichen Versuch, einen klaren Gedanken zu fassen. Alles war so schnell gegangen seit seiner Verurteilung vor ein paar Stunden. Er war hin- und hergerissen zwischen dem drängenden Gefühl, sofort etwas unternehmen zu müssen, und dem Bedürfnis, sich an einen sicheren Ort zu flüchten, wo er in aller Ruhe nachdenken konnte. Der Bergfried kam ihm in den Sinn, doch Silenos hatte vielleicht schon ein paar seiner falschen Amazonen losgeschickt, um sie dort zu suchen.

»Gehen wir in den Ratssaal.«

Arka zückte sofort ihr Armband.

»Über die Treppe«, knurrte er. »Ich hatte für heute genug Nervenkitzel.«

Sie stiegen die schmalen Stufen an der Kuppel hinunter, öffneten eine versteckte Tür und befanden sich im Innern des Magisteriums. Die Galerien waren menschenleer, bis auf ein paar Domestiken, die angesichts ihrer roten Häftlingstuniken die Flucht ergriffen. Während sie im Laufschritt zur Rotunde eilten, wurde Lastyanax nach und nach das ganze Ausmaß der Ereignisse bewusst. Alle Magier der Stadt befanden sich im Extraktor. Man hatte die gesamte hyperboreische Magierelite eingesperrt.

»Es war eine gute Idee, den Schwanz zu packen.«

Verwirrt wandte sich Lastyanax zu Arka um und realisierte erst jetzt, dass er noch immer eine lange, scharlachrote Feder umklammert hielt.

»Die Schwanzfedern des Greifs sind sehr empfindlich, das habe ich in *Zoomantie der Vor-Kuppel-Zeit: Erkundung der Tierwelt* gelesen«, erklärte er.

Die ungewöhnliche Stille in der Rotunde verstärkte das Geräusch ihrer Schritte auf den Steinplatten. Sie kamen an dem Brunnen mit dem Bildnis des Basileus und seiner dreizehn Kinder vorbei. Lastyanax hörte, dass Arka langsamer wurde. Er blickte sich um und sah, wie sie die Marmorfiguren anstarrte. Ihm fiel wieder ein, was sie ihm anvertraut hatte, kurz bevor sie die Zellen verlassen hatten, und er begriff, dass sie ihre Familie betrachtete. Schließlich trat sie wieder zu ihm und folgte ihm schweigend durch den langen Gang, der zum Ratssaal führte.

Kurz darauf standen sie vor der mechamagischen Tür des Patios. Lastyanax legte seine Hand auf das Sicherheitssiegel, das die Zahnräder bildeten. Der oreichalkene Mechanismus setzte sich in Gang, und die Tür glitt zur Seite, um sie einzulassen.

»Silenos hat uns derart überstürzt verurteilt, dass die Mechamagier das Siegel noch nicht neu einstellen konnten«, kommentierte Lastyanax, während sich die Tür hinter ihnen automatisch wieder schloss. »Eigentlich dürfte ich keinen Zugang zu diesem Saal mehr haben. Hier sind wir in Sicherheit, das Oreichalk schützt uns vor dem Blau-Erz ihrer Gürtel.«

Arka nickte und betrachtete das adamantene Dach, die üppigen Pflanzen und die Steinbänke, auf denen Lastyanax so viele Stunden lang vor Frustration gebrodelt hatte. Sie näherte sich dem Thron aus Ebenholz und ließ sich im Schneidersitz auf dem Fell des Albinogreifs nieder. Als Lastyanax sie so unverfroren in ihrer roten Tunika auf dem Platz des Basileus sitzen sah, war er sich ihrer Unschuld plötzlich weniger sicher denn je. Arka begriff sofort, was ihn störte.

»Jetzt ist es ein bisschen spät, um an mir zu zweifeln, Meister.«

Sie hatte die Gewohnheit, Lastyanax mit seinem Titel anzureden, noch nicht abgelegt. Der Gedanke, dass sie ihn nach wie vor als ihren Mentor betrachtete, rührte ihn mehr als erwartet. Trotzdem musterte er sie weiter eindringlich.

»Du weißt, wonach dieses Attentat von außen betrachtet aussieht«, sagte er.

Arka nickte.

»Ja, alle Welt wird denken, diese Betrügerinnen wären gekommen, um mich zu retten.«

Lastyanax sah sie noch einen Moment an, dann entspannten sich seine Schultern und er begann zwischen den Bänken hin und her zu tigern.

»Du wirst mir erklären müssen, woher sie so plötzlich aufgetaucht sind. Für falsche Amazonen konnten sie recht gut mit ihren Waffen umgehen, scheint mir.«

»Ich weiß auch nicht mehr als Sie, das habe ich doch schon gesagt«, verteidigte sich Arka. »Aber ich habe über ein paar Dinge nachgedacht seit vorhin«, fügte sie hinzu, wobei sie eine Haarsträhne um ihren Finger wickelte. »Erinnern Sie sich an den Trupp falscher Amazonen, den wir am Tag des Jubiläums gesehen haben? Ich wette, das waren dieselben Frauen. Sie haben ihre Ausrüstung unter dem Vorwand, sie wäre für die Aufführung, in die Stadt geschmuggelt.«

»Das erklärt noch nicht, wo sie gelernt haben, so zu kämpfen«, wandte Lastyanax ein, ohne stehen zu bleiben.

Von der Höhe ihres Thrones herab warf Arka ihm ein spöttisches Grinsen zu.

»Wie jeder andere Mensch auch, Meister: Sie haben trainiert.«

»In Themiskyra?«

»Bestimmt. Lykurg hat Soldatinnen in seiner Armee, ich hab sie selbst gesehen.«

Arka schwieg, während Lastyanax weiter rastlos den Raum durchmaß.

»Was geschieht Ihrer Meinung nach jetzt?«, fragte sie schließlich und zappelte nervös mit den Knien.

Lastyanax blieb in der Mitte des Patios stehen und kniff sich in die Nasenwurzel.

»Wenn Lykurg die Absicht hat, es so aussehen zu lassen, als hätte Silenos Themiskyra um Hilfe gebeten, dann muss er etwas Zeit verstreichen lassen, damit die Rettung glaubhaft erscheint … Zumindest ein paar Wochen. So lange werden die falschen Amazonen die Magier wahrscheinlich im Extraktor festhalten.«

Er senkte die Hand, ehe er zynisch hinzufügte:

»Und ihnen währenddessen alle möglichen Grausamkeiten antun, damit sie verrückt vor Dankbarkeit sind, wenn Lykurgs Soldaten kommen, um sie zu befreien.«

Mit halb geschlossenen Augen ließ er sich auf eine Steinbank fallen.

»Die übrigen Ratsmitglieder werden nicht lebend aus dem Extraktor herauskommen, so viel ist sicher. In ein paar Wochen wird Silenos der einzige noch lebende Magier seines Rangs und Erretter der Stadt sein. Niemand wird ihm die Macht verwehren. Und so wird Hyperborea Lykurg in die Hände fallen, ohne dass es irgendjemand merkt.«

»Den König zu töten ist eine Sache. Man muss danach auch regieren können«, schloss Arka, den Blick ins Leere gerichtet.

Sie ignorierte den fragenden Ausdruck ihres Meisters und sagte:

»Was machen wir jetzt?«

Die Hände auf die Bank gestützt, holte Lastyanax tief Luft. In ihrer Lage war Kühnheit die einzige Option.

»Am besten durchkreuzen wir Lykurgs Pläne, indem wir Silenos aufhalten. Ohne ihn hat er keine Marionette mehr, durch die er den Basileus ersetzen kann.«

»Und wie wollen Sie das anstellen?«

»Mit etwas Glück ist dein Professor noch zu Hause. Gehen wir nachsehen.«

Arka

Obwohl ihr der Gedanke missfiel, Magier zu retten, die sie gerade erst zum Tode verurteilt hatten, konnte Arka Lastyanax' heroischem Elan nicht widerstehen. Allerdings hatte sie gewisse Zweifel an seiner Fähigkeit, ihr Vorhaben in die Tat umzusetzen, nachdem sie ihm monatelang dabei zugesehen hatte, wie er in ihren Berichten herumstrich.

Der erste Teil des Plans lief jedoch wie am Schnürchen. Zunächst hatten sie ihre Gefangenentuniken gegen Domestikenkleidung eingetauscht, die sie aus den Wirtschaftsräumen des Magisteriums stibitzt hatten. Halb verhungert nach vier Tagen im Verlies, hatte Arka auch gleich noch einen Vorratsschrank geleert. An Bord einer vor dem Turm aufgegabelten Lastenschildkröte hatten sie mit rasenden Flossen die siebte Ebene durchquert, in der sich das Chaos langsam auszubreiten begann. Patrouillen strömten in Richtung Extraktor, doch die Polizisten beachteten Arka und Lastyanax überhaupt nicht, die mit ihrer Arbeitskleidung und der auf den Panzer geschnallten Transportkiste aussahen wie zwei harmlose Lieferanten. So hatten sie Pyrrhas Villa problemlos erreicht.

Der zweite Teil des Plans ließ sich etwas holpriger an. Von der Schildkröte aus, die sie vor der ebenso prunkvollen wie phantasielosen Villa von Pyrrhas Eltern geparkt hatten, sah Arka Lastyanax mit der jungen Frau auf der Türschwelle diskutieren. Der Türrahmen schnitt ein immer helleres Rechteck aus der zunehmenden Dunkelheit.

Auf dem Weg hierher hatte sie gespürt, dass ihr Meister erwartete, mit offenen Armen empfangen zu werden. Tatsächlich sah er sich mit einer großen Enttäuschung konfrontiert. Arka dachte, dass sie genau wie Pyrrha auf Lastyanax' Heimlichtuerei reagiert hätte, der ihr nur knapp erklärte, was in der Arena passiert war, und sie nicht in das einweihen wollte, was sie vorhatten. Ungläubig und stinksauer, bombardierte Pyrrha ihn mit Fragen, auf die er ein ums andere Mal antwortete: »Je weniger du weißt, desto besser«, »Ich will dir lieber nichts sagen, zu deinem eigenen Schutz«, und das mit einer edelmütigen und geheimnisvollen Miene, die Pyrrha erst recht auf die Palme brachte. Schließlich stürmte sie ins Haus, um mit einer goldenen Scheibe wieder aufzutauchen, die sie Lastyanax in die Hand drückte, ehe sie ihm die Tür vor der Nase zuknallte.

Als der junge Magier zur Schildkröte zurückkam, war er so fahrig, wie Arka ihn noch nie erlebt hatte.

»Die Rückkehr-des-Helden-Nummer sah nicht so geglückt aus«, bemerkte sie, während er ruppig die Zügel schnappte.

»Und ich dachte, Einzelkinder müssten keine kleinen Schwestern ertragen, die sich überall einmischen«, knurrte Lastyanax.

Nur mit Mühe konnte Arka verbergen, wie sehr sie dieser Satz erfreute.

So schnell es die Sicht erlaubte, nahm Lastyanax nun Kurs auf Silenos' Villa. Während er die Schildkröte durch die dämmrigen Kanäle steuerte, reichte er Arka die goldene Scheibe.

»Da, nimm den Animafänger, aber benutze ihn nur, wenn ich es dir sage. Pyrrha bringt mich um, falls wir ihre Erfindung kaputt machen. Und was war noch mal der Plan, sobald wir da sind?«

»Wir gehen rein«, antwortete Arka selbstbewusst und befestigte die Scheibe an ihrem Gürtel, »immobilisieren Silenos mit dem Animafänger, legen ihn in die Kiste und verfrachten ihn in die erste Ebene.«

Lastyanax schien sich nur schwer vorstellen zu können, dass ein derart simpler Plan funktionieren konnte. Arka vermutete, dass er einzig und allein deshalb daran zweifelte, weil er ihn nicht selbst vorgeschlagen hatte.

»Wie kommen wir in die erste Ebene?«, wandte er ein. »Ich habe meinen Siegelring nicht mehr, und es ist bestimmt keine gute Idee, zur Hyper-Bank zu gehen, um Gold abzuheben.«

»Wir haben doch Mezentius' Ring«, erinnerte Arka ihn und wackelte mit dem Schmuckstück an ihrem Finger.

»Was, wenn Silenos nicht allein ist?«

»Wir werden keine andere Gelegenheit haben, ihn gefangen zu nehmen. Das haben Sie selbst gesagt.«

»Ich hoffe, deine Improvisationsgabe ist ausgeprägter als deine strategischen Fähigkeiten«, schloss Lastyanax, während er in einen Kanal einbog.

Ein paar Taulängen weiter erschien die Villa des Mystografen, wie ein Miniaturpalast auf einer hohen Bergspitze. Das letzte Abendlicht erhellte die dem Riphäengebirge zugewandte Fassade. Lastyanax brachte die Schildkröte an der Landungsbrücke zum Stehen, die man in Verlängerung der Vortreppe angelegt hatte. Sie sprangen auf den Steg und gingen zur Tür. Lastyanax nickte Arka zu, die den Türflügel aufdrückte. Das elegante Vestibül der Villa lag dunkel und verlassen da. Leise und mit gespannten Sinnen schlichen sie hinein. Die Hand auf dem Animafänger, den Ring am Finger, war Arka zum Angriff bereit.

Vom Vestibül kamen sie ins Atrium. Auch hier war alles still, bis auf das Plätschern des Brunnens, der die Wasserorgel antrieb. Das Instrument thronte noch immer mitten im Raum. In seinen gläsernen Pfeifen brach sich das sanfte Licht der Leuchtsphären. Arkas Blick glitt vom Fußbodenmosaik über die langen weißen Stoffbahnen, die anlässlich der Staatstrauer vom Zwischengeschoss hinabhingen.

»Sein Arbeitszimmer ist dort oben«, hauchte sie.

»Woher weißt du …«, begann Lastyanax. »Ah, stimmt, du bist ja schon einmal hier eingebrochen.«

»Um zum Mord an Ihrem Mentor zu ermitteln«, stellte sie klar.

»Also, dann geh du vor«, grummelte Lastyanax und nickte Richtung Haupttreppe.

Als sie an der Wand des Atriums entlangschlichen, bewegte ein Luftzug die weißen Trauerbanner. Arka wollte gerade ihren Fuß auf die erste Stufe setzen, da hallten Töne durch den Saal. Sie zuckte zusammen und drehte sich um. Hinter den Pfeifen der Orgel bewegte sich eine verschwommene Silhouette, die dem Instrument eine klagende Melodie entlockte. Sie hatten die Gestalt beim Hereinkommen nicht bemerkt. Die Klänge schwollen an, brachen und endeten auf einem düsteren Akkord.

»Sie hätten besser fliehen sollen, Lastyanax.«

Der Organist erhob sich und kam hinter dem Instrument hervor. Silenos lächelte, die Hände auf seinen gewaltigen Bauch gelegt. Kalte Abscheu packte Arka. Der Mann, der sie vor ein paar Stunden zum Tode verurteilt hatte, stand hier vor ihr und schämte sich nicht im Geringsten für seine Verlogenheit. Er fügte hinzu:

»Arka hat noch eine Rolle zu spielen, aber Sie ... Ihre Gnadenfrist ist schon seit einer ganzen Weile abgelaufen. Wäre Ihre Ermittlung erfolgreicher gewesen, so wären Sie übrigens längst nicht mehr hier.«

Lastyanax presste die Lippen zusammen. Er legte Arka eine Hand auf die Schulter, wie um ihr zu bedeuten, dass sie den Animafänger nicht sofort zücken sollte. Sie nickte unmerklich, während der Mystograf mit den Fingern auf seinen Bauch trommelte.

»Und Sie, meine liebe kleine Arka«, fuhr er, an sie gewandt, fort. »Ich hätte nicht gedacht, dass Sie Ihre Aufgabe so rasch erledigen. Dieser Fluch hatte es wahrlich eilig, in Erfüllung zu gehen, nachdem er einhundertzweiundsechzig Jahre gewartet hatte.«

»Ich habe von Anfang an geahnt, dass Sie der Schuldige sind«, erwiderte sie heiser.

»Der Schuldige! Wir wollen mal nicht übertreiben, ich bin nur dem Lauf der Geschichte gefolgt«, antwortet Silenos mit einem bescheidenen Schulterzucken. »Seit Jahren vegetiert diese Stadt vor sich hin, weil ein von seiner Vergangenheit besessenes Gespenst und ein Haufen Magier, die sich in ihren kleinen internen Machtkämpfen gefallen, ihre Geschicke lenken. Es wurde wirklich Zeit, dass sich das änderte, finden Sie nicht?«

»Indem Sie Ihre Kollegen töten und es den Amazonen in die Schuhe schieben?«

Mit erfreuter Miene wandte sich der Mystograf wieder an Lastyanax:

»Mein Lieber, Sie haben sich zu Unrecht über ihre Elevin beschwert, ich finde sie wirklich scharfsinnig.«

Er faltete die Hände wieder über seinem Bauch und verneigte sich in Richtung seiner Kontrahenten.

»Ach, was für ein Jammer, diese hübsche Zusammenarbeit zu beenden. Aber wissen Sie, Lastyanax, ich fürchte, Sie sind mir von keinerlei Nutzen mehr. Schade. Ich hätte es vorgezogen, Ihnen nicht Lebewohl sagen zu müssen. Ein so brillanter Schüler ... Doch Ihr Loyalitätssinn könnte mir Probleme bereiten.«

Lastyanax deutete mit dem Kinn auf Arka.

»*Ihr* Loyalitätssinn könnte Ihnen Probleme bereiten.«

Der Mystograf kicherte und drehte lässig das Handgelenk. Sofort kamen sechs der Leuchtsphären, die im Atrium schwebten, auf Lastyanax zugeschossen. Der warf einen raschen Blick auf die blendenden Kugeln, ehe er eine Kreisbewegung beschrieb. Mosaiksteinchen brachen um ihn herum aus dem Boden und bombardierten die Sphären, die in tausend Stücke zersprangen. Sofort nahm die Helligkeit ab.

Anstatt herunterzufallen, blieben die Glassplitter jedoch in der Luft hängen. Dann wirbelten sie zu Lastyanax herum. Arka sah zum Mystografen, der sie steuerte. Er senkte die Hand, und die Scherben stürzten sich auf ihren Mentor.

»Achtung!«, schrie sie.

Doch Lastyanax rührte sich nicht. Als die Splitter über seinem Kopf waren, wurden sie von einer unsichtbaren Kraft abgelenkt und fielen seitlich herunter. Arka blickte zu Boden. Mit den ausgebrochenen Steinchen hatte ihr Mentor ein Schutzsiegel gezeichnet. Silenos stampfte mit dem Absatz auf, und eine Welle lief durch das Mosaik bis zu Lastyanax' Füßen, die die bunten Kacheln löste. Das Siegel verschwand.

»Ein Siegel mit einfacher Umschlingung, das ist alles, was Sie zuwege bringen, nachdem Sie fünf Jahre lang meinen Unterricht besucht haben?«, rief der Mystograf.

»Keine Sorge, ich habe gut aufgepasst«, erwiderte Lastyanax. »Im Gegensatz zu Ihnen«, fügte er hinzu, indem er den Blick zur Decke hob.

Silenos sah ebenfalls nach oben. Eine riesige Wassermasse aus dem Brunnen hing über seinem Kopf.

Sein verblüffter Aufschrei verwandelte sich in ein Gurgeln, als die Flüssigkeit auf ihn niederprasselte. Das Wasser gefror sofort und sperrte ihn bis zu den Wangen in einen Eisblock. Er konnte keinen Mucks mehr machen. Nur seine Augen bewegten sich noch, was den überraschten Ausdruck auf seinem Gesicht unterstrich.

»Kälte schränkt die magischen Fähigkeiten drastisch ein, Silenos«, sagte Lastyanax seine Lektion auf. »Erstes Jahr, erste Stunde.«

Arka verkniff es sich, zu applaudieren. Zufrieden sah sie, wie Lastyanax sich ihrem Widersacher näherte. Ihre Strategie war bestens aufgegangen. Sie war sogar ein bisschen enttäuscht, dass sie bei Silenos' Verhaftung nicht selbst hatte eingreifen müssen.

»Ich hab Ihnen ja gesagt, dass mein Plan eins a funktioniert, Meister«, prahlte sie. »Jetzt braucht man ihn nur noch zu foltern, und …«

Sie beendete ihren Satz nicht. Eine seltsame Unruhe erfasste sie, während sie Silenos' stummes pausbäckiges Gesicht betrachtete. Etwas stimmte nicht; irgendein Detail war ihr entgangen. Sie musterte das Atrium, aber alles war ruhig und reglos, von den Trauerbehängen bis zu dem mittlerweile leeren Brunnen.

Endlich machte es klick. Einen Moment bevor der Mystograf sich hinter seiner Orgel bemerkbar gemacht hatte, hatte ein Windstoß die Banner bewegt.

Es gab keinen Wind in Hyperborea.

»Er ist ein Lemur!«, schrie sie.

Im selben Augenblick verflüssigte sich der Eisblock, Silenos löste sich auf und erschien hinter ihrem Mentor wieder. Er packte ihn an den Schultern und stieß ihn gegen die Wasserorgel, deren Kristallpfeifen zerbarsten. Lastyanax brach stöhnend vor Schmerz auf dem überschwemmten Boden zusammen. Arka riss den Animafänger von ihrem Gürtel und warf ihn auf den Lemuren. Die Scheibe flog durch einen Staubwirbel, ehe sie am anderen Ende des Raums herunterfiel.

Arka fühlte sich seitlich hochgehoben und in die Luft geschleudert. Ihr Rücken krachte auf das Mosaik. Benommen rappelte sie sich auf und sah, dass Silenos sich Lastyanax mit einem langen, scharfen gläsernen Rohr in der Hand näherte. Ihr Mentor wollte sich erheben, rutschte jedoch in der Pfütze aus. Sie nahm eine Vase aus einer Wandnische und warf sie mit all ihrer magischen Kraft auf den Lemuren. Der Behälter traf ihn am Kopf, Blut rann ihm übers Gesicht, doch das schien ihn nicht zu stören. Seine gebrochene Nase richtete sich von allein wieder auf. Er machte eine Geste in ihre Richtung, und im nächsten Moment fand Arka sich verschnürt in einen der weißen, abgerissenen Trauerbehänge. Während sie verzweifelt versuchte, sich daraus zu befreien, hob Silenos das Kristallrohr über ihren Mentor und setzte es ihm auf die Brust. Die Spitze des Rohrs begann sich in Lastyanax' Tunika zu bohren, der versuchte, es mit einer Hand wegzudrücken. Arka wand sich wie besessen, um den Stoff abzustreifen, als der Lemur plötzlich innehielt.

»Mein Meister ist bereit, Ihnen eine Chance zu geben, wenn Sie sich ihm anschließen, Lastyanax.«

Sein affektierter Ton war verschwunden. Ohne das ewige Lächeln erinnerte er überhaupt nicht mehr an den lebhaften Professor, der Arka in Mystografie unterrichtet hatte. Blut tropfte aus seiner Nase in das kreideweiße Gesicht ihres Mentors.

»Wer ist Ihr Meister?«, fragte Lastyanax, die Hand um die zerbrochene Orgelpfeife verkrampft.

»Denken Sie an Ihre Stellung, Ihre Zukunft«, erwiderte der Lemur bloß. »Die Karten der Macht werden gerade neu gemischt. Es gibt keinen einzigen freien Magier mehr in dieser Stadt.«

»Falsch!«, rief eine Stimme hinter ihm. »Ich bin noch da!«

Arka verdrehte den Hals. Eine schlanke Gestalt war im Dämmerlicht des Vestibüls erschienen. Atemlos betrat Pyrrha das Atrium. Der Animafänger hob ein paar Schritte von ihr entfernt vom Boden ab und schoss wie ein goldener Blitz durch den Raum.

Silenos löste sich sofort in Luft auf und nahm neben der jungen Frau wieder Gestalt an. Das Rohr, das er einen Moment zuvor noch in der Hand gehalten hatte, sauste nun auf ihn zu: Lastyanax hatte seine Bewegung vorhergesehen. Pyrrha schrie, der Lemur dematerialisierte sich erneut, und das Kristallrohr explodierte an der Wand.

Inzwischen war es Arka endlich gelungen, sich aus den Stoffbahnen zu befreien, sie sprang auf die Füße und wirbelte in alle Richtungen. Silenos blieb verschwunden. Lastyanax versuchte vergeblich aufzustehen, die Hand an seine ausgekugelte Schulter gepresst. Pyrrha ließ ihre Erfindung zurück in ihre Hand schweben und drehte sich wachsam um sich selbst.

Plötzlich drückte ein Windstoß Arkas Tunika gegen ihre Schulterblätter. Sie spürte, dass der Lemur sich wieder hinter ihr befand, doch diesmal war sie vorbereitet. Sie packte seinen Arm und schleuderte ihn über ihre Hüfte. Er rollte auf den Boden. Als er sich erhob, warf Pyrrha den Animafänger nach ihm.

Anstatt die Kreatur zu treffen, begann die Scheibe sich rasend schnell über ihrem Kopf zu drehen. Eine Lichtspirale glitt von ihr hinab und hüllte den Lemuren in einen schillernden Schleier. Seine Gesten wurden langsamer, wie die eines stockenden Automaten. Im nächsten Moment rührte er sich nicht mehr.

Mit klopfendem Herzen ließ Arka ihn nicht aus den Augen, bereit, zu reagieren, falls er sich erneut dematerialisieren sollte …

Doch nichts geschah. Silenos blieb in einer unvollendeten Bewegung erstarrt.

Sie hörte Schritte und hob den Kopf. Pyrrha näherte sich nervös dem in eine Statue verwandelten Professor. Die junge Magierin blieb dicht neben dem Lemuren stehen und musterte aufmerksam den Lichtschleier, den ihre Erfindung erzeugte.

»Mein Fänger funktioniert mit jeder Anima, die von einem lebenden Wesen produziert wird. Ich schließe daraus, dass das Ding hier auf die ein oder andere Weise *lebt.*«

Bei diesem Satz musste Arka unwillkürlich an ihren Vater denken.

»Pyrrha …«

Die Angesprochene drehte sich zu Lastyanax um, der noch immer mit ausgerenkter Schulter und einem Gesichtsausdruck zwischen Agonie und Jubel am Boden lag. Selbst unter diesen Umständen brachte er es noch fertig, in Pyrrhas Gegenwart wie ein Tölpel zu wirken. Die Magierin richtete sich auf, ihre grünen Augen funkelten plötzlich vor Wut.

»Du …«, zischte sie.

Lastyanax stöhnte vor Schmerz, als sie neben ihm in die Hocke ging und seinen Arm packte.

»Sieht so aus, als würdest du mich trotz allem ein bisschen mögen«, murmelte er und wackelte selig lächelnd mit dem Kopf. »AAAAUUUUUAAA!«

Pyrrha hatte ihm durch einen kräftigen Ruck die Schulter wieder eingerenkt. Sie nahm ihn unter den Achseln und lehnte ihn unsanft gegen den Rand des Brunnens.

»Das wird dich lehren, den Helden zu spielen!«

15

DER MEISTER DER LEMUREN

Alkander

Georgons Wohnung machte zwar nicht viel her, bot aber einen unvergleichlichen Blick über die siebte Ebene. Aufs Fenstersims gelehnt, hatte Alkander mit Genugtuung dem Sturz ihres Besitzers beiwohnen können. Seine Kriegerinnen überschlugen sich wahrlich vor Eifer. Er hatte sie darum gebeten, die Geiselnahme zu nutzen, um diesen lästigen Mitwisser zu Fall zu bringen, aber er hätte nicht erwartet, dass sie seine Anweisungen derart wörtlich nehmen würden. Immerhin hatte er sein Versprechen gehalten, was das Fliegen anging.

Alkander hatte sich des Professors ohne jegliche Skrupel entledigt, schließlich war Georgon ihm gegenüber auch nie loyal gewesen. Seine Lotusharz-Abhängigkeit war der einzige Grund, warum er überhaupt für ihn gearbeitet hatte. Früher oder später hätte er ihn hintergangen, so wie er auch den Monarchen hintergangen hatte.

Im Austausch gegen eine nicht unerhebliche Menge Lotusharz hatte Georgon ihm fünfzehn Jahre zuvor ermöglicht, heimlich das Mausoleum zu betreten, dessen Tür er damals erneuert hatte. Nachdem Alkander den Lemuren von Syramos geschaffen hatte, ließ er die Kreatur in ihrem Sarkophag zurück. Ohne zu ahnen, dass einer seiner Söhne zu neuem

Leben erweckt worden war, hatte der Basileus die Grabstätte wieder verschlossen. Nachts dann war Syramos aus seinem Sarg entschwunden, um sich Alkander anzuschließen.

Als dieser vor einigen Monaten wieder in Hyperborea aufgetaucht war, war Georgon nicht gerade erfreut gewesen, ihn zu sehen. Zunächst hatte er sich noch geweigert, zu tun, worum er ihn bat, dann jedoch hatte das Blaue Lotusharz erneut über seine Vorbehalte gesiegt. Und so hatte er Alkanders Anordnungen folgend die Fragebögen bei der Attribution manipuliert, um Arkas Auswahl zu begünstigen, und sie später, während des Jubiläums, mit ins Mausoleum genommen. Jedes Mal hätte seine Lustlosigkeit den Plan beinah scheitern lassen. Daher kam es Alkander gelegen, mit ihm abzuschließen. Weniger zufrieden war er mit dem Ausgang seiner letzten Operation. Die Geiselnahme der Magier war zwar wie geplant vonstattengegangen, aber Arka hätte niemals aus der Arena fliehen dürfen. Es war ihr wieder einmal gelungen, ihn zu überraschen. Die Schlange hatte ihm diese Wendung vorenthalten. Er würde sich um sie kümmern müssen, falls es ihm gelang, sie wiederzufinden. Ohne Syramos, der sie hätte verfolgen können, war alles deutlich schwieriger geworden.

Plötzlich durchzuckte ihn ein unangenehmes Gefühl. Mit verzerrtem Gesicht presste er sich die Hand an die Brust. Silenos alarmierte ihn. Es gab ein Problem. Alkander dachte sofort, dass es mit Arka zusammenhängen musste. Er griff nach dem ausziehbaren Blitzspeer, der auf dem Fenstersims lag, und stürmte aus dem Zimmer.

Eine Viertelstunde später erreichte er die Villa, in der der Lemur noch immer die Rolle des Mystografen spielte. Er zog die Lanze auseinander, durchquerte das Vestibül und betrat das Atrium.

Dort bot sich ihm eine völlig überraschende Szene: Im knöcheltiefen Wasser, das zwei Drittel des Bodens überschwemmt hatte, diskutierten Lastyanax und Pyrrha hitzig und zeigten dabei immer wieder auf Silenos, der reglos hinter einem Lichtschleier stand, welcher durch eine rotierende Scheibe erzeugt wurde. Alkander erkannte in ihr den Animafänger, jene Erfindung der jungen Magierin, von der Silenos ihm erzählt hatte. Arka stand neben dem Mystografen und folgte dem Schlagabtausch der beiden. Als Alkander an den Rand der Pfütze trat und dabei die Lanze bedrohlich über dem Wasser schwenkte, drehten sich alle zu ihm um.

»Arka, du solltest Silenos besser befreien«, erklärte er.

Die Lichtbögen der elektrischen Waffe, die sich im Wasser und in den zerbrochenen Pfeifen der Orgel brachen, zuckten über Arkas verblüfftes Gesicht. Es war das erste Mal, dass er mit ihr sprach, seit ihrer Begegnung vor zwei Jahren. Als er feststellte, dass sie ihn nicht wiedererkannte, war er fast ein bisschen enttäuscht. Arkas Blick löste sich von seinem Gesicht und folgte der Speerspitze, die knisternd dicht über das Wasser fuhr.

»Sind Sie der Meister des Lemuren?«, fragte Lastyanax angespannt.

Alkander beachtete ihn nicht. Mit dieser Frage wollte er doch nur Zeit gewinnen.

»Wann haben Sie Silenos zum Lemuren gemacht?«

Diesmal hatte Arka gesprochen. Im Laufe der letzten Jahre hatte Alkander so große Hoffnungen in sie gesetzt, dass er der Versuchung nicht widerstehen konnte, sich endlich mit ihr zu unterhalten.

»Direkt vor deinem Prozess. Ich wollte es schon früher tun,

aber Silenos war bemerkenswert vorsichtig. Er wusste, dass ich es auf die hochrangigen Magier abgesehen hatte.«

Er ging einige Schritte an der Wasserlache entlang.

»Palates hätte auch ein Lemur werden können, aber ich hatte nicht die Zeit, seinen Körper wegzuschaffen«, fuhr er fort, während er seine Waffe dem Wasser gefährlich näherte. »Und er hatte sowieso nicht genügend Einfluss. Ich musste vor allem verhindern, dass er seine Entdeckungen dem Rat mitteilte.«

Lastyanax erstarrte. Die Augen auf die Lanze geheftet, zerrte Pyrrha an seinem Arm, um ihn aus dem Wasser zu ziehen, aber er schien die Gefahr, in der er schwebte, vergessen zu haben.

»Sie haben versucht, mich ebenfalls zu verwandeln. Deswegen hat mich der Lemur des Erben am Tag nach der Attribution angegriffen. Ich kenne Sie«, fügte er dann hinzu, wobei er Pyrrha weiter ignorierte. »Sie haben uns aus dem Brunnen befreit. Wer sind Sie? Einer von Lykurgs Männern? Sein geheimer Gesandter?«

Alkander beschloss, dass er ihnen genug Aufschub gegönnt hatte. »Ein Eroberer«, antwortete er knapp.

Dann tauchte er die Lanze ins Wasser. Blaue Blitze züngelten über die Oberfläche. Lastyanax und Pyrrha brachen in der Pfütze zusammen. Stromschläge fuhren durch ihre zuckenden Körper. Fasziniert verfolgte Alkander das Geschehen.

»Lassen Sie sie gehen!«

Er hob den Kopf. Ebenso panisch wie entschlossen hielt Arka jenseits des Wassers ihren Ring auf den Lemuren gerichtet. Alkander erkannte das Zerstörungssiegel und versuchte abzuschätzen, welchen Schaden sie damit bei Silenos anrichten könnte. Dann zog er die Lanze zurück. Sofort hörten die Zuckungen auf.

Mit ruckartigen Bewegungen versuchte Lastyanax sich zu erheben. Neben ihm in der Lache hielt Pyrrha, ansonsten völlig reglos, noch immer seinen Arm. Alkander fragte sich mit einer gewissen Neugier, ob die Stromstöße sie wohl getötet hatten. Als Lastyanax merkte, dass Pyrrha sich nicht rührte, trat ein Ausdruck schierer Verzweiflung auf sein Gesicht. Er kniete sich neben sie und begann panisch ihre Wangen zu tätscheln, wobei er unartikulierte Laute ausstieß, als würde die Welt um ihn herum nicht mehr existieren. Alkander war beinahe beleidigt.

»Meister, nehmen Sie Pyrrha und verschwinden Sie!«, schrie Arka.

Lastyanax starrte sie hilflos an, bevor sein Blick zu Alkander wanderte. Dann schob er einen Arm unter Pyrrhas Achseln, den anderen unter ihre Knie und drückte ihren leblosen Körper an sich. Wieder schaute er zu seiner Elevin.

»Ich …«

»Tun Sie, was ich sage!«, brüllte sie.

Lastyanax blinzelte und erhob sich schwankend. Wasser rann aus seiner Tunika in die Lache am Boden. Er warf seiner Elevin einen letzten Blick zu, dann hastete er aus dem Atrium, wobei Pyrrhas Kopf über seinen Arm baumelte. Nun war Alkander allein mit Arka, die das Siegel noch immer drohend auf Silenos gerichtet hielt.

»Also gut, offensichtlich stecken wir fest.«

Arka antwortete nicht. Ihre Hand schwebte wenige Daumenbreit vor dem schillernden Schleier in der Luft. Alkander konnte beinahe sehen, wie ihr Hirn verzweifelt nach einer Lösung suchte.

»Ich schlage dir einen Handel vor«, sagte er und setzte sich ohne Eile auf die Umrandung des Springbrunnens. »Wenn du Silenos freilässt und mir, ohne Mätzchen zu machen, folgst, verspreche ich dir, den beiden anderen kein Haar zu krümmen.«

»Na klar«, spuckte Arka ihm entgegen. »Sobald er frei ist, werden Sie mich töten. Ich bin ja nicht blöd! Ihre Versprechen sind doch nichts als heiße Luft.«

Alkander brach in Lachen aus. Die Schlange hatte ihm nie gesagt, was für ein Mensch Syramos' Tochter werden würde. Ihr Kampfgeist hatte es ihm angetan. Mit nicht einmal vierzehn Jahren war sie deutlich intelligenter und gewitzter als die meisten Erwachsenen, die er kannte. Und er spürte, wie viel Vergnügen es ihm bereitete, sie zu überreden, sich ihm anzuschließen. Manipulation war schon immer seine liebste Waffe gewesen, und nichts war prickelnder als ein Wortgefecht mit einem rebellischen Geist.

»Hast du vielleicht schon einmal daran gedacht, dass ich der Schöpfer deiner Anima war, Arka?«, begann er. »Dein Vater teilte meine Anima. Das macht aus dir fast meine eigene Tochter.«

Die Zuneigung, die aus seinen Worten sprach, schien sie zu überrumpeln, ohne jedoch ihr Misstrauen auch nur einen Deut zu mindern.

»Ob du es glaubst oder nicht, ich erkenne manches von mir in dir wieder«, fuhr er fort. »Wir haben viel mehr gemeinsam, als du dir vorstellen kannst.«

»Ja klar!«, entfuhr es Arka. »Es würde mich wundern, wenn man an Ihrer Stelle über Ihr Dasein entschieden hätte. Sie sind kein Halb-Geist.«

»Du kannst so wütend auf mich sein, wie du willst, Tatsache ist, dass du dank mir am Leben bist. Und dein Lemuren-Vater hat dich besser beschützt, als viele andere Eltern es getan hätten.«

Tief im Inneren dachte er, dass Syramos seine Tochter sehr viel mehr bedeutet haben musste, als er je geahnt hatte. Als er sah, dass Arka den Mund öffnete, um ihm zu widersprechen, unterbrach er sie: »Ich wollte dir niemals schaden. Du denkst, mein Vorgehen wäre egoistisch, aber es ist genau das Gegenteil«, fügte er mit immer sanfterer Stimme hinzu. »Weißt du, was ohne dich, ohne diesen Plan, passiert wäre? Es hätte einen weiteren Krieg gegeben, so einfach ist das. Themiskyra hätte Hyperborea belagert, genau wie damals Napoca.«

Die Scheibe drehte sich weiter über Silenos, wobei sie pulsierende Lichtwellen auf die zerstörte Orgel und das überschwemmte Mosaik warf. Alkander passte seine Sprechweise an diese hypnotische Bewegung an und spielte nach und nach seine Karten. Unmerklich hatte sich Arkas Hand von dem Lemuren entfernt.

»Dank deiner Existenz bin ich auf dem besten Weg, diese Stadt mit weniger Blutvergießen als bei einem Gefecht der Amazonen zu erobern. Ich will mich gar nicht in die innenpolitischen Angelegenheiten Hyperboreas einmischen. Für die meisten Leute wird sich nichts ändern. Sie werden weiterhin ihre Regierung haben und stolz auf ihre Stadt sein. Nur werde ich dafür sorgen, dass sich die Beziehungen zwischen den Staaten friedlicher gestalten. Ich werde dem Konflikt mit den Amazonen ein Ende setzen. Aber dafür brauche ich deine Hilfe.«

Jetzt hatte er Arkas ganze Aufmerksamkeit; sie achtete nicht mehr auf ihre Hand. Alkander musste sie nur noch ein wenig ablenken, bevor er in Aktion treten konnte.

»Daher bitte ich dich, nicht den Magiern zu helfen, die im Übrigen noch vor einer Stunde bereit waren, dich zu töten, und dies auch umgehend tun werden, sobald du sie befreist.«

»Es war doch Ihr Hampelmann, der sie dazu gebracht hat, mich zu verurteilen«, warf Arka ihm hin, indem sie auf den noch immer reglosen Lemuren deutete (ihre Hand näherte sich ihm wieder). »Sie waren es, der mich in der Arena töten wollte!«

»Ich wusste, dass du im Oreichalk-Käfig nicht in Lebensgefahr warst«, erwiderte Alkander, ohne seinen Blick von ihrer Hand zu lösen. »Du warst drinnen besser aufgehoben als draußen, bei meinen Kriegerinnen.«

»Ich war so gut aufgehoben, dass ich beinah von einem Greif gefressen worden wäre!«

Alkander musste sich korrigieren, Arka war doch nicht so intelligent, wie er gedacht hatte. Sie hatte noch immer nicht erkannt, welch immense Macht sie besaß. Während er sich erhob und einige Schritte ging, fragte er sich, ob er es ihr erklären sollte.

»Hast du dich noch nie gewundert, dass du so gute Reflexe hast?«, half er ihr schließlich auf die Sprünge. »Dass du Situationen überlebt hast, in denen selbst die besttrainierten Amazonen oder die geschicktesten Magier ums Leben gekommen wären?«

Seine Fragen schienen Arka zu überraschen. Sie versuchte ihn mit ihrem Blick, in dem nichts als Unverständnis lag, zu durchdringen. Plötzlich ließ sie die Arme sinken, und ihre Augenbrauen verschwanden hinter den zerzausten Haaren. Der Lemur war kaum noch durch das Zerstörungssiegel bedroht. Sie flüsterte:

»Es ist der Fluch, oder?«

»Genau«, bestätigte Alkander.

Er lächelte sie an.

»Du bist dazu verdammt, durch die Hand deiner eigenen Nachkommen zu sterben. Anders gesagt, bist du unsterblich, solange du dich vom Blau-Erz fernhältst und kinderlos bleibst.«

»Aber der Basileus ist tot!«, schrie Arka. »Sein Fluch hat sich nicht …«

»Der Spiegelfluch lebt durch dich weiter!«, unterbrach Alkander sie. »Weder will noch kann ich dich töten. Du wärst nicht im Oreichalk-Käfig umgekommen. Wenn selbst ein Waldbrand nicht die Oberhand über den Fluch gewinnen konnte, wird es auch einem Greif nicht gelingen.«

Im selben Moment wurde ihm bewusst, dass er einen schweren Fehler begangen hatte: Er hätte niemals den Brand erwähnen dürfen. Arkas Augen weiteten sich. Jetzt hatte sie ihn erkannt. Alkander hätte sich gewünscht, dass ihre Erinnerungen zu einem anderen Zeitpunkt wiedergekommen wären, nicht gerade als er über seine friedensstiftenden Pläne und seine väterlichen Gefühle sprach.

»Sie sind das!«, schrie sie mit vor Zorn bebender Stimme. »Sie haben vor zwei Jahren das Feuer im Wald gelegt und meine Tutorin getötet!«

Die alte Amazone, die ihn während des Brandes verletzt hatte … Wenn Alkander damals gewusst hätte, wie sehr ihr Tod seinen Plan noch verkomplizieren würde. Er hatte soeben jegliche Chance, Arka zu überzeugen, verspielt. Ihre Wut ließ ihr die Haare zu Berge stehen, wie bei einem kleinen Tier, das drauf und dran war, ihn zu beißen.

»Sie haben die ganze Zeit nur versucht, mich um den Finger zu wickeln. Sie brauchen mich, weil ich die einzige Nachfahrin des Basileus bin, und ohne mich gäbe es keinen Spiegelfluch, keinen Fluch der Amazonen mehr! So ist es doch, nicht wahr?«

Alkander antwortete nicht. Arkas Augen suchten fieberhaft den Saal nach einer Möglichkeit ab, ihn zu vernichten. Er konnte nur hoffen, dass sie nicht auf die Idee kam, den Animafänger gegen ihn zu richten. Das wäre ihre einzige Chance, sie beide, ihn und Silenos, zu blockieren.

Als hätte sie seine Gedanken gelesen, fiel ihr Blick plötzlich auf die Scheibe. Ohne zu zögern, griff sie nach ihr und schleuderte sie in seine Richtung. Der Animafänger sauste durch die Luft, doch Alkander hechtete zur Seite, um ihm auszuweichen. Im selben Moment gab es eine Explosion. Die Druckwelle warf ihn zu Boden. Als er sich mit dröhnenden Ohren wieder aufrichtete, sah er, dass Silenos' halber Leib weggerissen worden war. Blutige Fleischfetzen klebten an Mauern und Mosaiken. Arka hatte das Zerstörungssiegel gegen seinen Lemuren eingesetzt.

Er sah sich nach ihr um: Sie rannte zur Tür.

Alkander konzentrierte seine geschwächte Anima in einer Hand und schleuderte einen Feuerball Richtung Ausgang. Mit einem Zischen ging die Tür in Flammen auf. Schlitternd machte Arka vor dem brennenden Türblatt Halt und wich zur Treppe aus. Ein weiterer Feuerball versperrte ihr den Weg, indem er einen Trauerbehang in Brand setzte. Sie hob ihren Blick zu der runden Öffnung im Dach des Atriums, dem einzigen Ausweg, der ihr noch blieb.

»Arka«, schrie Alkander, um das Prasseln der Flammen, die bereits an den Wandgemälden leckten, zu übertönen. »Du bist vielleicht unsterblich, aber du bist nicht unverwundbar. Zwinge mich nicht dazu, dich …«

Ehe er seinen Satz beenden konnte, hatte sie schon ihre Flügel aktiviert. Er zögerte kurz, dann schickte er eine Feuerwelle auf sie zu.

Die Flammen erwischten Arka im Flug. Glücklicherweise wehrte das Siegel zum Schutz der Schwingen einen Großteil davon ab. Er sah, wie sie mit rauchenden Haaren auf den Boden stürzte und sich unter den Oreichalk-Federn zusammenkauerte.

Da wurde Alkander bewusst, dass ihm die Situation entglitt. Mehrere Trauerbehänge hatten bereits Feuer gefangen, und riesige Flammen stoben in Richtung der Deckenöffnung. Ein beißender Rauchgeruch breitete sich in der Villa aus.

Neben den Bruchstücken der Orgel liegend, fügte sich Silenos nach und nach wieder zusammen, wobei er ihm all seine Energie entzog. Die größeren Stücke seines Oberkörpers krochen zu ihm und hinterließen Blutspuren auf dem Mosaikfußboden. Mit tränenden Augen sammelte Alkander einige unförmige Fetzen ein, die noch herumlagen, und warf sie auf den Lemuren. Von Sekunde zu Sekunde wurde die Sicht schlechter. Unter Aufbietung der letzten Reserven seiner Anima ließ er den Lemuren levitieren, dann schaute er zu Arka, deren Körper er nur schwer in dem grauen Qualm ausmachen konnte. Sie bewegte sich schwach unter ihren Flügeln. Alkander bedeckte seine Nase mit dem Kragen seiner Tunika und machte auf dem Absatz kehrt. Arka konnte das Feuer überleben, Silenos jedoch nicht.

Mit einem Fußtritt riss er eine Bresche in die Mauer und fand sich auf der Plattform wieder, die die Villa umgab. Die frische Nachtluft strömte durch das Loch ins Atrium und ließ das Flammenmeer nur noch stärker auflodern. Kurz erwog Alkander, umzukehren und Arka, die hinter den Rauchwolken verschwunden war, herauszuholen. Doch im selben Moment stürzte die Wand vollends ein und ließ Staub und Mörtel auf ihn niederprasseln. Mit dem schwebenden Silenos an seiner Seite floh er entlang dem Kanal vor den glühenden Trümmern.

In sicherer Entfernung machte er Halt, um die Feuersbrunst zu betrachten. Mittlerweile nagten die Flammen an den Lianen und den Hängepflanzen der Außenmauern. Damit hatte er nicht gerechnet. Er fragte sich, ob Arka seinen Fehler wirklich überleben konnte.

Lastyanax

Die erste Ebene lag schon im Dunkeln, als eine Lastenschildkröte in einen verdreckten Kanal brauste. Ihre Bugwelle ließ die umliegenden Kähne schaukeln, während sie vor ein paar Treppenstufen zum Stehen kam. Gebeugt unter Pyrrhas Gewicht, kletterte Lastyanax ans Ufer. Nachdem sie das Atrium verlassen hatten, hatte er sofort ihren Puls kontrolliert. Ihr Herz schlug noch, allerdings sehr unregelmäßig, und ihr Atem wurde von Minute zu Minute schwächer. Die Heilermagier waren ebenfalls eingesperrt worden, und so blieb ihm nur eine Möglichkeit, Hilfe zu bekommen.

Er erklomm die Stufen zur Wohnung seiner Eltern und stieß die Eingangstür mit seiner Schulter auf. Chariklo, die unter dem fahlen Licht einer Leuchtsphäre am Tisch saß und Seerosenwurzeln putzte, ließ vor Überraschung ihr Messer fallen.

»Last! Was machst …? Wer ist …?«

Lastyanax wurde sich bewusst, dass er nun schon zum zweiten Mal unangekündigt mit einem bewusstlosen Mädchen in den Armen bei seinen Eltern auftauchte. Ohne sich die Zeit für eine Erklärung zu nehmen, durchquerte er das Zimmer, bettete Pyrrha auf den Stapel Decken und stürzte zum Regal, in dem sein Vater Arzneimittel für die Pferde aufbewahrte.

»Was um Himmels willen ist passiert, Last?«, rief Chariklo und eilte hinter ihm her.

»Das ist Pyrrha, sie hat einen Stromschlag bekommen«, antwortete er, während er fieberhaft die Etiketten der Phiolen absuchte. »Ich weiß, dass Papa irgendwo Ephedrapulver versteckt hat, vor den Rennen mischt er immer etwas unter den Hafer der Pferde, noch so eine seiner Mauscheleien …«

Hinter ihm knirschte es, und er drehte sich um. Chariklo hatte einen großen Stein aus der gegenüberliegenden Wand gezogen. In der verborgenen Nische lag ein kleiner Beutel, den sie ihm nun reichte.

»Nur eine Prise, nicht mehr, deine Pyrrha ist schließlich kein Pferd. Und dann erklär mir mal bitte, was passiert ist, Lasty.«

Lastyanax griff nach dem Beutel, ließ das Messer, das seine Mutter auf dem Tisch abgelegt hatte, herüberschweben und kniete sich neben Pyrrha. Hastig öffnete er das Säckchen und entnahm ihm eine Messerspitze des gelblichen Puders. Unendlich vorsichtig streute er es in ein Nasenloch seiner Freundin, dann hielt er ihr kurz die Nase zu.

Als er die Hand sinken ließ, wurde Pyrrhas Atem regelmäßiger und tiefer und ihr Herz hatte seinen Rhythmus wiedergefunden. Lastyanax gewährte sich einen Moment der Freude, bevor er wieder auf die Füße sprang.

»Ich muss Arka helfen. Kümmere du dich um Pyrrha!«

Dann gab er seiner Mutter einen Kuss auf die Stirn und eilte hinaus. Wieder auf der Straße, suchte er das finstere

Stück Himmel, das von hier unten zwischen den Türmen zu sehen war, nach der Villa des Mystografen ab. Jetzt, da er wusste, dass Pyrrha am Leben und in guten Händen war, kreisten seine Gedanken um Arka. Wie hatte er seine Elevin nur mit dem Meister der Lemuren allein lassen können?

Er rannte zu den Pferdeställen in der Nähe der Stadtmauer. Bis auf das Scharren der Tiere in ihren Boxen herrschte vollkommene Stille in den menschenleeren Gebäuden. Er sprang über eine hölzerne Absperrung und stand völlig außer Atem auf der Rennbahn. Die Kuppel wölbte sich über ihm und verzerrte die letzten mauve- und ockerfarbenen Nuancen der Dämmerung. Am Ende der Piste erhob sich der Turm des Mystografen. Ganz oben, an seiner Spitze, war die Villa von einem seltsamen Dunst umgeben, der im Abendlicht gelblich wirkte. Lastyanax hatte die Hände auf die Oberschenkel gestützt und rang nach Luft, während er mit zusammengekniffenen Augen das Gebäude betrachtete. Schlagartig ging ihm auf, dass dies kein Dunst war, sondern Rauch. Dicke Qualmwolken drangen aus jeder Öffnung und sammelten sich unter der Kuppel. Zwanzig Minuten nachdem er Arka mit dem Meister der Lemuren allein gelassen hatte, stand die Villa des Mystografen in Flammen.

Lastyanax versuchte sich einzureden, dass sie entkommen war. Ängstlich suchte er die Stadt mit dem Blick ab, glaubte immer wieder, seine Elevin zu sehen, um dann festzustellen, dass es sich um eine goldene Kuppel, eine Bronzestatue oder einen Schleiervogel handelte. Im Osten entdeckte er die enorme Silhouette des Greifs, der auf einer Turmspitze hockte und damit beschäftigt war, eine Beute in seinen Fängen zu zerlegen.

Lastyanax erschauderte.

»Los, zeig dich, Arka …«, murmelte er.

Plötzlich stürzte das Dach des Gebäudes ein und verschwand unter emporschlagenden Flammen und aufgewirbelter Asche. Benommen sah Lastyanax den Feuerzungen dabei zu, wie sie um die Steine tanzten. Er wollte einfach nicht wahrhaben, dass er gerade dem Tod seiner Elevin beiwohnte.

In der Stadt waren die Hyperboreer mittlerweile auf den Brand aufmerksam geworden und zeigten auf den lodernden Turm. Lastyanax legte seine Hände an die Schläfen, in seinem Kopf herrschte ein heilloses Chaos. Was sollte er bloß tun? Gab es überhaupt noch etwas zu tun?

In den unteren Ebenen des Gebäudes begannen die Leute hektisch ihre Wohnungen zu verlassen und ihr Hab und Gut sowie ihre Kinder auf Schildkröten zu verfrachten. In der Dunkelheit erinnerte der Turm an eine riesige knisternde Fackel. Mit einem Mal erhob sich ein Funke, der heller strahlte als alle um ihn herum, aus dem Flammenmeer und zerschnitt gleich einem Meteoriten den rauchigen Himmel. Lastyanax kniff die Augen zusammen und platzte beinahe vor Freude.

»ARKA!«, brüllte er, wobei er vollkommen vergaß, dass sie ihn aus dieser Distanz auf keinen Fall hören konnte.

Die Oreichalk-Flügel drehten ab, um einen Kreis unterhalb des immer dichter werdenden Rauchs zu beschreiben. Lastyanax sah sie verschwinden und hinter dem Feuer wieder auftauchen. Der rote Widerschein der Flammen flackerte auf ihren metallischen Federn. Sie machten einen weiteren Bogen, als die nächste Etage des Turmes einstürzte. Der Kanal der siebten Ebene, der zu dem Gebäude führte, wurde inmitten einer Sintflut von Steinen und Wasser in die Tiefe gerissen.

Die Spitze des Turms hatte sich in eine Feuersäule verwandelt, die die Schwingen des Ktesibios noch immer in elliptischen Bahnen umrundeten. Voller Entsetzen sah Lastyanax, wie Gestalten, von den Flammen in die Enge getrieben, in den Abgrund sprangen. Er fühlte sich unendlich hilflos. Mehrmals schien es ihm, als bliebe Arka in der Nähe des Turmes, weil sie versuchen wollte, diese Menschen aufzufangen, doch sie fielen immer zu weit von ihr und viel zu schnell.

Die sechste Ebene war nun ganz eingestürzt und mit ihr der benachbarte Kanal. Sie begruben die Familien unter sich, die sich noch darin befanden. Die Oreichalk-Flügel entfernten sich vom Turm, um sich vor den Trümmern in Sicherheit zu bringen, und glitten an der Kuppel entlang.

Lastyanax blickte sich suchend nach einer Möglichkeit um, Arka seine Position anzuzeigen. Schließlich machte er eine Reihe von Gesten, woraufhin der Name seiner Elevin in großen rotglühenden Lettern auf dem Sand erschien.

Als er von seinem Werk aufblickte, wurde er gewahr, dass das Unglück eine neue Dimension angenommen hatte. Durch den Brand und den Verlust seiner oberen Kanäle ins Ungleichgewicht gebracht, begann der Turm sich immer schneller Richtung Kuppel zu neigen. Ein Hagel aus Steinen prasselte auf die Brachfläche vor der Stadtmauer nieder. Unter durchdringendem Donnergrollen kippte der Turm zur Seite und riss einen Teil der Befestigungsanlagen sowie ein großes Stück Adamant mit sich.

Lastyanax spürte, wie der Boden unter seinen Füßen bebte, während eine Druckwelle ihm Sand ins Gesicht peitschte.

Er wandte den Kopf ab und rieb sich die Augen. Eine Staubwolke verdeckte den Rest des Turms. Der eisige Wind der Steppe pfiff durch die Bresche in der Kuppel und wirbelte die Rauchschwaden in der Stadt herum. Asche und Eis bissen Lastyanax in die Haut.

Dieses ihm bisher völlig unbekannte Gefühl riss ihn aus seiner Schockstarre. Er bemerkte Gestalten, die, mit Leuchtsphären ausgerüstet, in die undurchdringliche Wolke hineinliefen, hinter der der Turm vollkommen verschwunden war. Andere tauchten aus ihr auf und riefen verstört die Namen ihrer Angehörigen.

Lastyanax schaute zur Kuppel hinauf und sah, dass sich die Oreichalk-Flügel Richtung Stadtzentrum entfernten. Dann blickte er auf den Sand zu seinen Füßen. Sein »Arka« war immer noch deutlich zu sehen, die Druckwelle hatte es kaum verformt. Er war sich absolut sicher, dass die Buchstaben auch von der siebten Ebene aus erkennbar waren. Warum war sie nicht zu ihm gekommen?

Eine Abfolge unerträglicher Fragen bohrte sich in seine Gedanken: Und wenn das dort oben nicht Arka war?

Wenn der Meister der Lemuren die Oreichalk-Flügel an sich genommen hatte?

Wenn seine Schülerin dem Brand nicht hatte entkommen können?

Er lief los, stolperte über die geringste Unebenheit der Piste, immer schneller und schneller, je näher er dem Turm kam. Auf der Wiese angelangt, rannte er atemlos auf die Ruine zu, die Augen tränend vom Wind. Dann verschluckte ihn die Staubwolke.

16

DER WIND IN DER STADT

Lastyanax

Die Kälte hatte die Verwesung der Leichen, die man halb verkohlt in den Trümmern fand, verlangsamt. Das war aber auch der einzige Vorteil, den Lastyanax dem frostigen Nordwind abgewinnen konnte, der durch das Loch im Adamant in die Stadt pfiff.

Innerhalb von drei Tagen war die Temperatur unter der Kuppel stark gesunken und zwang die Einwohner dazu, in ihren alten Truhen nach den pelzgefütterten Mänteln ihrer Ahnen zu suchen, die Karwan-Baschis oder Wolfsjäger gewesen waren. Eine Kakofonie aus Gehuste und Geschnupfe erfüllte die Straßen. Die Schildkröten hatten immer größere Schwierigkeiten, sich in den von einer dünnen Eisschicht bedeckten Kanälen fortzubewegen. Die Kletterpflanzen starben, die Seerosen verwelkten, und die Moose an den Mauern färbten sich schwarz. Durch die unverglasten Fenster drangen Vögel ohne Scheu in die Wohnungen ein, deren Bewohner nun mithilfe von Tüchern und Wachspapier versuchten, die Öffnungen abzudichten.

Überall sah man graue rauchende Feuerkegel, hastig mit den Holzmöbeln aufgeschichtet, die in den oberen Ebenen gestohlen worden waren. Als man feststellte, dass die Kälte Fliegen und Moskitos vertrieben hatte, die kleinen Wohnungen, die im Unrat versanken, recht gut die Wärme speicherten und man aus den unteren Ebenen bei einer weiteren Verschlechterung der Lage viel leichter flüchten konnte, begannen die Leute auf den Grund der Stadt zu ziehen. Immer wieder hörte man den mit Selbstgefälligkeit geäußerten Satz, der bis dato im hyperboreischen Sprachgebrauch tabu gewesen war: »Ja, ich habe Familie in der ersten Ebene!«

Dick in eine Pferdedecke eingemummt, beobachtete Lastyanax diese abwärts gerichtete Migration von der Vortreppe seiner Eltern aus. Seine Gedanken waren genauso düster wie die nebelige Ödnis, die die Stadt im Moment beherrschte. Er hatte die letzten drei Tage damit verbracht, die Trümmer des Turms zu durchsuchen.

Der Wind hatte die Staubwolke ausgefranst, und nun kam das enorme Gerippe des halb eingestürzten Gebäudes zum Vorschein. Etwa hundert Menschen wurden vermisst. Lastyanax hatte sich zunächst auf das äußerste Ende der Ruine konzentriert, da, wo der Wohnsitz des Mystografen die Kuppel eingerissen hatte.

Die Ironie bei der Sache war, dass man den Turm gar nicht so hoch hätte bauen dürfen, dass er den Adamant gefährden konnte. Das Brachland um die Stadt herum sollte genau solche Katastrophen verhindern. Aber Silenos hatte unerlaubterweise seine Villa um zwei Etagen aufstocken lassen. Lastyanax hatte davon erfahren, als er am Fuß der zerstörten Befestigungsanlagen ein paar Worte mit den Maurern wechselte. Durch die Abwesenheit der Baumeistermagier hatte keiner die nötige Befähigung, die Reparatur des Adamants zu leiten. Die Arbeiter versuchten nun das Loch mit Mörtel zuzuspachteln, um dem erbarmungslosen Wind, der die Stadt einfror, etwas entgegenzusetzen.

Während sie ihre behelfsmäßige Mauer errichteten, hatte Lastyanax sich an der Suche in den Trümmern beteiligt, durch bunt zusammengewürfelte Schichten alter Decken vor der Kälte geschützt, die Hände mit Stoffstreifen umwickelt, um Frostbeulen zu verhindern. Seine Hoffnung, Arka lebend wiederzufinden, war innerhalb weniger Stunden immer weiter geschrumpft. Von der Villa war nichts als ein riesiger Geröllberg übrig geblieben, der von Blöcken der Stadtmauer zerdrückt wurde und aus dem übermannshohe Adamantsplitter ragten. Niemand konnte ein derartiges Gemetzel überlebt haben. Die Leichen, die man in den unteren Ebenen fand, waren nichts als Klumpen gefrorener Organe. Wenn Lastyanax dennoch weitersuchte, dann nicht, weil er noch hoffte, seine Elevin zu retten, sondern weil er Gewissheit haben wollte. Denn wenn Arka nicht im Turm umgekommen war, wo befand sie sich dann? Warum war sie nicht zu seinen Eltern gekommen, wo ein Wiedersehen am wahrscheinlichsten war? Warum war der Bote, den er zum Bergfried geschickt hatte, unverrichteter Dinge zurückgekehrt?

Eine Tür knarzte. Pyrrha trat zu ihm, eine Decke fest um die Schultern geschlungen. Ihre Locken bildeten einen schwarzen Kranz um ihr blasses Gesicht. Seitdem sie einen Tag nach dem Stromschlag wieder aufgewacht war, litt sie an schrecklichen Kopfschmerzen. Aber statt sich zu beklagen, wie sie es eine halbe Dekade zuvor in ihrem privilegierten Leben einer reichen Erbin noch getan hätte, nahm sie den Schmerz stumm hin. Lastyanax überraschte diese Haltung genauso, wie ihn ihr nachsichtiger Blick angesichts der schäbigen Wohnung seiner Eltern überrascht hatte.

Er begrüßte sie, während sie sich vorsichtig auf die Stufen neben ihn setzte. Ihre Nähe zerrte an seinen Gefühlen, aber er zwang sich, nicht daran zu denken. Unter falschen Hoffnungen hatte er in der Vergangenheit schon genug gelitten. Seltsamerweise half ihm Arkas Verlust, gegenüber Pyrrha gelassen zu bleiben, so, als weigere sich etwas in ihm, noch weiteren Schmerz zu ertragen.

»Ich werde heute versuchen, meine Mutter und meine Schwester zu sehen«, verkündete sie. »Sie haben sicher bei meiner Großtante Schutz gesucht, die in der vierten Ebene lebt. Es wird schon gehen«, fügte sie entschieden hinzu, ehe Lastyanax Bedenken äußern konnte. »Ich fühle mich viel besser. Und ich ertrage es nicht länger, hier tatenlos herumzusitzen.«

Eine Stille folgte, während deren sie eine Gruppe Jugendlicher dabei beobachteten, wie sie Handkarren voller Möbel an ihnen vorbeizogen. Sie hatten alle zwei oder drei prachtvolle Togen übergeworfen, die sie an den Beinen zusammengeknotet hatten, um nicht zu stolpern. Lastyanax hätte nicht sagen können, ob es sich bei ihnen um kleine Halunken aus den unteren Ebenen handelte oder um Eleven im ersten Lehrjahr.

»Von Arka immer noch keine Neuigkeiten?«, fragte Pyrrha.

Lastyanax hörte aus dieser Frage einen gewissen Vorwurf heraus. Er schüttelte den Kopf und schaute in den kalten Himmel von Hyperborea, auf der Suche nach einem orangen Glanz. Er wusste nicht, was er am meisten fürchtete: Zu erfahren, dass Arkas sterbliche Überreste in den Trümmern gefunden wurden, oder dass sie sich, gemeinsam mit den falschen Amazonen, im Extraktor verschanzt hatte. In jedem Fall drohte das Gefühl des Versagens und der Schuld, zusammen mit den widersprüchlichen Gedanken, die ihn unaufhörlich quälten, ihn in den Wahnsinn zu treiben.

Nachts schrie ihn das verzerrte Gesicht seiner Elevin an: »Tun Sie, was ich Ihnen sage!«, und ließ ihn aus dem Schlaf hochfahren. Tags *sah* er in seinem zwanghaften Bemühen, die Geschehnisse zu rekonstruieren, geradezu, wie der Meister der Lemuren Arka das Flügelarmband stahl und mit seiner Hilfe aus dem brennenden Turm entkam. Im nächsten Moment änderte sich die Schreckensvision, und er stellte sich vor, dass Arka die Villa gemeinsam mit dem Verbrecher anzündete, um dann wieder zu den Amazonen zurückzukehren. Mittlerweile war er derart verunsichert, dass er drauf und dran war, an die Tür des Gefängnisses zu klopfen, um die Kriegerinnen zu fragen, ob sie Arka gesehen hätten. Einzig die Aussicht, enthauptet zu werden, hielt ihn davon ab.

Neuigkeiten über die Lage der Geiseln gab es nur gerüchteweise. Die Situation schien sich nicht verändert zu haben: Die Magier waren noch immer im Extraktor gefangen, und die Kriegerinnen durchlöcherten jeden Hitzkopf, der es wagte, sich dem Gebäude zu nähern, mit Pfeilen. Sie hatten diesen Ort nicht zufällig gewählt: Das Gefängnis war so konzipiert worden, dass eine Handvoll Personen ausreichte, um es zu sichern.

Einige Leutnants hatten, von den Ehefrauen der Magier angestachelt, versucht, in das Gebäude einzudringen, und waren einen Kopf kürzer gemacht worden. Seitdem hielten sich alle zurück und warteten artig auf die Anweisungen einer Obrigkeit, die man zum Schweigen gebracht hatte. Was im Extraktor selbst passierte, war allen ein Rätsel. In der Stadt überschlugen sich die Spekulationen geradezu. Es hieß, die Amazonen verstümmelten die Magier. Extrahierten ihre Kräfte. Man sagte, sie warteten nur auf ihre Armee, um Hyperborea einzunehmen.

Lastyanax vermied jeden Gedanken an Petroklos und fühlte sich deswegen nur noch miserabler. Alles um ihn herum war aus den Fugen geraten. Hyperborea, die Magier, seine Zukunft, sein Ministeramt, seine Pflichten als Mentor. Genau wie die Stadt hatte auch er seine Identität verloren.

Selbst Pyrrha beunruhigte es, ihn so apathisch zu sehen.

»Mein Großonkel war Unter-Archivar, ich werde ihn fragen, ob er weiß, wie man an die Baupläne des Extraktors herankommt. Zenodot hat sie sicher irgendwo in der Bibliothek versiegelt. Wenn wir die Pläne finden, können wir überlegen, wie wir alle dort herausholen.«

»Gute Idee«, stimmte Lastyanax zu, wobei er sich bemühte, möglichst begeistert zu klingen.

Pyrrha sprach weiter darüber, was sie unternehmen könnten und müssten, um die Situation wieder in den Griff zu bekommen. Sie war davon überzeugt, dass der Meister der Lemuren den Brand überlebt hatte, mit oder ohne Arka. Ebenso wie Lastyanax erwartete auch sie, dass er bald mit Silenos wiederauftauchte, um die Magier zu befreien und die Macht an sich zu bringen. Doch im Gegensatz zu ihm hatte sie noch nicht aufgegeben.

Schließlich ließ sie das Thema fallen, da er nicht auf ihre Überlegungen reagierte, und riet ihm, spazieren zu gehen, um sich ein wenig abzulenken. Ihr zuliebe willigte Lastyanax ein.

Weil sein Konto bei der Hyper-Bank gesperrt worden war und Pyrrha ihren Siegelring brauchen würde, um in die vierte Ebene zu gelangen, bat er seinen Vater um etwas Gold, das dieser ihm sofort gab. Dann winkte er einen der wenigen Kutscher heran, die noch zur Verfügung standen, und stieg auf dessen von der Kälte völlig geschwächte Schildkröte.

Der Gedanke durchzuckte ihn, ob er wohl wiedererkannt

und an den Mautstellen festgenommen werden würde. Sein Todesurteil wegen der Komplizenschaft mit einer Amazone machte ihn zu einem leichten Ziel für die unterbeschäftigte Polizei, die nur darauf wartete, ihr Image aufzupolieren.

Aber die meisten Menschen, die seine Identität und den Ausgang des Prozesses kannten, saßen im Gefängnis. Außerdem erinnerte er mit seiner Pferdedecke, seinem fahlen Teint und den schlecht rasierten Wangen an alles außer an einen ehemaligen Minister.

Der Kutscher beförderte ihn ohne Zwischenfälle über das Flechtwerk der Kanäle und setzte ihn vor einer Tür ab, die fast vollständig hinter einer Sammlung Klopfer verschwand. Lastyanax betrachtete für einen Moment den Bergfried, wobei er sich fragte, warum er überhaupt den Wunsch verspürt hatte, hierherzukommen. Die üppige Bepflanzung auf der Spitze der Villa hatte sich gelblich verfärbt, und die vielen Ladenschilder knarrten im Wind. Er öffnete die Tür.

Nach all den Veränderungen, die die Stadt und er selbst erfahren hatten, erwartete er, seinen Wohnsitz ebenfalls verwandelt vorzufinden. Aber der Bergfried war noch in genau demselben Zustand, in dem er ihn verlassen hatte. Lastyanax lief durch die eisigen Zimmer und stellte plötzlich überrascht fest, dass die Villa ihm nie wirklich gehört hatte. Indem er einen Großteil von Palates' Sammlungen weggeworfen hatte, hatte er sie nur von ihrer alten Einrichtung befreit, ohne ihr ein neues Gesicht zu geben.

Er setzte sich auf einen Sessel in der Mitte des Atriums, die Pferdedecke fest um die Schultern geschlungen. Die Welt um ihn herum schien stillzustehen. Lastyanax war nicht mystisch veranlagt, aber mit einem Mal hatte er das Gefühl, Palates' Geist ganz nahe zu sein.

»Ich habe die Untersuchung abgeschlossen, Meister«, flüsterte er. »Ich habe Ihren Mörder gefunden.«

Dem ließ er andächtiges Schweigen folgen.

Plötzlich prallte etwas Schweres mit einem durchdringenden KRACK an seinen Kopf. Es fühlte sich an, als hätte ihm gerade jemand den Schädel gespalten. Keramikscherben lagen auf dem Boden verstreut. Er hob seinen von Schmerz verschleierten Blick zum Zwischengeschoss des Atriums, konnte aber niemanden sehen. Zu seinen Füßen lag der Kopf eines tönernen Huhns und starrte ihn an. Während Lastyanax sich vorbeugte, um die Bruchstücke einzusammeln, fragte er sich, ob das die Antwort seines Meisters war. Im selben Moment polterte eine kleine Person, ein weiteres Teil aus Palates' letzter Sammlung drohend erhoben, die Treppe hinunter. Es war Metanira. Die Köchin stürzte kreischend auf ihn zu.

»DER JUNGE MEISTER!«, brüllte sie völlig überwältigt. »Er lebt tatsächlich! Das hatte ich nicht zu hoffen gewagt!«

»Na ja, gerade noch so eben …«, brummte Lastyanax.

»Ich habe Sie für einen Einbrecher gehalten! Aber kommen Sie, kommen Sie!«, Metanira winkte ihn aufgeregt zu den Wirtschaftsräumen. »Sie müssen sich aufwärmen! Außerdem habe ich etwas für Sie!«

Ehe Lastyanax widersprechen konnte, zog sie ihn am Ärmel durch den Bergfried und durchlöcherte ihm dabei das Trommelfell.*

* »Mein lieber Meister Palates, Friede seiner Seele, hat mir das Versprechen abgenommen, gut auf Sie aufzupassen, und ich beabsichtige nicht, ihn zu enttäuschen! Oh, wenn er Sie sehen könnte! Sie sind ja so dünn wie ein Aal und so blass, dass man ein Rezept durch Sie hindurch lesen könnte. Deswegen habe ich Sie mit einem dieser unsäglichen Plünderer verwechselt, die es auf die kostbaren Sammlungen von Meister Palates abgesehen haben.

In der Küche schnarchte Aous in einem Sessel. Dem Geruch nach zu urteilen, der ihn umgab, versuchte der alte Mann die Krise mithilfe billigen Gewürzweins zu überstehen. Es war erstaunlich warm in dem Zimmer. Lastyanax entdeckte den Grund dafür: Die Domestiken hatten Palates' Sammlung napocanischer Steingutöfen in Betrieb genommen. Welchen Brennstoff sie wohl benutzten, um sie zu heizen? Dann sah er mit Schrecken, dass seine Akten sich in einer Küchenecke stapelten. Inzwischen hatte sich Metanira über Aous gebeugt, um ihn wachzurütteln. Er fuhr hoch und schielte zu dem rauchenden Schlund des Ofens.

»Der Meister ist wieder da, los, beeil dich und gib ihm das Paket, das gestern kam, du Faulpelz!«

Aous rülpste ein paarmal verwirrt, dann erhob er sich, nahm vom obersten Brett eines Regals ein in Stoff eingeschlagenes Paket und überreichte es Lastyanax. Dieser riss den Stoff ab und entdeckte voller Überraschung seine alten vor Schmutz starrenden Leinenschuhe. Darin lag ein zusammengerolltes Pergament, das in einem Ring in Form eines Greifs steckte. Er zog das Blatt heraus und entrollte es hastig.

Der meister der lemuhren is mit Silenos geflon un ich hab immer noch den Pfluch. Ich kere zu den Amazonen zurüg um in aufzuhahlten (den Pfluch). Es is gefehrlich für sie folgen sie mir nich. Ich lase ihnen den Rink hier um sie vor dem lähmur zu schüzen. Danke nochmahl führ ales was sie führ mich getan habn. Sie werden mir felen.

Es stand keine Unterschrift darunter, sie wäre ohnehin uberflüssig gewesen.

»Diese Idiotin!«, fluchte Lastyanax.

Eine Welle blinder Freude erfasste ihn. Plötzlich schien all sein Tatendrang zurückgekehrt zu sein. Sechs Sätze in katastrophaler Rechtschreibung hielten den Zerfall seiner Welt auf. Er schnappte sich den Siegelring und verließ, zum großen Erstaunen von Metanira und Aous, rennend den Bergfried. Der Kutscher wartete noch vor der Tür auf ihn. Lastyanax sprang auf die Schildkröte und schrie: »In die erste Ebene, schnell!«

Auf dem Rückweg machte er eine solche Palette von Gefühlen durch, wie er es noch nie erlebt hatte. In der sechsten und fünften Ebene las er Arkas Worte wieder und wieder, wobei er jedes Mal in Lachen ausbrach, was ihm verstohlene Blicke seines Kutschers einbrachte. Er zappelte vor Ungeduld, während die Kanäle an ihm vorbeizogen. In der vierten Ebene angekommen, verwandelte sich seine Euphorie in Unverständnis. Warum war Arka so überstürzt aufgebrochen? Was war zwischen ihr und dem Meister der Lemuren vorgefallen? Was hatte er ihr gesagt, dass sie einfach abgehauen war, ohne ihn vorher noch einmal zu treffen? Als er bei der letzten Mautstelle ankam, war das Unverständnis Wut gewichen. Im Geist spulte er Arkas Zeilen wieder und wieder ab und wurde angesichts ihrer undankbaren Flucht – nach allem was sie zusammen durchgemacht hatten – immer gereizter.

Der Kutscher setzte ihn am Ende eines Kanals ab. Er rannte los, wobei er andauernd auf dem überfrorenen Matsch ausglitt. Der kalte Nordwind trug Schneeflocken auf die vereisten Wiesen. Lastyanax wetzte über die Wege zwischen den Koppeln, auf denen die Pferde dem Wind den Rücken kehrten, und polterte in die Ställe. Beinah wäre er mit seinem Vater zusammengestoßen, der ihm entgegenkam.

»Zwerk ist wek«, stammelte dieser.

»Das war Arka, sie hat ihn mitgenommen!«

Lastyanax zog sich die Decke bis über die Nase und war schon wieder draußen. Er lief an den Ställen entlang, an deren Mauern sich bereits Schneewehen auftürmten. Das gefrorene Gras knackte unter seinen Füßen. Sein Hals brannte vor Kälte und seine Beine schienen bei jedem Schritt schwerer zu werden. Endlich zeichnete sich das gewaltige westliche Stadttor unter der Adamantkuppel ab. Einige Personen warteten vor dem Grenzposten, einer Hütte, die hastig im Inneren der Befestigungsmauern errichtet worden war, um das erhöhte Ausreiseaufkommen zu regeln. Lastyanax suchte die Schlange der Wartenden ab, in der Hoffnung, einen blonden Schopf zu entdecken.

Seine Wut war verraucht, jetzt hegte er nur noch den absurden Wunsch, Arka zu finden. Doch da waren bloß Karwan-Baschis, die eilig mit ihren Moschusochsen die Stadt verließen. Bei ihnen angekommen, reihte sich Lastyanax in die Schlange ein. Hin und wieder reckte er sich auf die Zehenspitzen, um einen Blick auf das Stück Landschaft zu erhaschen, das durchs Tor sichtbar wurde. Vereinzelte schwarze Punkte spickten die lange Route ins Riphäengebirge. Er hätte viel darum gegeben, zu wissen, ob einer davon seine Elevin war.

Endlich trieben die Karwan-Baschis ihr Vieh zusammen und verließen die Stadt. Voll banger Erwartung trat er vor die korpulente, griesgrämig dreinschauende Zöllnerin, die die Abreisenden kontrollierte.

»Sie wollen auch weg?«, knurrte sie.

»Nein, ich suche nur …«, begann er, dann fiel ihm ein, dass er Arkas Identität nicht preisgeben durfte. »Ich suche meine Schwester. Sie ist dreizehn Jahre alt, hat blonde Haare, die selten gewaschen sind, und sie muss hier vor Kurzem mit einem weißen Pony vorbeigekommen sein. Sagt Ihnen das was?«

Die Zöllnerin richtete sich auf. Ein merkwürdiger Glanz trat in ihre Augen.

»Ja, sie war gestern Nachmittag hier ... Vielleicht hätte ich sie aufhalten sollen, aber nein, es ist besser so, das wird ihn lehren ... Er ist mich nie wieder besuchen gekommen. Mehr wollte ich ja gar nicht, wissen Sie?« fügte sie mit vielsagendem Blick hinzu.

Da sie verwirrt wirkte, nickte Lastyanax vorsichtig und überließ seinen Platz einem weiteren Karwan-Baschi.

Arka hatte also eineinhalb Tage Vorsprung, was erheblich war, da sie sich mit Gebirgsüberquerungen auskannte. Lastyanax betrachtete lange die verschneite Steppe. Die Kälte biss ihm ins Gesicht. Noch nie in seinem Leben hatte er einen Fuß vor die Stadt gesetzt. Er fragte sich, woher seine Elevin den Mut nahm, ganz allein diese Reise zu wagen ... Und ob er selbst mutig genug war, ihr zu folgen. Er blickte auf die letzte Zeile ihrer Botschaft:

Sie werden mir felen.

Am nächsten Tag bei Sonnenaufgang betrat er den Grenzposten erneut. Dieses Mal begleitete ihn ein Karwan-Baschi, gefolgt von drei Moschusochsen und einem großen Sennenhund, der mit Narben übersät war. Lastyanax hatte seinen Vater um eine erhebliche Summe bitten müssen, um einen Pelzmantel, die auf die Lasttiere geschnallten Lebensmittel und den Bergführer zu bezahlen.

Dieser sprach ein abenteuerliches Hyperboreisch, durchsetzt von riphäischem Dialekt und bellendem Husten. Immer wieder musterte er seinen Auftraggeber mit zweifelnder Miene, als frage er sich, wie jemand von seiner Konstitution außerhalb der Kuppel überleben sollte.

Seine Skepsis trug nicht gerade dazu bei, Lastyanax zu beruhigen. Am Abend zuvor war er schon mit den Ängsten seiner Eltern konfrontiert worden und mit Pyrrhas Zorn. Genau wie im Kerker nach dem Prozess hatte sie ihm vorgeworfen, den Verstand verloren zu haben, und zögerte nicht, ihm Schuldgefühle zu machen: *Sie hat dir doch selbst geschrieben, dass du ihr nicht folgen sollst! Nach allem, was passiert ist, wäre es für sie ohnehin nicht sinnvoll gewesen, hierzubleiben … Du lässt mich also im Stich, während mein Vater und Petroklos im Extraktor sitzen und ich eigentlich deine Hilfe bräuchte, um sie da rauszuholen!*

Lastyanax war es noch nie so schwergefallen, eine Entscheidung zu treffen. Zweifelsohne lag das auch daran, dass er noch nie erwogen hatte etwas derart Unvernünftiges zu tun.

Allerdings hatte er Grund zu der Annahme, dass Arka mit ihm zusammen in Hyperborea sicherer war als allein bei den Amazonen in Arkadien. Je länger er darüber nachgedacht hatte, desto klarer war ihm geworden, was dieser Fluch letztendlich bedeutete, der noch immer auf ihr lag: Außerhalb einer Blauen Zone konnte nichts sie töten. Und nun bewegte sie sich in Richtung eines der größten bekannten Blau-Erz-Vorkommen, wo ihre Vergangenheit als hyperboreische Elevin sie das Leben kosten konnte. Er würde sie nicht noch ein zweites Mal im Stich lassen. Der wahre Grund jedoch, weswegen er beschlossen hatte, sie zu suchen, hatte nichts mit dieser Überlegung zu tun. Er konnte sich einfach nicht vorstellen, dem Meister der Lemuren ohne Arka an seiner Seite die Stirn zu bieten. Sie wiederzufinden erschien ihm daher als Notwendigkeit, als grundlegende Voraussetzung für alle Versuche, die Magier zu retten. Deswegen hatte er die unerbittliche Logik von Pyrrhas Argumenten zurückgewiesen, ihr Mezentius' Ring in die Hand gelegt und sie mit seinen Fingern umklammert. Das war der einzige Schutz, den er ihr während der zwei Dekaden, die er brauchen würde, um Arka zurückzubringen, bieten konnte. Dann hatte er die Wohnung seiner Eltern verlassen, in der Hoffnung, dass der Lemur es eher auf ihn, den ehemaligen Minister, abgesehen hätte als auf sie.

Jetzt, da er vor dem Grenzposten stand, neben sich den wortkargen Karwan-Baschi, musste Lastyanax mit sich kämpfen, um seine Entscheidung nicht rückgängig zu machen. Doch die Zöllnerin setzte seinem Zaudern rasch ein Ende: Ohne ihre Identität festzustellen, winkte sie die beiden Männer einfach durch.

Die Kapuze tief ins Gesicht gezogen, folgte Lastyanax seinem Führer zum westlichen Stadttor. Unter dem Mauerbogen hielt er inne. Der war mit farbigen Reliefs verziert, welche die Sternstunden Hyperboreas zeigten: die Gründung der Stadt, die gewonnenen Schlachten, die Krönung des Basileus, der Abzug der Amazonen. Mittlerweile hatten sich Eiszapfen daran gebildet.

Auf dem Boden markierte eine goldene Linie die Stadtgrenze. Lastyanax stand wie eine Salzsäule davor, unfähig, auch nur einen weiteren Schritt zu tun. Neben dem Tor beobachteten zwei auf ihre Blitzspeere gestützte Wachen kopfschüttelnd sein Zögern.

»War der nicht gestern schon hier?«, fragte der eine.

»Sieht nicht so aus, als wollte der wirklich gehen«, stimmte ihm sein Kollege zu.

Lastyanax holte tief Luft und trat über die Linie. Zum ersten Mal in seinem Leben hatte er Hyperborea verlassen. Da ihm der Karwan-Baschi einen ungeduldigen Blick zuwarf, beeilte er sich, ihm auf dem in den Schnee getrampelten Pfad zu folgen.

Der Weg verlor sich am Horizont im weißen Dunst, der die Ausläufer des Riphäengebirges umgab. Lastyanax blies in seine Handschuhe und senkte das Kinn, um sich vor dem eisigen Wind zu schützen. Seine Stiefel traten in die Spuren, die die Reisenden vor ihm hinterlassen hatten. Die Anstrengung, die ihm dieses langsame Vorankommen abverlangte, ließ seine Schuldgefühle seinen Eltern, Pyrrha, Petroklos und den gefangengenommenen Magiern gegenüber in den Hintergrund treten.

Sie waren noch keine halbe Meile weit gegangen, als Lastyanax plötzlich gegen das Hinterteil des Moschusochsen vor ihm stieß. Er hob den Kopf und bemerkte, dass sein Führer angehalten hatte und Richtung Hyperborea blickte.

»Sehen Sie«, sagte er nur.

Lastyanax drehte sich um. Der Karwan-Baschi deutete auf das Loch in der Kuppel, das von einer roten Gestalt ausgefüllt wurde, die an eine gewaltige Flamme erinnerte. Plötzlich breitete die Flamme Schwingen aus und erhob sich unter schrillem Kreischen, das bis zu ihnen drang, in die Luft.

Der Greif verließ Hyperborea, um in wärmere Gefilde aufzubrechen. Während sich seine Silhouette im grauen Himmel verlor, dachte Lastyanax, dass mit dem Symbol der Stadt auch ihr Geist entschwand.

EPILOG

Eine Dekade später

Eine weiße, längliche Gestalt schlüpfte in die Öffnung der Kuppel und glitt über die geschwärzten Trümmer des eingestürzten Turmes. Auf dem Brachland angekommen, hinterließ die Schlange Wellenlinien im Schnee, den der Wind hereingetragen hatte. Bis auf das leise Knirschen, mit dem sie sich fortbewegte, herrschte vollkommene Stille in der Stadt: Die Kälte hatte die nächtlichen Aktivitäten der Hyperboreer zum Erliegen gebracht. In ihren Betten bekamen sie nicht mit, wie die Schlange über die nun zugefrorenen Kanäle an ihren Häusern vorbeikroch.

Hier und dort ließen längliche Schatten im Eis gefangene Kähne oder Schildkröten erahnen. Am Fuß der Türme hatte der Wind Schneewehen gebildet, die an weiße Wogen erinnerten. Ihre ausgefransten Kämme funkelten in der Nacht. Zielsicher bewegte sich die Schlange auf den nächstgelegenen Aufzug zu. Der Wasserfall war zu einer Säule erstarrt. Mit schwingenden Bewegungen begann sie an der beinahe senkrechten durchscheinenden Wand hochzukriechen, während sich ihre scharfen Schuppen ins Eis gruben.

Stunden später erreichte das Reptil die siebte Ebene. Der Morgen dämmerte bereits. Es zog den Rest seines Körpers auf den gefrorenen Kanal und richtete sich züngelnd auf, den hängenden Gärten des Palastes zugewandt. Seine Suche neigte sich dem Ende zu. Es schlängelte über eine Reihe von Aquädukten hinweg, wobei seine Schuppen feine Riefen im Eis hinterließen.

Als es den königlichen Wohnsitz erreicht hatte, reckte es seinen schier endlosen Körper an der Umfriedungsmauer empor und glitt über sie hinweg.

Der mit einer Schicht Raureif bedeckte, verlassen daliegende Palast erinnerte an eine gigantische Eisskulptur. Die Schlange durchquerte die verwaisten Säle und erreichte die Menagerie, wo die letzten noch lebenden Tiere in ihren Käfigen heulten. Im exotischen Wald hatten sich die Farnwedel zusammengerollt, die Palmen waren verwelkt. Die Pflanzen zerbrachen unter dem Gewicht der Schlange. Sie mäanderte bis zur Mitte des Patios und erreichte endlich ihr Ziel: Ein Gelege mit riesigen weißen Eiern, die Jahrzehnte zuvor für den Besitzer des Palastes gestohlen worden waren.

Das Reptil rollte sich um seine Eier zusammen. Indem der Basileus sie an den unerreichbarsten Ort Hyperboreas gebracht hatte, in eine für alle Körper aus Eis tödliche Hitze, hatte er seinen Untergang besiegelt und den seiner Stadt. Die Schlange legte den dreieckigen Kopf auf die Windungen ihres Körpers, ließ die gespaltene Zunge herausschnellen und begann die Eier auszubrüten, die man ihr vor so langer Zeit geraubt hatte.

Glossar

Adamant: durchscheinendes, sehr beständiges Material, aus dem die hyperboreische Kuppel gefertigt wurde.

Anima: weder greif- noch sichtbares Medium, das einen Körper mit magischer Energie versorgt.

Archiv der Erfindungen: Turm in Hyperborea, in dem die Erfindungen der Eleven aufbewahrt werden.

Blau-Erz: blaues Metall, das Magie unwirksam macht.

Blaue Zone: Bereich, in dem Magie unwirksam ist.

Blaues Lotusharz: schmerzstillendes Rauschmittel, das aus einer Wasserpflanze (dem Blauen Lotus) gewonnen wird.

Blitzspeer: Dienstwaffe der hyperboreischen Polizei, durch die Gegner einen starken elektrischen Schlag bekommen. Blitzspeere können wie Teleskopstöcke zusammengeschoben werden.

Brünne: Brustpanzer, der aus Leder gefertigt wird, welches mit Metallschuppen bedeckt ist.

Chiton: Leinentunika.

Chlamys: Reitmantel, der am Hals durch eine Spange zusammengehalten wird.

Ephedrapulver: stimulierendes Mittel, das aus einer Landpflanze gewonnen wird (der Ephedra).

Erfindung: magisches Objekt, das jeder Eleve am Ende seiner Ausbildung entwickelt.

Extraktor: Bezeichnung für das Gefängnis Hyperboreas.

Goryt: Köcher für Pfeil und Bogen, der am Gürtel getragen wird.

Hydrotelegrafie: besonderes hydraulisches Kommunikationssystem Hyperboreas.

Hyper-Bank: hyperboreische Bank.

Jubiläum: Geburtstag des Basileus, anlässlich dessen in ganz Hyperborea ein Karneval veranstaltet wird.

Kolumbarium: Friedhof Hyperboreas.

Magisterium: Turm in Hyperborea, in dem sich die politischen Instanzen der Stadt befinden.

Oreichalk: kupferfarbenes Metall, das sehr stark auf Magie reagiert und seine eigene Animareserve besitzt. Man unterscheidet das **herkömmliche Oreichalk** vom **massiven Oreichalk**, welches deutlich wirkungsvoller ist.

Silphium: Gewürzpflanze.

Turm der Gerechtigkeit: Sitz der hyperboreischen Justiz. Auf der Spitze des Turms der Gerechtigkeit befindet sich das Amphitheater, in dem die Attribution der Eleven stattfindet.

Wasserorgel: hyperboreisches Musikinstrument.

Wasserturm: Bezeichnung für den Palast des Basileus.

Das Magisterium

Der Basileus: der Alleinherrscher Hyperboreas.

Die Magier: Würdenträger Hyperboreas, die über ausgezeichnete magische Kenntnisse verfügen. Sie sind zum größten Teil für das Gemeinwesen tätig: *Chefarchitekt, Oberster Bibliothekar, Graf der Gewässer, Kuppelbaumeister, Verwalter des Archivs der Erfindungen, Archivare, Heiler etc.*

Die Eleven: Magierschüler, die mithilfe des als Attribution bezeichneten Turniers ausgewählt werden.

Die Professoren: Magier, die mit der Ausbildung der Eleven betraut sind. Die Eleven des ersten Lehrjahres haben zwei: einen Professor für Mystografie (magisches Schreiben) und einen Professor für Mechamagie (magische Konstruktionstechnik).

Die Mentoren: Bezeichnung für die Magier, denen Eleven zugeordnet wurden. Zusammen bilden sie das Mentorenkollegium. Dieses Kollegium ernennt jeden neuen Minister des Rates mit einer Stimmenmehrheit.

Die Beamten: Personen, die damit betraut sind, Beschlussfassungen des Rates umzusetzen. Bei den Ranghöchsten handelt es sich um Magier.

Die Minister: Magier, die die Aufgabe haben, den Basileus bei seiner politischen Entscheidungsfindung zu beraten. Zusammen bilden sie den Ministerrat, der für gewöhnlich einfach nur Rat genannt wird und jede Dekade (also alle 10 Tage) zusammenkommt. Der Rat setzt sich aus sechs Ministern zusammen:

dem Eparchen: Vorsitzender des Ministerrats, der außerdem für die allgemeine Stadtverwaltung zuständig ist;

dem Strategen: Minister für Kriegsangelegenheiten;
dem Obersten Schatzmeister: Minister für die Finanzen;
dem Ebnungsminister: verantwortlich für die Gleichstellung der Ebenen;
dem Handelsminister;
dem Kolonialminister.
Der Amtsschreiber: Beamter, der für die Protokollierung der Ratssitzungen verantwortlich ist.

Danksagung

Immer mehr Autor:innen gefällt es, ihren Leser:innen, die glauben, das Ende eines Romans erreicht zu haben, seitenlange Danksagungen aufzubürden. Ich bin eine von ihnen – zu meiner Verteidigung muss ich jedoch sagen, dass es mir ungerecht erscheint, nur meinen Namen auf dem Cover dieses Buches zu lesen, wo doch so viele Personen zu seiner Entstehung beigetragen haben.

Fangen wir bei J.K. Rowling an. Als meine Cousine mir im Alter von zehn Jahren *Harry Potter und der Stein der Weisen* in meine zweifelnden Hände legte, hätte ich niemals für möglich gehalten, dass dieser Roman mich zu meinen beiden derzeitigen Leidenschaften inspirieren würde, und zwar dem Schreiben und dem Muggelquidditch. Arka und Lasty verdanken Harry viel; das Quidditch gäbe es ohne ihn nicht.

Fahren wir mit meiner Familie fort, die mir beigebracht hat, die Grenze zwischen Beharrlichkeit und Verbissenheit zu erkennen. Mein Dank gilt vor allem euch, Mama und Vic, dass ihr mein Abgleiten in den Größenwahn ebenso wie meine existentiellen Ängste tapfer ertragen und nie gestreikt habt, wenn ich euch bat, die x-te Version meines Textes durchzugehen.

Ein Autor ist nicht viel ohne gute Mitleser:innen, die bereit sind, ihre Nasen in eine verbesserungswürdige Geschichte zu stecken, und fähig, sie klug und taktvoll zu kritisieren. Solène Bernard, Eléonore Lavoine, Alexei du Périer, Christophe Charrue, Philippine Ravillion, damit seid ihr gemeint.

Weil nicht jeder das Glück hat, zu seinem Bekanntenkreis anspruchsvolle Literaten zu zählen, kann ich die angehenden Schriftsteller:innen, die diese Zeilen lesen, nur ermutigen, sich die Unterstützung von Gleichgesinnten im Internet zu suchen – man gewinnt dabei vielleicht sogar Freunde. Das Forum Plume d'Argent war für mein literarisches Boot, das sich durch den Nebel tastete, ein solcher Leuchtturm. Ich möchte daher die ganze Community für ihre Begeisterung und ihre Großzügigkeit würdigen, allen voran die Testleserinnen von *Die Stadt ohne Wind:* Mathilde de Lagausie, Irène Chanrion, Célia Flaux, Stella, Louise Mas, Amélie Malinaud, Rachael, Annaëlle Jacob, Luposlipaphobya, Marine Grandin, Gabrielle Durouchoux, Joke und Gaëlle Valadour. Ohne Euch hätte ich es mit meinen literarischen Ambitionen nicht weit gebracht.

Schließlich ist das Papierobjekt, das Sie zwischen den Händen halten, das Werk einer ganzen Kette von Personen, die daran geglaubt haben, beginnend bei Florian Augustin über Cécile Térouanne, das Lektürekomitee von Hachette Romans, Isabel Vitorino mit ihrem Verlagsteam bis hin zu den Buchhändler:innen, Internetnutzer:innen oder den Freundinnen und Freunden, die Ihnen seine Lektüre empfohlen haben. Ihnen allen möchte ich danken.

Die Originalausgabe erschien 2020 unter dem Titel
La ville sans vent bei Hachette.

Die Übersetzerinnen danken dem Deutschen Übersetzerfonds
für die großzügige Förderung ihrer Arbeit an dem vorliegenden Text.

Erste Auflage 2021

Umschlaggestaltung: Rothfos & Gabler, Hamburg,
unter Verwendung des Originalumschlags von Hachette Romans,
Illustration: Guillaume Morellec
Satz: Greiner & Reichel, Köln
Druck: GGP Media GmbH, Pößneck
Printed in Germany
ISBN 978-3-458-17960-3